ハヤカワ文庫NV
〈NV1282〉

ＫＧＢから来た男

デイヴィッド・ダフィ
山中朝晶訳

早川書房
7185

LAST TO FOLD

by

David Duffy

Translated by

Tomoaki Yamanaka

First published 2013 in Japan by

HAYAKAWA PUBLISHING, INC.

This book is published in Japan by

arrangement with

ST. MARTIN'S PRESS, LLC.

through TUTTLE-MORI AGENCY, INC., TOKYO.

マーセリンへ、すべてを可能にしてくれた

本書はフィクションである。本書で描かれるすべての登場人物、組織、出来事は著者の想像の産物で、架空のものとして描かれている。

KGBから来た男

登場人物

ターボ・ブロスト…………………調査員。元ＫＧＢ要員

フーズ

（フォスター・ヘリックス）……ターボの相棒

アレクセイ…………………………ターボの息子

ジナ…………………………………ターボの協力者

バーニー・コードライト…………弁護士

ローリー・マルホランド…………ファースト・トラスト・バンクの会長

ポリーナ

（フェリックス）…………………ローリーの妻。ターボの別れた妻

エヴァ………………………………ポリーナの娘

ラーチコ・バルスコフ……………ロシア・マフィア。ポリーナの二番目の夫

ワシーリー・バルスコフ…………ラーチコの弟。ロシア・マフィア

ヤーコフ・バルスコフ……………ラーチコの父親。ロシア諜報界の大物

ラド・リスリャコフ

（ラトコ・リスリィ）……………ラーチコの手下

アナトリー・コソコフ……………ロスノバンクの創設者

ボリス・ゴルベンコ………………ＦＳＢ（ロシア連邦保安庁）大佐

イラリオン・ネデレンコ…………ウクライナ人のチンピラ

セルゲイ……………………………ラーチコの手下

ラクラン・マロイ…………………ローリーの運転手

ヴィクトリア・デ・ミルニュイ……連邦検事

コイル………………………………ＦＢＩ特別捜査官

サウィッキ…………………………コイルの相棒

アレクサンドル・ペトローヴィン……ロシアの法執行機関の一員

イワン・イワノヴィッチ・イワノフ……《イバンスク・ドットコム》の執筆者

火曜日

1

ご多分にもれず、そのニュースを最初に報じたのは《イバンスク・ドットコム》だった。一九九〇年代以降の〝新生ロシア〟の情勢について、政府に統制されたメディアの隙間を、誇張気味ではあるものの有益なニュースで埋めてきた大仰《おおぎょう》な文体のブログだ。噂によればプーチンも読んでいるという――もちろん、内密に。民間人イワン・イワノヴィッチ・イワノフを名乗る《イバンスク》の執筆者は、今回もロシア連邦保安庁《FSB》の墓場を掘り起こしにかかっている。このイワノフの正体は誰も知らないが、彼を刑務所にぶちこみたがっている人間は山ほどいる。わたしはそんな人間をたくさん知っているのだ。最新の記事を読むにつれ、イワノフに敵意を抱く人間はさらに増えると感じた。

〈新興財閥《オリガルヒ》、発見さる？〉

今回は、当ブログ《イバンスク》でもとりわけあさましい物語の最終章になるかもしれない（意味深でしょう？）。新生ロシアで最も悪名高いオリガルヒの強欲に駆りたてられた人生と、決して早すぎたとはいえない死にまつわる情報である。それともこれは、新たな謎と欺瞞《ぎまん》に満ちた物語の序章にすぎないのだろうか？

アナトリー・コソコフ。長年にわたるこのブログの読者でも、きっと考えこんで頭をかくだろう。コソコフ？　そいつはいったいどこのどいつだ？　コソコフだと？　アブラモヴィッチ（ユダヤ系ロシア人の石油王。イギリスのサッカーチーム、チェルシーのオーナーとしても有名）、ベレゾフスキー（エリツィン時代に台頭したオリガルヒの代表的人物で、政界にも影響力があったが、プーチン政権と対立し、イギリスに亡命。二〇一三年三月に急死した）、グシンスキー（一九九〇年代に〝ロシアのメディア王〟と称されたが、プーチンに批判的だったためその標的となり、国外に逃れた）、ホドルコフスキー（ロシアの石油会社ユコス社の社長として一大財閥を形成したが、石油の国家管理を進めるプーチン政権と対立し、投獄された）――彼らはいずれも有名人だ。ただし、二人はロンドン、一人はテルアビブに亡命し、一人はシベリアの独房に監禁されている。だがコソコフとは何者だ？

ブログ主イワノフにいわせれば、人の記憶力などそんなものだ。少しお待ちを。これからすべて説明する。

コソコフは、同類の盗賊どもとちがって派手ではない。ヨットを買ったわけではなく、イギリスやフランスの不動産、サッカーのクラブチームに手を出したわけでもない。それでも彼は、無情なやり口で富を蓄えてきた――その生涯を閉じるまで。

コソコフはソビエト連邦財務省の巨大な組織《アパラート》に勤務し、現場で会計士としての知識を身につけた。妹がエリツィンの腹心の部下と結婚している。読者のみなさん、少しは思い出しただろうか？　旧ソ連からロシアへの移行期のはじめ、コソコフはいくつもの銀行を創設し、それらを統合したロスノバンクはロシア第三の大銀行になった。彼は巨万の富を得たのだ。そこへ一九九八年、短期国債《GKO》の債務不履行（これぞ安心と信頼のイバンスク版財務保証だ。そんなものがあるとすれば）、ルーブルの通貨切り下げといった経済危機が襲いかかった。富は一夜にして消滅し、コソコフの資産も同じ運命をたどった。それとも、ちがったのか？

わたしはコソコフのことを思い出した。背の低い、粗野な野心家で、自分自身を恃《たの》むところがあまりに大きかった。おれはエリツィンはもちろん、誰のこともよく知っているんだ、と事あるごとに吹聴《ふいちょう》していた。ロシアの資本主義移行にともなう大混乱のさなかで大儲《おおもう》けしたのは、まさしく彼のような輩《やから》だった。ただ彼は、われわれの一員ではなかった――保安機関の要員ではなかったのだ。レーニンによる創設当時につけられた非常委員会《チェーカー》の呼び名がいまでもわたしは好きだが、名称はその後、目まぐるしく変わった。国家政治保安部《GPU》、国家政《OG》治保安本部《PU》、内務人民委員部《NKVD》、内務省《MVD》、国家保安省《MGB》、国家保安委員会《KGB》、連邦防諜庁《FSK》、連邦保安庁《FSB》。よく知られているのはKGBか、現在の略称であるFSBだ。名前はどうあれ、保安機関であることに変わりはない。

コソコフはいつも周囲にいて組織の一員のように振る舞っていた。当時はあまり深く考えていなかったが、いまから振り返ってみると奇妙に思える。KGBおよびFSBはつねに組織防衛に汲々《きゅうきゅう》としており、とりわけゴルバチョフ解任をくわだてたクーデターの失敗、共産党の崩壊によって、われわれの立場は四面楚歌《しめんそか》となった。それにコソコフは、われわれの追放を声高に叫んでいた急先鋒の一人だった。その後、わたしと彼の軌跡が交差することはあったかもしれないが、わたしはとっくに組織を去っており、彼ももちろん姿を消していた。

ところが、そうではなかったのだろうか？

わたしは《イバンスク》の記事に目を戻した。

ロスノバンクが倒産したのはその一年後、一九九九年十月だった。さまざまな噂が駆けめぐっていた——横領、マネーロンダリング、チェチェンのテロリストへの資金供与など。しかしその答えは、文字どおり煙と消えた——預金者の財産とともに。というのは、モスクワ中心部にあった本社ビルが大火災で全焼したからだ。放火であることは疑いなかったが、いままでなされたこの類の捜査と同様、犯人は不明のままだった。とはいえ、周到な準備と大勢の関与がなければできない緻密《ちみつ》な犯罪であることは疑いなかった。犠牲者は九名、数百万人の虎の子の貯金はすべて失われた。預金者は何週間も行列を作ったが、びた一文残っていなかった。だが、これがイバンスクだ。そんなことを誰が気にするだろう？

当局は手を尽くしてコソコフを捜した。もっとも、彼を捜し出してどうするつもりだったのかはいまなお疑問だ。この捜索も失敗に終わり、やがて山のような事件に埋もれ、忘却の彼方に消えた。

それがいまごろになって出てきた。ヴァルダイ丘陵にあったコソコフの別荘《ダーチャ》の、納屋の焼け跡の下に旧ソ連時代の古い防空壕があり、そこからなんと十年前の焼死体が発見されたのだ。イワノフが聞いたところでは——ここだけの話だが——最高機密の情報を得られる複数の人物によると、ＤＮＡ鑑定の結果ではアナトリー・コソコフの遺体と判明しているという。

イワノフは、今回の発見によって起こる無数の疑問を羅列するようなことはしない。そんなことは能力の無駄遣いであり、知性に対する冒瀆《ぼうとく》でしかない。イワノフはひたすら答えを探し求める。当ブログ《イバンスク》をあなたのお気に入りに追加しよう。イワノフはいつも事件を追っている。

元KGB要員とはいえ、わたしはソビエトの体制を擁護するつもりはない。わたしは四十年間、あの国であらゆる立場を経験し、辛酸《しんさん》をなめつくしてきた。いまでも古傷が残っている。ニューヨークに移り住んだのは、過去から逃れ、むき出しの資本主義と偽りの民主主義とFSBが支配する、いわゆる〝新生ロシア〟から距離を置くためだ。イワノフはより直截《ちょくせつ》なものいいをする。彼の使う《イバンスク》とは、あえて訳せば〝くそみたいな町〟ぐらいの意味だ。とりわけいまのようなグローバル時代、四千七百マイルの距離と大洋を隔てても、過去と訣別《けつべつ》するのは容易ではない。

ロシアにはこんないいまわしがある——下劣な人間を食事に呼んだら、たちまち食卓が乗っ取られてしまうだろう。問題は、下劣な人間の見分けかたを誰も教えてくれないことだ。

2

五番街からほど近い東八三丁目に、正規の駐車スペースを見つけた。停められるのは街路清掃車が来る十一時半までだが、それまでには帰れるはずだ。

アップタウンに向けて車を走らせながら、イワノフの仰々《ぎょうぎょう》しい文体が脳裏をよぎった。きっと彼は悦に入っているだろうが、イワノフやイバンスクを創造した旧ソ連時代の作家アレクサンドル・ジノヴィエフの硬質で仮借なく噛《か》みつくような諷刺《ふうし》とは比べ物にならない。彼こそは真の文章家だった（ジノヴィエフの諷刺小説Зияющие Высоты〔英訳 Yawning Heights〕は架空の都市国家イバンスクが舞台であり、登場人物はすべて同じイワン・イワノヴィッチ・イワノフという名前で、互いをあだ名で区別する）。〝くそみたいな町〟の名付け親も彼であり、かつてはこのあだ名がいまよりもふさわしかった。

目的地は二ブロック南だが、着くころにはひと汗かいているだろう。六月中旬から始まった熱波が一週間このかた続いている。先週はずっと熱帯夜だった。レイモンド・チャンドラーの小説に出てくるサンタ・アナの乾いた熱風、すなわち〝どんなにおとなしい妻でも肉切り用ナイフの切っ先に手を触れながら夫の首筋にじっと目を注ぐ〟ような風ではない。もっと重苦しい、汗だくになるニューヨークの熱気だ。空気は濡れたごみ袋さながらに身体にまとわりつき、街行く人々は誰もが大なたを手にしているような顔つきに見える。きのうは最高気温が三十七・二度を観測し、電力会社の変圧器が飛んでしまった。そのせいでミッドタウンの大半で停電が起きた。オフィスビルはすっからかんになり、バーは繁盛した。ビルでは空調が止まったが、バーにはまだ氷があったのだ。街は混乱に憤懣《ふんまん》やるかたない連中と、災難をやりすごして楽しもうとする連中のまっぷたつに別れた。わたしはどちらの組にも片脚を突っこんでいた。

その余波はけさもまだ感じられ、地下鉄にも及んでいた。それもあってアップタウンまで車で行くことにしたのだ。わたしはたいがい、暑いのは苦にならない。生まれ育った土地では、暑い日が実に貴重だった。そのわたしでさえ、みんなと同じく、この熱波が早く終わってほしいと思う。

ニューヨークを悩ませているのは天気だけではない。コソコフを破滅させたのと大差ない信用収縮が、鎖につないだ犬を連れたサディストさながらに金融市場を動揺させている。先週水曜日には、株式市場は三百ポイントも急落した。木曜日はさらに二百二十ポイント下落。金曜日朝がたは底割れ前に反発の気配を見せたものの、ダウ・ジョーンズ平均は五パーセント下げた。きのうは不安定な一日だったが、結局大きな変動はなく、関係者は一様に胸をなでおろした。次に何が起こるか誰にもわからない。わたしも市場にささやかな投資をしているが、マルクス主義者の体質が抜けきらないのか、資本主義の根幹をなすシステムに大金をつぎこむほどの勇気はない。いみじくもチェーホフが書いたように、金に頼って生活すれば人間の生きる世界が有限であることを理解できる。しかしこうした見解は、この街では少数派だ。

まだ時間があるので通りを横断し、メトロポリタン美術館前の広場から五番街九九八番地をよく眺めてみた。十二階建ての石灰石でできたイタリア・ルネサンス様式の建物が、豊かさと堅牢さをたたえている——途方もない豊かさと堅牢さを。洗浄されたばかりの石灰石の壁が白亜に輝く。八階と十二階の壁には緑と金の大理石が使われ、ひときわきらめいていた。この建物はニューヨークで最初に造られた富裕層向けアパートメントであり、豪華な私邸《タウンハウス》に住んでいた彼らをおびき出して、アメリカ独特の住生活——富豪の共同住宅——へいざなう目的で設計された。セントラルパーク沿いの五番街に面した無表情な戦前の建物は、モスクワの目抜き通りに建ちならぶスターリン様式の巨大な高層アパート群を彷彿《ほうふつ》させる。両方とも同じく堅牢で、無個性な、威圧的な塊であり、おまえがいなくなってもおれたちはずっとここにいるぞといわんばかりの存在感を放っていた。大半の建物がほぼ同時代にできたことを思えば、これはさほど驚くに値しない。ただしモスクワの高層アパートのほうは、まったく異なる共同生活を目的に建てられた。どの部屋にも数家族が押しこめられたのだ。ここ五番街九九八番地のアパートメントに（使用人を除いて）労働者は一人もいない。ここの住人に、自分たちの暮らしが彼らとどれほど隔たっているかは理解できないだろう。

　わたしは不動産雑誌のコラムから、こうした建物のアパートメントが市場に売りに出されるのはきわめて稀《まれ》であり、出されるときには数千万ドルの値がつくことを知った。昔つきあっていたブローカーが羨望の念を露《あら》わにした口調で、この辺のアパートメントを買いたかったら売り値の三倍の流動資産——株、証券、現金——が必要で、さもないとここの〝領地〟を支配している共同住宅理事会の面々は、ドアのなかに入れようとさえ思わないのよ、といっていた。〝最上級の〟物件になれば、必要な資産はさらに高くなるそうだ。彼女との関係が長続きしなかったのは、きっとわたしがこの界隈《かいわい》に住めそうもないと思われたからだろう。これから会うことになっているローリー・P・マルホランドは、問題なく入居基準を満たしていたにちがいない——彼がここを買った当時は。いまは、《ウォール・ストリート・ジャーナル》や《ニューヨーク・ポスト》の記事が本当だとすれば、彼は窮地に立たされている。

わたしの見るところ、マルホランドはアメリカ版コソコフだ。太り気味で、傲岸《ごうがん》で高圧的な男。事前に少し調べただけで、その印象は裏づけられた。アイルランド系移民の二世で、ニューイングランドのさえない信用金庫をアメリカ第六位の銀行に押し上げ、財を成した。その主たる収益源は、他の銀行がとても貸さないような信用格付けの人々だ。彼の経営するファ《F》ースト・ト《T》ラスト・バ《B》ンクは、類を見ないほど積極的にクレジットカードを作らせ、サブプライムローンで大きな役割を演じた。マルホランドは他の銀行に相手にされなかった低所得者にかなりの高利で金を貸すことで、彼らを食いものにしてきたのだ。マルクスは、まさしく彼のような人間を世界の害悪として攻撃した。レーニンなら逮捕しただろうし、スターリンなら銃殺しただろう。いまや市場は、甘い汁を吸ってきた人間に応分の罰を下そうとしているのかもしれない。マルホランドが長期で借り入れ、短期で貸し付けてきたことは明らかであり、それは元社会主義者から見ても危険な賭け《ロシアンルーレット》だ。ウォール・ストリートの貪欲な金融業者たちが、同類の血のにおいを嗅《か》ぎつけて泳ぎまわっている。FTBの株価は水曜日以来ほぼ半値になった。

わたしはマルホランドをあまり好きになれそうもないし、この男のために仕事をすることは九割がたないだろう。そのことはすでに弁護士のバーニーにはいっておいた。モスクワでぜひ取りかかりたい案件もある。十年がかりで温めていたものが、ここに来て大きく進展しそうなのだ。マルホランドに会うだけ会ってくれとバーニーから頼まれたわたしは、かつて別々の陣営にいたころのような敵愾心《てきがいしん》を感じている。しかしバーニーはまた、これまでわたしに大勢の顧客を紹介してくれた。その理由はマルホランドのような尊大な男に、わたしなどよりよほど忍耐強く応対できるからだ。

深呼吸し、通りを横断した。湿気に息が詰まり、立ち止まる。ウインドウにスモークガラスを貼った、まったく同じ型のスポーツ用多目的車《SUV》が三台、列をなして五番街を進んで停まり、隅に並んで駐車した。警察車両の類だろう。わたしは見守ったが、誰も降りてこない。これからパレードでも始まるのかもしれない。この街には外交官やら要人やらがわんさといる。わたしは通りを渡りきり、重厚な鉄製の雨よけがついた建物の正面入口に向かった。近づくと扉がひらいた。石灰石のロビーはひんやりして薄暗く、歩道とは打って変わった空気でほっとした。制服を着たドアマンがわたしを凝視したが、表情はまったく変えなかった。わたしはミスター・マルホランドに会う約束があるといった。ドアマンが机越しにもう一人の制服を着た男に目をやり、男は受話器を手にした。

「どなた様でしょうか？」

わたしは名前を告げた。男はボタンを押し、少し待ってから「ミスター・ターボがお越しです」と受話器に話しかけ、受け台に置いて、背後のエレベーターに顎をしゃくった。もう一人の制服が無言でエレベーターを操作し、九階まで案内した。こんなところに住んだら、クリスマスにはさぞかし贅沢《ぜいたく》な景色が堪能できるだろう。

男がエレベーターの扉を開けた。わたしはクルミ材の内装のかごから狭いエレベーターホールに踏み出した。マホガニー製の両開きのドアは、ノックする前にひらいた。ダークスーツに白いワイシャツを着、銀のネクタイを締めた男がはいるよう促《うなが》した。

「こちらでお待ちください」

男がわたしを置いて出たエントランスホールは、イギリスの領主館《マナーハウス》と見まがうような造りだった。窓はなく、扉が六つほどあり、片隅から螺旋《らせん》階段が天に向かって延びている。飾られているおびただしい絵画はすべて巨匠の作品で、出来栄えはさまざまだがいずれも聖書を題材に描かれたものだ。全身に矢を受けた聖セバスチャンの絵は来客に何を暗示しているのだろうと考えだしたところで、銀のネクタイを締めた男が戻ってきた。

「どうぞこちらへ」

男はエントランスホールの突きあたりのドアへわたしを先導し、一度ノックするとわきに立った。わたしは足を踏み入れた。

室内はロビーと同様、薄暗く涼しかった。窓から光は差さず、照明器具の明かりしかない。建物の場所と部屋の位置を考えると、窓からはセントラルパークが見下ろせるはずで、たいがいの住人が景色を見せびらかすところだろうが、カーテンは閉ざされていた。もったいないことだ。わたしの故郷では日光を楽しめる時期は限られており、どんなに暑い日でも部屋から陽光を閉め出すなど考えられなかった。この部屋もマナーハウス調のしつらえだ。二階分の高さがあり、羽目板張りで、本棚にぐるりと囲まれ、家紋とおぼしき模様がアーチ形の天井にあしらわれている。大理石でできた特大の暖炉が片側を占め、反対側には対をなすようにひときわ大きな机が置かれていた。机には二台のコンピュータの平面スクリーンしかない。暖炉の上に飾られた大きな絵では、聖母マリアが赤子のキリストを抱いている。わたしの見立てが確かなら、初期イタリア・ルネサンスのものだ。マリアは美しいが、ルネサンス時代の画家が描く大人のような顔をした赤ん坊のキリストにはどうしても違和感を抱いてしまう。彫刻を施した欄干《らんかん》が壁際の本棚の高いところを飾っていた。本は革表紙で、実際に読まれたように見えるものもあった。しかし賭けてもいいが、ここの主《あるじ》が読んだのではない。

暖炉のそばの椅子から二人の男が立ちあがった。バーニー・コードライトが豪奢《ごうしゃ》なペルシャ絨毯《じゅうたん》を横切り、手を差し出して笑みを浮かべている。身長は人並みの五フィート十インチ、わたしより二インチほど低い。六十代にはいり、髪をめぐる闘いには敗色濃厚で、腹もいくらか突き出している。丸顔に大きな口、小さな鼻の上には角縁の眼鏡《めがね》が鎮座していた。バーニーは年がら年じゅう、三つボタンの背広に縞模様のネクタイをしている。寝るときもこの格好なのかと、妻のバーバラにいつも訊きたくなる。

「やあ、ターボ」バーニーはわたしの手を握りしめていった。「アップタウンまで来てくれてありがとう。ローリー・マルホランドを紹介させてくれ。ローリー、ターボ・ブロストだ」

マルホランドは自らの椅子のかたわらに立ったまま、わたしが来るのを待っている。わたしもこの場から動かず、向こうから来させようかと一瞬思ったが、わたしはバーニーに頼まれたからここへ来ているのであって、いきなりつまらないことで意地を張っても意味がない。とはいえ、誘惑には駆られた。

「はじめまして、ミスター・ブロスト」マルホランドはいった。

わたしは彼の手をとった。肉厚で、握力は強くも弱くもない。

「ターボと呼んでくれ」

だが彼は、ローリーと呼んでくれとはいわなかった。腰を下ろし、わたしを一瞥《いちべつ》する。凝視こそしなかったが、わたしのような人間がどうして彼の書斎にいるのか訝《いぶか》しんでいるような目だ。一階のドアマンと同じく、表情はまったく変わらなかった。

マルホランドも背広を着ているが、こちらはオーダーメイドだ。ダークグレーの生地に太い白のストライプがはいったダブルのスーツは、サヴィル・ロウで仕立てたものにちがいない。フレンチカフスがついた白いワイシャツには〝ＲＰＭ〟と青いイニシャルがはいっている。青と金のシルク織りのネクタイは、たぶんわたしの車より高いだろう。ウインザーノットで締めている。わたしは、ウインザーノットでネクタイを締める人間を決して信用しない。ブレジネフ時代の共産党政治局員は誰もがこの結びかたで、どいつもこいつも冷酷無情な人間だった。いや、わたしにこんなことをうんぬんする資格はない——もう何年もネクタイを締めていないのだから。

マルホランドは思ったより背が低く、五フィート八インチほどで、意外に太っていた。六十八歳という実年齢よりは若く見える。黒っぽい巻き毛はいまでもふさふさしており、白髪はまったくない。顔には皺《しわ》がなく、アイルランド系特有の白い肌に赤みがかった丸い頰。たとえていえば、製菓会社のキャラクターが年老いたような顔だ。黒く鋭い目の印象を少しでもやわらげようと鼈甲《べっこう》の眼鏡をかけているが、その程度では覆《おお》い隠せなかった。捕食者の目だ。強制労働収容所《グラーグ》やＫＧＢでこういう目をたくさん見てきたわたしは、できるだけ彼らに近づかないようにしてきた。

わたしはバーニーに〝もう帰りたい〟と目で合図したが、彼は気づかなかったか意図的に無視した。「まあ座ってくれ、ターボ。コーヒーでもどうだ？」

「いや結構。たらふく飲んできたんでね」

「ちょっと失礼」マルホランドがいい、部屋の向こう端にある机へ向かった。九時半をまわったところだ。何をしに行ったかはおおかた見当がついた。彼はコンピュータのキーを数回押した。「市場は五十下げで始まった。うちもふたつ下げている。上々の滑り出しとはいいかねるな」〝うち〟とはファースト・トラスト・バンクのことにちがいない。彼は十二パーセントを所有する大株主だ。

わたしはエチケット違反かもしれないが上着を脱ぎ、バーニーの隣に座った。着るものはいつも同じだ。グレーの麻のジャケットに黒のTシャツ、ベージュ色の麻のズボン。冬には麻の代わりに革とフランネルを、Tシャツの代わりにタートルネックを着る。何を着ようか考える手間が省け、朝の時間を大幅に節約できる。

マルホランドは広い室内を突っ切って戻り、椅子にふたたび座った。カフスを直し、ネクタイをいじり、バーニーに視線を注ぎ、続いてわたしのほうを向く。世間話からはいろうか、すぐに本題を切り出すか決めかねているようだ。ひとたび本題を切り出せば、立場が弱くなってしまう。話が終わるころには、わたしは彼の秘密をいくらか知ることになるのだ。マルホランドのような男は自分をさらけ出して弱みを見せるのを嫌う。彼は本能的に不安を感じ、避けられない事態を引き延ばそうとしているのだ。わたしは待った。わたしのような考えかたの人間にとって、こうした瞬間はいささか楽しい。

しかしバーニーはそわそわしはじめ、沈黙が気づまりになったようだ。「ええと」彼はいった。「ローリー、そろそろ本題に――」

マルホランドは丸々とした指をかざした。その指には顔よりもはっきりと年齢が現われていた。「はじめにミスター・ブロストにいくつか訊きたいことがある」

この会合を仕切り、できるだけ長く主導権を握っていたいようだ。わたしは彼に注意を向けるふりをした——バーニーのために。

「きみはＫＧＢにいたらしいな」質問ではなく、断定だ。

わたしはうなずいた。

「どうしてその仕事を選んだ？」

「囚人になるよりましだったからさ」

相手はきょとんとした。たいがいの相手がこうした反応をする。

「わたしにはわかりかねるが」

「職業の選択肢は限られていた。犯罪者になっていたかもしれない。そのために必要な経験はほとんど積んでいたが、刑務所にはいるのはごめんだった。それに比べれば、ＫＧＢのほうがずっとましに思えたんだ」

「やはりよくわからない」

バーニーは彼にどこまで話したのだろうか。そのバーニーがどこまで知っているのかも前から気にはなっていた。

「法律、犯罪、刑罰は、旧ソ連ではどれも定義があいまいだった。線引きは絶えず変わっていた。もともと法律を執行する立場にいたのに、結局は犯罪者になってしまった人間も大勢いる。わたしは幸運な部類だった。多少役に立つ技能があったからね」

概していえば、事実からそう遠くない。より踏みこんだ話は、大半のロシア人と同じく、しないことにしている。恥辱は人間を最もむしばむ感情だ――死よりなお悪い。ロシアにはそんな言葉がある。

「きみを処罰した同じ法律を執行することにためらいはなかったのか？」

「わたしが処罰されたといった覚えはない」

バーニーが割ってはいった。「ローリー、わたしは――」

マルホランドはいった。「きみは共産党員でもあった」これも断定だ。

「確かに」

「ではマルクス＝レーニン主義者のたわごとを信じているのか？」

「マルクスは歴史家としては優秀だったが、人間性を洞察する力があまりなかった。共産党《ボルシェビ》員《キ》が権力を握る前の純粋な形態でもなお、共産主義は欠陥のあるイデオロギーだった。人間は他人と分かちあおうとは思わない。自分の取り分を最大限にしたいと思うものだ」

わたしは羽目板張りの室内を見まわした。マルホランドは眉をひそめ、バーニーは顔をしかめている。

「KGBに採用された理由は？」

「言葉だ。七カ国語を話せる」

「よく訓練されたようだな。まったく訛《なま》りのない英語だ」

「フランス人の友だちにも同じことをいわれる《メ・ザミ・フランセ・ム・ディズ・ラ・メム・ショーズ》。あんたもボストン訛りのない英語だな」

「ミッションスクールの修道女のおかげだろう。警察官と大差ない人種だ」マルホランドは自分のジョークににやりとした。「ＫＧＢでは何をしていた？」

「最初は第二総局で防諜業務に携わっていた。しかし大半の時期は、第一総局の第一課にいた。あんたたちをスパイしていた部署だ」わたしは親しみをこめた笑みを浮かべ、悪気はないことを示したが、相手はにこりともしなかった。「退職時の階級は大佐だった。わたしからはそこまでしかいえない」

「いえないのか、いいたくないのか？」

わたしは首を振った。彼が浮かべた表情は、拒絶されるのに慣れていないことを示していた。しかしその表情はすぐに消えた。

「いつからニューヨークに？」

「九三年」

「ロシアを離れた理由は？」

「ロシアのすべてが変わっていた。ＫＧＢ以外のすべてが。プリマコフが長官に就任したとき、早期退職の希望を募った。それで応募したのさ」

彼は、ようやくまともな答えを聞いたかのような表情をした。

「結婚は？」

「したことはある」

「離婚したのか？」

わたしはうなずいた。

「残念なことだ」

「前の妻はそう思っていない」

「そういう意味ではない。結婚は神聖なものだ。離婚はすべきことではない……子どもは？」

「息子が一人。いまは成人している」

「再婚する考えはないのか？」

「なんだってそんな――」

「ゲイではないんだろう？」

彼には関係のないことであり、時間の無駄だと思った。まったくよけいなお世話だ。そういいかけたとき、バーニーがさえぎった。

「ローリー――」

マルホランドがぽっちゃりした手をふたたびかざした。「無礼なことを訊くと思われるだろうが、ミスター・ブロスト、きみが信用できる人物かどうかを確かめたかったのだ。きみに来てもらった用件はわたしの家族に関する事柄であり、家族はわたしの人生にとって神に次いで重要だ。バーニーはきみのことを頭の回転が速く、正直で、有能な男だといっている。それは大変心強い。しかしきみはアメリカ人ではない。ありていにいえば、きみがかつて所属していた機関はずっと、わが国の不倶戴天《ふぐたいてん》の敵だったのだ。きみの離婚歴も、われわれの社会の根幹をなす制度に対する忠誠の欠如を示している。ほかにも道徳的頽廃《たいはい》を疑わざるをえない」

道徳的頽廃。違法すれすれの高利貸しをしている男からそんな言葉を聞かされるとは。わたしはもう一度バーニーのほうを向いたが、彼は絨毯にいたく興味をそそられたようだ。マルホランドに目を戻すと、彼はこちらを一心に見ている。そろそろ引き上げる潮時かもしれない。

「わたしはウォッカを飲む。ビールも好きだ。カードゲームもやる、金を賭けてね。子どものころ、友だちは全員いわゆる非行少年だった。成人して本物の犯罪者になったやつもいる。それに、たまには尻《けつ》を追いかけることもある、女の尻をね。それが問題になるのかどうかはわからんが。七つの大罪はほとんど犯したよ――ただし貪欲だけは例外かもしれない。そっちのほうはあんたがたが市場を独占しているからね。自分のやりかたを変えるつもりはさらさらない。たぶんわたしは、あんたの求めている人間ではないんだろう、ミスター・マルホランド。もしそう思っているなら、こっちも異存はない」わたしは立ちあがり、ジャケットを手にした。

「座ってくれ」マルホランドが声を張った。鋭く、黒い目がひときわ暗くなった。「まだ話は終わっていない」

これには驚いた。わたしがお払い箱になるほうに、家一軒賭けてもよかったぐらいだったのだが。いわれたとおりにしたのは、たぶん好奇心のゆえだったろう。もしかしたら好奇心は八つ目の大罪かもしれない。わたしたちはそのまま数分ほど黙って座っていたが、わたしはおろか、マルホランドも気づまりにはならなかったようだ。バーニーは身を乗り出し、膝のあいだで手をすりあわせていた。おもむろにマルホランドが立ちあがり、机に向かうと、市場は九十下げ、ＦＴＢ株も二・五下落していると声に出し、椅子に戻っていった。「きみの仲間のことを話してくれ」

「仲間などいない。わたしだけだ。相手が探しているものを見つけて報酬をもらう。人を捜すこともあれば、貴重品を探すこともある。情報を探すことも。客はさまざまだ――個人、企業、保険会社。必要とあれば、バーニーのような弁護士も相手にする」

誰も笑わなかった。わたしはジャケットのなかに手を入れ、名刺を取り出し、手渡した。それを見たマルホランドは顔をしかめた。

「〝ロスト・アンド・ファウンド〟？　これは冗談のつもりか？　地下鉄の忘れ物預かり所《ロスト・アンド・ファウンド》じゃないんだぞ」

「ロシア流のユーモアは駄洒落《だじゃれ》が多くてね」

この相手にロシア流ユーモアは時間の無駄だったようだ。好奇心は失せ、嫌悪感にとって代わった。もうこの男にはうんざりだ。

「きみの顧客のことを聞かせてほしい」彼はいった。

「客のことはいっさい話せない」

「身元保証人はいるんだろう」

「バーニーが請けあってくれるはずだ。少なくともわたしはそう思っている」

バーニーに目をやると、話の雲行きを快く思っていないのが顔に出ていた。

「これでは話にならん」マルホランドはいった。

「なら結構」わたしはふたたびジャケットを取り上げた。

「待ってくれ」バーニーがいった。「ローリー、落ち着くんだ。きみだって、ターボに自分のことをしゃべってほしくないだろう。彼の顧客にはきみの従業員も大勢いるんだ。みんな彼の仕事を高く評価しているよ。文句をいった客は一人もいない」

ローリー・マルホランドに〝落ち着くんだ〟といえる人間はそういないはずだが、バーニーがニューヨークでも屈指の弁護士として第二の人生で成功を収めたのはまぐれではない。とりわけ客を操縦する能力はその大きな理由だ。

マルホランドは考えるふりをしている。いままでのところ、延々と見え透いた芝居に費やされている。彼が抱えている問題を話すつもりがなければ、そもそもわたしを呼ぶはずがないのだ。しかし芝居にしてはやけに長い。

「どうか座ってほしい、ミスター・ブロスト」マルホランドはいった。「もうひとつ訊きたい。ターボという名前はロシア人には珍しいが……これは本名なのか？」

「一部はそうだ」マルホランドは続きを待ったが、わたしはこれ以上話すつもりはなかった。彼の目にいらだちが、バーニーの目に憤激がよぎる――今度はわたしに向けられたものだ。わたしは帰り支度をした。

「わかったよ、ミスター・ブロスト、それならそれでいい」マルホランドはいった。「ここで話すことは口外無用に願う」

「了解した」まだ彼のことは好きになれない。わたしの気持ちの九十八パーセントは、この男のために働かないつもりだったが、それでも、相談に来る他の人間と同様、話だけは聞くべきだろう。

彼はいま一度逡巡《しゅんじゅん》しているふりをし、立ちあがって机に向かった。「ダウは二百二十下げだ。うちの下げ幅は四になった。スクリーンは赤一色だ」マルホランドは抽斗《ひきだし》に手を伸ばし、一枚の写真と紙切れを手にして戻ってきた。それをわたしに手渡す。

「うちの娘、エヴァだ」

写真には青い目と赤褐色の髪をした若い女が写っていた。家庭用のプリンターで印刷されたとおぼしき、写りの悪いスナップ写真だが、それでも彼女の美しさは見まがいようがなかった。女は椅子に座り、焦げ茶色の壁を背にして胸を突き出し、両手は縛られているかのように後ろにまわしている。《ニューヨーク・タイムズ》が膝を覆っていた。一面の日付は数日前のものだ。彼女はまっすぐカメラを見据えていた。男の手が左から若い女の額に銃を突きつけている。グロックの九ミリだ。彼女の表情から不安や怯《おび》えの色はうかがえず、痛そうな様子もないが、人質の写真にはつねにどこか現実離れしたところがあり、本当のところはなかなか判断しがたい。わたしは彼女の目に妙に引っかかるものを感じ、その理由に思い当たるのに一分ほどかかった。その目は孤児と同じだったのだ。わたしが少年時代を過ごした孤児院で、友だちの親が奇跡的に現われると、ほかの子たちがよくこんな目をしていた。はかない願いと絶望がないまぜになったまなざし。〝どうしてぼくじゃないの？〟と訴えつつ、自分の番は永久に来ないとわかっている目の表情。頭に銃を突きつけられているにせよ、若く美しい女が、それもローリー・マルホランドの娘が浮かべるとはまず思えない目の色だ。

紙切れにはこう書かれていた。

とてもかわいい娘だ。ムラムラしてくるぜ。おれの友だちも、だ。おれたちみんなで、すぐにでも犯したい。

十万ドル持ってこい。使い古した十ドル紙幣と二十ドル紙幣で用意すること。おれたちが連絡するまでに準備しろ。

警察には通報するな。ごまかしもなしだ。

さもなければおれたち全員で娘を犯し、殺す。

くそったれ。


最後の〝くそったれ〟がいまひとつ釈然としなかったが、わたしはよくそういう細かいことを考える。頭のなかでその考えを打ち消した。

「この手紙を受け取ったのは？」わたしは訊いた。

「きのうだ」

「それから連絡は？」

「ない」

「じゃあ、すぐにも来るはずだ。相手はあんたに選択肢を考える時間を与えたくないだろうからな。最後に娘さんを見たのは？」

「それが……よく覚えていない。確か二週間ほど前だった。アパートメントで一人暮らしをしている」

「年齢は？」

「十九歳」

「学生か？」

「メアリーマウント・マンハッタンだ。演劇コースに通っている」

〝演劇コース〟のいいかたから、彼が時間と金の無駄遣いだと考えているのがわかった。マルホランドはそわそわしていた。

「彼女が――あるいはあんたが、目をつけられた心当たりは？」

「まったく思い当たらない。エヴァは……妻の最初の結婚で生まれた娘だ。前の夫は死んだ」続く言葉は、自らの道徳的正当性を守るために付け加えたように思えた。「わたしはエヴァを養女にし……わが子同然に思っている」

認めたくはないが、その言葉は心からのものに聞こえた。マルホランドが心配しているのは疑いない。だとしても、わたしは腑《ふ》に落ちなかった。「それで、わたしに何をしてほしいんだ？」

「おのずから明らかだと思うがね。誘拐犯を見つけてくれ。そしてエヴァを連れ戻してほしい。料金の計算は？　バーニーのように時間給か？　だったらできるだけ割り引いてほしいね」彼はふたたび、自分のジョークらしきものに声をあげて笑った。

わたしは首を振った。「料金は歩合制だ――探すものの三十三パーセント。プラス諸経費だ」バーニーが顔をしかめた。〝プラス諸経費〟というときには、わたしがその仕事を受けたくないのを知っているのだ。

金融業者は露骨な反応を示した。「三十三パーセントだと――ずいぶんふっかけるな」

「ヘッドハンティング業者と同じだよ」

「しかしどうやって……こんな場合に……どうやって値段をつけろというんだ……エヴァに？」

「決めるのはわたしではない。あんただ」

マルホランドは初めてわたしを正面から見つめた。彼の頭のなかの計算機が見えるような気がする。ボタンがずらりと並び、わきに大きなレバーがあって、合計を計算し、この場を切り抜けるのにいくらかかるかはじき出す機械だ。

「犯人の要求額は十万ドルだ」しばらくして彼がいった。

「それはあくまで犯人の要求額だ」

彼はうなずいた。こんな手が通用するとは最初から期待していなかったかのように。「わたしは切りのいい数字が好きだ。では、百万にしよう」

「わたしの娘だったら、二百万にするところだ」

彼は椅子から腰を浮かせ、口から唾《つば》を飛ばした。「それじゃあ、六十六万——」

「プラス諸経費だ」

「そいつは……」彼は椅子に座りながら言葉を探した。「暴利だ」

わたしは肩をすくめた。バーニーが痛々しい表情を浮かべている。「あんたの銀行のクレジットカードだって、借金したら利息は十八パーセントだ。そいつだって暴利じゃないか——銀行は三パーセントもあれば元が取れるのにな。それでも客はちゃんと払ってくれる」

「それとこれとは話がちがう。あれは……」

「市場経済ってわけか？」

彼がふたたび顔をしかめる。バーニーは窓の外を眺めるふりをしていた――カーテンを閉ざした窓から。

「わたしは、あんたがいうところのマルクス＝レーニン主義者のたわごとを聞いて育ったかもしれんが、隣にいる男と同様、市場経済については理解しているつもりだ。需要と供給の法則も含めてね。わたしは一人きりで仕事をしている。相棒や同僚や従業員はいない。当然ながら供給が制約されるのは一目瞭然だ。わたしはほかにないテクノロジーも持っているが、そいつは安くはない。一方で、何かをなくす人間はあとを絶たない。きょうはあんたがその一人目だ。日没までには、あと五、六人いるかもしれない。どの依頼を受けるかはわたしが決める。そいつはたいてい、興味を引かれるからか、報酬が高いからだ」

「ではわたしは後者に属するだろうな」彼はいった。

「あんたはどちらにも属さない」

マルホランドの顔を、いままでに見たことのない表情がよぎった。わたしの言葉に胸をえぐられたような表情だ。「わかった、ミスター・ブロスト。どうぞお好きなように。ごきげんよう」

彼は立ちあがり、スクリーンを確認しに歩きだした。わたしが部屋を出るときも同じ表情だったが、それがわたしのせいか、赤一色のスクリーンのせいかはわからなかった。

3

エレベーターを待っていると、バーニーが追いかけてきた。丸顔を赤紫に染めている。

「おいターボ、いったいどういうつもりだ？」

「前にもいったはずだ。あの男のために仕事をするつもりはない」

「それにしてもあのいいかたはないだろう」

「料金を払いたくなさそうだったからな」

「あんなにふっかけられたら当然だ。六十六万ドルだと？」

「プラス諸経費だ」

「ああ、そうだったな。ろくでもない諸経費まで」

「わたしの仕事は安くはないんだ」

「それはきみしだいだろう」

以前、バーニーの妻の友人に頼まれた仕事を請け負ったことがある。ささやかな信託財産を持っていた芸術家で、その夫が彼女の金をラスベガスに持ち逃げしたのだ。全部すってしまう前に夫を見つけたものの、残りはいくらもなく、それが彼女のなけなしの財産であることは明白だった。わたしは報酬を頑として受け取らなかった。彼女がお礼に贈ってくれた絵は、わたしの大のお気に入りだ。いまでもオフィスに飾っている。そういうわけで、バーバラ・コードライトは夫のバーニーに、わたしがいかにすばらしい人間であるかを折に触れ宣伝してくれるのだ。彼がわたしに対して我慢強いのは、ひとつにはそのためだ。

「マルホランドのような人間に値切るつもりはない」

エレベーターのドアがひらいた。バーニーが手を伸ばした。「すまんが、このまま帰すわけにはいかないんだ」ドアがふたたび閉まる。

「いいかターボ、ローリーはきみと同じく、誇り高い男だ。その点は認めてやってほしい。頑固なのもきみにひけをとらない。確かに、まわりの人間に自分の優秀さを誇示したがるところはある。そいつはきみとちがうところだが、彼のような立場の人間にはよくあることだ。少し大目に見てやってくれないか。銀行は経営危機に直面している。娘は誘拐された。だから憔悴《しょうすい》しているんだ。わがヘイズ・アンド・フランクリン法律事務所にとって彼はいちばんの得意先だから、彼が心配ごとを抱えれば、わたしは胃《い》潰瘍《かいよう》になってしまう。それに今回の件に関しては、きみが頼みの綱であり、わたしの胃の特効薬になってくれるものと見こんでいる。きみがあの男をどうしても好きになれないというのなら、やつが本当にくそったれだと自分の目で見極めなきゃならん。そうしたらきみが正しかったと心底から納得できるだろうさ。きみの頑固さだって相当なものだが」

わたしは大声で笑った。バーニーのこういうところが好きだ。問題の核心をずばりと指摘し、臆することなくものをいう。

「ロシア人の頑固さこそが、大祖国戦争の帰《き》趨《すう》を変えたのさ」

「その話は、耳にタコができるほど聞かされたよ。こっちでいう第二次世界大戦だな。転換点になったのはノルマンディー上陸作戦だがね。まあいい、ターボ。わたしがローリーと話をつけたら、彼の話を最後まで聞いてくれるか？」

わたしは少し考えるふりをした。モスクワの仕事には後ろ髪を引かれるが、あの幽霊たちにはあと数日待ってもらうとしよう。バーニーがここまでいうのであればむげにはできない。

「わかった」

「よかった。すぐ戻る」

わたしは狭いエレベーターホールで待ちながら、バーニーのいったとおりマルホランドが頑固であることを半ば願い、あの男のどこにこれほど反感を催すのだろうと思った。あの聖人君子ぶったもののいいかたが、まずもって癇《かん》に障る。旧ソ連で半生を過ごしてきた経験から、政治であれ宗教であれ自らの信念に凝り固まった人間を、わたしは信用しないことにしている。それからあの目だ。彼の目を思い出し、エレベーターを呼ぼうとしたとき、バーニーが戻ってきた。笑みを浮かべている。

「よし、大丈夫だ」彼はわたしを先導して引き返した。「言葉に気をつけてくれよ。きっと彼は、きみを気に入るだろう」

マルホランドは、今度は自ら絨毯《じゅうたん》を横切り、手を差しのべてきた。わたしはその手を握り、われわれ三人は先ほどと同じ椅子に戻った。

「無礼に聞こえるかもしれないが」彼はいった。「そのつもりではない。息子さんは——きみとはうまくいっているのかな？」

彼の知ったことではない。しかしわたしには、彼が真率《しんそつ》な関心を抱いているか、わたしとのあいだに共通点を探しているという気がした。ともあれ、わたしも今回は紳士的な態度で答えた。

「息子が二歳のとき以来会っていない」

相手は憤慨するか、さもなければ敵意さえ覚えるのではないかと予想したが、なぜか彼の黒い目はやわらぎ、うるんだ。そこに見て取れるのは同情、あるいは悲しみだった。ひょっとしたらバーニーのいうとおり、どうしようもない頑固者はわたしだったのかもしれない。

「悪いのはすべてわたしだ」わたしはあわてていった。「いくつもの過ちを犯した。そんなことをくどくど話しても退屈させるばかりだが、道理に合わないことばかりだった。いまでも毎日のように考える。あのときわたしにできることはなかったのか、わたしはどうすべきだったのか、と」

黒い目には、まぎれもない気遣いが表われていた。果たして本心なのかと思った。だがこうした感情を見せかけるのは至難の業《わざ》だ。驚いたことに、彼は確かにそうした感情を示した。バーニーにふたたび軍配が上がった。

マルホランドはわたしの探るような目を見て、誤解した。「すまない」彼はすぐさまいった。「詮索《せんさく》するつもりはなかったんだ。われわれはみな過ちを犯す。わたしは……よき親であろうと……」

わたしは続きを待ったが、彼の目は虚空を見据え、自らの思いに耽《ふけ》った。わたしは彼の姿を見ながら、なぜここまで話してしまったんだろうと考えていた。ひょっとしたら外見にそぐわず、彼は好感のもてる人間なのだろうか？

ややあってバーニーが咳払いし、マルホランドはわれに返った。黒い目が鋭さを取り戻す。

「先ほど癇癪《かんしゃく》を起こしてしまったことはお詫《わ》びする、ミスター・ブロスト。きょうはいろいろ問題続きでね——このところそんな日が多いが。もちろん、きみの料金については問題ない。ただしこの件に関しては、くれぐれも他言無用に願う。警察に通報するなという誘拐犯の要求は無視できない。誰にもこのことを知らせてはならないのだ。妻も含めて。妻はただでさえ大きなストレスを抱えており、それはわたしに責任がある。わたしの事業がうまくいっていないからだ。前回エヴァが戻ってきたとき、妻と大喧嘩《おおげんか》をしてね。あれ以来娘はここに来なくなってしまった。もしフェリックスに知らせたら、自分を責めるのではないかと心配でならない」

「フェリックス？」

「妻の本名はフェリシティだ。だが彼女は使いたがらない」

「喧嘩の原因は？」

「それは重要ではない。フェリックスとエヴァには……複雑な関係がある。しかしそうした関係にある母と娘は多いだろう。ただあの二人のあいだでは、それがときどき爆発するんだ」

「本当に今回の件と無関係なのか？　たとえばエヴァが——」

　マルホランドは最後までいわせなかった。「きみのいわんとしていることはわかるが、わたしにはそうは思えない。彼女にはそれなりの事情《イシュー》があるかもしれないが、そんなことをするような娘ではない」

　わたしは、アメリカ英語で問題《プロブレム》が事情《イシュー》にいい換えられだしたのはいつごろだろうと考えていた。言葉さえ変えれば問題ごと消えてしまうとでも思っているのだろうか。アメリカ人はもっとオーウェルの小説を読むべきだ。わたしはその考えを頭のなかで打ち消した――エヴァがいかなる問題を抱えていようとこれから調べていくうちに明らかになるだろうし、どのような娘なのかわたしなりの見解も得られるだろう。

「ほかに必要なことはないか？」マルホランドはいった。

「この写真をお借りしたい」

「それは――」

「この写真がいつ、どこで撮られたかを知りたいだけだ。コピーは作らないし、わかりしだい、すみやかに返却する」

「きみが約束を守る人間であることを信じるとしよう」

マルホランドには、ひと言いい終えるたびに顔をしかめる癖があり、まるでいちいち反論に身構えているようだ。決して話しやすい相手ではない。

ドアをノックする音に三人とも振り向いた。銀色のタイを締めた男が部屋にはいり、わたしとバーニーに視線を走らせ、揉《も》み手をしながら広い絨毯《じゅうたん》を近づいてくる。彼は雇い主の耳にふた言、三言ささやき、足早に引き返していった。バーニーに向けたマルホランドのまなざしが、黒から漆黒に変わった。

「きみは、彼女と取引をしたといっていたな」

「ヴィクトリアのことか？　ああ、確かにした。いまでもしている」

「そいつは反故《ほご》にされた。ＦＢＩがこちらに向かっている」

「そんなはずはない。わたしは――」

マルホランドが矢継ぎ早に指示を出しはじめた。怒りのにじんでいた声は、冷静で事務的な口調に変わっている。バーニーはうなずき、脳裏でやるべきことを整理しながらポケットを手探りし、携帯電話を取り出した。なんらかのプランが動きだすようだ。

「事務所のコグリンとオニールに連絡をとってくれ」マルホランドがいった。「あの二人には対応策がわかっている」

バーニーは電話の番号を押している。「声明を発表することになりそうだ。この件を公表すべきなのは疑いない」

「わかっている。危機対応プランがあるだろう。航空機事故のような場合を想定したものだが、当面あれで対応できるはずだ」

「ダウンタウンでアランと彼のチームを至急集めてくる」バーニーはマルホランドにいった。「きみも必要以上ここにいるべきじゃない」

もう一度ノックがした。われわれが立ちあがると同時にドアがひらき、スーツを着た六人の男たちがはいってきた。室内をぐるりと見わたす男たちの視線が、われわれ三人に集中した。

「ローリー・マルホランドか？」いちばん大柄なスーツの男がいった。

「いかにも」

「あなたを逮捕する。ご同行願いたい。テイラー、彼の権利を読み上げろ」

マルホランドの口から〝FBI〟とは聞いていたが、よもやこんなことになるとは思ってもいなかった。彼が手錠をはめられ連行されるのは現実離れしていた。さっき見た三台のS

UVにこの男たちが乗っていたのはまちがいなく、彼らはここで公務を執行している。わたしは腕時計を見た。まもなく十時半だ。彼らはいったい何を待っていたのか？　これがKGBであれば深夜にマルホランドをベッドから引きずり出し、ルビャンカかレフォルトヴォの刑務所に監禁して、彼が関与していたとされる犯罪を自白するまで一睡もさせないところだ。だがここはアメリカだ。きっと司法省には独自のルールがあるのだろう。たとえば、〝銀行家は午前十時以前には逮捕しないこと〟といったような。

テイラーがポケットから手錠を取り出した。マルホランドは頭を昂然《こうぜん》と上げ、広い絨毯をゆったりと歩いている。この点は賞賛せざるをえなかった。きっと彼は、いままでの生涯で自分が逮捕されると思ったことなどなく、まして自宅で逮捕されるとは夢想だにせず、自らの品位を保とうと最大限の努力をしているのだろう。意地悪な考えがわたしの脳裏をよぎった。指紋をとられ、顔写真を撮られ、衣服を脱がされてもなお、彼はお高くとまっていられるだろうか、と。しかし考えてみれば、おびただしい無実の人々が同じような、いや、もっとひどい屈辱を味わわされてきたのだ。ほくそ笑むような事柄ではない。

マルホランドが机の前で立ち止まり、コンピュータのスクリーンを確かめた。少し意気消沈したように見えたが、すぐに頭を上げた。FBI職員がマルホランドを部屋から連れ出すと同時に、バーニーの携帯電話が鳴った。電話の画面に目をやった彼は、うなり声をあげた。電話をひらくバーニーの頭のギアがシフトアップし、加速しているようだ。彼はふだんめったに怒らない。しかしけさは、怒り心頭に発していた。

「やい、ヴィクトリア、一体全体なんの真似だ？……つまらん挨拶《あいさつ》は抜きだ……そいつはわかってる。こっちは彼といっしょにいるんだ。取引は成立していたとばかり思っていたが……どういうことだ、変わっただと？　じゃあ、何が変わったんだ？」

彼は数分ほど話を聞き、何度かさえぎろうとしたが、思いとどまった。それからいった。

「ヴィクトリア、きみが前の共同経営者《パートナー》じゃなかったら、思っていることをそのまま口にするところだ。だがいまはくそったれとだけいっておこう。きっとそのことを証明してやる——きみにばつの悪い思いをさせてやるよ」

彼はふたたび耳を澄まし、ややあって口をひらいた。「それなら、せめてひとつ頼みを聞いてくれないか？　連行するのは裏口からにしてくれ。公衆の面前にさらすのはかんべんしてほしい。彼は逮捕されるようなことは……おい待て、ヴィクトリア、きみならできるだろう……なんだって無実の人間を証拠もなしに……ちくしょう！」

バーニーは携帯電話をポケットに押しこみ、「あのあばずれが」と毒づいて、得意客に続いてドアから出た。

わたしは躊躇《ちゅうちょ》した。こうした不意の逮捕劇に遭遇するのは初めてではない——わたしと同世代のロシア人なら誰でも一度はある。それでも、いまのわたしは招かれざる目撃者だ。誰一人、この光景を見せようとわたしを呼んだわけではない。前回、法執行機関が予告抜きで現われたのを目撃したとき、わたしは反対側の立場だった。つまり当局をけしかけたのだが、運命のいたずらで、結果的にわたしのキャリア、結婚、家族の破綻《はたん》を招くことになった。わたしはその記憶を封印し、思い出したくない過去の部屋に閉じこめておいたつもりだが、マルホランドとＦＢＩがそれを解き放ってしまった。運命がふたたびわたしの前に立ちふさがろうとしているような、いやな予感がする。それがどんな運命か少しでもわかっていれば、わたしはここにとどまってドアに鍵をかけていただろう。

エントランスホールでは、マルホランドがスーツ姿の男たちに取り囲まれていた。バーニーが彼らをかき分けている。

「ヴィクトリアによると事情が変わったらしいが、何が変わったのかはいおうとしない。公衆の面前で連行するのはやめてくれといったんだが――」

「わかった」マルホランドはいった。「こんなことに負けはしない。おかしなことはしていないのだから、捜索しても何も出てくるはずはない。こんなのは見え透いた脅しだ」

「トムとウォルターに連絡する」バーニーはいった。

「さあ、行くぞ」スーツの一人がいった。

さんざん待ったくせに、いまになってＦＢＩはマルホランドをダウンタウンに引き立てようと急いでいる。なんらかのスケジュールに合わせて動いているのだろう。誰かが地元のテレビ局にリークし、十一時ごろニューヨーク市警本部前で取材班を待たせているのだろうか？　電話で話していた内容から推して、バーニーはそう考えているようだ。サヴィル・ロウ仕立てのスーツとタイに身を固めたマルホランドが手錠をはめられ、庁舎内に連行される光景は、夜のニュースの格好のネタになるだろう。

収容所で生き残るのは、なにものにも全注意力を奪われないことを早くから学んだ人々だ。災厄の種はどこにでもあり、あらゆる方向から、予想もしない形で降りかかってくる。悪意を持った看守、敵意を抱いた囚人、自分が寝ている藁《わら》のむしろをしきりにほしがる新入り、自分に嫉妬する無期懲役囚。つねに警戒を怠《おこた》らないことが生存の要諦《ようてい》だ。第六感を研ぎ澄まさなければならない。いまわたしの第六感が警戒信号を送ってきた。次の瞬間、あの女の声が聞こえてきた。しかしドアの前はＦＢＩとマルホランドにふさがれている。どこにも逃げ場がない。

声は頭上から聞こえてきた。螺旋《らせん》階段の中間だ。その声が鋭い刃のようにわたしの背骨を突き刺す。生きてふたたびこの声を聞くとは思っていなかった。それがここで聞くことになろうとは。この十五年、わたしは新たな人生を築いてきた。過ちもあったが、それはわたし自身が形作った人生であり、概して満足している。それを彼女は、ただの一瞬で粉々《こなごな》にしてしまった。

「ローリー？　何があったの？　この連中は誰なのよ？　ローリー！　それは手錠？」

4

スパイ学校で教わるのは、自分をコントロールし、いかなる環境でも決して感情を表に出さず、とくに驚きを露《あら》わにしないことだ。わたしはすでにグラーグで、最下層のごろつきども《ウルキ》とカードゲームをしながらこのことを学んでいた。ゲームに負けた者は勝者の意のままに、苛酷な要求に従わねばならなかったのだ。それでも螺旋階段の上から降りてくる彼女を見て、わたしは驚き、あきれ、わが目を疑った。まったく信じがたい光景だ。わたしの思考は停止した。少なくとも自分ではそんな気がする。ただ両目と脳が、コンセントにつながれ感電したように震えだした。

マルホランドが彼女のほうに一歩踏み出したが、スーツ姿の二人に押し戻された。バーニーが足早にホールへ向かった。

「心配ないよ、フェリックス。大丈夫だ。これはその……ちょっとした行き違いだ。すぐに誤解は解ける」

「行き違いですって？　ばかにしないでよ、バーニー。ごまかさないで。その人たち、警察でしょう？」

バーニーがうなずく。彼女はスーツの一団に駆け寄り、男たちと対峙した。黙って見送るつもりはなさそうだ。わたしにはまだ気づいていない。書斎のドアのかたわらに立っていたわたしは、彼女の視界にはいっていなかった。

「身分証を見せていただけないかしら」彼女はいった。

大柄の男が胸ポケットから身分証のはいった財布を取り出し、彼女の目の前にかざした。

「夫に対する容疑は？」

「郵便詐欺、有線通信不正行為、証券詐欺、妨害行為、捜査官への虚言。それからマネーローンダリング。これまでのところ、以上です」

どんな内容かだいたい想像はついたが、〝マネーローンダリング〟の言葉を聞いたところで彼女の顔つきが変わった。驚きとも不安ともつかない表情がよぎり、乱暴に押されたかのように後ずさりする。しかしその表情は瞬《またた》く間に消えた。

「どこに連れていくの？」

「ダウンタウンのフォーリー広場です」

「保釈金は？」

「わたしの担当ではありません、マダム。判事との協議事項になります」

「ローリー……」

マルホランドは彼女の手を握った。指輪をふたつはめている。金色の結婚指輪と、教会の丸屋根並みに大きな宝石がついた指輪。「心配ない。バーニーがいったとおり、わたしは大丈夫だ。夕食には戻る」

「でも……」

「バーニーがすでに弁護士を何人か手配している。彼らにまかせておけば安心だ」

「行こう、マルホランド」ＦＢＩの男が促す。「事情は向こうで聞く」

マルホランドはうなずき、妻の手を離した。彼女がわきによける。

ＦＢＩの男はマナーハウスのようなエントランスホールをじっと眺めた。「豪勢なもんだ」マルホランドをエレベーターに向かって押しながら、彼はつぶやいた。

わたしはその場に立ちつくし、避けられない事態を覚悟した。この場を出られるものなら、喜んでマルホランドと入れ替わりたいところだ。書斎のほうを向いた彼女は、わたしの姿を認め、凍りついた。二十年あまりの歳月を経ても、彼女はまったく変わっていない。

小国ゆえほとんど知られていないが、リトアニアはその大きさに比べて不釣りあいなほど多くの美女を生んでいる。ポリーナはその典型的な例で、ロシアとリトアニアの混血ゆえいっそう美しいのかもしれない。長身でブロンド、ほっそりした体軀《たいく》。ウエストにタックのはいった薄紫のノースリーブドレスが、濃紺の瞳を際立たせている。赤い唇にリップグロスをつけているが、これは不要だ。肩の下まで伸びた髪は、自然な美しさを損なわずにカットされている。胸を張り、背筋はぴんと伸び、脚はすばらしく長い。大理石の彫刻のような色あいの白い肌は、五番街を挟んだメトロポリタン博物館に展示されている女神像を思わせる。別の時代に生まれていれば、ヘラやアフロディテやアテナと名づけられ、古代の男たちの魂を苦悩させたかもしれない。わたしはその苦悩を身をもって経験している。彼女は現在の夫より二十歳ほど若かった。

目の前の人間を認識するにつれ、彼女の視線が突き刺さらんばかりに鋭くなった。無理もないことだ。立てつづけに人生をくつがえすような衝撃を味わわされ、彼女はまばたきすらしなかった。

「やあ、ポーリャ」わたしはいった。

「いったいここで何をしているの、このろくでなしが？」彼女はロシア語でいった。ひとつ、答えが出た。年月を経ても彼女の気性は激しく、言葉遣いも変わっていない。わたしが名づけた〝大崩壊〟による傷跡はいまだに癒《い》えていないのだ。

「バーニーに説明させよう」わたしは英語でいった。「彼のいうことなら信じられるだろう」それからロシア語に切り替えた。「ひとつだけいえるのは、きみがここにいると知っていたら、わたしはここに来なかっただろう、ということだ。かつてわたしたちのあいだにあった、ささやかな幸せにかけて」

彼女はロシア語のままだ。「幸せなんてどこにもなかったわよ。あんたはただの嘘つきだった。まだ性懲《しょうこ》りもなく嘘をつくのね。出ていって！　わたしの前から消えて！」

これではお互い神経をすり減らすだけだ。わたしは英語に戻した。「きみもバーニーもいろいろ忙しいだろう。わたしは帰るよ」

ホールを抜け、エレベーターを呼んだ。背中に燃えるようなまなざしが突き刺さるのを感じる。バーニーがわたしとポリーナをおろおろと見比べている。彼が度を失うことはめったにない。あとに残して説明させるのはしのびないが、彼は困難な状況を収拾するために多額の報酬をもらっているのだ。わたしはエレベーターに乗りこみ、ドアが閉まった。彼女はまだこちらを睨《にら》みつけている。手に何か持っていたら、きっと投げつけていたにちがいない。

エレベーターを操作していた制服の男は、ロビーに着くまでひと言も話さなかった。

外に出ると、四十度近くはありそうな熱気だった。アスファルトからかげろうが立ちのぼり、日光を浴びて揺らめいている。博物館前の階段でパントマイムが上演されていたが、観衆は数えるほどで、芸人も暑さのあまり、身がはいっていないように見えた。駐車時間にはまだ余裕があったので、わたしはジャケットを脱ぎ、セントラルパークへ向かった。木々の花は散ってしまったが、生い茂る緑が暑さを少しはやわらげてくれる。マルホランドは大金をはたいてニューヨークのオアシスの向かいに住居をかまえているのに、その美しさを自ら閉め出してしまっている。彼は北シベリアで冬を過ごしたことがないからそんなことができるのだ。あそこでは寒さと暗闇がいつまでも続き、太陽は二度と昇らないのではないかと思った。

博物館の裏手に腰を下ろし、手足を伸ばして、公園の遊歩道を駆け抜ける自虐的なジョギング走者を見物しながら運命と皮肉に思いを馳せる。ロシア人は皮肉を愛好する。歴史がたびたびもたらしてきた運命に完全には屈服しなかった、ひとつの理由かもしれない。いまごろ、フェリックス・マルホランドと自称している女はバーニーに何を話し、バーニーはなんと答えているだろう。それがわかるなら、わたしはマルホランドから受け取る報酬の大半をつぎこんでもよかった。とりわけ、バーニーがどうやって雇い主から受けた口止めの指示を守るのか、興味深いところだ。彼女がマルホランドと結婚しているらしいことはわかったが、ここニューヨークでほかにどんなことをしているのかも知りたい。とはいえ、実際に金を払う必要はなかった。オフィスに戻るころには、かなりのことがわかっているだろう。

より差し迫った問題は、果たしてわたしがこの依頼に取りかかるべきなのかどうかだ。どうひいき目に見ても、マルホランドにはさほど共感を覚えない。あの男は高利貸しであり、人々を食い物にしてきたのだ。だが、こうしたわたしの見立てには別の感情がはいっていないだろうか？　たとえば……嫉妬？　いや、それはない。あれだけいろいろあり、時間が経てば、そんなものは残っていなかった。では羨望か？　いや、わたしは与えられた時間を使い果たしてしまった。〝大崩壊〟が起きたのはポリーナだけのせいではなく、わたしにも責任があったのだが、あんな思いはもう二度としたくない。あるいはおなじみの猜疑《さいぎ》心《しん》に駆られているのかもしれない。わたしははめられているのだろうか？　だとしたら、その理由は？　相手は？　だいたいこれだけ時間が経ったあとで、どんな目的があるというのか？

ポリーナとわたしのあいだには、複雑にもつれあった過去がある——いっしょにいた時期も、別々になってからも。彼らに縛りつけられていたのは、わたしと彼女だけではない。彼女は別の人間に利用されていたのかもしれないし、自分の意志で動いていたのかもしれない。無数のシナリオが考えられる。わたしには筋の通るシナリオが考えつかないが、だからといってそれがないことにはならない。

　最初の一歩は、より多くの情報を収集することだ。わたしは携帯電話を取り出し、番号を押した。留守番電話にメッセージはなく、電子音が鳴るだけだ。「きみはきっと気に入らないだろうが、あとで説明する。〈バシリスク〉を起動してくれ。調べるのはマルホランド、そう、あのローリー・P・マルホランドと、妻のフェリシティ、呼び名はフェリックスだがこれは本名じゃない。それから娘のエヴァ。さらに、ポリーナ・バルスコワという女。マルホランドが拘置所に連行されたと聞いたら、きっときみは喜ぶだろうな。一時間以内に戻る」

　若くてかわいらしい女が、わたしの前を走りすぎながら笑いかけてきた。日焼けした胴は汗で光り、スポーツブラもしとどに濡れているが、規則的に呼吸しながらハイペースを維持している。わたしのようなスキンヘッドの男に対して、女性の反応はまっぷたつに分かれる。イエスかノーかであり、どっちつかずの反応はまずない。かつてふさふさしていたわたしの黒髪は、二十代後半から抜けはじめた。きっと成長期の栄養失調によるものだろう。わたしはあらゆる疾患をそのせいにする——自らの人生を決められる力がなかった時代のせいに。いまのわたしがなにごとも極端に走るのはその反動だ。髪が徐々に薄くなり、後退するのを見るぐらいならと、わたしは頭皮に剃刀《かみそり》をあてた。剃《そ》るのをやめたらふたたび髪が伸びるのかどうかはわからない。髪以外の部分はいたって良好だが、それは日々のたゆまぬ鍛錬によるものだ。中年になって身体を酷使することで、半ば飢えて運動どころではなかった成長期の埋めあわせができると自己暗示をかけている。わたしは痩《や》せてはおらず、新聞的な表現では〝がっしりした〟というところだろうが、身長六フィート、体重二百ポンドの身体に贅肉《ぜいにく》はいっさいついていない。体型を維持するのは虚栄心の産物であり、その報酬はといえば暑い夏の日にかわいい女の子から賞賛のまなざしを向けられるぐらいのものだ。現在フェリックス・マルホランドを名乗っている女も、かつては賞賛してくれた。

車に戻ったら、歩道を歩いていた十代の少年が四人、賛嘆するようにこちらを見ていた。ドアの鍵を開けながらわたしがにやりと笑うと、彼らも笑い返し、互いを肘でつつきあいながら、目的地へ向けて歩き去った。車に乗りこみ、屋根の掛け金をはずして、屋根の開放ボタンを押す。三十年以上前のエンジンが、キーをまわすと同時に始動した。ドアを閉める。愛車〈ポチョムキン〉の出発準備完了だ。

この車は大いに人目を引く。一九七五年式の真っ赤なキャデラック・エルドラド。排ガス規制前最後の年に生産されたこの車は、白のコンバーチブルトップ、赤い革張りの内装に、シャーシには当時最大のＶ型八気筒エンジンを搭載し、毎分四千四百回転、三百六十五馬力を誇る。燃費はおそろしく悪いが、この車を運転することはあまりないので、二酸化炭素の排出量はたいがいのＳＵＶのドライバーより少ないはずだ。

わたしは、この車の大きさと誇らしげなスタイルをこよなく愛している。時あたかも冷戦期まっただなか、全世界が見守る前で、ニクソンとブレジネフが自分たちの体制こそ世界一と証明するべく互いにしのぎを削っていたころのアメリカ製品だ。エルドラドはアメリカによる高らかな勝利宣言を体現した車なのだ。当時わたしは対立陣営におり、あらゆることで角突きあわせてきた宿敵の一員だったが、雑誌の写真で初めて目にして以来、この派手な車の魅力に取りつかれた。あれからいまに至るまで、わたしはアメリカ製品に簡単に惚《ほ》れこんでしまう。

最初にこの車を買ったのは、在ニューヨークKGB支局《レジデントゥーラ》の下級職員として赴任した一九七七年だった。当時の立場を考えるとこれは愚挙であり、わたしのキャリアの終焉《しゅうえん》を早めることになった。だが一九九三年に一民間人として戻ってきたときには、そうした制約はなかった。わたしはフロリダで走行距離が少なく錆《さび》もないエルドラドを見つけ、その日の午後には飛行機でタンパへ向かい、運転してニューヨークに戻った。帰り道、わたしはこの車を〈ポチョムキン〉と命名した。エイゼンシュタインの古典的映画で有名になった、反乱を起こした戦艦にちなんだものである。これもロシア流ユーモアだ。

FDR自動車道《ドライブ》をダウンタウンへ向かい、ウォーター・ストリートで降りるや、渋滞に巻きこまれた。ニューヨークで車を運転するのはばかげているが、〈ポチョムキン〉のような大型車を運転するのは子どもじみた道楽であり、おもちゃのなかった少年時代の代償行為だ。わたしは三ブロックを這《は》うようなスピードで走って車庫に入れ、屋根を上げて、名残り惜しい思いでエルドラドを管理人のホセに託した。彼はこの車を自分の愛車のように手入れしてくれるのだ。それからわたしはオフィスに向かい、前の妻がこの二十年間何をしてきたのか調べることにした。

5

室内はしんとしており、エアコンやコンピュータの放熱用ファン、それにビッグペンの声だけが響いている。われわれはパイン・ストリートとウォーター・ストリートの交差点に位置する、鉄とガラスでできた取り立てて特徴のない高層ビルの二十八階を借り切っている。わたしに必要なスペースの二十倍はあるが、フーズと〈バシリスク〉、とりわけ〈バシリスク〉には広い場所が必要なのだ。

　このスペースは格安で借りた。9・11の直後、ダウンタウンで誰も働きたがらなかったときに破格の値段で長期リース契約を結んだのだ。すぐ近くのサウス・ストリートに住んでいたわたしには、格好の場所だった。フーズはブルックリンに住み、よほどのことがないかぎり一四丁目より北には行かない。見晴らしは最高だ。ウォール・ストリート、ニューヨーク港、ブルックリン橋、おまけに自由の女神像まで一望に収められる。

　わたしは応接間とそれ以外のスペースを隔てるコンピュータ・サーバーの列へ向かった。床から天井まである十二台のサーバーが、四フィートの間隔をおいてずらりと並んでいる。一列の長さは四十フィートだ。サーバーの列は一段高いところにあり、その下には数マイルに及ぶケーブルと冷却用の配管が埋めこまれている。何かを集中して考えたいとき、わたしは明かりを薄暗くしてこの列を歩きまわり、冷却ファンの音に耳を澄ます。ここは一種の代替現実であり、電脳空間の砂漠や岩山だ。機械の話しかける声が聞こえた気がしたら、明かりをつけて列から離れる。

　サーバーの列の背後には広い空間がひらけ、ふたつの大部屋がある。ひと部屋は居間のようなしつらえで、もうひとつの部屋には大きな会議用テーブルを囲んで椅子がずらりと並ぶ。大部屋の周囲にはガラス張りの個室や会議室が十数室あり、わたし、フーズ、ピッグペンにひと部屋ずつあてがわれている。空き部屋は来客用だが、めったに来ない。フーズが予備の一室を仮眠用スペースにした。夜のほうが仕事がはかどるらしい。彼がここへ引っ越してきても驚きはしない。ただわたしは、一日が終わると仕事場を出たいほうだ。

「よう、ロシア人」大きなヨウムが、棲家《すみか》にしているオフィスで啼《な》いた。「ピザ？」

　彼の大好物だ。フーズが甘やかすものだから、誰もが好きなだけ食べさせてくれると思いこんでいる。いちばん好きなのは皮だが、最近はアンチョビに興味を示しはじめた。ソーホーにある〈ロンバルディーズ〉が大のお気に入りだ。

「だめだ。おまえはもう太りすぎだ、ピッグペン」わたしはいった。「ヨウムらしくなくなる。絵の具を塗ったハゲタカみたいになるぞ」

　彼はしばし考え、わたしが至福の料理のはいった紙箱を持っていないことに遅まきながら気づいた。何か聞き取れないことをつぶやいている。たぶん習得中の新しい単語だろう。それからヨウムの習性なのか、彼のオフィスを囲う檻《おり》の金属の網目をかじりながら、片目をわたしにじっと注いだ。

「ピザ！」彼はふたたび啼いた。しつこいのが取り柄だ。ヨウムには当然ながら唇がないので、〝p〟で始まる単語は発音が難しい。フーズが好きなロックバンドの亡くなったドラマーにちなんでピッグペンと命名したときに、そこまでは考えが及ばなかったところだ。〝ピザ〟も〝リザ〟のように聞こえるのだが、何をさしているかはすぐにわかる。

「ピッグペンがピリ辛のピザのピクルスをピンハネするか？」わたしはいった。

彼は怒りに満ちた片目を向けてきた。彼のくちばしでは早口言葉に対応できず、お手上げなのだ。からかってすまないが、あきらめさせる役には立つだろう。

「ボスはどこだ？」わたしは訊いた。

「ボス・マン。ピザ」ピッグペンの語彙《ごい》は百五十語近くに達し、毎週ほぼ一語ずつ追加している。効率もよい。〝ピザ〟は昼食と夕食兼用だ。朝食には〝パンケーキ〟――というより〝ランケーキ〟――を使う。

「ほかには？」

「リンカーントンネル、二十分。ホランドトンネル、四十分」

「ジョージ・ワシントン橋は？」

「上部デッキで事故車が発生」（ジョージ・ワシントン橋はマンハッタンとニュージャージー州を結ぶ吊り橋で、上部と下部の二層構造になっている）

「公共交通機関は？」

彼はいつも〝知ったことか〟といわんばかりの目で、ふたたび檻を噛《か》みはじめた。

フーズはピッグペンの部屋を二本の大きなイチジク、鉢植え、三本の止まり木、ブランコ、銅板や石で水を泡立たせた照明付きの噴水で飾った。ピッグペンのオフィスからはマンハッタン橋やブルックリン橋が眺められる。ラジオまである。操作のしかたを覚えるのに一日、お気に入りのラジオ局を決めるのに一週間かかった――二十四時間放送のニュースチャンネルだ。理由は教えてくれないが交通情報にいたくご執心で、地下鉄やバスより橋やトンネルの混雑状況に関心を示す。そのうち彼がコシチューシコ（アメリカ独立戦争で活躍したポーランドの愛国的軍人）を発音できる日が来たら、ネットオークションに出品しようと思う。

「最新情報ありがとう」わたしはいって、自室に向かった。「さよなら《ダ・スヴィダーニャ》」

「チャオ……」

数カ国語を話せるのは、わたしの教育のたまものだ。

「……ケチ」

「なんだって？」わたしは振り返った。

「ピザくれない――ケチ」頭を上下に動かすにつれ、うなじの羽毛に皺《しわ》が寄る。辛辣《しんらつ》な言葉を浴びせたとわかってほくそ笑んでいるだろう。わたしは、悦に入っているピッグペンを置いて立ち去った。

わたしのオフィスは北西の角にあり、イースト・リバーや遠くのヴェラザノ・ナローズ橋を望める（ピッグペンも知っている橋だ）。二ブロック離れたところにわたしの住んでいる建物の屋根も見下ろせ、そこでは上階の肉感的な住人、ティナが半裸でルーフデッキに出て、周囲の窓の存在を忘れて日光浴していることがある。残念ながら、彼女はニューヨーク・ジャイアンツで控えのラインバッカーをしていた選手と結婚して幸せに暮らしているので、わたしにできるのは遠くからシュタイナー製二十倍・八十ミリレンズのミリタリー双眼鏡の助けを借りて見守ることだけだ。

ティナは日光浴していなかったので、わたしはメールをチェックした。フーズから〝かなりやばい?〟という件名で一通届いている。そこには〈バシリスク〉が検索した、マルホランドの情報につながるリンクが表示されていた。わたしはキッチンへ向かい、チェダーチーズとパンを見つけてグリルチーズ・サンドイッチを作った。食べ物をくれと哀願するヨウムに耳を貸さず、ビールを片手に自室へ戻る。ビールに関しては、ロシアがたまに恋しくなる。世界最高ではないだろうが、あの独特な風味に慣れ親しんでいたからだ。アメリカのビールはほとんどが味けない。地ビールを買うこともあるが、たいがいはチェコのピルスナー、すなわちピルスナー・ウルケルかブドヴァイゼル・ブドヴァルを飲む。もっとも後者は、バドワイザーを販売するセント・ルイスの大会社ブッシュとの商標権争いから、アメリカではチェコヴァルの名称で出まわっている。どちらも辛口で、風味豊かだがホップは重すぎず、故郷の味がする。

　食べながら〈バシリスク〉の作った資料を見た。マルホランドの個人情報は山ほどあるが、ほとんどは想像の範囲内だ。ニューヨーク、オイスター・ベイ、パーム・ビーチの三カ所に家を所有し、投資はしているものの大半はＦＴＢ株で、会員権をいくつか持っているほか、慈善団体の役員を務めている。家政婦のマリーサ・キャバリラスは夫妻と同居。執事はどこかから通っている。目と鼻の先のガレージにマイバッハ・リムジンとレンジローバーを所有、分割払いでも月二千ドル以上かかる。昨年、ファースト・トラスト・バンクでリースしているガルフストリームVでヨーロッパを三回訪れ、それぞれの目的地はロンドン、フランクフルト、チューリッヒだった。一月にはアメリカン・エキスプレスのブラックカードでハンツマンのスーツを二着、ターンブル・アンド・アッサーのワイシャツを六着あつらえ、細君のブレスレットをアスプレイで、マンテーニャの絵画をロンドンの画廊コルナギで購入している。〈バシリスク〉はさらに、彼の宿泊先や食事したレストランも教えてくれた。通話記録も入手可能だが、これは必要なさそうだ。ただひとつ、興味深い事実があった。ここ二カ月で、数百万ドルをモルガン・スタンレーの証券取引口座に移しているのだ。彼はＦＴＢ株の購入に巨額の金をつぎこんでいる。しかし株価は急落しており、もし信用取引で購入していたら、彼自身の信用収縮に苦しむことになるだろう。

　エヴァ・マルホランドは東一七丁目二一一番地のアパートメントに住み、家賃は毎月五千二百五十ドルもかかる。払っているのはまちがいなく父親だ。職業は学生。預金口座の残高は千四百八十九ドル。クレジットカードの支払いはトライベッカのレストラン、ソーホーやミートパッキング地区のブティックが多い。クリスマスはカリブ海で、春休みはロンドンとモスクワで過ごしている。マルホランド家の一員になるのはなかなか悪くないようだ。

　しかしいいことばかりではない。エヴァには犯罪歴があった。二年前にマリファナ所持、三カ月前に万引きで有罪答弁をしている。執行猶予つきの判決が二件、いずれも更生施設に送られた。最初の犯罪前、彼女の預金口座には毎月三千ドルの入金があった。父親の口座からの電信振込だ。リバーサイド・ドライブの依存症患者治療センターで家族に六万五千ドルの出費（初診料だけで）を強いたあと、彼女の小遣いは三分の二に減額されている。パパの意向による緊縮財政だ。

　われわれが毎日、自分たちの行動についてどれほどの情報を生み出しているか、大半の人は考えないか、考えようとしない。われわれの食欲、嗜好《しこう》、習慣や生活パターン、家族、仕事、懐《ふところ》具合。ほとんどすべての行動に痕跡が残る。電話、メール、ウェブ検索、現金の引き出し、請求書の支払い、旅行、レンタカーの利用、保険金の支払い請求、その他もろもろ。われわれの性向はデータとなって、何百万という人々とともに半永久的にデータベースに蓄積され、それらをつなぎあわせれば、人となりやいま何をしているかがわかってしまう。こうした作業にかけては〈バシリスク〉は他の追随を許さない。そしてわたしは、〈バシリスク〉に集まるあらゆる手がかりを使える。

　とはいえ、ここまでは軽い準備運動みたいなものだ。わたしはメインイベントに移ることにした。フェリシティ・マルホランドのファイルからは多くのことがわかる。ローリーと結婚したのは二〇〇四年だ。わたしが悪意に満ちていれば、アッパーイーストサイドの有閑マダムらしい暮らしぶりを期待したところだ。だが、そうした様子はなかった。マディソン街のブティックの支払いはない。誰も料理に関心を払わない高額なフレンチレストランで昼食をとった形跡もない。たまにはカーネギー・ホールやリンカーン・センターへコンサートに出かけているが、ひんぱんではない。髪、顔、爪の手入れには定期的に出費しているものの、度がすぎたものではなかった。クリスマスにはエコノミークラスでロンドンを旅行しているが、ハマースミスでごくふつうのホテルに一泊しただけで、翌日に帰国している。航空券は現金払い。ショッピング、観劇、レストランには出費していない。二月にも同様の旅行をしている。結婚していたころ、ポリーナとわたしはロンドンに住んでいたこともあった。ＫＧＢで最初に赴任した外国だ。当時、彼女がハマースミスに興味を示したことはなかった。マルホランドと結婚する前、フェリシティはケンダルというラストネームを使って二年間、西五八丁目の賃貸アパートメントに住んでいた。それ以前の三年間は、どこにも居住した形跡がない。さらにその前は、クイーンズのラガーディア空港近くのワンルーム・アパートメントに住んでいた。まったくの独り身で、エヴァはもちろん、子どもがいた様子はない。こうしたことはすべて、本物のフェリシティ・ケンダルが一九九七年、クイーンズ大通りで酔っ払い運転のドライバーにはねられ、死亡した事実で説明がつく。ポリーナは二〇〇〇年から彼女になりすましたのだ。〈バシリスク〉が検索したポリーナ・バルスコワに関する履歴がまったくの空白なのは、ポリーナがニューヨークに着いた時点ですでに別人になりすましていたことを示唆している。ポリーナは何かを隠しているのだと考えざるをえない。問題は、誰から隠しているのか、だ。わたしの見るところ、最有力の容疑者は二番目の夫だ。あの男はきわめて嫉妬深く、やられたらやり返し、残虐さと非情さで悪名高い。その評判に充分な裏づけがあることを、わたしはよく知っている。

あの二人は離婚したと聞いたが、それは十年も前の話だ。彼女はコソコフとも関係があったと聞いている。彼女もコソコフも、一九九九年に行方をくらましている。あくまで推測だが、わたしが知りうる範囲では、二人は駆け落ちしたと思う。結局わたしがロシアを離れたのは、ひとつには彼女のせいであり、ひとつにはＫＧＢのせいでもあり、自らの意思でもあった。けさ、イワノフがコソコフのことを記事にしていなければ、こんなことはつゆほども考えなかっただろう。それもまた考慮すべき要因ではある。

そのときアー、オー、ガーという音が廊下に鳴り響いた。ドアブザーだ。オフィスの雰囲気づくりにフーズが自作した。こちらに来るとき、彼は好んでこのブザーを使う。ピッグペンが返事代わりに「ピザ！」と啼いた。少しして、六フィート五インチある大男が黒ずくめの服装でドアからぬっと現われた。食べかけのピザをひと切れ手にしている。

「それにしても、あんたらしくないところに行ったなあ」重低音のきいた大声がこだまする。

初めてフーズの姿を見たら――いや、初めてでなくとも――きっとおじけづくだろう。まずもって、二百六十ポンドの巨漢なのだ。ただし肉づきは偏《かたよ》っていない。決して肥満してはいないが、彼を見て筋肉質と形容する人間もいるまい。好きな運動は、次の食事をとる場所まで歩くことだ。四十代後半、鋭い顔立ちと黒い目をしている。しかしマルホランドとちがい、まなざしは好奇心とユーモアに満ちていた。とがった大きな鼻は右に曲がっている。口はほとんど右側にひらき、偏った印象をさらに増していた。太い黒縁で長方形の分厚いレンズをした眼鏡をかけ、ぼうぼうに伸びた黒い縮れた髪は肩、腕、胸まで垂れ下がっている。散髪することがあったら、床屋は切った髪を掃除するのに大変な思いをするだろう。彼の何もかもが、明らかに変だとはいわないまでも風変わりであり、この男に限っていえば、実際見かけどおりなのだ。なかには、彼を見てノリがよさそうだと思う人もいるかもしれない――それもそのはず、フーズは自分のロックバンドを持っているのだ。わたしがどうしてもわからないのは、彼がほぼ毎月連れてくる新しい恋人が、そろいもそろってラルフ・ローレンの広告から抜け出してきたような美人だということだ。しかもフーズは、あたかもそれが当然だといわんばかりに振る舞っている。ジャズクラリネット奏者のアーティ・ショウがいみじくも述べたとおり、女たちがミック・ジャガーに魅了されるのはその容貌ゆえではない。それはアーティ自身が身をもって知っていたはずだ——彼はエヴァ・ガードナー、続いてラナ・ターナーと結婚したのだから。

「確かに、きみの友だちと出くわすようなところじゃないな」わたしはいった。「バーニーから助けてくれといわれたんだ。マルホランドは彼の最大のお得意様なんでね」

「ああそうかい、やんごとなきかたがたってわけだ。よくわかったよ。何せ最高の人材を取りそろえているからな」

「ここの家賃を安くしてもらっているのもバーニーのおかげなんだぞ」

「はいはい、ごもっとも。認めたくはないがね。しかしあんたとバーニーは、おれが教えてやった情報を好き勝手に使えるじゃないか。裁判を起こしたら、あの極悪人は懲役五年は免《まぬが》れないところだ」

　マルホランドに手の内をすべて明かさなかったことは認めよう。わたしには相棒がいる。わたしはフーズの関与を誰にも明かさないことを、彼と握手して取り決めた。わたしとフーズの協力関係全体が、この握手によって成り立っている。フーズは控えめにいっても予測不能なところがあり、彼といっしょにやっていくのは神経を消耗させる。彼は大半の顧客に

〝極悪人〟という形容を使い、とりわけ成功を収めた人物に対する見解は、彼自身かなりの財産を持っているにもかかわらず辛辣《しんらつ》だ。だがフーズには、マルホランドを毛嫌いするだけの特別な理由がある。

フーズは本名をフォスター・クラウス・ヘリックスといい、正真正銘の天才だがひどく偏ってもいる。きっと天才にはみなどこか常人離れしたところがあるのだろう。とはいえ、わたしが出会った天才は彼一人なのでよくわからない。パロアルトで育ち、高校は中退したが、二十歳までにスタンフォード大学で数学と情報科学の博士号を取得した。その後、プリンストン高等研究所に採用され東海岸へ移住する。アインシュタインが二十年あまり研究していたところだ。ここで彼は〝関係データ〟なるものに興味を持った――ひとつの事柄からもうひとつの事柄がわかり、ふたつの事柄から三つ目の事柄が、三つの事柄から膨大な事柄がわかるという考えかただ。この研究から彼は、チョイスポイント、セイシント、レクシスネクシスといった会社の事業に着目した。これらの企業は合計五億人分という膨大なデータファイルを管理している。五億とは、アメリカの全人口をはるかにしのぐ数字だ。これらのデータを使ってマーケティング担当者は必要のない商品を人々に売りつける方法を考え、政府機関は犯罪対策、テロ対策、あるいはテロに代わりうる脅威を防ぐためと称して国民を監視するのだ。別名、国家安全保障である。

五億人分というファイルは、組織立て、検索し、関連づけ、比較するにはあまりに膨大であり、フーズはいずれの企業のソフトウェアもそれぞれ弱点があることに気づいた。こうして彼は、どこのものより優れたプログラムを作る作業に取りかかった。三社の長所をすべて組みあわせたプログラム、というべきかもしれない。彼はこの作業に成功した。そして起業し、フォーチュン500に名を連ねている企業の半分ほどにくわえて、数百に及ぶ連邦政府、州、自治体の公的機関を顧客にした。そのなかに、ファースト・トラスト・バンクも含まれていた。

フーズは当時、いまよりもうぶだった。ＦＴＢが彼のテクノロジーを使い、ダイレクトメールや電話による勧誘の標的探しをしていると知って愕然としたのだ。彼らの謳《うた》い文句は〝新規入会特別金利、年会費無料のクレジットカード〟だったが、最初の半年を過ぎたとたん金利は十八パーセントに跳ね上がるという代物《しろもの》だった。フーズは情報提供を打ち切った。契約を結んでいたＦＴＢは裁判に訴え、勝訴した。フーズ——このニックネームはどこのＩＴ企業にもあるフーズボール（テーブルサッカー）に由来していると思うのだが、彼自身は一度もやったことがないといっている——の天才的なひらめきは、マンハッタン計画に従事していた科学者たちと似ていなくもない。彼がこのソフトウェアを発明したのは、従来のものより問題解決に優れているからだ。正しい目的に使えば、社会に大きく貢献する。たとえば連続殺人犯を捕まえたり、大勢の被害者が出る前に金融詐欺を食い止めたりすることができる。しかし悪用しようと思えばいくらでもでき、プライバシーを著しく侵害しかねない。もちろん、悪用されるのを完全に防ぐのは不可能だ。とりもなおさず、マルホランドのような人間から防ぐのは。フーズは事業を売却し、一億ドルを懐《ふところ》にした。それから、新たな改良版の開発に乗り出した。悪党どもが、自分の作ったソフトウェアで何をたくらんでいるか追跡するためだ。彼はこの改良版に、伝説上の動物にちなんで〈バシリスク〉と名づけた。地球上で最も有毒な動物だ。われわれのオフィスの受付スペースにその絵が描いてある——雄鶏《おんどり》の頭と脚、タカの身体、竜のうろこ状の羽根、蛇のとがったしっぽ。いかにも醜《みにく》い。彼はまた財団を立ちあげ、収益の半額を寄付した。〝われわれのプライバシーを侵す者を止めろ〟(Stop Terrorizing Our Privacy) の頭文字をとってSTOPと名づけられたこの財団の活動内容は、マーケティング担当者、広告業者、データ収集業者、警察官、スパイ、弁護士、官僚、その他フーズが目をつけた人間がデータを悪用しようとするのを監視し、暴露し、阻止することだ。

「マルホランドの肩を持つわけじゃない」わたしはいった。「とくに、彼がわたしの前の妻と結婚していたんだから、なおさらだ」

フーズは、ピザを口に運んでいた手を宙で止めた。彼は口をあんぐり開けたまま、一分ほど立ちつくした。「からかってるのか？」彼でも驚くことがあるようだ。

「だといいんだが。前妻はいまはフェリシティ、またはフェリックスと名乗っているらしい。娘が誘拐されたんだ。マルホランドはわれわれの助けを求めているが、妻にはいっていない。それに賭けてもいいが、妻の過去について何ひとつ知らないはずだ」

わたしはエヴァの写真を取り出した。フーズはピザを口に入れ、写真を手にとった。分厚いレンズの奥で目がスキャナーのように写真を認識し、頭脳は高性能コンピュータさながら、無数のシナリオを検討してはふるいにかけているようだ。わたしが思いつく程度のことはとっくに考えているだろう。ほかにどれぐらい可能性があるかは見当もつかない。

ようやく彼は口をひらいた。「たぶん本物だろう。性的に倒錯した連中にかかわって金をよこせと脅されているのかもしれない」

「麻薬の線もあるぞ」

「もちろんありうる」フーズは巨体を椅子に沈めた。「前の奥さんとその後会ったことは？」

「二十年間、一度も会っていない。まだ若いうちに結婚した——若気の至りだった。彼女は率直にいってわがままな女だった。だが当時のわたしにはじゃじゃ馬を馴らす自信があった。それに外国へ赴任できるのは妻帯者だけだった。KGBは独身の男を決して海外に派遣しなかったんだ。資本主義者の女狐《めぎつね》の毒牙にかかるのを心配してね」

「理にかなった考えかただ」

「結婚生活は八年続いた。息子が一人生まれた。アレクセイだ。一、二回、息子の話をしたことがあるかもしれない」

彼はうなずいた。「二歳のとき以来、会っていないんだったな」

「そのとおりだ。離婚に至るまでには、裏切り、暴力、復讐が果てしなく続いていた——どれも彼女がやったことだったが。ただし彼女としては、初めて会ったときからずっとわたしに騙《だま》されていたという思いがあった。その点はまちがっていたとはいえない。とはいえ、致しかたのない状況ではあったんだがね。詳しい事情を聞きたいか？」

フーズは首を振った。「それが今回の事件に直接関係しないかぎり、必要ない」

「わたしと妻のあいだだけの問題だ。しかし、わたしの身にもなってほしい。バーニーから頼まれて彼の得意先のマルホランドに会ったら娘が誘拐されたといわれ、そこへ前の妻が階段から駆け下りてきたんだぞ」

彼は同情をこめてうなずいた。「心臓が止まるかと思っただろうな」

「ああ。わたしの知るかぎり、マルホランドは三人目の夫だ」

フーズはその言葉を反芻《はんすう》した。二番目の夫の名字は、さっきの電話で教えてある。天才でさえ、ロシア人の名前の慣習には混乱させられる。たとえばバルスコフの女性形はバルスコワだ。

「くだんのご婦人は対人恐怖症なのか、それとも男の趣味が悪いのか？」

「きっと両方だろう——二番目の夫の名前はラーチコ・バルスコフだ」

「あのマフィアか？」

「まさにそのとおり」

「まちがいないな？」

「まちがいない」

「やっぱり、あんたをあそこへ行かせてよかったかもな——面白いことになってきそうだ。まさか、あんたがこんな事件をでっちあげられるはずはないしな」

「わたしとピッグペンでね」

「ピッグペンは自分が黒幕だと主張するだろう。マルホランドは本当に捕まったのか？」

「そうとも。わたしは現場にいたんだ。バーニーから受けた印象では、ＦＢＩはかなり前から彼に目をつけていたようだ」

「ろくでもない政府のやつらめ、のろまにもほどがある。とっくの昔に捕まっていておかしくない野郎だ。まあいい、今回はボランティアで仕事をしてやる——〈バシリスク〉を無料で使わせてやるよ。逃げられてたまるか」

「そう早まるな。娘を見つけられたら、六十六万六千ドルはいってくるんだ。マルホランドは小切手を書いてもいいといっている」

「そいつはすごい。さて、どれだけもらえば帳尻があうんだろうな？　熟慮に値する道徳的ジレンマだ。で、あんたはどうあってもこの仕事にかかるつもりか？」

わたしが肩をすくめたのは、必ずしも躊躇《ためらい》を覚えたからではない。どちらに傾いているかは承知している。「マルホランドから六十六万六千ドルをせしめるのにためらうところはない」

「まあな。ただ、あんたもおれもわかっているだろうが、気まぐれな神々はマルホランドとあんたの前妻とラーチコ・バルスコフを、単なる気晴らしのためにめぐりあわせたわけじゃなさそうだ」

「そいつはきみたち数学者が考える問題だ。よかれあしかれ、運がはいりこむ余地はない」

「あんたはトランプの勝負みたいに運まかせで次の手を決めるだろうさ。マルホランドの報酬も、負けた分の穴埋めに消えるかもしれん」

　わたしは声をあげて笑った。フーズも一方に偏った笑みを浮かべた。「いいか」彼はいった。「読みの鋭い胴元ならみんな、写真が偽物で誘拐が嘘っぱちである可能性に、二対一で賭けるよ。ましてや、新しい客のところへ行ったら、出てきた奥さんがあんたの前妻だった確率なんて、オッズの計算さえしたがらないだろうな。それがええと……何年ぶりだったっけ？」

「オッズよりはるかに大きな数字さ。しかしきみは、抽象的な要素を計算に入れていない」

「暴力を振るわれて死ぬようなことにでもなったら、抽象的どころじゃないぞ」

「わたしは好奇心のことをいっているんだ——自分の好奇心のことを」

「ほどほどにしておいたほうが身のためだろうな」

「見落としている問題はまだほかにあるはずだ。きっとわたしは、そいつがなんなのか知りたいのかもしれない」

「おれにいわせれば、そいつはつま先に鉄板がはいったブーツで、あんたの顔面めがけて蹴りを入れるだろう」

「そのときはせいぜいよけるさ」

フーズは肩をすくめた。「まあ、おれの歯じゃないからな」

彼は立ちあがり、自分のオフィスへ向かった。ほどなく、キーボードを打ちこむ音が聞こえてきた。均一で繊細なキータッチが、わたしに見せることのない彼の一面をうかがわせた。

バーニーに電話してマルホランドの依頼は取り消されていないのか訊こうとしたところに、ちょうど電話が鳴り、若い男の声がヘイズ・アンド・フランクリン法律事務所のマルコム・ワトキンズと名乗った。誘拐犯が金をよこせといっているという。それも今晩。

いよいよ決断しなければならない。

マルホランドはどうやら、わたしに本気で依頼をするつもりらしい。ポリーナがやめさせようとした可能性はあるが、夫が逮捕されたことで状況が複雑になり、さほど強く迫らなかったのかもしれない。あらゆる手を尽くして自らの痕跡を消そうとしてきた彼女は——わたしが知っているだけで、二人の別人になりすましていた——過去を明かされるのを何よりも恐れている。夫の決定をくつがえすようバーニーに迫るには、それ相当の理由がなければならない。おそらくポリーナはバーニーをある程度信用しているだろうが、基本的に彼女はたいがいの人間を信用しない。彼女がバーニーに真実を話すことはありえない。

　けさ彼女が見せた驚きの表情は、心底からのものに思えた。いまでもわたしを軽蔑していることは疑いなく、実際そういっていたが、彼女の怒りは不安の裏返しでもある。彼女の素性が露見することへの不安、彼女の正体を知っている人間がいることへの不安だ。確かにわたしは彼女の脅威だが、はるかに大きな脅威はラーチコだ。しかし彼はほぼまちがいなく、かつての妻子が同じニューヨークに住んでいるのを知らない。そう考えると、彼女がマルホランドと結婚し、目立たずに暮らしていることへの説明がつく（公正を欠くかもしれないが、愛ゆえに結婚したとはわたしには思えない）。ポリーナはつねに自分を守ってくれる人間を探してきた。彼女は子どものころ、参謀本部情報総局《GRU》の将校だった父が、反逆罪で軍を追われ、グラーグへ送られるのを目の当たりにしている。家庭も生活も崩壊し、彼女はつねに、それがいつまた起こるかしれないという不安を抱えることになった。彼女がわたしを嫌悪するのは、ひとつにはそのためだ。彼女はラーチコに逃げ場を求めた。コソコフにも頼った。だがイワノフの情報によると、コソコフは一九九九年に死亡している。理由はどうあれ、彼女はラーチコのところには戻らず、出奔《しゅっぽん》してこの街へ来た。娘のエヴァを連れ、フェリシティ・ケンダルになりすまして。しかしアレクセイはどうなったのか？　彼女は息子を置き去りにしてきたのか？　それとも……。

　その先は考えたくなかった。

ポリーナは機略に富む女だ。新しい身元を手に入れるだけの金を用意し、その方法も周到に準備していた。ニューヨークの土地鑑《かん》もあった。わたしとともに、二回赴任していたからだ。だとしても、異国の都会で自活しながらエヴァの面倒を見なければならず、さぞ心細かっただろう。ラーチコが自分を捜していると思ったとすれば、なおさらだ。それで彼女は財産目当てにマルホランドと結婚し、身を落ち着けた。ところがまさに青天の霹靂《へきれき》、彼女の素性は割れ、夫は逮捕され、夫の財産は道路際に捨てられた氷より早く溶けだしている。わたしが大きな勘違いをしていないかぎり、彼女は呆然と立ちすくんでいるだろう。仮にこれがでっちあげだったとしても、彼女がそれに一枚嚙《か》んでいるとは考えにくいところだ。誰かが、わたしと彼女をともに騙《だま》そうとしているなら話は別だが。その誰かとはラーチコかもしれないが、わたしは依然として、最初と同じ疑問を抱いていた——なぜなのか、それもいまさら、なんの目的で？

ラーチコはもちろんわたしを憎んでいる。彼もまた〝大崩壊〟でひと役買った。あの男はわたしの結婚生活とキャリアを破壊し、ポリーナを奪って立ち去った。ラーチコがわたしの死を望んでいたとしたら、そのように取り計らうのは造作もなかっただろう。あのころモスクワで、わたしは毎晩のように、夜中にたたき起こされ、ルビャンカの刑務所へ連行されるのを覚悟していたが、そうした事態は起こらなかった。ラーチコはそうしたかったが、彼の父親に却下されたのかもしれない。時間が経つにつれ、わたしの心配は徐々に消えたが、ラーチコがニューヨークに移ってきたと聞いたときには頭のなかで警戒警報が鳴り響いた。だが彼がわたしを捜している様子はなく、わたしは彼の住んでいるブライトン・ビーチに近づかないようにしている。ラーチコはたぶん、わたしが同じニューヨークに住んでいることさえ知らないだろう――最近はもっと大きな獲物を狙っているのだ。

ラーチコはニューヨークのロシア・マフィアのボスだ。ソ連崩壊後の混乱期、彼と双子の弟ワシーリーは、自らの地位を利用してモスクワでマフィア組織を大いに拡大させた。その主な仕事はみかじめとゆすりだったが、やがて関連業種にも触手を伸ばした。麻薬、密輸入、マネーローンダリング、売春、請負殺人、最近ではサイバー犯罪にも手を染めている。数年前、彼らの組織は海外進出に乗り出し、ラーチコはバジャー兄弟――バルスコフは、バジャーと呼びならわされる――の勢力をアメリカに広げるべくこの街にやってきた。わたしは安全な距離から、《イバンスク・ドットコム》を通じて、その伸展ぶりを見守ってきた。バジャー兄弟の動向は、ＦＳＢに次いでイワノフのお気に入りネタだ。たぶんそれは、両者が密接不可分だからだろう。マルホランドにいったように、犯罪者と彼らを取り締まる連中との線引きは、旧ソ連時代にはあいまいだった。そして新生ロシアになるに及んで、その区分けは完全に消え去った。

　しかしいくら考えても、ラーチコがこの期に及んで、わたしかあるいはポリーナを勢力拡大の邪魔とみなす理由は思いつかない。この論理に欠陥があるとすれば、最後に会って以来、彼が成熟して理性的な人間になったとわたしが思いこんでいる点だろう。だが彼がかつてと同じ、残忍で復讐心が強く、破壊的な男ではないと信ずべき理由はない。かつての体験で、わたしは痛いほどそれを思い知らされた。

　わたしのなかの勝負師は、テーブルの残りのカードをもっと見なければ、打つべき手はまだわからないという。わたしのなかのKGBは、もしラーチコが絡んでいたら、ここから立ち去るべきだろうがやつは追ってくるだろうという。まずは目をひらいてゲームを続けるべきだ。それに、社会主義を過去に葬って六十六万六千ドルにありつく選択肢もある。ロシアのことわざをもうひとつ思い出したほうがいいだろう――無料《ただ》で食べられるチーズは罠のなかにしかない。

6

ヘイズ・アンド・フランクリン法律事務所はワン・ニューヨーク・プラザの十二階に入居している。マンハッタンの最南端に位置する、巨大で醜悪な、外壁がワッフルのような枡目《ますめ》を描いている超高層ビルだ。もう午後六時近くだが、気温は依然として三十度以上あり、空気はじっとりしている。アスファルトの熱が靴底から伝わってきた。

ビルは現代的だが、ヘイズ・アンド・フランクリン法律事務所の調度品はトマス・チッペンデールのカタログから切り取ってきたようだった。十八世紀の家具職人トマス・チッペンデールがカタログを作っていたかどうかわからないが、きっとそのようなものはあっただろう。複製のマホガニー家具がいくつも置かれ、帆船の絵画、鳥や植物の写真がそこここに飾られている。バーニーのオフィスはサウス・フェリー・ターミナルを見はるかす角部屋だ。所狭しと書類が積み上げられ、足の踏み場もない。わたしは書類ふた山をよけ、机の向かいの椅子に座った。バーニーはわたしに目もくれず、鉛筆片手に書類を読みながら「くそっ」とつぶやいている。ページのいたるところに線が引かれていた。

たとえ苦境にあっても、バーニーは冷静な男だ。怒鳴るようなことはまずない。その彼がきょうの午前中に携帯電話で相手に声を荒らげたのは驚きだった。あれから彼の機嫌がよくなったようには見えない。マルホランドとＦＴＢは、彼に相当なストレスを与えている。ほかの顧客からもストレスを受けているかもしれない。あるいはポリーナから長時間逃げられなかった可能性もある。彼の一日をこれ以上ひどくするのはしのびなかったが、やむをえない。

「マルホランドはどうなった？」わたしは訊いた。

バーニーが片目を上げた。「今晩は勾留されそうだ。罪状認否と保釈の手続きは午前中にすませたんだぞ。いいがかりもいいところだ。午後には釈放されていてもおかしくなかった。きっとあのろくでもない連邦検事殿は、ホワイトカラーの被告人に厳しいところを見せなきゃならないと思っているんだろう。あの女は裕福な人間の弁護をして実績を重ねてきたからな。容疑からしてみんな嘘っぱちだ。くだらん駆け引き、メディア受けを狙った逮捕。何もかもでっちあげだよ。時間ばかりが浪費され、ローリーは拘置所に入れられたままだ——なんら正当な理由はないというのに。あの女は保釈をめぐってわたしにも食ってかかってきやがった。わたしがあの女を共同経営者《パートナー》にしてやったのにな。まったく恩を仇で返すとはこのことだ」

話しているあいだじゅう声は高まり、ほとんど怒号になりかけたところで自責の念に駆られたのか、バーニーはやや声をやわらげた。思っていたよりさんざんな一日だったようだ。怒りがぶり返すのではないかと思い、訊くのもためらわれたが、わたしには内容がよくわからなかった。

「あの女とは？」わたしはいった。

彼はわたしに、中世で発展の止まってしまった国から来た異邦人でも見るようなまなざしを注いだ。「おいコサックさんよ、こいつは連邦裁判所管轄事件なんだ。ということは司法省の管轄であり、この司法管区で指定された代理人が取り仕切ることになる。つまりあの女とはだ、ニューヨーク南部司法管区のくそ連邦検事様ってことさ！」

「その女があんたのパートナーだった、と？」

「ああ、公務員として出世する前は確かにこのヘイズ・アンド・フランクリン法律事務所でがむしゃらに働いていた。かなりの高給取りだったよ、わたしのおかげも多少はあるがね。あの性悪女が」

「いやなことを聞いて悪かった。この話はもうやめよう」

バーニーは椅子を机から離し、鉛筆を置いて、眼鏡の奥の目を揉んだ。「わたしこそすまない、ターボ。きょうは長い一日だった、まだ終わってないがね。わたしには発散の場が必要だったんだろう。それでもまだ背中にナイフを突きつけられたような気分だ。ヴィクトリアはいまの地位に就く前、ここのパートナーだった。それ以前はアトランタの法律事務所で働いていたんだが、うちと合併することになったので、彼女もニューヨークに移ってきたんだ。面倒を見てやったのは、わたしも外から移ってきた人間だからさ。彼女は経済犯罪のスペシャリストだった。非常に仕事熱心で、相当な評判だったよ。彼女がパートナーの候補になったとき、反対論を押し切ったのはわたしだ。彼女にそれだけの価値があることはまちがいなかったが、ここを仕切っていると思いこんでいる頭の固い連中に認めさせるのはひとつの闘いだった。南部訛《なま》りを話す刑事事件専門の女弁護士――ヘイズ・アンド・フランクリンではきわめて異例だったからな。彼女は半年前から連邦検事に就任した。超一流のあかしだ。ところが今度は、その女が二百万の保釈金を要求してきやがった。まったく恩を仇で返すとは……」

「午前中マルホランドのアパートメントであんたに電話してきたのは、彼女だったのか？」

「表敬の電話とかいってたがね。なあにが表敬だ。わたしと彼女のあいだには了解事項があったんだ。あの女が何カ月も前からＦＴＢに目をつけていたのはわかっていた。略奪的な貸付業務は格好の新聞ネタになるからな。おっと、口がすぎた。あの女がどんな証拠を挙げて攻めてくるのかはまだわからんが、ここだけの話――この部屋は盗聴されていないはずだ――ＦＴＢには違法すれすれの営業をしていた部門もあったんだ。それはともかく、信用危機が起こったとき、彼女はよほど有力な証拠がないかぎりローリーに手出しせず、銀行の再建に専念させることでわたしと合意していたんだ。このままでは大勢の従業員が失業しかねない。危機的状況だ」

「有力な証拠が出てきたのかもしれんぞ」

「ローリーは、捜索しても何も出てくるはずはないといっていた。われわれ、つまりヘイズ・アンド・フランクリン独自の調査もそれを裏づけている」

「顧客がクライアントに嘘をついた例はいくらでもある」

「ご指摘ありがとう、ターボ。きみにはいつも励まされるよ」

「マネーローンダリングはどうなんだ？」

「わたしも午前中に聞いたのが初耳だ。いま調べているところだ」

「フェリックス・マルホランドも驚いていた」

バーニーは椅子を机に引きつけ、身を乗り出した。「どういう意味だ？」

「わたしは見ていたんだ。どこか怯《おび》えていたようだった」

「確かか？」

「優秀なスパイがまずやるべきことは……」

「相手の性質を知ることの重要性は耳にタコができるほど聞かされたよ。第二次大戦できみの祖国が勝利した話と同じくらいにな。きみと夫人はどういう知りあいなんだ？」

「彼女はなんといっていた？」

「彼女はクライアントだ、ターボ。きみに話すことはできない」

「顧客にどれぐらい肩入れするかはよく考えたほうがいいぞ、バーニー。フェリックス・マルホランドの出生地はクイーンズ区ジャクソンハイツではない。わたしがカリフォルニア州ヨーバリンダ市生まれのリチャード・ニクソンじゃないようにな。彼女は過去のある顧客だ。多彩な過去、といってもいいだろう。《ニューヨーク・ポスト》ならもっといろいろ嗅《か》ぎつけるかもしれない」

バーニーは椅子から腰を浮かせ、わたしに向かって顔を近づけた。「《ニューヨーク・ポスト》だと？　そいつはいったいどういうことだ？」

わたしがここに来てから、バーニーは気もそぞろで、大半は一方的にまくしたてていた。いろいろと頭の痛い問題を抱えているのはわかるが、これから数分間だけは全注意力をわたしに向けてほしかった。そうするのが彼自身のためであり、わたしが本当のことをいっていると認識してもらう必要もあるからだ。そのことが今晩どう影響するにせよ、バーニーには、わたしの判断が過去に根ざした感情に曇らされてはいないと信じてもらわねばならない。望ましくない情報源によって、望ましくない記事がメディアに載るかもしれないという脅しは、つねに効果がある。わたしは慎重に言葉を選んだ。

「結婚を申しこむ前、マルホランドはあんたたちに彼女のことを調査させていないと思うが？」

「もちろんだ。そんな調査はしていない。どうしてそんな……」

バーニーは腰を下ろし、悪い知らせから距離を置くように、机の向こうに後退した。その表情はまるで、猛スピードで追い抜くタクシーが跳ねた泥をよけようと飛びのいたものの、よけきれないとわかっている身なりのよい歩行者のようだった。

「婚前契約は？」

「きみの知ったことじゃないだろう」声が怒気をはらんでいる。

気をつけたほうがいい。バーニーは守秘義務に忠実だ。詮索《せんさく》好きな人間に見せかけたところでいいことはない。「もっともだ。彼女に離婚歴があるのは知っているか？」

「知らん。そいつが何か関係あるのか？」

「マルホランドは少なくとも三人目の夫だ」

「それで？」

「二人目の夫の名前はバルスコフだ」

椅子が机に突進し、バーニーはわたしの顔に顔を突きつけた。

「ラーチコ・バルスコフか？」

「そうとも」

「なんてことだ。どうしてそれがわかった？」バーニーはわたしの面前でいった。

「わたしが一人目だからさ」

7

バーニーの目に、精神科医のキューブラー・ロスが死の受容のプロセスとして挙げた五段階——否定、怒り、取引、抑鬱、受容——がすべてよぎったように見え、彼はがっくり椅子に座りこんだ。それから怒りが戻ってきた。

「この野郎！」バーニーは両手を握りしめ机をたたいた。「どうしてそれを最初にいわなかった？」

「午前中彼女に出くわすまでわたしも知らなかったんだ。一九八九年以来一度も会っていない」

バーニーとわたしは十年近くいっしょに仕事をしてきた。わたしがいつも彼にはっきりものをいうことにしているのは、仕事を紹介してくれるからばかりでなく、彼がＣＩＡに在籍していた当時、アメリカ側で最も怜悧《れいり》なアナリストとして有名だったからだ。わたしが彼を騙《だま》そうとしても騙せるかどうかわからない。バーニーとわたしは二十年のあいだ敵味方だったので、いまのような場合に、彼の心のなかでわたしがかつて何者だったかが頭をよぎるのではないかと思う。彼は驚かされるのも好きではない。時間をかけて仕事の進めかたを決めるタイプだ。

「本当だな？」彼はいった。

「ああ、本当だ。わたしたちの別離はとうてい穏やかとはいえないものだった。けさわたしはロシア語で彼女にこういったんだ。彼女がマルホランドと結婚していたことを知っていたら、わたしは決してあのアパートメントに足を踏み入れなかっただろう、と」

彼はしばらくその言葉を反芻《はんすう》し、怒りは受容に代わっていった。少なくとも当面は、わたしの話を信じてくれたようだ。

「もうひとつ潰瘍《かいよう》ができそうだよ」彼はいった。

「訊いてさしつかえなければ、彼女はあんたになんといっていた？」

バーニーは、さしつかえるという顔をした。

「じゃあ、当ててみよう。きっと彼女はわたしのことを、物心つく前、無邪気で世の中の仕組みに無知だったころから知っていて、わたしの手でその無知な目に悪魔の黒いベールをかけられていたのが、ある日突然、わたしの正体を嘘つきで、欺瞞《ぎまん》に満ちた、汚らわしい悪の化身だと知り、衝撃に恐れおののいた、といったんだろう。おまけに、わたしが死んだ赤ん坊の血を歯から滴《したた》らせていた、ともいったかもな」

バーニーはほんの少し、くすくす笑った。「まあそんなところだ。もっとひどい口ぶりだったが」

「じゃあ、どうしてわたしはまだここにいるのかな？」

彼はため息をついた。「問題がいろいろありすぎてね。この件はきみに引き継いでもらおうと思っていた。きみを雇ったのはローリーだし、解雇するのであれば彼からそう告げられたはずだ。しかしいまは……」眼鏡《めがね》をはずし、いま一度目を揉《も》む。机越しに、目が赤くなっているのが見えた。「実のところ、わたしにはわからん、ターボ。今回の件のせいであらゆることが複雑になってしまった。これだけ複雑になった以上、わたしには対処する時間がない。金の受け渡しにはうちの事務所の人間を出すつもりだが……」

どうやら、わたしはまだ充分信用されていないようだ。彼は軽率に判断を下そうとしている。わたしはいった。「あんたの事務所の人間が男にしろ女にしろ、夫や妻、恋人、両親に不測の事態が起きた場合の説明をしておかないといけないだろう。だがそれには及ばない。今回の件は不審なことだらけだ。あんただってそう思っているにちがいない。エヴァが詐欺に加担している可能性は五分五分だが、ほかの背景があるのかもしれない。だからわたしは、いまの話を打ち明けたんだ。この件はわたしがやる。不測の事態が起きたらその場で対処しなければならないんだからな」

バーニーは眼鏡をかけた。「バルスコフが絡んでいると思うか？」

「きょう一日じゅう、それを自問していた。率直にいえば、わたしにもわからない。あの男はわたしを憎んでいる。一方でポリーナ、つまりフェリックスは明らかに、誰かから身を隠している。わたしは、彼女があの男から隠れていると推測せざるをえない。もう何年もバルスコフと話していないが、彼女のいまの立場を知ったら何をするか想像もつかない」

「なんてこった。まったくろくな話がないな。何かいい知らせはないのか？」

わたしは、フーズがマルホランドの容疑を固めるため政府を支援しようとしている話はやめておくことにした。

「もしかしたら標的はフェリックスじゃないかもしれない」わたしはいった。「少なくともあんたが想像しているようなものではなさそうだ」

彼は眉を上げた。「どういうことだ？」

「彼女とラーチコ・バルスコフがわたしをつぶそうと結託《けったく》したことは過去に一度あった」

眉は上がったままだ。「八〇年代、ＣＩＡ本部ではきみとバルスコフが仇敵同士になったともっぱらの噂だった。詳しいことはわからなかったが。ＫＧＢが情報を抑えたんだ。彼女もかかわっていたのか？」

「間接的なかかわりしかなかった。巻き添え被害を受け、見境なく攻撃した」

バーニーは眼鏡をふたたびはずした。「はっきりいってくれ。きみが今回の件に助力を申し出ているのは、何か仕返しのようなこととは無関係なんだな？」

「何もかも昔の話だ」

「本当か？」

「KGBの名誉にかけて」

「KGBの名誉か」彼は頭を振った。「わたしにそれを信じろと？」

わたしは肩をすくめた。「ボーイスカウトはなかったんでね」

バーニーは眼鏡をかけ、立ちあがり、窓際に向かって外を眺めたが、実際はほとんど何も見ていないようだった。決心を固めているように見える。わたしは待った。

「きみには関係のないことだと思う」バーニーはわたしに向き直っていった。

「なぜだ？」

「ホエーリングのことは知っているか？」

「でかい獲物を狙ったフィッシング詐欺だな。偽のメールを送り、スパイウェアがはいった添付ファイルをひらかせ、キーボードの入力内容を読み取る。そうすれば標的のコンピュータの情報がすべて筒抜けだ。ラーチコの組織も手を染めているが、競争はかなり激しい。ひょっとしてマルホランドが……？」

バーニーはうなずいた。「三カ月ほど前だ。ほかにも詐欺の被害に遭った顧客がいた。ただ彼の場合、ニューヨーク南部司法管区の連邦検事名で偽メールが送られてきたんだ。たいがいの人間は勝手に送りつけられてきた添付ファイルをひらかないが、そのメールはいかにも本物らしく見えたので、不審を抱かなかったんだな」

「キーボードの入力内容を読み取られたのか？」

バーニーはうなずいた。「われわれに知らされたのは十日前だった。メールを送りつけてきたやつはローリーのコンピュータの情報をかなり知っているだろう。もちろん、ヴィクトリアにはすぐに知らせた。偽メールは彼女の名義で書き起こされたからな。ひょっとしたらそのことがきっかけで、彼女は何か起こる前にローリーを調べるべきだと思ったのかもしれない」

「今回の件とつながりがあると思うのか？」

「なんともいえないがね。あるかもしれないと思ったからきみに話したんだ。メールの送り主はバルスコフかもしれん」

「かもしれんが、まだ充分なことがわかっていない」わたしは腕時計を見た。「現金の受け渡しはわたしにやらせてくれるか？」

彼はうなずいた。「きみがいったとおり、あまり選択肢がない。ただし、優先順位は明確にしておきたい――娘、金、誘拐犯の順だ」

「詳しい説明は？」

「娘、金、誘拐犯の順だ」

「背後に何があるのか知りたくはないのか？」

「きみには本来の目的に集中してほしい。とりわけ、きみがいったとおり、不測の事態が起きたらその場で対応しなければならないだろう」

バーニーは議論を受けつける雰囲気ではなかった。確かに、彼の優先順位は何があっても守らなくてはならない。背後に何があるのか探るのはそれからだ。

「わかった」わたしはいった。「ただもうひとつ、あんたが考慮に入れておいたほうがいい情報がある。マルホランドはこの二カ月、ありったけの金を集めてＦＴＢ株を買いあさっている」

ドアに向かいかけていたバーニーは、思わず振り向いた。「買いあさっている？　そいつは確かか？」

「ああ。〈バシリスク〉が教えてくれた」

「あの怪物は本来違法なんだがな。しかし知らなかった。情報ありがとう。それが何を意味するのか、わたしにはわからない。わかっているのは、ローリーには強い信念があることだけだ。彼は自分自身と彼の銀行を信じている」

「へえ、わたしの先入観をくつがえしてくれるご託宣《たくせん》だな」わたしはにやりとした。

「口を慎め。彼はきみの顧客だろう」

「わかっているよ。六十六万六千ドルにありつくのが楽しみだ。プラス――」

「わかった、わかった。プラスくそ諸経費だろう。ときどき、わが国がどうして冷戦に勝てたのか不思議になるよ。三十年あまりをロシア人の分析に費やしてきたが、いまだに何がきみたちを動かすのかわからない」

「あんたたちが勝ったのではない」この台詞《せりふ》も、バーニーはさんざん聞かされてきた。たぶん愛国心のなせる業《わざ》なのだろうが、それでもわたしは何度でもいってやりたい。とりわけアメリカ人には。「われわれが負けたんだ」

8

娘、金、誘拐犯。

バーニーの優先順位を守るのは確かに重要だが、それだけでは充分ではない。わたしには金に関してある計画があった。計画どおりに事が運べば誘拐犯を特定できる。本当に誘拐犯が存在するのなら、彼らをどうするかは実際にこの目で確かめてから決めよう。金のことも誘拐犯のことも、わたしはあまり心配していなかった。ただ、娘は別問題だ。第一の優先順位であることはまちがいないし、そうあるべきだ。唯一の問題は、誘拐犯とされる人間たちがたとえなんといおうが、彼女が金の受け渡し場所にいない可能性が高いことだ。そう考えるのが合理的であり、優先順位の説明をバーニーに求めたのはそれゆえだ。とはいえ、いまの状況で説明を迫ったところでしかたがない。バーニーの両手も、わたしと同じ顧客に縛られているのはわかっている。いや、同じ顧客の夫人に。

バーニーはわたしの先に立って狭い会議室にはいった。革製の椅子に囲まれたテーブルに赤いバックパックが載っている。きちんとした身だしなみの若い男がスーツ姿で室内に立っていた。

バーニーはいった。「マルコム・ワトキンズだ。さっききみと電話で話した」

わたしは青年と握手し、バックパックを指さした。「中身は金だな？」

「はい。赤いバックパックに入れるよう指定されました」

「どんな連中だ？」

「とおっしゃいますと？」

「電話の声の特徴だ。男か女か、アメリカ人か外国人か、若いか年寄りか？」

「ああ、すみません。ぼくにはわかりません。電話を受けたのがマルホランド夫人だったもので」

わたしはバーニーに目をやった。「マルホランドの話では――」

「わかっている。しかしあのときは夫人にも話すしかなかったんだ。ローリーにはわたしから話をする」

彼女はすでに知っていたはずだ、とはあえていわなかった。これ以上面倒を起こしたくない。わたしは代わりにいった。「手順は？」

ワトキンズは黄色いメモ用紙に目を落とした。「今晩十時にニューアーク空港のシェラトンホテルに金を持ってこい。一人で来ること――夫人によると、犯人はこの点を二度繰り返したそうです。バックパックを持って正面入口の前で待て。身体検査をする。銃は携帯するな。それから指示された客室へ行くこと。ドアは少し開けておく。ベッドにバックパックを置いて帰れ。娘はロビーで待たせておく。おかしな動きをしたら、まず娘を殺し、次におまえを殺す」

彼は最後の部分を困惑気味に読み上げた。明らかに不安げだ。こうした場合の訓練は受けていないのだから、無理もない。わたしはうなずき、笑いかけた。

「心配するな。犯罪ドラマで覚えた台詞《せりふ》だろう。では持ち物を点検しよう」わたしはバックパックを手に持った。金がぎっしり詰まっている。十ドル札と二十ドル札が、千ドルずつ束ねられていた。わたしはワトキンズを見ながらいった。「中身はまちがいないな？」

「はい。二度確かめました」

わたしは自分のメッセンジャーバッグから小型の電子部品がはいった箱を取り出し、クラッカーほどの大きさと形をしたものを選んだ。それからバックパックに手を入れて内ポケットを手探りし、瞬間接着剤で無線自動識別装置《RFID》のタグをナイロンの生地に貼りつけた。バーニーとワトキンズが見守る前で、ポケットのファスナーを締める。ワトキンズは不審そうな顔つきだ。

「どこの店でも使われているタグだ」わたしはいった。「カジノでも、ウォルマートでも、レンタカー会社でも。すばらしい技術だよ。わたしのラップトップに信号を送ってくれる。ＧＰＳソフトウェアが衛星から電波を受信し、バックパックの現在位置がわかるってわけさ」

ワトキンズはバーニーに目を向け、それからわたしに視線を戻した。「夫人によると、犯人はおかしな動きをするなといっていたそうです。おかしな動きをしたら――」

わたしはさえぎった。犯人がなんといおうと、知ったことではない。「少しでも脳みそのある犯人なら、こちらが何か仕掛けてくると予想しているはずだ。われわれが十万ドルをどぶに捨てるとは、やつらも考えてはいるまい。このタグは旧式のものだ。やつらに見つけてもらうつもりでいる。そうすればこっちのほうには無警戒だ」わたしは米粒ぐらいの大きさしかないプラスティック板を取り出した。「こいつが最新型さ。もちろん日本製だよ」

わたしはバックパックから札束を手にとり、二十ドル札を一枚引き出した。接着剤を一滴落として極小のタグを紙幣にくっつけ、バックパックに戻して札束にまぎれこませる。「金だけ取り出して袋を捨てても、これで居場所がわかる」

バーニーはいった。「犯人を見つけたらどうするつもりだ？」

「さあね。どんなやつらかによるだろうな。こっちにも考えはある」わたしは自分のメッセンジャーバッグと赤いバックパックを抱えた。「そろそろ出かけたほうがいいな。トンネルは混んでるかもしれない。どこに電話すればいい？」

「われわれはここにいるよ」バーニーがいった。「幸運を祈る」

蒸し暑く、ほとんど人けのない通りを歩いて北へ向かった。愛車の〈ポチョムキン〉はパール・ストリートのガレージに置くことにした。もう一台、社用車がある。二〇〇三年式フォード・クラウン・ヴィクトリアの警察仕様車《ポリス・インターセプター・モデル》を、ウォーター・ストリートの屋外駐車場に置いているのだ。この車の名前〈ヴァルディーズ〉（Valdez）の由来は、アラスカ沖で座礁したタンカーであり、マディソン街で見られるコーヒーのイメージキャラクター、ファン・バルデスではない。走行距離は七万五千マイル、フロントフェンダーと後部ドアにへこみがあったのを、九千八百ドルで手に入れた。ひととおりの機能と設備を備え、クラウン・ヴィクトリアの名にたがわぬ走行性能だが、何よりいいのは要求どおりに走り、傷やへこみを気にする必要がなく、廃車になってもかまわないことだ。ニューヨーク市内を運転するには最適な車である。

わたしはふたつのバッグを投げ入れ、ホランドトンネルに向かったが、まだラッシュアワーは終わっていなかった。早めに到着して周囲の状況を確かめておきたい。出発したとき、ダッシュボードの時計は八時三十三分だった。九時二分、シェラトンの駐車場にはいった。出入口付近に空きスペースを見つけ、そのまま薄暮のなかで運転席に座っていた。ニューヨークに赴任していたKGB時代を思い出す。当時エージェントとの待ちあわせは、露見すれば双方にとって重大な結果となった。しかし今回は、場所を選んだのはわたしではなく、何かあれば重大な結果はことごとくわたし一人に降りかかる。

残照のなかで駐車場を見渡した。わたしが犯人だったら、駐車場に一人、ロビーに二人、上階の受け渡し場所の隣室かできれば廊下を挟んだ向かいの客室に二人配置し、全員にイヤフォン付きの無線を装着させるところだ。彼らの第一の関心は金であって、わたしではない。指示に従っているかぎり、わたしに手出しする理由はない。そしてわたしは完全に指示に従っている。ここまでは。

九時四十二分、一台の車が駐車場にはいってきた。ヘッドライトが〈ヴァルディーズ〉とホテルの正面を照らし出す。その車は出入口をはさんだ向かい側に駐車した。よれよれのジャケットを着た男が一人降りてきて、トランクからキャスター付きのスーツケースを出した。色は赤だ。よりによってこんなときに。しかし、わたしにはどうしようもない。男がスーツケースを引っ張ってホテルの正面入口に向かうあいだ、わたしは息を詰めて見守った。男は煌々《こうこう》と照らされた歩廊で立ち止まり、ポケットのなかを手探りした。目当てのものは見つからず、延々と探している——携帯電話だ。わたしは車を降りてそこをどけと怒鳴りたくなったが、彼に襲いかかる者はいなかった。かといって、歓迎に出てくる者もいない。見ているかぎり、彼に注意を払っている人間は誰一人いないようだ。男がようやくホテルにはいった。

駐車場は無人の状態に戻った。わたしはゆっくり呼吸しながら、さらに数分待った。やつらは、誰が来るのかをわかっている。

九時五十五分、わたしはシグ・プロ九ミリ拳銃を取り出した。軽量のポリマーフレームに十発入りの弾倉を採用した、ダブルアクションのコンパクトなオートマティック銃だ。札束の詰まったバックパックの底に銃を押しこむ。銃は好きではない。若いころ、銃を持っていたことの結果がわたし自身に跳ね返ってきた。ふだんは持ち歩かないが、今晩は何があるかわからないので、惨《みじ》めな思いをするよりは安全なほうがよい。ドアのあたりに男がいないかどうか探す。男がいれば、そいつがわたしの身体検査をし、バックパックの金を改めるだろうが、まさか駐車場で中身を出すようなことはするまい。できればそう願いたいものだ。

車の鍵をかけ、バックパックを担《かつ》いで入口に向かう。屋根つきの歩廊をまばゆい照明が照らし、周囲のあらゆるものに影を落としている。ドアマンやベルボーイは一人もおらず、客もいない。あるのは明かりのまぶしい、だだっ広い空間だけだ。そのなかに足を踏み入れれば、スーツケースの男と同様、格好の標的になってしまう。目隠しされた狙撃手が四分の一マイルの距離から撃ってもはずさないだろう。わたしは歩廊の十五フィート手前で、暗がりのなかに立ち止まった。マルクス主義の官僚国家で育った人間は、とりわけ辛抱強さを学ぶ。必要とあらば、わたしはひと晩でもこのまま立っていられた。指示には従っていないが、やつらがわたしを傷つけるつもりなら、一瞬前にわかるはずだ。わたしは身動きせずに片目を入口に注ぎ、駐車場の車のあいだに動くものの気配がないか視界の片隅で探した。

ニューアークは治安の悪いことで知られているが、モスクワの比ではない。暗がりからいきなり撃たれることはまずない。長い二分間が過ぎ、黒っぽいシャツを着た男がドアから出てきて、つかつかとわたしに歩み寄ってきた。

「車に戻れ」男は足を止めずにいった。

彼は〈ヴァルディーズ〉までわたしのあとについてきた。車に戻ると、男は銃を手にした。

「バッグを車に置け。両手も車に置け」ウクライナ人の訛《なま》りだ。

わたしはバックパックをボンネットに、両手を屋根に置いた。男は空いた手でわたしの手足と胴を探った。続いてバックパックを開け、なかを覗き、一度振って、札をひと束つかんで広げると、元に戻した。客室まで男がついてきたら誤算だったが、彼はバックパックを車に置き、反対側にまわっていった。「行け。三一二号室だ」

わたしは金を抱え、振り返らずにホテルへ向かった。

ロビーには誰もいなかったが、床が一段高くなった開放式のカクテルラウンジは三分の一ほどが埋まっていた。ほかにも飲食店があるかもしれない。わたしはバックパックを誰からも見えるよう肩に担ぎ、わき目もふらずエレベーターに乗って三階を押した。エレベーターのなかでシグの拳銃をウエストバンドに移した。

扉がひらき、狭いホールが目の前にひらけた。廊下は右も左も無人だ。三一二号室は右側だった。ドアは犯人の指示どおり少しひらいている。わたしはドアを押し開け、立ち止まった。動くものは何もない。聞こえるのは空調設備の音と、どこかの部屋のテレビの音だけだ。

部屋にはいると、狭い通路の左側にクローゼットとバスルームがあり、奥の室内はキングサイズのベッド、机、椅子でふさがれている。典型的なホテルの客室だ。

バックパックをベッドに置いたところで音が聞こえた。振り向こうとしたところで、後頭部を強く殴られた。何か硬いもので突かれ、ベッドに倒れそうになる。なんとか持ちこたえたのがかえって失敗だった。もう一発、脳天を直撃されたのだ。わたしはたまらず床に倒れた。頭がくらくらしたが意識はあり、ノックアウトされたふりをした。二、三度、わき腹に蹴りを入れられた。わたしはじっと動かずに攻撃をやりすごした。

男の声が、ウクライナ語でいった。「おれが金を取り出すあいだ、こいつを見張ってろ」

バックパックの中身が空けられる音がする。同じ声がいった。

「こいつめ、裏をかくつもりでいやがる。これを見ろ」

もう一人がいった。「くそ。早いとこ、ずらか――」

「まだだ、この間抜けが。こいつを調べろ。鍵をとれ――ほかのものも、だ」

もう一人がわたしの前にかがみこむ。息がウォッカ臭い。ジャケットのポケットに両手が入れられるのがわかる。身体をひっくり返されそうになったところで、わたしは腰からシグを抜き出し、相手の顔に突きつけた。

「下がれ」

男はぎくりとして飛びのいた。見るからに怯《おび》えている。もう一人が「くそったれ」といいながら青いバックパックを抱え、ドアに向かって駆けだした。

「どうやら、おまえさんと二人きりのようだな」わたしは銃をかまえるしぐさをした。

「や……やめてくれ……お願いだ」

男はやにわに動いたら撃たれると思っているのか、ゆっくり後ずさりした。

「出ていけ」わたしは吐き捨てた。

彼は自分の銃をベッドに放り出し、急いで逃げていった。レイブンMP25、安物の拳銃だ。わたしはその銃を持ち上げ、弾倉を抜き出した。弾薬はすべて装塡《そうてん》されているが、安全装置が解除されていない。たぶん銃把でわたしを殴ったのだろう。後頭部に手を触れてみた。頭蓋骨《ずがいこつ》の下にこぶができており、少し出血しているが、そんなにひどくはない。いまの連中はアマチュアであり、まったく恐れるにたりないが、彼らがウクライナ人だったのはよくない徴候だ。

空っぽの赤いバックパックが床に放り出されている。旧式のタグがその隣にあった。ベッドに座って頭をすっきりさせ、アイスペールからビニール袋をとって部屋を出ると、階下の途中にあった製氷機の氷を一杯に入れた。ロビーのラウンジはまだ賑《にぎ》わっている。しかしエヴァはいない。三十歳以下の人間は一人もいないようだ。わたしは驚かなかったが、バーニーには徹底的に捜したと報告したかった。

わたしはエレベーターに戻った。このホテルは十階建てで、うち八階が客室だ。最上階とその下の階は〈クラブレベル〉と記され、一般の宿泊客ははいれないようだ。あのウクライナ人たちがそれほど宿泊料をはずむとは思えない。調べる客室は三階から八階まで、一階あたり三十八室、合計でおよそ二百三十室ある。わたしは八階から始め、下へ降りながらすべての部屋をノックしてまわることにした。なかなかはかどらない。客のいる部屋は百室に満たなかった。応答があったときには必ずエヴァという女性がいないか訊いた。ほとんどは「ちがいます」あるいは「ここにはいないぞ」という返事だった。取りこみ中のカップルをふた組邪魔してしまった。最初の女は「夫にばれたわ！」と叫び、二番目の男は「失せろ！」といった。三人の女性客から、警備員を呼ぶわよと脅された。一人の男性客からは、自分のスイートでポーカーをやっているところだから仲間にはいらないか、と誘われた。全室を確かめるのに三十分以上かかった。

果たして、エヴァはいなかった。最初からいなかったのだ。計画変更だ。あのウクライナ人たちは、もしかしたら彼女の居場所を知っているかもしれない。いや、それより彼らを脅して雇い主を訊き出すほうがまだ見こみはある。その過程で、もちろん金を取り戻し、マルホランドにたかろうとしている輩《やから》の意図をくじくのだ。これが優先順位だ。

わたしの車の周囲には誰もいなかった。ウクライナ人たちはとっくに逃げ去った。少なくとも、彼らはそう思っているだろう。わたしは溶けかかった氷入りの袋を運転席のヘッドレストに挟み、頭をもたせかけた。ひんやりして気持ちがいい。ラップトップを立ちあげ、携帯電話でバーニーの番号を呼び出す。一回目の呼び出し音で出た。

「ターボ！　どこにいる？」

「ホテルの駐車場だ。ちょっとした乱闘があったが、大丈夫だ」

「なんだって？　怪我はないか？　エヴァは連れ戻せたか？　金はどうなった？」

少なくとも、わたしのことを最初に心配してくれた。「ああ、わたしは無事だ。頭にこぶができただけさ。エヴァはいなかった。ここにはいない。はじめからいなかったんだ。ホテルはくまなく探しまわった。金の行方はすぐにわかる」

「ローリーにはなんといえばいいんだ？　フェリックスには？」

「いまはまだ何もいえない。しばらく我慢してくれ」わたしは通話を切り、ラップトップを手にした。カーソルを何度かクリックすると、画面上に地図が表示された。矢印はジャージーシティ市内を示している。ホランドトンネルからそう遠くない。わたしは携帯電話をかけた。

「やつらはそんなに遠くには行っていないようだ。ジャージーシティにいる。わたしもそちらへ向かうところだ。また電話するが、しばらくかかりそうだ」

バーニーが何かいいだす前に電話を閉じ、駐車場を出て州間高速道路《インターステート》七八号線にはいる。料金所を通過してプラスキー高架幹線道路《スカイウェイ》へ続くランプを上がる途中、さらに二回電話をかけた。最初の相手はフーズで、ジャージーシティの住所に関することだ。彼は寝ていたが、夜に起こされるのは慣れている。二回目の相手はガーエフという男で、旧ソ連時代にオリンピックの円盤投げ選手だった。双子の弟のマックスは、砲丸投げの元オリンピック選手だ。競技生活を引退後、彼らはＫＧＢの仕事を請け負ってきた。いまはブライトン・ビーチでの組織がらみの仕事や、腕力にものをいわせた裏稼業に数多くかかわっている。報酬もさることながら、彼らはこうした仕事を楽しんでいるのだろう。ガーエフはまだ起きていたが、どうも何かの邪魔をしてしまったようだ。わたしからの電話にあまりうれしそうではなかった。ともかく彼はマックスを連れて一時間以内に合流すると答えた。

ジャージーシティにはいったところで駐車スペースを見つけ、氷袋の位置を調節し、待つことにした。長い夜になりそうだ。とくに、モンゴメリー・ストリート一四五番地に潜伏しているやつらには。

9

モンゴメリー・ストリートは再開発の最中だった。一四五番地を含むブロックには三階建てレンガ造りの古い住居が並び、再開発地区にあたる半分ほどは立ち退き料をたんまりもらえそうに見えた。しかしもう半分はもらえそうにない。一四五番地は後者に属していた。

現地に着いてから十分ほど経ったところで、フーズから電話が来た。「そこの建物には三軒のアパートメントがはいっている。二軒の住人は数年間住んでいる――サンチェスとロドリゲスだ。もう一軒は空き家か、さもなければ闇の借り手がいる。1Aのアパートメントだ。ほかに必要な情報は？」

「まだなんともいえん。増援部隊を待っているところだ」

「陸上選手か？」彼がガーエフとマックスにつけたあだ名だ。フーズ自身は面白いと思っている。「あんまり好き勝手させるなよ。おれはピザを食いに行く。十二時には戻る」フーズはときどきマリファナを吸うので、必然的に空腹を覚えるのだ。

わたしは溶けかかった氷袋に頭を載せ、後頭部の傷を癒《いや》した。十二時五十五分、フォード・エコノラインの緑色のバンがこちらに近づき、わたしの向かいの駐車スペースにはいった。増援部隊の到着だ。

ガーエフがわたしの車の助手席側にまわり、乗りこんできた。筋骨隆々という言葉を絵に描いたような男だ。競技生活を引退してからも、贅肉《ぜいにく》はいっさいついていない。四角い顔に丸い鼻、小さな目にスポーツ刈り。挨拶《あいさつ》ににやりと笑い、薄い唇の両端がわずかにつりあがる。

「仕事は？」彼はいった。

「一四五番地の前を通ってくれ。一階、1Aのアパートメントだ」

「わかった」ガーエフは静かにドアを閉め、通りを歩きだした。一分後には通りの向かい側に戻り、車に乗りこんだ。

「よくわからん。窓には鉄の柵とエアコンの室外機がついている。ドアは両開きで、正面に二重鍵があった。1Aは奥の右側だ。はいろうと思えばはいれるが、やつらには気づかれるだろう」

「待とう。ヒスパニック以外の人間が出てきたら、取り押さえるんだ」

「わかった」彼はバンに戻った。

さほど待つ必要はなかった。ドアは十五分後にひらき、男が一人、ポーチに立ち止まってタバコに火をつけると、わたしが駐車している場所とは反対方向に歩いていった。さっきわたしを殴ったやつだ。ガーエフが徒歩でついていった。バンも発進し、男のすぐ後ろを走る。わたしもバンに続いて車を出した。一行は角を右に曲がり、ブロックのなかほどで停まった。バンのスライドドアがひらき、ガーエフが力ずくで男を車内に押しこむ。一瞬の早業《はやわざ》だ。さらに数ブロック先の商業地区まで走ったところで、バンが停止した。スライドドアがひらき、マックスが顔を出して兄と同じかすかな笑みを浮かべた。彼が座席の端に寄り、わたしはバンに乗りこんだ。

ガーエフが万力のような手でウクライナ人を押さえつけている。男は黒っぽい髪で、無精《ぶしょう》鬚《ひげ》を生やしていた。ナイフ、財布、鍵束がバンの床に置かれていた。わたしはポケットからレイブンを出し、男の額に押しつけた。

「忘れ物だ」

男は哀れっぽい声を出し、銃から逃げようとした。ガーエフが腕に力を入れる。わたしは銃をしまい、財布を拾い上げた。運転免許証に記載されている氏名はイラリオン・ネデレンコ、住所はブルックリンのマンハッタン・ビーチ。太った魅力のない女と、同じく太った魅力のない若い娘の写真がはいっていた。わたしはマックスに顎をしゃくり、いっしょに車を降りてフーズに電話した。男の住所を告げると、電話番号、移民局の登録情報、所有する古いフォード・トーラスの型式、車両登録番号、それに妻子の名前までわかった。まずやるべきなのは、この連中が誰かの庇護《ひご》のもとで動いているのかどうかを確かめることだ。彼らはラーチコの縄張りにいるが、連中のような人間をラーチコが信頼するとは思えない。フリーランスであれば、脅して協力させるのはさほど難しくないだろう。どのみち彼らはすでに終わったも同然なのだ。

わたしはマックスと打ちあわせをし、バンに戻った。わたしは携帯電話をポケットにしまうふりをしながらマックスにロシア語でいった。「ラーチコはこいつを役立たずの女の腐ったあそこ《ピズダ・スタラーヤ》だといっている。殺せ。こいつの銃でな」

マックスはにやりとして工具箱のなかをかきまわした。ドライバーを取り出す。男の目が眼窩《がんか》から飛び出さんばかりに見ひらかれた。右目をドライバーで突くのが泣く子も黙るロシア・マフィア、バジャー兄弟のトレードマークなのだ。

　マックスはいった。「女房と娘はどうする？」

「ラーチコは気にしないさ。おまえたちにまかせる」

　マックスはまた笑みを浮かべた。「ガーエフはデブが好きなんだ」

　男はウクライナ語で哀願を始めた。おれは何もしていない、頼むから話を聞いてくれ、人ちがいだ、妻子には手を出さないでくれ、といったようなことだ。ひとしきりしゃべらせてから、わたしはロシア語で黙れと命じた。フリーランスだろうという感触は当たっていた。わたしは男の前にひざまずき、ＫＧＢ時代の身分証をかざした。

「ＫＧＢは決して消えはしない。われわれはあらゆるところにいる。何もかもを見ている。すべてを知っている。この街でもそうだ。では話を聞かせてもらおうか。なぜわたしがおまえを殺すべきではないのか、わたしの仲間たちがなぜこれから、カテリーナやパヴラと楽しい一夜を過ごすべきでないのか」

　身分証が効いたのか、妻子の洗礼名を出したからかどうかはともかく、相手は震えあがった。恐怖の悲鳴と意味のわからない言葉が混じりあう。

「黙って話を聞け！　おまえに一回だけチャンスを与える。おまえの家族と、その役立たずの身体を守るチャンスだ。嘘をついたらすぐにわかる。そのときにはおまえをこの二人に引き渡してやる」

　マックスがドライバーを振り上げた。男は泣き声で「やめてくれ」といった。

「あそこの家にいる人数は？」

彼はためらった。思ったほど怯《おび》えていないのかもしれない。もっと責めたてよう。わたしはこのような行為を、心理的な恐怖のほうが肉体的なそれより望ましいという理由で正当化していた。とはいえ、かくいうわたしだって人でなしのような連中から訓練を施されたのだが。

「やれ」

わたしはマックスにレイブンを渡し、マックスはネデレンコの額に押しあてた。

「わかった、わかった、やめてくれ！」ネデレンコが悲鳴をあげる。「二人だ、家にいるのは二人だ」

「名前をいえ」わたしは精一杯、冷血漢を装った。

「ドルナクとカリーヌィチだ」

「ファーストネームは？」

「マルコとジオドールだ」

「銃は？」

「リボルバーを持っている」

「部屋はいくつある？」

彼は、狭いキッチンとバスルームがついたふた部屋のアパートメントだといった。

「金はそこにあるのか？」

彼はうなずいた。

「ではもしかしたら、もう一度チャンスをやるかもしれない。もしかしたら、だぞ」

わたしは車を降り、フーズに電話してネデレンコから訊き出した名前をいった。十分たらずで、彼らの住所と電話番号がわかった。二人もやはりマンハッタン・ビーチに住んでいる。マルコには家族がいた。わたしはバンに戻った。

「これからあの家に向かう。おまえが先導しろ。妙な真似をしたら、おまえが最初に死ぬ。わかったか？」

男はうなずいた。

わたしは車をそこに置き、バンに乗ったままモンゴメリー・ストリートを引き返した。ネデレンコが正面玄関の鍵を持っている。彼の案内で通った廊下のリノリウムの床は薄汚れ、奥の片開きのドアはペンキが黄ばみ、はがれていた。わたしたち三人はドアの片側に立った。ネデレンコが二度ノックし、名前をいってから鍵を挿《さ》す。鍵を開けた瞬間、わたしは彼を押しのけ、ガーエフがドアを蹴り、兄弟が飛びこんだ。怒号とサイレンサーのくぐもった銃声が響く。一分ほどして、マックスがいった。「いいぞ」

わたしに連れられてこの部屋にはいったネデレンコは命の縮む思いだっただろう。だが彼は、もっとよく考えて仕事仲間を選ぶべきだった。彼がいったとおり、部屋には二人いた。古びたソファに座っているのは駐車場にいた男で、もう一人は金を載せたテーブルの前で座っている。金の隣にはリボルバーとブラックベリーが置いてあった。室内は外とほとんど変わらない暑さだ。旧式のクーラーが窓際でうなっているものの、まるで効果がない。テーブルの前に座っている男はホテルの客室にいたもう一人だ。タンクトップを着て、むき出しの肩から流れる血を押さえている。肌は刺青《いれずみ》で覆われていた。目はネデレンコより暗く、力があった。その目に痛みこそあれ、怯えはない。この男がリーダー格だ。もう一人は明らかに恐れている。彼の目は室内を泳いでいた。シャツの胸から下に汗が染みている。

勢いを味方につけるのだ。やつらに考えるいとまを与えてはならない。わたしはまっすぐテーブルの前の男に向かい、銃を出して傷口を突いた。彼は痛みを見せまいとしたが、わたしの目はごまかせなかった。

「おまえはどっちだ？　マルコか？　ジオドールか？」

男は目を見張ったが、何もいわなかった。わたしがマックスに向かってうなずくと、マックスは男の頬に銃を突きつけた。

「どっちだ？」

「マ……マルコだ」

「よし。状況を説明してやろう。おまえは要領が悪い、間抜け野郎だ。おまえはバジャーの縄張りで勝手に動いている。死にたいとしか思えんな」携帯電話を取り出す。「電話を一本入れれば——」

「待ってくれ！　ラトコの話では——」マルコは思わずいった。その名前にはかすかに聞き覚えがあったが、わたしはさらに責めたてることにした。

「ラトコがなんといっていたって？」

マルコは頭を振った。傷を突くと、彼の顔がゆがんだ。さらに力を入れると悲鳴をあげた。

「わかった、わかった。お願いだからやめてくれ。おれたちはルールを知っている。ルールを破るようなことはしない。ラトコは、バジャーについてはまったく問題ないといっていた。誓ってもいい」

「バルスコフに誓うがいいさ。信じるかどうか見ものだ。わたしの見るところ、そいつは嘘八百だ」

「ちがう！　本当だ！」

「黙れ。いいか、おまえは問題をふたつ抱えている。ひとつはバジャーだ。もうひとつはわたしだ。彼はすでにアムハースト・ストリートのおまえの家に部下を向かわせている。わたしが電話すれば彼らを止められる。おまえしだいだ」

　マルコは椅子から立ちあがった。いまは怯えている。「そんなはずはない！　あんたは嘘を――」

　わたしは彼の傷口を突いて椅子に押し返した。彼の顔じゅうに苦痛が広がる。

「嘘だと思うか？　残念ながらそれはちがう。わたしの話を聞け。娘はどこだ？」

「娘？　なんのことだ？」

　肩を突くふりをするだけで彼は悲鳴をあげた。

「わかった！　頼む！　やめてくれ！　お……おれは娘のことを知らないんだ。ラトコからは、金を受け取れといわれただけだ。それしか聞いていない」

「で、ラトコがバルスコフもなんとかすると？」

「そのとおりだ！　いまいっただろ――」

「嘘をついてるとしか思えん。ラーチコがどう思っているか訊いてみよう」

わたしは携帯電話を取り出し、寝室にはいった。ドアを閉めるときにマルコのむせび泣きが聞こえた。エヴァのことを知らないというのはたぶん本当だろう。やはり彼らはラーチコ以外の人間——ラトコといっていた——のために動いていた。わたしは二、三分時間をつぶしてから居間に戻り、ガーエフとマックスに耳打ちした。急襲された三人は、みな恐怖の表情を浮かべている。

「おい」わたしは、まだ話していない一人に向かっていった。「そこにはいれ」

わたしはレイブンを片手に、男を寝室に追いこんだ。

「服を脱げ。ベッドにひざまずけ。そっちを向いたままだ」

「待ってくれ」男は叫んだ。「お願いだ……」

「さっさとしろ！」

男は従った。わたしは後頭部に銃口を当てた。「チャンスは一回だけだ。娘はどこにいる？」

「知らない！　娘なんて知らない！　お願いだ！」

「わかった。じゃあラトコはどこにいる？」

「知らない！　知らない！　マルコが——」

わたしは銃身を右に動かし、男の耳をかすめ、マットレスに向けて撃った。狭い部屋に銃声がこだまする。男は嗚咽《おえつ》しながらくずおれた。部屋に尿のにおいがする。男は嘘をついていない。

ドアがひらき、ガーエフが足早にはいってきた。ベッドの上の男にかがみこみ、ロシア語でささやいた。「この友人はまだ優しい。おれはちがう。少しでも物音をたてたら、おまえを殺す」男の頬をピストルでなぞり、念を押す。男は声を押し殺してすすり泣きをした。

わたしは居間に戻った。

「おまえたち！　服を脱げ！　ひざまずくんだ。早くしろ！　おまえたちの友だちにはチャンスをやった。だがやつは、それをふいにした」肩をすくめる。「おまえたちはもっと賢いはずだ」

二人は目を見ひらいて顔を見あわせ、それからわたしを見た。銃をマルコに振り上げるしぐさをすると、彼はあわてて服を脱ぎだした。ネデレンコが続く。

「ぐずぐずするな！」

二人は壁に向かってひざまずいた。

銃身をマルコのうなじに押しつける。「おまえらがどうなろうとバジャーが気にしないとぐらい、もうわかっているだろう。ラトコはどこにいる？」

マルコはわずかに首を動かし、ネデレンコを見た。

「次はおまえを殺す番だ、ネデレンコ。答えるようマルコにいえ」

「わかった」マルコがいった。「撃たないでくれ。おれたちは金を運ぶよういわれただけだ」

「ラトコはどこだ？」

「アパートメントを持っている。ニューヨーク、六番街、二一丁目。新しい建物だ」

「名義は？」

「え？」

「アパートメントを借りている名義人は？」

「彼の名義で借りている。リスリャコフだ」

「どう思う？」わたしはマックスにいった。

彼は床に唾《つば》を吐いた。

「嘘じゃない！　本当だ！　誓ってもいい。信じてくれ！」

　寝室のドアをノックすると、ガーエフが出てきた。

「なかにはいれ」わたしはウクライナ人たちにいった。「一時間はこのドアから外に出るな。出てこようとするやつがいたら、わたしの友人が撃つ」

　マルコとネデレンコは一目散《いちもくさん》に寝室にはいった。ガーエフがドアを閉めると同時に、驚きの声が怒りの叫びに代わった。マックスが服を集め、わたしは金をバッグに入れた。それからマルコのブラックベリーをポケットに入れ、双子に外へ出るよう合図した。

「あいつらが出てくるのを待て。カリーヌィチは気にしなくていい。ほかの二人を追って、行き先をわたしに知らせてくれ」

　わたしはマンハッタンに車で向かい、制限速度ぎりぎりで運転した。心がはやる。ここは確かにアメリカのニューヨークやニュージャージーだが、この数時間はロシアに、いやかつてのソビエト連邦に戻ったような気がする。恐怖、脅迫、不安が跋扈《ばっこ》していた時代に。わたしがそれらを武器として使えたのは、〈バシリスク〉の力とウクライナ人たちの愚かしさに負うところが大きかったが、喜ぶ気持ちにはなれなかった。わたしはそんな人生と訣別《けつべつ》したはずだったのだ。それなのに、いとも簡単に逆戻りしてしまった。いや、ある意味ではもっと悪い。かつてのソ連では、いかに抑圧的で腐敗していても、わたしの権限は法律にもとづいたものだった。しかし今夜のわたしは、まったくの独断で動いている。よりどころとする法律も権限もなく、あるものは偽の身分証とささやかな情報、相手を怯えさせる能力だけだ。

　わたしは、娘を見つけるためにはこれしか方法はなかった、彼女は危険に巻きこまれているかもしれない、と自分にいい聞かせた。それが優先順位だ、と。

　それは嘘だった。わたしがあんなことをしたのは、それが自分にできることだったからにすぎない。悪い習慣に戻ってしまったのだ。

　わたしは罪悪感をわきに押しやり、事実の把握に集中した。エヴァ・マルホランドが誘拐された可能性は、もともと高くはなかったが、限りなくゼロに近くなった。脅迫状は本物だろうが、写真は捏造《ねつぞう》されたもので、どちらもリスリャコフ――この名前をどこで聞いたのか、まだ思い出せない――と、エヴァ・マルホランドがでっちあげたと見てほぼまちがいないだろう。受け渡しに関する犯人からの指示は、エヴァの部分を除いて正確だった。あのウクライナ人たちはリスリャコフの命令で動いていた。たぶんエヴァはドラッグの金が必要で、リスリャコフにも彼自身の金のかかる悪徳があるのだろう。そう考えればつじつまは合う。しかしウクライナ人たちは、その男がバルスコフの了承を得てくれるものと思っていた。これは不可解だ。それが本当なら、彼はバジャー兄弟に強力なコネがあることになる。ここからさらに、おびただしい疑問がわいてくる。彼はエヴァの素性を知っていたのだろうか？　この男が彼女の実の父親とつながりがあったとして、エヴァはそのことを知っていたのだろうか？　実の父親がニューヨークに住んでいることは？　ポリーナはこうしたことに気づいていたのか？　答えはだいたい推測できるのだが、それらはあくまで推測の域を出ない。ひとつだけ好材料がある。わたしを尾行している者はおらず、以前からわたしをつけ狙っている者もいないことだ。誰か――リスリャコフだろうか？――が十万ドルをとりそこねた。だとすればわたしのせいで、ポリーナは不安に陥り、誘拐犯にして強奪者は激怒しているだろう。これは心配の種だ。おそらくロシア・マフィアのボスも背後にいる。ただでさえ、わたしを蛇蝎《だかつ》のごとく嫌っている人間だ。相手が誰なのか事前にうかがい知る機会があれば、わたしはこのゲームに参加することを選択しなかっただろう。しかし好むと好まざるとにかかわらず、わたしはゲームの渦中にいる。そしてまだ、ゲームの感触をつかんだと思えるほどテーブルにカードは出そろっていない。あしたの最優先課題は、まだお目にかかっていないゲームの参加者に自己紹介することだ。

トンネルを出てマンハッタン側に出ると、わたしはバーニーに電話した。誰も電話に出ない――帰宅したようだ。わたしは、のちほど金を返しに行くとメッセージを残した。それから〈ヴァルディーズ〉を駐車場に戻し、オフィスに立ち寄って銃、バッグ、ブラックベリーを金庫に入れた。

マリファナのにおいが立ちこめている。フーズは仮眠室で寝泊まりしているようだ。ちょっとやそっとでは起きないだろう。だがビッグペンはそうではない。

「夜中だぞ、ロシア人」オフィスを通りすぎると、彼が話しかけてきた。

「わかっているよ、ピッグペン。すまんな。寝ててくれ」

「マリファナ」

「ボスがやってるんだろう、ピッグペン？ まさかおまえじゃないだろうな？」

暗がりに光る半開きの目が、そうとはかぎらないぞ、といっている。たいしたやつだ。ヨウムもハイになれるのか。

「おやすみ、ピッグペン」

「おやすみ、ケチ」

ヨウムは新しい言葉を教わらないかぎり、覚えたばかりの言葉をいいつづけるものだ。そう知ってからは少し安心した。

わたしはキッチンで小さなグラスに注いだウォッカを飲みながら、リスリャコフの名前をどこで聞いたか思い出そうとした。しかし頭は冴えず、ウォッカは役に立たなかった。睡眠をとれば思い出すかもしれない。無人の通りを歩いて帰宅しながら腕時計を見ると、午前三時三十七分だった。まだ蒸し暑い。

10

男は咳きこみ、もう一本タバコをくわえて火をつけ、ラップトップの〝再生〟ボタンをクリックした。十年前の録音テープのデジタル変換された音声が聞こえてきた。音質は悪く背後の雑音がひどいが、会話の声は鮮明だ。しかし、音質は問題ではない――もう暗記するぐらい、何年もこのテープを繰り返し聞いている。それでも彼は、この別荘《ダーチャ》に盗聴器を仕掛けた配下の技術者たちの仕事ぶりにいささか誇らしさを覚えた。やつらは二人とも気づかなかったのだ。だが、いま問題なのはそのことでもない。

看護師が病室のドアで立ち止まり、鼻に皺《しわ》を寄せた。初めて見る看護師だ。看護師は彼に向かって眉をひそめ、タバコと、頭上の〝禁煙〟の表示を見比べた。口をひらきかけた看護師を彼は睨《にら》みつけ、ベッドの端についている名札を見るよう目で促した。彼女は短い悲鳴を漏らし、足早に去った。彼はテープに注意を戻した。

テレビの音声が流れている。アナウンサーの現実離れした声が、モスクワ中心部で起きたロスノバンクの大火災をなんとか食い止めようと消防士が奮闘する様子を伝えている。鎮火するまであと十五時間かかり、そのころには本社タワーは黒焦げの骨組みになっている。犠牲者は二桁《ふたけた》寸前に達するだろう。もっとひどいことになっていたかもしれない、と彼が思ったのはこれが初めてではない。彼はあらゆる用心をしていた。

テレビの音声に覆《おお》いかぶさるように、抽斗《ひきだし》が開け閉めされる音、書類がかきまわされる音、ときおり悪態をつく声とウォッカをグラスに注ぐ音が聞こえる。コソコフは逃亡の準備をするあいだに酔っていた。彼はまだ自らの命が尽きたのを知らない。

ゴルベンコの声がした。〈逃げられるはずがない。やつらは国境の検問所に人をやっている。逃亡はとっくに予想しているだろう〉

〈そいつはどうかな〉コソコフがいった。〈もし誰もがいうほどKGBが利口《りこう》だったら、ま

だ共産党支配が続いているはずだ〉
〈ばかをいうな、アナトリー・アンドレーヴィチ。やつらがきみの銀行にしたことを見ろ。あいつらは何もかもを遮断し、あらゆる痕跡を消し、すべての環をはずしにかかっている。きみはとても大きな環だ。いいか、すべてを白日の下にさらせるのはおれたちしかいないんだぞ〉
〈わたしは、そのすべてを担保に自分の命を守る。きみはきみの取引をしたんだ、ボリス。思ったとおりにするがいい。わたしはいちかばちか、自分の道を行くさ〉
〈気は確かか？　検察庁ならきみの身の安全を守ってくれる。おれたちはＦＳＢを打ち負かせるんだ。やつらのやってきたことが世間に知れれば、エリツィンだってあの組織全体を解散させるしかなくなるだろう。それがやつらの最大の弱点だ。あいつらが自分たちの目的追求のために罪のない大勢のロシア人を殺したと知らせたら、誰一人疑いはしない。きみとおれが証拠を示せばいいんだ。カティンの森の虐殺みたいなものだよ。国民的な怒りがわき起こるだろう〉
〈国民的な怒りだと？　いまのロシアに、か？　はっ！　笑わせるな。何があろうと、わたしたちが生きてそれを見ることはないさ。いまいったとおり、きみはきみの取引をしたんだ。せいぜいがんばってくれ。わたしは証拠を持って逃げる。生命保険代わりにな〉
　そのとき、ドアが荒々しい音をたててひらいた。あの女の声だ。〈トーリク、急いで来たわよ。いったいなんの騒ぎ？　ここで何をしてるの？　あら……あんた誰よ？〉
ゴルベンコはいった。〈名もない男さ。そのほうがいい。さしあたり、レオと呼んでくれ。

おれはキッチンに行ってくる〉

〈トーリク、これはいったいどういうこと？〉

〈テレビを見ろ。おまえのばか夫が何もかもをぶち壊してくれた。おまえもだ。あいつには話さなかったんだろうな？〉

〈ラーチコに？　なんの話よ？〉

「これを見ろ」

テレビの音声が大きくなり、一分ほどしてポリーナがいった。〈何よこれ！　まさかあれは……〉

〈そのとおり、わたしたちの銀行だ。わたしがあそこにいたほうが、おまえにとってはよかったんだろうがな〉

〈ふざけたことをいわないで。いったい誰が……〉

〈ばかな女だな、やつらに決まっているだろう。あくどい仕事の証拠隠滅ってわけだ〉コソコフは立ちあがりざま、うめいた。

〈火元はどこだったの？〉彼女はいった。

〈火元？　火をつけられたのさ。けさ早く、ビル全体にいっせいに放火されたんだ。ものどもかかれ、ゴォーッ！〉

〈じゃああなたは、ＦＳＢのしわざだと思ってるのね……〉

〈思う？　思う、だと？　ポーリャ、思うではない、知っているんだ〉

〈でも、どうして？〉

〈ポーリャ、おまえのその美しい、利己的で、自分本位で、ナルシスティックな頭に、一度たりとも疑問はよぎらなかったのか？　おまえが収めた成功、おまえがまとめあげた大口の土地取引、わたしたちが築いた財産は、本当はおまえの能力とはこれっぽっちも関係ないんじゃないかとは思わなかったのか？〉

〈あなた、酔ってるわ。たわごとはいいかげんにして〉

〈たわごと？　ほう、たいした自信だ。じゃあ、ひとついわせてもらおう。胸に手をあてて考えてみれば、自明の理だろうが。わたしたちは情報機関の銀行なんだ、ポーリャ。一九九二年の創立以来、ずっとそうだったのさ。数えきれないぐらいの作戦に資金を融通してきた。わたしはその記録を持っている。すべてそのＣＤにはいってるんだ。きっとそのうち、やつらからお払い箱にされるときが来るだろうと思っていた。それがいま起こっている事態だ。このＣＤがあればわたしたちは生き延びられる。信用できないんならその目で確かめるんだな〉

　沈黙が流れ、コソコフの周期的なしゃっくりだけが聞こえる。

　十年前の一九九九年十月、これらの会話がなされていたころ、この情報機関員はすでに車に乗りこみ、降りしきる雪とモスクワ名物の渋滞に悪態をつきながら、もっと早くコソコフのダーチャへ向けて走れと運転手を叱責していた。いま、彼はこのテープを百回――二百回だろうか？――聴きながら、事件に関係していた全員と、この日に起こった不運をなんの苦もなく思い出している。彼は、ポリーナが真実を知る瞬間を待ちながらもう一本タバコを取り出した。

テープはまわりつづける。コソコフがさらにウォッカを注いだ。ばかなやつだ。さっさと逃げればよかったものを。ぐずぐずせずに。だがおまえは、おれたちを出し抜けると思っていた。黙って逃げ出していれば、こんなことにはならなかったはずだ。

その瞬間が来た。息を呑む音に続き、悪態が漏れる。〈何よこれ、トーリク。あなた、なんてことをしていたの？〉

〈続けて見ろ、ポーリャ。最大の見ものは、いちばん最後だ〉

彼はテープを止め、受話器に手を伸ばした。動きだすときが来た。最高の状態にはほど遠い。疲労が募り、胸が痛みに疼《うず》く。医者からはあと二日は安静にするようにいわれているが、ほかに選択肢はない。座して待っていては、すべてが危険にさらされるだけだ。くそコソコフ。くそゴルベンコ。くそリスリャコフ。くそポリーナ。

十年前の彼はのろまだった。彼らしくないことに。そしていま、彼は自らの怠慢の代償を払っている。同じ過ちは二度と許されない。

水曜日

11

午前六時十五分、気温は二十九度、空気は重苦しく手でつかめそうだ。何があっても六時に目覚める——決して破ることのできない習慣だ。わたしが住んでいるサウス・ストリートの建物は、かつて二ブロック北の港へ物資を積み出す倉庫として使われていた。その港もいまは観光スポットになり、使われなくなって久しい倉庫に前衛的な芸術家が目をつけ、広くひらけた空間を住居兼アトリエに改装した。当初これは非合法だったが、ニューヨークにおびただしく存在するロフトビルディングと同様、法廷論争や、ときには袖の下も使った関係者の尽力のおかげでようやく解決を見た。わたしがここに越してきたのは一九九六年、居住が適法とみなされるようになってから二年後だ。しかし最初からここに居ついていた隣人たちから見れば、わたしなどまだ新参者だった。

わたしの住居は六階奥の半分で、FDR自動車道《ドライブ》の騒音からやや離れている。高架の道路は六階の真ん前を走っているのだ。窓は南と西向きで、ウォール・ストリートのビル街がよく見える。わたしがほとんどの部屋——床面積二千二百平方フィートの居間、寝室、客間、バスルーム——を開け放しているのは、少年時代に狭い部屋へぎゅう詰めに押しこまれていた反動だろう。この一帯は住宅地ではなく商業地だが、わたしはまったく気にならない。孤独が好きなのだ、とりわけ夜は。これも反動かもしれない。

　建物の外に出たわたしは、ランニングウェアと帽子という格好で伸びをした。南に向かって走りだし、最初の半マイルはペースをあげ、そのあとはいつものスピードで走りながらポリーナやリスリャコフのことを思い、マルコとその仲間たちはもうジャージーシティから抜け出す方法を思いついただろうかと考えた。

　きょうは五マイルの周回コースだ。マンハッタン最南端のバッテリー・パークを抜け、ウエスト・サイド・ハイウェーの下をハドソン川沿いにグリニッジ・ヴィレッジまで北上、静かな石畳の道を東に向かってマンハッタン島を横断し、ふたたび南下して自宅へ戻る。週最低五日は、天候にかかわらず走ることにしているが、こんな日は決意が揺らぐばかりか、自分の正気を疑う。一日おきに短めのコースにし、ジムでウェイトトレーニングをする。

　自宅付近に戻るころには汗びっしょりになったが、いいこともあった——リスリャコフの名前をどこで見たか思い出したのだ。すぐ近くに〈フルトン・フィッシュマーケット〉があったころは、魚市場を歩きながら息を整え、働く人々を眺めてシーフードを食べたものだが、いまはブロンクスへ移転してしまったため、魚臭いにおいだけが残っている。アスファルトごと取り壊さないかぎり、においは消えないだろう。きょうは自宅周辺のブロックを少し歩くだけにしておき、デリでベーグルを買った。ロビーでティナとばったり会った。いつもながら、ほれぼれするような上半身だ。

「仕事に出かけるわ」彼女は高い声でいった。実に残念だ。もっとも、日光浴にもってこいの日とはお世辞にもいえないが。

そそくさとシャワーを浴び、コーヒーを淹《い》れて《イバンスク・ドットコム》にログインする。わたしはイワノフの最新の投稿に目を留めた。彼特有の大仰《おおぎょう》な文体で、〝国家のなかの国家〟FSBが国家そのものを乗っ取り、ほかのものもことごとく飲みこんでいくさまを糾《きゅう》弾《だん》している。その記事によるとウラジーミル・プーチンとヤーコフ・バルスコフが〝イバンスクの政府、産業界、犯罪組織の全体に工作員を送りこみ、民主主義を窒息させ、自由企業を腐敗させ、悪党を増長させている。何より重大なのは、FSBの両手が社会の要所にからませた糸を陰で引いていることだ〟とのことである。

イワノフがたたくキーボードからは辛辣《しんらつ》な言葉がほとばしっている。バランスを保とうとする姿勢は微塵《みじん》もない。それもまた人気の理由なのだが。彼の断固とした意見によれば、抑制不能の権力――とりわけ保安機関の権力――はまぎれもない悪であり、残された唯一の防御手段は、彼のブログで白日の下にさらすことだけなのだ。わたしはこの見解に必ずしも賛同できないのだが、イワノフの大前提に異を唱えるのは容易ではない。実際、エリツィン政権崩壊以降のロシアにおいて、FSBは陰であらゆる糸を引いている。そうした糸のひとつに既成メディアがある。彼らはことごとく国家の統制下に置かれているのだ。イワノフをはじめとした少数の人間たちだけが、敵意に満ちた環境で真実とみなしたことを伝えようとしている。たとえ不完全な真実であるにせよ、真実であることがイワノフの声に権威を与えている。官製の世論が嘘をついても――誰も気づかないし気にしないと高をくくって――なんの罰も受けない社会で、イワノフは大声で注意を向けるよう呼びかけつづけている。旧ソ連の作家ジノヴィエフの後継者を自任するイワノフは、ジノヴィエフと同様、自分の見た真実を声高に訴えるのだ。

イワノフとわたしの見解が分かれるのは、ヤーコフ・バルスコフについてだ。イワノフにとって、彼は秘密警察の悪事を体現する人物であり、プーチンの腹心の部下としてFSBの権限を容赦なく拡大させてきた男だ。その点でイワノフの見解が全面的にまちがっているとはいえないが、わたしにとってヤーコフ・バルスコフは、思春期の生き地獄からわたしを救い出し、わたしの能力を見出し、KGBでのキャリアと本当の人生へのチャンスを与えてくれた恩人なのだ。彼がいなければ、わたしは二十歳まで生きられたかどうかわからない。そのあとでわたしと、彼と、われわれの家族と、われわれの友情に起こったあらゆる出来事を考えてもなお、あのような男にそむくわけにはいかない。

イワノフのニュースはこう書いていた。

> **〈早すぎたとはいえない天罰？〉**
>
> バルスコフ一族に病魔が忍び寄っているという――もっとも、最近では一族といえるほど結束していないかもしれない。時の経過とともに、不和や不忠の訴えがこのイタチのような一族の仲を引き裂いているのだ。死の脅威は果たして彼らの古傷を修復するだろうか？ はたまた新たな傷をつけることになるのか？
>
> 父のヤーコフは、平均寿命の短いロシア人にしては珍しく、加齢による衰えに直面し、

慢性的な気管支炎を患《わずら》っている。息子のラーチコは食道癌《がん》で病床に伏せている。長年、ロシア製のタバコをこよなく愛してきた代償か、それとも、もうやめろという天のお告げか？　かくいうブログ主のイワノフも、さすがに天の意志まではわからないが、そのうちにわかるときが来るのかもしれない。

　バジャー兄弟のラーチコとワシーリーは、イバンスクでもとりわけ有名な犯罪者だ。ワシーリーはこの古い国において、鋭い鉤爪《かぎづめ》と血まみれの歯でさまざまなうしろ暗い商売を営んでいる。ラーチコはかつてルビャンカ（KGB本部の所在地）で頂点をめざしていたが、その多彩な経歴が不面目な終幕を迎えるに及んで、ニューヨークに送られた。イワノフほど皮肉な人間でなくとも、FSB取調局局長時代に密輸入、窃盗、横領で告発された人間を組織の長に据えることが賢明なのか、疑問を覚えざるをえないだろうが、彼らの組織が節操や良識で評判になったためしはなかった。反対に、縁者びいきは彼らの伝統である……。

　本題からそれてしまったが、ひとつだけ確かなことがある。最強の官憲といえども、時の流れに勝つことはできない。彼らとて、持ち時間は残り少ないのだ。ラーチコに残された時間はあとどれぐらいだろう？　このブログにはいくつもの有力な情報源があるが、こればかりはなんともいえない。

　だが、そのうちにわかるだろう。

わたしはイワノフのブログの記事一覧をスクロールし、古い投稿を探した。FSBとバルスコフ一族をこきおろす記事をいくつかざっと読んだが、どれもわたしの知っていることばかりだった。《イバンスク・ドットコム》は、わたしが離れ、距離を置こうと努めている国の情勢を確認するすべだ。ひとつにはイワノフのおかげもあり、その国が幾年もの時を越え、大陸を越え、海を越えてここに戻ってきたような気がする。ポリーナ、ラーチコ、それにFSBまでもがわたしを追いかけてくるようだ。イワノフがレースの開始を告げるまであとどれぐらいだろう？　昨夜の出来事、そしてこの蒸すようなニューヨークの朝。この世界はますます〝くそみたいな町〟に似てきたようだ。

わたしは画面のスクロールを続けて目当ての記事を探した。五月はじめの記事だ。

〈ラトコはどこへ？〉

イバンスクでもとりわけ異彩を放つ、新進気鋭の犯罪者が忽然《こつぜん》と消えた。イバンスクじゅうの歓楽街、モスクワのシャンソンクラブからメイフェアのカジノ、ニューヨークで流行の最先端を行く《オー・ソー・ヒップ》（いや、ソーホー・ヒップというべきか？）、眠らない街のナイトスポットに至るまで、無謀で軽率だが金にだけはうるさい若者はみな同じ質問を口にする——ラトコはどこだ？

派手に動きまわっていた——いまでも動きまわっているかもしれない——この男の名前はラド・リスリャコフ。最近ではラトコ・リスリィという変名のほうが通りがいいようで、ダスティン・ホフマンとうりふたつだといわれている。彼はまたバジャー兄弟の犯罪帝国で、ハイテク犯罪の第一人者としても活躍している。コンピュータに詳しい読者なら、アメリカの小売大手〈T・J・マックス〉から一億人分の個人情報が盗まれた事件を思い出すかもしれない。アメリカ合衆国司法省は数年前、犯人グループに対して大々的な告発キャンペーンを行なっている。だが、これまでに聞いたところでは黒幕はまだ捕まっていないか、あるいは捜査中だ。ともあれ、リスリャコフはこの計略によってバジャーの組織で頭角を現わした。

　わたしもその事件のことは覚えている。あれは初めての大規模な個人情報盗難事件であり、犯罪史に残る規模のものだった。最低でも四千万件、実際にはおそらくイワノフのいうとおり一億件の口座番号が盗まれたのだ。そのときには新聞の一面に載った。数年後、今度はさらに一億件のクレジットカード番号がハッカーに盗まれる事件が新聞の一面に載り、誰もが〝人を騙《だま》すのは恥ずべきことだが、二度騙されるのも恥ずかしい〟という例のことわざを思い出した。フーズは犯人グループの大胆不敵さに困惑していた。ハッカーたちはショッピングモールの駐車場に停めた車内で、一台のラップトップとインターネットで購入できるような通信機器だけで獲物を巻き上げたのだ。フーズがさらに驚いていたのは、大手小売チェーン側にセキュリティの防衛意識がまったくといっていいほど欠けていたことだ。とりわけフーズが不思議がっていたのは、犯人たちがこれだけの名前と番号を盗んで何をたくらんでいるのか、だった。

　どうやらこのラド・リスリャコフ――ラトコ・リスリィ――は相当な大物であり、彼の下で働いているであろうごろつきどもとは明らかに一線を画しているようだ。昨夜ジャージーシティで出会った三人のウクライナ人たちとはまったく異なる種類の人間だろう。
イワノフはさらに続けていた。

ラド・リスリャコフは朝も晩もさかんに動いている——三大陸を股にかけて。ここ数カ月は赤褐色の髪に青い瞳の女性といっしょにいるところを目撃されていた——イバンスクのどの美女にもひけをとらない美しさだという——が、この男女はともに行方をくらました。さらに好奇心をそそられるのは、これまで彼が主に美青年といっしょにいる姿を目撃されていたことだ。おそらく両刀使いだろう。

バジャー兄弟が、このわがままな天才が燃え尽きるのを恐れて手綱を引きしめたのだろうか？ イワノフの聞いたところによると、リスリャコフはバルスコフの犯罪帝国に、新たな収入源を構築する仕事でこのところ多忙らしい——数千万ドルを国から国へ動かし、どこへともなく消失させられる、極秘のハイテク・マネーローンダリング・システムだ。もしかしたら彼は、その功績によって不必要な注目を引きつけてしまったのかもしれない。まだまだ探索すべきことは多い。次回の記事に乞うご期待！

ラド・リスリャコフは二人いるのだろうか？ そうは思えない。わたしのポケットに収まっているエヴァ・マルホランドの写真は、まさしく〝赤褐色の髪に青い瞳の〟美女に見える。しかし、リスリャコフがそれほどの大物で、世界を股にかけたハイテク詐欺師だとすれば、どうしてわざわざけちくさい誘拐などに手を染めるのか？

やはりここも〃くそみたいな町〃なのか？

確かめる方法はひとつ――訪ねることだ。

　まだ朝早い時間帯だが、マンハッタンの南西部チェルシーは四六時中騒がしい。とりわけ、大手ディスカウントショップが並ぶ六番街の界隈《かいわい》は活気がある。しかし、これらの店舗に使われている上品な石灰石の建物群は本来、富裕層向けの百貨店だった。時代は変わる。ニューヨークでは、時代に適応した店が現われて営業を続けるのだ。だが母なる自然は、朝のコンクリート・ジャングルでもその意志を行使し、通りは生気を失うほどの暑さだった。わたしはリスリャコフの住居の前でタクシーを降りた。本来商業用だった建物を住宅に改装した、いかにも贅沢《ぜいたく》な建物だ（贅沢ではない改装住宅もあっていいのだが）。

　ロビーには薄い色の木材とステンレスが使われていた。制服姿のドアマンが円形のカウンターに座っている。三十代前半のヒスパニックだ。わたしは彼に、会いたい人物の名前を告げた。

　ドアマンはかぶりを振った。「あいにくご不在です」

「最近帰ってきたのはいつだ？」

「申し上げられません。わたしどもは許可がなければ――」

　わたしは淡色の木のカウンターに国土安全保障省の身分証を載せた。偽造だが精巧なもので、貸しのあるロシアのＦＳＢ要員からお礼にもらったものだ。ドアマンは身分証とわたしを見比べた。

「きみはわが国の安全に貢献してくれるだろうね。リスリャコフは中東系のグループとかかわっている疑いがあるんだ。いいたいことはわかるだろう」

「わ、わたしにはなんとも……ただ、あのかたはいつも礼儀正しいのですが」

「だろうとも。人は見かけによらないものだ。最近彼を見たのは？」

ドアマンは少し考えた。「考えてみたら、二カ月ほど前です。どこかへ出かけるとはおっしゃっていませんでした。ただ、そうしたことは珍しくありませんが」

「わたし以外に、彼について訊いた人間は？」

ドアマンは躊躇《ちゅうちょ》した。わたしは身分証でカウンターをコツコツたたいた。「二人います。外国のかたで、ロシア人のように見えました。大柄で、訛《なま》りがあります。数日おきにここに来ます。わたしに……ミスター・リスリャコフが戻ったら連絡するようにといっていました。もちろん、連絡するつもりはありませんが」

「そうだろう。アパートメントの鍵はあるか？」

「鍵はお渡しいたしかね——」

「愛国者法は知っているか？」

「はい、もちろんです」

「テロリストの攻撃阻止を妨害する人間を、わたしは起訴できるんだぞ」

「待ってください！　わたしは何も——」

「もちろん、きみはわたしを妨害しなかった。鍵は？」

ドアマンは抽斗《ひきだし》を開け、鍵束を取り出した。「お部屋は７Ｂです。エレベーターを降りて左側です」

「ありがとう」わたしはカウンターに五十ドルを置いた。

「お金は受け取れません。そんなこととは気づかなかったものですから……お役に立ててうれしいです」

「心配するな。愛国者法で、こういう場合は特別の予算がつくんだ。寛大な政府からの感謝だと思って受け取ってくれ」

ドアマンに考えるいとまを与えず、わたしはエレベーターに向かった。わたしがアメリカに住んでいる理由のひとつは、チャーチルの見解に賛同しているからだ。民主主義は最悪の政体だが、これまでに試みられたほかのすべての政体よりはましだ、という見解だ。その何よりの証拠が愛国者法だ。まさしく、旧ソ連の共産党中央委員会が制定しそうな法律である。わたしは国土安全保障省の職員を詐称したことに良心の呵責《かしゃく》を覚えたが、昨夜ジャージーシティでウクライナ人たちに与えた恐怖感よりはずっと害が少ないと自分にいい聞かせた。

エレベーターの扉がひらき、ドアが五つ並んだ狭い廊下に出た。７Ｂのブザーを押して待つ。反応がない。ふたたびブザーを押した。室内から物音がしない。わたしは鍵を開け、足を踏み入れた。

空気が暑くよどみ、むっとする。ドアマンがいったとおり、一カ月とはいかないまでも、数週間は無人の状態だったようだ。広く開放的で現代的な空間は、木材とステンレスの使われかたがロビーと似ている。壁板は白塗りで、大きな窓が六番街に面していた。ペアガラスで通りの喧騒は遮断されている。

　きちんと片づいていて清潔な室内だ。まったく散らかっていない。わたしは小一時間、室内を探索した。その結果、ここの住人がデザイン、衣服、家具、洗面用品、性具に関して洗練された趣味を備えた青年であることがわかったものの、それ以上の収穫はなかった。多くのものがなくなっている。たとえば、ハイテク犯罪のプロにしてはコンピュータがないが、ラップトップを持ち歩いているのかもしれない。写真、思い出の品、ノート、書類も見当たらない。いくら若くても、こうした品々は人生のなかで貯まっていくはずだ。衣類や洗面用品がなければ、生活の痕跡は皆無に等しい。まるでモデルルームのようなアパートメントだ。わたしから見れば、何もないのといっしょだ。去り際に、安楽椅子のかたわらに積んであった本に目が留まった。ロス・マクドナルドやグレアム・グリーン、『叔母との旅』がいちばん上だ。少なくとも作家選びの趣味はいい。

　ロビーに戻り、ドアマンに鍵束を返した。彼の目は、黒い革製の椅子に座っている二人の大柄な男たちへ泳いだ。洗練された現代的な装飾のロビーで、二人の粗野で下品な物腰がよけい目立った。しまりのない表情、安物のスーツ、敵意に満ちた目つき。一人が立ちあがり、わたしに近づいてきた。

「おはよう《ドーブラエ・ウートラ》」わたしはいった。

「失せろ《イエブ・ヴァス》」男が答えた。

「やっぱりそうか」

「どういうことだ、くそ野郎？」

「ごろつき《ウルキ》の用心棒ってことさ。ラーチコの手下か？」

「うるせえな」

「わかった。またな」

わたしは踵《きびす》を返し、頭のなかで数えはじめた。そして八つまで数えたとき――。

「待て」頭の回転が速いとはいえないものの、鈍いなりにまわってはいるようだ。「何しにここへ来た？」

「ラトコに会うためさ」

「なぜだ？」

「友人の友人でね」

「やつはここにいない」

「そう聞いたよ。しかし、いないとわかってるんなら、どうしておまえはここにいる？」

「失せろ」

頭がオーバーヒートしたようだ。男は椅子に戻り、タバコを取り出したところで、ここが禁煙だと気づいた。悪態をつきながらタバコをポケットに戻す。この二人はバジャーの最優秀の部下ではない。もうひと押ししても害はないだろう。

「おい、ラトコを呼んでみたが、誰も応答しない。最後に姿を見たのはいつだ？」

「失せろ」

彼の語彙《ごい》ではここまでが精一杯のようだ。この二人は、わたしが来たことをまちがいなく報告する。問題は、わたしがラーチコに、この件に興味を持っていることを知らせたいのかどうかだ。

害はないだろう。

嘘だ。

このうえなく害のある行動だ。

それなのにわたしは自分を止められなかった。「ラーチコに伝えてくれ、ターボがよろしくいっていた、と」

わたしが出口へ向かって歩くあいだ、二人とも目をあげようとしなかった。

オフィスに戻ると、バーニーから留守番電話に五回の伝言がはいっていた。昨夜に二回、けさは三回。ガーエフからも一回はいっている。こちらはつっけんどんだが有益だった。

「やつらは六時に出た。一人がホームレス用の収容施設に行き、服をもらって戻ってきた。おれたちが尾行した二人はまっすぐソーホーへ向かった。グリーン・ストリート三二番地だ。おれたちにブザーは見えなかったが、家には誰もいないようだった。そのまま尾行したらマンハッタン・ビーチまで行った。あんたに聞いた住所だ。もうひとつある。誰かがおれたちを尾《つ》けていた。青いシボレーのインパラだ。たぶんレンタカーだろう。ニューヨークのナンバープレートだったが、番号まではわからなかった。こっちが見られちまうからな。おれたちはブルックリンまで行ったが、あの車はグリーン・ストリートから動かなかった」

いったいどこのどいつだ？　どこから尾けてきたのだろう？　ホテルか？　モンゴメリー・ストリート？　ひょっとしたら、マルコとその仲間たちは思っていたより頭が切れるのかもしれない。それでも取り返した金はまだ手元にある。いちおう、念のために金庫を確かめた。

わたしはフーズとピッグペンに、昨夜の出来事を簡単に報告した。ピッグペンは仲間はずれにされるとひどく怒って手に負えなくなるのだ。

「ちょっと待った」フーズがいった。「このリスリャコフという男が、〈T・J・マックス〉のデータをまんまと盗んだってことか？」

「そのとおりだ」

「なかなかのやり手だな。あれは度胸のいるハッキングだった」

「〈バシリスク〉でこの男のことを調べてみてくれ。リスリャコフでもリスリィでも名が通っている。アパートメントは六番街の六六三番地だ。ソーホーの住所はグリーン・ストリート三二番地」

「了解」

わたしは、ピッグペンがさえずる最新の交通情報と、接近する雷鳴のようにオフィスじゅうに轟くフーズのバリトンを聞きながらコーヒーを飲んだ。机の上のアルミ箔《はく》に、油にまみれたベーコンエッグチーズピザの最後のひと切れが置いてある。わたしはかかりつけの医者からいつも、血圧とコレステロール値が高すぎるといわれる。医者からはスタチン（脂肪を減らす薬）を処方され、食べ物にも気を使っている。一度フーズと情報交換をしたが、彼はにやりと笑って、おれは問題ないよ、というだけだった。確かそのとき、フーズはチーズバーガーをむさぼり食っていた——ラルフ・ローレンのモデルのような恋人たちをそうするように。

人生は公平ではない。

「グリーン・ストリート三二番地にはリスリャコフもリスリィもいない。だがゴンチャロフというやつがいる。部屋は6Aだ」

「ゴンチャロフ？」

「アレクサンドル・ゴンチャロフ」彼はキーボードをたたいた。

「なかなかユーモアのセンスがある男だな。ロシアの詩人プーシキンのファーストネームがアレクサンドルで、妻の名前がゴンチャロワだった」

「そいつは面白い。リスリャコフにはどうやらギャンブル好きの傾向があるようだ。四つのオンライン・カジノにアカウントを持っている。合計で八十万ドルの借金があるな」

「そんなにあるのか？」

「それから、チェルシーの家賃は三カ月滞納している。月八千五百ドルだ。五月に車を売り払った。アウディTTを一万八千ドルで。その二カ月前からは駐車場代を滞納していた。公共料金と通信費は前払いだ。月々八百ドルぐらいだな。インターネットや電話はそれで使える」

「うーん。どうも高飛びの準備をしていたように聞こえるな」

「まったくだ。ゴンチャロフは最新の金融情報に通じている一方、自分でもクレジットカードや銀行口座をたくさん作っている。ビザが八枚、マスター・カードが五枚、アメックスも五枚。ただし、どれも使いはじめたばかりだ。この八日間はモスクワでのビザの請求額がかさんでいるな――六千ドルちょっとだ。ホテル、レストラン、買い物がいくつか。おっと、リスリャコフ名義のビザを使っているぞ。こいつはなんだかわかるか？」

わたしはフーズの肩越しに身を乗り出した。「葬儀屋のようだな」

「まあおれたち全員、いつかは世話になるな。どれどれ。銀行口座はＪＰモルガン・チェース銀行、シティバンク、バンク・オブ・アメリカ、地元銀行もある。全部で二十二だ。預金額はささやかだな。数百ドルずつだ。おれの見るところ、リスリャコフ名義の借金は放っておいて、ゴンチャロフになりすますつもりだったようだ。もしかするとリスリャコフの葬儀の手配までしていたのかもしれん」

「そいつは傑作だ。通話記録は？」

「そうあわてるな。まだこれからだ」

「グリーン・ストリートに行ってみようと思う。モーニングスペシャルをもうひとつ注文してくれ。わたしの分だ」

わたしは別室にはいり、バーニーに電話をかけた。

「マルホランドの金を取り返した。それに、自称誘拐犯がどんなやつかも見当がついた。わたしの見立てが確かなら、やつはエヴァとできている。しかもそいつはゲイらしい――両刀使いってやつだ」

「ターボ！　待ちくたびれたよ。順番にいってくれ。昨夜は何があった？」

「あんたはあまり知らないほうが、弁護士稼業には差し障りがないと思うがね」

「要点だけでいい」ＣＩＡで二十五年勤めていたとはいっても、バーニーの場合はほとんどがデスクワークだった。ときどき彼が好奇心を抑えられなくなるのはそのためだ。

「三人のウクライナ人がいた。チンピラだ。わたしは用心棒を雇った。チンピラの一人を撃ってこっちが真剣だと思い知らせ、もう一人を殺したと見せかけて仲間をしゃべらせた。ああ、それから家族を襲い、殺すかもっとひどいことをすると脅した。結局ウクライナ人を三人とも裸にして、やつらがジャージーシティに借りている部屋のベッドに置き去りにした」

「なるほど、だいたいわかった」

「ウクライナ人はリスリャコフという男から仕事を請け負っていた。リスリャコフはラーチコの手下だ」

「そいつはまずい」

「ああ、しかしリスリャコフは本来いるべき住所にいなかった。それで親分のラーチコが部下をやって捜させていた」

「それは、いい話なのか？」

「リスリャコフはいかれたプレイボーイだ。いかれたといってもオナシスではなく、ビル・ゲイツに近いタイプだろうな。賭博で多額の借金があり、行方をくらましたという噂だ。姿を消す前に、赤褐色の髪をした青い目の美女に腕をまわしていたところを大勢の人間に見られている。この美女に覚えはないか？」

「聞くんじゃなかったよ」

「娘はまだ優先順位の第一位でいいんだな？」

「そのとおりだ」

「リスリャコフとエヴァの居場所は見当がついている。あとで金を持ってそっちに行くよ。マルホランドは釈放されたのか？」

「一時間後に罪状認否だ」

「がんばってくれ」

ドアへ向かうわたしをピッグペンが見ていた。

「ごきげんよう《オ・ルヴォワール》、ヨウム君」

「あばよ《アディオス》、ケチ」

〈バシリスク〉の心臓部を通り抜けると、冷却ファンが歌うようにまわっていた。

12

昼前のロウアー・グリーン・ストリートは、もやにかすんで静けさが漂っていた。カナル・ストリートの喧騒ははるか遠くに聞こえ、グリーン・ストリート三二番地は車も歩行者もまばらにしか通らない。めざすのは鋳鉄製のファサードに装飾され、ところどころペンキのはげ落ちた灰色の八階建てのビルだ。6Aのブザーのかたわらに手書きで〝ゴンチャロフ〟と書かれている。わたしはブザーを押して待ち、ふたたび押して待ち、もう一度押した。せめて建物のなかにはいろうと、ほかのブザーも押してみた。しかし反応はない。

通りを横断し、建物を見上げる。ファサードのペンキを塗りなおすより、六階の窓を洗うのが先決のようだ。わたしは携帯電話を取り出し、番号を探して電話した。

「ジナよ」早口で歯切れのいい声がすぐに出た。

「わかってる。きみに電話したんだ」

「ターボ！」

「仕事がほしいか？」

「このくそ暑い日に汗びっしょりになって走りまわる仕事？」

「通りから建物を見張る仕事だ。日陰はない」

「よりによって、今年いちばんの暑さの日にね」

「仕事がほしいのか、ほしくないのか？」

「ほしいわよ。生活費を稼がなきゃ。でも六時以降はだめ。夏休みのあいだ、図書館でアルバイトしているから。エアコン完備よ」

「そりゃよかったな。じゃあ、それまでには帰っていい。グリーン・ストリート三二番地だ。6Aの部屋を調べている。誰が出入りしているのかを知りたい。通りの向かいで待っている」

「十五分、遅くとも二十分で行くわ」


　わたしは、簡単な調査や見張りのような仕事を学生に頼むことがよくある。背景にうまくとけこめる学生だ。わたし自身がそうした訓練を受けたので、素質のある人間はたやすく見分けられる。なかでもニューヨーク大学三年生のジナは、最優秀の人材だ。頭の回転が速く、機敏で、直感が鋭く、粘り強い。態度はやたらに大きいが、彼女にはアメリカの若者の四分の三に見られるふたつの悪癖がない。語尾を疑問文のようにあげる癖（こういう癖を〝アップトーク〟という）と、すぐに〝みたいな〟という言葉を挟む癖だ。映画産業や音楽産業が文化に与えた最も顕著な影響だろう。ファシズムはもちろん悪だが、言葉に関していえば、厳格な姿勢にも長所はある。この点は珍しくフランス人に同意できるところだ。

わたしはレンガにもたれようとしたが、熱くてすぐにやめた。立っていると、すぐ近くにリンカーンのタウンカーが一台停まった。男が降り、わたしのほうへ近づいてくる。リスリャコフのアパートメントの建物に来ていた連中と同類だ。わたしの伝言はずいぶん早く伝わったらしい。この男もゴンチャロフの居所を知っていたのか、それともわたしを尾《つ》けてきたのか？

男は上着をひらき、腰に下げたオートマティック拳銃を見せた。「行くぞ」彼はいった。

「ただでさえ遅れてるんだ。くそいまいましい渋滞のせいでな」

「それは難しいな。ラーチコにいってくれ――」

「とっとと車に乗れ。いますぐだ！」

男が銃を抜こうとしたところでわたしはいった。「わかったから、その前に一本電話を入れさせてくれ」ラーチコがこの周辺に何人配置しているかはわからない。ジナにここへ近づかないよう警告しておきたかった。

「だめだ。車に乗れ」

男はわたしに続いてリンカーンに乗った。運転手もいかついロシア系の男だ。わたしを脅した男と同じく、汗とタバコのにおいがする。

「車を出せ」男がいった。車が走りだし、丸石の上でがたがた揺れる。行き先は訊くまでもなかった。運転手は角を東に曲がり、レンガ造りの建物が並ぶグランド・ストリートを抜けてブライトン・ビーチへと向かった。

ロシアには、〝家を買うよりも、隣人を買え〟ということわざがある。ラーチコ・バルスコフはまさにそれを実行した。

ラーチコはブライトン・ビーチの土地を四ブロック所有している。ふたつのブロックには、既存の家をそのまま残した。もうふたつのブロックにあった家はすべて取り壊し、ベロセルスキー＝ベロゼルスキー宮殿のレプリカを造った。バロック・新古典主義の壮大な建築で、桃色の石材を使った外壁を金色の柱や大理石の彫刻が飾り、数百は部屋がありそうだ。本物はサンクトペテルブルクのメインストリート、ネフスキー大通りにある。並はずれた豪奢《ごうしゃ》な生活をひけらかすような宮殿を見れば、なぜ皇帝《ツァー》が廃位させられたのかがわかろうというものだ。ラーチコの造った複製の宮殿は、新生ロシア人もまた富をひけらかす点では先祖と変わらないことを示している。

重厚な鉄製の門の前で車が停まり、二人の守衛が近づいてきた。運転手がウインドウを下げ、守衛の一人が誰かに向かって合図する。鉄門がひらいた。リンカーンは中庭にはいり、端に駐車した。再生されたジルのリムジンや真っ赤なベントレー、白くいかつい車体のハマーと並ぶと、リンカーンのタウンカーが場違いに見える。ジルはロシアの自動車メーカーで、リムジンはほぼまちがいなく、旧ソ連の政治局員が乗っていたものだろう。われわれが車を降りると、さらに二人が近づいてきた。一人がわたしに銃を突きつけ、もう一人が身体検査する。それから、中庭の向こうのドアを示した。

ドアには別の男が待ちかまえ、わたしを先導して大理石の階段を上り、やはり大理石の廊下を歩いてビーダーマイヤー様式に統一された応接室に誘導した。羽目板のドアを一度ノックし、なかの人間に顔を見せてから後ずさりする。わたしは足を踏み入れた。そこには思いがけない光景があった。

　ラーチコとわたしはかつて、きわめて近い間柄だった。互いを嫌っている二人の男としてはあれ以上近づけないほどに。彼の父親ヤーコフは、わたしをKGBに導いた恩人であり、家族の一員同様に迎えてくれた。父を知らなかったわたしはヤーコフを父のように思い、ラーチコとその弟ワシーリーも好きになろうと努めたが、残念ながらそううまくはいかなかった。しばらくはヤーコフが接着剤の役割を果たしたが、時が経つにつれ、すり切れて古くなった二枚の板がはがれるように、ラーチコとわたしは仲たがいした。それからさまざまな出来事が起こり、残っていた接着剤は焼けてしまった。いや、焦げてしまったというべきだろう。《イバンスク》の主宰者イワノフは、ラーチコが病に伏せていると書いていた。イワノフはスパイを放っているにちがいない。

　ラーチコの体格はわたしとほぼ同じだ。というより、前回会ったときには同じぐらいだった。しかし病魔が六、七十ポンドほど体重を奪ってしまったようで、過剰だった筋肉はいまや見る影もない。シルクのポロシャツにウォームアップ・ジャケットと運動用パンツという服装だが、マルホランドのスーツ以上に高そうだ。それでも衰えは覆《おお》い隠しようがなかった。かつて丸々としていた頰と唇は骨にくっつきそうだ。黒く毛深い眉毛が、雨の降りだしそうな雷雲のように垂れ下がっている。肉づきが貧弱になったせいで、眉毛がいっそう目立っていた。ただし目だけは変わっていない。かつてと同じ、冷たい灰色だ。鼻孔に酸素チューブを挿《さ》しこみながら、右手に挟んだロシアタバコのベロモルカナルから紫煙をたなびかせている。

室内は真っ白だった。壁、絨毯《じゅうたん》、家具、大理石のマントルピース、何もかもが白だ。例外は真っ赤なラッカー仕上げの机とラーチコの白い革製の寝椅子に積み上げられた色とりどりの枕だけだった。赤、緑、金、ほかにもたくさんある。目を奪う華やかさはいかにもロシア的でけばけばしい。繊細という概念はわたしの祖国にはほとんどない。

「久しぶりだな、エレクトリフィカディ・トゥルバネーヴィチ。ゲイの親父に犯されたくそったれのあばずれのガキが」ラーチコは息をあえがせながらロシア語でいい、口から煙を吐き出した。「病気の古い友人に会うはめになったのを、悪く思わんでくれ」彼は咳を止めていった。

ロシア人は悪態の達人だ。ロシア語から繰り出される罵詈《ばり》雑言《ぞうごん》には思わず聞き入ってしまうことがあり、ラーチコは痛罵《つうば》を浴びせるのに熟練している。挑発に乗ったところで、さらなる仕返しを受けるだけだ。

「ラーチコ、お気の毒だ。病気だという話は聞いていた。事実ではないことを願っていたが」

「心にもないことをいうな。おれが死んだら、おまえはおれの墓で裸踊りをするに決まってる。いまいましい医者どもめ。あいつら、おれが癌《がん》だといいやがる。たぶんそのとおりなんだろう。もしかしたら治せるかもしれないらしい。それもたぶん正しいんだろう。で、タバコをやめろとぬかしやがった。そいつはまっぴらごめんだ。何が飲みたい？　コーヒーか、ビールか、ウォッカか？」

「どれも結構だ」わたしはいった。

「ウォッカを持ってこい、セルゲイ」ラーチコは、大柄で筋骨たくましい男に告げた。シルクのスーツを着、いかついサングラスをかけている。「グラスは二人分だ。いっしょに飲め、エレクトリフィカディ・トゥルバネーヴィチ。ずいぶん会わなかったじゃないか。それに、これからどのぐらい会えるかもわからんからな」

最初は彼の病気のことをいっているのかと思ったが、しぼんだ唇に浮かぶ残忍そうな笑みを見ると、そうではないのかもしれない。

　ラーチコは寝椅子のかたわらのテーブルに載ったクリスタルガラスの器からカシューナッツをつまみ、ひと粒ずつ口に放りこんだ。ゆっくりと噛《か》み砕く。昔からナッツが好物だった。ある意味、それもまたわたしと彼が仲たがいした一因なのだ。ラーチコはかつて、特権階《ノーメンクラトゥ》級《ーラ》専用の店で売りさばくためにナッツを大量に密輸入し、一部を自家用に着服していた。

「何年ぶりだ、ターボ？　二十年か？　二十五年？」

「きみが望んだからだ」

「いかにもそのとおりだ。おれはいまでもそう望んでいる。おまえの顔なんぞ見るのも嫌だし、できれば会わないままでいたかった。おれの家は気に入ったか？」

「いや、実に壮観だな」わたしは嘘をついた。「もちろん、ひと目見てすぐにわかったよ」

「そうだろう」とがった鼻の下で、生気のない唇の両端がかすかに上がった。

椅子を勧められなかったので、わたしは立ったままだった。近況を話して旧交を温める気などさらさらなかった。興味があれば、その程度のことはとっくに調べているだろう。セルゲイが冷えたボトルと二人分のグラスを持って現われた。最初にラーチコ、次にわたしのグラスに注ぐ。ラーチコがグラスを掲げた。

「健康を祝して《ザ・ヴァーシェ・ズダローヴィエ》、エレクトリフィカディィ・トゥルバネーヴィチ。もちろん、おれの健康を、だ。おまえの健康など知ったことか。蛆虫《うじむし》にたかられて腐っちまえ」ラーチコはグラスを一気に空けた。わたしは返礼を省略し、ひと口すすった。ラーチコはわたしの一挙一動を見ている。痩《や》せこけた手がナッツをすくい取った。彼は二度咳きこみ、床に置かれた銀の痰《たん》壺《つぼ》に唾《つば》を吐き、もう一本ベロモルカナルに火をつけた。

ラーチコがひっきりなしに吸っているパピローサ、つまり紙巻きタバコは、粗悪でフィルターのないロシアタバコだ。紙製の筒にこれ以上ないほど安いタバコを詰めている。最初に生産されたのは一九三〇年代で、白海＝バルト海運河《ベロモルスコ・バルチースキー・カナール》の開通を記念して作られた。サンクトペテルブルクから百四十マイルの岩を掘って白海へ至る運河だ。スターリンの宣伝用プロジェクトとして、強制労働収容所《グラーグ》から十七万人の囚人を駆り出して造らせた。作業はすべて人力で進められ、道具といえばつるはし、ショベル、一輪車ぐらいしかなかった。機械はなく、爆薬もなく、科学技術はまったく使われなかった。飢え、寒さ、疲労、病でおよそ一万人が死んだといわれている。もちろん、このタバコで命を落とした人間はもっと多いにちがいない。皮肉なことに、運河は開通したものの、水深が浅すぎ建設技術が拙劣《せつれつ》すぎてあまり役に立たなかった。それでもとにかく開通はしたのであり、したがって記念すべきことなのだ。

「おれの仲間のことを嗅《か》ぎまわっているそうだな」彼はいった。「彼がきみの下で働いていると知っていたら、真っ先にここへ来ただろう」わたしはふたたび嘘をついた。

ラーチコはその答えを反芻《はんすう》し、本当かどうか、どの程度考慮すべき問題か判断しているようだった。「仲間を調べてどうする？」

慎重に答えなければならない質問だ。彼はどこまで知っているのだろう？　ラーチコを甘く見てはいけない。

「彼は若い女性を誘拐したんだ。というより、彼と若い女が結託《けったく》して、彼女が誘拐されたように見せかけている。わたしはその問題の解決を依頼されたんだ」

「誘拐だと？　リスリャコフが？　笑わせるな」

「そんなくだらない話をでっちあげてもしかたがない」

「その女は誰だ？」

「きみには関係のないことだ」

いったとたん、失敗だったと悟った。テーブルに拳《こぶし》がたたきつけられ、クリスタルの器が飛び跳ねる。カシューナッツがテーブルにこぼれた。まだ力は残っているようだ。

「関係があるかないかはおれが決める、エレクトリフィカディ・トゥルバネーヴィチ。まわりを見てみろ。決められるのはおれだけだ。いま、おれはおまえのことが気になっている。おまえとでっちあげの誘拐のことが。おまえに依頼したのは誰だ？」

足下で氷が割れ、ぽっかり開いた穴に落ちそうな気分だ。「裕福なアメリカ人だ。わたしもこの件にラド・リスリャコフが関係しているとは知らなかった。昨夜、彼の仲間たちから初めて聞いたんだ。リスリャコフは愚かな人間を雇った」

「リスリャコフはいくら要求した？」

「十万ドル」

ラーチコは驚いたようだった。雷雲のような眉毛がかすかに揺れる。そしてカシューナッツに手を伸ばした。

「その仲間たちとは誰だ？」

「三人のウクライナ人だ」

「名前は？」

「それは問題じゃない」

二度目の失敗だ。雷雲が震えたが、ラーチコは怒りを押し殺した。「わかっているだろうが、愚か者のウクライナ人どもも含めた関係者全員にとって、おまえが話してくれたほうがいいんだ。おれが自分で調べることになったら……」

セルゲイがにやりと笑って拳を作り、指を鳴らした。わたしはその意味を理解した。昔ながらのＫＧＢのやりかただ。圧力をかけ、絞り、搾取《さくしゅ》する。彼の知っている唯一の方法だ。いまでこそマフィアのボスだが、ラーチコは心底ではＫＧＢ要員であり、わたしは彼の勢力圏に置かれている。ルールを決めるのはラーチコであり、わたしが抵抗したところでマルコとその仲間たちにいいことがあるわけでもない。わたしはラーチコに彼らの名前を教えた。

雷雲がひきつり、セルゲイが携帯電話を取り出した。ほどなく、ウクライナ人たちには来客があるだろう。

「酒を飲んでないな、ターボ。アレクセイは元気か？」

「なぜだ？」

「これだけ時間が経ってもおれの仕事に興味を持ってくれるんだから、こっちもお返しをしてやらんとな。やつはいまだに、検察庁の腑抜《ふぬ》けどものところで働いているのか？」

話の行方がわからなくなってきた。わたしをいたぶっているつもりだろうか。わたしは黙っていた。

「あいつも間抜けな同僚どもといっしょになって、リスリャコフのことを嗅ぎまわっていた。どういう風の吹きまわしだろうな。きっとおまえは手助けをしてやりたいんだろう」

「わたしは長年、息子とは話もしていないんだ、ラーチコ」

「そのことでおれを恨んでいるだろうな」

「そんなことはいっていない。ヤーコフは元気か？」

ラーチコは答えず、わたしを睨《にら》みつけた。

「イワノフによると、気管支炎が――」

「イワノフだと。へっ！」彼は文字どおり、言葉を吐き出した。「やろうと思えば、あのジノヴィエフ気取りを撃ち殺してやれたものを。汚らしい嘘つきだ」

今度は痰壺に唾を吐く。

「だがあの若造のほうが始末に悪い。《イバンスク・ドットコム》だと！　自分ではユーモアのセンスがあると思ってるんだろう。思い上がった野郎だ。まったくどいつもこいつも。しかしあいつもいずれへまをしでかすだろう。そのときだ、ＦＳＢの斧がやつの金玉を切り落とすのは。その瞬間を生きてこの目で見たいものだ」

もう一度唾を吐き、パピローサに火をつける。エアコンは効いているが、室内には湿った厚紙のようなにおいが漂っていた。

セルゲイが携帯電話を閉じ、ボスのかたわらに戻ってきた。ラーチコがうなずくと、セルゲイは机に向かい、分厚いマニラ封筒をわたしに持ってきた。

「息子と同じく、おまえもその醜い鼻を他人のケツの穴に突っこんでいやがる」ラーチコはいった。「封筒を開けてみろ。おまえの探していたものだ」

わたしは留め金をはずしてなかを覗いてみたが、中身は見なくてもわかった。ラーチコがいま一度息をあえがせた。笑い声をあげたつもりだったのかもしれない。「おまえは自分のことを頭がいいと思っているんだろう。おたく野郎の助手といっしょに人のことを詮索《せんさく》しやがって。ＦＳＢも出し抜けるつもりなんだろうが。はっ！ サーシャは独房にぶちこまれているぞ、ターボ。おまえのせいでな。そのうち尋問があるだろう。あいつは口を割る。おまえも知ってのとおり、どんなやつでも口を割るんだ。これからどうなるかは、おまえしだいだ」

わたしはラーチコに突進した。屈強な腕に背後から押さえつけられる。セルゲイの息が首筋にかかった。動けない。息をするのもやっとだ。

「サーシャはやってない……」セルゲイが締めつける。わたしはしまいまでいえなかった。

「なんだって？ サーシャが何をやってないって？」ラーチコがにやにやしながらいった。

この男は楽しんでいる。

セルゲイがわずかに力を緩めた。「彼は何もやっていない。きみだってわかるだろう。彼は、わたしが自分の家族のことを調べる手助けをしてくれただけだ」

「国家機密漏洩罪だ、ターボ。禁錮《きんこ》二十年だぞ」

「国家機密だって？ わたしの母は――」

「グラーグの秘密は国家機密だ、ターボ。おまえはそのことを、誰よりもよくわかっているはずだ。ところで、あいつが手助けしていたのはおまえだけじゃないんだ。相当な数の客がいたと聞いている。ひょっとしたら絞首刑になってもおかしくないかもしれん」

セルゲイが腕に力をこめた。胸が痛くなる。

「リスリャコフを調べてどうするつもりだ？」ラーチコが訊いた。

「娘が……誘拐されたからだ。本当だ」

「年をとってもさっぱり聞き分けがよくならんな、エレクトリフィカディ・トゥルバネーヴィチ」

「セルゲイに、放してもいいといってくれ」わたしはかろうじていった。「わたしは逃げも隠れもしない。ウォッカを注いでくれ」

ラーチコがうなずき、セルゲイの腕がわたしを解放した。ラーチコは寝椅子の上で身を起こした。

「どうしておまえがいまだに生きながらえているのか、わかるか、ターボ？」

答えようのない質問だ。

「親父がおまえにどんな素質を見出したのか、おれにはいまだにわからん。一度くそまみれの囚人《ゼーク》になったやつは、一生くそまみれのゼークだ。おまえの居場所はＫＧＢにはなかったし、世界のどこにもない。ひとたびおまえの正体を知った人間は、誰一人おまえとかかわりたがらない。ポリーナはそれを知って、ヤセネヴォ（旧ＫＧＢ第一総局、現ロシア対外情報庁の本部所在地）にいた男どもの半分と寝たんだ。おれもあの女と寝た。おまえは自分で彼女に話す度胸もなかったからな」

わたしはラーチコにグラスを投げつけたがはずれ、セルゲイの腕にふたたび取り押さえられた。恥と憎しみが血管で煮えたぎる。自分自身への恥ずかしさとラーチコへの憎しみ、いや、それ以上に自分と自分の生まれ育ちに対する憎しみが。わたしはセルゲイから逃れようとあがいたが、彼は放さなかった。憤怒《ふんぬ》は過ぎ去ったが、いつものように屈辱感は残った。わたしの心にきつく巻きつけられた有刺鉄線だ。いままでに数知れずそうしてきたように、わたしは取りあわないよう自分にいい聞かせた。こんな感情には意味がないのだ、と。しかしいままでと同様、取りあわずにはいられなかった。

ラーチコは微動だにせず、冷たい灰色のまなざしをわたしに注ぎ、憎しみをみなぎらせていった。「おまえは、おまえの息子にも本当のことをいう度胸がなかったんじゃないのか、このゼークの臆病者が？」

ふたたび憤怒がわいてきた。きつく押さえられ、答えたくてもできなかったが。

「まあ、おれから息子に教えてやってもいいさ。先に息子を殺さなかったらな。やつもおまえと同じく、関係のないことに首を突っこみすぎる」

わたしはもう一度突進しようとした。セルゲイが押さえる。肋骨《ろっこつ》が折れるかと思った。ラーチコはいった。「おれに残ったありったけの力で、おまえの眼窩《がんか》から死んだ目玉をえぐり出してやれれば、さぞかしうまいウォッカが飲めるだろうな。ひとつ取引だ。命は助けてやるからありがたく思え。いいか、リスリャコフにはもう近づくな。ネズミ並みの頭の息子にもそう伝えておけ。検察庁のほかのカスどもにもな。おまえの息子なんざ、検察庁にいたところでくその役にも立つものか。それに、おまえなんか父親でもなんでもない」

「さっきいったじゃないか――アレクセイが二歳のときから、わたしは息子と話したことがないんだ」わたしの声もあえぎまじりで、ラーチコと同じぐらい弱々しかった。

「嘘をつくな！」ふたたび拳がテーブルにたたきつけられ、カシューナッツが躍った。「ロシアの息子は父親に従うものだ。たとえ親父が頭の鈍い哀れなゼークだとしてもな。もし、おまえら親子のどちらかでも変な動きをしたら、そいつがおまえらの命とりになる。おまえの腑抜けの友だちも、一生牢屋で過ごすはめになるぞ。わかったらさっさと出ていけ」

セルゲイがわたしを広い廊下に突き出した。そうするまでもなかった――わたしから喜んで部屋を出たのだ。

マンハッタンに帰る車中、ラーチコがいかにたやすくわたしを責めさいなみ、わたしの自己嫌悪を募らせたかを思った。サーシャとアレクセイを脅しに使い、執拗《しつよう》に出自に触れることで。ラーチコはわたしを攻撃するチャンスを決して逃さない。彼は忠誠を誓ったはずの国家、党、ＫＧＢに対して罪を犯しながら、組織のトップに昇りつめるという野望を抱いていた。わたしはそんなラーチコの野望を打ち砕いた。それ以来、彼は自らの罪を棚にあげ、わたしを逆恨みしているのだ。彼が攻撃に使うひとつの手段はポリーナだった。もうひとつはわたしの過去だ。わたしが傷ついたとわかれば、ラーチコはさらに楽しんで攻撃してくる。

数百万のロシア人がわたしと同じ思いをしている。確かにわれわれはみな、計算された国家公認の裏切りのシステムの犠牲者なのだが、だからといって恥と嫌悪感がやわらぐわけではない。われわれは、仲間のゼークに親近感を感じることさえできないのだ。われわれの誰一人、旅の仲間の存在を認めたくはない。もしそんなことをしたら、グラーグの過去という恐怖に自分もまた連座していたと認めることになってしまう。犠牲者の感じる後ろめたさ。ソビエト連邦の最大の皮肉。生きつづけるスターリンの遺産。

わたしは地獄のような少年時代から抜け出して二十年、まさにその地獄を作り出した組織のなかにいた。そのあとの二十年は、なりたいものになれると繰り返し聞かされてきた外国の土地で、自由を求めてきた。それでもなおほかの人間と同様、わたしは過去の囚人であり、グラーグに生まれ育った過去は消えないのだ。わたしはそのどちらからも、まだ自由になっていない。

運命を嘆き悲しんだところでどうなるものでもない。そう思ったわたしは、残りの車中を現状分析に費やすことにした――きょう、いま、ここでやるべきことを整理するのだ。ポリーナ改めフェリックスは五番街に潜伏している。ラド・リスリャコフはエヴァ・マルホランドを誘拐している。エヴァも共犯だ。ラーチコ・バルスコフはなぜかリスリャコフを恐れている。ＦＳＢの下級職員で文書係のサーシャが犯した罪といえば、家族の身の上に起きた出来事を知りたがっているわたしのような人間に手を差しのべたことだけだ。わたしには決して知りえないとラーチコが確信している事実を知らせたばかりに、彼は牢に囚われている。トンネルを出ると同時に、わたしは次にとるべき行動を決めた。筋の通った唯一の行動は、グリーン・ストリートに戻ることだけだ。

13

セルゲイは午後六時半にわたしをオフィスの前で降ろした。彼はひと言も話さなかった。わたしが歩道に上がったところで、車のウインドウが下がった。セルゲイはマニラ封筒を歩道に放り投げた。

「忘れ物だとボスがいっていた。もうひとつボスから伝言だ。〝おまえの面はサルのケツみ《ウ・チェビャー・ガラヴァー・カク・ウナベジャーニ》たいだ《エ・ジョプーフ》〟とさ」

車が急発進し、ウインドウが上がった。わたしは封筒を拾ってオフィスに戻った。フーズはどこにもいない。ピッグペンは寝ている。わたしはジナに電話をかけた。

「待ちぼうけさせて悪かった」

「いったいどうしたの？　ぎりぎりまで待ったけど、六時二十分には行かないといけなかったわ。それでもバイトには遅刻よ」

「ありがとう。わたしのせいだ。で、誰か見かけたか？」

「男、若い女、年をとった男」

「いっしょにか？」

「いいえ。最初に男が、四時十五分ごろに来たわ。若い女は五時五十分に、年をとった男はわたしが離れるちょっと前、六時十分に来た」

「三人の特徴を教えてくれ」

「若い女はすらりとしていたわ、身長は五フィート九インチぐらい。たぶん十八、九じゃないかしら。髪は赤茶色で、目は深い青。肌はとてもきれいだったわ。通りを隔ててもわかるぐらい。スタイルも抜群。モデルになれそうよ」

よく似た写真を見た覚えがある。両手を縛られ、頭に銃を突きつけられた写真だ。エヴァ・マルホランドの。

「彼女、どこか不安そうだったわ」ジナはいった。

「麻薬をやっているような感じか？」

「かもね。人目を怖がって、びくびくしていた。誰かに、何かをとられるんじゃないかと怯《おび》えているような感じ」

「男の特徴は？」

「身長は中ぐらい。身体つきもふつう。髪は茶色、高そうなヘアスタイルだったわ。ハンサムだけど、やや太り気味で鼻が大きかった。黒っぽい服装だったわ。キャスター付きのスーツケースを持って、肩掛け鞄を提げていた」

「ダスティン・ホフマンに似ていたか？」

「そうそう、若いころのホフマンにね」

「年をとった男の特徴は？」

「七十から七十五歳ぐらいね。白髪《しらが》で背は高かったわ。六フィート四インチぐらい。とても痩《や》せていた。それからスーツを着ていたわ。ソーホーでスーツはあまり見かけないわね。建物に近づいたところで番地を確かめているようだった。一階でブザーを押してなかにはいっていったわ。若い女もそう。最初に来た男が鍵を持っていたのね」

年をとった男の特徴は、見慣れた人物とあまりに一致していた。もしいまとちがう状況であれば、ＫＧＢで訓練されてきたわたしでさえ、偶然として片づけていたかもしれない。ただ、彼の息子と不愉快な時間を過ごしたばかりとあっては、とても偶然とは思えなかった。どうやら父と子が再会しようとしているようだ。

「図書館の仕事が終わったら戻ってきてほしい？」ジナはいった。

「わたしに請求書を送って、今回の件は忘れてくれ」

「仰せのとおりにするわ」

わたしは地上に降り、タクシーを捕まえ、フランクリン・ストリートとブロードウェイの交差点までやってもらった。そこには、両方の通りに出入口を持つ建物があるのだ。車に乗っているあいだ、後部座席のウインドウからずっと見ていたが、不審な車両はいなかった。フランクリン・ストリートで降りたわたしは、建物にはいってブロードウェイ側の出入口から抜け出し、地下鉄のシティ・ホール駅まで歩く途中、ときどきウインドウ・ショッピングをするように立ち止まり、靴ひもを結びなおして、売店で《ニューヨーク・ポスト》を買った。それでも尾行していそうな人間はいなかった。シティ・ホール駅からは混雑したアップタウン方面の電車で一四丁目駅まで乗り、ドアが閉まりだす瞬間に降りた。プラットフォームを上り下りしても、誰も尾《つ》けてこなかった。わたしはダウンタウン方面の電車に乗り換え、シティ・ホール駅に戻った。通りに出てふたたびタクシーを捕まえる。今回はグリーン・ストリートとグランド・ストリートの交差点まで乗った。追っ手は撒《ま》いたはずだ。

グリーン・ストリートの一帯は依然として静かだった。もうすぐ午後八時だが、空気はいっこうに涼しくならない。念のため、わたしは三二番地の向かいの建物から十五分ほど様子をうかがい、通りで不審な動きがないか確かめた。数人の通行人が、書類鞄やバックパック、買い物袋を提げて通りすぎた。家路に就く地元の住人だ。この付近は日中に営業している店や事務所が多い。ソーホーの夜を代表するのはプリンス・ストリートやスプリング・ストリート、それにウエスト・ブロードウェイだ。

通りを横断し、ゴンチャロフのブザーを一回、二回、三回と鳴らした。返事はない。わたしは向かいの建物に戻り、知りあいのロシア人の錠前師に電話した。四十分後、〝鍵のことならスリーエー・エース・アクメ商会へ〟と大書されたバンが来た。しなやかな筋肉質の男が降りてきてにやりとする。わたしはアパートメントの正面玄関で彼を出迎えた。三分後、わたしと錠前師は狭苦しい階段を六階まで上がった。ふたつのドアがあり、それぞれ〝A〟〝B〟と書かれている。わたしは〝A〟のドアを示し、彼は仕事に取りかかった。十二分後、ドアがなめらかにひらいた。わたしはマルホランドに必要経費を請求することにして、錠前師に五百ドルをはずんだ。彼はうなずき、礼をいって帰った。エアコンが効き、涼しく乾燥したアレクサンドル・ゴンチャロフのロフトにわたしは足を踏み入れた。

明かりが煌々《こうこう》と輝いていた。十二フィート頭上のハロゲンライトの列から、真昼のような光が降り注いでいる。チェルシーにあるリスリャコフのアパートメントが必要最小限の簡素な上品さを備えていたのに比べ、こちらは新古典主義的な色彩の饗宴《きょうえん》だった。いたるところに緑、赤、金などの色がちりばめられている。部屋の中央には、同じデザインの大きなソファが向かいあっていた。それぞれ六人は座れるだろう。刺繍《ししゅう》のはいった金の布が折り重なるようにソファを覆《おお》い、贅沢《ぜいたく》を極限まで追求しているかのようだ。栗色の布張りをした椅子がソファの両端に置かれ、黒檀《こくたん》のコーヒーテーブルの中央には真珠色の象嵌《ぞうがん》細工がはめこまれている。床まで届く長さのカーテンはダークグリーンとオレンジに輝いていた。壁は緑色に塗られている。色彩も塗料も、電話帳に広告を出さないような一流の職人を雇い、何週間もかけて塗らせたかと思う仕上がりだ。絨毯《じゅうたん》にあらゆる色があしらわれているせいで、赤と空色の格子模様がぼやけている。何もかもがめまいを覚えるほどのまばゆさだ。そして、そこには血が流れていた。

幅一フィートほどの不規則な筋が絨毯を汚し、わたしの立っているドアから家具の前を通って、部屋の奥のアーチ形の入口へと続いている。絨毯に手を触れてみた。赤色が手に付着し、指が濡れた。わたしはその場に立ちつくし、物音に耳を澄まし、銃を持ってこなかったことを悔やんだ。天井で作動するエアコンの音以外には何も聞こえない。足音をしのばせて血の跡をたどったが、絨毯の下で古い床がきしんだ。数フィートおきに立ち止まり、耳をそばだてる。それでも、自分以外の人間の音はしなかった。

アーチ形の入口の向こうには、右側に明かりがついたキッチン、左側に食堂があった。血の流れをたどるとさらに柱があり、閉ざされたドアがある。塗装された鉄製のドアだ。ドアに耳をあてる。何も聞こえない。ノブは簡単にまわった。そっと押してみる。ドアは動かない。強く押してみたら、鉄製のドアがひらきかけた。と、右側で何かが動いた。わたしはのけぞった。どこにも逃げ場がない。ステンレスのカウンターを大きなゴキブリが這《は》い、身を隠す場所を探している。わたしと同じく危険にさらされたゴキブリは、床へ降りて幅木《はばき》の陰に潜りこんだ。ドアがそっと閉まる。手を離すと閉まる仕組みになっているようだ。わたしは一分ほど呼吸を落ち着け、もう一度ドアを押し開けた。

　窓がない正方形の広間にはドアがほかに三つあり、ひとつは正面の壁、ふたつは両側の壁についていた。正面のドアに不規則な四つの穴が開き、そこから光が差している。穴の下には人間の身体があった。そのかたわらにはもうひとつの身体があった。

二人はわたしに背を向けて倒れていた。近いほうの一人は黒っぽい服装だ。もう一人は白髪だった。わたしは黒っぽい服装の男の首に指をあてた。まだ冷たくはないが、脈はない。肩をつかんで引いてみた。男は仰向《あおむ》けに倒れ、ひらいた目が天井を見つめ、黒いシャツの胸は赤黒い血にまみれている。わたしの推測にまちがいがなければ、故ラド・リスリャコフだろう。もう一人の身体にはまだ息があった。わたしはそっと身体を仰向けにした。

ヤーコフだ！　わたしは照明のスイッチを探した。ヤーコフは目を閉じ、右肩が血でぐっしょり濡れている。顔を優しくたたいてみた。目がひらいた。

「ヤーコフ？」

　バン！

銃弾がわたしの背中をかすめた。ドアにもうひとつ穴が開く。ほかの四つより数インチ高い場所だ。

わたしはドアの低い場所に体当たりした。ドアは蝶番《ちょうつがい》と掛け金ごとはずれ、わたしは木っ端もろとも向こうの室内に倒れこみ、転がって壁にぶち当たった。態勢を立てなおし、上半身を起こす。エヴァ・マルホランドがベッドで全裸になり、銃をかまえていた。

バン！

狙いは大きくはずれた。わたしは彼女の手首をつかみ、銃を床に落とした。彼女はまっすぐわたしを見ていたが、その目に何が映っていたのかはわからない。わたしは銃を拾い、彼女の頬を、強くはないが優しくもない強さで張った。

「エヴァ！」

彼女はじっと前を見ている。

「わたしはターボだ。きみの両親の友人だ」

彼女はなおも宙を凝視している。

わたしは彼女の顔の真ん前で手を振った。

反応がない。

「部屋の外にいるのはリスリャコフか？」

彼女は黙ったままだ。

「きみが撃ったのか？」

沈黙。

わたしは彼女の身体をそっと倒し、枕の上に寝かせた。ジナがいったとおり、モデル並みのスタイルだ。母親もそうだった。ほっそりした肩、小ぶりの丸い乳房、くびれたウエスト、締まった腰、長く華奢《きゃしゃ》な脚。別の状況であれば実に見目麗《みめうるわ》しかっただろう。ただし、その美しさは太腿《ふともも》の醜い傷や変色した肌で損なわれていた。火傷《やけど》か、つたない応急処置によるものだろう。しかしこの状況と相手への礼儀から、じろじろ見るようなことははばかられた。わたしは彼女の裸身にシーツをかけ、オートマティック拳銃の弾倉を引き抜いた。グロックの九ミリだ。脅迫状に同封されていた写真と同じものだろうか？　四発がなくなっている。わたしに二発、ヤーコフに一発、リスリャコフに一発撃ったのだろうか？　なぜか腑《ふ》に落ちなかった。わたしは銃をポケットに入れ、ヤーコフのところへ戻った。

彼はまだ目を開けている。わたしがかたわらにひざまずくと、一度まばたきした。

「ターボか？」ほとんどささやくような声だ。

「そうだ。怪我《けが》の具合は？」

「絞首刑になる人間は、溺《おぼ》れ死にはしない」

わたしはにやりとした。ユーモアのセンスが健在であれば、致命傷ではなさそうだ。わたしは息をついた。息を止めていたことさえ自分では気づかなかった。

「誰に撃たれたんだ？」わたしはいった。

「わからん。姿も見えなかった」

「わたしが助けを呼ぶ。救急車とラーチコのどっちがいい？」

ヤーコフは目を閉じ、一分近く考えてからいった。「ラーチコに知らせてくれ」

親子の断絶がどこまで深いのか、わたしにはわからなかった。わたしのことも原因の一部――彼らから見たら全部かもしれない――なので、こちらからは訊けなかったが、肩に銃弾を受けているというのに、彼にとって明らかに危険の少ないほうを選ぶのにこれだけ逡巡《しゅんじゅん》するとしたら、よほど深刻な亀裂なのだろう。少なくとも脳は機能している。これはよい徴候だ。

「ではラーチコを呼ぼう。寝室にいる若い女は――あなたの孫だと思うが？」

彼は驚いたようだった。「エヴァか？」

「そのとおりだ。麻薬をやっている。彼女にも助けを呼ぶつもりだ」

ヤーコフは使えるほうの手を振り、考えるように目を閉じた。「エヴァはラーチコの子だ、ターボ」一分ほどしてから、彼はいった。「彼が面倒を見るだろう」

きょうの午後に会ったときの様子からして、ラーチコはポリーナの所在を知らない。ということは、エヴァの所在も知らないと考えるのが自然だ。ラーチコと母娘のあいだを取り持つのは愚挙としかいいようがなく、わたしの仕事はエヴァを捜すことだ。わたしは寝室に戻った。エヴァはさっきと同じ姿勢で横たわり、肩までシーツを引き上げ、目は虚空を見据えている。マホガニーでできた、四柱式のキングサイズベッドだ。背後の壁にふたつの弾痕があった。照準からさほど大きくははずれていない。Tシャツとジーンズが床に放り投げられている。ベッドのかたわらのテーブルに、飲みかけのダイエットコークの缶があった。開口部からにおいを嗅《か》いでみる。コークのにおいしかしない。もうひとつのドアは、寝室より広い贅沢《ぜいたく》なバスルームにつながっていた。金色のソファの倍はありそうな浴槽、スチームシャワー、サウナ、ふたつの洗面台、色とりどりのタオルが載った棚。

広間に引き返すと、ヤーコフは起きあがって壁にもたれていた。彼は、死人のポケットを探るわたしの様子を見ている。出てきたのは鍵、釣り銭、現金八百二十四ドル、アレクサンドル・ゴンチャロフ名義のアメリカのパスポートだった。最後のポケットからは真新しいブラックベリーが出てきた。着信を示すランプが点滅している。わたしはブラックベリーを自分のポケットに入れ、それ以外のものはすべて元に戻した。

「それをよこせ」ヤーコフがいった。

「なんだって？」

「ブラックベリーだ——それをよこせ」

「わかった、あとで渡す」

ベッド際に置かれていたキャスター付きのスーツケースには男物の衣類が詰まっていた。大半は着古された黒っぽい服だ。取りつけられた名札には〝ゴンチャロフ〟の名前とグリーン・ストリートの住所が記入されていた。手荷物用タグから、つい最近モスクワ発の便に乗ったことがわかる。スーツケースのそばには、ラップトップのはいった肩掛け鞄が置いてあった。わたしは鞄をいったんわきによけた。

「それもだ」

ヤーコフは開いたドアへ這《は》ってきた。わたしのあらゆる動きを見張っていたようだ。老練なスパイ組織の親玉としては当然の心得だろうか？　ほかに目的があるのかもしれない。いまさら驚くことではなかった。

「じっとしているんだ、ヤーコフ。血が止まらなくなる。いまからラーチコに電話する」

「あのコンピュータはわたしのものだ、ターボ」

「わかった」

わたしはキッチンと食堂のスペースに向かった。そこまではヤーコフもついてこられない。自分の携帯電話からかけるのと、ここの固定電話を使うのとどちらがいいか考えてみる。どちらにしても痕跡は残ってしまうが、外に出て公衆電話を探す時間はない。わたしはここの固定電話から、ブライトン・ビーチを呼び出すことにした。電話に出た男にわたしはいった。

「ラーチコに、ターボからだと伝えてくれ」

ラーチコに代わるまで長くはかからなかった。「二十年間音沙汰がなかったのに、この十二時間で二度目とはな。いったいおれはどれだけの不運に見舞われてるんだ？」

「いま、ヤーコフといっしょだ。彼は無事だが、入院が必要だ。銃で撃たれた」

「ターボ、いったい何をいってるんだ？」

わたしは同じことを繰り返した。

「おれをからかっているのか？　直接話をさせろ」

ラーチコは父親がニューヨークに来ていることを知らなかったらしい。しかし、それも驚くべきことではなかった。わたしは受話器を持って広間に引き返した。

「ラーチコに電話して助けを呼んだ。直接話をしたがっている」

「ターボのいうとおりにしろ、ラーチコ」ヤーコフは受話器に向かっていった。「詳しいことはあとで説明する」

彼は受話器を返してよこした。わたしがドアを通り抜けて引き返すあいだ、ラーチコは息をあえがせながらいった。「おまえ、いったいどこで何をしていやがるんだ？」

「グリーン・ストリート三二番地。グランド・ストリートとカナル・ストリートに挟まれた通りだ。部屋は6A。リスリャコフの家だが、実際の名義はゴンチャロフになっている。リスリャコフもここにいるが、もう死んでいる」

「な、なんだと？」

「嘘じゃない、ラーチコ。わたしがここに来た時点でリスリャコフは死んでいた。見たところ、彼も銃撃されたようだ。彼とヤーコフを発見したので、きみに電話した」

ラーチコがロシア語で命令する声が聞こえた。腕時計を見る。彼らが着くまで少なくとも四十分はかかるだろうが、わたしは三十分以内にここを出るつもりだ。

ラーチコがいった。「おれとおまえは、リスリャコフから離れることで合意したはずだが」

「彼がここにいるとは知らなかったんだ。ヤーコフも」

「嘘をつけ。ほかにいるのは誰だ？」

わたしは躊躇《ちゅうちょ》した。しかし、どのみちヤーコフの口からすぐにわかることだ。「エヴァだ。麻薬か何かに浸っている。自分で何をやっているかわからないまま、彼女がヤーコフを撃ったのかもしれない。わたしのことも撃とうとした。だがリスリャコフを撃ったのはエヴァではないと思う」

「エヴァだって？　どういうことだ？　ターボ、それならおれが自分で――」

「黙れ、ラーチコ。きみが自分で出てくる必要はない。エヴァの助けはわたしが呼ぶ」

「おまえはそこから動くな。うちの連中がいま向かっているところだ」

「その連中がこっちに着くころには、わたしはもういない。一刻を争うんだ。麻薬の過剰摂取のようだ」

「ターボ、おれのいったとおりにしろ」

「ラーチコ、警察を呼んでもいいんだぞ。いまからだって遅くはない」

彼は沈黙した。ライターを擦る音と、タバコの燃えるかすかな音が聞こえる。

「もう一度いうが……」

「それには及ばない。ヤーコフに、助けが向かっていると伝えておく」

次に電話をかけた相手はバーニーだった。今度は自分の携帯電話を使った。彼は気に入らないだろうが、バーニーにも手を汚してもらわねばならない。彼は事務所にいた。

「マルホランドは釈放されたか？」わたしは訊いた。

「百万ドルの保釈金でね」

「彼のトラブルはそれだけではすまないぞ」

「もうたくさんだよ、ターボ」

「まだ中身も聞かないうちからいうな。いま、エヴァといっしょにいる。問題の序の口は、彼女が正常な判断力を失っていることだ。麻薬か何かで感覚が麻痺《まひ》している。話はまったくできないが、銃は撃てた。現に、わたしに撃ってきたんだからな」

「なんだって！　怪我はなかったか？」

「大丈夫だ。麻薬で照準がずれたらしい」

「問題の序の口といっていたが？」

「ああ。その先はあんたにはいわないでおこう。わたしの対処のしかたにあんたはとても賛成してくれないだろうからな。とにかく誰かにエヴァを病院まで連れていってほしい——あんたが信頼できる人間をよこしてほしいんだ。麻薬の過剰摂取のようだが、徹底的に検査してもらったほうがいい、ＳＴＤも含めて」

「ＳＴＤ？」

「性感染症のことだ」

「おい、ターボ！」

「独身の男の部屋に裸でいたんだぞ、バーニー。それぐらいの心配はすべきだ」

バーニーは息を深く吸った。「何かいい知らせはないのか？」

「彼女が生きていたことだ。それだけでも儲《もう》けものだ」

一瞬、バーニーは絶句した。「ターボ、警察は呼んだのか？」

「まだだ」

「呼ぶつもりはあるのか？」

「いいか、バーニー。わたしはエヴァのことであんたに電話したんだ。ほかのことは頼んでいない。ソーホーに人をよこすまでどのぐらいかかる？」

「三十分くれ。ニューヨーク大学病院に手配しよう。ローリーが理事をしている。場所は？」

腕時計を見た。「グランド・ストリートとマーサー・ストリートの交差点、南東の角だ。十時十五分にしよう」

「ターボ、わたしは――」

「病院で意識が戻ったら、エヴァと話したい。誰よりも――両親よりも先に話す必要がある。いいな?」

「ターボ、それは無理――」

「そうしてくれ。さもないとマルホランドと娘が隣りあわせの独房に入れられるかもしれんぞ」

沈黙ののち、彼はいった。「わかった」

「いいな、十時十五分だぞ」

ヤーコフは動いていなかった。目は閉じているが、呼吸はゆっくりしたリズムで安定している。広間のほかのドアはバスルームと狭い書斎に通じていた。ざっと調べたところ、手がかりになりそうなものはなかった。

わたしはヤーコフのそばに膝をつき、彼の髪に手をあてた。目がひらき、ヤーコフは笑みを浮かべた。

「おまえは……」

「ラーチコの部下が十五分以内に来る。病院に連れていってくれるはずだ」

「わたしはここにいないほうがいいだろう。ラーチコとわたしは……あなたにはよくわかっているはずだ。あした、また会いにくる」

「わかった」

わたしはエヴァのところへ行った。「きみの手当てをしてくれるところへ行こう、いいね？」

返事は期待しておらず、実際返事はなかった。服を着せるのにたっぷり五分かかった。ヤーコフがふたたびわたしに向かってうなずき、わたしは肩掛け鞄を抱えて正面のドアのそばに置いた。キッチンの抽斗《ひきだし》のなかからマスキングテープを探し出す。これでアパートメントのドアと一階の掛け金を止めるのだ。さらに五分かけて、わたしは自らの痕跡をすべてアパートメントから慎重に拭《ぬぐ》い取った。

エヴァは歩くことにはほとんど関心を向けなかったので、わたしは彼女を支え、右腕を彼女の身体にまわして立たせた。広間にはいったところで、彼女は突然身体をこわばらせ、震えだした。ヤーコフを見下ろすと同時に、エヴァの目が大きく見ひらかれる。それから彼女は、耳をつんざくような長い悲鳴をあげた。「**いやああああああああああ……**」

わたしはエヴァを抱え上げ、居間の金色のソファへ連れていった。エヴァの悲鳴はやんだが、目は恐怖に見ひらかれたままだ。

「エヴァ！」

彼女は身動きせず、言葉も発しなかった。

「そこにいるのは、きみのおじいさんだ―

返事はない。まだ目を見張っている。怯《おび》えているのだ。わたしは後ずさりした。エヴァは動かない。

わたしは広間に戻った。「どうなっているんだ？」

「わからん。わたしの怪我に驚いたのか？」

議論をしている時間はなかったが、エヴァの悲鳴が驚きによるものではないことは二人とも承知していた。あれは恐怖の叫びだった。それも、意識の奥深くに根を下ろした恐怖だ。

「彼女には助けが必要だ」わたしはいった。

「わたしが持っている。じっとしているんだ、ヤーコフ。ラーチコがもうじき来る」

ヤーコフは使えるほうの腕を支えに立ちあがろうとした。「コンピュータはどこだ？」

「だめだ！　ここに置いていけ。あれは……わたしのものだ」

「リスリャコフのコンピュータだ」

「いいかげんにしろ、ターボ！　これはわれわれの組織にかかわることなんだ」

わたしはドアから出ようとしていた。ヤーコフは目をかっと見ひらき、怪我のことさえ忘れているようだ。いままで見たことがないような断固たる決意を示す表情だった。

「組織にかかわること？」

「聞こえただろう。コンピュータを渡せ」

「あした持ってくる」

「ターボ……」

わたしは彼にそれ以上話すいとまを与えず、エヴァを連れて階段を下り、グランド・ストリートとマーサー・ストリートの交差点へ向かった。道すがら、ヤーコフのただならぬ口調、怒り、決意、〝これはわれわれの組織にかかわることなんだ〟という言葉が頭をよぎった。

タウンカーが一台、交差点でアイドリングしている。ウインドウが下り、マルコム・ワトキンズ青年が顔を出した。

「ロースクールでこういうことは教わらなかっただろう?」わたしはいった。

「ハーバードでは教わりませんでした。父はわたしに、シカゴで働いてもらいたがっていましたが」

わたしはバーニーに、この若者は見どころがあると伝えようと思った。彼は、車に乗るエヴァの手助けをし、続いて自分も後部座席に乗りこんだ。

「何かの薬で酔っているようだ。自分から進んで飲んだのか、飲み物に混ぜられたのかはわからない。それから怯えているようだが、理由はわからない。これ以上詳しいことをいえなくてすまないが」

彼はうなずき、運転手に話しかけた。車が発進する。わたしはグリーン・ストリートを避け、徒歩でソーホーを抜けてリトルイタリーとチャイナタウンを通りすぎ、オフィスに戻った。

組織にかかわること?

フーズがカラシニコフ・ウォッカをちびちび飲みながらキーボードをたたいている。ボトルを持ってラベルを確かめたわたしは、眉を上げた。

「将軍にはひと儲《もう》けするだけの資格がある」フーズはいった。

わたしはキッチンからグラスをとってきた。ミハイル・チモフィーエヴィチ・カラシニコフ将軍は、軍事史上、最大の成功を収めた武器を開発した。AK-47ライフルだ。実に一億挺以上が流通している。不運なことに旧ソ連時代に軍務に就いていたため、彼の懐《ふところ》には一コペイカもはいらず、社会主義労働英雄のメダル二個では、最近はモスクワの地下鉄代にもならない。それで彼は、カラシニコフの名前を冠したウォッカや時計も売り出しているが、資本主義化したロシア社会では誰もがそうしている。フーズがいうとおり、彼を責められる者はいない。わたしはウォッカをひと口すすった。ボトルを冷凍庫の外に出してずいぶん経っているので、ウォッカはもう冷えていないが、それでも味はよかった。わたしは心のなかで将軍に乾杯しながら、リスリャコフのラップトップを肩掛け鞄から出した。

「ハードディスクをコピーしてほしい。至急だ」

「どいつもこいつも至急なんだな。ちょっと見せてくれ」

わたしはラップトップを渡した。フーズがディスプレーを開け、電源を押してウォッカを口にする。

「ひとつ問題がある」彼はいった。

「暗号化されているのか？」

「そうだ。どこでこいつを見つけた？」

「ラド・リスリャコフの持ち物だった」

「だった？」

「彼にはもう必要ない」

「どういうことだ？」

わたしは今晩あったことを話して聞かせた。

「彼を撃ったのは誰なんだ？」

「わからん。わたしにも、事の全体像がまだつかめていないんだ。このコンピュータが解明の手がかりになってくれると期待している。バルスコフ親子のどちらかに、たぶんあした戻さないといけない」

「わかった。片っ端からパスワードを試してみよう。故ミスター・リスリャコフの技量を確かめてみるさ。一度なかにはいってしまえば、コピーするのはそう難しくはない」

「誰にもわからないようにコピーできるか？　たぶんリスリャコフの仲間にはコンピュータに詳しい人間がいるはずだ」

「おれを誰だと思ってるんだ？」

「キーボードの入力内容を、相手にばれないように読み取ることはできるだろうか？」

「問題ない」

「恩に着るよ」

「一生かけて払ってもらうぞ」

「とりあえず、カラシニコフのボトル一本をおごるよ」

わたしはグロックとブラックベリーを金庫にしまった。金庫のなかには、バーニーに返すのを忘れた身代金がはいっている。あしたの朝いちばんに返そう。

少なくともその予定だ。

14

男はコンピュータで、音声データの再生時間を示すインジケーターを先に進めた。彼には、目当ての箇所の正確な場所がわかっていた。

ポリーナがいった。〈何よこれ、トーリク、あなた正気？　こんなものを持っていたら、わたしたち殺されるわよ〉

〈何も爆弾を仕掛けたわけじゃないさ、ポーリャ。だがわたしたちは、資金を供給していた。だからあいつらは銀行に放火したのさ。殺したければ、あいつらはわたしたちを見つけなきゃならない。あと一時間以内には、わたしたちはここを出ていく。ラトヴィアまで逃れれば、その先は――〉

〈あの男は誰？　レオとかいう〉

〈ゴルベンコだよ。ボリス・ゴルベンコだ。ＦＳＢの大佐で、作戦全体の責任者だ。標的を決定し、作戦要員を選定し、爆薬を入手して、すべてを監督する。資金も彼を通じて動いていた〉

〈何いってるのよ、トーリク。だったら大量殺人者じゃないの。そんなやつがここで何をしているのよ？〉

〈いささか遅まきながら、彼は突然悟ったんだ。これまで彼が仕えてきた幹部連中――そいつらこそ、真の大量殺人者だ――が、彼を殺す計画をくわだてていることに気づいたのさ。それで彼は検察庁と取引し、情報を提供した。彼らはわたしにも仲間にはいってもらいたが

っている〉

〈それで？〉

〈わたしは彼となんの取引もしなかった。当然だ。わたしたちには逃亡し、行方をくらますよりほかに選択肢がないんだ。外国で新しい身元を買い、ＦＳＢのやつらにあのＣＤを安全な場所に保管していると知らせてやるのさ〉

〈わたしたち以外に知っている人は？〉

〈誰もいない〉

〈レオは？〉

〈彼のことは忘れろ。あの男はもう死んだようなものだ〉

〈甘いわ、トーリク。わたしたち、あいつがどんな人間かも知らないのよ。すでに自分の組織を裏切った男なんだもの。わたしたちのことだって、どうでもいいに決まってるわ〉ポリーナの声がささやきになった。〈この会話だって盗聴されてるかもしれないわよ〉

　ささやきは聞き取れなくなった。二人が興奮していることは明らかで、個々の単語は判別するのが不可能だ。しかし最後だけはよく聞こえた。ポリーナが怒りを爆発させ、こういったのだ。〈わかったわよ、トーリク。あなたがやらないんなら、わたしがやる。いっしょに来て〉

　それから数分間はなんの音もしなかったが、ポリーナとゴルベンコの声が沈黙を破った。彼らはキッチンへ移動していた。

〈レオ？〉彼女はいった。

〈いったいなんの……〉

〈外に出なさい〉

〈コソコフ、これはいったいどういうことだ？　おれには時間が――〉

散弾銃の銃声が残りをかき消した。

ポリーナがふたたびいった。〈もう一発残ってるわよ。さっさとして！〉

ドアがきしんでひらき、たたきつけるように閉められた。

テープは沈黙した。

轟音とともにテープが息を吹き返した。実際にコソコフの別荘を訪れた情報機関員は、彼らがゴルベンコを納屋に連れこんでいたことを知った。

〈奥へ行きなさい〉ポリーナがいった。

〈何をするつもりだ？〉ゴルベンコの声が恐怖でうわずっている。

〈すぐにわかるわ。そこの落とし戸を開けなさい〉

うめき声とともに、彼は納屋の奥にある昇降口をふさいでいたコンクリートの厚板を引いた。

〈コソコフ、待ってくれ、おれは――〉

銃声で彼の声がとぎれた。情報機関員はこのあと、彼女がゴルベンコの胸をまともに撃ったのを知ることになる。銃撃を受け、彼は開いた扉からコンクリートの階段を転げ落ち、そこが彼の墓場になった。

コソコフがいった。〈なんてことをしたんだ、ポーリャ。何もここまでしなくても――〉

〈エヴァはどこ？〉

〈おい、おれの話を――〉

〈エヴァはどこかって訊いてるのよ！〉

〈わからん。この辺にいるはずだ。一時間前は人形で遊んでいた〉

〈エヴァを見つけて。身支度をするのよ。もうここのダーチャを出ないといけないわ。一時間はかかるでしょうし、もう雪も降ってるけど、お金はある。宝石も持っていけば売れるわ〉

〈どうする……あいつの死体は？〉

〈放っておきましょう。FSBの間抜け野郎のことなんか、あいつらに心配させればいいじゃない。ちょっと、いつまで飲んでるのよ。今晩はこれから大変なのよ〉

納屋の扉が閉まった。二人が母屋《おもや》に戻るまで、ふたたびテープは沈黙した。

〈エヴァの身のまわりのものをこのバッグに詰めるわ〉ポリーナがいった。〈あの子はきっと表に出ているのよ。バッグは正面玄関に置いておくわ。一時間以内に戻るから〉

コソコフがげっぷをしたところで、彼はテープを止めた。タイミングがすべてだ。あの日、彼はタイミングより少し遅れてしまった。きょうこそは逃さない。

木曜日

15

目が覚めると、すぐにメールをチェックした。フーズからのメッセージが午前三時四十二分に届いている。文面はこうだ。〝リスリャコフは優秀だったが、たぶん彼自身が思っていたほどではなかった。おれはなかなかにはいれた。これからひと眠りする。朝がたには内容のコピーを終わらせる〟

わたしはブライトン・ビーチに電話を入れた。時間は気にしなかった。

「今度はいったいなんの用だ？」ラーチコがいった。

「ヤーコフの具合は？」

「入院してるぞ、ばか野郎」

「ともかく、彼は生きている」

「おまえは、自分のおかげだといいたいんだろう」

「ヤーコフは運が良かった。どこの病院だ？」

「なぜだ？」

「見舞いに行きたい」

「断わる、ターボ。おまえにはもううんざりだ」

「わたしはリスリャコフのコンピュータを持っている」

ラーチコの口調が変わった。「コンピュータ？」

「ラップトップだ。きのう、彼の持ち物のなかにあった」ヤーコフはラーチコにコンピュータのことを何もいっていないようだ。

「そいつはおれのだ。返せ」

「だから電話したんだ。サーシャが釈放され、すべての嫌疑が取り下げられ、復職したら返してやる」

「ターボ、何をほざいてやがる――」

「取引だ。サーシャに、いつもどおりの方法でわたしに連絡するようにいってくれ。彼から連絡を受けたら、折り返し電話する。どこの病院だ？」

「くそ野郎が。マウントサイナイだ」

「午前中に顔を出す」

通話は切れた。わたしは額の汗を拭《ぬぐ》った。エアコンは動いているが、気温がこの二分間で十度も上がった気がする。

ラーチコからはエヴァのことを訊かれなかった。これも腑《ふ》に落ちない。

わたしは暑さのなか、三マイルを全力で走った。脚がほぐれ、身体はどんなハードワークにも耐えられそうだ。さらに三十分間、ウェイトトレーニングをした。七時十五分に帰宅すると、ウインドウにスモークガラスを貼った黒いシボレーのサバーバンが、わたしの住居がはいっている建物の前でアイドリングしている。いかにも場違いなこの車から、スーツ姿の男たちが二人降りてきた。わたしは大柄の男に見覚えがあった――マルホランドを逮捕した一団にいた男だ。大きさは冷蔵庫並みとまでは行かないが、四角い身体つきは冷蔵庫そっくりだ。

「ブロストか？」彼はいった。

「そういうきみは誰だ？」わたしはそう答え、にやりとして、偏屈だからではなく用心のために訊いていると伝えた。

冷蔵庫は札入れを取り出し、ＦＢＩと書かれた身分証を示した。「コイル特別捜査官だ。こっちはサウィッキ捜査官。上司がきみと話したがっている」

サウィッキがうなり声をあげた。この男はわたしがロシア人だと知っているだろうか。

「社交的なご招待かな、それとも純粋な公務か？」

「きみが聴取に応じてくれるのが関係者全員のためだろう」コイルはいった。

サウィッキがふたたびうなり声をあげた。

わたしは汗で濡れたＴシャツをつまんで引いた。「先にシャワーを浴びていいかな？　きみたちの上司だって、きっとこんな汗臭い男には会いたくないだろう」

これにはサウィッキも苦笑した。コイルはためらっている。

「なんなら部屋までついてきてもいいぞ。わたしはどこにも逃げない」

「車で待っている」コイルはいった。「早く戻ってこい。うちの女上司は待たされるのが嫌いでね。しかも昨夜からずっと待っている」

サウィッキがもう一度笑みを浮かべた。理由はともあれ、コイルは警告してくれている。わたしも笑みを返した。「お知らせありがとう。すぐ戻る。コーヒーを飲みたかったら、その角にデリがある」

コイルはうなずいた。「ああ、さっき見つけた」

われわれ三人は押し黙ったまま車に乗り、セント・アンドリューズ・プラザのオフィスビルに着いた。市役所とチャイナタウンのあいだに位置し、政府機関、裁判所、警察の庁舎などが建ちならぶ一角だ。この界隈《かいわい》が賑《にぎ》わうのは昼前から夕方近くまでだが、きょうのような暑い朝の八時五分は、まだ死んだように静かだ。サバーバンのエアコンは道中ずっと最強にしてあったので、着くころにはわたしの汗もほとんど引いていた。

暑気のなかを少し歩き、金属探知機の前で長いこと待たされ、役所ののろいエレベーターに乗るまでさらに待たされた。ガラスのドアに〝ニューヨーク南部司法管区連邦検事事務所〟と書かれてある。デスクに受付係はいなかった。コイルがわたしとサウィッキを残し、廊下を歩いていく。数分後、彼はわたしを連れて同じ廊下を突きあたりまで歩いた。手前のオフィスはがらんとしている。奥の部屋では黒髪の女が窓際に立ち、わたしに背中を向けている。コイルが下がり、ドアを閉めるや女はこちらを向いた。

「あなたがわたしの事件を、ひとつどころか、ふたつも嗅《か》ぎまわってると聞いてね。いったいなぜ、なんのためにそんなことをしているのか白状しなかったら、あなたがもといた社会主義のくその穴に送り返すわよ」

16

かつて〝カントリー・ミュージック〟と呼ばれていた音楽をわたしが好んで聴くのは、チャーリー・パーカー（一九四〇年代から五〇年代にかけて活躍したジャズのアルト・サックス奏者）がいったとされるとおり、〝そこに物語があるから〟だ。最近この音楽は〝ルーツ〟〝アメリカーナ〟といった味けない名前で呼ばれることが多いが、名前はどうあれ、わたしの目の前にいたのは、意志の強い男たちをも骨抜きにしてしまう酒場の天使たちを歌った無数の歌から抜け出たような女だった。後日、わたしがようやくそのことを伝えたとき、彼女はそれを賛辞と受け取ってくれた——彼女はロレッタ・リンの大ファンだったのだ。

ヴィクトリア・デ・ミルニュイ。千の夜の勝利《ヴィクトリア》の女神。わたしも人のことはとてもいえないが、なんという名前だろう。細身のジーンズのように彼女にぴったりだ。

身長はわたしより数インチ低いだけで、体格は卑俗なたとえをすれば〝レンガ造りの便所並みに〟がっしりしている（アメリカ人はロシア人同様、言葉遊びが好きだ）。脚は長く、身体つきは豊満で、マスカラや口紅をたっぷりつけている。不機嫌にとがらせた唇もまた男を——少なくともわたしを——とろけさせるようだ。長い漆黒の髪は肩まで届き、楕円形をした目は古代エジプトの王族を思わせ、ナイル川のように深い緑色だ。そのまなざしは、笑ったときには華やぎ、そうでないときには悲しみをたたえているように見える。鼻は心持ち小さく、唇はとがらせていても、やや大きい。全体としては、イタリア・ルネサンスの巨匠ボッティチェッリを夢中にさせそうな容貌だ。

とはいえ、初めて会った連邦検事事務所では、彼女の魅力はきわめて抑制されていた。しかしいくらアルマーニのスーツが曲線美を隠しても、それはわたしの心配事をいっとき忘れさせてくれた。コイルとサウィッキの両捜査官がグリーン・ストリートのことを知っているのかどうか、いささか不安だったのだ。黒髪は後ろで束ねている。角縁の眼鏡《めがね》が緑の瞳を覆っていたが、輝きを隠すことはできなかった。どんな器にはいっていようと、宝石は宝石なのだ。

わたしは手を差し出した。「お会いできて光栄だ。ターボと呼んでほしい」

彼女は毒気を抜かれたように見えたが、それはほんの一瞬にすぎなかった。

「あなたの名前ぐらい知ってるわよ。座りなさい！」

わたしは手を引っこめなかった。「では、きみのほうが有利なわけだ。それできみは？」

「南部司法管区くそ連邦検事よ！」

「役職はドアに刷りこまれている。きみの名前を訊いているんだ。わたしがもといた社会主義のくその穴でさえ、最初はお互い礼儀正しく振る舞う」

宝石が鉄にぶち当たったように、目がかっと燃え上がった。いいすぎただろうか。と、目の表情はやわらぎ、唇がつりあがって、彼女は大声で笑った。人生のなんたるかを知っているような豪快な笑いかただ。アルマーニのスーツを着た腕が机越しに伸びてくる。強い握力だ。

「ヴィクトリアよ。ヴィクトリア・デ・ミルニュイ。きょうは突然お呼びしたのに、わざわざ会いに来てくれてありがとう。無礼な挨拶《あいさつ》をお詫《わ》びするわ。法律家のことを世間ではあまりよくいわないでしょうね」

「ロシアでは法律家なんて話の種にもならなかったんでね」

怒りが戻ってきた。「調子に乗るんじゃないわよ」

「わかった。気にしないでくれ。座ってもいいかな？」

「どうぞ」

わたしは椅子に座り、彼女もそうした。われわれを挟む大きな安っぽい薄板の机は、女性が使っているとは思えないほど無骨だ。執務室全体がそのような雰囲気だった。家具は男性用クラブにありそうな革製だ。相手もわたしの胸中を察したらしい。

「ここに来てまだ数カ月しか経ってないの。前任者の趣味よ。リフォームする時間がなかったの」

「べつに急ぐことはない」

「わたしは仕事をするためにここにいるのよ。それが最優先。家具なんか……」繊細な手を振る。

「わたしといっしょに育った子どもたちは、こんな上等なくその穴にはいれればなんでもしただろう」

彼女はむっとした。「はいはい。どうせここは上等なくその穴よ」

どこの訛《なま》りだろうか——南部、それもテキサスではなく、ルイジアナやミシシッピーのあたりだろう。

「悪かった。ちょっと言葉がすぎた」

彼女は机にひらいたファイルに視線を落とし、ふたたび顔を上げていった。「楽しい世間話だったわ、ミスター・ブロスト。では、本題にはいりましょう」

「ターボだ」

「昨夜、あなたはどこにいたの？」

「なぜそんなことを？」

「わたしの部下があなたの住居の前で一時過ぎまで待っていたの」

「遅くまで働いてるんだな」

「必要とあれば何時までだって働くわ。で、どこにいたの？」

「わたしも遅くまで働いてるのさ」

「何をして？」

「わたしの弁護士は、さっと答えないように忠告するだろうな」

「何か隠しているから？」

「彼は法的尋問に賛成しないからだ」

「その人は、わたしたち共通の友人バーニー・コードライトじゃないでしょうね？」

「なぜそんなことを訊く？」

「彼が、あなたの名前と住所を教えてくれたからよ」

「バーニーはわたしを売ったのか？」

「電話帳で探してもよかったのよ。どんな仕事をしているの、ミスター・ブロスト？」

「ターボでいい」わたしは名刺を取り出し、手渡した。

彼女は声をあげて笑った——心底からの笑いだ。「〝ブロスト・アンド・ファウンド〟？どんな仕事にしろ、コメディアンじゃないことはわかっているわ」

「探し物をしている人を手助けするのさ」

「警官の真似事でもしているの？」

「正確には調査員だ」

「マルホランドは何を探しているの？」

わたしはかぶりを振った。「わたしがそういう質問に答えるだろうとバーニーにいわれたか？　そんなはずはあるまい」

彼女は机の書類に目を戻した。「ラーチコ・バルスコフとあなたの仕事との関係は？」

「ラーチコは古い友人でね。社会主義のくその穴にいたころから」

「それからラド・リスリャコフ、別名ラトコ・リスリィとは？」

今度は気をつけたほうがいい。「わたしの行動をよく知っているようだな」

彼女はファイルから写真を取り出し、わたしに見せた。そこに写っていたのは、ブライトン・ビーチにあるラーチコの邸宅の中庭に、リンカーンから降り立ったわたし自身の姿だ。焦点を絞っているのと背景がぼやけていることから、長距離望遠レンズで撮影されたものにちがいない。彼女はもう一枚の写真も見せた。チェルシーのリスリャコフのアパートメントからわたしが出てきたところだ。

彼女はいった。「火曜日、あなたはマルホランドのところにいた。コイルがあなたの姿を見ていたわ。きのうの朝、あなたはリスリャコフの住居に現われた。そのあとブライトン・ビーチに行って、ロシア・マフィアの最高幹部を訪問した。その人物は、同じ日の午前中にあなたが訪ねた人間といっしょに仕事をしているのよ。マンハッタンに戻ってから、あなたはダウンタウンじゅうを歩きまわり、地下鉄レキシントン街線に乗った。まるで尾行を撒《ま》こうとしているようにね。それっきり家に帰ってこなかった。バーニーはあなたのことを信頼できる人間だといっていたけど、あの男もかつてはスパイだったわ。さて、どうなの、ミスター・ブロスト？」

ターボと呼ばせるのはあきらめたほうがよさそうだ、少なくとも当面は。「どうやらうまくいったようだ」

「うまくいった？　なんの話よ？」

「尾行をうまく撒いたってことさ」

彼女は机をたたいた。「いいかげんに――」

「わかった、わかった。いまいったとおり、ラーチコは古い友人だ。われわれはいっしょに働いていた――ＫＧＢでね。彼が病気だと聞いたんだ」

「それで病気の友人を見舞いに行ったわけ？」

「そのとおりだ。これは犯罪になるのかな、われわれが二人とも元社会主義者だったとしても？」

彼女は取りあわなかった。「地下鉄でのおかしな動きはどういうこと？」

「尾《つ》けられるのは好きじゃないんだ。仕事柄、気になってしまうんでね」

「どうして尾けられてると思ったの？」

「わたしはまちがっていなかったわけだ」

「あなた、自分では頭がいいと思ってるんでしょうけど、勘違いするんじゃないわよ。わたしの知らないことを教えてほしいものね」

「ラーチコは、リスリャコフの住居のロビーに手下を二人張り込ませていた。それはご承知のとおりだ。手下の男からきのう、リスリャコフのことを訊かれた。どうやら姿をくらましたようだ。きみが彼の行方を訊いているのなら答えるが、わたしにもわからないんだ」形式的には事実であり、心情的にも嘘をついたつもりはないが、実際には疑わしかった。だが、この三つのうちふたつまでが本当ならそう悪くないだろう。

「ふーん、たいした推理力ね。リスリャコフがどんな人間か、知ってるの？」

「知らない」

「彼はどうして姿をくらましたくなったのかしら？」

「本人に一度も会ったことがないからなあ。きみはあるのかい？」

宝石のような目が燃え上がる。「会いに行った理由は？」

「話したいことがあってね」

「バルスコフかマルホランドに関係したこと？　それとも、その両方？」

「それに答えなくても悪く思わないでほしい。きみがどうしてリスリャコフに興味があるのかを教えてくれたら、もしかしたら役に立てるかもしれない」

「ついてないわ。あなた、良心の疼《うず》きを覚える社会主義者ってわけね。もう一度訊くわ――リスリャコフを嗅《か》ぎまわってどうしたいの？」

「それがわたしの呼ばれた用件らしいな」

「もっとひどい目に遭うかもしれないわよ」

「きみはさっきからそういっていた。開口一番、脅しをちらつかせてね。どうやらわれわれは出だしを誤ったらしいな。わたしの見るところ、別々の政府機関がようやくまじめに連携しはじめたというところか」

「あなた本当に、自分のことを頭がいいと思っているようね。マルホランドが依頼主なの？」

「わたしがマルホランドと何をやっていようと、それはファースト・トラスト・バンクのやっている悪辣《あくらつ》な貸付となんの関係もないといったら？」

彼女はその言葉を反芻《はんすう》しながら、メモ用紙に何やら書きつけた。「気を悪くしないでほしいんだけど、社会主義者のスパイのいうことが信用できるかしら？」と訊きながら、彼女は笑みを浮かべた。

「元社会主義者のスパイだ。いまはしがないビジネスマンとして、ささやかながらアメリカ経済の一翼を担っている」

「気取ってるんじゃないわよ。バルスコフやリスリャコフとはどういう関係？」

「正直にいおう――バルスコフと仕事上のつながりはいっさいない。彼とわたしは一九八〇年代に仲たがいしたんだ。相当深刻な。きのうは二十年ぶりの再会だった。いや、もっと長かったかな。今回が最後であることを願うよ。向こうもそう思っている」

「どうしてわかるの？」

「本人がそういっていた」

「どんな病気？」

「わたしは癌《がん》専門医ではないが、彼はわたしと同年代で、体格も体重も同じぐらいだった。ところがきのう会ってみると、八十代に見えたよ。体重は百二十ポンドぐらいかな。癌にかかっているのに、いまだに四六時中タバコを吸っている。来年のいまごろまで生きているとは思えないな。ただし最近、生まれ故郷でこんないいまわしがあったのを思い出してね。〝絞首刑になる人間は、溺《おぼ》れ死にはしない〟」

「わたしが逮捕するまでは生きていてもらわないとね。じゃあ、リスリャコフとは？」

わたしはかぶりを振り、笑みを浮かべた。「ひとついわせてもらおう。わたしが彼に興味を持っている理由は、きみが興味を持っている事柄とはなんのかかわりもないと思う」

「どうしてそういえるの？」

「あの男は、ひどくばかげたゆすりをやろうとしていたのさ。うまくいかなかったがね」

「どんなゆすり？」

「アマチュアの仕事だ。わざわざ話すほどのこともない」

「それはあなたの意見でしょう」

　わたしは肩をすくめた。

「誰をゆすっていたの？　マルホランド？」

　もう一度肩をすくめる。

「何者かがマルホランドにフィッシングをしたのよ」

「ああ、リスリャコフはその方面で相当有名だと聞いている。わたし自身はまったく疎《うと》いがね」

「あなた、元社会主義者のスパイから法を遵守するビジネスマンに転向したと約束する？」

「ああ、約束する」

「フィッシング詐欺犯は、わたしの事務所の名前を騙《かた》った文書を使ったの。それでわたしは怒ってる。その犯人はわたしの仕事を必要以上に知っていると睨《にら》んでいるわ。バーニーから聞いた話では、あなたはハイテク犯罪にずいぶん詳しいそうだけど」

「マルホランドに会ったのは、火曜日の朝が初めてだ。それ以前はほとんど彼のことを知らなかった。しょせん元社会主義者のスパイとしての言葉だがな」

　彼女がメモをとる。今度は瞳に怒りの色はよぎらなかった。

「もういいわ、ミスター・ブロスト。貴重なお時間をありがとう。リスリャコフに関して何かわかったら、知らせてほしいわ」

「元社会主義者の善意はあてにしてくれていい」

「不思議だわ。バーニーはあなたにひどく手を焼かされるかもしれないといっていたのに」

「わたしはとても親しみやすく、協力的な人間だよ。ぜひ夕食をごちそうさせてほしい」

眼鏡の奥で緑の目が驚きに見ひらかれている。

「仕事上の関係だけにしたほうがうまくいくと思うわ」

「きょうは本当に楽しかった」

もう一度怒りの炎が目をよぎる。そのうちわたしは本当に、その炎に焼きつくされるのかもしれない。彼女は目の前でファイルを閉じ、立ちあがった。

「ごきげんよう、ミスター・ブロスト。バーニーにわたしのことを訊いたら、きっとひどく手を焼かされるというわよ。怒るとすぐに手が出るともいうでしょうね。あなたがいってることはすべて本当かもしれないし、ひょっとしたらすごくうまい作り話かもしれない。いずれにしろ、会えたことは収穫だったわ。でもわたしの女としての直感と、大学で受けた統計学の授業によれば、ばかげたたわごとね」

「ときには、いちかばちかの賭けをするのもいいんじゃないか？」

「ときには、ね。あなたが何に首を突っこんでいるにしろ、どうかわたしの邪魔をしないようくれぐれもお願いするわ。もしわたしの事件を嗅ぎまわっていると知ったら――あるいはあなたのいったことが信用できないとわかったら――公務執行妨害で、アメリカの刑務所にはいってもらいますからね。そのあとは国外退去が待っているわ。わかった？」

鼻にかかった話しかたが戻ってきた。のみならず、彼女は懸命に隠そうとしているが、怒ると癖が出る。わたしにはそれが魅力的に思えた。彼女のすべてが魅力的に思えてきた。

わたしが「よくわかった」と答えようとした矢先、九時の時報が鳴り、第一ラウンドが終わった。建物から出たときにも、コイルとサウィッキの姿は見当たらなかった。白い麻のスーツに黒い巻き毛の髪をした若者が、眼帯をした目で、受付を通るわたしを一瞥《いちべつ》した。アメリカ人には見えず、ヨーロッパ人でもなさそうだ。ロシア人のような気がした。話しかけて推測が正しいかどうか確かめようと思ったが、思いとどまった。きょう一日分の幸運は使い果たしたと、心の声が告げたのだ。

17

暑さで通りにはまったく生気がなかった。行き交う人も車も、動きは緩慢で雰囲気は陰鬱だ。〝弱気一色——ダウ下落幅六百十〟売店に《ニューヨーク・ポスト》の見出しが躍る。市況はどこまで低迷するのか見当もつかない。ピッグペンを仕込んでダウ・ジョーンズ平均の最新情報を教えてもらおうか。

タクシーは捕まらなかった。ヴィクトリアとのやりとりを思い出しながら、ゆっくり歩いてダウンタウンまで引き返す。マルホランドのところでコイルがわたしの姿を見たのは偶然だった——見かたによっては不運だった——としても、彼女はラーチコ・バルスコフの大邸宅とラド・リスリャコフの住居も部下に見張らせていた。しかし彼女は、少なくともいまのところはまだグリーン・ストリートの隠れ家のことを知らない。わたしにとっては幸運だ。さもなければあの周辺には近づけない。いったいなぜ、彼女はわたしに手の内をさらしたのだろう？　もしかしたらバーニーは彼女に、わたしのことをそれほど悪くはいわなかったのかもしれない。より可能性が高いのは、彼女がさしたる情報を持っておらず、なんらかの手がかりを求めていたことだ。

わたしはデリに立ち寄り、ブラックコーヒーとベーグルトーストを注文して、半分に切って片方だけにバターとジャムを塗ってもらい、オフィスに向かいながらひと口嚙《か》んだ。

「よう、ロシア人」ピッグペンの目は茶色の紙袋に引きつけられた。「ピザ？」永遠の希望と当面のあきらめが入り混じった声だ。

「おはよう、ピッグペン。ベーグルだ」わたしはそういって、彼の希望を断念させた。

「クリームチーズ？」

「ヨウムにクリームチーズはいらないだろう」

「クリームチーズ？」彼が食い下がったが、そんなものがはいっていないのはわかったようだ。

「クリームチーズはコレステロールが高い。コレステロールをとりすぎると、おまえは〝元ヨウム〟になっちまうぞ」ヨウムの心臓血管がどうなっているのかはわからないが、コレステロールがよくないのはまちがいないだろう。それにピッグペンは、自分のことをわれわれと同じ人間だと思いこんでいる。

「モンティ・パイソン」彼はいいながら、頭を上下に揺らしはじめた。フーズやわたしと同じく、ピッグペンは『死んだオウム』の話がお気に入りなのだ（イギリスのコメディ番組『モンティ・パイソン』に、ペットショップにクレームをつける客が死んだオウムを〝元オウム〟と表現する場面がある）。とはいえ彼もまた、コメディのネタにされているオウムの仲間なのだが。わたしはピッグペンにバターとジャムを塗っていないほうのベーグルをやった。彼がひとかけらを噛みちぎる。

「オニオン！」思ったよりおいしかったようだ。

「気に入ったか？」

「どうもありがとう《ムチャス・グラシアス》……」

「どういたしまして」

「……ケチ」

首の羽毛を立てる。わたしの勘違いだったのかもしれない。十二歳は、ヨウムの年齢ではまだまだ思春期だ。

「ボスはどこだ？」

「パンケーキ」朝食のことだ。

「ピッグペン、ウォール・ストリートのことは知ってるか？」

「ブ《B》ルックリン・ク《Q》イーンズ高速道路《E》？」

「いや、交通情報とはちがうんだ。株式市場だよ。ダウ・ジョーンズ株やナスダックだ」

「クロス・ブロンクス高速道路、事故処理が終わりました」

「おまえの夢はタクシー・ドライバーか？」

「トライボロ橋は二車線を閉鎖しています」

ピッグペンはベーグルに戻った。朝のラッシュアワーに話そうとしたのがまちがいだった。

「フーズに、ハードディスク・ドライブの礼を伝えてくれ」

「通過地点《ドライブ・バイ》？」

「ちがう、ハードディスク・ドライブだ。コンピュータだよ」

ピッグペンは噛みながらうなずいたが、たぶん聞いていないだろう。

秘書に訊いてみると、バーニーは事務所にいるとのことだった。わたしは十万ドルを金庫から出してヘイズ・アンド・フランクリン法律事務所へ向かった。シャツは皺《しわ》くちゃでネクタイを緩め、彼は書類の山に埋もれていた。金のはいったバッグを机に置いても、ほとんど顔も上げない。

「数えてみるか？」

バーニーは首を振った。

「領収証をもらったほうがいいか？」

もう一度首を振る。

「わたしの報酬については誰と話せばいいのかな、あんたか、マルホランドか？」

バーニーが読んでいた書類をかざした。目は血走っており、憔悴《しょうすい》しきった表情だ。

「破産申立書だ、ターボ。マルホランドが破産した」

「ちょっと待ってくれよ、バーニー。ここはアメリカだ。マルホランドのような人間が一文無しになるなんてありえない」

「きみがわたしに、彼が大量のファースト《F》・トラスト《T》・バンク《B》株を買いあさっていると教えてくれたのを覚えているか？　あのとききみは事実の半分もわかっていなかった。彼は自社株をぎりぎりのところで買い支えていたのさ——しかし株価は下がる一方だった。わかっているかぎり、ローリーは九億ドル以上を費やして株を買い集めたが、その価格はいまや三億ドルだ」バーニーはコンピュータの画面を見た。「いや、それ以下になった。きょうの市場でも下がりつづけている」

「だが、資産はほかにもあるだろう」

「それはそうだが、その資産も担保に入れてしまったようだ。うちの事務所でもまだ全体像を把握しきれていない。まったく大変なことになった」

「そいつは気の毒だ」

バーニーは眼鏡をはずし、ネクタイで拭いた。「知りあってみれば、彼はそんなに悪い人間じゃない。ローリーとわたしは……大学時代に知りあった。エール大学だ。特権階級の子弟ばかりのクラスで、奨学生はわたしと彼だけだった。彼はボストン郊外の貧しいアイルランド系家庭の出身で、わたしはブルックリンで育ったユダヤ系だ。わたしたち二人には強い絆《きずな》が生まれた。お互い別々の道を進んでも、連絡はとりあった——クリスマスカードや同窓会なんかでね。わたしがここで仕事を始めたとき、彼に呼ばれ、信頼できる弁護士が必要だといわれた。そのときすでにＦＴＢはかなりの成長を遂げていて、彼はわたしの得意客になってくれた。わたしは彼に恩義を感じている。彼はわたしたちと同じ血の通った人間だ。人並みに欠点もあるが……」

「いまは議論するのはよそう」

「ともかく、報酬のことは心配しないでほしい。なんとかして支払ってくれるはずだ」

「ああ、心配はしていないよ」わたしは儀礼上、そう答えた。「娘の具合はどうだ？」

バーニーはかぶりを振った。「不安定な状態が続いている。医師によれば、麻酔薬のロヒプノールを飲んだらしい。致死量ぎりぎりの過剰摂取だったようだ。まだICUにはいっている」

「デートレイプ薬か？」

「ああ、だが一部の若者は気晴らしに使っているようだ。彼らのあいだでは〝ルーフィ〟と呼ばれている。記憶を失わせるんだ。きっと彼女は何も覚えていないだろう」もう一度かぶりを振る。「彼女はすでに二回、更生施設に入れられている。その甲斐《かい》もなかったようだ。ローリーの問題は彼女の精神状態によくないだろう」

「たぶんな。誰だって、目を覚ますきっかけが必要なんだ。自分が世界の中心ではないと気づかせるきっかけが。さもないと、みすみす人生を浪費してしまうことになる。そういうことだよ」

「ターボ、まったくきみには勇気づけられるな」

「ところでけさ、あんたの元共同経営者《パートナー》に会ったよ」

「あのピラニアにか？」

「事情聴取にしょっ引かれたのさ。あんたがわたしを売ったようなことをいわれて脅されたよ」

「そんなわけないだろう。きみも勘が鈍ったようだな。あの女はきみがどんな人間で、どこにいたか、誰と会ったか、全部知っていたにちがいない。彼女が知りたかったのは、きみがどんな人物かということだけだったはずだ。だからきみは拘留されずにすんだのだろう。しかしどうやって切り抜けたんだ？」

「まあ、なんとかうまくいったよ。彼女はわたしを圧倒しようとしたが、わたしはそれを押し返した。血は一滴も流れなかった」

「いかにもヴィクトリアらしいな。あの女は出会いがしらに威嚇《いかく》するのが好きなんだ。男どもと対等の条件で渡りあえなきゃならんと考えている。わたしは女であることの利点を生かしたほうがいいんじゃないかと思うんだが、聞く耳を持つはずがない。あの女の流儀で充分すぎる成果を挙げているからな」

「あんたは彼女のことをどのぐらい知っているんだ？」

「前にもいったが、あの女がここに来たのは八年ほど前、アトランタの事務所がうちと合併したときだ。顔だけじゃなく頭もよかったし、すごく粘り強かった。事務所の男ども全員があの女にいい寄ったが、結果はみな同じだった。浮いた話はまったくなかったよ。いろいろ噂は流れた――レズビアンだの、SMだの、不感症だの、あらゆる噂がね。だがタイムカードを見たら、社交生活がまったくなかったのはすぐわかった。ここに在籍していた当時、毎年いちばん長時間働いていたのは彼女だった。

　連邦検事になったと聞いてうちの人間はみんな驚いたが、彼女には豊富な人脈があり、弁護士会でも活動的で、経済犯罪の分野では相当名をあげている。ウォール・ストリートであれだけスキャンダルが起こったから、司法省ではまさに彼女のような人材がほしかったんだろう。もしかしたら手に余る事件もあるかもしれない。組織犯罪、麻薬、テロリズムは彼女の専門外だったからな。だが、あの女なら解決できるだろう」

「確かに、かなり優秀そうだ。適任かどうかはわからんが」

「まだ就任して二ヵ月しか経っていないんだぞ」

「わかった。お手並み拝見と行こう」

バーニーは机の前から立ちあがり、ドアを閉めた。「昨夜、エヴァを見つけたときにはどのぐらいひどい状態だったんだ？」

「最悪だったよ。本当に詳しいことを聞きたいのか？」

彼は首を振った。「どうしてきみ一人で対応した？ なぜ警察を呼ばなかったんだ？」

「さまざまな理由がある。通報したらエヴァはいまごろ逮捕され、それも麻薬所持罪程度ではすまなかっただろう。あのロフトには、ロシア・マフィアとかかわりのある男の死体があったんだ。誘拐をでっちあげたのはあの男だとわたしは確信しているが、エヴァがぐるだったことにも疑いの余地はない。きのうの午後、彼女はソーホーの通りを歩いていた」

「それで？」

「今回のこと全体が、最初からひどくねじれていた。あんたの元パートナーからも一時間前に指摘されたが、わたしは火曜日にマルホランドと会った。あのとき彼は娘が誘拐されたと思いこんでいた。しかしその直後に彼は逮捕された。マルホランドは妻のことを心配していたが、彼は妻の正体を知らなかった。わたしは自称誘拐犯を捜し、突き止めた――ラド・リスリャコフ、別名ラトコ・リスリィだ。膨大な数の個人情報を盗んだ大胆不敵な男が、なぜかけちなゆすりに手を染めていた。次にわたしは、二十年以上顔を合わせていなかったラーチコ・バルスコフ――そう、あのマフィアの大物ラーチコ・バルスコフだ――から、リスリャコフに近づくなといわれ、強い圧力をかけられた。しかしラーチコは前妻がマルホランドと結婚したことや、娘がラド・リスリャコフと寝ていることを知らなかった。次にわたしは彼の隠れ家でエヴァを見つけた。麻薬でひどく酔っていた彼女のそばに、リスリャコフと思われる死体があった。わたしはさらに、ラーチコの父親――こちらはスパイ組織の大物ヤーコフ・バルスコフだ――も発見した。そこにいるはずのない男だ。彼は、彼らの組織にかかわりのあることだとしかいっていなかった。その場でわたしはコンピュータを見つけた。もしかしたらラーチコはこれが見つかることを恐れており、ヴィクトリアはまさにそれを探していたのかもしれない。まだ中身のチェックはすんでいないんだがね。ひょっとしたら、この謎を解く最適な位置にいるのはわたしかもしれない。そうすればエヴァを助け、ラーチコと取引し、ヴィクトリアの力になれる可能性もある。もっとも、ヴィクトリアを助けたいと思うときがいつ来るかはわからんがね。しかし警察を呼べば、いまいったことはすべてできなくなってしまうわけだ。筋が通っているだろうか？」

バーニーは首をかしげ、ドアを開けた。「ロシアの小説並みには筋が通っているかな。立ち入ったことを訊いて悪かった」

「人生は、野原を行くように簡単にはいかない」

「お得意のことわざか？」

「ロシアのことわざにしては陽気な部類だ」

オフィスに戻ると、フーズが脂《あぶら》っこいベーコンエッグチーズロールを噛んでいた。

「ピッグペンがねだるだろう」

「さっき彼からベーグルと交換しないかといわれたが、おれは辞退して、好きなだけピザを食べさせてやったよ。あんただってクリームチーズぐらいくれてやってもよかったじゃないか」

「彼に長生きしてほしいんだ。なぜだかわからないが」

「ピッグペンがドライブ・バイとかいってたぞ」

「ピッグペンは鳥頭《とりあたま》だからな。わたしはハードディスク・ドライブといったんだ」

「あのコンピュータをどうやって手に入れたか知らんが、あれには途方もない情報がありそうだぞ」

「ラーチコとその父親があのコンピュータにえらくご執心だった。何かありそうだな」

「まさにその何かが問題ってわけだ。おれは昨夜ひと眠りしていたあいだにも、コンピュータはオンラインにしていた。故ミスター・リスリャコフに誰かがメールをよこすかもしれないと思ったんだ。けさ六時、コンピュータが自動的に立ちあがってメールソフトが起動し、メッセージを山ほど受信した。三百二十通ちょうどだ。海外も含め、あらゆるところから来ていた。アプリケーションが立ちあがり、メールのデータをダウンロードして分類し、それから新しいメッセージを山ほど送信していた。いわゆるゾンビだな。結局なんのためだったのかはわからない」

「全部、自動的に動いたと？」

「そのとおりだ」

「どんなメールだった?」

「見ればわかるよ。数字のリストだ。何かのコードかもしれない」

「リスト? 集計表だろうか?」

「ああ、だが何かの計算結果ではない。ただのリストだ」

「ちょっと待っていてくれ」

わたしはブラックベリーを金庫から持ってきた。リスリャコフの端末には新しいメッセージの長い列が表示されている。マルコの端末に届いたメッセージはより少ない。発信者を見てもわたしには誰のことだかわからなかったが、ともかくそれらをフーズに見せた。

「この端末のメールはコンピュータの受信メールとまったく同じ内容だ。もうひとつの端末には、数えるほどしかメッセージが来ていない」

「最初のやつはリスリャコフので、もうひとつは彼の手下のだ」

「彼は自分のブラックベリーにもメールを転送していたんだな。まだある。確かあんたは、マルホランドのコンピュータがフィッシングの被害に遭ったといっていたな。フィッシングした犯人はラド・リスリャコフだったんだ。マルホランドはワイヤレスネットワークで三台のコンピュータをつないでいた。彼はそのすべてをハッキングしたんだ」

「リスリャコフはそういう犯罪の天才だった」

「ああ。しかしご存じのとおり、たいがいフィッシングをしようとするやつらは数をこなす。大勢の人間にフィッシング攻撃を仕掛け、何人かが引っかかれば御の字という考えだ。そのなかから、盗めるものを物色する——銀行口座、証券取引口座、有形資産なんかだ」

「それで？」

「ラド・リスリャコフがフィッシング攻撃を仕掛けたのはマルホランドだけだが、彼は情報しか盗んでいないように思える。さらに何者かが、その情報をどこかに持ち去った」

「どういうことだ？」

「彼はたぶん、マルホランドの奥さんのコンピュータから大きなデータファイルをひとつ移動させた。移動させたというより盗んだんだが、そのあと移動元のコンピュータから完全に消去しているんだ。修復させる方法はない。明らかに彼は、このデータを独占したかったようだ。それから何者かが同じデータファイルを、もうひとつのデータファイルといっしょに外付けのドライブへ動かし、今度はリスリャコフのハードディスクから消去した。これも完全に消されている」

「その内容を知る方法はないのか？」

「ないな。わかるのは巨大なデータファイルだったことだけだ。ひとつは二百九十ギガバイト、もうひとつは三百五十ギガバイトだ」

「その何者かというのは、リスリャコフ本人だったんじゃないか？」

「その可能性が高いな。しかし外付けのハードディスク・ドライブはどこだ？」

「いい質問だ。彼は身のまわりに置いていなかった。グリーン・ストリートのロフトにもチェルシーのアパートメントにもなかった」

「あんたがリスリャコフのコンピュータを持っていることは、誰か知っているのか？」

「さっきいったバルスコフ親子だ」

「おれだったら身辺に気をつけるな。故ミスター・リスリャコフよりもいささか慎重になるところだ」

「ああ、そうするよ」

「話はもうひとつある。リスリャコフのコンピュータが自動的にフェリックス・マルホランドのアドレスへ送ったメールがあるんだ。こんな文面だった。〝こんにちは、ポリーナ・バルスコワ。われわれはあなたが誰なのか、誰だったのか、何をしてきたか、これから何をしようとしているかを知っている。われわれはすべてを知っているのだ。われわれは互いに協力しあうのが双方のためだと考えている。あなたの収入を全部よこせとはいっていない。五十パーセントだけだ。いまの生活も続けられる。あなたが何者で、誰になりすましたかを知っているのはわれわれだけだ。あなたにわれわれを見つけ出すことはできない。しかしわれわれがあなたの居場所を正確に知っていることは、一瞬たりとも疑ってはならない。近いうちにまた連絡する。われわれが信じられなければ、コンピュータをチェックしてみてほしい。何かが消えているのがわかるはずだ。それはいま、われわれの手のなかにある。このこともまた、あなたがわれわれと手を携える理由になるはずだ〟。署名はなく、返信用アドレスもなかった」

「受信日は？」

「四月八日だ」

「フィッシングがあった直後だな」

「そのとおりだ。一週間後、彼女のアドレスに新たな連絡が届いた。銀行口座番号のリストに、金を振りこむよう要求する内容だ。金額には触れておらず、あくまで割合だけを示している。まずは読んでみてくれ」

フーズはラップトップの画面をこちらに見せた。メッセージは次のとおりだ。

こんにちは、ポリーナ・バルスコワ。

われわれと互いに協力しあう提案について、ご検討いただけただろうか。あなたにとって魅力的な提案だと確信している。これから、あなたがやるべきことを記す。あなたに今後毎月、あなたは銀行の口座番号のリストを受け取ることになる。毎月十日に、収入を受け取っている全銀行口座からその五十パーセントを、以下に示す口座番号へ均等に分割して送金すること。

これらの口座のうちひとつでも送金しなかった場合、われわれはブライトン・ビーチに電話する。それは大きな痛手となるだろう。ふたつの口座に送金をしなかったら、今度はモスクワに電話する。あなたは支払う代償の大きさを知っているはずだ。失敗は許されない、ポリーナ・バルスコワ。われわれがお互いに理解しあえると信じている。

五月の口座番号は以下のとおりだ。

１９７６６３８７４３０５‐５７

１７０１９０９８０９２８‐９８

316587686784-96
976223958279-83
737893690837-32
762137263728-53
712635558821-72
863876879297-24
267659876869-66
128763809890-52

わたしは画面の向きを戻した。「〈バシリスク〉ではそんな送金の動きは見当たらなかった」

フーズはうなずいた。「わかっている。おれも二度確認した。しかしこのメールの文面では〝収入を受け取っている全銀行口座〟と書かれている。ということは、口座はたぶん複数あり、しかも偽名である可能性が考えられる」

「彼女が何にかかわり、どんな取り決めをしていたか、リスリャコフは知っていたんだろう。収入がいつどこから支払われるかを把握していたんだ。金額にまったく触れていないこと自体、それがいくらなのか知っていたことをほのめかしている。彼はこの取引の入口と出口を押さえていたんだ。しかしなぜそんなことができたのか？」

フーズは画面をふたたびわたしに向けた。「ちょっと待ってくれ。二週間前にも、彼女はメールを受信している。五月の支払いに感謝する文面だ。それから六月に振りこむ口座番号を知らせている。問題はそのあとだ。〝提携開始費用として、特別負担金を請求する。発送手数料だ。金額は十万ドル。現金払いで、使用済みの小額紙幣、十ドルと二十ドルで支払うこと。準備期間として一週間を与える。引き渡し方法については追って連絡する〟」

「十万だと？　そいつは偶然じゃないな」

「もちろんだ。誘拐された娘の写真があっただろう？　あれはフォトショップで合成されたものだ。娘、銃、新聞、背景の四つをつなぎあわせたのさ」

「リスリャコフはどうやって……」

「彼はやってない。使われたのはマルホランドのコンピュータのフォトショップだ。脅迫状を書くのにも同じコンピュータが使われた。これを見ろ」

フーズはキーボードをたたき、ラップトップの向きを変えた。彼の言葉どおり、そこには四つの別々の画像があった——エヴァ、新聞、銃をかまえる手、茶色の壁を背景にした椅子。

フーズがふたたびキーボードに手を伸ばした。

「ジャジャーン」

四つの画像がひとつになり、火曜日の朝にマルホランドから見せられた写真とまったく同じものになった。

「こっちが脅迫状だ」

フーズがキーを数回たたくと、画面に同じ文面のファイルが表示された。

「おれは判断を下す立場ではないが」彼はいった。「どうもあんたは騙《だま》されたように思えるな」

反論の余地はなかった。「キーボードの入力内容は読み取れるようにしてくれたか?」

「誰かがこのコンピュータに何かしようとしたら、あんたにはたちどころにわかる」

「それから誰にも——とりわけラーチコ・バルスコフには——われわれがこのコンピュータを調べたことはわからないだろうな?」

フーズは黒くふさふさした眉をあげた。答えるに値しない質問をされたときには決まってそうする。

「すまん」わたしはいった。「痕跡はすべて消さないといけないんだ。このコンピュータはバルスコフ親子に渡さなければならない」

「そっちのほうは完璧だ。いまあんたが見ているのは、おれがハードディスク・ドライブにコピーしたものさ。あんたの能力不足を人にさらけ出すことはない」フーズはキーをたたき、ケーブルを抜き、ラップトップを閉じて机越しに返してよこした。

「もうひとつある。けさ、かんかんに怒った連邦検事殿に待ち伏せされてね」

「そいつはまずいな。その男は、あんたの超法規的行為を知ってるのか?」

「幸い、まだ知らない。しかしその女は、必要以上に詳しくわたしのことを知っていた。おまけに、わたしの夕食の誘いを断わった」

「あんたのことを詳しく知っていたからじゃないのか?」

「ちょっと〈バシリスク〉でその女のことを調べてみてくれないか。自宅の電話番号から始めてくれ。ヴィクトリア・デ・ミルニュイというのが彼女の名前だ」

「ミルニュイ？　ミッドナイトのフランス語か？」

「近いな。ミルが千で、ニュイは夜だ」

フーズは肩をすくめた。「おれが夕食に誘ったら、たいがい受けてくれるけどな。昼めしが終わったら調べてみるよ。ピッグペンとおれで、〈ロンバルディーズ〉に出かけるんだ」

わたしはリスリャコフのラップトップとフーズの外付けドライブを持って自室へ向かい、自分のコンピュータを立ちあげた。ケーブルを差しこむと、リスリャコフのハードディスクを示すアイコンがわたしのデスクトップに表示され、侵入されるのを待っている。KGBにいたころの古き良き時代を彷彿《ほうふつ》させる。

いや、古き良き時代などではなかった。とはいえ元KGBのわたしが、同じ組織のバルスコフ親子のものになったコンピュータに侵入するのは楽しい皮肉だ。

アイコンをクリックするとハードディスクがひらいた。《スラブ自己啓発センター》というホームページが出てきた。わたしはそれを無視してハードディスクの内容を調べることにし、手始めに集計表から取りかかった。二時間見つづけても四分の一も終わらず、目が痛くなってきた。ビールが飲みたくなってきたが、グラス一杯の水で我慢し、机に戻る。

もしもビル・ゲイツがラド・リスリャコフの作成したエクセルの表を一行あたり一ドルで買い取ったとしたら、彼の全財産にあと数百万ドル上乗せしても足りないかもしれない。コンピュータには膨大な数のエクセルのワークブックが保存されており、それぞれのタイトルは番号でつけられ、すべて同じフォーマットだった――左側に三列、右側に五列の数字のグループがあり、右側の列にはおびただしいデータが入力されている。それぞれのグループの最初の列は日付のようだ。半年前から始まっている。最近の日付は、コンピュータが自動的にけさ付け加えたものだ。ほかの列は口座番号と残高であるように思われたが、それはわたしの推測にすぎない。それにしても、単なる金融取引であればこれほど入念な記録が必要とは思えない。リスリャコフの送信メールにも同じような内容のメッセージがあった。五列の数字からなるものだが、一日数十通にも及ぶメッセージはさまざまなアドレスに送信されている。フーズは〝ゾンビ〟といっていた。オンラインのまま休止状態になったコンピュータが、ハッカーに乗っ取られて不正な目的のホスト・コンピュータとして利用され、スパムメール送信やボットネット（サイバー犯罪者の支配下に置かれたコンピュータ群）構築のほか、ハッカーの足跡をくらますのにも使われるのだ。リスリャコフのブラックベリーが、彼自身のコンピュータから転送された確認用のコピーを受信した。

空腹で胃が鳴ったが、わたしは作業を続けた。四十分後、マルコの受信メールの一部が、ワークブックに対応していることがわかった。五列のグループの入力データはすべて、一日後か二日後のメールと一致していたのだ。だが三列のグループは何に対応しているのかわからない。どうやらこれはマネーローンダリング・システムの一部であるらしいとわたしは確信した。イワノフが《イバンスク・ドットコム》の記事で書いていた、リスリャコフがバルスコフ一家のために構築したシステムだろう。しかしそれがどんな仕組みなのかはさっぱりわからなかった。

目と頭は休息を、胃袋は食べ物をしきりに要求している。空腹を満たす前にメールチェックしたわたしは、あっと声をあげそうになった。ＦＳＢの文書係サーシャからのメールが届いていたのだ。件名は〝休暇〟だった。いかなる強要や監禁も受けていないことを示す暗号だ。こんな文面だった。〝こっちはしけた天気だ。旅行に出ようと思う。前からイスタンブールに行きたいと思っていた。どこかおすすめのホテルはないか？〟これも暗号だった——何か異変が起こり（わたしが異変を知っていることを、彼は知らない）、しばらく通信不能になるだろう、という意味だ。わたしは返信のメールを書いた。〝古い刑務所のなかにあるフォー・シーズンズがいいだろう。きっと気に入るはずだ〟。これは了解の意味だ。

一瞬空腹も忘れ、わたしはブライトン・ビーチに電話をかけた。「ラーチコに伝えろ。わたしはこれからヤーコフのところへ行く。コンピュータを渡しに」

18

ヤーコフが入院していたのは、セントラルパークを見下ろすマウントサイナイ病院グッゲンハイム病棟の最上階だった。病院というよりホテルを思わせる内装だ。絨毯《じゅうたん》敷きの廊下、意匠を凝らした壁紙、マホガニーのドア、個室。おそらくルームサービスもあるだろう。一般的な健康保険ではまちがいなくここにはいれない。それでも、見せかけの贅沢《ぜいたく》で病と死の入り混じったにおいを覆《おお》い隠すことはできなかった。

ラーチコの手下が二人、個室の前に立って見張りをしていた。一人がドアの前に立ちはだかり、もう一人がわたしの顔から数インチのところまであばた面を突きつけた。息からタバコとウォッカのにおいがする。「きさまが来ることはラーチコから聞いた。二度とここへ来るな。電話もするな。ラーチコたちはきさまの存在など知りたくもないんだ。ラップトップはおれから渡しておく」

「呼んだのはヤーコフだ」わたしは見張りを押しのけ、個室にはいった。

ヤーコフは眠っていた。ベッドの背もたれの角度は上がっているが、頭が垂れている。患者用ガウンの下で、肩は白い包帯に巻かれていた。もともと青白いロシア人にしては血色はよさそうで、緩《ゆる》やかな呼吸は安定している。背後には点滴装置が見えた。機械が電子音をたて、生命の鼓動を示している。別離から二十年以上が経つが、ヤーコフはほとんど変わっていない。長身痩躯《そうく》で、かつては年齢より老けて見えたが、ようやく年齢が外見に追いついたようだ。病院用のシーツの下で、ごつごつした骨が山脈のように盛り上がっている。顔の皺《しわ》は少ないが、両目から、上向きの大きな鼻孔、それに口の両端に至るまで、以前にはなかった深い皺が走っていた。白髪が額にかかっている。髪は薄くなり、頭皮がところどころ透けて見えた。わたしはベッドのかたわらに座り、彼の手をとった。

かつてのわたしは、もしヤーコフからシベリア鉄道を裸足で終点まで歩けといわれたら、ひと言も反論せずに従っただろう。いまでさえ、彼の求めとあればむげに断われない。ヤーコフはかつての救い主にして恩師、行く手を照らす光にして、養父だった。われわれの現在の境遇を形づくったのは、もちろんわれわれ自身にほかならないのだが、今日《こんにち》のわたしがあるのは、まちがいなく彼のおかげなのだ。わたしは一度ならず、ヤーコフの父がわたしの祖父を知っていたのではないかという疑問を抱いた。チェーカーが創設されたばかりの時代、二人ともこの組織の青年将校だったはずなのだ。わたしはそのことをヤーコフに訊いてみたが、はっきりした答えは得られなかった。一九七〇年代初期に強制労働収容所《グラーグ》で、数十万人に及ぶ人々のなかからどうやってわたしを見つけ出したのかについても、率直な説明はなかった。しかしわたしはいずれの疑問も、それ以上追及できる立場ではなかった。ともかくもヤーコフは、当時十七歳の弱々しく、空腹を抱えて疲れきり、感情が麻痺《まひ》し、ぼろ布にくるまって寝ていたわたしを見つけ出した。わたしはボルクタ収容所の司令部に呼び出され、大佐の制服を着た男からロシア語、ウクライナ語、ハンガリー語、ポーランド語、最後に片言《かたこと》の英語で面接を受けた。男の言語能力はまずまずだったが、わたしのほうが上だった。二日後、数年ぶりのまともな食事をたいらげてすぐ、わたしはモスクワ行きの列車に乗った。

あてがわれた小さなアパートメントで、わたしはモスクワ国立外国語大学の七人の学生と共同生活を営み、英語とフランス語を専攻した。当時は気づかなかったが、そこはKGBの訓練施設だった。やがて、わたしは諜報の基礎を教わった。エージェントのネットワークを築く方法、監視のノウハウ、エージェント間の意思疎通などだ。振り返るとおかしなことに、わたしが受けた正式な訓練のほとんどはこのときのものだ。それ以外の知識は、自分自身で体得しなければならなかった——ときには直接、ときには遠くから、しかし絶えることなくヤーコフの監督を受けながら。

まぶたが一、二度揺れ動き、鋭い空色の目が現われた。ラーチコとその弟の敵意に満ちた灰色の目が誰に似たのか、わたしには決してわからないだろう。

「ターボ！」

「やあ、ヤーコフ。具合は？」

彼は目をきょろきょろさせ、一分ほどして口をひらいた。「上々だ。気管支炎と銃創を患《わずら》っている七十四歳のロシア人にしては」

「顔色はよさそうだ」

「医者からは、あしたには退院できるといわれたよ。モスクワではありえないがね」

「モスクワではこのような病室にも入院できないはずだ。いや、あなたならできるかもしれない」

「ロシアの悪口をいいだしたらきりがないが、アメリカの資本主義にも欠陥はある」

「議論をしにここへ来たわけではない。あなたが無事かどうか確かめたかっただけだ」

「わたしの記憶が正しければ、おまえのおかげで助かったんだったな」

「めったにない幸運だった」

ヤーコフは笑みを浮かべた。

「あのロフトで何が起こったんだ、ヤーコフ？」

「アメリカの警察も同じことを知りたがっている。けさ、ここへ来た」

「警察は、わたしのことは知らないんだろうな？」

「ターボ、これだけ長いつきあいだというのに、わたしもずいぶん甘く見られたものだな」

鋭く光る目には、冗談と非難が入り混じっている。

「あなたのことを疑ったわけではない。それにしても、あそこで何をしていたんだ？」

「すでにいったとおりだ――われわれの組織にかかわりのあることさ」

「具体的にどんなことか、訊いてもさしつかえないだろうか？」

彼は微笑してわたしを見上げたきり、答えなかった。

「たぶんそれは、あなたがあれだけ熱心にほしがっていたコンピュータと関係があるんだろう」わたしはラップトップを差し出した。

ヤーコフはコンピュータを受け取った。「リスリャコフが、わたしのためにあることをしていた」

「それはエヴァに関係することか？」

「ちがう！」答えるのがやけに早い。彼はふたたび口調をやわらげた。「あそこにいたことは知らなかった。彼女の具合はどうだ？」

「生きている。ロヒプノールという性質《たち》の悪い薬の過剰摂取だ。自ら飲んだのか、リスリャコフに飲まされたのかはわからない」

「彼がそんなことをするはずは……」ヤーコフは言葉を止めた。「いいかげんなことをいうべきではないだろう。わたしにはわからん。彼女はどこにいる？」

ここは慎重になったほうがよさそうだ。「友だちが病院に連れていってくれた。あなたは組織にかかわりのあることといったが、それはポリーナにも関係があるのか？」

「ポリーナ？」唾《つば》を吐くようないいかただ。「まさか……どうしてそんなことを訊く？」

「何が起きたのか知りたいだけだ」

「おまえには関係のないことだ。少なくともわたしには、なぜおまえが出てくるのかわからん。とはいえ、昨夜おまえがあそこで何をしていたのかは聞いておきたいところだ」

「リスリャコフと話したいことがあった」

「なぜだ？　あの男がおまえにどんな関係がある？」

アップタウンへ来る途中、このことは考えていた。どの程度まで情報を与えるべきか？　わたしは事実にこだわることにした——というか、フーズがリスリャコフのコンピュータから巨大なファイルが消去されたことに気づく以前まで、わたしが知っていた事実に。

「リスリャコフ、それにたぶんエヴァはばかげた狂言誘拐をたくらんでいた。二人はエヴァの父親、というか養父を脅迫した。その養父が、誘拐事件解決のためにわたしを雇ったんだ」

「誘拐？　いったいなんのために？」

「まだわからない。あなたはリスリャコフのことをどれぐらい知っている？」

「それが、あまりよく知らないんだ。彼はラーチコの子分だった」

「では、リスリャコフが賭博の借金を抱えていたことは知っていたか？」

彼は見るからに驚いていた。「いや、知らなかった」

「ラーチコは？」

「知らなかったと思う。わたしにもわからん。ラーチコとわたしは……ほとんど話をしない。あいつはわたしに打ち明け話をすることがなくなったんだ、あれ以来……おまえも知ってのとおりだ」

「いまでもそのことでわたしを責めているだろう？」

「わたしの年になれば、誰も責めることはない。責めるのは人生と運命だけだ」

「ラーチコはわたしを責めている」

「おまえはあいつのキャリアを台なしにした」

「だが暮らし向きは悪くないようだ」

「わたしのいいたいことはわかっているだろう。あいつはKGBそのものを動かそうとしていたんだ」

「盗みを働く前だったら、ラーチコにもそれだけの資格があったかもしれないがね」

「盗みは誰でもやることだ、ターボ。おまえとて、知らないはずはあるまい」

「いいや、それはちがう。あなたこそわかっているはずだ」

「そうだったな、おまえは盗みをしないんだった。だとしても、おまえはちがう見かたができるはずだ」

「ほかのみんなのようにか?」

「われわれは昔から、その見かたを共有してきた。いったいどういう理由があって、おまえはさらなる厄介事をわれわれのあいだに持ちこむんだ?」

いい質問だ。これには答えようがない。わかっているのは、ただでさえ深い古傷がもはや癒《い》えることはないという事実だけだ。

「昨夜は何があった? あなたを撃ったのは誰だ?」

ヤーコフはかぶりを振った。「わたしはリスリャコフと話をしていた。そのとき誰かが外から呼び鈴を鳴らし、リスリャコフは奥で待つようわたしにいった。わたしには彼の叫び声に続いて、銃声が聞こえた。わたしは銃を持っていなかったから、その場にとどまっていた。それから何も物音はしなかったので、犯人は立ち去ったと思った。しかしそいつはキッチンへ通じるドアの外で、待ち伏せしていたんだ。わたしはドアを開けたとたん、撃たれた。そのとき意識を失ったにちがいない。そのあと覚えているのは、おまえが来たことだ」

青い目は思いに耽《ふけ》っているようだ。わたしはヤーコフが訊かなかった質問を考えていた。たとえば、なぜエヴァがあのロフトにいたのか、ポリーナもあそこに住んでいたのか、といった質問だ。ひょっとしたら彼は、すでに答えを知っているのかもしれない。あるいは機会をうかがっているのか。はたまた、まったく別の理由かもしれない。わたしが外国語大学の学生だったころ、ヤーコフがチェスの手ほどきをしてくれた。わたしはあまり上達しなかった。いつも彼に負けていた。

ヤーコフが歩兵《ポーン》を出してきた。「では、ポリーナは再婚したのか？」

「そのとおりだ」

「あの女はまだラーチコと結婚しているんだぞ」

「だからといって彼女は思いとどまらなかったようだ」

「エヴァの新しい父親は誰だ？」

ここも要注意だ。「それが問題になるのか？」

「ターボ！」鋭い声だ。「おまえの忠誠心のありかを思い出せ。ラーチコは娘に会いたがるだろう。彼にはその権利がある」

「忠誠の問題はあのとき粉々《こなごな》に砕けたんだ、ヤーコフ」

「たいがいの人間と同じく、おまえは自分に都合のいいことしか覚えていない。砕いたのはおまえ自身だ」

わたしは立ちあがり、狭い部屋の壁際へ向かった。

「誘拐のことを話してくれ」ヤーコフはいった。

「あまり話すことはない。わかっているのは、リスリャコフが――あるいは彼とエヴァが――てっとり早く十万ドルを巻き上げようとしたことだけだ。きっと気の短い貸し手から返済を迫られたんだろう。リスリャコフに不運だったのは、彼の仲間が間抜けなうえ意気地なしだったことだ。そのおかげでわたしはグリーン・ストリートの隠れ家を突き止められたんだから。彼とラーチコのあいだにはもめごとでもあったのか？」

「なぜそんなことを訊く？」声に鋭さが戻ってきた。

「ブザーのそばに書いてあった名前がゴンチャロフだった。ラーチコもそのことを知らなかった」

「だったらラーチコと直接話してくれ。あのときリスリャコフは、わたしのために仕事をしていただけだ」

嘘だ。直感でわかった。ヤーコフもまた、わたしと同じく、どこまで本当のことをいったものか慎重に手探りしている。

わたしは彼の膝に載ったコンピュータを示した。「ラーチコもそいつをほしがるだろう」

「おまえはあいつにも、コンピュータを持っているといったのか？」

「あなたの入院先を訊き出すにはそれしか方法がなかったんだ」

彼はにやりとした。「中身は調べたのか？」

「もちろん」

「そうだろうな。面白いものはあったか？」

「集計表だ。たぶんラーチコはそれをほしがっている」

「ほかには？」

「何も」

「本当か？」

わたしは青い目の奥に何が潜んでいるのか読もうとした。ヤーコフはわたしを見つめている。わたしは彼に、ポーカーでフルハウスを手にしているときのような表情をして見せた。実際の心境はそれとはほど遠かったが。

「本当だ」

ヤーコフはラップトップを開け、両脚で支えながら電源を入れて、使えるほうの手でキーボードを操作した。数分後、彼はいった。「どのぐらい徹底的に調べた？」

「徹底的にだ」

「データの復旧もしてみたか？」

「少し以前に、ふたつの巨大なファイルがコピーされ、完全に削除された形跡があった」

彼はうなずいた。まるでそれが予期していた答えであるかのように。「そのことはラーチコにいったか？」

「何も訊かれなかった」

彼はうなずき、キーボードの操作を続けた。

「ラーチコとポリーナのあいだには何があった？」わたしは訊いた。

「なぜそんなことを気にする？」

「好奇心からだ」

「あの女はラーチコに忠実だったためしがない。おまえに忠実ではなかったようにな。結婚していたあいだじゅう、あの女はコソコフという男と寝ていた」

「銀行家の？」

「そのとおりだ。誰もが、あの女はコソコフと駆け落ちしたものと思っていた」

「あなたはそれを信じていない？」

「あまりにも陳腐に思えてね。人生はそんなにすっぱり割り切れるものじゃない」

「あなたはいつもいっていた。百万の灰色の陰のなかから百の正しい陰を見つけ出し、そこへはいるのがおまえの仕事だ、と」

ヤーコフは笑みを浮かべた。「わたしのような老いぼれがおまえと再会できていかにうれしいか、わかるまい」

「わたしも同じ気持ちだ。起きてしまったことすべてを、いつも残念に思っていた」

「われわれは運命には逆らえない」

「あなたはわたしの質問に答えてくれなかった――ポリーナや、あなたの組織にかかわることへの質問に」

「何をしようとしている、ターボ？」

「依頼人のために、謎を解こうとしているんだ」わたしは嘘をついた。「あなたは何を?」

「過去の亡霊に、安らかに眠ってもらおうとしている」

彼もまた嘘をついている。

そのときドアがひらき、あばた面の手下がはいってきた。ヤーコフにうなずき、わたしの耳元でささやく。「出ていけ。ラーチコが階下まで来ている」

わたしはヤーコフを見下ろした。「ブライトン・ビーチへ行くつもりか?」

「わからん」

わたしはいま一度彼の手をとり、握りしめた。ヤーコフは微笑んで見上げた。

「わかっているだろうが、わたしが採用した全員のなかで、おまえが最優秀だった」

わたしは笑い返した。かつてのように。しかしそこに、温かみはかけらもなかった。


五番街沿いの日陰にベンチがあったが、ラーチコが父親の病室から見下ろしている可能性を考えて、わたしは温室庭園《コンサーヴァトリー・ガーデン》の方向へ数ブロック歩いた。あらゆる種類の花が咲き誇り、紫のチューリップの花弁も見える。深い紫で、ほとんど黒に近い。ロシア原産かもしれない。わたしは鬱蒼《うつそう》としたクラブアップルの木陰に座って身体を休めた。だが心は静まらなかった。

わたしはいちどきにあまりに多くのものに直面していた――さまざまな感情や反応、疑惑、不信。二十年ぶりにヤーコフと会って話し、あのような状態の彼を目の当たりにすると精神は揺さぶられた。記憶の墓場からポリーナが甦ってきた。ラーチコも。彼らはみな、〝大崩壊〟の心痛を呼び起こした。わたしはそれらの感情を封印したと思っていたが、ラーチコは心痛を閉じこめた場所に手を入れて握りしめ、彼の父親とポリーナは、ただそこにいるだけで痛みをいや増した。

　そしてヤーコフは真実を語らなかった。わたしの記憶にあるかぎり、初めてのことだ。二十年前、彼はわたしを裏切ったが、そのときは何ひとつ隠しだてしなかった。子飼いの部下と肉親の板挟みになったヤーコフは、血を分けた息子であるラーチコをとったのだ。彼の選択はわたしにも理解できた。そのことによる影響は、われわれのうち一人に悲惨な結果をもたらし、勝利を収めたのは家族のほうだった。ただ皮肉だったのは、ヤーコフがどちらを選択するにせよ深い亀裂を避けられなかったことだ。彼にはあまりに近すぎてその亀裂が見えなかった。わたしも当時は見えなかった。きょうの午後、彼はわたしにも見抜けるような嘘をつく必要などなかったはずだ。それなのに彼は嘘をついた。

　わたしの近くで何かが動いた。ラーチコの手下かと思い、わたしはすかさずそちらを振り向いた。こちらを見下ろしている男は、ヴィクトリアの事務所の受付で見かけた、白い麻のスーツを着て眼帯をした男だった。男は慇懃《いんぎん》におじぎをし、手を差し出した。「驚かせてしまって申し訳ない」彼はロシア語でいった。「ペトローヴィンという者だ。アレクサンドル・ペトローヴィチ・ペトローヴィン」

「ターボと呼んでくれ」わたしは差し出された手を握り、英語で答えた。男は古風なロシア流の挨拶《あいさつ》をしてきた。わたしの挨拶とは似ても似つかない。天涯孤独になって以来、母がつけたフルネームでわたしを呼ぶ人間はまずいない。ラーチコが唯一の例外だが、それもわたしを嘲《あざけ》りたいときだけだ。「午前中に見かけたような気がするが」

「そのとおりだ。お邪魔したことをもう一度お詫《わ》びする。わたしたちには、ラド・リスリャコフという共通の知りあいがいるはずだ。あなたは最近彼に会ったと思うんだが」

「いや、会ったことはないと思う」理屈の上では正しい。

彼はじっくりとわたしを見た。二十代半ばとおぼしき端正な顔立ちの男で、上背はわたしより一インチほど高いだろうが、体重は三十ポンド以上軽そうだ。麻のスーツは入念に仕立てられ、すらりとした体格によく似あっていた。眼帯と豊かな黒い巻き毛が、優雅な雰囲気を醸《かも》し出している。隻眼《せきがん》の茶色い目は知性的な印象を与え、気さくな笑みからは尋問しようとするような攻撃的な意図はうかがえなかった。

こちらも礼儀をもって応えざるをえない。「どうぞ、座ってくれ。ヴィクトリアといっしょに仕事をしているのか？」

「確かに、互いに協力はしている」

「きみは法執行機関の人間なんだな？」

「ある意味ではそのとおりだ。前もってお詫びしておくが、わたしの職業上の目的についてはあまり多くを明かせない。わたしの本名も含めて……最近のロシアではいとも簡単に人命が失われる。きっとご存じだろうが、とりわけわたしのような仕事をしている人間は狙われやすい。わたしはモスクワから、ヴィクトリア——それにリスリャコフに会いに来た。きょうの午前中に会う約束をしていたんだが、彼は来なかった。それもあって、彼と会ったかどうかお聞きしたしだいだ」

慇懃な口調と言葉遣いは、いまどきの彼の年代には不釣りあいにすら思えた。しかし彼に気取ったところはまったくなかった。

「事情はわかった」わたしはいった。「それでも相手が何者で、何を目的としているのかは知っておきたい。きみが何も教えてくれなければ、何を話していいのかわからないだろう。きみはＦＳＢの人間か？」

「とんでもない！」傷つけられたような語調だ。

「では検察庁か？」

「いまいったとおり……」

「きみは個人的な目的で動いているのか、それとも政府の命令か？」

彼はかぶりを振った。

「それでは、わたしがお役に立てそうにはないな」

「会話を続けていけば、わたしたちに共通の利害が見つかるはずだ」

この男は何か切り札を握っているようだ。

「では、何を話すんだ？」

「ラド・リスリャコフのことだ」

「その話はもう終わったじゃないか」

「そんなことはない。リスリャコフはバルスコフ親子のために働いている。あなたはこの二日間で、親子の両方に会った」

いつから尾《つ》けられていたんだ？　それになぜ、リスリャコフは彼にとってそれほど重要なのか？

彼はわたしの胸中を読んだようだ。「きょうの午前中にあなたをお見かけした。事務所を出るところを。あなたの行き先は決まっているようだった。それで尾行させてもらうことにした」

「目的地を知って驚いたか？」

「いや、それほどでも。きのうあなたは、ブライトン・ビーチにいた」

「ヴィクトリアから聞いたんだな？」

「ご存じのとおり、あなたの姿は確認されていた」

「それで？」

「ＫＧＢのつながりは続くものだ。あなたはあの組織の大佐だった」

やはり調べられていたのだ。「そのことはとっくに国家機密ではなくなっている」

「あなたたちの組織は勢力範囲が広いんだな」

「わたしが十五年以上、ルビャンカやヤセネヴォに足を踏み入れていないといったら？」

彼はその言葉の意味を考えた。「ヤセネヴォ——第一総局か？」

「そのとおりだ」

彼は眼帯の位置を直し、少し身体を引いた。「微妙な話題に触れてしまったら申し訳ない。わたしがこれまであなたの元同僚と起こしてきたもめごとは、必ずしもいい結果には結びつかなかった」

「わたしが起こしてきたもめごとだって、必ずしも円満に解決したわけじゃないさ。傷がはっきり見えるとはかぎらないんだ。わたしのことは元KGBと考えてくれ」

「プーチンは、そんな者はいないといっている」

「だったらわたしは、プーチン同志が設けたルールの例外かもしれん」

彼はじっと座ったまま、片目でわたしを見つめた。彼の年代を考えると、際立った存在感の持ち主だ。

「追及するようですまないが、自称元KGBがバルスコフ親子にどんな用があるのかな？」

「古い友人さ」わたしは肩をすくめた。

「あなたの古い友人たちとラド・リスリャコフとの関係は？」

「彼らに訊かないとわからない」

「そんなことはないはずだ」

わたしはもう一度肩をすくめた。

「あなたはいまさっき、ヤーコフと何をしていた？」

「古い友人を訪ねていたのさ」

「彼があの病院に入院していることをどうやって突き止めた？　あなたは連絡をとっていなかったといっている。わたしの知るかぎり、ヤーコフはニューヨークに到着したばかりだ」

この男がどんなカードを持っているかはわからないが、相当強い手札があるのはまちがいない。そろそろ切り上げる潮時だ。わたしは立ちあがって伸びをした。「どうやら、あまりに一方的な会話のようだ。きみの捜査がなんであれ、うまくいくことを祈るよ」

「ヴィクトリアは、あなたがもっと非協力的かもしれないといっていた。しかし彼女の情報は、少なくともいまの時点ではわたしより少ない。たとえば、わたしがたまたま知ったところでは、昨夜あなたはグリーン・ストリート三二番地、6Aのアパートメントで一時間以上過ごした。アレクサンドル・ゴンチャロフという名前で登録されている部屋だ。なかなかセンスのある名前だがね。そのアパートメントを出るとき、あなたはドアをテープで留めて開けたままにした。あなたと同行していた若い女性は、ラド・リスリャコフといっしょにいるところをたびたび目撃されていた。女性はひどく酔っていて、あなたが支えないと歩けなかった。それからほどなく、ラーチコ・バルスコフが手下の一団を従えて到着した。彼らに連れ出されたとき、ヤーコフは負傷しているようだったが、けさわたしが知ったところ、彼は銃創を受けてあの病院に収容された。しかし軽傷だった。悲しいことにね。あの男は、世界に害悪をなしてきた古参のFSBだ」

　声が苦々しさを帯びたが、わたしはほとんど気づかなかった。さまざまな考えが脳裏をよぎった。彼がわたしをグリーン・ストリートまで尾行してきたはずはない。それなのに彼はわたしの所在を知っており、それをわざとヴィクトリアに告げなかった。この男は単独で行動している。

「バルスコフの手下たちはロフトの外に絨毯を運び出していた。相当大きな絨毯で、なかに何かが包まれていてもおかしくなかった――たとえば死体とか。あなたが昨夜どこにいたかヴィクトリアに明かそうとしなかったことで、こうしたことがよりいっそう興味深く思えたのだ。それは疑わしい性質の人間につながることから、あなたは何か隠していると考えざるをえない。わたしの推測では、それはラド・リスリャコフに関係したことだ。どうだろう？」

「きみとヴィクトリアは協力しているのかと思ったよ」

「ははあ。あなたは、なぜわたしがいまいったことを彼女に教えなかったのかと思っているんだね。確かに、案件によってはわたしたちは協力する。しかしわたし一人で調べている事柄もある。そうした事柄は彼女とは無関係だし、アメリカ政府とも無関係だ。わたしがたまたま運よく知ったいくつかの事柄は、あなたと情報交換するうえで切り札になると思っていた」

「何と交換するんだ？」

「リスリャコフだ」

わたしは首を振った。

「彼はあのロフトにいたのか？」

「さっきいったとおり、わたしは彼と会ったことがない」

「彼はあそこで――生きていたのか、それとも死んでいたのか？　あるいは、あそこにいた彼をあなたが殺したのか？」

「なぜわたしがそんなことを？」

「バルスコフ親子が彼の死を望んだからだ。ＫＧＢは――」

「なるほど、いいたいことはわかるよ。確かに、わたしと彼らはかつていっしょに仕事をしていた。だがどんな悪人でも、見かけほど悪くはないものだ、ペトローヴィン」そろそろわたしの手札を出すときだ。「きみは何を追いかけている？　マネーローンダリングか？」

「あなたにマネーローンダリングの何がわかるんだ？」彼はつっけんどんにいった。

「《イバンスク・ドットコム》で読んだ記事よりは詳しく知っている」

彼はしばし考えた。「そうか、あのラップトップか。昨夜グリーン・ストリートのロフトを出たとき、あなたは片腕で若い女性を支え、もう片方の腕にラップトップを抱えていた。きょう病院に到着したとき、あなたはそのラップトップを持っていた。しかしいまは持っていない。ということは、あなたはそれをヤーコフに届けたんだ」

なかなかの観察力だ。

「すでにいったとおり、わたしはあなたの行動をヴィクトリアには伝えていないが、彼女が知ったら非常に興味を持つだろう。ただし……昨夜グリーン・ストリートで起こったことを話してくれればこのまま黙っておく」

「では、きみの本名と誰のために働いているかを教えてくれ」

彼はかぶりを振った。「それを明かす理由は……」

南部訛《なま》りでヴィクトリアがいった、わたしを刑務所に入れるという脅しが耳に甦ってきた。ペトローヴィンは思っていたよりさらに強い手札を持っており、彼もそれを自覚している。しかもいまのわたしは、彼がどうやってそれを手に入れたのかわからない。だがペトローヴィンとて、自分の手札を出さずにゲームを続けることはできない。ここはひとつ、ごろつき《ウルキ》流のはったりをかましてみようか。

「本当にやる気ならともかく、きみの脅しはあまり効果がないな。実行されたら確かにわたしは苦痛をこうむるが、きみが得られるものは何もない。われわれはお互いに情報を求めている。しかしお互いに、すでに知っていることを明かす気はない。われわれはあまり深入りできないんだよ。それでこれだけはいっておこう。リスリャコフに対するわたしの興味は、マネーローンダリングとはなんの関係もない。とはいえ、わたしはマネーローンダリングについて多くの情報を提供できる立場にいる——その仕組みはもとより、ひょっとしたら取引記録もすべてわかるかもしれない。わたしにいまの調査を進める自由があればね」

「調査結果を教えてくれるのか？」

「わたしや依頼人に不利益をもたらさないかぎりは」

「依頼人は誰だ？」

わたしは首を振った。「バルスコフ親子ではない」

「あなたはそのことをヴィクトリアにはいわなかった」

「きみ自身もいっていたが、いろいろ知っているんだな」

「あいまいではあるものの、寛大なお申し出だ。さしつかえなければ、その調査をしている理由と、わたしがあなたの言葉を信じるべき理由を教えていただきたい」

「さっきいったとおり、わたしはプーチンのルールの例外になろうとしているんだ。それで充分だろうか？」

彼はにやりとし、もう一度眼帯の位置を直した。「賞賛すべき理由だが、とうてい充分ではない。わたしが訊きたいのは、あなたがいっしょに仕事をできる人間かどうか、だ」

「それは気をつけたほうがいい。ブレジネフがニクソンについて、まったく同じことをいっていた」

彼は声をあげて笑った。「ユーモアのセンスのあるKGB要員には、めったにお目にかかれない」

「元KGBだよ、いいかな？　わたしにはもう少し時間が必要だ、アレクサンドル・ペトローヴィチ。モスクワは一日にしてならず、だよ。これからわたしとは連絡がつくはずだ。連絡がつかなくても、きみもヴィクトリアもわたしの居場所を知っている。きみはどこに滞在しているんだ？」

「お答えできないのをご了承いただきたい。ただし携帯電話はある。番号はこのとおりだ」

彼は小さな紙片をよこした。「あなたは本当に《イバンスク》の読者なのか？」

「あれを読んでいない人間がいるか？」


一時間後、ダウンタウンに戻ったわたしは、まだ眼帯の男のことを考えていた。いつかどこかで見たような気がするのだが、はっきりとは思い出せない。彼はモスクワでも白いスーツを着ているのだろうか？　そこでは、彼の素性を知っている人間がいるはずなのだ。だとしたら、あの男は彼らを挑発していることになる――わたしはここにいる、捕まえてみろ、と。かつて彼らがそうしようとしたことがあるのならなおのこと、度胸のある男だ。勇敢なのか、正気ではないのか、あるいはその両方だろう。そればかりか彼自身もいっていたとおり、いやに詳しく知っている――わたしについて、必要以上に。

彼はヴィクトリアの事務所でわたしを待ちかまえ、病院まで尾行してきた。そこまではわかった。しかし、グリーン・ストリートにわたしがいたことはどうやって知ったのだろう？

そこで彼は何かをしていたのか？　それならなぜ、わたしは彼の姿を見かけなかったのか？　彼はなんといっていただろう？　確か、ヤーコフはニューヨークに到着したばかりだ、だったか？

数分後、旅行予約サイト《エクスペディア・ドットコム》と〈バシリスク〉で、答えがわかった。リスリャコフはアレクサンドル・ゴンチャロフの偽名で、モスクワのシェレメチェヴォ国際空港発ジョン・Ｆ・ケネディ国際空港行デルタ航空三一便に搭乗し、水曜日の午後二時十五分に到着している。一方アエロフロート三一五便には、アレクサンドル・ペトローヴィンとユーリ・アンドロポフが別々に搭乗し、同便はデルタ三一便と同じ航空路を通って午後四時四十五分に到着した。アンドロポフという名前は明らかにヤーコフ流のジョークだ。一九八四年に死去した、元ＫＧＢ議長にして共産党書記長である。ペトローヴィンはヤーコフの動静を突き止めたか、あるいはなんらかの手段で彼のニューヨーク行きを知り、グリーン・ストリートまで彼を尾行したにちがいない。そのあとでわたしが現われ、錠前師が現われ、それから……ペトローヴィンはどうにかして、自らの姿を見とがめられることなく、ロフトの周辺をうろついていたことになる。

わたしはジナに電話をかけた。

「水曜日、きみがグリーン・ストリートにいたとき、黒い巻き毛で眼帯をした、背の高い男を見たか？」

「ええ、いわれてみれば確かに見たわ。あのブロックを歩いてから数分後、また引き返してきた。立ち止まったり、きょろきょろしたりしていなかったから、わたしもあまり気に留めなかったの。白いスーツを着て、整った顔立ちだったわ――ちょっとマーク・トウェインに似ているかしら。その人のことをいわなかったのは、まずかった？」

「いや、大丈夫だ。わたしも気に留めなかったからね。わかった、ありがとう」

これでひとつ謎が解けた――とはいえ、別の疑問がわいてくる。わたしにとって最大の疑問は、なぜヤーコフがリスリャコフを追ってニューヨークまで来たのか、だ。高齢と病で長距離の移動は難しいはずであり、そのうえヤーコフはこの街を嫌っていた――いつも蛇蝎《だかつ》のごとく嫌っていたのだ。FSBにかかわりのあることを、モスクワで処理できないなんらかの事情があるのだろうか？

わたしはラップトップに向かった。頼んだことをフーズが調べてくれたようだ。さて、どうだろう？

〝三つの可能性が考えられる。（1）あんたを取り調べた女は検事のふりをしているが、実は頭がおかしい。（2）ヴィクトリア・デ・ミルニュイが二人いる。（3）彼女の身分が別人に乗っ取られた。いずれにしろ、あんたのタイプには思えない。近づくなら慎重にしたほうがいい。おまけに拳銃の携帯許可証を持っているぞ〟

データは彼の言葉を裏づけていた。ニューヨークでは、ヴィクトリア・ミルニュイは六七丁目と三番街の交差点付近にコンドミニアムを所有し、購入費の百七十万ドルはローンを組まずに支払っている。よく買い物をするのは〈バーグドーフ・グッドマン〉や〈ヘンリ・ベンデル〉、〈グレイセス・マーケットプレース〉。いずれも高級百貨店だ。イーストサイドのレストランで食事をすることが多く、とりわけ〈トラステヴェレ〉という店がお気に入りのようだ。銀行口座の残高はつねに五桁《けた》あり、三枚のクレジットカードを毎月使っている。一方、ペンシルヴァニア州のファイエット郡では、ウィンディリッジ・ホームコートに住み、子ども服や食パン、炭酸飲料、ときおり〈ウォルマート〉で液晶テレビなどを購入し、銀行に口座はないものの四枚のクレジットカードを限度額いっぱいまで使っている。ニューヨーク州の拳銃携帯許可証の登録番号もあったが、電話番号はなかった。

机をたたこうとしたところで、画面のいちばん下に追伸を見つけた――〝二一二‐五一七‐四六六七だ。おれが忘れたと思っただろう？〟自分ではおかしいと思っているのだろうが、わたしは笑えなかった。

その番号を呼び出すと、留守番電話に切り替わった。彼女の声はそっけなかった。「メッセージを録音してください」

「ターボだ。ロシア人は頑固だが、滑稽《こっけい》なこともする。わたしはまだ、夕食にきみをご招待したいと思っている。今晩八時に〈トラステヴェレ〉で待っている。きみが最近自分の信用格付けをチェックしていなかったら、わたしが助言してあげよう。また会えるのを楽しみにしている。できれば前ほど剣呑《けんのん》じゃない雰囲気で」

受話器を置いたとたん、電話が鳴った。女性の声だ。「ミスター・マルホランドに代わりますのでお待ちください」

彼はそれほど長く待たせなかった。「きみの助けがまた必要になった」

「どうした？」

「エヴァのことだ。彼女は……体調がよくない。というより、病気だ」

「わかってる。昨夜、わたしが彼女を捜して病院に連れていったからな」

「ああ。バーニーから聞いた。感謝しているよ。それが、逃げ出したんだ。エヴァはけさ、病院からいなくなった。エヴァのアパートメントのドアマンが、昼前に立ち寄ったといっている。タクシーで来たそうだ。料金はそのドアマンが立て替えた。ほんの三十分ほどで、歩いて出ていったらしい」

「奥さんは、あんたがわたしに電話しているのを知っているのか？」

「フェリックスが？　いや、わたしはいま会社にいる。もちろん妻にもこのことは電話した。きみの予想どおり、取り乱している。わたしは、助けを呼ぶと妻にいった」

「その助けが誰なのか話しておくべきだ」

「なんだって？　いったいなぜだ？」

「奥さんが説明してくれたら、それに越したことはない。彼女にもう一度電話してくれ。それから、エヴァのアパートメントで待ちあわせしよう」

「わたしは会社を離れるわけにいかないんだ。会議がびっしり詰まっている……妻には電話しよう。運転手のラクランを行かせる。鍵は彼が持っていくはずだ」

「三十分で現地に行く。そのあとで、あんたの銀行に行くよ」

「アパートメントの場所は――」

「わかっている」

「どうやって知ったんだ……」

わたしは受話器を置き、地下鉄へ急いだ。

19

アップタウンまでは一時間以上かかってしまった。ウォール・ストリート駅まであと一ブロックというところで、空がにわかに暗くなった。夜が訪れたか、世界の終わりが来たか。どちらも同じぐらいありそうだ。雷鳴が近づき稲妻が通りを照らし出す光景は、後者の前兆に思える。駅の階段にはいってまもなく、天の底が抜けたかと思うような雨が降りだした。地下鉄は五一丁目駅を出た直後、二十五分間立ち往生した。車掌のアナウンスによると、アップタウン方面で浸水箇所が発生したらしい。エアコンは動いていたものの、車内はすし詰めだった。わたしは二三丁目駅で老婦人に席を譲り、ドアの近くで人込みにもまれた。老婦人は一駅で降りたが、空いた席に今度はヒスパニックの若者が座った。若者がヘッドフォンで聴いているヒップホップは、車内じゅうに聞こえそうな大音量だ。ニューヨークに住んでいると、信じられない光景に出くわすことがある。

六八丁目駅の階段で、人いきれから地上へ逃れようとする群衆と、土砂降《どしゃぶ》りの雨から地下に逃れようとする群衆とがぶつかりあった。わたしは猛烈な人の波に押し流され、ようやくレキシントン街に出たときには軽いめまいがした。雨脚はいくぶん弱まったものの、最初よりましになったというだけだ。通りに出たら、すぐさまずぶ濡れになるだろう。嵐が通りすぎるまでわたしは、ヘアサロンの軒先を借りて雨宿りした。黒ずくめの美容師たちはわたしのスキンヘッドを見て一様に眉をひそめたが、そんなことは意に介さなかった。確かにヘアサロンの宣伝にはならないだろうが。空気はひどく湿っぽく、濡れたコンクリートからはもやが立ちのぼっている。気温は一度たりとも下がっていないようだ。

　エヴァの住居は、巨大でいかめしい三十階建てのコンクリートの塊だ。旧ソ連時代、とりわけフルシチョフ時代に建設され、モスクワや東欧の大都市の美観を損なっている高層アパート群によく似ている。しかしいま目の前にある不格好な建物は、共産主義時代の建物と異なり、手入れだけは行き届いている。超高層の集合住宅は七〇丁目から七一丁目にかけてのブロックを占有し、西と東の両側に小さな公園があって（おそらくこのように、ブロックの真ん中に超高層ビルを建てる場合は開発業者の負担で公園を設置するのだろう）、東側に車寄せが設けられていた。灰黒色のマイバッハ・リムジンが入口の近くに駐車している。わたしが近づくと運転手が降り、吸っていたタバコを踏みつぶした。〝ミスター・ファイブ・バイ・ファイブ〟と称されたジャズボーカリスト、ジミー・ラッシングのような体格だ。つまり身長と横幅が同じくらいある。ただしこの運転手は白人で、髪は短く刈りこまれ、顔はのっぺりして目は細長く、紫の唇からタバコのやにが染みた歯をむき出している。この暑さにもかかわらず、安手のウールスーツにハンチング帽をかぶっていた。わきの下にふくらみがないか探したら、案の定あった。男は右脚をかばいながら近づいてきた。

「おまえか、探偵とかいうのは」粘っこいアイルランド訛《なま》りだ。耳に心地よく響くこともあるが、この男から聞くと不快だった。

「ターボという者だ。あんたはラクランだろう」

「探偵は嫌いでね。時間に遅れるやつはなおさらだ」

「文句は交通局にいってくれ」

「いいから行くぞ。こっちはミッドタウンに戻らなきゃならん。おまけにきょうはひどい渋滞だ」

渋滞のひどくない日なんてあるのかと訊きたくなったが、そうすれば男もいい返してくるだろう。わたしは彼について入口に向かった。男はドアマンに向かってうなずき、そのまま北側のエレベーターに乗った。十五階で降りる。長い廊下にドアがずらりと並んでいた。男は〝F〟と表示されたアパートメントのドアを、二本の鍵を使って開けた。わたしも続いて足を踏み入れる。饐《す》えた空気が生温かい。

「さあ、とっとと調べてくれ。早くすませてくれよ。こっちだって忙し――」

「それはさっき聞いた。先に帰っていいぞ。出るときに鍵をかけておく」

男はのっぺりした顔を振ってわたしの提案を退けた。ドアを閉め、腕組みをしてドア枠にもたれる。おそろしく太い腕だ。わたしは男を無視し、部屋に集中することにした。

わたしと男が立っていたのはふつうなら玄関になるだろうが、ここでは居間に直接続いていた。窓は東側を向いている。イースト・リバーの対岸にクイーンズが見えた。右側には細長いキッチンがある。左側の短い廊下の先には寝室がふた部屋とバスルームがあった。わたしは居間から始めることにした。伝統的な装飾家で、更紗《さらさ》や花柄の織物がふんだんに使われている。何もかもが整然としていた。パパが装飾家を雇ったのだろう。キッチンには基本的な調理器具が完備していたが、それ以外のものはほとんどない。冷蔵庫には飲みかけのミネラルウォーター、オレンジジュース、食料品、オーガニックのピーナッツバターふた瓶があった。少し興味を引かれたが、自分でもなぜかわからない。

正方形の男は寝室までわたしについてきた。簡素で女性的な部屋だ。枕やクッションを重ねたクイーンサイズのベッド、化粧台、二脚の椅子、テレビ、クローゼット。奇抜な服も二、三着あったが、大半はジーンズやトップスだ。バスルームの化粧品は思ったより少なかったものの、そもそもどんなイメージを抱いていたのか自分でもわからなかった。

もうひとつの部屋には液晶テレビ、布張りの椅子、机があった。本は数えるほどで、雑誌のほうが多い。《バックステージ》、《ヴァラエティ》、《ヴァニティ・フェア》、それから《ステージ・ディレクションズ》というものもある。机の上にはこんな走り書きをした紙が置いてあった。〝レナと二人きりにしておいてほしかった〟。署名はない。エヴァが書いたものか？　エヴァに宛てて書かれたものか？　エヴァが、自分を捜しに来ると思っていた人間に向けて書いたのか？　正方形の男が紙に手を伸ばしたが、その前にわたしが拾い上げ、ポケットに入れた。

「おまえのもんじゃねえだろ」

「わたしはエヴァを捜すためにここへ来たんだ、いいか？　これは手がかりになる」

男はいやな顔をしたように思えたが、見分けるのは難しかった。ふつうにしていても、充分虫が好かない顔だ。

スケジュール帳や住所録、小切手帳の類はなかった。電話のリダイヤルボタンを押してみると、つながったのはドラッグストアだった。留守番電話はセットされていない。電話会社の留守番サービスを使っているのかもしれない。ｉＭａｃのシグナルライトが明滅している。スリープモードにはいっているのだ。わたしがマウスをクリックすると通常モードに復帰した。

見逃すところだった。スクリーンが明るくなり、右上のデジタル時計が現在時刻の四時五十二分を表示した。だが現在時刻に切り替わる寸前、十一時四十四分という表示が読み取れた。わたしはメールソフトをひらいてみた。大量の未読メールが表示される。きょうひらかれたメールは一通もない。ブラウザのＳａｆａｒｉを立ちあげ、〝履歴〟をクリックすると、首筋に正方形の男の息がかかった。

驚くべきことではなかったのかもしれない。エヴァがリスリャコフとつきあっていたとすれば、自分の痕跡をうまく消す方法のひとつやふたつは教わっていただろう。エヴァが個人情報売買の闇サイト、《アンダーテーブル・ドットコム》で示した働きぶりを見るかぎり、彼女は優秀な生徒のようだ。

「さっさとしろ。おまえのせいで遅くなる」

この状況ではおまえが多少遅れたところで雇い主は気にもしない、といいたかった。だがわたしは黙ってドアのほうへ戻り、オフィスから持参してきた仕事用のケースを抱えた。正方形の男が足を引きずりながらついてくる。四部屋のアパートメントで、男はわたしから一瞬たりとも目を離そうとしなかった。わたしはアップルのラップトップとケーブルをケースから取り出し、エヴァのコンピュータにケーブルをつないだ。それからエヴァのコンピュータの電源を一度落とし、ふたたび立ちあげて、ハードディスクの内容をコピーしはじめた。

「おい、何をやっている！」男がいったが、わたしは相手にしなかった。この男にはわたしが何をやっているか見当がつかないだろう。

太い左手がラップトップに伸びてきた。わたしが男の手首をつかみ、時計と反対まわりにひねると、男は身体の向きを変えて悲鳴をあげた。息がタバコ臭い。

「きみもわたしも、同じ人間のために働いているんだ」わたしはいった。「雇い主に電話してみろ」

わたしは手首を離し、男に電話を差し出した。彼はそれを無視し、自分のポケットから携帯電話を出して、廊下に出た。男は戻ってきて、携帯電話をわたしに渡した。

「おまえと直接話をしたがっている」

「ラクランから聞いたところ、きみはエヴァのコンピュータに何かしているらしいな」マルホランドがいった。

「ハードディスクの内容をコピーしているんだ」

「そんなことをする必要があるのか？」

「わたしがここでコンピュータの内容を探すあいだ、ラクランとわたしが午後いっぱいここにいてもいいがね。わたしのオフィスへコピーを持ち帰り、ソフトウェアを使って探せば一時間ですむ。わたしは、時間が切迫しているという前提で行動しているつもりだ」

マルホランドは一瞬言葉に詰まってからいった。「ラクランには行きすぎもあっただろうが、彼はよかれと思ってやっているんだ」それははなはだ疑問だ。少なくともわたしに対しては。「ラクランに代わってくれれば、わたしからきみの邪魔をしないようにいっておく」

「奥さんには電話したか？」

ふたたび間があった。「その話は、きみがここへ来たときにしよう」

わたしは電話を正方形の男に戻した。彼は廊下に出ていった。わたしがコピーを終えると、男はドアのそばで待っており、細長い目をさらにすがめ、唇を侮蔑にねじ曲げている。この男とは仲良くなれそうにない。

男が施錠し、エレベーターに乗ってロビーに降りるまで、二人とも口をきかなかった。外に出てからも、彼は会社まで乗っていかないかとはいわなかった。タバコに火をつけ、わたしに向かって煙を吹きかける。

「おれの住んでいた村に、覗き趣味の野郎がいた。ある日そいつが目を覚ますと、金玉がミキサーにかけられてた――ちんぽについたままだ」

「ハメットは正しかったわけだ」

男は怪訝《けげん》そうにわたしを見た。「どういうことだ？　ハメットって誰だ？」

「チンピラほど、能書きだけは派手だ」（ダシール・ハメット作『マルタの鷹』で主人公のサム・スペードがいった言葉）

男はもう一度わたしに視線を投げかけた。「誰がチンピラだ？　ハメットってのは、どこのどいつだ？」

「きみは知らないだろうな」

彼はわたしをねめつけ、煙を吹きかけてわたしの足下に吸殻《すいがら》を落とした。リムジンに乗り、車を出す。リムジンが七一丁目にはいったのを見て、わたしはゆっくり息を吐いた。オフィスに留守電がはいっていないか確かめる。何もはいっていない。電話をしまったところで、マイバッハが七〇丁目から車寄せに戻ってきて、わたしの前を徐行した。正方形の男がウィンドウを下げてわたしを見つめている。さっさとここから離れたほうがいい。嵐が過ぎたあとの熱気は息ができないぐらいだ。それなのに、わたしは身震いを覚えながら六八丁目に引き返した。

　のろい地下鉄で都心部を移動し、ロックフェラーセンターの地下を通る涼しい通路を歩いていたとき、彼女から電話が来た。ここの地下通路はいつもニューヨークではなくどこかほかの街に思える。四季を通じて、ニューヨークの人々はほとんど地上の通りを歩くのだ。しかしきょうに限っては、暑さを避けてきた通勤者、旅行者などで地下通路は賑《にぎ》わっている。それにしても、彼女はどこでわたしの携帯電話の番号を知ったのだ？　バーニーに訊いてみよう。

「あんた一体全体、何をやっているのよ？」彼女はいった。

「さしあたり、きみのご主人の指示に従っているまでだ。きみのことは彼には話していない。きみからはわたしのことを話したか？」

「主人には、わたしの家族にあんたを近づけないで、といったわ。ぜひそうしてほしいわね。わたしに近づかないで。エヴァに近づかないで。主人に近づかないで。あんたからこれ以上被害をこうむるのはまっぴらだわ」

　被害をこうむる？　もう少しでわたしは、リスリャコフが彼女のコンピュータをフィッシング攻撃したことをいいそうになったが、いまはまだそのときではない。その代わりにわたしはいった。「昨夜わたしは、ひどい状態だったエヴァを救い出した。彼女を警察に突き出すこともできたんだぞ。置き去りにして、あとはラーチコにまかせることもできた。お礼のひと言ぐらいいってくれてもいいはずだが、どうやら期待できそうにないな。きょう、ご主人から電話が来た。エヴァが病院から逃げ出したそうだ。彼女を捜し出すよう頼まれている。いまはご主人に会いに行く途中だ。きみがそうしてほしいんなら、いままでの料金を受け取って、きみから出ていけといわれたと話してもいい。それじゃあな」

「待って！　どれぐらいひどかったの？」

「ひどかったとは、何が？」

「あんたがエヴァを捜し出したとき、どれぐらいひどい状態だったの？」

「すでにバーニーにいったはずだ。詳しいことは聞かないほうがいい、と」

「待ちなさいよ、ターボ。あの子はわたしの娘なのよ」

「いまでも愛娘《まなむすめ》とはかぎらないがね」

「このろくでなし。そんなの真っ赤な嘘よ」

「少なくともわたしは、誰かほかの人間になりすますようなことはしていない」

「やめて！　この――最低のペテン師が」

この手のいいあいは、これまで数えきれないほど繰り返してきた――はるかに大きな声と、辛辣《しんらつ》な言葉で。どんなにがんばってみても、わたしが彼女の正確無比な攻撃を論破するのは至難の業だった。それでも、及ばずながら反撃を試みた。

「わたしのパスポートには犯罪歴がなかった。きみも知ってのとおりだ」

「あんたはあの組織《アパラート》の一員になれたからそんなことがいえるのよ。あのアパラートがあんたの過去を消し去ってくれたから。あんたはしょせん囚人《ゼーク》よ、ターボ。嘘つきのゼークだわ。これからだってずっとそう。で、エヴァはどれぐらいひどかったの？　答えなさい」

「最悪だった。ドラッグ、銃、死体。こんなことを聞いてうれしいか？」

「医者はロヒプノールといっていたわ」

「医者は銃のことを知らない。死体のことも」

「いいかげんなことをいわないで」

「率直にいおう。わたしはそのすべてに対処したんだ。きみがわたしを軽蔑しているのはわかる。しかしわたしだって、きみの期待を裏切っているとは思わない」

　彼女は沈黙した。「ターボ、わたし……」

「なんだ？」

「ごめんなさい。わたし、気が動転していたの。何週間もいろいろ大変なことが重なって。娘を助けてくれたことに感謝するわ。どうか悪く思わないで……」細い針金で締めつけられたような声を、なんとか絞り出している。わたしは彼女を信じてやるべきだったのだろうが、過去の深い傷はまだ癒《い》えていなかった。

「わたしはいまでも嘘つきのゼークだ」

「あんたなんかくそくらえ！　わたしの人生から早く消えて！」

「その前にひとつ教えてくれ。エヴァがアパートメントに書き置きをしていた。〝レナと二人きりにしておいてほしかった〟と」

長い沈黙があった。「なんですって？」

「〝レナと二人きりにしておいてほしかった〟だ。挨拶《あいさつ》も署名もなかった。女性の筆跡だ。わたしはエヴァが書いたものだと思う」

「なんのことだかわからないわ」

続きを待った。

「本当にわからない」

わたしは初めて彼女を信じかけた。「彼女はきみたちに宛てて書き残したのだと考えざるをえない。もしかしたらマルホランドに何か心当たりがあるかもしれない」

「ありえないわ！　請けあってもいいけど、あの人にはわからないわよ」

「これまでエヴァが、ラド・リスリャコフ、あるいはラトコ・リスリィという人間に触れたことはないか？」

受話器の向こうから、彼女がかすかに息を呑むのがわかった。リスリャコフとは誰か、彼女は知らないはずだが、危険は察知したようだ。

「いいえ。その人は誰？」

「友人のようだ。恋人かもしれない。ひょっとしたら麻薬密売人の可能性もある。まちがいなくいえるのは、この男がきみを脅迫していたことだ」

彼女はその言葉の意味を反芻《はんすう》した。「ごめんなさい。話が見えないわ」

「話が見えないはずはない。ポーリャ。そんなことはありえない」

「いまはフェリックスよ」

「リスリャコフはきみについてどんなことを知っていたのかな、ずっとフェリックスだったわけではないこと以外に？」

沈黙。

「あの男はラーチコのために働いていたんだ、ポーリャ」

「なんですって！ そんな！ どうして最初にそれをいってくれなかったのよ？ あんた、いったいどういう——」

「また電話する」

わたしは通話を切った。ふたたび彼女からの電話が鳴る。わたしは電源を切った。彼女を不安な気持ちにさせることを喜ぶべきではないかもしれないが、ポリーナに勝ったためしはほとんどなかったので、少しは勝利の余韻に浸りたかったのも事実だ。

ＦＴＢの文字が組みあわさった立体感のあるファースト・トラスト・バンクのロゴマークが、六番街のつやがある無味乾燥なビルの前で御影石《みかげいし》の台座に載ってゆっくり回転している。ロビーは白と灰色の大理石で、クーラーが効いているのを除けば特筆すべきことはなかった。わたしが守衛に来社目的を告げると、相手はしげしげとこちらを見て、ようやく上階に連絡した。たぶん、ＣＥＯに面会するのにふさわしい服装をしていないと思われたのだろう。やや待たされてから、わたしはジャケット用のタグを渡され、社内にいるあいだずっとつけておくようにいわれた。高速エレベーターで四十階まで上がった。エレベーターの表示板で〝役員室〟と記されている。四十一階は〝役員用食堂・フィットネスクラブ〟、四十二階は

〝リメリック・クラブ〟だそうだ。

エレベーターを降りると、タイトな赤いワンピース姿の成熟した魅力的な女性が出迎え、モード・コノリーと名乗って、静まり返った広い廊下を案内した。わたしは彼女の尻の見事な動きに見とれる一方、破綻《はたん》の危機に瀕しているといわれている銀行の本社はこれほど静かなものかと思った。霊廟《れいびょう》のように静謐《せいひつ》な空間だ。廊下の突きあたりにガラス張りのドアがあり、〝会長室〟と刷りこまれている。モード・コノリーがプラスティックのセキュリティカードを壁の読み取り機にかざすと、電子音がした。尻の軽快な動きとともに、彼女はドアを押して開け、聖所にわたしを招き入れた。

手前の広い受付エリアにはミースやブルーワーといった有名デザイナーが手がけた調度品が並び、その向こうでは数名の秘書が机に向かっている。さらにその奥には開け放たれたドアが五つほど並び、役員室に通じているようだ。ここも静寂に包まれている。白いバルセロナチェアに正方形の男がふんぞり返っていた。テーブルクロスを這《は》うナメクジのようだ。モード・コノリーが立ち止まり、男に嫌悪のまなざしを向けた。

わたしはいった。「ここまで乗せてくれてもよかっただろう」

正方形の男はいかにも大儀そうに、深く腰かけた低い椅子から身を起こした。わきの下に隠れていた銃が見える。かつて女友だちが、バルセロナチェアはフェラーリのようだといっていた――スカートをはいているときに座るものではない。

「身体検査をする。身ぎれいでない人間はボスに会う資格がない」

ポリーナのさしがねか、この男の一存か、マルホランド自身の指示によるものかはともかく、わたしは堪忍袋の緒が切れた。「お断わりだ」

「ルールはルールだ」わたしはモード・コノリーに向かっていった。「ミスター・マルホランドにいますぐわたしと会うか、この用心棒をぶちのめしていいか、それともこのまま帰っていいか訊いてくれ。三十秒以内に、だ」

彼女は二十七秒後、微笑を浮かべて戻ってきた。正方形の男はわたしを睨《にら》みつけたまま、椅子のそばから動かなかった。

「こちらです」彼女はいった。「ミスター・ローリーは何も問題はないといっているわ、ラクラン」

ミスター・ローリー？　わたしは男に親指を立て、彼女に続いて開け放たれたドアを通った。

広く風通しのよい会長室は北側と西側に窓があり、大都会の景観が見渡せた。片方の壁には棚があり、市民栄誉賞の類やアクリル板に覆《おお》われた記念品が並んでいる。もう一方の壁はゴルフ場の写真で埋めつくされていた。各ホールの配置を上空から撮影したものだ。マルホランドは大のゴルフ好きらしい――わたしは同好の士ではないが。

マルホランドは布張りをした椅子に腰かけていた。「ここまで来るのにずいぶん時間がかかったな」

「地下鉄はよく遅れるんだ。そのうえ、奥さんからの電話にも時間をとられた。きょうの株式市場は？」

フェリックスのことに触れたのがいけなかったのか、元マルクス主義者が株式市場のことを訊いたのがいけなかったのか、ダウがさらに四百ポイント下げたせいかは知らないが、マルホランドはむっつりした表情をさらに不機嫌そうにゆがめ、顔をそむけた。自分のことは棚に上げ、相手に傲慢《ごうまん》な受け答えをされると我慢ならないのだろう。わたしはもっと態度をよくするよう自らにいい聞かせたが、そうする気分にはまったくなれなかった。

「座りたまえ」彼はうなるようにいった。少なくとも礼儀正しく振る舞おうとはしているようだ。「コーヒーか、ソーダでも？」

「ありがたいが、遠慮しておく」

「ラクランから聞いたところでは、書き置きか何かを見つけたらしいな」

「そのとおりだ。〝レナと二人きりにしておいてほしかった〟と書いていた。奥さんには心当たりがないらしい。あんたは？」

「ないな」返事がいやに早い。「エヴァのコンピュータから手がかりは見つかったか？」

「まだ調べていない」半分は本当だ。「奥さんから、邪魔するなといわれた。あんたたち家族に近づかないほうがいいらしい。というより、そうしろと迫られた」

むっつりした顔が、怪訝《けげん》そうな表情に変わった。「妻から電話してきたといったな」

「三十分ほど前だ。わたしは、あんたの依頼でエヴァを捜しているといった。奥さんからはそれをやめるようにいわれた。あんたがた夫婦で話しあいをしたほうがいいだろう」

眉間の皺《しわ》が深くなった。「きみたちはお互いを知っているということだな」

「昔の話だ。われわれは二人とも、昔といまではまったくちがう」それはむしろ彼女にあてはまるのだが、そこまではいわなかった。「いまはそんなことを話しても意味がない。彼女が説明したかったら、自分からするだろう。わたしは誘拐事件解決の報酬を受け取る。エヴァをどうするかは、あんたと彼女で決めればいい」

「バーニーは、きみが誘拐犯に対処したといっていたが、詳しいことは教えてくれなかった。何があったんだ？」

「悪党どもがいたんだが、幸いなことにばかな悪党どもだった。彼らのことはもう心配ない。この先あんたが煩《わずら》わされることはないだろう」

「自信たっぷりだな」

「その点は請けあおう。さもなければ、報酬は返金する」

「請求書がほしい」

「もちろん用意するとも」わたしはいった。コーヒーテーブルから罫線《けいせん》入りの紙を一枚拝借し、いちばん上に〝ロスト・アンド・ファウンド〟、その下に〝業務費用として……七十万ドル〟と書き、署名を書き添える。わたしの納税者番号も書いておいた。どんな仕事をしても、政府は必ずいくらか横取りする。

「諸経費こみだ。いろいろとかかったからな」

マルホランドは手書きの請求書を見て眉をひそめた。「こういうのはあまり見たことがないな。請求書というものは――」

「社名入りの便箋《びんせん》は使わないんだ。経費削減でね。それに、業務内容についてはあまり詳しく書かないのが関係者全員のためだ」

まだ納得していない様子だったものの、マルホランドは机に向かい、大きな小切手帳と金色のボールペンを取り出した。一分ほどかけて金額と署名を入れ、ＦＴＢの口座から振り出された七十万ドルの小切手を手にして戻ってきた。この銀行が破産申立書を申請していることはバーニーから聞いていたが、わたしはあえて触れなかった。銀行に支払い能力があるのか訊いてみたい衝動を内なる声にたしなめられたのだ。それでも、ここを出たらすぐに小切手をわたしの口座に入金するつもりだった。

　マルホランドはこちらをじっと見つめ、何か決断を下そうとしているような顔つきだ。彼は椅子から立ちあがり、両手を後ろに組んだ。目を床に落とし、それからわたしに戻す。

「エヴァも誘拐に一枚噛《か》んでいたんだな？」

　彼は思っていたほど鈍感ではなかったようだ。とはいえマルホランドは、真相の半分も知らない。そしてわたしは、彼に真相を告げる役回りにはなりたくなかった。「噛んでいた可能性もある。彼女は悪い人間たちとつきあっていた。犯罪者の連中と」

　彼は自分の仮説が裏づけられたようにうなずいた。「エヴァはいつも問題を抱えた子だ」椅子に座った彼の表情から、眉間の皺《しわ》が徐々に消えていく。一分か二分ほど経ち、浮かぬ表情だけが残った。「きみはわたしのことをあまりよく思っていないんだろう、ミスター・ブロスト？」

「あんたのことをそれほど知っているわけではない。バーニーはあんたのことを褒《ほ》めていたが、彼の判断がまちがいだという理由もない」

「うまい逃げかただな。率直にいうと、この数日間でわたしは地獄を見た。事業、家族……。

もう何年も前から、人間は一度にひとつの問題にしか対処できないことをわたしは学んでいたはずだった。優先順位をつけなければ、人間は精神的に打ちのめされてしまう。助けを求めるべきときをわきまえていなければならない」

マルホランドは言葉を止め、深呼吸して考えをまとめた。簡単ではないだろう。これまでの人生で彼は、助けを求めたことが一度もないのかもしれない。

「いまやるべきなのは、法律的な問題に対処することだ。まちがったことは何ひとつしていないが、だからといって守りを怠《おこた》っていいわけではない。わたしは自分の銀行を救わねばならないのだ。それが、預金者や株主に対する責任だ。そのせいで正直なところ、エヴァをなおざりにしてしまった。これからエヴァをどうすればいいのかわからない」

彼は両手に顔をうずめた。

「最後にエヴァと会ったとき、母と娘は喧嘩をしていた。そのことは前にも触れたと思う」彼は床に目を落としていった。「わたしに聞こえたのは、およそ人間として、とりわけ家族に対していうべきではないような言葉だった」両手から顔をあげる。「家族によっては、そんなことが珍しくないのかもしれないが。わたしにはよくわからない」

「さしつかえなければ、どんなことで喧嘩していたか話してくれないか？」

「喧嘩しないことのほうが少ないぐらいだ。人生、お互いのこと、わたしのこと、過去、未来……。およそ、罪や侮辱と思われるものはすべて喧嘩の種になる」

いかにもポリーナらしい。「喧嘩は日常茶飯事なのか？」

「わたしが見たことがあるのは三、四回だ。ほかにもあったのかもしれないが。このところ少ないと思っていたら、突然激しい喧嘩が起こったりする」

「今回の喧嘩の原因は？」

「いまいったとおり、よくわからないんだ。どうでもいいようなことだったのかもしれない。何がきっかけになるかは予測できない。そして突然、彼女の怒りと恨みの燃料に火がついたように……それはもう、すさまじい勢いだ」

マルホランドはかぶりを振り、両手で顔を覆った。

「エヴァの書き置きの意味には、本当に心当たりがないのか？」

彼は頭をあげた。黒い目から鋭さが失われている。ほとんど絶望したような、すがりつくような目だ。「そういえば日曜日に、同じことをいっていた。〝レナと二人きりにしておいてほしかったわ〟フェリックスにそう叫んですぐ、ここを走って出ていったんだ」

「しかし、レナが誰なのかはわからない？」

彼はうなずいた。「エヴァは幼いころになんらかの大きなトラウマを負ったようだ。その大きさはわたしにもわからない。ただ、レナはその体験の一部だったのだろうと思う。彼女にはずっと父親がおらず、わたしがその役割を担《にな》おうとしてきた。エヴァの母親は――なんといえばいいか――娘のことでひどく心を痛め、ほかにもさまざまな問題を克服しようと苦労を重ねてきた」

マルホランドの声は、低く抑揚がなかった。「エヴァは信じこんでいる――非常に強く信じこんでいる。彼女に降りかかってきた不運の大半は、彼女自身に責任があるのだ、と。わたしの考えるところでは、エヴァはまた母親にも罪悪感を感じているようだ。どうしてなのかはわたしにもわからないが。その罪悪感にさいなまれたことが、エヴァの自尊心の欠如、常軌を逸した振る舞い、麻薬の使用、わたしたちへの憎悪につながっていると見てまちがいないだろう。きっと吃音《きつおん》症もそれが原因だ。エヴァが何をしようとしているのか、わたしはとても心配している。きみがフェリックスとわたしのあいだに立ちたくないのは当然だろう。わたしから妻に話をするよ。しかしいまは、エヴァを救うためにできることはすべてしなければならない。それできみに、彼女を見つけ出してほしいんだ。金ならいくらでも払う。どうかわたしを助けてくれないか？」

いまの言葉は、先週と同じ人物のものとは思えなかった。きっと地獄を見たことが、彼という人間を変えたのだろう。

「できるかぎりのことをしよう。ただし、彼女を見つけられたとしても、ふたたび脱走しないという保証はない」

彼はうなずいた。「もちろんわかっている。わたしも学んだつもりだ。一度にひとつずつ解決しよう」

「病院から脱走した理由は何か思い当たらないか？」

マルホランドは首を振った。「家に連れ戻されたくなかったからとしか思えない」

「では、どこへ逃げたか心当たりは？」

「まったくない。これだけ心配しているのに、わたしたち両親は娘のことを知らなさすぎるんだろう。わたしはエヴァの母親についても知らなさすぎるんだが」

「彼女と話をするんだな？　奥さんと」わたしはいった。

「するとも。いまから家に戻る」

「たぶん奥さんは相当ストレスを感じているだろう」

「エヴァのことで？」

「一部は。あんたは奥さんの過去をどのぐらい知っている？」

マルホランドは質問に面食らい、返事にためらった。「あまり詳しくは知らない。クイーンズのジャクソンハイツで育った。ニューヨーク市立大学《CCNY》を卒業。不動産業で大きく成功した。過去に一度結婚している。最初の夫は亡くなった。わたしは妻の過去を詮索《せんさく》するようなことはしなかった。そうするべきでもない」

「あんたの悩みをこれ以上増やしたくないんだが、彼女の過去はそれよりはるかに複雑だ」

「何がいいたいんだ？」

「そろそろ、彼女の正体に気づいていてもいいころだということさ」

20

〈トラステヴェレ〉は東八〇丁目の近辺にあった。アッパーイーストサイドと称されるこの界隈《かいわい》はふだんのわたしの行動範囲にはいっておらず、当然ここも知らない店だ。簡素ながら上品なしつらえで、見るからに値段が張りそうだった。着いたときは蒸し暑さで汗がべとついたが、店の入口では古き良きイタリアのたたずまいを残す、優しげなまなざしと温かい微笑をたたえた紳士が出迎えてくれた。

「ミズ・ミルニュイからいましがたご連絡がありました」わたしが名前を告げると、紳士はいった。まるで腹を決めるように室内を見まわす。「その……とてもすまないとのことでしたが、急な用事ができたそうです。どのぐらいかかるかはわからない、とおっしゃっていました。それで、あしたの晩ここで会いたいとのことです。ミズ・ミルニュイは……」彼は困ったようにいいよどんだ。

「お心遣いありがとう。どうやら彼女は、すまないとはあまり思っていないか、まったく思っていないんじゃないかな。実際にはなんといっていたのか、かまわないから教えてほしい」

彼は見るからに居心地が悪そうだ。確かに、はいってきたばかりの客を罵《ののし》るのはよき主人の心得に反するだろう。

「大丈夫だよ」わたしはいった。「わたしはもう、ミズ・ミルニュイの怒りをまともに受けている。なんなら痣《あざ》を見せようか？」

紳士は笑みを浮かべたものの、まだ緊張がほぐれていないようだ。彼は上着のポケットからメモ用紙を取り出した。

「ではお伝えします。〝あのはげ頭のボルシェビキにこう伝えて。あしたの晩、もしわたしの頭が冷えていたら、最高のワインをおごらせてあげてもいいわ。それから、防弾チョッキをつけてきなさい。きっと役に立つわよ〟とおっしゃっていました。このとおり伝言してほしいとのご希望でした」

「もし機会があれば、まちがいなく伝言を聞いたとわたしからいっておこう」わたしはにやりとしていった。「わたしはまったく気分を害してはいない」手を差し出すと、彼はすぐにその手を握った。

「大変申し訳あ――」

「気に病むことはない。もしよければ、お店のバーで軽い食事を出してもらえないだろうか？　せっかくここまで来たんだから、一人でも飲みたい」

「もちろんです。ですがどうか、テーブルを用意させてください」

「いや、バーのほうがいい。できれば食前酒に、ロシアウォッカ・ベースでドライ・マティーニを一杯ほしい。それからおすすめのパスタをもらおう」

「すぐにご用意します」

　マティーニは冷たく辛口で、非の打ちどころがなかった。瞬《また》く間に飲んでしまい、もう一杯注文する。エスカルゴとマッシュルームのソースがかかったパスタは、えもいわれぬ深みと陰翳《いんえい》に富んだ味わいだ。ヴィクトリアが現われるかどうかにかかわらず、また来たくなる店だった。

　バーは繁盛しており、バーテンダーも忙しく立ち働いている。だがわたしには、機嫌を損ねていないかどうか確かめに三度も顔を出した店主以外、話し相手がいない。一人食事をとりながら、わたしは過去と現在に思いをめぐらせた。

　もしかしたら、マルホランドにポリーナのことを警告すべきではなかったかもしれない。わたしには関係のないことであり、彼女といっしょに暮らすことを決めたのは彼なのだ。しかしわれ知らず、わたしはマルホランドが気の毒になった。きっとそれはわたしがある意味、彼にどんな未来が待ちうけているか知っているからだろう。あるいは、彼がエヴァを心底から気遣っていることに驚かされたからかもしれない。あるいは、彼の足下に新たな蛇の穴がひらけ、そこに落ちそうになっているのを彼自身気づいていないからだろうか。ポリーナがわたしと結婚していたことをマルホランドに伝えていないのはひどいが、二度目の夫にしてマフィアのボス、ラーチコはわたしよりはるかに厄介な毒蛇の巣窟だ。もしヴィクトリアがポリーナの三度にわたる結婚相手を知ったら、きっとケージャンの骨付き肉にかぶりつきながら舌なめずりするだろう。そのありさまが目に浮かぶようだ。

この三十六時間でいろいろなことがわかったものの、わたしが最初に抱いた、ポリーナがラーチコから身を隠しているという印象をくつがえす材料はなかった。しかし、なぜ彼女がそうしているのかはいまだにわからない。当のラーチコはポリーナやエヴァに対してなんの関心も示していない。わたしはブライトン・ビーチに連れ戻されるか、少なくとも用心棒のセルゲイを差し向けられるのではないかと半ば予期していたが、ラーチコはエヴァの入院先さえ訊こうとしなかった。もしかしたら彼なりの情報網があるのかもしれない。ヤーコフは孫娘のエヴァとその母親に好奇心を示したが、彼はポリーナを忌み嫌っている。これまでずっとそうだったように。

そして、リスリャコフをめぐる謎がある。ポリーナが何者か、彼は正確に知っていた――その情報をネタに彼女から金を脅し取ったのだ。そもそもこの男はなぜ、どうやってポリーナの正体を知ったのか？ なぜそのことをボスのラーチコにいわなかったのか？ なぜ、アレクサンドル・ゴンチャロフになりすまして姿をくらまそうとしていたのか？　獲物を独り占めしたいという欲求だけでは、答えとしては単純すぎるように思える。

ヤーコフの〝組織にかかわること〟には、リスリャコフも多少関与していたようだ。ヤーコフはなんといっていただろう？　確か、〝過去の亡霊に、安らかに眠ってもらおうとしている〟だったか？　ではなぜ、彼はリスリャコフの助力を必要としたのだろう？　なぜラーチコは、子飼いのハイテク犯罪の天才が父親のために働いていたのを知らなかったのか？ラーチコが知らないことはあまたある――あの雷雲のような眉毛から隠れたところで、さまざまなことが進行しているのだ。病魔に侵され、衰えたせいで蚊帳《かや》の外に置かれてしまったのかもしれない。昨日二十年ぶりに会った感触では、そんな気がした。

ひとつだけ、いい知らせがあった。二歳で生き別れになった息子のアレクセイが元気で、ラーチコによると、ロシア連邦検察庁に勤務しているということだ。わたしが関心をあからさまにするのははばかられたが、それは息子に関する初めてのはっきりした消息だった。コソコフが死んだあと、ポリーナはアレクセイを見捨てたように思われる。ポリーナは彼を妹のところか、ほかの親戚のところに預けたのかもしれない。それ以来ポリーナは連絡をとっていたのだろうか？　アレクセイは、母親の新たな身元を知っているのか？　それから、わたしが二十年間自問してきた問いがわだかまる――彼女は息子に、わたしのことをどのようにいっていたのか？

わたしの頭はぐるぐるまわりだし、ほかの謎も頭をもたげてきた。サーシャがくれた封筒の中身からいかなる痛みを受けようとも、これだけウォッカを飲めば麻痺《まひ》させられるだろう。

今夜はわたし自身の古い亡霊を探すのにもってこいだ。わたしは勘定を頼んだ。マティーニ二杯とパスタ一皿で、八十五ドルのレシートにわたしはサインした。やはり元マルクス主義者にとっては、アッパーイーストサイドは敷居が高いようだ。

携帯電話の電源を切っていたのを思い出し、入れなおした。三十秒後に着信音が鳴った。

「このろくでなし！　いますぐあの男のことをいいなさい」

食事中に他人の電話を聞かされるのは、たとえ友好的な会話であっても気持ちのよいものではないので、わたしはポリーナを待たせ、店主に今晩の礼とあしたの料理への期待を述べて、二番街の暑熱のなかに出た。九時半を過ぎたというのに、通りはまだ蒸し暑く、人出も多い。

「そうやってわたしにずっと電話しつづけていたということは、何か思惑でもあるんだろう」わたしはいった。

「思惑？　わたしはただ、あんたに視界から消えてほしいだけよ！」

「マルホランドと話したか？」

「主人は頭が固いのよ。男はみんなそうだけど」

「彼は力になろうとしているんだ。エヴァの力に」

「あの子の面倒はわたしが見るわ。いままでずっとそうしてきた」

まさにそれこそマルホランドが懸念していることなのだが、口には出さなかった。わたしが彼の懸念に同感していることも。「どうしてあんな詐欺を働いた？」

「なんの話？」

「誘拐の写真だ。あれをフォトショップで合成したのはきみだろう。くだらん脅迫状といっしょにマルホランドに送りつけたのもきみだ。きみが脅迫されていることを正直にいえばすむ話だったじゃないか？」

「なんのこと？　一体全体何をいっているの？」

「わたしがいっていることを、きみはすべて理解できるはずだ」

「そんなはずないでしょう……わたし、誰からも脅迫なんかされてないわ！」

「そういい張るのなら、妄想に耽《ふけ》っているのはきみだけだということになる」

「あんたは……あんたって人は……なんにも変わっていないのね。最低だわ」

「ああ、いつだってわたしは囚人《ゼーク》だったからな。何を恐れている？　ラーチコか？」

彼女は一瞬沈黙した。「そうよ」

「どうしてラーチコから逃げたんだ？」

「話せば長くなるわ」

「話したいか？　わたしはそう遠くないところにいる」

「わたしのそばに寄らないで！」

「きみを傷つけるつもりはないんだ、ポーリャ」

「いったでしょう、近づかないで」

これでは埒《らち》が明かない。「アレクセイはどこだ？　きみはロシアに置き去りにしてきたのか？」

「彼は元気よ。あんたがそれ以上知る必要はないわ」

「ラーチコによると、ロシアの検察庁に勤務しているそうだな」

今度はさっきより長い沈黙だ。「あのくそ野郎」

「きみだけで抱えこんではだめだ、ポーリャ。わたし、ラーチコ、マルホランド。われわれ三人のうち、少なくとも二人はきみの味方なんだ。きみさえその気になれば助けられる」

「あんたの助けなんかいらないわ」

「いいや、いるはずだ。だからきみは電話してきたんだ。リスリャコフはきみのコンピュータから何を奪い取ったんだ？」

「もう切るわ」

通話が切れた。わたしは七一丁目にいた。南へ向かって歩き、五八丁目から彼女に電話した。五二丁目でもう一度試してみた。彼女は出なかった。わたしはダウンタウン方面に向かうタクシーを拾った。

オフィスは真っ暗だったが、ピッグペンは目を覚ましてラジオを聴いていた。

わたしはサーシャからの封筒を取り出し、おやすみをいって帰ろうとした。

「大型車両用の車線は閉鎖されています。九番出口、燃料漏れ事故です」ピッグペンがいった。

「わたしはその道を通らないんでね。ピッグペン、おまえは思わぬ発見《セレンディピティ》という言葉を知ってるか？」

彼は敵意に満ちた片目を向けてきた。母音が多すぎる単語は発音できないのだ。からかわれていると思いこんでいるにちがいない。

「ふざけてるわけじゃない。まじめにいってるんだ。セレンディピティ、だ」

「ぼくが哀れ《ピティ》か？」

「哀れじゃないさ。ついてるってことだ。幸運だよ」

「ついてるロシア人」

「そのとおりだ」

首の毛を波立たせる。「ついてる。さいころバクチ」

「ボスとずっといっしょにいるからそんな言葉を覚えるんだ」

「さいころバクチ」

「わかったよ。おまえのいうとおりかもしれん。ボスは確率や統計が好きだが、流れにまかせたほうがうまくいくこともある。七が出たら、ピザをごちそうしよう」

ピッグペンはその言葉に目の色を変えた。「七――ピザ！」

「そのとおりだ」

「七。ついてるロシア人。ピザ！」

なんだかんだいっても、ピッグペンのいうことは結構当たる。

わたしはゆっくり歩いて帰宅した。通りからはまだ熱気が立ちのぼっている。ウォッカで麻痺《まひ》していようと、今晩はつらい夜になりそうだ。

「ついてるロシア人」とピッグペンはいっていた。彼の言葉が正しければ、あすの夜は一人きりで夕食をとらなくてもよさそうだ。

一九三八年三月十二日　ソロヴェツキー

いとしいタタへ

心が砕けてしまった思いです。こんなことが現実に起きてしまったなんて、信じられません。せめて誰かに伝え、知らせることで正気が保てればよいのですが。

わたしたち、つまりママとわたしはきのう、大人数の囚人の集団にはいって仕事に出かける途中でした。一晩中、雪が降りつづき、寒くて凍えるような日でした。日中は太陽が高く昇って少しでも暖かくなりますように、と願っていたのを覚えています。

わたしたちの集団の速度が遅くなったと思ったとき、男たちの列が〈セキルカ〉へ引き立てられていくのが見えました。〈セキルカ〉とは古くからある教会のことですが、いまはこの生き地獄を動かしている人たちの手で処刑室にされてしまったのです。わたしたちはみな、この列が何を意味しているか知っており、誰もが悲しみと恥にうなだれました――わたしたちの同胞への悲しみと、わたしたち自身やこの国を恥ずかしく思う気持ちです。

ふと顔を上げると、足を引きずって歩く男たちの集団に赤い髪の人を認め、わたしは愕然としました。最初はまちがいであってほしいと思いましたが、その人が振り向いたので、遠目にも疑いの余地はなくなりました。パパでした！　わたしたちは、逮捕された夜からずっと会っていなかったのです。

わたしが指をさしてママに教えると、ママは泣きくずれました。ママは後ろから必死に呼びかけましたが、パパには聞こえません。ママの声は栄養失調で弱々しく、パパのいるところまではあまりにも遠すぎたのです。警備兵が黙れといいましたが、ママはもう一度叫びました――「フィーリャ！　フィーリャ！」

警備兵はライフルでママを殴りました。死刑を宣告された男たちの列が教会へ向かって坂を上っていきます。わたしがなすすべもなく見ている前で、パパはこの世の別れとなるママの叫びを聞くこともなく、教会の扉のなかへはいってしまったのです。生まれてから、これほどの無力感と惨《みじ》めさを覚えたことはありませんでした。

警備兵はわたしを銃で突き、わたしはママに肩を貸して立たせました。兵士はわたしたちを追いたて、囚人の列に戻らせました。

わたしたちにできることはありませんでした。砕けてしまった心を抱えながら、わたしたちは仕事に駆りたてられました。

ボルシェビキだかスターリン主義者だか知りませんが――わたしたちはみんなロシア人なのに！――いったいどんな人間にこんなことができるのか、わたしにはわかりません。わたしの悲しみは自分だけのものですが、ここには同じような悲しみを抱えた人たちが何千人もいるのです。

わたしたちがいるのは、理解できない人々によって動かされている、想像もできなかったような場所です。わたしは毎晩寝る前に、永遠の来世へ連れていってくださいと神に祈っています――そこに行けば、こんなに悲しい思いはしなくてすむでしょうから。

わたしは手紙を置き、ウォッカをとりに冷凍庫へ向かった。この程度の酔いでは、とても心痛をやわらげられそうにない。

グラーグでどれだけの人々が命を落としたのか、誰も正確にはわからない。推計では数百万人といわれている。この手紙を読んでようやく、その一人が祖父だったという確信が得られた。わたしの手元にある記録では、一九三七年十二月二十五日、祖父は妻と娘とともに逮捕されている。スターリンによる大粛清の最初の年だ。一九三八年、三人がソロヴェツキーに収容されたという記録も残っている。白海に位置するソロヴェツキー諸島はグラーグ揺籃《ようらん》の地で、ソ連で最初の強制労働収容所が設置された。古い写真に写っている収容所には、新入りを歓迎する標語が記されている――〝われわれは鉄拳によって、人類を幸福へ導く〟。ソロヴェツキーの囚人たちは森林伐採や製材、漁業、工場労働などに従事して死んでいった。島の森林がほとんど伐採されつくすと、収容所はより大規模なベルバルトラグに合併され、ここの囚人が白海運河を掘削した。これらの収容所はドイツ軍の侵攻を控えた一九四一年に閉鎖され、記録書類によればわたしの母はシベリアのノリルラグへ移送されて、一九四六年に釈放されるまでそこにいた。しかし祖父母の記録は見つかっていなかったのだ。この手紙を読むまでは。

母の名前はアンナだった。彼女はエヴァと同じ十九歳で逮捕された。母の両親は芸術家でロシア・アヴァンギャルドの一員として革命を支持し、マレーヴィチ、ロトチェンコ、オルガ・ロザノヴァなどと交友関係があった。母は音楽の道を志した。ソプラノ歌手として、十代にしてすでに名声を博していたようだ。母とその両親が逮捕されたことになんら法的な理由はなく、革命への破壊活動を行なったという捏造《ねつぞう》された容疑しかなかった。スターリンが逮捕者数のノルマを課し、それを内務人民委員部《NKVD》が忠実に守ったのだ。他の国家機関が、五カ年計画の目標に見あうような経済統計を発表したのと同じだった。ただし経済統計が見せかけだったのに対し、逮捕者数は本物の数字だった——一九三七年と一九三八年だけで実に百五十七万五千二百五十九人が逮捕された。しかもそのうち六十八万千六百九十二人がNKVDによって銃殺された。

わたしはステレオの前で立ち止まり、音量を上げた。聴いていたのはマーラーの『交響曲第九番』だ。マーラーが妻とヴァルター・グロピウスの浮気を知ったのちに書いた作品とされている。わたしの聞いたところでは、母はマーラーがとても好きだったそうだ。わたし自身は、プロコフィエフのように打楽器を効果的に使った音楽家のほうが好みだが、今晩は少し祈りたい気分だった。

わたしは過去の痕跡を消し去ろうと精一杯努めてきた。ヤーコフがわたしをグラーグから救い出し、KGBの一員として迎えてくれたとき、彼が発給した新しいパスポートから、わたしの出生地や囚人としての記録は抹消されていた。やがてKGBの一員として職務を遂行しているうちに、わたしは再逮捕されるかもしれないという恐怖心を拭《ぬぐ》い去った。大半の囚人は、刑期を終えて通常の社会生活——ソ連の社会体制で許される範囲内の——に復帰してもなお、再逮捕の可能性に怯《おび》えつづけるのだ。しかしわたしの新生活はすべて、〝大崩壊〟とともに吹き飛んでしまった。ラーチコがポリーナに、わたしがかつて囚人だったことを暴露して復讐したためだ。ポリーナは、わたしの汚点が自らに及ぶのを恐れ、またわたしのせいで彼女が幼少時代を過ごしたおぞましい場所に送り返されるのではないかとおののき、わたし一人に最大限の汚名を着せようとあらんかぎりの力を尽くした。その試みは彼女自身の予想をはるかに越える成功を収めた。

長い時間がかかったが、ソビエト連邦の崩壊、ロシアからの移住を経てわたしはようやく気づいた。かつてグラーグの囚人だった事実が消えないのと同じように、わたしはいつまでも過去に囚われつづけていたのだ。真正面から過去と向きあわないかぎり、解放されることはない。わたしはまた、家族についての真実をアレクセイに伝えたいという漠とした考えを抱いていた。いつ、どうやってそれを伝えられるかが問題だが、時が来ればおのずから方法は見つかるだろう。そのためにはまず、事実を包み隠さず知ることだ。

しかしそれは簡単ではない。闘わなければグラーグの真実は得られないのだ。事実を掘り出すにはノウハウが必要であり、それには誰かの助けがいる。それでもなお、ほとんどの事実はあまりに深くうずもれ、見つけ出すのは容易ではない。精神的な代償も支払うことになる。わたしが自己のルーツを探求するのは、初期のボルシェビキによればこういうことだ――アイデンティティを変えることによって、新たな社会的目標に人間精神を適合させること。一九一七年、事実上のボルシェビキの伝道者だったマキシム・ゴーリキーは〝新たな政治的組織には、新たな精神構造が必要だ〟と書いている。母の人生の断片を拾い集めてその生涯をたどるのは、ヤーコフがグラーグからわたしを救い出し、ＫＧＢに迎え入れてくれたときに作りなおした精神を再度分解するような苦痛をともなった。孤独な営みだが、もしかしたらいつの日か誰かに話せるかもしれない。

マーラーの曲が消え入るように終わり、沈黙した。大半の交響曲は華やかに盛り上がって終わる。マーラーの九番はそうではない。盛り上がるのをほのめかし、見せかけ、一度か二度は坂を上りかけるのだが、そのたびにより深い瞑想《めいそう》に立ち戻る。バーンスタインがいうとおり、終末部でマーラーは、それぞれの音が崩れ落ちるにまかせている。この曲の第四楽章は、人間が悲劇を経験するときに覚える感情をわずか数小節で見事に表現しているのではないか、とわたしは思う。

ウォッカのグラスも空《から》になった。もうこれ以上はいらなかったのだが、それでもわたしはお代わりを注ぎに立ちあがり、今度はマイルス・デイヴィスとギル・エヴァンスの『スケッチ・オブ・スペイン』をかけた。マイルスのトランペットが奏でる『サエタ』――〝悲しみにえぐられる心〟という意味だ――を聴きながら、わたしは過去の記録に目を戻した。

父親だった滑稽《こっけい》な名前の持ち主をわたしは知らない。わかっているのは、彼と母が初めて出会ったのがノリルラグだったことだ。母が一度目に釈放される前の一九四六年のことである。当時彼はＮＫＶＤの将校であり、ラブレンチー・ベリヤの部下だった。ベリヤは秘密警察のトップで、スターリンの大粛清を統轄した人物だ。収容所にいても、母の美しさは損なわれていなかった。それを証言する父から母への手紙が目の前にある。だが収容所内で、彼は母に近づくことができなかった。ゼークは人間とみなされない存在であり、触れてはならなかったのだ。だが彼女が釈放されてすぐ、彼はモスクワで彼女を見つけた。

これは彼にとっても大きなリスクをともなう行動だった。国家から見れば、釈放されたからといって更生したことにはならず、市民は自分たちに火の粉が降りかかる恐怖に怯えた。

このため元囚人は、いつの時代も家族や古い友人にさえ避けられた。だが父はこの機会をつかみ、二人は恋に落ちた。彼は代償も支払った。二人は二年間いっしょに暮らしていたが、元囚人に対する迫害運動が吹き荒れた一九四八年に彼女は再逮捕され、彼もまたグラーグへ送られた。母は二度目になる十年の懲役刑を宣告され、ダリストロイに移送された。シベリア北東部のコリマ川流域の収容所だ。一方父は、現在のカザフスタンに位置するスチェプラグへ送られた。彼がNKVDの将校であり、チェーカーの創設者フェリックス・ジェルジンスキーと交友のあった著名なチェキストの息子だったことも、まったく考慮されなかった。あるいは多少考慮されたのかもしれない。彼はその二年後、一九五〇年に釈放されているのだ。一九五一年には、元どおりNKVDの制服に袖を通している。

　こうしたことはどれも、いま思うほど奇妙な話ではなかった。たとえばスターリンのお気に入りで白海運河の掘削を監督したナフタリー・フレンケリは、囚人から収容所長までのしあがった。ドミトラグの副所長だったバラバノフという男は、飲酒癖のため一九三五年に逮捕されたがすでに収監されていたため大粛清を免《まぬが》れた。彼はその数年後に復権、NKVDの職務に戻って出世を重ね、ついに一九五四年、グラーグ全体の副本部長になったのだ。

　一九五二年、両親がどうやってコリマの収容所で再会したのかは謎であり、ぜひとも解明したいところだ。ひょっとしたら実際には二人は会っていなかったのかもしれない——わたしがこの世に生を受けた経緯は、あまり人聞きのよくないものだったという解釈もありうる。しかしわたしは、母を知っている三人の女性から、その年に父がコリマに来ており、いかに短い時間であれ夫婦はともに過ごしたと聞いている。わたしはまた、父と母が絶えず手紙のやりとりをしていたことも知っている。実際に届いたのはその一部だったようだが。そしてわたしが父を知っているのは、わたしが生まれたとき、母が父にちなんだ名前を授けてくれたからだ。母さん、ありがとう。

スターリンがようやく死んだとき、たとえ一時的にせよ誰もが認めたのは、グラーグがあまりに破滅的な試みであることだった。ベリヤは最高権力者の地位に就こうとしたが、フルシチョフやモロトフといった政治局員によって失脚させられた。一九五三年、ベリヤは逮捕されたのち銃殺された。だが在任中末期、彼は囚人の大規模な釈放に着手している。最初に行なわれた大赦は、スターリンの死後わずか二、三週間後に布告され、刑期が五年未満の囚人、妊娠した女性、子どものいる女性、十八歳以下の囚人が対象となった。対象者は実に百万人以上にのぼった。

釈放されたのはよかったものの、故郷へ帰るのは簡単ではなかった。とりわけ、帰るべき家が五千マイルもの凍てつく大地を隔てた場所にあっては。コリマはウラジオストクの千マイル北にあり、極寒、不毛、陸の孤島といった表現ではその苛烈さの片鱗《へんりん》も伝わらないだろう。わたしは成人してから一度訪ねてみたが、あの土地で人間が生存していたとはとても信じられなかった。永久凍土からはいまもなお、ときおり死体が発見されるという。

唯一の交通機関はグラーグのストルィピンスキー、つまり囚人輸送用の列車で、できるだけ多くの囚人を詰めこめるよう内装をほとんど取り払われた車両だ。わたしの母はそんな苛酷な移動に耐えられなかった。この残酷な皮肉を思うたびに、わたしの心は引き裂かれそうになる。母は成人してから、たった二年の自由な期間を除いたすべての歳月を強制収容所で過ごし、飢え、寒さ、強姦、あるいはもっとひどい生死の瀬戸際を耐え忍んだのに、帰郷する最後の旅を乗りきれなかったのだ。母は肺炎のため、ウラルのどこかで生涯を終えた。

　わたしはサーシャがくれた記録のページを繰った。一九三七年から一九五三年にかけて母の手で書かれた手紙は、グラーグに収容されていた〝一九三七年〜一九四六年〟と〝一九四八年〜一九五三年〟の二期に分けられている。マルホランドの依頼に邪魔される前、わたしがモスクワに行って取りかかりたい仕事はこれだったのだ。〝きみのお母さんにはいとこがいた。その女性は、お母さんから受け取った手紙をすべて保管している〟とサーシャはメールに書いていた。〝二十二通もあった！　思いがけない幸運だ。いとこの書類入れから見つかったものだ〟。サーシャが手紙を見つけてくれたのは奇跡的だが、そもそも母が手紙を書く手段を確保していたことのほうが驚きだ。その手紙が宛先にきちんと届いたのも驚異的なことだった。囚人たちは大変な苦労をして収容所での生活を記録し、外界と連絡をとろうとした。実際、彼らが書いたものも残ってはいるが、その数は決して多くはない。

　わたしは分厚い紙の束をめくり、一九五二年から五三年にかけての手紙を読んだ。わたしが生まれた年だ。わたしはどこかで、母が父のことに触れているかもしれないという一縷《いちる》の望みを捨てきれなかった。と、そこに一枚の紙切れが挟まっていた。明らかにちがう人間の震える筆跡で、黒い太字のマーカーで書かれている。わたしはそれを読んでこわばった。

　　くそ野郎、この手紙はおれがもらった。ほかにもある。もしおまえがくそまみれのゼークだったことを少しでも覚えていたら、こいつはたいした読み物だぜ。この意味のない物語から何が生まれたかを考えると、おれでさえ驚かされた。おまえはさぞかし喜ぶだろう。もしおまえが生きてこいつを読めれば、だが。

ラーチコのしわざだ。わたしはさらにページをめくった。五、六通の手紙があったと思われる場所に、同じメッセージが挟まっている。あの男が奪った手紙はどれも、父について書かれたものだろう。ラーチコはどこまでもわたしをもてあそぶつもりのようだ。

わたしはコンピュータを立ちあげ、労力をいとわず、手紙の日付、名前、場所を入力した。半分ほどを入力したが、心はいちばん最初の手紙に戻っていた。冷たく降りしきる雪のなか、赤い髪の父親が処刑場に連れられていくのをなすすべもなく見つめる娘と母親の姿が脳裏から去らなかったのだ。

これまでの人生で、泣いたときのことははっきり覚えている。十四歳でグラーグに送り返されたとき。三十六歳ですべてを変える選択を決断したとき。その数ヵ月後、最後に息子と会ったとき。そしていま、最初の手紙に書かれた出来事から七十年あまりを経て、わたしは引き裂かれた三人の家族のために泣いた。彼らの苦しみはとうに終わっているのだが。非業の死を遂げた数百万人と変わらない彼らの運命を考えると、わたしはこう思わずにはいられない。神は、まだできるうちにエデンの園へ通じる門に鍵をかけ、人間を造るなどという実験をすぐにやめてしまうべきだったのではないか、と。

わたしは眠りに就いた。こんな夜には空虚な心を抱えながら、答えの出ない疑問をあれこれ考える。枕は涙でしとどに濡れていた。

21

男は椅子にもたれ、瞑目《めいもく》した。そのあとの一部始終は、デジタル変換されたテープを聴くまでもない。頭のなかの記憶装置に、細部まで正確に刻みこまれている。

カバノキの森を走り抜ける車の行く手に、吹雪《ふぶき》が舞っていた。すでに三、四インチほどの雪が泥道に降り積もっている。路上には、自分より先に通ったタイヤの跡が残っていた。轍《わだち》に積もっている雪は一インチほどだ。運転手に車を停めろと命じ、彼は雪のなかにひざまずいて、手袋をはめた手で新雪を払った。逆方向だ。誰かがここから出てから、せいぜい一、二時間しか経っていない。ひと足遅かったか？

彼は運転手に出発を命じた。この仕事のためだけに選んだ男だ。目的地に着いたら何をすべきか、この男はよくわかっている。

リムジンのヘッドライトが森林を切りひらいた土地の建物を照らし出す。管理人のコテージ、納屋、母屋《おもや》。舞い散る雪のなかに建物のシルエットが浮かび上がる。二台のメルセデスが駐車していた。ゴルベンコの車とコソコフの車だとわかった。しかしポリーナのＢＭＷがない。泥道についていた轍は彼女の車のものだったのだ。

四角形の光が、コテージから出てくる管理人を照らした。手を振って歓迎の意を示し、吹きつける風に身体をかがめて重い足取りで歩いている。運転手は車のルーフから上半身を出し、管理人が近づいてくるのを待った。運転手が引き金を引き、雪にくぐもった銃声が響くのと同時に、管理人は仰向《あおむ》けに倒れた。その身体が地面に崩れ落ちる前に、運転手はもうコテージのドアへ向かっていた。

母屋の正面玄関には鍵がかかっていなかった。彼は上着についた雪を振り払おうともせず、左に曲がって書斎へ向かった。やつはそこにいる。果たして、捜していた男はそこにいた。机の抽斗《ひきだし》から書類を引っ張り出している。

〈警告したはずだぞ、アナトリー・アンドレーヴィチ〉彼はいった。

〈うわあああ！〉コソコフは書類の束を落とし、振り返った。

〈誰だと思った？〉

〈わ……わたしは……〉

〈われわれＦＳＢにはわかっている。われわれにはいつもわかっているのだ。ゴルベンコはどこにいる？〉

〈あいつは……わたしは……〉

彼はオートマティック拳銃でコソコフの横面を殴った。銀行家の鼻から血が噴き出す。

〈ゴルベンコはどこにいる？〉

〈あいつは……死んだ〉

〈死んだ？　どうやって？〉

〈ポリーナが……〉

彼は驚かなかった。女に殺《や》らせるとは、たいした騎士道精神だ。〈あの女がおまえをどう思っていたかはわからんが〉彼はいった。〈おおかた、欲の皮の突っ張った腰抜けの小男とでもいうところだろう。ポリーナはどこだ？〉

〈ここにはいない〉

〈それぐらい見ればわかる、このたわけ。どこにいるんだ？〉彼はもう一度拳銃を振りかざし、銀行家を殴ろうとした。

〈やめてくれ！　彼女は……彼女はモスクワに戻った〉

〈ここへ帰ってくるのか？〉

〈帰ってこない〉

〈嘘をつくな〉コソコフに銃を突きつけ、片目を注ぎながら、彼は部屋をざっと見まわした。コソコフがポリーナにいっていたCDはここにはなさそうだ。〈行くぞ〉彼はいった。

〈いやだ！　わたしは――〉

情報機関員はもう一度彼を殴った。〈ゴルベンコの死体を見せろ〉彼はコソコフをドアまで追いたて、部屋を出る前に半分ほど空いたウォッカの瓶を握りしめた。

運転手は待機していた。男は運転手に家を探し、銀行家のコンピュータと書類を車に積みこむよう命じた。それからコソコフに続いて納屋にはいった。電灯がついている。彼は馬房の列の近くで、右側に動くものの気配を感じた。振り返ったが何もない。たぶんネズミだろう。コソコフはがらんとした広い納屋のなかを先導し、奥の落とし戸を見せた。セメントの階段が下の穴へ続いている。古い防空壕だ。彼は自分の懐中電灯で内部を照らした。八フィート下から、ゴルベンコのうつろな目がこちらを見上げている。おあつらえ向きの墓穴というわけだ。
〈飲め、アナトリー〉彼はウォッカの瓶を掲げていった。
コソコフは首を振った。
〈飲めといってるんだ〉彼は銃をかまえた。
コソコフはすくみあがり、瓶ごと口につけた。
〈それでいい〉彼はいった。〈もう一度、ぐいとやれ〉
コソコフは命令に従った。
〈よし、いいぞ〉彼はいった。〈それじゃあ、CDをどこに隠したか話してもらおう〉

金曜日

22

午前六時、いつもより身体が重い。昨夜、心痛をやわらげようとウォッカを飲みすぎたせいだ。母のアンナを思って夜を過ごすと、翌朝はよくこうなる。

昨夜も一晩中降った雨のせいで生温かく濡れた路面を走りながら、わたしは母や祖父、ポリーナ、ラーチコ、ラド・リスリャコフことラトコ・リスリィのことを考えた。家に着くころには、ベッドから出なければよかったと思った。

コーヒーを飲みながら、《イバンスク・ドットコム》をひらく。

〈リスリャコフはバジャーを追っているのか？〉

日ごとに謎を増しつつもいまなお世界を股にかけているラド・リスリャコフが、本拠地のニューヨークにいることがわかった――それも奇妙な状況で。イワノフの国際的な情報網によると、リスリャコフは今週水曜日、誰あろう〝パパ・バジャー〟、ヤーコフ・バルスコフと会っていたところを目撃されたのだ。マフィアのボスの父親にして、K

ＧＢを現代に甦らせた立役者である。この会見の結果、ヤーコフは肩に銃弾を受けマンハッタンの病院で治療を受けている。ではリスリャコフは？　このブログの読者は、彼の消息を誰も知らないと聞いても驚きはしないだろう。今後も、彼の消息を耳にする者が現われるかどうかは疑問だ。

わたしの推測がまちがっていなければ、新たな友人ペトローヴィンがイワノフに情報を提供しているのだろう。ではタイトルのような結論に飛びついたのは、ペトローヴィンだろうか、それともイワノフだろうか？——もしかしたらそれは正しい結論かもしれないが。それより切実に知りたいのは、ラーチコやその父親がこの記事を読んだのかどうかだ。

「リスリャコフのコンピュータがオンラインだぞ」三十分後、オフィスに行くとフーズがいった。「きょうも勝手に立ちあがって大量のメールを受信し、データを解析して、さらに大量のメールを送信した。新しい持ち主もデータの復旧をして、何があったのか調べてみたようだ。ふたつのファイルがなくなっていることはそいつも突き止めた。おれと同じようにな」

「そうか」宮殿まがいの屋敷のどこかで、ラーチコはさぞかし激怒しているだろう。わたしはコーヒーをとりにキッチンに向かった。ピッグペンのオフィスの前を通ったところで、彼に呼び止められた。

「ロシア人、ついてるか？」

「まだわからないんだ、ピッグペン」

「さいころバクチ。七、出たか？」

「またあとで。時間があれば」

「ケチ」

「まだあきらめるな」

「ケチ」

わたしはコーヒーと、エヴァのコンピュータをコピーしたハードディスク・ドライブを持ってフーズのオフィスに戻った。

「今度は何を持ってきたんだ？」フーズが訊いた。

「エヴァ・マルホランドのコンピュータだ。彼女はきのう病院から逃げ出した。そのまままっすぐ自分のアパートメントへ行き、《アンダーテーブル》にログインし、個人情報を買いあさってログアウトしている」

「その娘は《アンダーテーブル》にアカウントを持っているのか？」

「たぶんリスリャコフのアカウントを使ったんだろう。ところで、彼のコンピュータにあった集計表だが――あれはマネーローンダリングのためじゃないかと思う」

「おれもそう思っていた」

「どうして――」

「それしか考えられない。数字は言葉と同じように、いろいろなことを教えてくれるんだ。コンピュータはもうバルスコフに渡したのか？」

「ああ。父親に渡した」

「ずいぶん気前のいいことだな。あんたが渡したラップトップは、たぶんロシア・マフィア史上最高のマネーローンダリング・マシンだ。きっとあの女検事が知ったら、即刻あんたをムショへぶちこむだろう」

「まちがいないだろうな。だが、これにはわたしなりの理由があるんだ。いずれにしろ、あれはバルスコフのものだった」

「まあ、それはそうだ」

「で、どんな仕組みかわかるか？」

「だいたい見当はつく」フーズは巨体をかろうじて支えている椅子にもたれ、両脚を机に載せた。彼にしか理解できない、複雑な世の中の仕組みについて専門家としての解説を始めるときの姿勢だ。ひとたび始まると途中で止めるのは至難の業《わざ》だが、彼の見解が誤っていることはきわめて稀《まれ》だ。ただ願わくは、できるだけ短くすませてほしかった。

「きのう考えてみた。いったいなぜ、毎日数百件もの取引をする必要があるのか？　おれはデータを見なおしてみた。リスリャコフが書いたプログラムはどうやら、外国の銀行やアメリカ系銀行の海外支店からアメリカ国内の口座へ、当局への報告義務を下まわる金額を毎朝移すというものだったらしい。汚れた金をきれいな金にするひとつの方法は、金を少額ずつ別々の口座に分けることだ。新しい口座を作って、不審に思われない程度の金額を移すんだ——たとえば一口座あたり、八百五十ドルとか九百ドルずつ。そして人を雇ってＡＴＭに行かせ、その口座から少額ずつの現金を引き出させて、その金を別の口座に預金させれば、あら不思議、きれいな金に化けるわけさ。汚れた金の痕跡は残らない」

「しかしそれには膨大な数の口座がいるぞ——何千か、それ以上かもしれん」

「確かに。〈T・J・マックス〉からものすごい数の社会保障番号が盗まれたのを覚えているだろう——確か一億人分だったか？　ただ、そのデータ自体に市場価値はあまりない。競争が激化したおかげで、個人情報を盗んでも引きあわなくなったんだ。《アンダーテーブル》を見てみろ——無料《ただ》同然で売ってるぞ。しかしだ、実在する社会保障番号に新しい名前をつけ、その名前で銀行口座を開設すれば、金を動かしても足がつくことはない。完璧な目くらましになる。その手順を自動化すれば、あとはコンピュータがすべてやってくれる——電信振替を依頼し、送金を指示するメールを送信するんだ。システムを作ってしまえば、あとはアルバイトを雇って、金が右から左へ動かされるのをのんびり眺めていればいい。アルバイトの運び屋が一人捕まるか、銀行のセキュリティ担当者が口座を差し押さえたとしても、口座の名義人は実在しない。追跡しても行き止まりだ。失うのはわずか数百ドル。痛くもかゆくもない」

「ATMに出向かせる人数だって半端じゃないぞ」

「そのとおりだ——しかし、一人が一時間で六行のATMをまわり、一行あたり五つの口座から引き出すとしよう。一日八時間働かせれば、二百四十の口座から金を引き出せる。仮に一口座あたりの平均残高が八百ドルとすれば、一人で一日十九万二千ドルを回収できるわけだ。一人で、だぞ。百人にやらせれば、千九百二十万ドル。アルバイトに五パーセント、あるいは七パーセントの手数料を支払っても、一カ月で三、四億ドルを動かせることになる。

計算すればわかることだ。うまくやったもんだぜ。濡れ手で粟《あわ》とはまさしくこのことだ」

「ただ、作った本人はもう死んでいる」

フーズは肩をすくめた。「それならバルスコフの組織は、全米トップ企業百社への仲間入りを果たせないだろうな。それでもかなりの利益は見こめるが」

「バルスコフは、リスリャコフなしではこのシステムを動かせないのか？」

「システムは完全に自動化されている。コンピュータさえあれば動かせるさ。くどいようだが、おまえさんのおかげでバルスコフはそのシステムを手に入れたってわけだ。当分はひとりでに動いてくれるが、遅かれ早かれ、失われたふたつのピースが必要になるだろう」

「ひとつはデータベースだな——新しい口座を作るための」

「ご明察だ。もうひとつはプログラムだ。アプリケーションを動かすプログラムで、膨大な数字を取引記録に変えるためのものだ。おれの見るところ、リスリャコフが移したファイルのひとつがそれにちがいない——安全のために。計算上、データの容量もぴったり合うんだよ。その仕組みは——」

わたしは手を掲げてさえぎった。「しかしそれはすべて推測だろう？」

「相対性理論だって推測から始まったんだ」

「そいつは失礼、アインシュタイン博士。しかし、わたしの仕事は動かぬ証拠を見つけ出すことだと思うんだが」

「あんた、あのセクシーな女検事をあっといわせたいんだろう」

「そうさ。とはいえ、いまは脱走した娘を見つけ出すほうが優先だ。彼女の父親と約束してしまったんだよ。いまは早まったことをしたと思うが」

「あんたがここ最近挙げた成果と、娘の父親の行状を考えれば、おれも同意見だな」

コーヒーを投げつけてやりたくなったが、フーズのいうとおりだった。「通話記録を調べてもらいたい携帯電話がある。使い捨ての番号だ」わたしはペトローヴィンの番号をいった。

「おれたちの知っている人間か？」

わたしは首を横に振った。「ロシア人の謎の刑事だ。セクシーな女検事といっしょに仕事をしている。わたしに関してやけに詳しいんだ。こっちのハンディをなくさないといけない」

「まかせろ」

わたしはエヴァのコンピュータのコピーをひらき、彼女の《アンダーテーブル》での購入履歴をたどってみた。《アンダーテーブル》とは、バジャー兄弟の犯罪帝国の一翼を担う個人情報売買の闇サイトだ。しかしフーズによれば、《アンダーテーブル》やその姉妹サイト《カードシャーク》《ＩＤウェアハウス》が彼らの収入源となっていたのは過去の話らしい。サイバー犯罪者たちが盗んできた個人情報をこれらのサイトに出品し、よからぬ目的のために個人情報をほしがっている別の犯罪者が、他人のクレジットカード番号、口座番号、社会保障番号、電話番号などをそのときの相場で買い、バジャー兄弟がサイトの売上から上前をはねる――裏社会のオークションサイトであり、オンライン送金も完璧だ。しかしさる賢明な資本主義者が指摘したように、これまでに考え出されたビジネスで、過当競争によって利益を侵食されなかったものはない。相場は瞬《また》く間に数千ドルから数百ドルへ、そして数十ドルへと下落するのだ。数年前なら、エヴァが買った四十人分の預金口座は二十万ドルはしたにちがいない。いまなら一万ドルもあれば買えるだろう。その費用すら彼女は気にする必要がない。わたしの見るところ、支払いにはリスリャコフの口座を使っているからだ。

エヴァがほしいのは現金であってクレジットカードの与信枠ではない。彼女は、銀行情報や暗証番号付きの口座番号を買っている。エヴァは偽造カードを使ってATMを何カ所もまわり、いまごろは密売人から麻薬でも買っているかもしれない。

わたしは〈バシリスク〉に、彼女が購入した口座番号と名義人を入力した。巨大なコンピュータがものの数分で全米の金融機関のデータベースを検索した結果は、わたしの予想どおりだった。エヴァはきのうの午後七時四十二分、エリザベス・ロングという偽名でユニオン・スクエアのWホテル六〇四号室にチェックインしていたのだ。けさまでに彼女は十カ所のATMから約七千七百ドルを引き出している。そのうち八カ所はマンハッタン南部の二番街と三番街のあいだ、四丁目から一四丁目までの範囲に集中していた。イースト・ヴィレッジには多くの若者が集まるが、二番街に沿った一丁目から九丁目までの地区は、昔からウクライナ系移民の中心地である。わたしはエヴァのコンピュータのコピーをわきによけ、リスリャコフのコンピュータのコピーを立ちあげた。きのうと同様、《スラブ自己啓発センター》のホームページがひらかれる。この組織の使命は、〝スラブ系移民の社会的、文化的、経済的発展を促進すること〟によって〝全世界のスラブ人社会の成長に資する〟ことらしい。この目的のため、同センターは主要なスラブ諸国の首都のほか、ベルリン、フランクフルト、パリ、チューリッヒ、ロンドン、ニューヨーク、シカゴ、ロサンゼルス、ダラス、それにアジアの数カ国にも支部を置いているという。スラブ人は世界を駆けめぐる。いや、駆けめぐるのはスラブ人の金というべきか。資金洗浄されたスラブ人の金。ニューヨークの〈スラブハウス〉は二番街の八丁目と九丁目のあいだにある。訪ねてみる価値は大いにありそうだ。フーズのオフィスを通りかかると彼に呼び止められた。「さっきの携帯電話だが、着信はあまりない。ほとんどが、モスクワの市外局番への発信だ」

「モスクワのどこだ？」

「〈バシリスク〉は海外では分が悪い。ヨーロッパの国々はロシアも含めて、データをガードしているんだ。それで昔懐かしの方法だが、グーグルでその番号を検索してみた。その番号は、ロシア連邦検察庁のものだった」

最初の行き先はWホテルだ。わたしはロビーの内線電話で六〇四号室を呼び出してみたが、留守番電話に切り替わった。エレベーターで六階に上がり、エヴァのいる部屋を見つけ、ドアをたたく。返事はない。眠っているのかもしれない。もう一度、最初より強くたたいた。マリファナでもやっているのだろうか。〈バシリスク〉で検索したところ、まだチェックアウトはしていないが、単にここを出ただけなら知るすべはない。

次の目的地は〈スラブハウス〉だ。

ここ二番街の南では、暑さも人出にまったく影響していないようだ。日差しがぎらつく昼前の通りは、あらゆる人種と年代層の人々で賑《にぎ》わっている——刺青《いれずみ》をした学生（刺青をしていない学生は一人も見当たらない）、周囲のものを突きとばさんばかりの勢いでベビーカーを押す母親たち、ランニングシャツの腹が突き出た中年の男たち、ショッピングバッグを両手いっぱいに抱えているが、楽に運べそうな体格の老婦人たち。民族もさまざまだ。スラブ系、ラテン系、ジャマイカ人やプエルトリコ人、黒人、中国人、日本人、韓国人、インド人、パキスタン人、東南アジア人、ヨーロッパ各国の人々、アメリカの白人。わたしが移住先にニューヨークを選んだのは、数ヵ国語を話せることが大きな理由だった。この街の郊外は年々、ヤッピーや子どものいない共働き夫婦向けの再開発によって大手スーパーのチェーン店や大規模な集合住宅ばかりになり、個性を失っている。それでもこの界隈《かいわい》に建ちならぶレンガ造りの古い建物からは、いまでも雑多な個性がにじみ出ているようだ。暑気がもう少し穏やかで急ぎの仕事がなければ、わたしは喜んでオープンカフェのテーブル席に座り、ビールを飲みながら道行く人々のさざめきに耳を澄ますところだ。

〈スラブハウス〉の正面は二番街の東側と八丁目の交差点のすぐ近くにあり、《スラブ自己啓発センター》の立派なウェブサイトに比べてずいぶんみすぼらしかった。インド料理店と携帯電話販売店に挟まれた四階建ての古いレンガ造りの建物で、安っぽい金属製の枠組みから緑のペンキがはがれ落ちている。周囲の店はデリ、新聞の売店、もう一軒のインド料理店(このあたりはニューヨークでもインド料理店がとりわけ集中している)、クリーニング店、薬局、ネイルサロンが二軒、それから美容室だ。西側の通りにも雑多な業種がひしめきあっており、やはり上階はアパートメントで、銀行の支店もあった。エヴァ・マルホランドが現金を引き出した店だ。

わたしは〈スラブハウス〉のドアを押さえ、続いてはいってくる二人の若い女性たちを通した。二人は狭いロビーで屈強な守衛に身分証のようなものを見せ、回転ドアを通り抜けてカーテンの奥に消えた。ドアはほかにもうひとつ、守衛の背後の壁にしかない。鉄製のドアにいかめしい大きな鍵がついている。ドアのかたわらには、壁の高いところにマジックミラーのついた窓があった。

わたしが近づくと同時に守衛が椅子から立ちあがった。「身分証は？」

訛《なま》りの激しい英語だ。わたしはロシア語で答えた。「こっちに出てきたばかりなんだ。友だちから、ここでいろいろな支援事業をやっていると聞いてね」

守衛もロシア語に切り替えた。「友だちの名前は？」

「ネデレンコ。イラリオン・ネデレンコだ」わたしが脅した、あのウクライナ人のチンピラはまだ生きているだろうか。

「聞いたことのないやつだな」

「わたしはベラルーシのミンスクから来た。ネデレンコによると、ここで移住者の生活支援をしてくれるそうじゃないか。仕事や、スラブ系移住者の仲間を紹介してくれると聞いたんだが……」

「何度もいわせるな。ネデレンコなんてやつは知らん。ここは予約制なんだ。ウェブサイトで申しこみをしてくれ」

「ウェブサイト？」

「ああ、そうだ」

「ネデレンコはそんなことといってなかったぞ……」

三十代の男たちが三人はいってきた。さっきの女たちと同様、守衛に身分証を見せて回転ドアの奥へ消えていく。

「じゃあ、ほかの誰かと話させてもらったほうがいいかもしれないな。聞いた話では――」

守衛はかぶりを振った。「ここには誰もそんな人間はいない。いまいったとおり――」

「ああ、わかったよ。ウェブサイトで申しこむんだな？」

「そのとおりだ」

「でも支援事業はやっているんだろう？　スラブ系の移民を支援する事業を」

「ウェブサイトを読んでくれ。そっちに全部書いている。ロシア人なら誰でも歓迎というわけじゃないんでね」

「わかった」

わたしは熱気の立ちのぼる歩道に戻った。ここでがんばってもしかたがない――いまはまだ。

わたしは通りを歩きながら、すれちがう人々にエヴァの写真を見せ、彼女を見かけなかったか訊いた。反応ははかばかしくなかった。誰もが先を急いでおり、協力的な人はほとんどいない。無理からぬことだ。どこの馬の骨とも知れない人間から、わけのわからないことを訊かれるのだから。かつては、ＫＧＢの身分証をちらつかせただけで相手は震えあがったものだが、いまのわたしにそんな権力はない（ときどき、ネデレンコのような相手を騙《だま》すことはあるが）。だが、当時を懐かしむ気持ちは微《み》塵《じん》もなかった。

わたしは九丁目と一〇丁目のあいだのブロックをしらみつぶしにまわり、西側の通りへ渡ってさらに訊きこみを続けた。話しかけたのはほとんどが移民で、たどたどしい英語を話す人々もいたが、なかには英語がわからないふりをしている連中もいた。しかし彼らの善意をあてにしている以上、気の進まない人たちに無理強いするわけにはいかなかった。

〈スラブハウス〉の向かいにあるマットレス販売店の前で、セールスマンがタバコを吸っている。わたしと同年代の白人で、あまり出来のよくないかつらをかぶっていた。写真を見せると、彼は眉間に皺《しわ》を寄せ、いった。「この娘が何をしたんだ？」

「よくわからないが、家出したらしい。麻薬をやっているようだ。両親が心配している」

「そりゃ心配するだろうな、ふつうは。そこの建物が見えるだろう？」彼は〈スラブハウス〉に顎をしゃくっていった。「一年半か、二年ぐらい前にできた。一日じゅう、大勢の人間が出入りしている。ただ、ちょっと妙でね。どう見てもスラブ系じゃなさそうなやつがたくさんいるんだ。スラブ系黒人とか、プエルトリコ系スラブ人とか東洋系スラブ人なんて、おれは聞いたことがない。それにほとんどが若者だ」

「それで？」

「若者を使って、何かやらせているんじゃないかな」

「何かって、どんなことだろう？」

「さあ、それはわからん。わかっているのは、グループで出入りしていることだ。三、四人ずつで行動している。おれはホーボーケン（マンハッタン島の対岸にあるニュージャージー州の町）に住んでいるんだけどね、労働者の多い静かな町で、よそから来る人間はあまりいない。ところがこれまでに四回、休みの日に、あの建物に出入りしている若いやつを見かけたんだ。だから顔を見ればわかるよ。

あの連中はうちの近所にまで来て何かをやっている。それがなんなのかはわからんのだが」

「本当か？」

「ああ、本当だとも。お客さんが少ないときには暇だからね、通りを眺めるぐらいしかすることがないんだ。だからあそこに出入りしている若い連中は、だいたい見ればわかる」

「写真の娘はわかるか？」

「もちろんだ。ここ二ヵ月ほど出入りしている」

彼の口調は、いいかげんな話をしている人間には見られない静かな確信に満ちていた。

「最近見たのはいつだ？」

彼は返事をしかけたが、不意に言葉を止め、わたしの向こうを見た。顔つきが変わり、声も変わった。「あんた、いったい何者だ？」

「この娘を探している者だ」

「じゃあ、あれは誰だ？」

彼の視線の先をたどると、何軒か離れた建物の前に、ポケットを手探りしている男がいた——あるいは、こちらを見ていたのを気づかれて素知らぬ顔をしているのかもしれない。男の白いワイシャツと黒っぽいスーツは、Tシャツやタンクトップが多いこの通りではいやでも目立つ。

わたしは向き直ってセールスマンを見た。「きっとFBIだろう。あいつらも娘を捜しているんだ。娘はロシア人とつきあっていた。たぶんマフィアの一員だ。FBIの連中は、その男が娘といっしょにいると思っているのさ」

「あんた、やけに詳しいんだな。マットレスを売るのは面白い仕事じゃないが、それでもいくらかの稼ぎにはなる。それに家内が病気でね。面倒に巻きこまれるのはごめんだ」

「その点は心配無用だ」わたしは二十ドル札を二枚、彼の手に押しつけた。「あんたはわたしに、この辺でいちばんおすすめのインド料理店を教えてくれただけさ。あそこの、三軒隣の店だろう」

彼の声が元どおりになった。「そうそう、あそこの店はうまいよ。ぜひ昼食を楽しんでくれ。ところで、娘はきのうの四時ごろに一回、きょうの午前中にもう一回見かけた。なにせ美人だったからよく覚えている。〈スラブハウス〉にはいったところは見たが、ちょうどお客さんが来たので出てきたのかどうかはわからない」

セールスマンは金をポケットに入れ、タバコを踏みつぶして店内に戻った。わたしはまっすぐＦＢＩの男に近づいた。男はわたしの姿を見て左右をきょろきょろしたが、どこにも逃げ場はなかった。

「わたしはターボという者だ」といいながら手を差し出した。相手は知らんぷりをし、家庭用品店のショーウインドウに飾られている掃除機に目をやった。「掃除機なら、エレクトロラックスの製品が断然お勧めだ。ついでにいっておくが、わたしはこれからそこのブロックにあるインド料理店で昼めしを食う予定だ。そのあと喫茶店で友だちと待ちあわせている。わたしがロシアの歴史を教えている若い女性だ。それ以降は時間によるが、オフィスに戻るかもしれないし、アップタウンへ向かうかもしれない。あんたのボスの女検事に、また会えるのを楽しみにしていると伝えてくれ」

わたしが立ち去るときにも、男は知らんぷりを続けていた。インド料理店で窓際の席をとり、昼食を注文してから携帯電話でジナを呼び出した。彼女はすぐに出た。

「もうひとつ仕事をやらないか？」

「いいわよ。ちょうど金欠で困っていたところ」

わたしは彼女に喫茶店の住所を告げた。「三十分後にその店で待っている」

食事をしているあいだにも、〈スラブハウス〉には三、四人連れのグループが次々と出入りしていた。風味豊かなナンとまろやかなチキン・ティッカ・マサラ（香辛料とヨーグルトをつけた鶏肉をタンドールで焼き、トマトとクリームをベースとしたカレーソースで煮こんだもの）を残さずたいらげ、勘定を支払い、隣の喫茶店に移る。ジナはわたしがはいってから五分後に現われ、店内に足を踏み入れるや、予想どおりさげすんだ口調でいった。

「ターボ、なんでまたこんな店にしたのよ？　目と鼻の先に〈スターバックス〉があるじゃない」

ジナは大半の若者より頭が切れるが、彼女の世代にたがわず、ブランド信仰に洗脳されている。上から画一性を押しつけられた社会——いかにささいなことでも個性を発揮すれば組織的に押しつぶされる——で育ってきたわたしとしては、なぜアメリカ人がわざわざ人と同じものを探し、喜んで金を払うのかまったく理解できない。わたしはこうしたチェーン店を最大限避けるようにしている。しかめ面をしながら、ジナはわたしの頬に軽くキスをし、席に座った。

「ここ、コーヒーあるの？」

「カプチーノだってあるよ」

わたしはウェイトレスに合図し、ブラックコーヒーとカプチーノを注文した。ウェイトレスは伝票に注文を書き、席を離れた。わたしはジナに笑いかけた。彼女は不満そうだ。

わたしはいった。「グリーン・ストリートで見かけた若い女性を覚えているか？」

「もちろん」

「その女性の名前はエヴァという。恋人の名前はラトコだ。ここから通りを渡った〈スラブハウス〉というところにはいってみてくれ。入口のすぐそばに、大柄の守衛がいる。そいつにエヴァのことを訊いてほしい。そこで待ちあわせをしているというんだ」

「わかった。でもどうして？」

「その女性を捜しているからだ。あの建物にはいっていくところを見た人間がいる」

ウェイトレスがコーヒーを持ってきた。わたしのコーヒーは淹《い》れたてでまだ熱い。ジナのカプチーノにはミルクがふんわりと泡立っている。彼女はおそるおそる口につけた。

「あら、おいしい！」彼女は店に来て初めて笑みを浮かべた。だがきっと、あしたには〈スターバックス〉に戻るだろう。「その建物は麻薬常習者のたまり場なの？」

「かもしれん。だがより可能性が高いのは、別の目的の隠れ蓑《みの》に使われていることだ。わたしは守衛に追い出されたんだが、引きあいに出した人間の名前がいけなかったのかもしれない。これだけはいっておく――ロビーから奥には絶対に行くな。守衛にエヴァのことを訊いたらすぐに戻るんだ。十分以内にきみが通りに出てこなかったら、わたしも行く」

「わかったわ。でも、まずカプチーノを飲ませて」彼女がスプーンを使ってミルクを口にし、コーヒーを味わっているあいだ、わたしは通りにＦＢＩの男がいないか確かめたが、男はあきらめたようだ。

「お待たせ。それじゃあ行ってくるわ」

「ブロックをひとまわりしてから行くんだ。ここからまっすぐ〈スラブハウス〉へ行くところを誰にも見られないようにな。帰りも同じだ」

「ターボ、それは被害妄想よ」

「お褒《ほ》めにあずかり恐縮だ」わたしの育った国では、警戒を怠《おこた》らないことが生きる要諦《ようてい》だった。

　ジナはわたしに、あなたにはほかにもたくさん欠点があるわ、といいたげな一瞥《いちべつ》をくれてドアに向かった。右に曲がり、八丁目の方向へ消える。五分ほど経って、彼女は遠くの歩道からふたたび姿を現わし、北の方向から〈スラブハウス〉へ近づいた。

　さっき喫茶店に来たとき、ジナの服装はＴシャツとスカートという簡単なものだったが、着こなしは折り目正しく、髪は後ろで縛っていた。それがいまは、Ｔシャツをだらしなく腰まわりに垂らし、髪はくしゃくしゃにしている。ゆっくりとブロックを歩き、不安げに、周囲を確かめるように見まわす。こうした仕事を大学生に頼むようになる前は、仕事の空いている俳優を使っていたが、オーディションで突然呼び出されることがよくあり、悩まされた。しかしジナは俳優顔負けの演技で、不安定な性格の女になりきっている。〈スラブハウス〉の前で立ち止まり、彼女は躊躇《ちゅうちょ》した。ぶっつけ本番で行くことにおじけづいたのか。わたしは内心、悪態をついた。

ジナが意を決して〈スラブハウス〉にはいる。

だが、十分近く経っても出てこない。待っているあいだ、わたしの脳裏には最悪の事態がよぎった。その場合、全責任はこのわたしにある。オハイオ州のトリードで暮らしている彼女の両親になんと申し開きをすればいいだろうか。四回目に腕時計を見たとき、ようやくジナが通りに出てきた。彼女は一瞬ドアを押さえ、それから八丁目の方向へ歩きだしてシャツをたくしこんだ。わたしはテーブルに勘定を置き、表に出て通りを横断し、角で彼女と合流した。ジナはわたしに続いて一三丁目の〈スターバックス〉へはいった。

「チェーン店は嫌いなんじゃなかったの？」ドアを押さえているわたしに向かって彼女はいった。まったくこの女ときたら。

ジナはカプチーノをもう一杯注文し、わたしはブラックコーヒーをもう一杯頼んだ。隅のテーブルに座る。彼女はいった。「あの人たちが何をたくらんでいるのかは見当がつかなかったけど、薄気味悪い場所だったわ。あの娘さんはあそこにはいないみたい。少なくともあの人たちはそういっていたけど、彼女のことは知っていたわ。でもあの人たち、彼女が好きじゃなさそうね」

「あの人たちとは？」

「男が二人いたのよ。一人は大柄な守衛で、もう一人は背が低く、脂《あぶら》ぎった黒髪で、顎鬚《あごひげ》を伸ばし、東欧のどこかのような訛《なま》りだった。わたしがエヴァのことを訊いたら、守衛がその男を呼んだの。鉄の扉の部屋にいたわ」

「そいつらはなんていっていた？」

「わたし、あなたにいわれたとおり、ここでエヴァと待ちあわせているといったわ。そうしたら守衛が、〝どこのエヴァだ？〟と訊いた。わたしが〝ラトコの友だちのエヴァよ〟と答えたら、守衛がもう一人の男を呼んだ。もう一人の男はわたしに、どうやってエヴァを知ったのか訊いてきたから、わたしは友人だといい張った。そうしたらこういわれたわ。〝あの見てくれのいい女に、男を連れてここに来いと伝えてくれ。さもなければ、さっさと消え失せて二度と帰ってくるな、と。おまえもだ〟。それから男は部屋に戻り、わたしは退散したわけ」

「そうか」リスリャコフが死んだことは、まだ〈スラブハウス〉には伝わっていないようだ。

そのとき、〈スターバックス〉に四人連れの若い女たちがはいり、カウンターに陣取った。うち二人は、さっき〈スラブハウス〉の入口で、わたしがドアを押さえて通してやった女たちだ。あのとき彼女らは確か手ぶらだったが、いまは四人とも大きなショルダーバッグを抱え、コーヒーを待っているあいだ、一人がブラックベリーを操作している。四人は声をひそめて話していたので、何をいっているかは聞き取れなかった。

わたしはポケットから紙幣を取り出し、ジナに二十ドル札を五枚渡した。

「振り向かないで聞いてほしいんだが、いま女の四人連れが店から出ていくところだ。そのうち二人を、わたしは〈スラブハウス〉で見た。四人を追いかけて、どこへ行くのか、何をしているのかを電話で知らせてくれ。あまり近づくなよ。尾行を警戒しているかもしれないからな」

「分散したらどうすればいい？」

「ストライプのTシャツか白いスカートの女を追え。さあ、出るぞ」

ジナとわたしは自分たちのカップに視線をやった。ドアが閉まると同時に、ジナはわたしの頬にすばやくキスをして四人を追いかけた。わたしはコーヒーを飲み終わると、もう一度Wホテルへ向かった。

23

ホテルにはいるのと同時に、ジナから電話が来た。

「いま、グランド・セントラル。あの人たち電車に乗るみたい。どうする？」

「尾行を続けろ。切符を買って電車に乗るんだ。また知らせてくれ」

わたしはロビーの内線電話を通りすぎ、そのまま六〇四号室に上がってドアをノックした。思いがけないことに、おずおずとした女性の声が答えた。「は……は……はい？」

こんなはったりをかける方法はあった――「お客様、お部屋の配管に漏れがないか点検にうかがいました」だがそれでは、彼女は口をひらかないだろう。

「エヴァ、わたしはターボという者だ。水曜日にラトコの部屋できみを見つけた。そしてきみを病院に連れていった」

長い沈黙があり、それからドアにチェーンをかける音がした。ドアがわずかにひらき、ふたつの青い目が覗く。母親の目ほど深い翳《かげ》りはなく、水曜日の夜はうつろで恐怖に満ちていたが、いまは澄んで輝きを帯び、もの問いたげな色が浮かんでいる。目の下には青黒いくまができているが、単なる不眠によるものかもしれない。

「わ……わたし、あなたを知らないわ。ラ……ラトコって……誰？」

わたしは一瞬あっけにとられた。「あの男はきみにアレクサンドルと名乗っていたのかもしれない。アレクサンドル・ゴンチャロフだ」

目が反応した。「あ……あなたの、も……目的は？」

「きみと話がしたい。それだけだ」

「あなたは……だ……誰なの？」

「ターボだ。水曜日のことは何も覚えていないのか？」

彼女はゆっくりとかぶりを振った。

「きみはわたしを撃ち殺そうとしたんだぞ。それも覚えていないと？」

「えっ？　う……嘘でしょう？」

「きみは二発撃った。一発は寝室のドアを貫通し、わたしがドアをぶち破ってからもう一発撃った」

何か思い当たるようだ。記憶をたぐっているのか、目のまわりに皺が寄る。「アレクサンドルのピストル……」

「そのとおりだ」

彼女はドアに手を伸ばしかけたが、思いとどまった。「ご……ごめんなさい。銃のことは覚えてるわ。ひ……抽斗《ひきだし》に彼がしまっていたの」

「その銃にちがいない」

「あ……あなた、ここで何をしているの？　ど……ど……どうやってわたしを捜し出したの？」

「きみは《アンダーテーブル》で彼のアカウントを使っていた」

彼女は一瞬驚いたが、徐々に気づいたようだ。「な……なんてことを。わたしのコンピュータを覗いたのね。わたしのアパートメントにはいったんでしょう？　あ……あなた……な……何者？」

「わたしは、相手が探しているものを見つけて報酬をもらう。人を捜すこともある」

「でも、誰が……ああ、わ……わかったわ。お母さんね」

「というより、お父さんだ。お父さんはきみをとても心配している。二人ともだ」ポリーナに関しては疑わしい点もあるが、いまは目をつぶろう。

「わ……わたしには……こ……こ、これ以上、話すことはないわ」彼女はドアを閉めようとした。

「お父さんはいま大変な立場にいるんだ、エヴァ。お父さんが逮捕されたのは知っているか？」

エヴァの手が止まった。「な……な、なんですって？」

「何か重い罪の容疑で告発されることになりそうだ――銀行のことでね。お父さんは裁判で勝てるといっているが、きみのことまで心配するのは大きな負担だ」

「だ……誰がそういったの？　お……お母さんね」

「お父さんだ」

　彼女はその言葉を反芻《はんすう》した。エヴァはマルホランドを気遣っているようだが、義父のために帰ろうとまでは思っていないらしい。彼女はドアを閉めかけた。「ごめんなさい」

「待て」わたしは足を隙間に挟んだ。できればこんなことはしたくないのだが、遅かれ早かれいわなければならず、避けて通ることはできない。「水曜日、あのロフトで不幸な出来事があった――わたしが部屋にはいる前だ」

「何よ？　い……いったい何をいってるの？　ど……ど……どんなこと？」

「アレクサンドルだ」

「あ……あ、あの人がどうしたの？」

「つらい知らせだ、エヴァ。彼は亡くなった。水曜日の夜、何者かに殺されたんだ。わたしが遺体を発見した」

　青い目が衝撃に見ひらかれ、涙があふれ出した。彼女は心のどこかでそれを予感していたように思えたが、だからといって衝撃がやわらぐわけではなかった。

　わたしはいった。「なかに入れてくれたら、わたしが知っていることを教えよう」

　エヴァは首を振った。「わ……わたしは……あ……あなたを知らないわ」

「そうだな。きみのいうとおりだ。では階下のロビーで待っている。じっくり考えてくれ。わたしはきみを無理やり家に連れ戻そうとは思わないし、きみの行きたくないところには連れていかない。いまいったとおり、話がしたいだけだ。強引な真似をしてすまなかった」

わたしは足を引き、ドアは静かにしまった。われながらばかなことをいっているように思えるが、使いというものは、これ以上どうにもならないと悟ったら詫《わ》びをいって身を引くしかないのだ。

一分ほどドアの前に立ち、彼女のすすり泣きに耳を傾けていた。泣き声はやまなかったので、わたしは階下に降り、どのぐらい待つことになるのか、どのぐらい待つべきなのか、いくら待っても進展がなかったらどうしようかと考えた。

そのまま二十分が過ぎ、エヴァの吃音症が太腿《ふともも》の醜い傷と関連があるのだろうかと考えだしたところで、ジナから電話が来た。

「わたしに借りができたわよ——とても大きな借りが。いまスタムフォードにいるの」

「スタムフォードじゃまずいのか？」

「だって、コネティカット州よ」

「きみはオハイオの出身だろう。コネティカットのどこがいけないんだ？」

「ニューヨーク州の外に出ちゃったのよ。とにかく、あの人たち変なの。一人はママロネックで降りたわ。もう一人はグリニッジで降りた。ストライプのシャツともう一人はここで降りたの。でも二人は別れたので、わたしはストライプのシャツを尾《つ》けることにした。それがね、ＡＴＭめぐりをしているのよ。いま五つ目にはいっているところ。あまり近づけないから何をしているかはわからないけど、たぶんお金の引き出しと預け入れの両方をやっていると思うわ。ひとつのＡＴＭにだいたい十分ぐらいかかっているから。変でしょう？」

「行き当たりばったりにはいっているのか？」

「ブラックベリーを調べながらはいっているわ。ちょっと待って、また移動するみたい。もう一回電話してほしい？」

「このまま切らないで待っている」

二、三分ほどして、ジナがふたたび出た。「別の銀行に来たわ。チェースよ。今回のATMめぐりでチェースはふたつ目。ほかにこれまでまわったのはバンク・オブ・アメリカ、地元の信用組合、ファースト・トラスト・バンク、シティバンクよ。女の子一人で、これだけたくさん口座を作るかしら？」

「本人の口座じゃない。そのまま尾行を続けて、こっちに戻ってきたら知らせてくれ。電話はいつでもいいからな。わたしはどんなに遅くなってもかまわない」

「どんなに遅くなっても？ちょっと待ってよ。わたし今晩デートなの。まさかこれ以上遠くまで――」

「確かその鉄道の終点はニューヘヴンのはずだ」

「ニューヘヴン！冗談じゃないわよ、ターボ。いったいわたしを――」

ジナに罵声《ばせい》を浴びせられる前にわたしは携帯電話を閉じた。次の瞬間、エレベーターの扉がひらいた。エヴァが出てきて、わたしを捜してロビーを見まわす。ジーンズに紫のTシャツを着ただけで、化粧はしていなかった。

「大丈夫かい？」近づいてくる彼女にわたしは訊いた。目は腫《は》れているものの、曇ってはいない。「きみさえよければ、場所を変えよう」

エヴァは首を振り、わたしの隣に腰を下ろした。あと二、三時間もすればロビーのバーには大音量の音楽が流れ、一日の仕事を終えた酔客であふれるだろうが、いまはほとんど無人だった。

「何か飲み物は？　コーヒーがいいか？　紅茶でも？」

彼女はもう一度首を振った。「ア……ア、アレクサンドルのことを聞かせて」

「わかった。しかしその前にわたしからも訊きたいことがある。水曜日のことは本当に何も覚えていないのか？」

エヴァはかぶりを振った。「わたし……か……彼のロフトに行ったの。か……帰ってくるって、知ってたから。彼から、き……聞いてたんだけど、か……彼はじ……自分でそういったのをわ、忘れていたわ。彼、と……ときどき、ぼうっとしているの」現在形を使っていることに気がつき、彼女の目から涙があふれ出した。涙を振り払おうとする彼女を見て、わたしは無人のバーにはいり、紙ナプキンをとってきた。エヴァはそれを目頭にあてた。

「わたしがつ……着いたら、彼はそわそわしていて、お……落ち着かなかったの。ひ……飛行機がひ……ひ、ひどく揺れたんですって。わたしはた……たぶんそのせいだって思ったわ。そ……そ、そのときにブザーが鳴って、彼はそ……その人とし……仕事の話があるっていった。それでわたし、し……寝室で待つようにいわれたの。わたし、シャワーを浴びようかとお……思った。とてもむ……蒸し暑い日だったから。お……覚えているのは、そこまでよ」

「病院で気がつくまでだね」

「ええ。目が覚めたとき、ど……どこにいるのか、どうやってあそこへ行……行ったのか、覚えてなかったわ」

「きみは自分では何もやらなかったのか？　麻薬の類は？」

「や……やらなかったわ。わたし、ドラッグはやらないの」否定しているのではなく、淡々と事実を述べる口調だ。

「以前はやっていた？」

「い……いいえ。は……葉っぱ《マリファナ》はたまにやるけど。お……大げさなのよ。お……お母さんと話したんでしょう。な……なんにもわかってないのよ。なんにも」

「更生施設にはいったのは？」

わたしが知っていることに彼女は驚きを示さなかった。「そ……それもお母さんね。どんなささいなことでもパ……パニックになるの。ちょ……ちょっとマリファナを吸っただけでへ……ヘロイン中毒とかいわれるのよ。さ……逆らわないほうが……か……かえって楽だけど」

吃音のせいかもしれないが、わたしは彼女のいっていることが本当だと思った。吃音は見せかけるのが難しいからだ。「水曜日に見つけたとき、きみは何かにひどく酔っていた。へべれけだったんだ。医者によるとルーフィらしい」

「知ってるわ。わ……わたしも聞いた。でもわたし……わたし、そんなものに手も触れていないのよ。ぜ……絶対おかしいわ」

これも本当だろう。「ラトコ、つまりアレクサンドルが――」

「ちがう！　彼がそ、そんなこと、するはずないわ。わ……わたしたちは……」

今度は否定している。これは嘘だ。きっと彼女自身も信じていないだろう。

「彼はきみに飲み物を渡したか？　ベッドのそばにダイエットコークがあったが」

エヴァは少し考えた。「ええ。し……寝室に戻ったとき、彼がついてきて、コ……コーラを持ってきたの。わたしがあ……暑さで、だ……脱水症状になったようだっていってた」

「きみは飲んだのか？」

「え……ええ、飲んだわ」

「彼がきみに薬を飲ませたんだ、エヴァ。つらいだろうが、そうとしか考えられない」

「で……でも、ど……どうして？　わたしの、み……味方だったのよ。わ……わたし……あの人、わたしを愛していたのに！」

最後はほとんど叫び声だった。やはり否定している口調だ。エヴァははっとわれに返り、周囲の注意を引かなかったか心配そうに見まわした。彼女がリスリィを愛していたのはまちがいない。

「彼とはどこで出会ったんだ？」

エヴァは首を振った。「な……何があったのか聞かせて。ロ……ロフトで。お……教えてくれるっていったでしょう」

「そのとおりだ。わかった。わたしが部屋にはいったのは午後八時四十五分ごろだった。寝室の外で二人の男が倒れていた――アレクサンドルときみのおじいさん。血のつながっているおじいさんだ」

「な……な、なんですって？」

「きみはおじいさんに気づいていた。そしておじいさんのことをひどく怖がっていた。なぜだ？」

「おじいさんが、そこにいたの？」

「そのとおりだ」

怯《おび》えた表情が戻ってきた。彼女は椅子から腰を浮かせた。「もう行かなくちゃ」

「待ってくれ」わたしはエヴァの手を優しくとった。だが、逃げようとしたらいつでも強く握れる。「彼はいまはここにいない。きみを傷つけることはないんだ。ロフトで何が起こったか聞きたくないのか？」

彼女は一瞬わたしの手から逃れようとしたが、力を緩め、椅子に腰を戻した。「わかったわ」座りなおし、背筋を伸ばす。「ま……待って。どうして、お……おじいさんを知ってるの？」

「わたしは何十年も前からきみの家族のほとんどを知っているんだ。きみが生まれるずっと前から」

「ど……どうやって？」

「みんな同じ職場で仕事をしていたからだ——ロシアで」

エヴァは後ずさりした。「と……ということは、あ……あなたは……」

「大丈夫だよ、いまはもう辞《や》めた。わたしはここニューヨークで生活しているんだ。一人で仕事をしている。わたしがきみを連れてあそこを出たのを覚えているか？　わたしは、きみをおじいさんと二人きりであそこに置き去りにはしなかった」

彼女はまだ不安そうだが席にとどまった。

わたしは続きを聞かせた。「ラトコはすでに息がなかった。ヤーコフは負傷していた。寝室のドアは銃弾で穴が開いていた。たぶんきみが銃声を聞いて拳銃をとり、ドアに発砲したら、誰かが撃ちかえしてきたんじゃないかな。ベッドの陰になった壁に、さらに二発の穴が開いていたからね。きみは相手が誰かわからずに撃ったんだろう。廊下にはひとつしか穴がなかった」

エヴァはかぶりを振った。「お……お……覚えていないわ」

「あまり自分を責めるんじゃない。ロヒプノールは強力な麻酔薬だ。記憶がなくなることもある。きみは何かが起こっているのを感じ、身の危険を感じた。それでラトコの銃を手にしたにちがいない」

「どうしてずっと彼をラトコと呼んでいるの？」

「彼の本名がラド・リスリャコフだからだ。ラトコ・リスリィと呼ばれることもある。『真夜中のカーボーイ』にラッツォという役で出たダスティン・ホフマンに似ているからだ。誰が彼を撃ったのか、心当たりはないか？　きみのおじいさんか？」

「わ……わからない」

「彼がギャンブル好きだったのは知っているか？」

「え……ええ。で……でも彼は、もうや……やめたといってたわ」

「きみはそれを信じているのか？」

「し……信じているわ」おそらく本心だ。

「きみがいっしょにいて、彼がそわそわしていたり怯えていたりしたことはなかったか？

誰かに狙われているような？」

「いいえ。そ……そんな様子には気……気づかなかったわ」

わたしはまだ彼女を信用していた。

「きみは、彼がチェルシーにアパートメントを持っていたのは知っているか？」

彼女はためらってから首を振った。これは本当かどうかわからない。

「出会ったのはいつのことだ？」わたしは訊いた。

「ま……待って。ロ……ロフトで、あなたはな……何をしていたの？」

「ラトコを捜していたんだ」

彼女は〝何をわかりきったことをいってるのよ〟といわんばかりの視線を投げかけた。

「すまない――もっと早くいうべきだったんだろうが、きっときみは気に入らないだろうと思ってね」

エヴァは今度はためらわなかった。「あなたからは、も……もう、い……いちばん恐ろしいことを聞かされたわ」

わたしは相手の話を続けさせるよう訓練されてきた。話を引き出し、探りを入れ、ここぞというときに脅しをかける。心理学を活用する。相手の弱みにつけこむ。希望、恐怖、不安感を操る。かつてのわたしは、こうした行為はすべて大義のためだと自分にいい聞かせて良心をなだめてきた。のちにそうした大義はすべて嘘っぱちだと気づいたが、ともかくも大義はあったのだ。しかし、いまはどうか？　わたしはなぜ、この若い女性の人生をずたずたにしているのだろうか？　彼女はその人生の大半を、トラウマを抱えて過ごしてきた。彼女自身が恋人と思っている男は、そんな彼女を利用した。わたしはそんな男の正体を彼女に垣間見せたのだ。いまわたしは、その男がいかに下劣な人間かを彼女に示し、同時に彼女の母親も奈落の底に落とせる機会を手にしている。エヴァがわたしに何かをしたわけではない――少なくとも意識的には。きっと彼女は、誰かに何かを働きかけたことはないだろう。わたしがこのまま彼女から遠ざかれば、彼女はずたずたになった人生のかけらを拾い集められる。あるいはそうさせるべきなのかもしれない。しかしわたしは反対に、追い討ちをかけることにした。意識的に。虎穴に入らずんば虎子を得ず、だ。

「フィッシングとは何か、知っているか？」

彼女は緩慢《かんまん》にうなずいた。

「ラトコ――アレクサンドル――はローリー・マルホランド、つまりきみのいまのお父さんをフィッシングした。四カ月ほど前だ。彼はお父さんのアパートメントにあるコンピュータのデータをすべて盗んだんだ。そのなかから何かを見つけ、それを使ってお母さんを脅迫した」

「お……お母さんが話……話したの？」

「いいや。お母さんは秘密にしようとしていた。いまでも秘密にしようとしている。ラトコが他人の個人情報を盗んでいたのをきみは知っているはずだ。きみは彼のアカウントを利用して《アンダーテーブル》にログインしたんだから」

彼女はとっさに目をそらし、ふたたびわたしを見た。「あの人は……あの人はいっていたわ。こ……これはひ……被害者のいない犯罪だって。クレジットカードや、よ……預金口座には、みんなほ……保険がかかっているんだって」

「なるほど。それなら名前も知らないどこかの保険会社が、きみのホテル代を払ってくれるわけだ」

彼女はふたたび目をそらした。「わかったわよ。彼は一度や……やって見せてくれたわ。彼はじ……自慢していた。わたしがやったのはこ……今回が初めてよ。お……お金が必要だったの。い……行く場所が」

「どうして家じゃいけないんだ？」

エヴァはもう一度、〝何をいってるのよ〟といいたげな視線を向けた。

「病院から逃げ出したのはなぜだ？」

彼女は返事を躊躇《ちゅうちょ》し、目をそらした。「怖かったの」

「何が怖かったんだ？」

彼女は答えようとせず、わたしから目をそらしたままだった。「お……お父さん、そ……そんなに大変なの？」

「ああ、とても大変だ。それでも、何よりきみを心配している。きみに会えたら大いに安心するだろう」

彼女はうなずいた。

「病院では何が怖かったんだ？」

彼女は床に目をやった。

「アパートメントにあった、あの書き置きはどういう意味だったんだ？ 〝レナと二人きりにしておいてほしかった〟という書き置きは？」

彼女は悲鳴を押し殺し、嗚咽《おえつ》した。「な……なんでもないわ」

「きみもわたしも、それが本当じゃないことはわかっている。きみはこの前お母さんと喧嘩したときにも、同じことをいった」

彼女はぎくりとし、怯えた表情になった。「誰から聞いたの？」

「きみのお父さんのマルホランドからだ」

「わ……わたし、も……もう行くわ」

彼女は椅子から立ちあがりかけ、目をわたしの左右に泳がせた。明らかに挙動がおかしくなっている。さっきまで悲しみと好奇心をにじませていたのが、いまは閉じこめられ、追いつめられているようだ。彼女はわたしから逃げようとしていた。わたしはもうひとつ矢を放った。

「きみは、ラトコがラーチコ・バルスコフのために働いていたのを知っているか？　きみの実の父親のために？」

「いやあああ！」彼女の身体が揺れ、全身がわなないた。

「どうしたんだ？」

エヴァは頭を振り乱しながら後ずさりし、椅子にぶつかった。わたしが立ちあがったときには、もう手の届かないところにいた。

「エヴァ――」

彼女は脱兎《だっと》のごとく駆けだし、正面ドアから出ていった。わたしが通りに出るころには、半ブロックほど先のパーク・アベニューを全速力で走っていた。わたしはあとを追わないことにした。もとより彼女を強引に連れ帰る気はなく、仮にそうしたところで逃げられていただろう。それにしても彼女は、何から逃げていたのだろうか？

その疑問を解き明かせる人間は三人いる。そのうち二人は、わたしを蛇蝎《だかつ》のごとく嫌っている。電話してみると、ヤーコフはまだマウントサイナイ病院に入院していることがわかった。わたしはアップタウン方面のタクシーを捕まえた。

24

もう一度電話が来た。ジナだ。「この借りをどうやって返してもらおうかしら」

「どのみちきみたちは相性がよくないんだ」

「なんですって？　どうしてそんなことがわかるのよ？」

「仮に相性がよければ、彼はスタムフォードまで迎えに来てくれるだろう」

「ニューヘヴンよ！　まったくもう！　あなたのいったとおりだわ。ストライプのシャツを駅まで追いかけたら、電車に乗り、ほかの女の子と待ちあわせて、みんなでニューヘヴンまで来ちゃったの。やってることは同じ。グループが別れたから、わたしはストライプについてきている。いま、この駅で五つ目のＡＴＭよ」

「そのまま目を離すな。もうすぐニューヨーク方面に引き返すはずだ」

「約束する？」

「大丈夫だ」

ジナの悪態を聞いているうちに、タクシーはマウントサイナイ病院のマディソン街口に着いた。運転手に金を払って降りる。ラーチコの手下たちがヤーコフの病室の前に立ちふさがったが、今回もわたしは押しのけた。彼はベッドで起きあがって《エコノミスト》を読んでいた。体調はきのうと大差ないように見える。

「どうして退院させてくれないんだ？」わたしは訊いた。

「あしたの朝になったようだ。理由は訊かないでくれ。わたしにもわからん。まあ、あとひと晩の辛抱だ。それにしてもこの街は好きになれん」

「具合は？」

「上々だ。こっちはいつ退院してもいいんだが」

「今回ははっきり答えてほしい。グリーン・ストリートで何をしていたんだ？」

ヤーコフは雑誌を閉じ、ベッドのかたわらに置いてわたしをしげしげと見た。「こいつは尋問か？」

「好きでやってるわけじゃない」わたしは賭けに出ることにした。こちらもチェスの駒を失うかもしれないが、わたしの見立てが正しいか誤っているかを判断する情報は得られるかもしれない。「あなたは嘘をついた。リスリャコフはあなたがポリーナを捜すのを手伝っていたのだ。だが彼はあなたを騙《だま》した。彼はポリーナを発見したが、あなたに知らせることなく彼女を脅迫しようとした」

「脅迫のことは、わたしは何も知らん」

「リスリャコフはギャンブル好きだった。金が必要だったんだ」

「なんとなく、彼が何かたくらんでいそうな感じはした。彼はわたしと連絡がつかないうちに飛行機でこっちに戻ってきたので、わたしが追いかけてきたのだ」

「それでも、あなたは彼を殺さなかった？」

「木曜日にいったことは本当だ。わたしたちは二人とも、何者かに撃たれた。ひょっとしたらおまえかもしれない」

わたしは取りあわなかった。ヤーコフも駆け引きを仕掛けてきている。「ＦＳＢとポリーナのあいだに、いったいどんなかかわりがあるんだ？」

ヤーコフは笑みを浮かべた。「彼女はどこだ？」

「そっちが答えるのが先だ」

彼は、わたしが二十年ぶりに見る表情を浮かべた。ラーチコが盗みをはたらいていることをわたしから聞いたときと同じ表情だ。「わたしにはおまえの忠誠心がどこにあるのかわからん、ターボ」

「わたしがいまあるのはあなたのおかげだ。その気持ちは変わっていない」

「われわれの組織に対してはどうなんだ？」

「ついこのあいだ、一生逃れられないことが改めてわかった」

「では、取引する気があるのか？」

「ポリーナは渡せない」

「なぜだ？」

「彼女の夫に約束したからだ。彼はわたしの依頼人だ」

「なぜわたしが夫のことを気にかける？」

「あなたは気にかけないだろう。しかしわたしはちがう」

彼は首を振った。

「このこと以外なら、できるだけあなたの力になりたいと思っている」わたしはいった。

ヤーコフの表情がかすかにやわらいだ。彼は気に入らないだろうが、わたしのほうが主導権を握っている。

「ポリーナは大金を盗んだのだ。六億ドルに相当する金だ――一九九八年に、だぞ。いまなら十億ドル以上になるだろう」

「盗んだ？　ＦＳＢからか？」

「あの女とコソコフのしわざだ。二人が愛人関係にあったことは前にいったな。あいつらはラーチコも仲間に入れて商売をしていたんだ。不動産取引、アパートメントの売買。コソコフが資金源だった。あいつらは巨額の利益を稼いだが、それでもあの女には充分ではなかった――あるいはあの男にとっても。二人は互いの欲深さをさらにあおっていた。わたしが出会ったなかで、あれほど計算高い人間はいなかった」

ヤーコフは、彼の息子の欲深さをどの程度と評価しているのだろう。「あなたは絶えず彼女を見張っていたのではないのか？」

彼はわたしを見上げただけだった。〝大崩壊〟の時代、ポリーナがヤセネヴォにあったＫ

GB庁舎の同僚たちと寝ていたことをわたしに教えてくれたのはヤーコフだ。わたしは、彼がどうやってそれを知ったのか訊かなかった。訊く必要もなかった。

「われわれはコソコフの銀行を使っていた。あの下衆《げす》野郎には我慢ならなかったが、あの男はエリツィンにコネがあり、当時はそれが貴重だったんだ。一九九八年、やつは破産したものとわれわれは思っていた。しかし実は、あの男は裏でわれわれの資金をチェチェンに流していたんだ。いったいなんのためにそんなことをしていたのか、わたしにはかいもくわからん。ただ、チェチェンで相当金儲《かねもう》けをしていたらしい。同時にやつは、ものすごい勢いで海外に資金を移していた。あの男には、チェチェンの事業をまかせていたパートナーがいた。ゴルベンコという名の男だ。この部屋なら誰にも聞かれないから話すが、われわれはあのくず野郎をめぐって相当な裏工作をした。あの男はわれわれの一員だったが、正真正銘の裏切者だ。しかも酒好きで、ギャンブル好きで、女好きときた。あんなやつがどうしてあそこまで出世できたのか、まったくもって不思議だよ。やつはチェチェンに寝返ったんだ。コソコフがあの男を殺したことが、いまではわかっている。こそ泥同士の仲たがいさ。しかし、仮にコソコフがやつを殺していなかったら、われわれが殺していたところだ。わたしがこの手で撃ち殺してやりたかった」

ヤーコフの口調は早く、激しくなり、声も大きくなったが、不意に彼は、考えなおしたかのように言葉を止めた。彼はふたたび、穏やかな口調で話しはじめた。

「われわれはようやくコソコフの行動に感づいたが、ゴルベンコがやつに警告した。われわれが動きだす数日前、ロスノバンクの本社ビルが全焼した。二十階建てのビルの鉄骨が溶けるぐらいの火事だ。組織的な放火だった。あとには何も残らなかった。記録も、金もみんな燃えてしまった」

その事件はわたしも覚えている。

「コソコフは雲隠れした。ポリーナも。ゴルベンコも。そしていまになって、コソコフが死んだことがわかった。ポリーナが殺したにちがいない。きっと金のことでもめたんだろう。まったくカマキリのような女だ。自分の野心を完璧に覆《おお》い隠し、無限の忍耐力で獲物を待ちつづける。そして愛人から搾《しぼ》れるだけ搾ったあとは、頭を噛《か》み切るんだ」

そのいいかたには同意できなかった。

「まだまだやるべきことはたくさんある。厄介事を片づけなくてはならん。われわれが最高の仕事をしたとはとてもいえない。われわれには気の滅入るような選択肢しか残っていないのだが」

「それもまたあなたが教えてくれた。悪い状況下では最善を求めるな。可能性のある方法を試すことだ、と」

ヤーコフは笑みを浮かべた。「覚えていてくれてうれしいよ。われわれはなんとかこの問題に対処してきたが、まだ消えた六億ドルの問題が残っている。わたしの責任だ。それはわたしについた汚点であり、全経歴にかかわる問題なのだ。あれ以来、わたしはあの女を捜しつづけている。まだ力が残っているうちに、わたしの手で解決したい」

もっともらしい話だ。まさしくヤーコフの思考様式だった——とりわけ汚点については。非の打ちどころがないほどもっともらしい。「エヴァはなぜあなたを恐れているんだ？」

「なんだと？」

「この前の夜のことだ。彼女はあなたに怯《おび》えていた。彼女は薬の影響を受けていても、あなたに気づき、死ぬほど怖がっていた。なぜだ？」

「わたしにはわからん。おまえがいうとおり、彼女は薬をやっていた」

「さっき彼女と話したときには、薬はやっていなかった。それでも怯えていた。あなたとラーチコに」

「母親のせいだ。あの女が娘に吹きこんだからだ」

「あるいはそうかもしれない。しかしこの話そのものが、どこかおかしいような気がするんだ、ヤーコフ。そもそも、リスリャコフはどうやってポリーナを見つけ出したんだろう？」

「すでにいったとおり、彼はそのことをわたしにいわなかった」

「もうひとつある。これはほぼ確信を持っていえることだが、わたしには、ポリーナがあなたのいうような大金を持っているとは思えない」

「どうしてそんなことがわかるんだ？」

「彼女はリスリャコフへの口止め料に十万ドルを払うのもおぼつかなかった」

「あの女はいつも計算高いうえにけちだ」

「そういう問題じゃない」

「ポリーナはおまえをたぶらかしているんだ。誰よりもおまえは、あの女に用心せねばならん。あの女は病的な嘘つきで、鼻持ちならないナルシストだ。だいたいなぜおまえはそんなことを訊く？　いったいおまえにどんな関係があるんだ？」

彼は怒っていた。あるいはその怒りによって、ポリーナと同様、何かを隠しているのかもしれない。彼はエヴァのことを訊かれても答えなかった。ポリーナがリスリャコフのことを訊かれても答えなかったように。六億ドルは確かに大金であり、そのために何かを隠すには充分だが、ヤーコフがなんといおうと、わたしの経験ではポリーナが強欲だったことはない。彼がいうような〝計算高い〟女ではなかったはずだ。自己中心的で、不安定で、愛情に飢え、ナルシスティックで、癇癪《かんしゃく》持ちなのは確かだ。彼女は何より、安心感――精神的な安心感――と思いやりを求めていた。金もその一部ではあったが、あくまで一部にすぎず、手段であって目的ではなかった。人間は変わるものだが、そう大きく変わるものではない。彼女に対するヤーコフの見かたは誤っている――あるいは、誤ったふりをしているのかもしれない。ヤーコフが過ちを犯すことはめったにないのだ。

彼はわたしを見つめていた。「早く退院してくれ」わたしはいった。「また会おう」

わたしは彼の手を握り、絨毯《じゅうたん》敷きの廊下を歩きながらそっと息を吐いた。息を止めていたことに気づかなかったのだ。彼もそうだったかもしれない。

スモークガラスを貼った黒のサバーバンが病院の外に停まっていた。運転席のウィンドウが下り、コイルがわたしに手を振った。

「別の病気の友人のお見舞いか？」彼は訊いた。わざと皮肉をいったのか、単なる疑問だったのかはわからない。

「そのとおりだ。きみたちもようやく、彼が市内にいることがわかったらしいな」

「最近は一般市民が貴重な情報を提供してくれるんだ。こっちのバルスコフがどうして病気になったのかは、もちろんきみにはわからないだろうね」

「撃たれたんだ」

「貴重な情報をありがとう。誰に撃たれたんだ？　いつ？　どこで？」

「本人は水曜日の夜といっている。犯人は見なかったそうだ」

「きみはその場に居あわせたのか？」

「いや、いなかった」ある意味、嘘ではない。

「何を話していたんだ？」

「モスクワの話さ。昔話だよ」

「金の話は？　とくにモスクワとこっちとを行き来していた金だ。そういう話はしなかったのか？」

「ひと言もしなかった。すまないが」

「嘘をつくな」

「きみたちは《スラブ自己啓発センター》という名前を聞いたことはあるか？」

「そいつは新手のジョークか？　面白くもなんともないが」

「まじめに訊いているんだ」

コイルはSUVの車内を見まわした。助手席にサウィッキの姿が見える。スモークガラスで見えないが、後部座席にも一人か二人いるだろう。コイルはふたたびわたしに視線を戻し、首を振った。

「で、そいつがどうしたんだ？」

「バルスコフの隠れ蓑《みの》だ。銀行口座を開設できるところなら、あらゆる場所に支部をかまえている。ニューヨークの〈スラブハウス〉は二番街の南、八丁目と九丁目のあいだにある」

「それで？」

「さっき、わたしはそこへ行ってみた。二人の女が手ぶらではいっていった。だが出てきたときにはほかの二人といっしょに、大きなショルダーバッグを抱えていた。四人の女連れは午後いっぱい、フェアフィールド郡のＡＴＭの半分ほどをまわって歩いた」

彼らはレイバンのアビエーターをかけていたので目の動きは見えなかったが、サングラスの陰で目をすがめているにちがいなかった。

「どうしてそんなことがわかる？」

「ちょっと待ってくれ」わたしはジナを呼び出した。「いま話せるか？」

「いいわよ」

「どこにいる？」

「ありがたいことに、ニューヨークに戻る電車よ。いまグリニッジを過ぎたところ」

わたしはコイルにいった。「あと三十分でグランド・セントラルに着く。ニューヘヴン発の電車だ」

「特徴を教えてくれ」

わたしはジナに四人の女の特徴を教えるようにいい、電話をコイルに渡した。電話を返されると、わたしはジナにいった。「きみとストライプのシャツがまわった銀行のリストはあるか？」

「きょう一日わたしが何をしていたと思っているのよ?」

「できるだけ早くメールで知らせてくれ。それじゃあ、デートを楽しんでくれ」

「ありがとう。でもこの借りは返してもらうわよ」

「残業代を請求するんだ」

「ちょっと、ターボ――」

わたしは途中で切った。コイルが自分の携帯電話で話している。通話が終わるとわたしはいった。「あした、銀行のリストを送る」

コイルはサングラスをはずした。やっぱり目をすがめている。「《スラブ自己啓発センター》のことをどうやって突き止めた?」

「民間企業は自分の足でまわるのさ」

「ほう。わたしに権限があれば、きみをダウンタウンにしょっ引いてサウィッキとひと晩過ごしてもらい、有意義な関係を築いてもらうところだ。サウィッキの家族は赤軍の侵攻からひと足早くポーランドを逃れた。だから彼はロシア人が大嫌いでね。だがきみは、今晩うちの上司とデートするんだったな」

「きょうはわたしのついてる日だ」

彼はかぶりを振った。「そうとはかぎらない。さっきの上司のご機嫌から考えると、きみはサウィッキとつきあったほうがまだよかったかもしれない」

25

今回も、〈トラステヴェレ〉に着いたときには蒸し暑くねっとりした空気だった。微笑をたたえて出迎えてくれた店主と握手する。わたしはヴィクトリアの待つ手前のテーブルに向かった。彼女は実にイカしている。わたしは身体じゅうの力が抜けていくような気がした。ヴィクトリアは立ちあがらなかった。「ジャンカルロ、ミスター・ブロストには会ったことがあるわね。この人は不穏当な言動をすることで有名だから、わたしたち、ここにはあまり長くいないかもしれないわよ。わたしが席を立ったら、彼に払ってもらってね」わたしのほうを向き、にこやかにほほ笑む。アリゲーターのような笑いだ。

彼女の言葉を聞いていたが、率直なところわたしにはまったく効かなかった。ロシア語はスラングに満ちており、ロシア語のスラングはおよそ現実にはありえないような表現に満ちている。そのなかにはうまく翻訳できないものもある。とはいえ、それらが状況の本質を的確に表現していることもまた確かだ。例として思い浮かぶのは、〝ヴァフリ・ロヴィット〟だ。これは文字どおり訳せば、立ちつくしたまま空飛ぶ男性器をくわえられるぐらい口をぽかんと開けている、ということになる。木曜日にアルマーニのスーツで隠されていた体型が、今夜は露わになっていた。胸元でV字に切れこんだ、黄金のシルクのドレス。なめらかな褐色の肌は砂浜で焼いたのではなく、生まれつきのものだ。翡翠《ひすい》のペンダントとイヤリングは、緑色の瞳とつりあっていた。今夜は眼鏡をかけていない。テーブルに隠れている腰や脚は想像するしかないが、そのときになってわたしは、自分がいかに長く〝ヴァフリ・ロヴィット〟だったかに気づき、椅子に座った。ヴィクトリアの前にはマティーニが置かれている。わたしも同じものを、ロシアウォッカ・ベースで頼んだ。

彼女はまだ、わたしへの怒りが収まらないようだった。「さてと、この口の減らない元社会主義者のくそ野郎、知っていることを洗いざらいしゃべってもらいましょうか」

コイルは誇張していたわけではなかった。ひょっとしたら、昨夜彼女が来なかったのはかえって幸いだったのかもしれない。

「プライバシーというのは幅のある概念でね」

「ロシア流の減らず口で煙に巻こうったってそうはいかないわよ。わたしの電話番号をどうやって知ったの？　銀行の口座番号は？　それにここのレストランは？」

わたしは危険を招き寄せるのが好きなのだろう。というのは、彼女の住所、収入も話そうかと一瞬思ったからだ。しかしそんなことをしたら、テーブル越しに座っているヴェスヴィオ火山の噴火に〈トラステヴェレ〉の店全体が耐えられないだろう。

「わたしはいかなる法律も破っていないし、覗き見するような真似もしていない。これは約束する。探す場所さえわかっていれば、多くの情報が得られるものだ」

彼女は少しだけ落ち着いたようだ。「わたしの番号は電話帳に載っていないわよ」

「カタログショッピングで注文をしたことは一度もないか？　あるいはカスタマーサービスに電話したことは？」

「あるわよ。でもわたしの番号は教えていないわ」

「その必要はない。きみからの電話に従業員が応答した瞬間、コンピュータがきみの番号を読みこむ」

「それはつまり……」

「ああ。電話帳に載せていないと思いこんでいるきみを含めた三千万人の番号は、実際には秘密でもなんでもないんだ。とても簡単なことさ。電話番号は数字の名札みたいなものでね。社会保障番号みたいなものだよ。一度でも電話すると……」

「じゃあ、ほかにわたしの何を知ってるの？」

「いいドレスだな。〈バーグドーフ〉で買ったのか、それとも〈ベンデル〉か？」

「くそったれ！」彼女はわたしの頬を思い切り張った。大きな音が響いた。

ジャンカルロが現われた。「いかがなさいましたか？」

「大丈夫だ」わたしは頬をさすった。「不穏当なことをいってしまったんだ。また傷ができたよ。もう二度としない」

店主は眉をあげ、わたしのマティーニを置いて立ち去った。わたしはヴィクトリアに向き直った。ミルニュイのすねたような表情が、その手より強くわたしの心に響く。

「ごめんなさい。こんなつもりじゃなかったの。その、こういうことを聞くとかっとなって」

「いつもそうなるのか、それとも図星だったからか？」

彼女がもう一度手を振り上げ、わたしは身体の向きを変えた。手はテーブルの上で止まり、彼女の膝に戻った。

「失礼だったら許してほしいが——またぶたないでくれよ——きみにとって電話番号のよう

な話が初耳だったとしたら、そのほうが驚きだ。きみの仕事を考えれば」

ヴィクトリアはマティーニを飲み、首を振った。「わたしは主に経済犯罪の分野を担当してきたわ——法人の不正行為、粉飾決算、インサイダー取引などよ。でも個人情報漏洩のような犯罪は専門外なの。あなたは相当詳しいみたいだけど」

「そういう問題なら、喜んで力になろう。どんなことを知りたい？」

「あなたが水曜日にどこにいたか。何が目的でラド・リスリャコフを嗅《か》ぎまわっているのか。ラーチコ・バルスコフについてはどうか。ヤーコフ・バルスコフについてはどうか。あなたは夕食を食べながら説明するといっていたわ。だから来てあげたのよ。さあ、話して」

彼女はにこりとし、もうひと口飲んだ。ジャンカルロが戻ってきた。彼が本日のおすすめを説明するあいだ、わたしはひと息ついた。

「注文はきみにまかせる」わたしはいった。

彼女はシーフードサラダと天然キノコのフェットチーネを二人分頼んだ。「それから上等なバローロを一本お願い。値段は気にしないで。彼が払うから」

罪の代償というわけだ。わたしは会話を無難な方向に向けた。

「きみのお父さんはフランス系なのか？」

「ニューオーリンズ出身よ。母はスコットランド系で、テキサス東部の出身。フランス系とアングロサクソン系の結婚はたいがい長続きしないのよね。ご多分に漏れず、父はわたしが生まれてすぐカリフォルニアに消えたわ」

「きみはフランス語を話せる《テュ・パルル・フランセ》のか？」

彼女は首を振った。「ロレッタが歌ったとおり、〝わたしを見ればお里がわかるでしょ〟」

彼女の着ているデザイナーズブランドのドレスからお里がわかれば、わたしだってタンザニア人になれるだろう。「ロレッタ？」

「ロレッタ・リン。わたしの英雄みたいな人」

「へえ、知らなかった」

「ねえちょっと、あなたの話を聞きに来たのよ。まったく逃げるのがうまいんだから……」

鼻にかかった話しかたが今夜は一段と目立つ。ということは、癇癪玉も破裂しやすいということだ。

そのとき、ジャンカルロがひと皿目の料理とワインを持ってきた。「きっとお口に合うでしょう。一九八九年のワインです」味見用に彼女のグラスに注ぐ。ヴィクトリアはグラスを軽くまわし、口に含んだ。店主に向かって会心の笑みを浮かべ、彼も笑い返した。

「すばらしいわ」彼女はいった。その口ぶりから、通り一遍のおいしさではないことがはっきりとわかった。

ジャンカルロがワインを注いだ。わたしもひと口飲んでみた。わたしの知識は広く浅いつもりだが、ワインは守備範囲ではない。もちろん上等な酒は好きだが、個人的にはビールやウォッカのほうが好きだ。それでもこのワインの味わいはいくつもの層をなして変化しながら口に広がるように思えた。ヴィクトリアが値踏みするようにわたしを見た。

「こんな味のワインは飲んだことがない」

「たぶん、あなたにはもう二度とありつけないでしょうね」彼女はサラダを夢中で食べはじめた。

彼女とわたしは黙ったまま食事をとった。シーフードもワインにひけをとらないおいしさだ。

「あなたの話を待ってるんだけど」彼女はいった。

「ペトローヴィンがきみにヤーコフのことを教えたのか?」

彼女は狐につままれたような顔でこちらを見た。「ペトローヴィン? ペトローヴィンって誰よ?」

今度はわたしが驚く番だった。「ロシアから来た法執行機関の職員だが? 眼帯をかけ、麻のスーツを着た男だよ。きのうきみの事務所にいた」

「ああ、あの人ね……あなたにはペトローヴィンと名乗ったわけ?」

「厳密にいえば、本名はペトローヴィンじゃないといっていたが、わたしにはそう名乗っていた。用心しているようだ」

「ロシア人はみんな頭がおかしいの?」

「たぶんドストエフスキーはそのとおりだというだろう。チェーホフは同意しないかもしれないな。ジノヴィエフは体制のせいにするだろう」

「やっぱりあなたがたは、そろいもそろってろくでなしだわ。わたしはヘミングウェイがいいわね」

文学の趣味は合わないようだ。「ペトローヴィンの本名はなんというんだ?」

「さあね。彼が正気かどうかはともかく、いわないのには彼なりの理由があるんだと思うわ。

とくにあなたを信用するかどうかとなれば、そりゃ用心するでしょうね。さて、本題に戻りましょう。ラド・リスリャコフのことに」

「きみは彼のマネーローンダリングに興味があるんだな」

「あなたはどこまで知ってるの？」彼女は食いついてきた。

「彼はバルスコフのためにそのシステムを構築した。〈T・J・マックス〉からハッキングした情報を使って架空の身元を作り、その身元を使って金を移動させるための銀行口座を作ったんだ。さらに大勢の運び屋を雇い、隣接するコネティカット州やニュージャージー州のATMまでまわらせて資金の出し入れをさせた。ついさっき、運び屋を何人も見たよ。きみの部下のコイルに、運び屋の居場所と本拠地を教えておいた」

「前に会ったとき、そんなことはひと言もいわなかったじゃないの」

「前に会ったときには知らなかったんだ」

「あなたが口をひらくたびにわたしの嘘発見器に反応するわ。いったいどんな手を使ってそれだけのことを突き止めたの？」

「ちょっと探りを入れてみたのさ。運にも恵まれた。リスリャコフの手下にはあんまり頭のよくない連中もいたからな」

「答えになってないわよ」

わたしはグラスを掲げた。「すばらしいワインだ」

「前回あなたは、あなたがリスリャコフに興味を持っている理由は、わたしが彼に興味を持っている理由とはまったく関係がないといっていたわね」

「そのとおりだ」わたしは続けたものか一瞬考えたが、答えはおのずからわかっていた。多少なりとも収穫を得るには、こちらからもささやかであれ情報を出す必要があるが、ありていにいえば、わたしは彼女との会話を楽しんでいたのだ。あるいは危険に身を置くのが好きなのかもしれない。

「リスリャコフはマルホランドをホエーリングした」

「なんですって？　やつが犯人だってこと？」

「そのとおりだ」

緑のまなざしが輝く。「それは確かなの？」

「もちろんだ。彼はミセス・マルホランドを脅迫した」

「どうやって？　なぜ？」

「どうやって脅迫したのかは、被害者のプライバシーにかかわるので控えさせてくれ。なぜかはわたしもわからない。ただ、リスリャコフはギャンブル癖という問題を抱えていた。てっとり早く金を調達する必要に迫られていたのかもしれない」

「抱えていた？」

しくじった。鋭い女だ。「彼は更生施設にはいった。それでギャンブル癖を克服した」

彼女は信じられないという顔つきで、フォークを持ったままわたしを見た。「あなたはどうやってそれだけの情報を知ったの？」

「〈バーグドーフ〉のドレスと同じ方法だ」

少なくとも当面は時間が稼げるだろう。ヴィクトリアはサラダを噛《か》んでいる。わたしもひと口食べながら、これからはもっと慎重にならなければと思った。

「マルホランドの件に戻りましょう。なぜリスリャコフは彼をフィッシングしたの？　運に恵まれたなんていわないでよ」

「率直にいって、わたしもその疑問で頭を悩ませているんだ。これという答えはまだわかっていない」

「リスリャコフに訊いてみたの？」

「前回もいったとおり、わたしは彼と会ったことがない」

「確かめてみただけよ」彼女は質問をやめ、料理を味わいながら考えに耽《ふけ》った。わたしもそうした。昨夜と同じく、料理は絶品だ。

「バルスコフのことを教えて――あなたとバルスコフのことを。バルスコフは二人いるわよ」

「そいつは複雑な話だ。紆《う》余《よ》曲折《きょくせつ》がある」

「まだワインはボトル半分残っているし、パスタも来るわ。それにデザートも。まだわたしたちの話が続いていれば、だけど。水曜日に彼と会ったときには、本当に二十年ぶりだったの？」

「ボーイスカウトの名誉にかけて」ＫＧＢの名誉にかけたところで、彼女にはなんの意味もない。

「それはないわね。あなたがボーイスカウトにいたかどうか、怪しいものだわ」

わたしはもう少しごまかしつづけるべきだったかもしれない。しかしわたしは、なんと切り出したものか考えていた。わたしの過去を明かさないまま通せば、彼女との関係は終わってしまうだろう。だがそれを明るみに出せば、彼女との関係は進展するだろうか？　いままでの人生でわたしは、過去に触れず、いい逃れ、隠す必要に迫られてきた。だがここではそんな必要はない。生まれて初めてのことだ。解放感にめまいがするほどの衝撃はなかった。それでもわたしは、テーブルの足下がぐらつくような感覚を覚えた。

「わたしとバルスコフ家とのつながりは、父親のヤーコフを通じてのものだ。彼はわたしをグラーグから連れ出し、KGBに入れてくれた。わたしは彼に大変な恩義を感じている」

「あなた、グラーグにいたの？　あの、なんといったかしら……ソルジェニーツィンみたいに？」

「わたしはグラーグで生まれた。母はゼーク、つまり囚人だった。ヤーコフはわたしが十代のころにあそこから出してくれた。彼がいなければ、まちがいなくグラーグで死んでいただろう」

「初めて心温まる話が聞けそうね。続けて」

「本当に聞きたいのか？」

「ええ、とても聞きたいわ」緑の瞳は、それが嘘ではないと告げていた。

「わたしはシベリアの収容所地区だったダリストロイで、スターリンが死んだ日に生まれた。一九五三年三月五日だ。プロコフィエフが死んだ日でもあるのだが、そっちを覚えている人はほとんどいない。母は生涯の大半を収容所で過ごした。父には一度も会ったことがない。スターリンの死で恩赦が実施され、母とわたしも釈放された。だが母は、故郷に帰る途中で亡くなった。わたしは孤児院で育ち、トラブルに巻きこまれ、収容所に送り返された」

「ちょっと待って！　話についていけないわ。お母さんはどうしてグラーグに入れられたの？」

「たいした理由はない。数百万の人々が逮捕され、投獄され、釈放され、再逮捕され、処刑された。そのどれにもたいした理由はなかった。ひとえにスターリンの狂気によるものだ。ソビエト連邦の社会体制そのものが裏切りによって成り立っていたんだ。友人が友人を、夫が妻を、息子が父を裏切った。旧ソ連の国民はみんな共犯だったともいえる。共産党が支配を維持するための巨大なシステムだったわけだ。グラーグそのものが最大の裏切りを意味した――刑務所、強制収容所、処刑室。そのすべてがロシア人によって、ロシア人のために建てられた。なんの罪も犯しておらず、ただ裏切りに遭っただけのロシア人のために。その結果、わたしはゼークになり、恥ずべき人間になった。ほかのロシア人の目から見れば、わたしはいつまでもゼークなんだ。彼らはわたしを見るたびに、彼らが別の誰かにはたらいた裏切りを思い出す。彼らはその事実を直視するのに耐えられず、裏切りの罪をわたしに着せる。悪かったのはわたしであり、わたしは党と国家を裏切ったがゆえに囚人になったというわけだ」

「むちゃくちゃよ！　そんなの絶対におかしいわ！」

「あえてそれを否定はしない。『一九八四年』の結末で、ウィンストン・スミスと彼の恋人が互いを裏切ったのに似ていると思う。彼らがそうしたのは、〈ビッグ・ブラザー〉によって強制されたからだ。それは彼らが悪かったからではないのだが、いったんそんなことをすれば、彼らはもう互いを正視できなくなる。簡単にいえば、それが旧ソ連の社会だったのさ。しかもそれは事実で、小説の世界ではなかった。大半の人は認めたがらないだろうが、いまでも本質的にそう大きく変わってはいない。ソルジェニーツィンはそれを書くことで、体制や文化といった何もかもに抵抗した数少ない作家だ。真実を白日のもとにさらしたんだよ。そうして収容所の実態が明るみになった。だが、何世代にもわたって培《つちか》われてきたシステムを変革するには、一回の爆発だけでは足りなかった。わたしの話はこのへんにしよう」

「そうはいかないわよ。ヤーコフはどうなったの？　ＫＧＢは？」

「わたしには数ヵ国語を操る能力があり、孤児院と収容所で、さらにその能力を伸ばした。これがＫＧＢの目に留まり、収容所からわたしを出してくれた。ヤーコフはすでに相当出世しており、折しも冷戦は激化していたことから、彼は外国でうまくとけこみ、作戦を遂行できる人材の必要性を感じていた。わたしが出会ったなかで最も頭の切れる男だよ。ヤーコフは結局、組織全体のナンバー・ツーまで昇進した。なんの政治的コネもなく、それだけの実績を挙げたんだ」

「つまりあなたは、お母さんを収容所に入れた人間たちの同僚になったというわけ？」

「人生は皮肉に満ちているんだ。とりわけロシアでは」

彼女はかぶりを振った。「なんてことでしょう。じゃあ、スパイになってからのことも聞きたいわ」

ウェイターが皿を片づけ、湯気の立つパスタをふた皿置いた。マッシュルームの芳香が立ちのぼる。ジャンカルロがパルメザンチーズと胡椒《こしょう》を置いていった。ワインをもうひと口すする。さまざまな風味が最初よりもはっきりと分かれていた――レーズン、ベリー、それにタールのような味が舌を刺激する。タールがおいしいとは知らなかった。

「スパイの仕事は地味なものだよ。ジェイムズ・ボンドの世界とはちがうんだ。わたしは新聞、雑誌、テレビといった媒体から情報を収集した。アメリカ人のスパイをわれわれの協力者にしようとしたこともある。逆に、きみたちのＣＩＡにわれわれのスパイが取りこまれるのを阻止しようとしたことも。ソ連側のスパイにアメリカ側へ協力させるふりをして、実際にはわがほうへ情報を流させたこともある。大がかりな駆け引きだった」

　しかしある日、われわれの一員が敵側に協力していたことが発覚した。その結果は致命的なものだった。だがいまは、そのことには触れたくなかった。

「もし敵に捕まったらどうなるの？」

「捕まらないようにするのがわたしの仕事だった。それにわれわれは外交特権に守られていた。わたしが配属されたとき、公式にはソ連領事館の職員だったんだ。文化担当とか、そんな肩書きがついていた。ＣＩＡだって同じだった。プロのスパイ同士には暗黙の了解があった――肉体的暴力は加えないことだ。捕まえ、強制送還はしても、危害は加えるな。一度暴力の応酬が始まったら、歯止めをかけるのは容易ではないことを誰もが理解していたんだ。それが基本的に自らの身を守ることにもつながった」

「協力者はどうやって捜していたの？」

「人間性をうまく洞察することだ。何が相手の心の琴線に触れるかを熟慮し、相手の心理のツボを押すことに尽きる。幸運にあずかることもある。まさかと思うかもしれないが、最も有名な二重スパイの二人、オールドリッチ・エイムズとロバート・ハンセンは自らの意思でわれわれに協力を持ちかけてきたんだ。もう一人の大物、ハロルド・ジェイムズ・ニコルソンは、逮捕されたあともひと儲《もう》けしようとたくらみ、刑務所から息子を通じて秘密情報を流していた。われわれは考えられるあらゆる術策を弄《ろう》した――賄賂《わいろ》、脅迫、セックス、見せかけであれイデオロギーに訴える、といったことだ。きみもわかっているだろうが、世の中にはことさらに厄介事を抱えこむ類の人間がいる。われわれはそういう人間に助けの手を差しのべていたのさ」

「つまり人の弱みにつけこむのね」

「仕事だよ。きみだってそうしているじゃないか。いまだってまさにそうしている」

「それとこれとはちがうわ。わたしは犯罪捜査をしているのよ」

「なんとでもいえるさ」

われわれはパスタを食べるために小休止した。最高のパスタだった。サラダもワインもかたなしに思える。

「それからどうなったの？」

「ひどい不運に見舞われた。決断を下しても実行がおぼつかなかった。わたしのキャリアはそこで終わった。そしてわたしはこの街へ移住した」

「ずいぶんはしょっているわね」

「じゃあ、これだけいおう。一九九二年、冷戦が終わり、さまざまな出来事が立てつづけに起こって、わたしは新たに出直す必要に迫られた。それまでの仕事でわたしは、アメリカに四回赴任しており、うち二回はニューヨークだった。わたしはこの街が気に入っていた。モスクワを秩序正しくしたような街だ。自発的に定めたルールが機能している」

「わかったわ。じゃあ、これ以上深入りするのはやめましょう。結婚は？」

そんな質問をするということは……？

「ずっと前にしていた」

彼女は黙って続きを待った。しかしわたしが何もいわなかったので、彼女は口をひらいた。

「あなたは——なんというのかしら？——この街の居心地がとてもよさそうね」

わたしは微笑んだ。その言葉にどんな意図がこめられていたのかはともかく、わたしのような仕事をしている人間にとっては相当な賛辞だ。

「ヤーコフはわたしに貴重な教訓を聞かせてくれた。彼がベイルートやイスタンブールに赴任していた当時の体験談だ。そこではアメリカ人のほうがわれわれよりうまく諜報活動をしており、それは彼らの文化がより開放的で、多様性に富んでいるからだというのさ。もちろん彼らは明らかに地元の人間とはちがっていたが、いかに現地に順応するかを知っていた。その点でわたしには、同僚たちにはない強みがあった。わたしは収容所や孤児院で、あらゆる周辺諸国から来た子どもたちに囲まれて育ったんだ——ドイツ、ポーランド、ルーマニア、その他各国の。わたしはいわばカメレオンだった。誰にでも合わせることができた。ポーランド語を話しているときには、わたしはポーランド人に見えた。ハンガリー語を話しているときには、ブダペスト出身だと思われた。ニューヨークに初めて配属されたとき、わたしはテレビを見た——刑事ドラマ、連続コメディ、メロドラマまで。新聞や時事雑誌はすべて読んだ。それだけでなく、《ローリング・ストーン》や《ポピュラー・メカニックス》や《ヴィレッジ・ボイス》のような雑誌にまで目を通した。しかしそのほとんどは、こっそり読まなければならなかった。同僚たちはみなソビエトの価値観に凝り固まっていた——西側に関するものはすべて疑いの目で見られたんだ。彼らがわかってくれるはずはなかった。わたしは慎重に行動し、うまくごまかした。そうやって、現地にとけこむすべを身につけたんだ。さて、きみの番だ。わたしも夕食をたいらげたいからね」

「わかったわ。どうやらこのテーブルにいるのは、二人とも〝前科者〟のようね。わたしはこんなことめったにいわないんだけど」

「なんだって。そいつはすごい」

「そんなに喜ばないで。わたしは名誉回復したんだから」

「待ってくれ、確かにわたしはゼークだったが……」

「わたしはロシア人じゃないわ。あなたはわたしにとって、旧社会主義国で収容所にはいっていたというだけよ。ともあれ、わたしはルイジアナ州のティボドーという町で生まれ育った。さっきいったように、父親は生まれてまもなく出ていったわ。母は再婚した——三回目だった。そのあと、母は交通事故で大怪我をしてね。義父が運転していた車が衝突したの。それ以来、母は痛み止めでほとんど一日中ぼんやりしていた。義父はわたしにいい寄ろうとしたけど、たいがい酒でへべれけになっていたし、わたしは近づかないようにしていた。ところが、わたしが十七歳だったある晩、義父はわたしのソーダに何かを混ぜ——たぶん母の薬だったと思う——わたしが床に倒れたところにのしかかってきた。わたしは薬で朦朧《もうろう》としていた。でも義父はさらにひどく酔っていたから、なんとか逃げられたわ。そしてフライパンで義父の意識を失わせ、財布と車を盗んだ。少し寝て薬の酔いを醒《さ》まし、義父のクレジットカードでガソリンを満タンにして逃走した。マイアミまで一度も停まらなかったわ。わたしが頼ったのは、母の一回目の結婚で生まれていた異父姉のところだった。ところが、異父姉とつきあっていた男がわたしを口説こうとした。その男はキューバ系ボリビア人で、わたしに断わられたのを彼の男らしさに対する侮辱と受け取ったの。ある晩、彼はわたしを捕まえて乱暴しようとした。すんでのところで異父姉が帰宅し、警察を呼んでくれた。警察は彼を逮捕した。それだけでなく、なんとわたしまで逮捕したわ。あの酔っ払いの車を盗んだ罪でね。キューバ系の男は執行猶予になった。一方わたしは、少年拘置所に一年入れられた」

　旧ソ連の司法制度で育ったわたしは、アメリカの司法制度を批判する立場にはない。しかしアメリカの司法制度は、無辜《むこ》の人間にはもちろんだが、金を持っている人間にも味方する。その男は弁護士を雇う金があったのだろう。しかし、ブリジット・バルドーが口をとがらせたような十七歳の一文無しに酌量すべき情状を求めようとする人間は誰一人いなかったのだ。

「いい教訓になったわ」彼女は続けた。「拘置所に二回も三回もはいっているという、まだ十八歳にもなっていない女の子がいた。わたしはそうなりたくなかった。高校を卒業し、コミュニティ・カレッジで勉強して、マイアミ大学の予備役将校訓練課程《ROTC》にはいった。心理学の学位を取得したわ。卒業後は空軍に四年間在籍しながら政府の奨学金でロースクールを出た」

「経済犯罪に興味を持ったきっかけは？」

「最初の勤め先がマイアミの法律事務所だったんだけど、共同経営者《パートナー》の一人に夕食に誘われ、それからモーテルに連れていかれたの。わたしは頑として足を踏み入れなかった。そいつは、仕事をふいにしてもいいのかといった。わたしはそれでも断わった。翌日、本当に解雇されたわ。職業上の怠慢っていわれてね。あいつら、未払賃金も払おうとしなかった。

お金のことでも腹が立ったけど、何よりわたしが怒ったのは、この仕事をする能力がないといわれたことよ。あいつら、いったい何様だと思ってるの？　わたしは異父姉に、わたしの下着姿を写真に撮ってもらった。その写真の裏に〝この次まで待てないわ〟と書いて、やつの自宅に送りつけてやったわ。三日後、やつがわたしの家まで来て、妻がどうとか結婚がどうとかわめきたてた。わたしはまだ軍用の拳銃を持っていたわ。弾はこめていなかったけど、やつはそのことを知らなかった」

「いまでも銃を使うことがあるのか？」

「挑発されたときだけね」

彼女はパスタに戻った。

「それからどうなったんだ？」

「担当教授が地方検事を知っていて、わたしを検事事務所に推薦してくれたの。ほかの検事はほとんど麻薬事件を専門にしていたんだけど、わたしはビジネスマンの不正行為を告発することにした。不正な儲《もう》けは許せないと思ったの。三年間で有罪率は九十パーセントだったわ。検事の仕事は好きだったけどお金も入り用になったから、ほかの弁護士事務所に移った。

わたしは移ってすぐ、仕事の邪魔をされたくないので放っておいてと事務所に伝え、誰にも文句をつけられないほどの件数をこなした。そこの事務所はアトランタの事務所と合併し、さらにヘイズ・アンド・フランクリンと合併したの。ちょうど気分を変えたいところだったから、わたしはニューヨークへの異動を志願した。絶好のタイミングだったわ。巨額の証券詐欺事件が次々に明るみに出ていて、大物弁護士はみんな、学校で勉強したはずの犯罪法の知識をずいぶん忘れていたのよ。わたしはすぐに部門全体を取り仕切るようになった。去年、退職する前の年は八千万ドル請求したわ」

　わたしは口笛を吹いた。思わず吹いてしまったのだ。

「すごいと思ってるんでしょう。男ってどうしてこうなのかしらね？　関心があるのはセックスと金。あなたもほかの男たちと同じだわ。同じことにしか興味がない」

「わたしが興味を持っているのは、なぜリスリャコフがマルホランドをフィッシングしたのかということだけだ」

　ウェイターがテーブルの皿を片づけた。わたしと彼女はデザートを辞退した。彼女はコーヒーを注文した。

「そんなに気になるんだったら、あなたにひとつできることがあるわよ。わたしのことをこっそり調べていた埋めあわせにね」

　わたしはべつに埋めあわせしたいと思うほどの負い目は感じていなかったが、議論するつもりはなかった。「なんだい？」

「個人情報を盗む犯罪のことをさっきいっていたでしょう。わたしはその世界にとても疎《うと》いの。もっといろいろ知りたいんだけど、いまさら事務所では訊きにくくて」

「自分の無知をさらけ出したくない、と？」

「あなた、ゼークだったころからそんなに感じが悪かったの？」

「よくいやなやつだといわれたよ」

「うちの事務所の人間にも、あなたのいた旧ソ連の体制におあつらえ向きなのがいるわ。そいつら、わたしがいまの地位にいるのが面白くないの。だから、そうね、できれば専門知識がないのをおおっぴらにしたくないのよ」

「それはもっともだ。なんならこれから、わたしのデータベースを見に来るかい？」

「あなたのはげ頭はいつになったらまともな冗談を覚えるのかしら？」

「年寄りなんでね。古い冗談しか覚えてないんだ」

「年は気にしないわ。ただ、あつかましいやつには腹が立つの」

「なにせ銃を持っているからな」

「月曜の朝いちばんでどう？」

「歓迎しよう。わたしのオフィスはパイン・ストリート八八丁目だ。八時半でいいかな？」

「いいわね。ありがとう。感謝するわ」彼女はあたりを見まわした。「あら、もうわたしたちしかいないわ」

わたしはジャンカルロに合図して勘定を頼んだ。彼が持ってきた伝票を見て、わたしは平気な顔でいられたかどうか自信がない——チップを除いて六百八十ドルだ。うちワインが四百七十五ドル。ヴィクトリアがにやにやしている。

「きみのいうとおりだ」わたしはクレジットカードを店主に渡しながらいった。

「なんのこと？　男の関心事？」

「ちがう。ワインさ。わたしにはもう二度とありつけないだろう」

電話がかすかに鳴っている。彼女はハンドバッグに手を入れ、携帯電話を取り出した。受け答えをするだけで多くは話さないものの、わたしの目の前で彼女の顔色がみるみる変わっていく。彼女は怒っていた。さっきのように癇癪玉《かんしゃくだま》を破裂させたのではない。もっと本質的な怒りだ。怒りの矛先がわたしに向けられているのではないことを祈ったが、どうやらわたしも彼女の射程にはいっているようだ。少なくとも間接的には。電話に出た彼女の質問は「どこで？」「いつ？」「本当なの？」だけだった。二、三分ほどして「わたしもそっちに行くわ」といい、彼女は電話をハンドバッグに戻した。

「冗談じゃないわよ。今夜は洗いざらい白状してもらいますからね。ラド・リスリャコフのことを」

「どうしたんだ？」

「とっくに知っているはずよ。フラットブッシュ通りのわきの沼から彼の死体が発見されたの。死体は遺棄されていたわ。今週半ばに死んでいた」

わたしは表情を変えまいと努めた。「わたしからいえることはそんなにない」ばかげた言葉に聞こえるのはわかっていたが、少なくともこれが偽らざるところだ。

「嘘をつかないで」彼女は怒りを隠そうとしなかった。「あなたがリスリャコフ殺害に関与しているとはいわないけど、もし万が一そうだったら、必ず突き止めてやるから」

「わかった」

「いい返事だわ。それじゃ、ダウンタウンに行きましょう。いっしょに来て、わたしの死体を見てもいいわよ」

わたしは思わずくすくす笑った。彼女も少しだけ笑ったように見えた。

彼女に続いて外に出る。黒いタウンカーが歩道に寄ってアイドリングしていた。

「ここからは仕事になるからいっておくわね。今夜は楽しかったわ。まあ大半は。でもあなたが逮捕されなかったとして、またわたしに会いたければ、公的な用件だけにしてちょうだい。わたしの私的な領域には近づかないで」

「わたしはまさしくきみの私的な領域にはいろうとしているんだが」

「正面から攻めてくるんなら受けて立つわよ。ただ、策を弄《ろう》して裏口からはいろうとするのは別問題」

「きみがドアを開けていたら、どこからでもはいるさ」

「鍵をこじ開けたからといって、そのドアが開いていることにはならないわ」

「覚えておこう」

「ぜひそうして。さもないと、あなたの顔にドアをたたきつけるから。タクシーがいるわ」

アイドリングしているタウンカーは彼女の車だと思っていたが、わたしは誤っていた。ドアがひらき、ラーチコの手下セルゲイともう一人の男が降りてきた。セルゲイが銃をちらつかせる。

「車に乗れ」彼はいった。

「友人は見逃してくれ――」

「うるさい、二人ともだ。このくそ野郎が。さっさとしろ」

「やめてくれ。彼女は関係ない――」

「乗れといってるんだ！」

　無駄な抵抗だとわかってはいたものの、やるだけやってみるつもりだった。騎士道精神ゆえか、プライドゆえか、男らしさをひけらかしたかったからかは自分でもわからない。あるいはヴィクトリアの前でごろつきども《ウルキ》のいいなりになるのが耐えがたかったからかもしれない。わたしが一歩踏み出したのを見てセルゲイはにやりとした。もう一人はわたしの右側にまわっている。

　そのときヴィクトリアがいった。「わたしの見まちがいでなければ、あんたの銃はベレッタ・トムキャットね。わたしも同じのを持ってるわ。ばかな真似はするんじゃないわよ」彼女はセルゲイのほうを向いた。「さあ、行くわよ」

　彼女は車に近づき、ドアを開け、乗りこんだ。セルゲイはわたしをたたきのめす絶好のチャンスを逃して残念そうだったが、彼女に続いて乗りこみ、もう一人がわたしを車内に押しこんだ。リンカーンは二番街を南へ進み、東に曲がってブライトン・ビーチへ向かった。

26

道路は空《す》いており、ラーチコの〝宮殿〟には三十分で着いた。車中のヴィクトリアは黙然としており、落ち着き払っていた。もっとも、内心でははらわたが煮えくり返っていたかもしれない。セルゲイもドライバーもひと言も話さなかった。ラーチコは果たしてこの客人の素性を知っているのだろうか。知っているとしたら、大胆不敵というより危ない橋を渡っていることになる。

車は検問所を抜け、中庭にはいった。わたしは車から引きずり出され、車体に押しつけられて武器を持っていないかどうか調べられた。車内ではセルゲイがヴィクトリアの身体検査をしようとしている。

「手を引っこめるんだ、セルゲイ」わたしはいった。「ラーチコはいい顔をしないだろう」

「てめえはすっこんでろ」

「彼女は連邦検事だ、セルゲイ。おまえたちを調べる捜査機関のトップだよ。彼女が号令すれば、ニューヨークじゅうの警官をここブライトン・ビーチに集めることだってできるんだ。ボスはそれでもいいのか？」

セルゲイは答えなかったが、ヴィクトリアにも手を触れなかった。

わたしは彼女にいった。「ベレッタは持ってきているのか？」

「いいえ」

「本当に持っていないのか？」

「催涙スプレーよ」

「そいつを渡して、ハンドバッグの中身を彼に見せるんだ」

彼女はそのとおりにした。

セルゲイはスプレー缶を手にとり、バッグのなかを見た。「いいぞ」

ヴィクトリアは彼に笑いかけ、わたしを見た。「ありがとう」

「どういたしまして」

セルゲイはロシア語で悪態をつき、われわれを〝宮殿〟に連行して大理石の廊下を進み、ビーダーマイヤー様式の応接室を抜けてラーチコの執務室にはいった。

「エレクトリフィカディ・トゥルバネーヴィチ、この忌まわしい寄生虫が。おれの生きている世界からおまえを追い払うにはいったいどうしたらいいんだ？」今夜のラーチコは車椅子に座り、灰色のトレーニングウェアを着て、片手にパピローサをくゆらせ、かたわらにカシューナッツのはいった器を置いている。

「ミス・ヴィクトリア、わたしはバルスコフだ。ラーチコ・ヤーコフレフ・バルスコフ。お近づきになれて光栄だ。せっかくの夜を邪魔してすまないが、もっとましな夕食の相手を選んだほうがいいのはまちがいない」

「ターボから、あんたがたはしつこいと聞いたわ。どうやら冗談ではなかったみたいね」鼻にかかった訛《なま》りがきつくなっている。

「ほう。おれの旧友はほかにどんなことをいっていた？」

「あんたとは仲が悪いって。それにあんたは胸くその悪くなる男だっていってたわ」

癌《がん》に侵されたラーチコの顔に笑みが広がり、彼は大声で笑った。

「何を差しあげようか、ミス・ヴィクトリア？」ラーチコは訊いた。「ウォッカか、コーヒーか?」

「ワインを一杯お願い。できれば赤がいいわ」

ラーチコはセルゲイに向かってうなずいた。「ターボは? ウォッカか?」

「わたしは結構だ」

「ウォッカを持ってこい、セルゲイ。おれのもてなしを断わったのは二度目だな、ターボ。おれたちは確かに立場がちがうが、だからといって礼儀を無視していいことにはならんぞ」

わたしは肩をすくめた。ラーチコはカシューを掬《すく》っている。セルゲイは飲み物をとりに部屋を出た。

ラーチコはいった。「夕食ではずいぶん話がはずんだようだな。あの店に三時間もいたんだから。まさかそのあいだずっとおれの話をしていたわけじゃないだろうな」

ヴィクトリアは信じられないといわんばかりの表情を浮かべた。「お言葉を返すようだけど、それは自意識過剰というものだわ」

「あんたには女優の素質がある、ミス・ヴィクトリア。ブロードウェイの劇場で観るたいがいの女優よりよほど名演技だ。おれの家の向かいに、あんたは部下を何人も配置している。カメラ、望遠鏡、マイク、その他あらゆる機器でおれを見張らせているだろう。確かにおれの意見は個人的な見解にすぎんだろうが、そんなに見当ちがいではないはずだ」ナッツを強く噛《か》み砕く。

セルゲイが飲み物を持って戻ってきた。ヴィクトリアがワインをとった。わたしもウォッカを手にとることにした。ラーチコはヴィクトリアに脅しをかけようと思っているらしい。

これはなかなかの見ものだ。

ヴィクトリアはラーチコをねめつけ、首を振った。「その部下はわたしの前任者が配置したの。理由はわからなくはないわ。あんたはマフィアの親分なんだから。でもわたしにはいままで、見張りを続けるべきかどうか検討する時間がなくてね。こんなことに納税者のお金を使っているとは思わなかったわ。ラスヴェガスの売春宿みたいにけばけばしい、ごみためみたいな二流マフィアの巣を見張らせていたなんて」

痛烈な嘲弄《ちょうろう》に、ラーチコの黒い目がさらに黒みを帯びた。わたしは彼女がやりすぎないことを祈った。ラーチコの虚栄心をさげすむのは、火遊びするようなものだ。

彼女はワインを口に含み、鼻に皺《しわ》を寄せ、ワイングラスをよけた。

「ワインは気に入らないか？」

「ここにふさわしいワインね」

「どうしてわたしと彼女をここへ連れてきた、ラーチコ？」わたしはいった。

「おまえと話したかったんだ、ターボ。それにもちろん、いたく魅力的なミス・ヴィクトリアにも会いたかった」

「お世辞はいらないわ」彼女はいった。「こっちは願い下げよ」

彼女に注がれるラーチコのまなざしがどす黒くなった。

「ラーチコ、わたしと話したいのはわかった。セルゲイにいって、ヴィクトリアをマンハッタンに送り返してほしい」

「話がすんだら返してやる、ターボ。彼女にも聞いていてもらいたい話だ」

「それなら傾聴するわ」

「ラド・リスリャコフのことだ」ラーチコはいった。「あんたも興味があるだろう、ミス・ヴィクトリア。あんたが暇な部下を使っておれの家を見張らせていたのは、あの男の動向を探るためだったんだから」毛むくじゃらの手いっぱいにナッツを載せる。「おれも気の長い人間ではないからな。あんたの前任者がどうのという御託《ごたく》は聞きたくない」

「リスリャコフがどうしたんだ？」わたしは訊いた。

「水曜日、おれたちがグリーン・ストリートでおまえの姿を見かけたとき、おまえはリスリャコフが仕事をしていた建物の外でうろちょろしていた。おまえはそのことをいわなかったな」

ヴィクトリアが弾かれたようにわたしを見た。

「ターボはあんたにもグリーン・ストリートのことをいわなかったんだな、ミス・ヴィクトリア。あんたとおれは似たような立場にいるのかもしれん――その男は、あんたが思っているほどいい友人じゃないぞ」

「誰が友人なんていったの？」

「聞いたか、ターボ？　ミス・ヴィクトリアでさえおまえの友情を疑っている。きっとおまえは、リスリャコフの死に関して何か知っているだろう。たとえば、あいつがどうやって死んだか」

「どういうこと？」ヴィクトリアがわたしに訊いた。

「リスリャコフはグリーン・ストリート三二番地6Aのアパートメントを偽名で借りていた

――ゴンチャロフという名前で。ラーチコがそれを知らなかったことで、ふたつの疑問がわいてくる」わたしは彼に顔を戻した。「きみはなぜ手をこまねいていたのか？　きみは見逃していたにちがいない。それにリスリャコフはきみから何を隠していたのか？」彼は憎悪に顔をゆがめ、わたしはそう遠くないうちに代償を支払うことになる予感がした。「それにひきかえ、きみが隠し事をすることはめったにない」

「リスリャコフはおれのために働いていた。これは秘密でもなんでもない。あの坊やの才能、潜在能力を見出したのはこのおれだ。おれがあいつを育てた。あいつは巨額の金に匹敵する価値がある」

「ターボの質問に答えていないわよ」ヴィクトリアがいった。

「ターボもこいつの質問も、おれにはなんの意味もない。アライグマの鉤爪《かぎづめ》は鋭く歯も鋭いが、脳みそはちっぽけで性質はねじくれている。おまけに狂犬病持ちだ。もしアライグマがあんたの運転する車の前を渡ったら、あんたはそいつをよけるだろう。轢《ひ》き殺してやればもっといい。どっちにしろ、わざわざ車を停めてアライグマと話そうとするばかはいない。ところでミス・ヴィクトリア、あんたはロシアをどう思う？」

「これといった意見はないわ。あんたたちはみんなおかしな人たちだと思うぐらいで」

「ここにいるおれたち共通の友人と接した感想がそれなら、なるほどもっともだ。おれが訊いているのは現代のロシアという国、首都モスクワについてだ」

彼女は肩をすくめた。「新聞で読んだ知識と、ターボから聞いた話しか判断材料がないのよ。わたしは専門家じゃないもの」

ラーチコは彼女を見据えながらカシューナッツを噛んだ。「あんたは自分自身に嘘をついている。まあそれはあんたの決めることだからいいさ。しかしあんたは、おれにも嘘をついている。そいつは愚の骨頂だ」カシューナッツを痰壺《たんつぼ》に吐き出す。

「いったい何をいって――」

ラーチコは右手をかざし、ベロモルカナルを吸った。

「あんたは先月モスクワを訪問した。五月四日、英国航空八七四便で十時にドモジェドヴォ空港に到着している。マリオット・トヴェルスカヤに三泊滞在した。オトラドナヤ通りのロ《C》シア連邦検察庁《PS》で八時間半過ごしている。赤の広場、聖ヴァシーリー大聖堂を散策し、昔ながらのグム百貨店を訪問しているな。レーニン廟《びょう》にも墓参りした。それなのにルビャンカは訪れなかった。残念なことだ。食事をした場所も聞きたいか？」

「ずいぶんよく知っているのね」彼女はかろうじて平静な表情を保っていた。

「検察庁の腑抜《ふぬ》けどもと何を話していた？」

彼女はラーチコを見つめたまま、ゆっくりとかぶりを振った。「あんたの知ったことじゃないわ」

ラーチコはもう一度唾《つば》を吐き、新しいパピローサに火をつけた。「ターボはあんたにKGBのことを話したか？」

「たいした理由もなしに人々を逮捕するそうね。あんたもかつてその一員だった」

「そいつはゼークの見かただ。この男は、自分の生い立ちを話したんだろうな」

「初めてね、あんたの推測が当たったのは」

その言葉にラーチコはぎょっとした。当てこすりにではなく、わたしが話したことに驚いたのだ。それは彼にとって予想外のことだった。

「ターボがロシアを捨ててから、ものごとは大きく変わった。こいつのいっていることは時代遅れだ。いまはおれたちだって、理由もなしに逮捕はしない」

「へえ、そうなの」

ラーチコはカシューを噛んでいる。「ロシアは世界有数の大国だ——政治的にも、軍事的にも、経済的にも、あらゆる分野で。ＦＳＢはロシアの国益を守るために活動しているのだ」

「ロシアは犯罪でも世界有数じゃないか」わたしはいった。「それにＦＳＢの活動目的は、何より自分たちの組織を守るためだ」

「あんたたちはみんな辞《や》めたものと思っていたけど」ヴィクトリアはいった。

「ターボがそういったのか？　元ＫＧＢなどというものは存在しない」

「わたしが最初の一人だ」

「おまえはゼークだ、ターボ。それは決して拭《ぬぐ》い去れない染みだ」

ヴィクトリアはワイングラスを掲げたが、考えなおし、また置いた。「刺激的な文化交流を邪魔して悪いんだけど、あんたはまだ、わたしたちを連れてきた目的をいっていないわ」

ラーチコがゆっくりとうなずいた。「ターボとわたしには話しあう用件があるんだ。その場にあんたも立ち会ってほしかった。おれの仕事にずいぶん興味があるみたいだからな。それにちょっとした忠告もしておきたかった。あんたは頭のいい女だと思うからだ。夕食の相手選びは別として」

「さっきいったように、傾聴するわよ」

「検察庁のゲイどものことだ。あんなやつらは信用するな。あいつらはむき出しのケツを見たら興奮するが、てんで意気地のない腑抜けどもだ」

「どうやら仲が悪いみたいね」

「あいつらが存在していられるのは、おれたちが情けをかけてやっているからだ。やつらは蛆虫《うじむし》同然で、他人のごみにたかっているのさ。だがもうすぐ蛆虫みたいに踏みつぶされるだろう。現代のロシアにはただひとつの権力しか存在しない。そしてターボがいったとおり、おれたちは自分を守れる。邪魔だてするやつらは……」彼は痰壺に唾を吐き出した。

「せいぜい頭の片隅に入れておくわ。でもここはモスクワじゃない。あんたたちは二人とも、ここではただのごろつきよ」

彼女は辛辣《しんらつ》すぎた。ラーチコの青白い顔が気色《けしき》ばむ。

「おれたちの力は世界各国に及んでいる。ロンドン、チューリッヒ、ニューヨーク……」いま一度唾を吐いた。

「あんた、わたしを脅そうっていうの？」

「セルゲイ！ これ以上ミス・ヴィクトリアを引き留める理由はない。ドミトリにいってマンハッタンまで送らせろ」

「急いではいないわ。ターボが終わるまで待って、いっしょに帰るから」

「ターボはもうしばらくかかる」

「それでもいいわ。あんたとの同席を楽しめるようにせいぜいがんばってみるわよ。じっくりやるわ」

　わたしはヴィクトリアとラーチコを見ていた。あっと思ったときにはもう遅かった。雷雲のような眉毛がぴくりと動く。次の瞬間、セルゲイがわたしの座っている腰かけの背後にまわり、左の腎臓を渾身の力で殴った。ハンマーのような拳《こぶし》と貨物列車のような腕で。ウォッカのはいったグラスが宙を飛ぶ。わたしは身体ごと床に吹き飛ばされた。刺すような痛みが胴体を貫き、燃えたぎるようだ。激痛が走った瞬間、わたしはマッシュルームのパスタをラーチコの白い絨毯に吐き出したい衝動と闘った。なぜあっさり吐き出してしまわないのかわれながら不思議だったが。白い部屋がぐるぐるまわる。ヴィクトリアの悲鳴とラーチコの笑い声が聞こえたような気がした。

　それがどのぐらい続いたのかは覚えていないが、しばらくすると痛みは引きはじめ、少しずつ鎮まってきた。部屋の回転も。喉元に胃液がこみあげてくる。全身に汗が噴き出した。

「起こせ」ラーチコはいった。

　丸太のような両腕に持ち上げられ、わたしは腰かけに座らされた。痛みが急激に募る。わたしは汗にまみれた両手に顔をうずめ、痛みが過ぎ去るのを待った。

　どこかからヴィクトリアの声が聞こえた。「大丈夫？」これほどの愚問もないものだが、きっと彼女は何かいわずにはいられなかったのだろう。わたしは笑おうとしたが、笑えたかどうかわからなかった。自分の声が嗄《しわが》れている。

「KGB流の……もてなしだ」

ヴィクトリアは、新しいベロモルカナルをつけたラーチコに近づいた。「この屋敷は部下たちに見張らせているわ。わたしはいつでも呼び出せるのよ」

「ターボ、おまえは運のいい男だ。きっと彼女はおまえが好きなんだろう。なぜかはとうてい理解できんが。ミス・ヴィクトリア、あんたの部下たちは、傷ついた友人の手当てをしている病人以外に何も見つけられないだろう。彼女に、おれたちは古い友人だというんだ、ターボ」

「おれたちは……古い……友人だ」わたしは繰り返した。彼の意図はまったくわからないものの、まずはヴィクトリアに一刻も早くここを出てもらうことだ。

「あんたたちいかれてるわ。二人ともよ」

「ポリーナを嗅《か》ぎまわっているそうだな、ターボ。おまえはそのこともいわなかった」

まずい。どうしてわかったんだ……。

「ターボはあんたに元妻のことをいったか、ミス・ヴィクトリア？　元妻はこいつにひどく失望させられたんだ。おれがこいつの名前をいっただけで具合が悪くなっていたよ。おまえはあの女に恥をかかせ、人生で最悪の思いをさせた。しかし、おまえはポリーナに本当のことをいえなかったんだろう？　腰抜けで臆病者だからな」

「いったいなんのこと？」ヴィクトリアはいった。

「ゼークだ」わたしはかろうじていった。ひと言いうのがやっとだった。

「ポリーナはこいつを心底軽蔑して、おれと再婚したんだ」ラーチコはいった。「そう聞けばあんたも少しは考えるだろう、ミス・ヴィクトリア」

ラーチコは何をする気なのか？　ヴィクトリアは彼の言葉を一心に聞いている。

「しかし復讐心を土台にした結婚が長続きするはずはない。うまくいっていたのはほんの二、三年で、そのあとは別れたも同然だった。ポリーナはいまはこの街に住んでいるそうじゃないか、ターボ。それも五番街に住んでいるらしいな。なぜそれをいわなかった？」

「きみは知っているだろうと——」

「嘘をつくな」彼はいった。「その気があれば水曜日にいえたはずだ。おまえはわざといわなかった」

「あんたの知らなかった事情がほかにあるように思えるけど」ヴィクトリアがラーチコにいった。

「おれがひとたび関心を向ければ、知らないことはほとんどないんだ、ミス・ヴィクトリア。知ろうと思えば、わからないことはなきに等しい。トヴェルスカヤのホテルで、あんたが誰に電話したか教えてやろうか？　あるいは、あんたがその相手になんといったか？　それだけ魅力的なら、あんたに社交生活がないはずはない。二十四時間仕事漬けで、休みもろくろくとっていないという噂だがね。そいつは気の毒だ。あんたは結婚したほうがいい。少なくとも、そこのむかつくような友人よりはふさわしい男がいるはずだ」

わたしはラーチコの言葉を聞きながらも彼女を見ていた。ヴィクトリアは平静を装っているが、ラーチコは彼女の強気の表面の下に弱点を見つけたようだ。

「セルゲイ、ドミトリにいってミス・ヴィクトリアを送らせろ」ラーチコはいった。

「待ちなさい。わたしはここから一歩も動かないわ」

雷雲のような眉毛がひきつる。セルゲイはヴィクトリアを巧みにドアまで引き立てた。そのあいだずっと、彼女は大声で抵抗した。

「待て！」ラーチコが命じた。「忘れるところだった。ターボはあんたに、おれと共通の元妻がどこに納まっているかいったか？」

「ラーチコ、それは……」わたしは嗄れ声でいった。

「ポリーナはいまはフェリシティ、通称フェリックスに名前を変えたと聞いている。金持ちの銀行家と結婚した。男の名前はマルホランドだ」

ヴィクトリアの驚いた反応を見てラーチコは笑い声をあげた。セルゲイが彼女をドアの外に突き出す。わたしはいま一度、ラーチコは何をたくらんでいるのだろうと思った。とはいえ、これでヴィクトリアは帰宅させることができた。それだけでも救いだ。

セルゲイが戻ってきてボスに向かってうなずいた。雷雲のような眉毛がもう一度ぴくりとする。今回は拳で左の頬を一発殴られた。痛みが炸裂し、火花が飛び散って身体が宙に投げ出される。

絨毯に頭をぶつけたのは覚えていない。

目覚めたとき、わたしは床に横たわり、目の前に机の脚があった。ラーチコの机だ。表面に大きな傷がついているのを見て、わたしは少しだけ気分がよくなった。横になったまま痛みの少ない部位を探り、セルゲイに殴られた頭にいささかでも思考力が残っていないか試してみる。何も思い浮かばない。ただ、部屋にはなんの物音もしなかった。そうだった――ヴィクトリアはもうここにいないんだった。ラーチコはどこだ？

痛みを押して身体を起こしてみる。とたんにめまいがした。平衡感覚が戻るのを待つ。白い絨毯にスポンジ大の赤い染みがついていた。いい気味だ。わたしは立とうとした。しかしそれは大きなまちがいだった。わたしは咳きこみ、血の上に茶色がかった緑の胃液を吐き出した。

時計が鳴った。午前一時だ。みんな寝たのだろう。ふだんならとっくに寝ている時間だ。もう一度立ちあがろうとし、今度は両膝をついた。

左側で何か動いている。管を通じてぜいぜい息を吸いこむ音も聞こえた。

「少しは気分がよくなったか？」

セルゲイがラーチコの車椅子を机まで押した。ラーチコはパピローサに火をつけ、わたしに向かって煙を吐き出した。

「おまえはおれに嘘をついた、ターボ。何度もだ」彼はかぶりを振った。「もう少し分別があると思っていたが」

「ちがう」わたしは嗄れ声でいった。

「嘘の上塗りをするな。おまえはポリーナのことをおれにいわなかった」

「さっきいったとおり――」

「さっきいったとおりだと？　笑わせるな。リスリャコフから離れろといわれたのに、おまえはここから帰ったその足であいつのアパートメントにのこのこ戻った。おまえは誘拐にかかわることだといっていたな。それも嘘だ。いったい何を血迷って、おまえのガキみたいなごまかしをおれが見抜けないと思った？　おれが病気だから耄碌《もうろく》したとでも思っていたのか？　おまえは自分の頭のよさにいつも自信たっぷりだが、実をいえば、そこがおまえの身体でいちばん弱いところだ。おまえのちんぽより役立たずだ。どっちもセルゲイに切らせたほうがおまえのためだろうが、おれもその前に情報がほしい。いいか、おれが訊くことを黙秘しようなどとはゆめゆめ思うな」

　精神的に弱り、これからどうなるのかわからないときに嘘をつくのは——さらにいえば真実を話すのも——愚の骨頂だ。わたしはそれに気づかないほど衰弱はしていなかった。しかも目の前ではセルゲイが指の骨をぽきぽき鳴らしている。ここで論理は通用しない。まず大事なのは時間を稼ぎ、思考力を取り戻すことだ。そのためにはラーチコに、彼が聞きたがっていることを少しでも話すしかない。

「わたしはきみに……真実だと思っていることを話した」わたしはいった。ひと言話すたびに、腹がえぐられるように痛む。「ポリーナの夫がわたしを雇った。彼のもとに身代金を要求する手紙が送られてきたんだ。しかし実は、ポリーナがその手紙を送っていたことがわかった。彼女は……リスリャコフに支払う金が必要だった。彼はポリーナを脅迫していた」

「ターボ、そんなたわけた話がいったいどこの世界に通用する？　おまえはおれが思っていたより頭が弱っているようだな。なんでそうなるんだ？　ポリーナがリスリャコフに脅されたから、夫に法外な金をふっかけたというのか？」

「ああ……そのとおりだ。わたしにも理由はわからん」

「そんな話をおれに信じろというのか。だったらおまえの金玉にキスでもしたほうがましだ。

リスリャコフは何をネタにポリーナを脅したんだ？」

「彼女の新しい身元だ」

「ポリーナは誰から隠れていた？」

わたしはラーチコを黙って見つめた。

「おれか？　おまえのばかさかげんにもほどがあるな。ポリーナとおれはとっくに終わったんだ。あの女が姿をくらますよりずっと前からな。おれたちは別居していた。そして取引した。あの女は離婚の手続きを進めようとしていたんだ。それで、ポリーナがおれから有り金を巻き上げないことを条件に、おれは離婚を承諾した。あれからおれは、あの女のことなんぞこれっぽっちも考えていない」

それは本心に聞こえた。ラーチコも本心をさらけ出すことがあるのだとすれば。

「ヤーコフによると、彼女とコソコフは……」

「ああ、わかってる。まったくお似合いの二人だったよ」

「コソコフは六億ドルを盗んだそうだが……」

「コソコフが盗んだだと？　何をほざいてるんだ！　だったらいまの話と全然つじつまが合わないだろうが。たったいまおまえは、ポリーナが一文無しで金をほしがっていたといった。ところが今度は、あの女が六億ドルも持っていたとぬかすのか。おれの親父もとうとう焼きがまわったようだな。コソコフは、ちんぽに縄をつけて見張ってやらないと、のこのこバスの前に飛び出して轢《ひ》かれちまいそうなぐらい能なしだったんだ。おまえだって、その役立たずの骨からしなびた皮をはがされないよう必死にしがみついている。しかしそれには及ばん。

おれの手で始末してやる」

わたしは脅しを受け流した。ラーチコとヤーコフはいっていることがちがう。この点は調べる価値があるだろう——そのチャンスがあれば。

「グリーン・ストリートでは何を見つけた？」ラーチコはいった。

「ヤーコフ、リスリャコフの死体、スーツケース、コンピュータ、エヴァだ」

「寝室のドアに開いていた穴はどうなんだ？　壁に二発、もう一方の壁に一発、リスリャコフに一発開いていただろう？　その銃はどこだ？」

「わたしが持っている」

「どんな銃だ？」

「グロックの九ミリだ」

「そいつをよこせ。コンピュータの中身は？」

わたしは両手で机の脚をつかみ、なんとか立ちあがった。赤いラッカーにもたれ、息を切らせながら吐き気をこらえる。

「きみのマネーローンダリング・システムだ」わたしはいった。やっぱり来たか。

ラーチコは干からびた顔になんの感情も見せることなく、しばらく考えていた。

「おまえの友人のヴィクトリアはどこまで知ってるんだ？」

切り抜けようがない。「彼女は知っている。どうやって知ったのかはわからない。彼女はわたしがいう前から気づいていた」

「嘘をつくな。おまえはけさ〈スラブハウス〉にいた」

「エヴァを捜しに行ったんだ。リスリャコフのコンピュータにホームページがあった。エヴァは病院から逃げ出していた。それにきみは部下をあそこに送りこんでいた」推測だが、おそらく当たっているだろう。

ラーチコの眉毛がぴくりとしたのをわたしは見逃したが、どのみち同じ結果だった。セルゲイがつかつかとこちらへ近づき、わたしの腹を強打した。衝撃とともにわたしは崩れ落ち、空気を求めて絨毯の毛足を吸いこんだ。もうすぐ限界だ。誰しも耐えられないだろう。

ラーチコとセルゲイが遠のいた。わたしは赤茶色の染みの上にもう一度唾を吐き、目の焦点を合わせようとした。ラーチコはポケットから出したカシューナッツを噛《か》みながらわたしに目を注いでいる。わたしの呼吸がようやく正常に戻りかけたとき、彼は口をひらいた。

「リスリャコフのコンピュータから何者かが大容量のデータベースをコピーし、ハードディスクから消去した。おまえのしわざか？」「わたしじゃない」

やはり狙いはそれだったのか？

「おまえはコンピュータを持ち出した。おまえにはIT業界で有名な相棒もいる。おれは盗まれたものを取り戻したい」

わたしはふたたび立ちあがろうとした。

「わたしはそのデータベースを持っていない。さっきいったとおり、身代金を要求する手紙とリスリャコフからポリーナへの脅迫メールは見つけた。それらは移動させた。このことは確認できるはずだ。それ以外はどこもいじっていない」

「ターボ、おまえは忘れているようだが、おまえがグラーグから抜け出してきたときから、おれはおまえと知りあった不運を呪っていたんだ。おまえは歩きだす前から嘘をつくことを覚えていた」

　われわれはみな嘘をつかないと生きていけなかった、といい返してやりたかった。ラーチコが車椅子の向きを変える。机で体重を支え、わたしはやっとの思いで立ちあがった。それだけの動きで、二マイルを全力疾走したように息が切れた。

　今度は眉毛がひきつるのが見えた。セルゲイが筋骨たくましい片腕でわたしを持ち上げ、にやりとし、もう片方の腕でわたしの腹をえぐった。彼は手を放し、わたしは机の足下に崩れ落ちた。机の傷がふたたび見えた。

　ラーチコはいった。「おまえにもう一度だけチャンスをやろう。自分でもなぜこんなに寛大なのかわからんがな。ゼークはゼークとしての扱いしか受けることはない。おまえたちはなんの敬意にも値しないやつらだ。おまえらにはなんの価値もない」

　彼はトレーニングウェアのポケットからコードレス電話機を取り出し、番号を押した。番号がいやに長い――国際電話だ。

「おはよう、ワシーリー。元気か？　天気は？　こっちも上々だ。いや、相変わらずだ。ここに昔懐かしい友だちが来ていてね。おまえと話したいそうだ」

　ラーチコはボタンを押し、スピーカーに切り替えた。

「よお、くそったれ」ラーチコの弟の声だ。

「やあ、ワシーリー」わたしはできるだけ平静な声で答えた。

「少し痛い思いをしたようだな。故郷からのニュースで元気づけてやろう。いまおれはＦＳ

Bで最優秀の狙撃手といっしょに車に乗っている。場所はオトラドナヤ通りだ。知ってるか？」

ロシア連邦検察庁《CPS》本拠地だ。痛みに代わってパニックの衝動が押し寄せてきた。モスクワはいま何時だろう？　ニューヨークが午前二時だから……午前十時だ。わたしは机にもたれたまま、身体を引きずって立ちあがった。セルゲイが一歩後ずさりする。

「おれたちは、おまえの息子の勤め先の前に車を停めている。息子がいるのは二階だ。窓から姿が見える」

　わたしは無言だった。

「一時間前からここにいる。息子はいま電話中だ。ゲイみたいな青いセーターなんぞ着やがって。もっと周囲を警戒するように教えてやれ、ターボ。まあしかし、おまえはあそこには行ったことはなかったんだったな？　おまえがここに来たことは一度もなかった。息子はおれたちにまったく気づいていない。通りの真ん前に車を停めているのに。まったく検察庁のゲイどもは間抜けぞろいだ」

　弾薬が装塡《そうてん》されるまぎれもない音が、九千マイル向こうから聞こえてくる。

「なんの音か教えてやろう。ドラグノフSVDS、照準器つきだ」ワシーリーはいった。

「おまえのばか息子はどんな姿になるだろうな」

　ラーチコがいった。「もう一度だけ訊く、ターボ。データベースはどこだ？」

「やめろ！　わたしは持っていない。本当だ！」わたしは車椅子に突進したが、セルゲイの腰に突きとばされた。ラーチコが肩をすくめる。

バン！

「やめろ！　アレクセイ！」

時間が止まった。

車の発進音に続いてワシーリーの声が聞こえた。低く静かな声だ。「ひとつ警告する、ターボ。おまえの息子は新しい窓がいるかもしれん。あるいは新しい頭がいるかもな。少しは思い知ったか、間抜け野郎。相手が誰であろうと、どこにいようと関係ない。おれたちがその気になったら逃げられるやつはいないんだ。ラーチコのいうことを聞け。さもないと、いつかおまえの血をアイスクリームにかけて食ってやる」

ラーチコが電話をポケットに戻した。「おれはデータベースがほしい、ターボ。持っていないんなら、見つけろ。見つけられなければどうなるかわかってるな？」

「わかってる」ＫＧＢの自白と同じだ——供述内容に意味はない。彼らが聞きたいことをいうしかないのだ。

「もうひとつある。おれの家族にもう二度と近づくな。何をたくらんでいるか知らんが、ポリーナを嗅《か》ぎまわるのは終わりだ。エヴァも同じだ。二人の面倒はおれが見る。わかったか？」

議論しても無意味だ。わたしはうなずいた。

「よし。おまえも見かけほどばかじゃないようだな。こいつはワシーリーからだ」

セルゲイがもう一度わたしの腹に突きをくらわせた。わたしは膝をつき、あえぎ、とうとう我慢できずに嘔吐《おうと》した。息ができない。それでも嘔吐は止まらなかった。わたしがのたうちまわるあいだに、ラーチコは部屋を出ていった。セルゲイはわたしが全部吐き出すのを待ち、それから襟首をつかんで廊下を引きずり、階段を下りて中庭に出た。セルゲイともう一人の男の手で、わたしは車のトランクに放り投げられた。

わたしは頭を打ち、ふたたび意識を失った。

土曜日〜日曜日

27

どうやって帰宅したのか自分でもわからない。

目が覚めると隣にごみ箱があり、あたりには吐《と》瀉物《しゃぶつ》のにおいが漂っていた。じっとりした夜気が悪臭を募らせる。そのせいでふたたび吐き気がこみあげてきたが、もう吐くものは残っていなかった。わたしはおもむろに上半身を起こし、しばらくじっとしてからジャケットを脱いで、べとつき悪臭を放つTシャツも脱いだ。なるべく遠くへTシャツを投げ捨てる。わたしは手負いの動物のように草地を転がった。いや、手負いの動物そのものだ。悪臭はいくらかやわらいだ。

わたしが横たわっていたのはレンガ造りの住居が整然と建ちならぶ一角だった。明かりはまばらだ。通りの両側に車が列をなして駐車している。わたしはふたたびジャケットを着てから立ちあがろうとした。立てたのはわれながら驚きだった。よろめきながら、百ヤードほど後ろの明かりをめざす。大通りに出た。頭上の看板に〝オーシャン・アベニュー〟と書かれている。別の看板には〝K通り〟とあった。おぼろげな記憶だが、オーシャン・アベニューの下を地下鉄が走っていたはずだ。わたしは右折し、マンハッタン方面へ足を引きずって歩いた。駅まではかなり距離があった。財布とメトロカードはまだ手元に残っていた。ニューヨークの地下鉄がモスクワや他の大都市の地下鉄と大きくちがうのは、二十四時間運行しているところだ。まさしく眠らない街である。死ぬほど殴られ、たとえ何時になろうと家には帰れるのだ。幸いプラットフォームには誰もいなかった。電車が来ると、わたしは倒れるようにして座席に座りこんだ。アトランティック街で乗り換えなければならない。警官に止められるだろうと思っていたが、意外なことに何もいわれなかった。ニューヨークのもうひとつの特徴は、たとえ何時であれ自力で行動している人間は、どれほど突飛《とっぴ》な姿をし、どれほど異臭を放っていようと、中東のテロリストに見えないかぎり、警察を含めて誰からも干渉されないことだ。三番線でウォール・ストリート駅まで乗り、わたしの住居まで数ブロックを歩くだけの体力はかろうじて残っていた。

やるべきことはたくさんあった。留守電をチェックする。ヴィクトリアに電話する。緊急治療室にはいる。しかしそのどれをする体力も残っていなかった。なんとか服を脱ぎ、シャワーを浴びてタイルの床に座り、少し休んでから石鹸《せっけん》で肌をこする。しばらくすると悪臭が消えた。歯磨き粉とうがい薬で口のなかの胃液を洗い流す。ベッドに倒れこみ、そのまますぐに意識を失った。

電話の音で、女狐と暴力の悪夢から引きずり出された。手の届かないところにいるヴィクトリアとポリーナが半裸ではしゃぎまわり、棍棒《こんぼう》を持ったラーチコとワシーリーがわたしを追いまわす。幽霊のように痩《や》せ細ったヤーコフが宙に浮かんでその光景を見下ろし、笑い声をあげる。わたしは車椅子に乗り、ラーチコのまがいものの宮殿から何かを盗もうと部屋から部屋を探しまわっている。女たちはわたしの先を行き、男どもは背後から追いかけながら何度か追いついてわたしの身体や車椅子を殴り、そのたびに全身に激痛が走る。

現実に戻ってもなお電話は鳴りつづけていた。手を伸ばしかけたところで筋肉という筋肉が強烈な痛みにさいなまれ、動かなくなった。目から涙があふれ、全身汗びっしょりだ。昨夜の出来事がおぼろげに甦ってきた。電話は止まったかと思うと、また鳴りだした。あらゆる末梢神経が悲鳴をあげはじめ、わたしはそろそろとベッドを転がって電話に近づき、受話器をつかもうとした。しかし受話器までたどり着けなかった。

電話の音が止まった。沈黙が心地よい——これで動かなくてすむ。わたしは別の悪夢に落ちこんだ。モスクワの地下鉄駅を思わせる場所だ。どこも無人で死んだように静まり返り、電車はおろか人っ子一人おらず、農民と兵士と労働者を称《たた》えるスターリン時代の彫像が並んでいる。わたしは電話でふたたび現実に引き戻された。

ぼんやりと黒いものが見え、ヴィクトリアではないかと思った。彼女はわたしの痛みに満足げな様子を示し、すぐ戻ってくるわといって傷をさすった。わたしが夢心地でその贅沢《ぜいたく》に甘んじていたら、電話が鳴りやんだ。

午後十時半、今度は自然に目が覚めた。喉が渇き空腹だが、ほんの少しずつしか動けない。明かりをつけ、バスルームへ向かって傷の具合を調べようとしたが、鏡をひと目見ただけで、もう少し待ったほうがいいと思った。キッチンにたどり着くまでは時間がかかった。ほんの一、二歩でも支えが必要なのだ。ご褒美《ほうび》はきんと冷えた一杯のウォッカだった。焼けつくような熱い喉越しが心地よく、殴られた空っぽの胃を火のように洗ってくれる。もう一杯飲むと、アルコールが末梢神経まで行きわたり、痛みを鎮めてくれた。三杯目を飲んでから、トーストを焼いた。空酒はよくない。わたしはさらにウォッカを飲み、いくらか気分がよくなってきたところで立ちあがると、部屋がまわりだし、汗が噴き出した。まだ酒を飲むには早かったようだ。いや、何をするにも。

わたしはボトルやグラスを出したまま、おぼつかない足取りで寝室に戻った。ウォッカのおかげで歩行はさらに難しくなったが、痛みが麻痺《まひ》したのはありがたかった。ようやく見つかったベッドに転がりこみながら、次はどんな悪夢を見るのか、どんな悪夢であれ、この現実よりひどいことがあるだろうかと思った。

次の悪夢から目覚めたのは日曜日の正午だった。今度の悪夢は牢獄だった——湿っぽい石の壁に錆《さ》びついた鉄の扉が並ぶ冥界《めいかい》の迷宮。看守はラトコ・リスリィだ。彼はわたしを連れて長い廊下を歩き、ところどころで天井から流れ落ちる汚水に出くわすたび、ひらりと身をかわした。われわれを先導しているのか、同行しているだけなのかはともかく、はるか手前にかろうじてエヴァ・マルホランドの姿が見える。鉄扉の向こうからはいくつもの声が哀願していた。どれも幼かったころに聞いた覚えのある声だ。わたしは答えようとしたが声が出ない。ラトコは大きな古めかしい鍵束をじゃらつかせて歩いている。どこへ行くのか訊きたかったが、やはり声が出ない。声が出るようになるまで、永遠に歩きつづけるのではないかと思った。この迷路に中心はなく、目的地もない。

しばらくして気がつくと、わたしは自分のベッドの上で、壁板と日光に囲まれていた。ラトコが冥界からメッセージを送っていたのだろうか？　彼は何をいおうとしていたのだろう？　わたしが思考しているのは回復の兆しではないか。そう思ったわたしは動こうとした。痛みは焼けつくような激痛から慢性の鈍痛になっており、それは大きな救いだった。だがほかのあらゆることと同じく、痛みは相対的なものであり、前より多少痛みがやわらいだというだけのことだ。今度は支えなしに、立ち止まることなくバスルームまで歩けた。深呼吸し、鏡を見る。見つめ返している男はまるで大事故の犠牲者だ。わたしはカジモド（ヴィクトル・ユゴー作『ノートルダム・ド・パリ』の登場人物）がジョー・フレーザーと十五ラウンドを闘い終えたような顔をしていた。黒い目、青い頬、黄色い鼻、黄色い首、腫《は》れあがった紫の唇。左目には乾いた血糊《ちのり》がべっとりと貼りついている。たぶん縫合《ほうごう》したほうがいいのだろう。色は回復に向かう前にもっと濃くなるのではないか。いまは全身が黄色か青か紫で、セルゲイに殴られたところがひときわどす黒いが、どこもかしこも変色し、うかつに手を触れられなかった。氷を満たしたバスタブにはいったほうがいいのかもしれないが、想像するだけで痛みが増してくる。きのうの記憶はぼやけ、金曜日の夜の出来事ははるか昔に思われた。だが現実感が薄らぐほど遠のいてはいない。わたしは意識を失っているうちに二十四時間以上を空費してしまったのだ。

まず大事なことからやろう。恐怖と切迫感に突き動かされる。わたしはペトローヴィンの電話番号が書かれた紙片を見つけた。足を引きずって電話に向かい、番号を押してメッセージを吹きこむ。

「ターボだ。知りたいことがある。いつでもいいから電話をくれ」

キッチンに引き返した。食器もウォッカのボトルもそのまま置かれている。まだ飲むには早い――薬としてならいいだろうか？ 迷ったあげく、わたしはボトルを冷凍庫にしまった。

留守番電話のランプが点滅している。メッセージは四件だ。わたしは再生ボタンを押した。

三回はヴィクトリアからだ。土曜日の朝早くと昼前、午後に電話が来ていた。どれも同じ内容で、焦燥の度合いだけが募っている。希望的観測だろうか？

「ターボ、そこにいるの？ あれはいったいどういうことだったの？ あなた大丈夫？ 電話をして」

「ターボ、どこにいるの？ 電話をして、お願い」

「ターボ、あなたから電話が来なかったら、ＦＢＩの部下を引き連れてブライトン・ビーチに乗りこむわよ。電話を待ってるわ」

最後のメッセージはフーズからだった。土曜日の夜だ。

「あの女検事さんから電話が来たぞ。あんたを捜してた。心配そうだった。たぶん知りたいだろうと思ってね」実にフーズらしい――心配はしており、伝言はするが、自分から何かをしようという発想はない。彼の思考回路は行動向きにできていないのだ。

やっぱり早すぎはしないのではないか。わたしは冷凍庫からウォッカを取り出し、指二本分注いだ。生ぬるいものの、アルコールの熱さが心地よい。

わたしは金曜日の夜のことを思い出そうとした。ラーチコはニューヨークじゅうの病院に部下を送り、手当たりしだいにエヴァを捜しているかもしれない。あるいはエヴァがうまく逃げおおせている可能性もある。彼女を発見したら、ポリーナをおびき出すのは容易なことだ。

しかし、金曜日の夜にわたしがぶちのめされたのは、エヴァやポリーナにまつわることではない。ラーチコがわたしに、二人に近づくなといったのは確かだが、それは長年にわたる条件反射的なわたしへの憎悪によるものであって、エヴァとポリーナを大切に思っているからではない。彼は二人のことなどどうでもいいのだ。現にラーチコ自身、一九九九年にモスクワでポリーナとは終わったと認めていた。それなのにポリーナはいまだにラーチコの影に怯《おび》えている。なぜだろうか？ ラーチコが気にしていたのは自分のマネーローンダリング・システムだった。彼は消えたデータベースをわたしが持っていると確信している。わたしがあれだけ殴られたのはそのせいだ。ちがうだろうか？ 百万の灰色の陰から百の正しい陰を見つけ出せ、というヤーコフの教えが思い浮かぶ。

前回わたしが作ったやるべきことのリストは整合性がなく、それはグリーン・ストリートへわたしを導いたものの、結局は死を意識するほどの重傷を負わされることになった。頭のなかでしかリストを作らなかったからあんなことになったのだ。今回はもっと賢くやろう――リストをきちんと書けば、愚かな過ちは避けられる。わたしは紙を取り出した。

一　ラーチコは〈T・J・マックス〉のデータベースを持っていなかった。誰がそれを移動させたのか――リスリャコフか？

二　ラーチコもヤーコフも、ポリーナがフェリックスに名前を変えたことを知らなかったが、リスリャコフは知っていた。彼はまたマルホランド夫妻を四カ月前にフィッシングしていた。

三　その時点でリスリャコフは行方をくらましていた。

四　リスリャコフは金を必要としていた。

五　ヤーコフは、コソコフが彼の銀行から金を盗んだといっていた。一方ラーチコは、コソコフは無能だったのでそんなことができたはずはないといった。

六　ヤーコフはリスリャコフに会いにニューヨークへ来た。しかしそのことを息子のラーチコにはいわなかった。

七　リスリャコフは最近、モスクワに行っていた。

八　エヴァ・マルホランドは実の父と祖父を恐れていた。

九　ポリーナは夫のマルホランドに、脅迫されていることをいわなかった。あるいはいえなかった。

十　ポリーナはわたしにリスリャコフのことをいわなかった。あるいはいえなかった。

この十点に関しては疑いの余地がないところだ。わたしはリストのいちばん下に線を引き、ほかに付け加えることがないか探そうとした。しかし何も思い浮かばなかったので、もう一杯ウォッカを注いだ。一杯目ほど喉は焼けつかない。しかし何か引っかかる——何か書き漏らしたことがあるような気がする。だが、それが何かはわからない。ウォッカも助けにはならなかった。

ペトローヴィンからはまだ電話が来ない。いつになったら来るんだ？　わたしはもう一度電話してみた。応答はない。

リストを読み返し、何か食べようかと思いながら、さらにウォッカを飲みつづけた。ヴィクトリアに電話しようか。

グラスは空《から》だった。もう一杯注ぎ、リストを見つめながら考えを整理しようとする。だがうまくいかなかった。ようやくわたしは服を着てみようかと思った。立ちあがるとめまいがする。そのままじっとしていると少し落ち着いた。寝室までは歩けるだろう。しかしそう思ったのがまちがいだった。ほんの三歩でふたたびめまいに襲われ、いきなりひどくなった。吐き気とともに倒れ、コーヒーテーブルの角に顔をぶつけたのを覚えている。セルゲイに殴られたのと同じところだ。ふたたび嘔吐《おうと》し、絨毯の上に倒れたのは覚えていない。

わたしはそのままの状態で発見された。

月曜日

28

アメリカ人は効率を重んじる。とりわけ医療業界は、妥当かどうかは別として、その最先端を自負している。

わたしのところに来た若い女医は、開口一番こういった。「全身はくまなく検査済みで、治療も終わりました。肋骨《ろっこつ》二本にひびがはいり、脳震盪《のうしんとう》を起こし、顔を六針、顎を十二針縫いました。あとは打撲と裂傷です。あなたさえよければ、いつでも退院できますよ」

ひどい薬酔いも症状に付け足してほしいところだ。これは、強力な鎮痛剤とわたしの意識との闘いによるものであり、どちらが勝っているのか判定するのは難しいところだ。わたしには、彼女の診断すら頭にはいってこなかった。

わたしはカーテンに仕切られた室内に横たわっており、いかにも病院らしいにおいがした。あたりは騒がしく、どれも不快な音だ。痛みにさいなまれた人々がうめき、泣き、ときおり悲鳴をあげる。そのたびにわたしにも彼らの痛みが伝わってきた。女医はわたしに負傷した経緯を尋ねた。わたしは二回転んだと答えた。すると彼女は、ふだんどれぐらい飲酒するのか、と訊いた。わたしは肩をすくめ、ロシア人にしては少ないほうだ、と答えた。彼女は見るからに疑っていたが、いつでも退院できると繰り返した。思うに〝退院できる〟とは、〝退院が可能である〟というより、〝勝手に退院しろ〟という意味だろう。というのは、そのときわたしはほとんど動ける状態ではなかったからだ。左半身はほとんど麻痺《まひ》している。鎮痛剤との闘いが激しくなるにつれ、頭がひどく痛くなってきた。それ以外の部分もひたすら痛み、姿勢を変えようとすると激痛が走った。しかし一方で、わたしは必要以上に長くここにいたいとは微塵《みじん》も思っていなかった。それでわたしは女医に精一杯の笑みを浮かべ、早くどこかへ行ってくれと念じた。一人になって考える時間がほしかったのだ。

彼女はわたしの気持ちを察してくれた。それからいくらも経たないうちにカーテンがひらき、フーズとヴィクトリアが現われた。二人の顔には気遣いといらだちがにじみ、さらにフーズの表情には困惑も混じっていた。

「ひどい怪我ね」ヴィクトリアがいった。

フーズは紙コップを手にしている。「コーヒーだ。あんたが飲みたければ飲んでもよいといわれたんでね」

二人がここにいることを把握するのに少し時間がかかった。

「いまは……」

「あまりしゃべらないほうがいいわよ」ヴィクトリアがいった。「傷によくないってお医者さんがいってるわ」

フーズが口をゆがめて笑い、カップを掲げた。彼にプラスティックの蓋《ふた》を開けてもらい、わたしは慎重にカップを受け取った。熱いコーヒーは実にうまかった。

「ここはどこだ？」

「ニューヨーク大学病院よ」ヴィクトリアはいった。「救急車や緊急治療室のことは覚えてないの？」

わたしは首を振った。いまのところ鎮痛剤のほうが勝っている。

「デートの約束を覚えてる？　あなた、わたしに待ちぼうけを食わせたのよ」

わたしはもう一度、ゆっくり首を振った。

「けさ八時半に、あなたのオフィスでね。個人情報を盗む犯罪のことを教えてもらう約束だったでしょ」

「いまは……？」

「午後四時になるころよ。月曜日の」

しまった。わたしは立ちあがろうとしたが、無理だった。もう一度あがいたが、やはり同じだ。額が汗で濡れる。

「あんた、まだやる気なのか？」フーズがいった。

わたしはおぼろげな記憶ながらカントリー・ミュージックの歌を思い出した。犬に追われている兎《うさぎ》に、歌手が逃げられるのかと訊く歌だ。兎の答えはいうまでもなく、逃げなければならないというものだった。

「やらなければならないんだ」わたしはいった。それには理由もあったはずだ。わたしはぼんやりした頭で思い出そうとした。

アレクセイだ。そしてペトローヴィン。

「電話を」わたしはフーズにいった。

フーズの携帯電話で、わたしは自宅の電話を呼び出した。思ったとおり、ペトローヴィンはけさ電話を入れていた。「できることがあれば、喜んでお手伝いさせてもらう。いつでもこの番号に電話してほしい」彼は番号をいわなかった。すでにわたしに教えているからだ。番号のメモは自宅にある。

わたしは両脚をベッドのかたわらに押し出し、引力にまかせて床に足をつけた。おのずと脚から上もつられて起きあがったが、肋骨が抗議のうめきをあげた。上半身は汗びっしょりだ。フーズの表情は困惑を通り越し、ヴィクトリアはぎょっとしていた。

「もう大丈夫だ」わたしは嘘をついた。「医者は退院できるといっている。服はどこだ?」

「わたしたちが見つけたとき、あなたは何も着ていなかったのよ。わたしが服を持ってきたわ。もう少しワードローブを増やしたほうがいいわね」買い物袋をベッドの上に置く。

「ということは……」

「全部見ちゃったわ。外で待ってるわね」

両脚をズボンに入れ、Tシャツに腕を通すにはフーズを相当煩《わずら》わせ、時間をかけ、汗をかかなければならなかった。ようやくフーズがカーテンを開けたとき、ヴィクトリアはいなかった。彼女が戻ってくるのを待つあいだ、ベッドで休めたのでうれしかった。ヴィクトリアはしかめ面をして戻ってきた。「病院には車椅子の一台ぐらいあると思ってたんだけど」

「きみが外来診療体制を捜査したほうがいいかもしれないな」わたしはいった。

「そんなこといってると本当にやるわよ。あなた歩けるの？」

「もうよくなったよ」わたしはふたたび嘘をついた。

納得してもらおうと、一歩踏み出した。とたんにバランスを崩し、フーズに受け止められた。

「これじゃ無理よ」とヴィクトリア。

「いや、行こう」わたしはフーズにいった。「あとで説明する」

二人は苦心惨憺《さんたん》してわたしを病院の外に連れ出し、タクシーに押しこんだ。そのあいだずっと指示を出すのはヴィクトリアだった。わたしは鎮痛剤に感謝した。フーズが助手席に乗りこみ、ヴィクトリアがわたしの隣に座る。運転手は犬に追われる兎のように車を急発進させた。最初の急ブレーキでわたしは痛みに悲鳴をあげ、ヴィクトリアが運転手にスピードを落としてと叫んだ。しかし運転手は英語がわからないふりをして取りあわない。登録証を見るとスロバキア系の名前だ。わたしは彼の母国語でいった。「この友だちは移民局の人間でね。甘く見ないほうがいいぞ。いうことを聞かないと、今度のブラティスラヴァ行きの船で強制送還してやるからな」

とたんに運転手はスピードを半分に落とした。ヴィクトリアがわたしを見た。

「なんていったの？」

「きみの常套手段を使わせてもらったのさ。スロバキア人はロシア人より怖がりなんだ」

二人の助けでわたしはアパートメントの階段を上がった。ソファに座らせようとした二人をわたしは止め、よろめきながら寝室にはいってペトローヴィンに電話をかけた。今度は応答してくれた。わたしはなるべく声を平静に保ち、痛みを悟られないようにした。

「ひとつ気になる噂があってね。土曜日の朝、ロシアの検察庁の本庁舎で撃たれた人間がいるらしい。標的になったのはチロンという職員だ。アレクセイ・チロンという」間があった。「なぜそのことでわたしに電話を？」

「きみも検察庁の人間だからさ」

「どうしてそれを――」

「きみの携帯電話からだ。本部に電話をかけただろう。いまやアメリカが自由の国だというのは誇張かもしれない」

「心に留めておこう。あなたはどうやら最先端の機器を自由に使えるようだな」

「チロンのことを調べてくれるか？」

　もう一度間があった。「チロンのことは知っている。彼の身に何かあればわたしには知らされるはずだ」

「それはよかった。それでもわたしは彼が無事かどうか知りたい。実際に銃撃事件があったのか、それとも性質《たち》の悪い冗談なのかを知らせてくれればありがたい」

「こういっては失礼だが、ずいぶん奇妙な頼みだな」

「事情は今度会ったときに説明しよう。われわれの古い友だちのバルスコフに関係したことだ」

「わかった。ところで、チロンとはどういう知りあいなんだ？　何か伝言でもあれば伝えようか？」

「彼は……友人の息子でね。伝言は何もない」

ヴィクトリアはソファに、フーズはキッチンにいた。問題の発端になったウォッカのボトルは洗っていない食器とともにカウンターに載っている。わたしはしばらく酒をやめようと心のなかで誓ったが、それが嘘だということもわかっていた。フーズがわたしに向かってボトルをかざす。わたしは首を振った。彼はボトルを冷凍庫にしまい、食器を流しに移した。わたしはヴィクトリアの隣に座った。ペトローヴィンの言葉でわたしの心労はかなりやわらげられたが、身体はまだずきずきする。

ヴィクトリアはいった。「金曜日の夜はひどい目に遭ったわね。わたしはあそこにいたかった。でもあの男に力ずくで追い出されたの」

「わかってる。ありがとう。きみはあそこを出たほうがよかったんだ。ラーチコはわたしたちを二人とも、別々の理由で脅そうとしていた。きみがその目で見たように、彼は繊細な人間ではないし、頭に血がのぼることもある」

「あれからどうなったのか聞かせて」

「残ったのはラーチコ、セルゲイ、わたしの三人で、話は一方的だった。二人は退屈したので、わたしをオーシャン・アベニューのどこかに放り出した。わたしは地下鉄に乗って家に帰った」

「地下鉄に乗って？」

「前にもいったとおり、ロシア人は頑固なんだ。そのせいで足を滑らせてコーヒーテーブルに頭をぶつけたがね。そこまでは全部一人でやった」

「たぶんウォッカの力も多少借りたんでしょうね」

「ウォッカを飲まないでビールだけ飲むのは金の無駄使いだ」

「それ、どういうこと？」

「このとおりの意味さ。ロシアのことわざだよ」

「ロシア人はくだらないことばかりいうのね。あなたもたぶん脳震盪《のうしんとう》を起こしていたんでしょうから、二、三杯飲んでちょうどいいんじゃない？」

「こんな悲惨な姿でいっても説得力はないだろうが、いつもならわたしは自分の面倒は自分で見られるんだ」

「友だちの選びかたはどうかと思うけど」

「なんだって？」フーズがキッチンからいった。

「もちろんいまここにいる人は例外よ」ヴィクトリアはあわてて付け足した。「ところでバルスコフは、リスリャコフに関して何かいっていた？」

「ははあ、それでいやに親切なんだな。お気遣い痛み入るよ」

「ちょっと！　それはないでしょ。わたし、あなたに三度も電話したのよ。病院に連れていったのは誰だと思ってるの？」

「彼女のいうとおりだ、ターボ」フーズがいった。「さもなければ、あんたはいまだに絨毯の上で倒れたままだったろう」

「悪かった。冗談だよ。答えになっているかどうかわからないが、バルスコフはリスリャコフを殺してはいない。リスリャコフは彼の子飼いの部下だった。少なくともラーチコ自身はそう思っている。彼は金の卵を抱えた鵞鳥《がちょう》でもあったんだ」

「わたしたちが見るところ、リスリャコフはマネーローンダリングの中心人物だったわ」

「まさしくそのとおりだ。どうしてそれがわかった？　国家機密でなければ訊きたいところだ」

「わたしたちはロシアの検察庁と、一年以上前から合同で捜査を続けてきたの。彼らの捜査で、ロシアの銀行に巨額の資金が出し入れされていることがわかった。ロシアからの資金のほか、アジアや中東からの資金もあったわ。その金は、マネーローンダリングでおなじみの国々に移動した――スイス、リヒテンシュタイン、ケイマン諸島。リヒテンシュタインが銀行の守秘義務を緩和したことで突破口がひらけ、無数の口座に少額ずつ分割されてアメリカに移動していたことがわかった。別のルートへ移動した資金もあったわ。けれどもそこで痕跡はとぎれてしまった。半年後に幸運が味方してくれるまではね。あなたの国のお仲間が二人、イースト・ヴィレッジのバーで喧嘩して捕まったの。二人ともひどく酔っ払っていたわ。で、思いがけないことが起こったの」

　わたしは続きを待った。

「一人がナイフを抜き、もう一人の胸に切りかかった。それで相手が死んでも不思議じゃなかったんだけど、なんとか命は取り留めたわ。それで一人は病院に、もう一人は管轄の分署に連れていかれた。ここで第一の奇跡が起こった。二人の取り調べをした警官が、それぞれの結果を突きあわせてくれたのよ。それによると二人ともブラックベリーを携帯し、両方のブラックベリーにまったく同じ内容の長いメッセージがはいっていた。そのメッセージは何かの暗号のような数字の表だったわ。分署の警官にはそれがなんのことだかわからなかったけど、上司に報告した結果、第二の奇跡が起こった。副署長はこれが単なる酒場の喧嘩じゃないと直感し、ブラックベリーに盗聴器を取りつけたうえで持ち主に返却させるよう指示した。そして持ち主を釈放させた。二人の酔いが醒《さ》めたら、誰も被害届を出さなかったから立件するより泳がせるほうが簡単だったの。第三の奇跡は、二人を尾行させた副署長がわたしたちに通報してくれたこと」

「きみは幸運を使い果たしてしまったようだな」わたしはいった。

「そうかもしれないわね。二人のロシア人はそれほど察しがよくなかったから、釈放されてから何日も何週間も、なにごともなかったかのように仕事にいそしんだ。おかげでわたしたちには、二人が日がな一日銀行やＡＴＭをまわり、金の出し入れに明け暮れていることがわかったわ。同時に、その金が二人のものではないことも見当がついた。ただし、その銀行口座が誰のものなのか、あの程度の少額の単位ばかりでどうして大金を移動させられるのかはわからなかった。一人であれだけ多くの口座を持っている人なんていないわよ。かといって、あらゆる銀行のあらゆる支店の取引に召喚状を発行するわけにもいかなかった」

「愛国者法をもってしても、だめか？」フーズが口をはさんだ。彼は皮肉の色を隠そうともしていない。

「愛国者法のどこがおかしいのよ？」彼女はいった。

「どうやらきちんと紹介していなかったようだな」わたしはいった。「ヴィクトリア・デ・ミルニュイ、こちらはフォスター・ヘリックスだ。フーズ、ヴィクトリアを紹介する」

「まさか、あのフォスター・ヘリックス？」彼女はわれわれを交互に見た。フーズは邪気のない無垢《むく》な表情を取りつくろおうとしたが、それは無理があろうというものだ。わたしの顔はひきつっていたにちがいない。

「そう、あのフォスター・ヘリックスだ」わたしはいった。「プライバシーの擁護者にしてSTOP財団の創立者、あらゆる政府機関の悩みの種だよ」

「なんですって！ 最初にそれをいってよ。いま話したことを彼に知られたらわたしはきっと馘《くび》だわ。だってわたしの同僚は、彼のために電気椅子を復活させようなんていいだしかねないのよ」

「お褒《ほ》めにあずかって光栄だよ」フーズはいった。ヴィクトリアに向かっていたずらっぽい笑みを浮かべる。「だが心配しなくていい。ここにいる人間はみんな友だちだ。そうだろう、ターボ？ 少しウォッカを味見してもいいかな？」

「どうぞご自由に」

「ヴィクトリアは？」

彼女はわたしを見た。「ワインはないかしら？」

「残念ながら」

「じゃあオンザロックでお願いするわ」

「ターボは？」

「彼にはやらないで」ヴィクトリアはいった。

わたしはヴィクトリアに視線を戻した。「心配しなくても飲まないよ」

フーズが彼女にグラスを持ってきた。うまそうだ。

「あのろくでもない財団は、わたしたちが被告の不服申し立てを受けたときに、何回も法廷助言書を提出したのよ。あなた知ってる？」

「知っているどころじゃない」わたしはいった。「わたしがSTOP財団の役員だという話はしたかな？　フーズ、ピッグペン、それにわたしの三人だ。きっときみはピッグペンを気に入るだろう。うちの秘書だ」

「信じられないわ。あなた、怪我していてよかったわね。さもないとわたしがたたきのめしていたわ」

フーズはヴィクトリアの言葉に眉を上げた。「おれはもう行くよ。人と会う約束があるんだ。何かやってほしいことはあるか？　ベッドメーキングでも？」

「お願いしようかな」

「わたしが面倒見るわ」ヴィクトリアはいった。これはいい流れになってきた。もっとも、いまのわたしには自分から何かできる元気はない。

「わかった」彼はウォッカのボトルをしまった。いささか心残りだったが、いまは飲まないほうがいい。

フーズはおやすみをいって出ていった。ヴィクトリアが座ってわたしを見つめている。

「黒や青や黄色の痣《あざ》も悪くないけど、わたし、きれいに剃《そ》った頭のほうが好きなのよね」

「いろいろありがとう。こんなことに巻きこんでしまってすまない」

「わたしには何物にも代えがたい経験だったわ——もちろんあなたに起こったことは災難だ

ったけど。わたしのような立場の人間、とりわけわたしみたいな地位まで出世した人間には、面と向かって悪党と対決する機会はめったにないの。ましてや悪党のねぐらに乗りこむ機会なんてまずない。あなたがひどい目に遭ったことは心から気の毒に思うけど、わたしには千載一遇の機会だった」

「お役に立てて光栄だ」

「それでもリスリャコフのことは訊かないといけないわ」

わたしはラーチコの〝宮殿〟で訊かれたときと同じく、ここで嘘をつくのも、真実を話すのも愚の骨頂だと思った。怪我を口実にして時間を引き延ばすのが賢明かもしれない。「わかってる。あした話すよ。きょうはもう無理だ」

ヴィクトリアはしばらくわたしをじっと見ていた。「わかったわ。わたしに寄りかかったら寝室まで歩けそう？」

「きみに寄りかかったら……」

「変なこと考えないで」

「やってみよう」

彼女が近づき、わたしは立ちあがろうとした。まだ鎮痛剤の効果は持続している。体重を預けすぎないように気をつけた。彼女のおかげで歩くのがぐっと楽になった。寝室にはいり、彼女はわたしをベッドに座らせた。

「一人で服を脱げる？　手伝ったほうがいい？」

「手伝ってくれ」

彼女は後ずさりした。「ねえ、わたしはあなたの身体をもう全部見ちゃったし、いまもどきどきしているわ。でも今晩にかぎらず、あまり急いで情熱に身をまかせるべきじゃないと思うの。あなたは本当に手伝いが必要？」

「いや、大丈夫だ。しかし心残りだな」

「わたしだってそうよ。どうしてなのかわれながら不思議だけど」

彼女はわたしの首筋に手をまわし、額に優しくキスをした。この二日間で初めていい気分になった。

「じゃあ、あすの朝、話をしましょう」

ヴィクトリアは出ていき、わたしはどうにか服を脱いで眠りに落ちた。

29

男はタバコに火をつけ、コンピュータをわきによけた。心はヴァルダイ丘陵の納屋に戻っている。彼はボトルをまる一本空けるまでコソコフにウォッカを飲ませた。彼が別荘に着いた時点で、あの銀行家はすでに酔っていた。だからいまや意識を失う寸前まで泥酔しているはずなのに、コソコフは口を割ろうとしない。彼は執拗《しつよう》にCDのことを訊いた。そのたびにコソコフは嘘をついた——そんなものはない、と。

〈おまえの話はすべて盗聴してきたんだ、アナトリー・アンドレーヴィチ。コピーを作った

といってただろうが。そのありかを話したら命は助けてやる〉

コソコフは笑い声をあげ、床に嘔吐《おうと》した。情報機関員は彼を銃で殴り、彼は自分の吐瀉物《としゃぶつ》の上に倒れた。情報機関員はその顔面を足蹴にした。

この銀行家は弱虫のはずなのに、抵抗しようと心に決めているらしい。なぜだ？

彼はコソコフを眠らせたまま納屋を調べ、銀行家の意志をくじくのに利用できるものがないか探した。そう難しくはないはずだが、時間が迫っている。

馬屋を通ったとき、ふたたび何かが動く気配を感じた。左側だ。入口のそばに立ち止まり、じっと耳を澄ます。息をしている音か？ いや、何かをひっかくような音だ。拳銃をかまえ、入口を蹴り、発砲した。弾丸は古い木材に吸いこまれた。馬屋はしんとしている。きっとネズミだろう。

車庫で彼はガソリンの缶を何本も見つけた。彼はコソコフにもう一度だけチャンスをやり、それでもしゃべらなかったら地獄の業火で焼きつくしてやろうと思った。

運転手の手を借り、彼は銀行家の四肢を柱に縛りつけた。彼はコソコフの両手にガソリンをかけ、続いて顔にも浴びせた。

〈な、なんだ？〉

〈起きろ、アナトリー。これが最後のチャンスだ。ＣＤは――どこにある？〉

〈くそくらえ〉

彼はもう一度コソコフにガソリンをかけ、缶の中身を周囲にまき散らした。全部なくなると、車庫に戻ってほかの缶を運び、同じことを繰り返した。ガソリンはドアの外の雪を溶かすほどある。コソコフは杭に縛りつけられ、呆然としながらも恐怖を募らせてその様子を見つめていた。彼はいましめを解こうともがいた。

〈できるはずがない〉彼は嗄《しわが》れ声でいった。〈いかにFSBの人間だって……〉

〈必要とあれば躊躇《ちゅうちょ》なくやる。CDは――どこだ？〉

コソコフの目を何かがよぎった。現実を認識したのか、あきらめたのか、何かを決意したのかはわからなかったが、情報機関員は自らが闘いに敗れたのを悟った。

〈もう一度チャンスをやる。アナトリー・アンドレーヴィチ。コピーの場所を話せば、命は助けてやる〉

コソコフは唾《つば》を吐いた。〈なんのために話すんだ？　どのみち、あとで殺すんだろう。FSBの最悪の敵はFSB自身だ。いつかわかるだろう〉

〈おまえがそのいつかを見ることはない、アナトリー。おまえが質問に答えないかぎり〉

コソコフはふたたび唾を吐いた――今度は彼の顔に。アルコールとガソリンのにおいが頬を流れ落ちる。

〈これからマッチをつける。持ち時間は五分だ。気が変わったら叫ぶんだ〉

彼は開いたドアから外に出、銀行家がこけおどしに乗るのを願ったが、コソコフは乗らなかった。

くそくらえ。CDは母屋《おもや》のなかにあるかもしれない。ポリーナが持ち去った可能性もある。いずれ必ず見つけてやる。彼はマッチに火をつけ、雪に落とした。

炎は蛇のように雪の上を這い、納屋にはいりこんだ。ものの数秒で壁まで火に包まれた。

古い木材は瞬《またた》く間に燃えた。ガソリンすらいらなかったかもしれない。彼はコソコフが叫ぶのを待ったが、声は聞こえなかった。火の手は戸口を覆《おお》いつくし、視界をさえぎった。壁をなめつくした炎が屋根まで上り、天に向かって吹きあげる。数分後、屋根が崩れはじめた。さらに数分ですべてが終わった。納屋は崩壊して原形をとどめず、熱く燃えさかるかがり火と化している。

ちくしょう。

早くここを立ち去らねばならない。火事は周囲の注意を引く。たとえこんな片田舎でも。

今度はポリーナを捕まえて締め上げてやる。

火曜日

30

六時に目が覚めた。十時間近く寝ていたことになる。わたしは平常の感覚を半ば失い、身動きするのもやっとだったが、ヴィクトリアはまだそばにいてくれた。きのうと同じ服を着ているものの、キッチンでコーヒーを淹《い》れている彼女は爽やかでよく眠れたようだった。

「この世に戻ってきたようね」彼女はいった。「よかったわ」

「きみのおかげだ」

「どういたしまして。気分はどう？」

「きのうよりはいい」

「見かけよりいいのかしら？」

「まだ鏡を見ていないからわからないよ」

「じゃあ、見ないほうがいいわね」湯気の立つカップを手渡してくれる。「どうしてわざわざ自分からこんなことをするの？」

自分から？ 「自分で殴った覚えはない」

「わたしのいいたいことはわかるでしょ？」

「きみは、わたしが好き好んでトラブルにかかわっていると思っているんだね？」

「ええ。わざとじゃないんでしょうけど、たとえトラブルだとわかっても気にしていないみたい――あるいはトラブルのほうからあなたに近づいているのかも。どっちにしろ尋常じゃないわ」

「豚はいつも泥を見つけるのさ」

「お得意のことわざ？」

「ロシア人はどんなことにもことわざをあてはめるんだ」

「あなたの知りあいは死んだか、刑務所に片脚を突っこんでいるか、あなたを傷つけようとしている人ばかり。やっぱり尋常じゃないわ」

わたし自身はおかしいとは思わないが、きっと頭がまだ混乱しているのだろう。

「きょうは、自分のことを自分でできると思う？」

「いままではほとんどそうしてきた」

「いままでのほとんどは入院する前だったでしょう。きょうはここでもう少し安静にして、体力を回復させたほうがいいわ」

「お気遣いありがとう。少しのんびりするよ」

「お友だちのリスリャコフのことは話す気になった？」

「アメリカでは黙秘権はないのかな？」

「あるわよ。でもそれは法廷での話。わたしは、重罪犯と深い仲にならないための独自のルールを持っているの。いまここで、そのルールを適用するわ。あなたが知っていることを話すか、さもなければわたしがここを出て――戻ってこないというルールよ」

「そいつは困ったな」

「心配しないで」緑の瞳がほほ笑む。「いまから話す内容であなたが不利な扱いを受けることはないわ――もちろん、あなたが重罪を犯していれば別だけど。それから、あなたの書いたメモを読ませてもらったわ。だからあのメモを前提に話して。ヤーコフというのは、夕食で話してくれた人ね？」

ヴィクトリアは、わたしがごく短時間覚醒していたあいだに書いたメモを手渡した。

「スパイ学校でいちばん最初に教わるのは、何も書き残してはいけないということだ」

「だったらあなたは落第ね。いいから始めましょう。グリーン・ストリートのロフトであなたは何をしていたの？　どんな出来事が起こったの？　あなたはリスリャコフの遺体を発見したのよね？　ほかに何かあった？」

痛みや薬の影響のせいか、蓄積したストレスと疲労のせいか、あるいはカウンター越しにじっと見つめる深い緑色の瞳のせいか、理由は自分でもわからないが、いずれにせよ質問からこれ以上逃げまわることはできないと思った。ヴィクトリアはそれを許さないだろう――いや、自分自身でも許せなかった。やってみようとさえ思わなかった。わたしはＫＧＢ時代に訓練された、相手を煙に巻く技術に待ったをかけ、質問にありのままを答えた。少なくとも、わたしが知っていることはすべて。

わたしが話しているあいだ、二人ともコーヒーを二杯ずつ飲んだ。彼女は質問したりさえぎったりせず、話に耳を傾けた。話していくうちに、わたしは重要なことを忘れていたのに気づいた。内心、自分自身に蹴りを入れたぐらいだ。まったくとんだ失態だ。わたしはメモに〝青いインパラ〟と書き足し、話を続けた。全部終わると彼女は訊いた。「なぜ警察を呼ばなかったの？」

「バーニーにも同じことを訊かれた。端的にいえば、文書係のサーシャをルビャンカの牢獄から釈放させるためにあのコンピュータが必要だったからだ。もう少し付け加えるなら、わたしはこの出来事の全体像を解明しようと心に決めたからだ。いまでもその決意は揺らいでいない。前にもいったように、ロシア人は頑固でね」

「頑固なんてもんじゃないわ。コンピュータはバルスコフに渡さないといけなかったの？」

「フーズにも同じことを訊かれた。わたしはコンピュータと引き換えにサーシャを釈放してもらったんだ。彼には世話になったからね」

彼女はかぶりを振った。「あなたは法律をいくつ破ったのかしらね？」

「ボブ・ディランが無法者の誠実さを歌っていたじゃないか？」

「わたしはハンク・ウィリアムズ（一九五〇年代に活躍したカントリー歌手）のほうが好きだわ」

「ディランもきっと彼が好きだろう。とにかくわたしがいいたいのは、いまの話がありのままの事実だということだ」

「だから怖いのよ。今度はまじめに聞いて。あなたとわたしはお互いにわかりあおうとしている。過去のことは水に流すわ。どれもわたしがかかわる前に起きた出来事だし、あなたはわたしを欺《あざむ》こうとしたわけではないとほぼ確信できる。でもさっきの〝重罪犯と深い仲にならないためのルール〟は本気でいったのよ。わたしはいまの地位を得るためにがむしゃらに働いてきた。仕事もキャリアも、わたしにはかけがえのない大切なものよ。それはあなたにとっても重要だわ——どんなことであれ、わたしたちがいっしょに力を合わせようというのなら。つまりあなたはこれから、法を遵守する市民でなければならないということ。アメリカの法を遵守する市民よ。これは例外のない基本原則。守ってくれる？」

わたしがゆっくりとうなずいたのは、どちらかといえば時間稼ぎのためだった。ふだんの七割程度しか動いていない頭でも、そんな条件をとても呑めないことはわかりきっていた——いまの仕事を続けるのであれば。とはいえ、彼女がここを出ていくような事態はなんとしても避けたかった。

「いまうなずいたのは、了解のしるし？」

嘘をつくわけにはいかない。「きみの提案を考えてみるのを了解したんだ。まだベストコンディションにはほど遠い。見ればわかるだろうが」

「とりあえずそれでいいわ」彼女の言葉にわたしはほっとした。ひょっとしたらヴィクトリアもまた、わたしの前から去りたくないと思ってくれているのかもしれない。そう願うしかなかった。「真剣に考えていなければ、こんなことはいわないわ。それはわかるでしょ？」たまには、願いどおりになることもあるものだ。「そこまでいわれたら、大いに期待してしまうな」

彼女は声をあげて笑った。輝く緑の瞳を見た瞬間、わたしの心はひとりでに震えた。まるで糸に引かれた操り人形のように。「かまわないわ。わたし、もう出かけないと。あなたのおかげできのうは一日棒に振っちゃったから、相当まずいことになってるの。午後に一度、アップタウンに行く途中に様子を見に来るわね」

「楽しみにしているよ」

そのとき電話が鳴った。フーズだ。「ヴィクトリアはまだそこにいるのか？」

「それがどうかしたか？」

「スピーカーに切り替えてくれ」

わたしはボタンを押した。彼のバリトンが受話器から鳴り響く。

「紳士淑女の諸君、おはよう。あんたたちが元気にしているか、ちょっと調べてみようと思ってね。〈ビッグディック〉が教えてくれたところでは、ヴィクトリアはまだ出勤していない。昨夜も帰宅しなかった」

「〈ビッグディック〉？　何よそれ？　わたしが何を連想したと思う？」

「それじゃあフーズの思うつぼだ」わたしはいった。

スピーカーからの笑い声が部屋じゅうに響く。

「愛国者法の成立は、〈ディック〉にとって最も画期的な出来事だったのさ。情報《D》データ《I》複合体《C》のことだよ。こいつはあんたやおれやターボを含め、全国民の情報を集めている。その情報をちょっとだけ覗いてみたんだ」

彼女はいった。「ぞっとするわ。プライバシー侵害中毒者の悪趣味ないたずらってわけ？」

「現代社会の自由なんてこんなもんなんだよ。ところでターボ、あんたのお客さんから二回電話が来たぞ。至急会いたいそうだ」

「あなたはどこにも行かないのね」ヴィクトリアはいった。

「おれは伝言をするだけだ」とフーズ。

「〈ディック〉の力を借りたいことがある」わたしはいった。ヴィクトリアがわたしを一瞥《いちべつ》する。「水曜日の朝、ジャージーシティからグリーン・ストリートまで、〝陸上選手〟を尾けたやつがいる。そいつは青いシボレーのインパラに乗っていた。すまないが、ナンバープレートの番号はわからない」

ヴィクトリアが口をはさんだ。「陸上選手っていったい誰？」

フーズはいった。「おいターボ、シボレーのインパラなんていったい何万台あると——」

「たぶんレンタカーだ」

「レンタカーにしたって星の数ほどあるだろうが——」

「〈バシリスク〉の能力の見せどころじゃないか？」

「〈バシリスク〉って何？」ヴィクトリアがいった。

「あんたたちを追いかける獣さ——おれが命令したらいつでも」フーズはいった。「ごきげんよう、ヴィクトリア。おれは見張りを続ける」

「ちょっと、待ちなさい——」

通話が切れ、スピーカーからダイヤルの発信音が流れた。

「まったく、二人とも手がつけられないわね。いちおう忠告しておくけど、あなたはここにいるべきよ——きょう一日。でも、あなたのお友だちにもおとなしくするようにいわないと……やっぱりやめておくわ。そんなこといっても聞く耳持たないでしょ？」

「そのとおりだ。フーズは、きみが必然的な結論に達したというだろう」

彼女は何も答えず、カップを流しで洗った。

「どうしてあなたは、前の奥さんがマルホランドと結婚していたことをいわなかったの？」

「今回の出来事と関連がないと思ったからだ」

「名前を変えて身を隠していたのに？」

「それはマルホランドとはなんの関係もない。彼女の素性をマルホランドは知らないんだ。彼は、自分の妻をクイーンズ出身の元不動産業者だと思いこんでいる」

「彼女は誰から身を隠しているの？」

「わからない。ラーチコから隠れているのかもしれない。彼女自身はそういっている。わたしには彼女の言葉を信用すべきかどうかわからないが、彼女を信じないとすればラーチコのほうを信用しなければならないことになる。彼女にはラーチコと結婚していた当時から愛人がいた。そして愛人といっしょに事業を進めていた。ヤーコフの話では、彼女とその愛人は、愛人の経営していた銀行から六億ドルを盗んだらしい——あるいはラーチコから盗んだのかもしれないが。だがラーチコは、そんなことは起こらなかったといっている。自尊心から嘘をついているのかもしれないが、よくわからない。それに彼女がそんな大金を持っているのなら、なぜ夫にあんなお粗末な誘拐の狂言を仕組んだんだ？　わたしには何か別の事情があるような気がする。ぜひ彼女にその点を訊いてみたいところだ」

「でもきょうじゃないわよね？」

わたしは答えなかった。

「結婚生活は何年ぐらい続いたの？」

「今晩夕食をとりながら、わたしの悲惨な結婚生活を全部話して聞かせようか？　このテーブルで。食事はわたしが作ろう。元社会主義者のしがない自営業者には、〈トラステヴェレ〉に通えるほどの稼ぎはないんだ」

彼女は晴れやかに笑った。「楽しみだわ」

ヴィクトリアはカウンターをまわり、わたしの唇におざなりではないキスをした。そして、振り返らずにドアから出ていった。

わたしは座ったままコーヒーを飲みながら、自分に降りかかった出来事を心配してくれる人がいることの幸福感に浸っていた。実に久しぶりに味わう感覚だ。仮にいままでのやりかたを変えなかった場合、彼女の手で刑務所にぶちこまれるかもしれないとしても、だ。わたしはそのスリルも楽しんでいるのかもしれない。

本来ならヴィクトリアの忠告に従い、彼女のキスの感触を思い出しながらベッドで一日安静にしているべきなのだろう。彼女のためにも一日も早く回復しなくてはならない。とはいえ、ラーチコは決して辛抱強い人間ではない。わたしはすでに数日も浪費しているのだ。もちろんそれはラーチコがわたしをこんな目に遭わせたせいだが、彼はそうは思わないだろう。

カウンターで身体を支えながら（この程度の運動ならヴィクトリアも目くじらを立てないだろう）、わたしは居間に引き返し、コンピュータを立ちあげて《イバンスク・ドットコム》にログインした。イワノフは相変わらずせっせとブログを更新している。土曜日、月曜日、それにけさと三件の新着記事があった。最初の記事は、マネーローンダリング・システムが止まってしまうことにバルスコフが心配を募らせているという話で、リスリャコフが〝洗濯機をまわす洗剤〟を持ち逃げしたのではないかと推測する内容だった。二件目は消えたリスリャコフの行方を詮索《せんさく》する内容。そして三件目で、ロシア検察庁の本庁舎での銃撃事件を詳しく報じていた。

〈ＦＳＢの暴走〉

ＦＳＢが自制心の強い組織だったためしはない。しかしベリヤの時代からこのかた、彼らの専横ぶりがこれほど目に余る時代もまたなかっただろう。モスクワ、オトラドナヤ通りのロシア連邦検察庁本庁舎を通りかかった読者は、二階の窓が粉々《こなごな》に割れているのに気づくはずだ。当ブログが得た確かな情報によれば、これは土曜日の午前中に失敗に終わった暗殺工作によるものである。

信じられないという向きもあろうが、決してそんなことはない。最近のこの国で、ＦＳＢが恐れるものはほとんどないのだ。ベリヤの時代との唯一のちがいは、彼らの本能を統制できる人間が誰もいないという点だろう。彼らの行為のあつかましさもさることながら、興味をそそられるのは、なぜＦＳＢがこの暗殺工作を必要とみなしたのか、だ。若手検察官の職場の窓を狙撃した理由はいかなるものか？

ブログ主のイワノフは鋭意取材を続けている。どうやらその答えはどす黒い秘密に満ちた彼らの歴史にあるようだ。ここを探索するには最大限の警戒が求められる。蛇、ウナギ、ワニ、その他多くの鋭い歯を持つぬらぬらした爬虫類《はちゅうるい》の群れが、彼らの秘密にぴたりと寄り添い、守っているからだ。

今年だけで、二人の検察官が謎の死を遂げた——一人は毒殺され、もう一人は路上で何者かに銃撃されたのだ。全容は解明できていないものの、FSBが恐ろしい秘密を隠していることは疑いない。明るみに出れば彼らの致命傷になり、知ってしまった者を生かしてはおけないような秘密だ。この秘密を闇に葬るためなら、FSBはいかなる手段も辞さないだろう。オトラドナヤ通りの粉々にされた窓は、彼らの意思表示なのだ。

これを読んで、わたしには三つのことがわかった。

ペトローヴィンはイワノフに情報を流している。

イワノフはバジャー兄弟を挑発している。

そして両者は、ラーチコのマネーローンダリングよりはるかに深い秘密を追いかけている。

31

わたしは共産党政治局《ポリトビューロー》レベルの決断をふたつも下した。少なくとも彼らはそう思うだろう。

ひとつは相手にあらかじめ電話しないことだ。もうひとつは地下鉄に乗るのを控え、タクシーにすること。そうすればヴィクトリアに言い訳できる。

寝室に戻り、ローブを脱いで、彼女の忠告にそむいて鏡に全身を映した。わたしを見つめ返していたのは、フランシス・ベーコン（二十世紀アイルランドを代表する画家。十六世紀イングランドの哲学者と同姓同名）の抽象画のような悪夢だった。腫《は》れあがり、つぶれかけた、色とりどりのゆがんだ塊。赤、黒、青、紫、黄色――そのどれもが自然の色ではなく、不健康だ。顔と顎の縫《ぬ》い目はフランケンシュタインを思わせる。まるで腕のよい医者が酔っ払って治療したかのようだ。ヴィクトリアがこんなわたしのどこを気に入ってくれたのかわからないが、蓼《たで》食う虫も好き好きというやつだろう。ひとつだけいいことがあるとすれば、もしかしたらポリーナがショックを受け、わたしを憐《あわ》れんで本当のことを話してくれるかもしれない。

そうなることを願おう。

わたしは慎重にシャワーを浴び、同じく慎重に服を着た。いつもの倍は時間がかかったが、飛び上がるような痛みがなくなっただけでもうれしかった。われながら回復が早い。二ブロックしか離れていないオフィスまで十分近くかかり、着いたときには疲れ果てていた。思ったほど回復は早くなかったらしい。それから、わたしの身体が使い物にならなかったあいだも、気温は一度たりとも下がっていなかったようだ。

ピッグペンがわたしをひと目見てたじろいだ。ヨウムもたじろぐことがあるとは知らなかった。

「ロシア人。こりゃひどい。三重衝突事故発生」

「そのとおりだ、ピッグペン。三台ともわたしにぶつかってきた」

「嘘だろ？」

「いや、嘘じゃない」

「クロス・ブロンクス高速道路？」

「ちがうんだ。ブライトン・ビーチさ」それでピッグペンは興味を失った。交通情報でブライトン・ビーチが登場することはほとんどない。それで彼には関心がないのだ。彼がロング・アイランドやクロス・ブロンクス高速道路の場所を知らないのはさておき、もしかするとわたしはピッグペンの感受性を過小評価していたかもしれない。わたしのありさまを見て彼は驚愕し、ピザをねだろうとさえしなかったのだ。

フーズがドアの横にもたれているわたしを見上げた。わたしは息をあえがせ、ひどく汗をかいていた。

「出歩いて大丈夫なのか？」

「まあそういうな。世話を焼いてくれるのは一人で充分だ」

「じゃあ訊くが、ニューヨーク市内にシボレー・インパラは何台あると思う？」

わたしは首を振った。

「二十三万八千三百十二台だ。調べたかぎり、おれたちの知っている人間が登録している車は一台もなかった」

「ニューヨークのレンタカーの数は？」

「一万六千五百六十一台」

「そうか——多いな。ではレンタカーのうちインパラの数は？」

「しょっちゅう変わるんだ。最新の数字では五百四台」

「それで？」答えにたどり着いていなければ、そもそもフーズからいいだすはずはない。

「そのうち三台が東八八丁目のレンタカー会社、〈ヨークヴィル・レンタカー〉にあった。そのなかの一台が、先週の火曜日、午後三時五十二分に借りられ、水曜日の午後十二時三十六分に返却されている」

「借りた人間は？」

「ラクラン・マロイという男だ」

〝ファイブ・バイ・ファイブ〟、正方形の男だ。確か木曜日には足を引きずっていた。「そういえばきみは、わたしが騙《だま》されたんじゃないかといっていたな」

「ああ」

「わたしは事件の全体を見誤っていたようだ」


わたしはヴィクトリアの事務所に電話した。すぐに彼女が出た。

「大丈夫？」

「おかげさまで。きみの声が聞きたくなってね」

「嘘おっしゃい。いまどこにいるの？」

「在宅勤務しているよ」わたしは嘘をついた。

「嘘ばっかり。あなたのオフィスでしょう」

「医者から運動するようにいわれたんだ。無理しないようにしている」

「ロシア人はみんなそんなに石頭なの？」

「国民性だな。ひとつお願いがあるんだ」

「何？」

「病院には銃弾で負傷した患者の報告が義務づけられているはずだ。マロイという男を捜している。ラクラン・マロイだ。先週水曜日の夜か木曜日の朝、右脚に銃弾を受けた。ニューヨーク市警にも照会してくれ」

「マロイって誰？」

「いけ好かない野郎だ。トラックみたいな身体つきで、わたしのことが嫌いらしい。マルホランドの運転手でもある」

「どこで撃たれたの？」

「リスリャコフのロフトだ。水曜日の夜に。運転手が彼を撃った」

「つまり、リスリャコフを殺したのはマロイってこと？」

「どうやらそのようだ。フェリックス・マルホランドがあの男にわたしを見張らせ、わたしはあの男の注意をリスリャコフの子分に向けた結果、マロイは彼らをグリーン・ストリートまで尾行した。そのとき主《あるじ》は不在だったが、マロイは彼がいるときを見計らって戻ったんだ。そしてリスリャコフとヤーコフを撃った。ひょっとしたらエヴァ・マルホランドを見つけ出して家に連れ戻すのが目的だったのかもしれない。その点はともかく、マロイはドア越しにエヴァに撃たれた」

「あなた、エヴァを捜しに行かないわよね」

「もう一度会って確かめるのは、早いに越したことはない」

「ターボ……」

「好きでやっているわけじゃないんだ」

「わたしだってそうよ。ともかく、マロイに気をつけて」

「やつよりエヴァのほうがずっと危険だ」

わたしは足を引きずって五番街九九八番地のロビーにはいり、前に来たときと同じく無表情なドアマンに出迎えられた。キリストが聖母とともに降臨し、空中浮揚してドアからはいってきたとしても、ドアマンはやはり表情ひとつ変えないにちがいない。これも前と同様に面会したい住人の名前を訊かれ、わたしが答えると、エレベーターボーイが九階まで案内してくれた。

銀色のネクタイを締めた男がドアを開けた。わたしが面会したい人間の名前を告げると、書斎に通された。薄暗くひんやりした室内は、先週と同じく照明器具の明かりしかない。わたしは机の前に立ち止まり、コンピュータのスクリーンを覗いた。ほとんど赤一色だ。ファースト・トラスト・バンクの株価は一桁《ひとけた》になっている。

わたしは大きな暖炉のそばの椅子に座り、携帯電話を取り出した。

「ジナよ」

「アップタウンの五番街と八二丁目の交差点までどのぐらいで来られる？」

「三十分で行くわ」

「よし。メトロポリタン美術館の階段から見張ってくれ。そこからなら、ここの建物がはっきり見える。五番街九九八番地だ。わたしの予想では、グリーン・ストリートできみが見た若い女を四十代にしたようなブロンドの女が、きょうこれから出てくると思う。その女がどこへ行き、何をするかが知りたい」

「わかったわ」

「きみは最高の人材だ」

「だったらバイト代をもっとはずんで」

「いや、最高の傭兵かな」

通話を切った一瞬後、ヴィクトリアから電話が来た。「いまどこ？」

「ライオンの巣だ」

「雌ライオンでしょ」

「きみは過保護だな」

「相変わらず気に障ることをいうのね。ラクラン・マロイは先週水曜日の夜、ベス・イスラエル・メディカルセンターで治療を受け、そのまま帰宅しているわ。右脚表面に銃創があったそうよ」

「恩に着る」

「だったら早くそこを出て」

「雌ライオンを手なずけたらね」

「ターボ……」

「もう切らないと」

部屋の外から男と女のいい争う声が聞こえる。ドアに近づこうとしたそのとき、ドアがひらいてマルホランドがはいってきた。サヴィル・ロウであつらえたスーツに身を固めている。ほのかな明かりでは判別しがたいものの、前に会ったときより一気に老けたように見えた。わたしの来訪をどう思っているのだろう。

彼は机のコンピュータの前で立ち止まらずに、広い絨毯《じゅうたん》を突っ切ってきた。肩を丸め、歩きかたは散漫だ。どこへ行くべきかわからず、漠然と足を運んでいるように見える。わたしが立ちあがると、彼はようやく顔を上げて目を合わせた。

「おはよう、ミスター・ブロスト。事故にでも遭ったようだね」

「そういういいかたもあるだろう。まあ、見かけほどひどくはないんだ」事実ではないが、そういうことにしておいたほうが無難だ。

彼はうなずいた。「エヴァについては何かわかったか？」

「きょうは奥さんに会いたいんだが」

彼はふたたびうなずいた。「ヒックスから聞いた。妻は……妻は体調がよくないんだ。積もり積もった心労で――わたしの事業の失敗、エヴァ――相当な負担がかかっている」

「ここにいるのか？」

「いまは休んでいる。その……昨夜はよく眠れなかったようだ」

「だったら起こしてくれ」

「なぜだ？　いったいなんのために？」

「話をしないといけない」

「急にそういわれても――」

「わたしと話すか、警察と話すか、だ。問題は殺人にかかわることだ。彼女はわたしを軽蔑しているが、わたしのほうが警察よりは話がわかると思う」

マルホランドは強靭《きょうじん》な神経の持ち主か、さもなければ疲れているようだ。彼の表情はぴくりとも動かなかった。いかなる反応も示さない。「殺人？　誰が殺されたんだ？　わたしにはまったくわからない。エヴァはどうなったんだ？」

「あんたの奥さんを呼んでくれれば質問に答えよう」

「それはきみの……事故と関係があるのか？」

「間接的には」

「せめてこれだけは教えてくれ。エヴァは元気なのか？」

「わたしが会ったときには元気だった」

「エヴァに会った？　いつだ？」

「金曜日だ」

「金曜日？　どうしてもっと早く――」

「奥さんを連れてくるんだ」

まる三十秒経ってようやく彼は立ちあがり、来たときより断固とした足取りで書斎から出ていった。

彼は二十分近く戻ってこなかった。待っているあいだ、引き返すならいまのうちだと何度も思ったが、わたしにも彼女に会わなければならない目的があるのだ。ようやくマルホランドが戻ってきたとき、フェリックスでありポリーナでもある女――わたしにはどう呼ぶべきかわからなかった――もいっしょだった。ばら色のトップスに黒のスラックス、化粧も宝石も身につけていない。彼女は泣いていた。悲しみ、あるいは怒りをたたえていた表情が、わたしに近づくにつれ、驚きに変わった。

「その顔……どうしたの？」

「ラーチコとわたしはそりが合わないことがわかった。ただし、それがわかるまでに少し時間がかかったということさ」

「まあ、なんてこと。ラーチコは何をしたの？」

「彼には助っ人がいた」わたしにもいささかのプライドはあった。

彼女はわたしの傷を見ても悲しそうな顔をしなかった。ただ、わたしが傷を負って当然だという顔でもなかった。彼女とマルホランドはわたしと向かいあって座っている。彼は妻を見ていた。彼女はわたしを見ている。マルホランドがしびれを切らすまで、わたしはそのまじっとしていた。

わたしは彼に向かってうなずいたが、ポリーナから目を離さなかった。「ご主人にはわたしのことをどこまで話したんだ？」

彼女は首を振った。

「ラーチコのことは？」

やはり首を振る。

「きみには手を焼かされるな、ポーリャ」

「ポーリャ？」マルホランドはいった。

「用件をいったら、さっさと出ていって」ポリーナがいった。

「フェリックス、わたしは――」

「あなたがエヴァを捜すために彼を雇ったのはわかってるけど、この男はわたしたちの味方じゃないわ」彼女はいった。「こいつは生まれながらの嘘つきよ」

「エヴァはどうなっている、ミスター・ブロスト？」マルホランドが訊いた。「きみは娘を見たといった。どこにいたんだ？」

「ユニオン・スクエアのWホテルだ。別人から拝借した名前で宿泊していた。宿泊費も同じく他人から拝借した金で払っていた」

「拝借した？」

「婉曲《えんきょく》にいったんだがね。ありていにいえば盗んだのさ。わたしが確認しただけでも、彼女はインターネットを通じて買った個人情報を使い、複数の他人の口座からほぼ八千ドルを引き落としていた。エヴァはそのために恋人のアカウントを使っていたが、恋人はそのことを気にしないだろう。殺されたのは彼だからな」

わたしはポリーナをじっと見た。彼女は身じろぎもせず、ひと言も発しなかった。針と糸で縫《ぬ》いあわされたわたしの顔から目をそらさない。わたしはいまでも、彼女の冷たい肩の感触をとてもよく覚えている。彼女のなかの氷はあれからさらに何層か増したようだ。マルホランドはどうしていいかわからないように見える。彼には気の毒だが、わたしの関心はポリーナの鎧《よろい》のどこかにあるはずの裂け目に向けられていた。

一分ほど、誰も何もいわなかった。ポリーナが沈黙を破った。「どうして娘を連れて帰ってこなかったの？　わたしたちはそのためにあんたを雇ったのよ」

「ひとつは、彼女が家に帰りたがらなかったからだ。もうひとつは、わたしが説得できないうちに彼女が逃げてしまったからだ。死んだ恋人のリスリャコフがラーチコのために働いていたといったら、彼女は急に走り去ってしまった。彼女はなぜ、それほどラーチコに怯《おび》えているんだ？」

「鏡で自分の顔を見てみなさいよ。あんたの顔を見たってあの子は逃げ出すわ」

「わたしは彼の娘じゃないからわからないんだ」

「ラーチコとは誰だ？」マルホランドは訊いた。「前にもその名前をいっていたな」

「きみの番だ」わたしはポリーナにいった。

「あんたなんか収容所で死んでしまえばよかったのよ」彼女はロシア語でいった。「あんたにおあつらえ向きの場所はあそこしかなかったわ」

「その点、きみとラーチコは同意見だな」わたしも母国語で答えた。「しかしどうやら、きみが三番目の夫の前でかぶっていた化けの皮ははがれたようだ」

「ヨブ・トゥヴァユ・マーチ！」彼女は一歩踏み出し、掌《てのひら》と手の甲でわたしの頬を張った。顔が焼けるように熱い。彼女がついた悪態を直訳すると〝おまえの母親を犯してやった〟というような意味で、英語の〝ファック・ユー〟にあたる。ロシア語としては最悪の言葉である。

「フェリックス！」マルホランドが叫んだ。

「こいつをここから突き出して。顔を見ていたら胃が痛くなるわ」彼女は英語でいった。

「出ていってもいいが、そうしたらまっすぐ警察に行くぞ」わたしはふたたび彼女を見つめた。癇癪《かんしゃく》こそ起こしたが、氷はまだ溶けていない。

マルホランドはいった。「きみは殺人といったな。リスリャコフというのはいったい誰だ？　エヴァとどういう関係がある？　われわれとはどんな関係があるんだ？」

「きみから説明するか？」わたしはポリーナにいった。

彼女は黙って椅子に戻り、わたしを睨《にら》み返した。藍色《あいいろ》の目が憎しみに燃えている。わたしは自分のやろうとしていることを思いとどまるべき理由がないか探してみたが、そんな理由は見つからなかった。

「ラド・リスリャコフはコンピュータの天才だ――いや、だった。彼はラーチコ・バルスコフという大物マフィアの下で働いていた。わたしは半生を通じてラーチコを知っているが、知りあってよかったと思うことは何ひとつない。あんたの奥さんはもう少し好意的に見ているかもしれないが――彼女もわたしと同じぐらい長く彼を知っている。詳しいことは彼女から聞いてくれ。あるいはグーグルで検索してもいい。きっとウィキペディアに載っている。リスリャコフは今年三月、偽のメールを送ってあんたをフィッシングしたんだ」

「な、なんだと？　どうして――」

「いまはまず、わたしの言葉を事実として受け入れてくれ。推測の部分は、推測だとわかるようにいおう」

「こいつは嘘つきよ」ポリーナがいった。「こいつの人生は嘘で塗り固められているわ。ひと言だって信用しちゃだめ」

「昔、わたしはポリーナを騙《だま》した――自分自身について。愛と不安ゆえ、嘘こそつかなかったものの、いうべきことをいわなかったのだ。それ以来、わたしは罪の代償を払ってきた。だからといって、わたしの罪が彼女の心から消えるわけではない。それに対しては、わたしにはどうすることもできない。このことについても、詳しい話は彼女から聞けるだろうし、わたしから話してもいい。しかし当面の問題はリスリャコフだ」

「下衆《げす》野郎が」ポリーナが毒づいた。

「続けてくれ」マルホランドはいった。

「リスリャコフはフィッシングをした結果、きわめて多くのことを知った――何週間も、あんたのコンピュータすべてにアクセスしていたんだ。そのうちのひとつが、エヴァがドラッグを使って更生施設に送られたことだ。リスリャコフはギャンブル癖という問題を抱えていた――それを申告して自ら同じ施設にはいり、彼女と親しくなった。エヴァは、彼が自分を愛していたといっている。彼女が彼を愛していたことに疑いの余地はない。しかし賭けてもいいが、彼はエヴァの愛情を別の目的に利用していたんだ」

「あんたも同じことをしたくせに」ポリーナはいった。

「リスリャコフはおそらく、あんたの奥さんのコンピュータから大きなファイルをひとつ盗んだ。そのファイルはほぼまちがいなく、奥さんのものだったからだ。ポリーナがパニックになることはめったにない。しかしそのときにはなった」

「どうしてポリーナと呼ぶんだ？」

「すまない。わたしが知っていたときはポリーナだったんだ。そこから先は彼女が説明できるだろう。あんたも訊きたいことは山ほどあるはずだ」

彼女がふたたび手を振り上げた。今度はわたしがその手をつかんだ。「すでにラーチコからさんざんやられたんでね」

彼女はいった。「もう我慢できないわ」引こうとしたその手をわたしは放さなかった。

「話はこれからなんだ」

「座りなさい、フェリックス」マルホランドは、部下に指示を下すような声でいった。ポリーナはいままで、そんな声で呼びかけられたことがなかったようだ。一瞬緊張し、彼女は力を緩めた。わたしがその手を放すと、彼女は椅子に浅く腰かけた。

「これからいうことはきっと信じがたいだろう」わたしはマルホランドにいった。「わたしも心苦しい。だが、あんたに送られてきた脅迫状と写真は、どちらもここのアパートメントにあるあんたのコンピュータで作られたものだ」

「**なんだって？**」マルホランドは椅子から飛び上がった。ポリーナは氷の彫刻のように微動だにしない。

「疑いの余地はない。写真はフォトショップで合成されたものだ。パーツも見つかっている」

「しかしどうやって……」

「すでにいったように、リスリャコフはポリーナのコンピュータにアクセスしていた。わたしは彼のコンピュータにアクセスし、発信源を突き止めたんだ」

わたしはポリーナを見た。氷の仮面の奥に、初めて不安がきざしている。

「リスリャコフはきみを脅迫した。どういう手を使ったか知らないが、彼はきみの収入を把握していた。きっときみの収入は、彼がラーチコのために作り上げたマネーロンダリング・システムを通っていたんだろう。それで彼は、きみの収入の五十パーセントを受け取るという条件で提携を持ちかけ、きみは承諾した。反論しても無駄だ。彼からのメール、指示、口座番号、取引の全貌をわたしは押さえている。彼はきみの正体と、新しい身元を知っていた。だがわたしの疑問はまさにこの点だ——そもそも、彼はどうやってきみを捜しあてたのか？」

「あんたに話すことはないわ——ひとつも！」

「その立場を貫くのは難しいだろう。話を戻そう。いまのところこれは推測にすぎないが——リスリャコフは金が入り用になった。きみとの〝提携〟で得られるよりはるかに多額の金が。賭博でできた借金が膨《ふく》れ上がっていたんだろう。それで彼はきみにたかることにした。小額紙幣で十万ドルを一週間後によこせ、という要求だった」

氷が溶けだした。わたしは椅子で背筋を伸ばした。

「きみはそんな金を持っていなかった。口座の預金では足りなかったか、理由はどうあれ口座の金には手をつけたくなかったんだろう。きみは追いつめられた。その理由についてはあとでまた検討しよう。ともかくきみは狂言誘拐を思いつき、身代金の運び屋をたどれば、きみを脅迫しているやつの正体がわかるかもしれないと考えた。文字どおり、一石二鳥というやつだ。ところが、身代金を引き渡す役はわたしにまわってきた。きみには不運だったな」

マルホランドはいった。「きみが身代金を支払った相手は……」

「わたしを出迎えた相手は、十万ドル入りの赤いバックパックを背負った人間が現われると聞かされていた。リスリャコフから、そういわれていたんだ。そいつらが知っていたのは、それだけだった」

「だったらどうやって……」

「わたしは運び屋を尾行し、リスリャコフの居場所を突き止めた。エヴァを見つけたのはそこだ。彼女は薬を飲まされていた。リスリャコフもいたが――死んでいた」

「なんだって！　どうして警察を呼ばなかったんだ？」

「みんなから同じことを訊かれたよ。われながら不思議だ」

ポリーナが椅子で身動きした。わたしは浅く座りなおした。いたたまれない気分だ。

「答えの出ていない疑問があまりにも多い。このあとどういうことになるのかはわたしにもわからない。わたしなりの考えはあるが、それとて不完全なものでしかない。たとえば、リスリャコフはきみのコンピュータから何を盗んだんだ、ポーリャ？」

氷がさらに溶けている。

「もうひとつの疑問は、ポリーナが相当うまく身を隠したことだ。あんたと結婚したことがかなり役に立ったのはまちがいない。では、リスリャコフはいったいどうやって彼女を見つけたんだ？」

彼女がクッションの下にさっと手を伸ばした。彼女が飛びかかってきた瞬間、わたしは床に身を投げ出した。ナイフが革に突き刺さる音が聞こえる。

わたしは肋骨《ろっこつ》が悲鳴をあげるのもかまわず、テーブルの脚にぶつかるまで転がった。自分の膝の向こうに、ポリーナの背後から両腕で抱きついているマルホランドが見える。彼女は身を振りほどこうと暴れているが、マルホランドは放さなかった。ナイフはわたしの座っていた椅子の背もたれに四インチほどの傷を作っていた。

わたしは立ちあがり、痛みをこらえながらナイフを引き抜いた。ステーキ用のナイフだが、充分殺傷力のある長さだ。わたしはナイフを大きな暖炉に投げこんだ。鉄が石にぶつかり、金属音が本棚に反響する。自分の座っていたクッションや、ほかの椅子のクッションをよけてみた。やはり、同じようなナイフが隠されていた。全部で六本だ。

「きみはどうやら、いずれ起こるトラブルに備えていたようだな」わたしはいった。

「あんたみたいに見下げ果てた下劣な男はほかにいないわ。あんたはわたしの人生を台なしにしたかったんでしょう。さぞかし満足でしょうね」

「きみはもう帰ってくれ」マルホランドがいった。

「できることなら、わたしもそうしたい。しかしまだ殺人の問題が残っている。水曜日の夜、リスリャコフのロフトにもう一人、別の人間がいた。ポリーナがあんたの運転手に、誘拐犯へ身代金を支払いに行くわたしを尾行させたんだ。わたしはそうと知らないまま、リスリャコフのロフトへ運転手を連れていったことになる」

「ラクランが？」

ポリーナがわたしに向かって唾《つば》を吐いたが、届かなかった。

「推測であることは認めよう。しかしわたしが調べたところ、彼は水曜日の午前中、レンタカーを借りている。そのレンタカーでリスリャコフのロフトを訪れたにちがいない。しかも同じ水曜の夜、彼はベス・イスラエル病院で銃創の治療を受けている。どこでその傷を受けたのか、彼に訊いてみてくれ。エヴァが意識朦朧《もうろう》とした状態で、ドア越しに彼を撃ったはずだ。わたしはその銃を持っている。だがそれでも気になるのは、さっき訊いたのと同じ疑問だ。ポーリャ、きみのコンピュータからリスリャコフは何をフィッシングしたのか？　それにそもそも、彼はどうやってきみが持っているものを知ったのか？」

マルホランドが手の力を緩めた。ポリーナはわたしに飛びかかろうとしたが、ふたたび彼に止められた。

「きみはわたしに、妻の複雑な過去について警告していた」彼はいった。「わたしはそれを信じていなかった」

マルホランドは、のしかかる重圧に耐えかねている様子だった。

「気の毒だが、これはまだほんの始まりにすぎないだろう」

32

酷烈《こくれつ》な太陽で通りからかげろうが立ちのぼっている。メトロポリタン美術館の階段では、日光浴をしている人間がちらほらいた。わたしはそのなかにジナの姿を認めた。電話が鳴る。

「ひどい顔ね」彼女はいった。「どうしたの？」

「みんなが気の利いた言葉をかけてくれるよ。週末を棒に振った」

「週末を棒に振った、ですって？　ターボ、誰かに看病してもらったほうがいいわ」

「そういう意見が大勢のようだ。ところで、今回はいつまでかかるかわからない。モーに〈ヴァルディーズ〉を運転してここまで来てもらい、きみには助手席で待機してもらう。そこがきみの定位置だ。二十四時間体制で見張ってもらう。交代要員はシーラだ。きみにはあしたの朝、また来てもらいたい。いいか？」

「ええ、いいわよ。でも……」

「どうした？」

「わざわざ〈ヴァルディーズ〉まで出す必要があるの？　ちょっと大げさじゃない？」

「きみは誰からも目撃されてはならないんだ。そうだろう？」

　本来ならタクシーを使ってもいいところだった。しかしわたしはタクシーを使わず、八六丁目まで歩いて地下鉄に乗った。歩くと痛みが募るが、たとえ暑くても自力で動いたほうが気分がよい。

　地下鉄に揺られると全身がさらに痛くなったが、ポリーナの世界から現実に戻るにはこれが最も迅速な方法だ。車内の乗客の顔を見渡してみる。誰一人、縫《ぬ》い目だらけのわたしの顔に注意を払おうとしない。それが地下鉄での礼儀なのだ――状況は認識すべきだが、あからさまな関心を示してはならない。乗客は日常生活を送る一般市民だ。暴力も陰謀も存在する余地はない。暗い過去と謎めいた現在が結びつくこともない。それはみんな幻想にすぎないのだが。

「この裸の街には八百万の物語がある」かつてローレンス・ドブキンは五年間毎週、アメリカのテレビ視聴者にそう呼びかけた。しかしわれわれは、そうではないことを知っている。この街には、せいぜい八通りの物語しかない。それが手を変え品を変え、焼きなおされてきただけなのだ。

　わたしはまだ、自らの疑問に対する答えを得られていない。ポリーナが何を恐れ、誰を恐れているのかはわからないが、彼女はそのものごとあるいは人物を、殺人容疑よりも恐れている。疑問はもうひとつあった――なぜリスリャコフは姿をくらましたのか？　彼はラーチコを騙《だま》した。彼はヤーコフも騙した。賭博の借財は、理由としては単純すぎる。地下鉄の車内にひしめく無表情な乗客たち。彼らの誰一人として、その答えを持ちあわせていない。

　ドアのブザーがわたしを悪夢からたたき起こした。今度はピッグペンとポリーナが、わたしのぼろぼろになった身体を挟んで色目を使っている夢だ。わたしは昼食をとったあと、アパートメントのソファでうたた寝をしていた。腕時計を見るともう五時十四分だ。三時間近くも寝ていたことになる。身体じゅうがこわばっていた。起きあがるのに助けが必要だと思ったほどだ。ブザーがふたたび鳴った。ヴィクトリアにちがいない。なんと忍耐強いことか。わたしはよろめきながらインターフォンに近づき、ドアの開錠ボタンを押して待った。エレベーターがわたしの階に到着すると、麻のスーツを着たペトローヴィンが現われ、顔にはくつろいだ笑みを浮かべていた――わたしを見るまでは。

「あなたのような姿になっていたら、ふつうは来客の名前を訊くのではないかと思うんだが」彼は手を差し出していった。

「身体と同じく、頭にもがたが来てしまってね」

「本当に大丈夫か？　相当ひどいように見えるが……」

「ああ、わかっている。確かにひどい気分だが、病院で治療を受けた結果、医者からは命に別状はないといわれている。ラーチコとわたしとで議論になってね。彼が勝ったんだ」

「あなたなら元KGBの称号を得られそうだ。本心から彼らと縁を切ろうとしているように見える」

「お墨付きをいただけて光栄だよ。どうぞなかへ。何か飲み物でも？」

「お邪魔でなければ、ありがたくお相伴《しょうばん》にあずかろう」

「最初の一杯は痛み止めだ」

彼はドアのそばに肩掛け鞄を置き、わたしに続いた。「あなたから頼まれていた情報が入手できた。それでここを訪ねようと思ったんだ。電話は好きではない」

「きみだけじゃない。ロシア人はみんなそうだ」

「KGBのもうひとつの遺産だな」

「その点には反論できないな」わたしは冷凍庫からウォッカのボトルを取り出し、ふたつのグラスに注いだ。彼とわたしはカウンターの両側に座った。

「あなたの健康を祈って」彼はいった。「とくにいまのあなたには」

「それにも反論できない。それで、どうだった？」

「ほぼあなたのいったとおりだった。確かに土曜日の午前中、何者かが検察庁本庁の窓を銃撃していた。そこはチロンの事務室だった。ただし、わたしがいったようにチロンはそこにいなかった。負傷者は出ていない」

「それはいい知らせだ。ありがとう」

ペトローヴィンは眼鏡越しにわたしを見つめた。「いい知らせとばかりはいいきれない。銃撃した人間は、明らかに彼を標的にしていた」

「その点も議論の余地はないだろう」

「それだけではない。銃弾はドラグノフＳＶＤＳのものだった。狙撃銃だ。ＦＳＢの殺し屋が使う銃だよ」

「知っている。彼らは意思表示をしたんだ。わたしは《イバンスク》を読んでいる」

彼はグラスを置き、きまり悪そうな視線をわたしに投げかけた。「われわれはみな、それぞれの務めを果たしている。真実の光は――たとえ黄昏《たそがれ》の光のようにかぼそくても――ロシアのわれわれに残された数少ない武器なんだ」

「きみの動機は問わないが、今後はもっと気をつけて話をすることにしよう。きみも注意したほうがいい。ＦＳＢはイワノフへの情報提供者を突き止めようとしているだろう。あるいはすでに特定しているかもしれない」

「もちろんだ。しかしイワノフには幅広い人脈がある……あなたにも想像はつくはずだ」

「彼は――男性かどうかわからないが――大半の人間よりはるかに危険な生活をしているにちがいない」

「あなたの意見にとやかくいうつもりはない。生活の危険度は、旧ソ連時代もいまのロシアも大差はない」

「その点も反論はしない。ところできみは、彼をよく知っているのか？　つまりチロンを？」

「検察庁の同期で、連絡を密にとりあう案件もある。いいやつだよ。あなたは彼と最近会ったのか？」

「もうずっと昔のことだ。だが……彼の父親とわたしは親しかった。それで噂を聞いたときには……」

「さぞ心配だっただろう。何か伝言があれば、喜んで承ろう」

わたしは一瞬、伝言を託そうかと考えた。だがスパイにとって、誰かを信用するというのは最も難しい問題だ。ヤーコフがそのことを教えてくれた。活動に際しての前提はもちろん誰も信用しないことだが、目的を達成する必要性の前に、その前提はなしくずしにされてしまう。スパイとして行動する人間はいくつもの判断を下し、その一部が誤りだったことに気づかされ、過ちをできるだけ少なくしたいと望むものだ。いまわたしをじっと見ている隻眼《せきがん》の男は、信ずるに足る人間のように思えた。しかし同時に、この男は何かを隠している。とはいえ、彼の立場に身を置けば、わたしもまた同じではないのか？　まさしく堂々めぐりだ。だがいずれかの時点で決断を下さなければならない。

「きみとイワノフはいずれも正しい。銃撃した男は確かにFSBの狙撃手だ。その男はワシーリー・バルスコフの命令で動いた。ワシーリーは狙撃手と同じ車に乗っていた」

ペトローヴィンはグラスを置き、目をすがめた。「なんだって？　たとえＦＳＢにせよ、あまりに大胆不敵だ」

「わかりきったことだが、チロンはしばらく身を隠したほうが賢明だ」

「彼にぜひともそう伝えておく。しかし……あなたがどうしてこの件にかかわっているのか訊いてもさしつかえないだろうか？」

「バルスコフ一家が圧力をかけているからだ。チロンだけにではなく」

彼はうなずき、ほほ笑んだ。「そのことはすでに聞いた。もう一度訊こう――なぜあなたはこの件にかかわっているんだ？」

「ラーチコは誰でもいいから脅せる相手を探しているのさ。どんなかかわりでもあの男は嗅《か》ぎつける。残念なことに、ラーチコはわたしのことをあまりによく知っているんだ」わたしはこの話題から早く逃れたかった。

「ラーチコは何を要求しているんだ？」

「リスリャコフの作ったマネーローンダリング・システムに必要なデータベースとプログラムだ。ラーチコは、わたしがそれを見つけられると思っている」

「見つけられるのか？」

「もしかしたら」

「それをむざむざと彼に渡すつもりなのか？」

「まだ手にはいったわけじゃない。入手できたら、彼と取引するつもりだ。ラーチコもわたしがそうすると予測しているだろう」

彼はふたたび目をすがめた。「どんな取引を持ちかけるんだ？」

「わたしが持っているカードによる。多くの利害関係を考慮に入れなければならない」

「チロンも含めて？」

「チロンも含めて」

ペトローヴィンはいま一度ほほ笑んだ。笑い返したとたん、わたしの顎に痛みが走った。

「きっとあなたが考えているカードは、一枚ではないはずだ」

「きみはどんなカードを想像しているんだ？」

「ラド・リスリャコフ」

彼はウォッカを飲みながら、わたしを見た。わたしは座ったままじっとしていた。どこも動かさなければ、ほとんどの痛みが鈍い疼《うず》きに落ち着く。

「うまいウォッカだ」ペトローヴィンはしばらくして口をひらいた。「故郷の味だ」

「好きなだけ注いでくれ」

わたしはボトルを渡し、彼は自分のグラスに注いだ。

「あなたはどうしてＫＧＢに加わることになったんだ？」

どこまで話そうか？　ほんの一瞬、事実を包み隠さず話そうかという考えが頭をよぎったが、結局は当たり障りのない身の上話になった。旧ソ連時代をほとんど知らない若者であっても、同じロシア人に話したところで解放感は得られない。「わたしの少年時代は複雑だった。両親はなく、孤児院で育った。わたしに唯一備わっていたのは、言語能力だけだった。それがＫＧＢの目に留まり、わたしは躊躇《ちゅうちょ》せず彼らの誘いを受けた。そのおかげでわたしはあそこから抜け出せたんだ……その先に何が待ち受けているかはわからなかったが、前に進めることだけは確かだった。しかし、わたしを不運な生い立ちだとは思わないでほしい。国のために尽くせるのは名誉なことだった。それはまちがいない」

「もしやりなおせるとしたら、別の道を選んだだろうか？」

わたしはしばし黙考した。答えはわかっていたが、それでも考えさせられる質問だ。「その機会を与えてくれる人がいなかったから、別の可能性について考えたことはほとんどない。後悔や良心の呵責《かしゃく》など、甘い感傷にくるまれた毒だと思っていたからね。きみに配られるカードは五枚かもしれないし、あるいは七枚かもしれない。それはゲームによってちがう。場合によっては、あとからさらに三枚配られることもあるだろう。ともあれ、きみは与えられたカードで最善を尽くすことになる。ずっと前にわたしは、大事なのは勝つことよりむしろ、闘えるうちは勝負を降りないことだと気づいた。ゲームにとどまることだよ。相手から先に勝負をあきらめさせるんだ。だからきみにいえる率直な答えは、やりなおすつもりはないということだ。別の道を選んだところで、いまよりいい手札が配られる保証はないんだから」

「勝負を降りていたら、そんな怪我をしなくてすんだだろう」ペトローヴィンは笑みを浮かべていった。

「このとおりひどいざまだが、まだ勝負をあきらめたわけではない」

「どうもわたしは、ずっと心に抱いていたKGBのイメージを変える必要がありそうだ。家族はいるのか？」

これもまた考えさせられる質問だ。「いいや。いまはいない」

「申し訳ない。踏みこんだことを訊いてしまったかもしれない。ただあなたを見ていると、きっといい父親だと思わずにはいられなかった」

「お褒《ほ》めにあずかって光栄だ。元ＫＧＢ候補としては身に余る言葉だ」

彼はうなずき、ふたたび沈黙した。何かを決心しようとしているが、決断は容易ではなさそうだ。わたしにできるのは、よけいな言葉をかけないことだろう。わたしは自分のグラスにウォッカを注ぎ足し、ひと口飲んだ。

「わたしがあなたの人生という手に、最強のカード《ワイルド》を配ったとしよう。あなたが信じていること、思いこんでいることをすべてくつがえすようなカードを配ったとしたら、どうするだろうか？」

「そいつはすごいカードだ。一度見てみたいものだな」

「しかしそのカードのせいで、あなたは元同僚たちから、すぐさま抹殺すべき存在とみなされるだろう」

「少なくとも一人からは、すでにそう思われているよ。わたしは勝負を降りるべきだろうか？」

「あなたからいままで聞いたことを考えると、そうは思わない。それでも、これからあなたの手札の使いかたは相当変わるだろう」

「わかった。きみの話に乗ろう。しかしその前にひとつ訊きたい。きみはどうして片目を失ったのだ？」

「アンドレイ・コズロフという人物を知っているだろうか？」

「中央銀行の？」

「そのとおりだ。二〇〇六年、彼が暗殺されたときにわたしも現場にいた。そして巻き添えになった――いや、わたしの場合はすんでのところで逃れたというべきかな。検察庁と中央銀行は当時、連携していたんだ」

「じゃあきみは、ＦＳＢが暗殺の手引きをしたと？」

「ほかに誰がいる？」

「わたしの記憶が確かなら、犯人はＶＩＰ銀行の元会長という評決が出ていたはずだ。コズロフは彼の免許を剝奪《はくだつ》していた」

彼の声は苦みを増し、辛辣《しんらつ》さを帯びた。「あなたもわたしも、ふたつのことをお互いに承知しているはずだ。ロシアには法の支配など存在せず、エリツィン政権の崩壊以来、ルビャンカが関与していない出来事などひとつもないということを」

「その見解に同意したつもりはないが、さりとて議論するつもりもない。わたしが訊きたいのは……きみは多くの危険を冒してきたはずだ。すでに大きな代償も払っている。きみはなんのためにそんなことをする？　愛か、名誉か、義務か、復讐か、金か――なんのためだ？」

ペトローヴィンはグラスを掲げ、それが空《から》なのを見てボトルに目をやったが、結局グラスをカウンターに戻した。「金のためではない。わたしの持ち物でいちばん高価なのはこのスーツだ。それ以外の――たぶん、それ以外のすべてのためだ。お互いにもっとよくわかりあえるほど長生きできたら、いずれその話をしよう。そうすればきっと納得していただけるはずだ。あなたの話もぜひお聞きしたい。そうすれば、もっとよく理解しあえるだろう」

辛辣さは消え、くつろいだ笑みが戻ってきた。

「カードを見せてくれ」わたしはいった。「まだきみがゲームに参加しているのなら」

彼は言葉を止め、いま一度考えたが、そう長い時間ではなかった。「いまから話すことは、四人しか知らないことだ。かつてはもっといたが、ＦＳＢにわれわれの同僚が狙われ、今年になって二人が死んだ。あなたも標的のリストに加わることになる」

「そのことは先刻承知だ。さあ、話してくれ」

33

「第一の事実――ヴァルダイ丘陵の防空壕には、アナトリー・コソコフの焼死体とともに、もうひとつの遺体があった。ＦＳＢのボリス・ゴルベンコ大佐のもので、一九九九年の高層アパート連続爆破事件の首謀者だ。第二の事実――この爆破事件は、最初から最後までＦＳＢによって工作されたものだった。第三の事実――コソコフとロスノバンクは彼らに資金を供給していた」

ペトローヴィンが言葉を止めてウォッカを注いでいるあいだ、わたしはたったいま聞いた話を反芻《はんすう》した。コソコフの銀行はＦＳＢの資金源だったのだ。三百人以上の犠牲者を出した高層アパート連続爆破事件はＦＳＢが仕掛けたものであり、チェチェンのテロリストは濡れ衣を着せられたことになる。当時からＦＳＢの関与を疑う意見はあったが、そのようなことを主張する輩《やから》はつねにいるものであり、わたしはまじめに受け取っていなかった。しかしペトローヴィンの言葉は、その意見が正しかったことを告げている。コソコフがその工作に資金を供給し、ＦＳＢが第二次チェチェン紛争を起こした。荒唐無稽《こうとうむけい》に聞こえるかもしれない。だが、そうとはいえなくなってきたようだ。

「きみは事実といったな。証拠はあるのか？」わたしはいった。

「われわれはゴルベンコを撮影して録画し、宣誓供述書もとった。あなたたちの言葉では自白というやつだ。彼は弱い男だった。われわれは彼を監視下に置いた——彼はＦＳＢとチェチェンを取り持つ仲介者の一人だったのだ。彼が果たしてどっちの側についているのか、われわれは疑念を抱いた。そこでモスクワでの爆破事件のあと、彼を連行して厳しく尋問し、ＦＳＢとチェチェンの双方にそれぞれを売り渡したことを知らせる、と脅した。ゴルベンコは転向し、われわれにすべてを明かした。ゴチャエフ（ＦＳＢから高層アパート連続爆破事件を組織した容疑をかけられたが、逮捕を免れ、逃亡した）がモスクワ市内の建物に爆薬の貯蔵スペースを借りられるよう段取りをつけ、ウラル地方西部のペルミからＲＤＸ爆薬を入手し、コソコフに資金をいつどこへ動かせばいいか指示したことを。ゴルベンコは爆薬の入手先や倉庫の場所をすべて知っていた」

「そいつは、きみたちが聞きたかった話をでっちあげたのかもしれない」

　ペトローヴィンは首を振った。「リャザンで爆発しなかった時限爆弾のことを覚えているだろうか？　プーチンが爆弾の発見処理にあたったロシア国民の勇気をほめたたえた直後、ＦＳＢの工作員二名が爆弾を仕掛けた容疑で逮捕され、当時長官だったパトルシェフが、あれは訓練だったと見え透いた言い訳をした事件だ」

　わたしはうなずいた。ＦＳＢにとっては冬の時代だった。

「ゴルベンコが、リャザンの件をわれわれに内密に知らせてくれたんだ。それをわれわれは地元の警察に通報した。彼は爆弾を仕掛けられた場所や予定時刻だけでなく、ＦＳＢ工作員の名前まで知っていた。われわれはその名前だけは伏せていた。だが地元の警察が独自に彼らを取り調べた結果、容疑者の名前はゴルベンコから聞いていたのとまったく同じだった」

「なぜ当時、それが明るみに出なかったんだ？」

「あなたにもうすうすわかるだろう。ＦＳＢが徹底的に取り締まったからだ。真実を明らかにしようとする試みはことごとく失敗させられた。彼らはチェチェンとの戦争を欲し、実現させた。さらにエリツィンを失脚させ、プーチンを権力の座に就かせようと欲した。彼らはそれも実現させた」声がふたたび辛辣《しんらつ》さを帯びた。

「ほかの事実については？」

「われわれは手を伸ばしすぎてしまった。ゴルベンコの供述内容は信用していたが、あの男が保身のためならどんなことでもいいかねないのもわかっていた。ＦＳＢの動きは早かった。彼らを倒すには、すべてを相手より強固にしなければならなかった。それでわれわれはコソコフを味方に引き入れ、ロスノバンクの取引記録を入手するためにゴルベンコを送りこんだんだ」

「ちょっと待ってくれ。それは一九九九年の出来事だろう。気を悪くしないでほしいが、きみは当時十代だったはずだ」

「確かにそのとおりだ。わたしが検察庁にはいったのは二〇〇四年のことだ。チミルという男といっしょに働いていた。ゴルベンコに指示していたのは彼だった。だが去年、殺された。信号待ちをしていたところを銃撃されたんだ。そのことはさっきいったとおりだ」

「そのチミルがきみに、ゴルベンコのことをすべて話したんだな？」

「彼はまだ立件をあきらめていなかった。わたしも彼の手助けをした。事件のファイルも読んだ。そのファイルは検察庁内部で厳重に保管されている」

　そのとおりにちがいない。わたしが受けた感触では、彼らの身の安全は充分に保障されておらず、ペトローヴィンもそれを自覚している。彼がやろうとしていることの危険さをたとえていえば、ダイナマイトをもてあそぶどころではない。全ロシアの核ミサイルの格納庫をつま先立ちで歩いているようなものだ。彼の話は陰謀論者の想像をはるかに越えている。その衝撃はクレムリンの頂点にまで及ぶだろう。高層アパート連続爆破事件と第二次チェチェン紛争がプーチンを権力の座に押し上げた。しかし、この話が事実だとすれば……。

「なぜイワノフはこの話を広めない？」

「まあ待ってくれ。そのうちわかる」

「わかった。続きを聞こう」

「ゴルベンコはヴァルダイ丘陵の別荘《ダーチャ》で、コソコフと会合する約束をした。折しもリャザン事件からほぼ二週間が経った十月六日、さまざまな噂が駆けめぐっていた。ロスノバンクが全焼したのもこの日だ。チミルはコソコフが断わるだろうと思っていたが、コソコフは了解した。ゴルベンコは盗聴器を身につけ、背中に貼りつけた録音機とつないだ。われわれは彼以外の人間を危険にさらしたくなかったんだ。ゴルベンコがコソコフを説得し、われわれへの協力を取りつける手はずになっていた。あるいは少なくとも、コソコフが何年もＦＳＢに資金を融通し、とりわけチェチェン紛争を引き起こす工作に協力してきたことを白状させるつもりだった。われわれはコソコフに対し、今後の生活費、逃亡先での新しい身元を保証した。だがチミルは、それだけでは不充分だと見ていた。果たして、彼の懸念が当たってしまった。そのときの一部始終を聞いてみるかい？」

「録音を持っているのか？」

「幸運に恵まれた。めったにないことだが、皆無ではない」

ペトローヴィンは鞄からラップトップを取り出した。キーボードを操作する。小型スピーカーから、ロシア語の声がかすかに聞こえてきた。

「最初に話しているのがゴルベンコだ」彼はいった。

〈逃げられるはずがない。やつらは国境の検問所に人をやっている。逃亡はとっくに予想しているだろう〉

〈そいつはどうかな。もし誰もがいうほどＫＧＢが利口だったら、まだ共産党支配が続いているはずだ〉

〈ばかをいうな、アナトリー・アンドレーヴィチ。やつらがきみの銀行にしたことを見ろ。あいつらは何もかもを遮断し、あらゆる痕跡を消し、すべての環をはずしにかかっている。きみはとても大きな環だ。いいか、すべてを白日の下にさらせるのはおれたちしかいないんだぞ〉

〈わたしは、そのすべてを担保に自分の命を守る。きみはきみの取引をしたんだ、ボリス。思ったとおりにするがいい。わたしはいちかばちか、自分の道を行くさ〉

〈気は確かか？　検察庁ならきみの身の安全を守ってくれる。おれたちはFSBを打ち負かせるんだ。やつらのやってきたことが世間に知れれば、エリツィンだってあの組織全体を解散させるしかなくなるだろう。それがやつらの最大の弱点だ。あいつらが自分たちの目的追求のために罪のない大勢のロシア人を殺したと知らせたら、誰一人疑いはしない。きみとおれが証拠を示せばいいんだ。カティンの森の虐殺みたいなものだよ。国民的な怒りがわき起こるだろう〉

〈国民的な怒りだと？　いまのロシアに、か？　はっ！　笑わせるな。何があろうと、わたしたちが生きてそれを見ることはないさ。いまいったとおり、きみはきみの取引をしたんだ。せいぜいがんばってくれ。わたしは証拠を持って逃げる。生命保険代わりにな〉

そのとき、ドアが荒々しい音をたててひらいた。あの女の声だ。〈トーリク、急いで来たわよ。いったいなんの騒ぎ？　ここで何をしてるの？　あら……あんた誰よ？〉

ゴルベンコはいった。〈名もない男さ。そのほうがいい。さしあたり、レオと呼んでくれ。おれはキッチンに行ってくる〉

わたしは彼女の声に気づいたが、素知らぬ顔で訊いた。「この女の声は誰だ？」

ペトローヴィンは録音を止めた。「コソコフの愛人だ。きみの友人バルスコフの妻、ポリーナ・バルスコワだよ。まだある。ゴルベンコ――ここではレオ――はキッチンに行った。それから少し時間が経過したようだ。しかしここで彼女がふたたび登場する」彼はキーボードを操作した。

ふたたびポリーナの声が聞こえた。〈レオ？〉

〈いったいなんの……〉

〈外に出なさい〉

〈コソコフ、これはいったいどういうことだ？　わたしには時間が――〉

散弾銃が轟く。

ポリーナがふたたびいった。〈もう一発残ってるわよ。さっさとして！〉

それから数分間の音は聞き取れなかった。

ペトローヴィンが録音データを止めた。「われわれは、コソコフとポリーナがゴルベンコを納屋に連れこんだと見ている」

〈奥へ行きなさい〉データがふたたび再生され、ポリーナの声がした。

〈何をするつもりだ？〉ゴルベンコがいった。

〈すぐにわかるわ。そこの落とし戸を開けなさい〉ゴルベンコはふたたびいった。

沈黙のなか、ときおりうめき声があがる。

〈コソコフ、待ってくれ、おれは――〉

散弾銃の銃声が残りをかき消した。何かにぶつかる衝撃音が何度も響く。そして沈黙。スピーカーはそれきり何も音を発しなかった。ペトローヴィンが厳しい表情でわたしを見た。

「彼女はゴルベンコの胸を撃った。衝撃音は、彼の身体が階段を転げ落ちる音だ。納屋の地下には防空壕があった。コンクリート造りで、非常用物資の備蓄もあった――食料、水、ウォッカまで。旧ソ連時代に建設されたものにちがいない」

わたしは、数時間前まで思っていたより幸運だったようだ。「それだけのあいだ、よくこの録音が残っていたな？」

「まったく奇跡的だ。ゴルベンゴの背中に貼りつけてあった録音機は銃弾による損傷を免《まぬが》れ、遺体も身体検査されなかった。彼はその晩、どんな結果でも連絡する手はずになっていた。だが連絡がなかったので、チミルが翌朝ダーチャにおもむいた。しかしそこには、しらみつぶしに家探しされたダーチャ、血痕、焼け落ちた納屋しかなかった。われわれは当然、防空壕の存在を知らなかった。しかも一晩中雪が積もっていた。誰が来て、あるいは立ち去ったのか、手がかりは皆無だった。それでチミルは、すべてをそのままの状態にしておくことを決めた。われわれがゴルベンコを転向させたことは、誰にも知られていなかったんだ。チミルの判断は正しかったのかもしれないが、わたしにはわからない。ＦＳＢのさしがねもあり、そのまま捜査は打ち切られた。

　それが二週間前になって、地元の子どもたちが納屋の土台に落とし戸を見つけた。落とし戸の下に防空壕が見つかり、防空壕のなかには死後十年を経過した遺体があった。ひとつは射殺体、もうひとつは火あぶりにされた焼死体だった。驚くべき幸運は、地元の警察がわれわれに通報してくれたことだ——ＦＳＢにではなく。おかげで、われわれが現場を保全できた」

「そしてイワノフに知らせ、世界中にこのニュースを発信できる」

　彼はきまり悪そうな笑みを浮かべた。「さっきもいったように……」

わたしはかまわずにいった。「子どもたちが遺体を発見したのはいつだ？」

「五月中旬だ」

そんなはずはない。リスリャコフがマルホランドをフィッシングしたのはその一カ月前だ。

「ポリーナがゴルベンコを射殺したのなら、コソコフを殺したのは誰だ？」

「まだわかっていない」

「そうか。だからイワノフはまだこの話を公表していないのか」

彼はうなずいた。

「ポリーナが生きている以上、彼女が最有力の容疑者になるということだな？」

ペトローヴィンはグラスを持ち上げたが、途中で止め、カウンターに戻した。「あなたは、彼女が生きていることを知っているのか？」

わたしがにやりとしたのは、自らの不注意を隠すためでもあった。彼はポリーナのことを知っているものと思いこんでいたのだ。セルゲイに殴られた頭の働きは、まだ完全には元に戻っていないようだ。致命的なミスではないものの、これからはより慎重になるよう、わたしは自らにいい聞かせた。

「きみの登場は少し遅かったからな。いかにも、彼女はこの街で生きている。むしろきみが知らなかったのが驚きだ」

彼は自分のグラスを見下ろした。いささかプライドを傷つけてしまったようだ。「彼女はどこにいる？」

「どうやらわたしは取引材料を握っているようだ。先にラド・リスリャコフのことを話してくれ」

　彼は首を振った。

「リスリャコフが死んだのは知っているか？　もう何をいっても、彼が傷つくことはない」

　彼はうなずいた。

「この前会ったとき、グリーン・ストリートのロフトについてきみがいった推測は正しかった。わたしは彼を捜しにあそこへ行ったんだ。そこで遺体を発見した。ヤーコフもいた。彼は銃で撃たれており、リスリャコフを撃ったのと同じ人間にやられたといっていた。わたしの考えでは、犯人はポリーナの現在の夫の下で働いている人間だろう。おそらくポリーナがその男に命じてリスリャコフを殺させたんだ」

　ペトローヴィンには衝撃だったようだ。まるでわたしに頬を張りとばされたかのように、椅子から飛び上がり、後ずさりし、それから部屋を歩きまわった。彼は戻ってくると、口をひらいた。「なぜ彼女がそんなことを？」

「理由はいくつもある。リスリャコフは彼女を脅迫していた。彼はあの女の正体を知り、別人になりすましていたことを見破ったんだ。彼はポリーナの計略に割りこみ、ラーチコに黙っている代わりに収入の五十パーセントを要求した。それからリスリャコフは欲をかき、現金十万ドルを要求した。わたしがその金を彼の手下に運び、そいつらを尾行して彼の居所を突き止めた。ポリーナは夫の運転手に、わたしを尾《つ》けさせていた。それで運転手もグリーン・ストリートまでたどり着いた」

　彼はふたたび腰を下ろし、顔をこすった。「どんな計略だ？」

「わたしにもわからない。しかし賭けてもいいが、その計略はきみがいったふたつの死体に関係したことだ。数カ月前、リスリャコフはポリーナのコンピュータをハッキングした。そしてそのうちの一台から、ポリーナが知らないうちに大きなファイルをひとつ奪った。彼はさらに多くの情報を知り、彼女の娘に近づいた――ポリーナを監視するためだったんだろう」

「赤褐色の髪をした？」

「そのとおりだ。名前はエヴァ」

その言葉に彼はこちらを向き、いわくいいがたい表情を浮かべた。「しかし彼が何を盗んだのかはわからない？」

「そのとおりだ。わかっているのは、ポリーナがそれを知ったときパニックに駆られたことだけだ」

「さしつかえなければお聞きしたいが、それだけの情報をどうやって入手したんだ？」

「わたしがリスリャコフのコンピュータを二十四時間拝借していたのを覚えているか？」

「あなたがバルスコフに渡したコンピュータか？」

「そうだ。ハードディスクをコピーしたあと、わたしはあのコンピュータのプログラムにちょっとした修正を加えた。リスリャコフがポリーナのコンピュータの入力内容を読み取っていたように、わたしも彼のコンピュータの入力内容を読み取っている」

ペトローヴィンがにやりとした。「バルスコフの動きはすべてお見通しというわけだ」

「KGB時代の習慣がなかなか抜けなくてね」

わたしはウォッカを少し注ぎ足し、彼にボトルを勧めた。彼は首を振った。「もう一度この部分を聞いてほしい」彼はいった。キーボードを操作し、録音データを再生する。

コソコフの声だ。〈国民的な怒りだと？　いまのロシアに、か？　はっ！　笑わせるな。何があろうと、わたしたちが生きてそれを見ることはないさ。いまいったとおり、きみはきみの取引をしたんだ。せいぜいがんばってくれ。わたしは証拠を持って逃げる。生命保険代わりにな〉

　ドアが荒々しい音をたててひらく。ポリーナの声だ。〈トーリク、急いで来たわよ。いったいなんの騒ぎ？　ここで何をしてるの？〉

　ペトローヴィンはコンピュータを止めた。「コソコフは証拠を持って逃げるといっている――生命保険代わりに、と。それは彼の銀行の記録、ＦＳＢとの取引記録すべてだったと考えてみてほしい」

「わかった。そう考えてみよう。しかし彼はもう死んでいる」

「彼女は死んでいない。それこそが、彼女のコンピュータにあったデータだと考えてみてくれないか。それこそが、リスリャコフが盗んだものだと」

「そうだったのか！」すべてが完璧に符合した。この居間でロシア革命が起こったような気分だ。ポリーナはマルホランドの銀行が破綻《はたん》することを恐れていた。そうすれば、ふたたび自らが孤立無援になると思ったにちがいない。少女時代に経験したあらゆる恐怖が甦ってきただろう。彼女は怯《おび》え、捨て鉢になった――あの日、コソコフのダーチャでそうなったように。ポリーナには金が必要だった。彼女はコソコフのファイルを利用し、ラーチコに金を支払うよう迫った。彼にはまだFSBとの深いかかわりがあったのだ。ラーチコの一味は、リスリャコフのマネーローンダリング・システムを通して、脅迫してきた相手に口止め料を支払った。さらにラーチコは手下のリスリャコフに、誰が自分たちを脅しているのか突き止めるよう命じた。彼はその使命を果たしたが……いや、果たしたとはいえない。リスリャコフは脅迫者をラーチコには報告しなかったはずだ。ブライトン・ビーチへわたしを連行した日、ラーチコはポリーナの消息を知らなかった。リスリャコフは自分が知ったことを秘密にしたまま、行方をくらましたにちがいない。どうやら完璧に符合しているとはいえないようだ。

わたしはキッチンに戻った。

「きみの話が正しいとしよう。リスリャコフが盗んだデータもきみのいったとおりかもしれない。しかしなぜ、彼はそのデータを親分に渡さなかったんだ?」

ペトローヴィンは彼のグラスをかざした。「リスリャコフはわれわれのために働いていたんだ。彼はわれわれの協力者として、バジャーの組織にはいりこんだ」

わたしは声をあげて笑った。「わたしは元KGBかもしれないが、アレクサンドル・ペトローヴィチ、だからといってそんな話にかつがれはしないぞ」

彼はかぶりを振った。「ロシアでさえ、血は金より濃いものだ」

「どういうことだ?」

「リスリャコフは両親との軋轢《あつれき》を抱えていた。旧ソ連時代、彼の両親は反体制派だったんだ。父親は何年もグラーグに送られていた。彼は政治運動よりも自分に母親の関心を向けさせようと躍起《やっき》になった。反抗期を経て、不良仲間と交際するようになったが、テクノロジーに関する彼の才能を見出した教師のおかげで改心し、勉学に励んだ。そして九〇年代半ばに両親と和解した。彼は大学に通いながら、両親とアパートメントに同居していた。グリヤノワ通りのアパートメントに」

「ということは……」

「ご明察だ。その晩、彼らは家族でダーチャに行く予定だったのだが、リスリャコフは試験勉強で大学に遅くまで残ることにした。予定を取りやめて両親は家で過ごすことにし――爆破事件の犠牲になった」

「彼はさぞかし自分を責めただろう」

「そのとおりだ。彼は昔つるんだ不良仲間との交際を再開し、バルスコフの目に留まった。チミルは彼の母親の友人だった。彼は何年もかけてリスリャコフに、両親を奪った爆破事件がＦＳＢのしわざだったことを説いたが納得してもらえなかった。それが三ヵ月前になってどういうわけか、リスリャコフはチミルの話を信じるといってきた。さらに彼は借りを返そうとした。彼はバジャー帝国に乗りこむと志願までしたんだ。ところが、なんの行動も起こさないうちにチミルは殺されてしまった」

「このことが原因だったのか？」

「わたしはそう思う。内通者がいるんだ。それゆえ、わたしがここにいることは誰にも知らせていない」

　驚くべきことではない。しかし彼にとっては認めがたいだろう。わたしは彼の背後のカウンターをまわり、食器を流しに置いて彼に考える時間を与えた。

数分の沈黙のあと、ようやくペトローヴィンは口をひらいた。「わたしは、リスリャコフがそのファイルをポリーナのコンピュータから盗んだのだと思う。それはチミルがいっていた、FSBがアパートメント爆破事件の犯人だという話を裏づけるものだった。チミルが死んだあと、わたしはリスリャコフと関係を築こうと腐心してきた。なかなか思うようにはいかなかった――あなたにも容易に想像がつくだろうが、彼は用心深く、猜疑心《さいぎしん》が強かった。わたしは無理に事を進めないようにした。そうしてようやく進展が見られた。先月、リスリャコフがモスクワに戻ったときに、わたしは彼と会った。彼はニューヨークに来るようわたしにいった。見せたいものがあるといっていたんだ。わたしはヤーコフ・バルスコフがニューヨーク行きの便に搭乗することを知った。それで彼を尾行し、グリーン・ストリートにたどり着いた。わたしはその翌日、リスリャコフと会う約束だったんだ」

　どうも吉兆ではなさそうだ。できれば一人でじっくり考える時間がほしかった。「もし彼がバジャーの巣にはいったきみの協力者だったとしたら、なぜ行方をくらましたんだ？　ラーチコは何カ月も彼を見ていなかった――そんなことをしたらかえって疑われるはずだ」

「わたしにもわからない。当然われわれもその点は疑問に思っていた。彼自身にも訊いてみた。すると彼は、自分のやりかたで進めたいといった。彼との関係を維持するには、われわれは認めざるをえなかった」

「わたしは、きみたちが彼を利用しようとしていたように、彼もまたきみたちを利用していたんじゃないかと思う。リスリャコフには賭博での多額の借金があったほか、暮らしぶりも贅沢《ぜいたく》だった。彼がポリーナを脅迫していたことは、さっきいったとおりだ。彼はマネーローンダリングのシステムを維持したかったのかもしれない。システムを独り占めし、バルスコフ一家から身を守るためにロスノバンクの取引記録を利用したかったとも考えられる。ヤーコフはグリーン・ストリートまでリスリャコフを尾行したわけではない。彼はあのロフトで会合の約束をしていたんだ。エヴァも、リスリャコフが来客を待っていたといっている。彼がモスクワを出てから会いたかったのはヤーコフだけであり、彼はヤーコフに、自分が持っている切り札をどうやって使うつもりか告げたんだろう」

ペトローヴィンはかぶりを振った。「リスリャコフは復讐を望んでいた。わたしも、それがわかる程度の関係は築いてきたつもりだ」

「気を悪くしないで聞いてほしい。リスリャコフはこの数年、ラーチコを通じてＫＧＢのやりかたを教わってきた。彼は頭のいい男だ。いろいろと吸収しただろう。もしかしたらきみは、彼の見せかけを信じたのかもしれない。あるいは彼もまた、コソコフのように、検察庁が自分を守ってくれると思えなかったのかもしれない――とりわけいまのロシアでは。一方で彼の立場から考えると、マネーローンダリング・システムを動かして収入源を独占すれば、バルスコフ一家、とくにラーチコに資金面から最大の打撃を与えられる」

ペトローヴィンは反論しかけたが、思いとどまった。じっと座り、それから立ちあがってアパートメントを歩きまわる。わたしの仮説は大いに気にくわないだろうが、彼の仮説よりつじつまが合うことはわかっているようだ。

「ひとつ教えてほしい」カウンターに戻ってきた彼に、わたしはいった。「仮にきみがコソコフの取引記録を持っているとしよう。きみがＦＳＢを窮地に追いこむ爆弾を持っているとして、だ。確かにそれは恐るべき情報だが、現実問題として、あれから十年の月日が経った現代のロシアできみには何ができると思う？」

「わたしを野心家だと思っているのか――それともばか正直だと？」

「きみが世の中を変えようと思っているのかどうかを訊きたいだけだ」

彼はもう一度ほほ笑んだ。「そう遠くない昔なら、イエスと答えていただろう。いまは……自分が真実を把握することにこだわっているだけなのかもしれない。それはわれわれロシア人が慣らされてきた、ユーモアで紛らわせようとしてきた現実とは対極にあることだ。われわれの社会を変えるかもしれないが、惨《みじ》めな挫折に終わる可能性だってある。いずれにしろ、まずは本当のことを明らかにしなければ……ひょっとしたら、リスリャコフについてはあなたの見かたが正しいのかもしれない。だとしても、われわれは真実を知ろうと努めなければならないのだ」

「まだ真実を手に入れられる可能性はある。リスリャコフが盗んだファイルはどこかに保管されているはずだ」

「ポリーナ・バルスコワと話してみたい」

「いまの名前はマルホランドだ。フェリシティ・マルホランド。やはり銀行家のローリー・マルホランドと結婚している。住所は五番街九九八番地だ。くれぐれも慎重に近づいたほうがいい。彼女は、過去のことには触れられたくないんだ。たとえ過去を消し去ったとしても」

彼は奇妙な表情でわたしを見た。

わたしはいった。「コソコフとゴルベンコの死亡現場を捜査したときに、きみたちはレナという人物にまつわる手がかりを発見しただろうか？」

「なぜそんなことを訊く？」

「エヴァは母親にこんな書き置きを残したんだ――〝レナと二人きりにしておいてほしかった〟」

「レナ……エレナだったかな……ファイルのどこかで見覚えのある名前だ。すべてこのなかに入れておいた」彼はラップトップのキーボードをたたいた。「あったぞ。人形だ――防空壕のなかにあった。階段の下で発見された、プラスティック製の女の人形で、身長約十八インチ、髪はブロンド、田舎風の衣装の断片が残っていた。プラスティック製の人形にはスーツケースまでついており、縦六インチ、横九インチ、厚さ三インチほどで、なかには三着のドレスがはいっていて、ほぼ無傷だったそうだ。衣装の内側にはそれぞれ手書きで名前が書かれていた――エレナ、と」

「そうか。人形が防空壕で発見されたとしたら、彼女もそこにいた可能性が高いな。たぶん二人の遺体と同じ場所に。その人形をニューヨークに送ることはできるだろうか？」

「なんともいえないが、たぶんできるだろう。しかしリスクがある。さっきいったように、わたしがここに来ていることは誰にも知らせていないんだ」

「それならヴィクトリアかわたしの住所に送ればいい。そうすればきみのことは知られずにすむ」

「人形がそんなに重要なのか？」

「エヴァは感情が不安定でね。マルホランドは、彼女が幼少期になんらかのトラウマを負った可能性が高いといっていた。ただし、彼はその内容を知らない。彼女はダーチャで、コソコフやゴルベンコといっしょにいたにちがいない。そして一部始終を見た可能性がある。彼女は明らかに何かに怯《おび》えていた。人形が鍵になるかもしれない。エヴァの居場所を見つけられれば、そのときは必ず役に立つ」

彼はうなずいた。「今晩、電話しよう」

そのときブザーが鳴り、わたしは足を引きずってインターフォンに向かった。ウォッカには薬効があるようだ。「誰だ？」

「あなたの守護天使《ガーディアン・エンジェル》よ。ほかに誰が来ると思ったの？」

「来客の名前は訊くものだといわれたんだ」わたしは開錠ボタンを押し、ペトローヴィンのほうを見ると、彼は肩掛け鞄にラップトップをしまうところだった。

「わたしはもう行くよ」彼はわたしの手を握った。「三人だと仲間割れというじゃないか。また連絡をとりあおう」そそくさと早口でいう。ここにいることをヴィクトリアにも知られたくないように思えたが、エレベーターから彼女が出てくると、正式なロシア流のおじぎをし、彼女の耳元でふた言、三言ささやいた。彼女も会釈を返し、それから笑顔で廊下を歩いてくる。片手に書類鞄を、もう片手には買い物袋を提げていた。袖なしの青いブラウスに膝丈の黒いスカートという服装だ。身体は魅力的な曲線を描いている。保護者《ガーディアン》はともかく、天使《エンジェル》には心ときめいた。

彼女はわたしの頬にキスしてからキッチンに足を踏み入れた。「最初にお断わりしておくけど、料理はあまり得意じゃないの。でもその具合を見れば、あなたは出されたものを食べるほかないわね」

「料理はわたしがするといったのを覚えているかな？　買い物袋の中身は？」

「鶏肉《とりにく》よ。〈トラステヴェレ〉のジャンカルロに電話してみるわ。きっと料理法を教えてくれるから」

「わたしがなんとかしよう」

「あなたは休んでいて。一時間後には夕食にありつけるはずよ。ワインはある？」

「まだウォッカとビールしかないんだ。すまないな」

「わたしに通《かよ》ってほしかったら変えてもらわないとね。ウォッカはどこ？」

「カウンターにあるよ。鶏肉はわたしがオーブンで焼こう。レモンや玉ねぎは好きかい？」

彼女はウォッカのボトルを手にとったまま振り向いた。「それは鶏肉の味付け？　それともあなたが主導権を握りたいの？」

「たぶん両方だ。ここはわたしのキッチンだからね」

「それなら、あなたが決めるといいわ。わたしはすぐに戻るから。近くにワインショップはある？」

「フルトン・ストリートの角に酒屋がある。シーポートの向かいだ」

　彼女はわたしにそれ以上話すいとまを与えずに部屋を出た。わたしはバターを溶かし、にんにく、パセリ、ローズマリーをみじん切りにしてレモンの皮をすりおろし、果汁を少し搾《しぼ》ってから、全部あえて塩と胡椒《こしょう》で味付けした。それから鶏肉を広げ、バターとハーブをあえたものを全体に振りかけてオーブンに入れた。そういえば調理しているあいだはなんの苦痛も覚えなかった――あるいはウォッカのおかげかもしれないが。わたしが小さなグラスで祝杯をあげようとしたちょうどそのとき、ブザーが鳴ってヴィクトリアが戻ってきた。彼女は赤い液体のはいったボトルを抱えてキッチンにはいり、眉を上げた。「できれば新しいワインショップがほしいわね。あるいはあなたが引っ越すか。このワインがあなたの焼いてくれた鶏肉とつりあうといいんだけど。コルク抜きはある？」

わたしは抽斗《ひきだし》からコルク抜きを見つけ、BGMを探した。CDプレーヤーにはまだ『スケッチ・オブ・スペイン』がはいっている。わたしは再生ボタンを押し、キッチンに戻った。彼女はワイングラスを片手に部屋を歩きながら、鼻にかすかな皺《しわ》を寄せたものの、表情は楽しげにほほ笑んでいた。

「ワインはきみの合格ラインに届かなかったか？」

「まあ、ぎりぎりね。でもその音楽、まるで世捨て人の葬式だわ。酔っ払った世捨て人の」

「マイルス・デイヴィスは好みじゃないのか？」

「ボブ・ウィルズ（一九三〇年代から活躍したウエスタン・スウィングの歌手）の足下にも及ばないのはまちがいないわね」

わたしはバッハのカンタータにCDを変えた。彼女の眉間の皺がいくらかやわらぐ。バッハも彼女の趣味とはちがうようだが、文句はいわなかった。わたしはそのまま音楽を流し、彼女がだんだんバッハを好きになることを祈った。バッハにはそれだけの魅力がある。

「これは何？」彼女はメダルのはいった小さなガラスケースを取り上げた。

「レーニン勲章（旧ソ連の最高勲章）だ」

「へえ！　すごい勲章なんでしょう？」

「かつてはね」

「どうしてもらえたの？」

「優秀なスパイを何人かスカウトしたからだ」

「それじゃああなたは、たいした理由もなくお母さんを収容所へ送った政府のために働いたばかりか、勲章をもらえるぐらい優秀な仕事をしたということ？」

「そのとおりだ」

「あなたがいったとおり、それがロシアの皮肉というものよね。前の奥さんとはどうだったの？」

「なんとか生き残ったよ」

「その人のことを聞かせて」

「きょうの服はとても似あうね」

「あなたの目はその下を想像しているんでしょ。話をはぐらかさないで」

「いいじゃないか。きみだってわたしの裸を見たんだから」

「好きで見たわけじゃないわ。ねえ、わたし知りたいの」

「まいったな」

「まいらないで。あなたのみだらな魂が考えていることはいずれかなうでしょうけど、まだそこまで回復していないもの。前の奥さんはどんな人だったの？」

34

「前の妻は、参謀本部情報総局《GRU》の将校の娘だった。軍の秘密情報機関だ。母親はリトアニア人だった。ＫＧＢの人間だったわたしを、父親は信用しなかった。彼は酒浸りで、しかも酒癖があまりにひどかったので陸軍を追放された。そのあと、目を覆《おお》うような愚行をしでかし、グラーグへ送られた。家族は特権的な生活からどん底寸前まで突き落とされた。ポリーナは打ちひしがれた。彼女は父親を心から愛していたからだ。ポリーナが少女時代に受けた深い傷から真の意味で立ち直ることはないだろうが、当時のわたしはそのことに気づいていなかった。

彼女とわたしは一九八〇年に結婚し、八三年に息子をもうけた。彼女の父親を恐れる気持ちと、わたし自身の怯えから、わたしは決してグラーグで生まれ育った過去を彼女に話さなかった。ヤーコフもわたしの過去を闇に葬ってくれた。少なくともわたしはそう思っていた。それでも、大半の夫婦より波瀾《はらん》に満ちた結婚生活だったと思う。一九八九年にはすべてが終わっていた。あれ以来、わたしはかつての家族や同僚の誰とも会わなかった――先週までは」

「わかったわ。続けて。それからどうなったの？」

「一九八八年、わたしはニューヨーク支局《レジデントゥーラ》に二度目の赴任をした。当時の支局長《レジデント》はあのラーチコ・バルスコフで、昇進の勢いは目覚ましく、将来はＫＧＢ議長になるものと大半の人間が思っていた。だがラーチコは強欲な男で、つねに満ち足りることを知らなかった。彼はもう一人の局員と謀《はか》り、副業に手を出していた。シャンパンやトリュフからデザイナーブランドのドレスに至るまで、あらゆる贅沢品《ぜいたくひん》を領事館の予算で購入し、本国に密輸して、彼の弟が闇市場で売りさばいていた」

「それがあなたとどう関係があるの？」

「仲間の一人が、ラーチコを密告した。ラーチコは彼を協力者と知らず、取引で騙《だま》したんだ。わたしはラーチコの行状を上層部に通報した」

「ドラマみたいな展開ね」

「ヤーコフはわたしに、証言しないよう圧力をかけた。わたしは人生で最悪の決断を下した——しかしあのときには、その代償がいかに高くつくか知らなかった。名誉をとるか、忠誠心をとるか選択を迫られたわたしは、忠誠心を選択した」

「大半の人は、あなたと同じ決断をしたと思うわ」

「ああ、確かにそうだろう。だがあの選択は、いまだにわが人生で最悪の決断だ。ただ同時に、わたしがヤーコフの言葉にいやといえなかったのも事実だ——たぶんいまだにいやといえないだろう。どのみち、わたしは都合よく利用されたんだ」

「ずいぶん手厳しいのね」

「話にはまだ続きがある。わたしはすでに、通報したことで引き金を引いてしまっていたんだ。ＫＧＢの組織内で、いったん動いてしまったものを押しとどめるのは至難の業《わざ》だった。わたしは申し立てを取り消し、言葉を濁し、自らの言い分を撤回したことで苦境に立たされた。以前からラーチコとヤーコフには敵が多かった——組織で出世すれば必ず敵ができるものだ。彼らはラーチコがもう終わりだと思った。しかし結局、わたしが証言しなかったことでラーチコは証拠不充分とされた。彼は軽い処分ですんだものの、経歴には傷がついた。それは汚点となってずっと残ったんだ。KGBのトップに昇りつめようとしていた彼の夢は断たれた。ラーチコはいまだに、このことでわたしを責めている」

「それで彼はあの晩、あなたにあれほどつらく当たったのね。でもそれが、あなたの奥さんとどう関係するの？」

「ラーチコは復讐を欲していた。彼は大々的な反撃キャンペーンを展開し、かつてゼークだったわたしの過去を暴露した。彼はこうした事実をいかに効果的に利用するかを心得ていた。とりわけ、毎日同じ人間同士が顔を合わせる閉鎖社会のなかで一度流してしまえば、噂には尾ひれがついて組織内で増幅される」

「ちょっと待って！　ヤーコフは何も手を打ってくれなかったの？　ラーチコが噂をばら撒《ま》くのをやめさせようとしなかったの？」

「やめさせようとしたのかもしれないし、しなかったのかもしれない。そのころには、ヤーコフとわたしはあまり口をきかなくなっていた。ただし、いい教訓にはなったよ——父親は決して息子を見限らない、と」

「彼はあなたを見捨てたの？」

「彼なりに正しいと思うことをしたんだ」

「そんなひどい話ってある？　あなたはいまだに、そんなひどい仕打ちをしたくず野郎の肩を持ってるの？」

「わたしはいまでも彼に恩義があるんだ。ともかく、噂はポリーナの耳にもはいった。彼女は心底から怯《おび》えた。結婚相手がゼークだったことにおののき、自分の人生がふたたび無残に砕け散る恐怖にさいなまれた。いまになってようやく、わたしは彼女の不安感がいかに根深いものだったのかわかる。しかし当時はわかっていなかった。ポリーナがわたしと結婚したのは、愛もさることながら、安定を求めていたからだ。わたしは前途を嘱望《しょくぼう》されていたＫＧＢの将校で、それは特権階級《ノーメンクラトゥーラ》を意味した。彼女のように、家族が落ちるところまで落ちるのを目の当たりにした人間にとっては、このことがきわめて重要だったんだ。ところがすべてが一瞬にしてくつがえされた。わたしのＫＧＢでのキャリアは事実上終わった。そしてわたしはゼーク、最底辺の人間になり、地位と名誉を剝奪《はくだつ》された彼女の父親と同じところまで身を落とした。わたしには彼女を責めることはできない」

「でも彼女はあなたを責めた」

「いかにも。ポリーナはわたしをすべての災厄の元凶にした。彼女は息子を連れて出ていった。わたしもそうした事態はある程度予期していたが、彼女がどれほど極端な行動に走るかは予測できなかった。ポリーナは、わたしの同僚たち三人と、次々に関係を持ちはじめたんだ。彼らはそのことを触れまわった。身を切られるようなつらい知らせだったが、わたしには彼女が愛欲ゆえにそうした行為に及んだとは思えない。憎しみと復讐心だけが動機だったんだろう。彼女はわたしのキャリアを破壊しにかかり、わたしが養育権をめぐって争えないように仕組んだんだ。ＫＧＢが軽率な人間を許容する組織ではないことをポリーナは承知しており、彼女の無分別さはわたしの免職に、あるいはもっと悪い結果につながりかねなかった」

「道理であなたの性格がねじまがったわけね。それで、あなたはどうしたの？」

「ポリーナを止めた。彼女がそれ以上極端な行動に走らないうちに。ヤーコフがわたしに知らせてくれた」

「それで？」

「わたしは酒浸りになった。危機に見舞われたロシア人がとる典型的な行動様式だ。しかしある日、目が覚めた。わたしが主導権を握らなければどうにもならないことに気づいたんだ。人生は無限に続く選択の連続だ――その大小に差はあれど。ポリーナとの結婚生活が破綻《はたん》したことをわたしは受け入れた。息子の養育権をめぐって闘うこともできた。勝てる可能性もあったが、職を失い、息子を育てるどころではなくなるかもしれない。あるいは悪魔と取引することもできた――この場合は、ポリーナという悪魔と。わたしが養育費を支払い、ポリーナがアレクセイを育てることも考えられた。わたしは邪魔だてせず、二人の意識にのぼることもない。存在しないかのように振る舞うんだ。それがゼークの運命だから。その見返りに、彼女はわたしのキャリアを破壊する行為をやめる。それが家族全員のためだからだ。ポリーナはこの提案を受け入れ、わたしの知るかぎり、条件を遵守した。彼女がラーチコと結婚するとは思わなかったが、わたしは全能の神ではないからね。振り返ってみれば、彼女は安定を求め、仕返しをくわだてていたんだと思う。ラーチコはいつもポリーナに好意を抱いていたし、彼もまたわたしに仕返しをしたかったんだろう」

「利害が一致したわけね」

「そのとおりだ。ヤーコフの根まわしで、わたしはサンフランシスコへの転属を命じられた。ほとぼりが冷めるまでの時間稼ぎだったが。二年後、モスクワに呼び戻され、内勤を命じられた。わたしはそれがいやでたまらなかった。そのうち早期退職の機会がめぐってきたので、わたしは応募し、こっちに移住してきたんだ。人生の再出発を図ったのさ」

「いろいろあったのね」

二十年前の出来事を振り返り、わたしは包み隠さず話したつもりだ。記憶は事実を単純化するだけでなく、錯覚を起こさせることもあり、度がすぎると害を及ぼすこともある。わたしは自らの行為を、息子への愛ゆえと自分にいい聞かせ、大半はそう信じてきた。しかしときおり、疑問が頭をかすめることがある——愛と自らの生存本能とどちらがより強かったのか？　この点は自分でもよくわからない。

タイマーが鳴った。わたしはオーブンから鶏肉を取り出し、パセリのみじん切りを振りかけた。新鮮な野菜はなかったので、冷凍の豆を温めた。

ヴィクトリアはいった。「詮索《せんさく》がましく聞こえたら許してほしいんだけど……ペトローヴィンは、ここで何をしていたのかしら？」

エレベーターで彼がささやいていたことがわかった。彼はヴィクトリアに、わたしに使っている偽名を教えたのだ。「わたしに情報を教えてくれたんだ。わたしが知りたかった情報を。彼もまた、わたしに聞かせたい話があったようだ。彼は助けを求めている」

「あなたは彼を助けるつもり？」

「たぶんね。わたしも同じ問題に興味を持っていることがわかったんだ」

「それはどんな問題？」

「連邦検事は一日たりとも休みをとらないのかい？」

「この問題に関してはないわ。いま捜査中の、バルスコフのマネーローンダリングの件に、わたしは多くを賭けているの。解決できれば、わたしにとっては初めての大事件になり、しかも単なる経済犯罪ではない、大がかりな組織的犯罪になるんですもの。ペトローヴィンもロシア人ですからね。いわせてもらえば、あなたがたロシア人は胸の内がなかなか読めないわ。彼も手の内を見せてくれないの。わたしには彼がどんなことを調べているのかよくわからない。それで、わたしみたいな田舎《いなか》育ちの娘は不安でいても立ってもいられないのよ。これが正直な気持ち」

　彼女の言葉に反論しようと思えばできた。いまのヴィクトリアはとうてい田舎育ちには見えないし、彼女ほどの女が不安でいても立ってもいられないはずはない。しかしわたしはそれを口に出さなかった。彼女は自分自身を欺《あざむ》き、わたしを欺き、魅惑しようとしている。そして成功しつつあることを、彼女は大いに自覚しているのだ。三つの試みのうちで最も重要なひとつに。

「きみの新しい友だちのバルスコフは、わたしを含む古い友だちに強い圧力をかけ、彼のマネーローンダリング・システムを動かそうとしている。金曜日の夜に起きた出来事をひと言で要約すればそうなる」

「そのためにあなたをあれほど殴ったの？」

「そのためと、さっき話した昔の恨みだ。リスリャコフはデータベースを持っていた――〈T・J・マックス〉からハッキングした個人情報と、すべての取引を関連づけるプログラムだ。ラーチコはそれらのありかをわたしが知っていると思いこんでいる」

「あなた、知ってるの？」

「さあね」

「ごまかさないで」

「心当たりはある」

「もしあなたが証拠を隠していたら……」

「隠してはいないさ。少なくともいまのところは。見つかったら、真っ先にきみに知らせるよ。さあ、夕食を食べよう」

わたしは鶏肉を四つに切り分け、二枚の皿をカウンターに置いた。二人とも、ほとんど無言で食べた。彼女が買ってきたワインを一杯飲んだが、それはジャンカルロの店で味わったバローロとはまったく別物だった。同じワインでもこれほどちがうものか。

「鶏肉はすばらしくおいしかったわ」彼女は皿をわきによけていった。「料理がうまいのね。なんて多才なの」

「きみはまだぼくの才能の片鱗《へんりん》にも触れていない」

「謙譲の美徳だけは持ちあわせていないようね」

「それ以外はいろいろ持っているがね」

「ねえ、はっきりいうわ。わたし、初めて会ったときからあなたが好きだった。どうしてなのか自分でもわからないけれど、こういうときにはとても熱くなるの。でも、いままでいってきたように、法にそむいたりペテンにかけたりするのはいっさいなしよ。心の奥底では、わたしはいまでもおっかなびっくりの田舎育ちの女の子なの。それにいまでもあなたが誰の側に立ち、どんなゲームを仕掛けようとしているのかわからない。もしも法曹人としてあなたを訴追しなければならなくなったら、わたしは全力を尽くすからそのつもりでいてね。それでもわたし、失意を味わいたくはないわ」

わたしは手を伸ばし、彼女の手をとった。「ヴィーカ……」

「ヴィーカ？」

「すまない。ロシア流のあだ名だ。ついロをついて出てしまった」

「気にしないで。わたしいままで、あだ名で呼ばれたことはなかったの。わざとらしい呼び名は好きじゃなかったから」

「ロシア人は誰にでもあだ名をつけるんだ。わたしはきみに失意を味わわせるようなことはしない。失意を味わう側の気持ちがわかるから、わたしのことは信じてもらっていい。自分の過去はありのままを話した。ほかの人間には話す気になれなかっただろう」

35

男はもう一度録音テープのデータを再生した。炎にマイクが飲みこまれる寸前の、一分たらずの音の断片。火炎は轟音をあげ、はじけ、すべてをなめつくした。コソコフの叫び声が聞こえるが、言葉は聞き取れない。そのときに別の音がした——きしるような甲高《かんだか》い音が高まっていく。

ようやく彼には積年の疑問が解けた。音の正体は、幼い少女の声だったのだ。彼女は現場で一部始終を見ていたにちがいない。馬屋で動いていたのは少女であり、ネズミではなかった。彼はすんでのところでその少女を逃したのだ。どうしてそんな過ちを犯したのか？

彼女はどうやってあの惨劇を生き延びたのだろう？　古い防空壕以外に答えは考えられなかった。第六感で落とし戸を探りあてたのだろうか？　あるいは、コソコフが彼女に叫んで教えたのかもしれない。確かなところはわからなかった。しかしいまは、そんなことは問題ではない。

彼女は生きている。彼女はこの街におり、彼の正体を知っている。問題なのはそのことだ。

この問題を解決しなければならない。

取り返しがつかなくなる前に。

水曜日

36

生まれ変わったような目覚めだった。教会の聖歌隊が歌うゴスペルの歌詞そのものだ。とはいえ、わたしの復活は彼らが思い描いている神聖なものではないだろう。午前六時を少しまわったころ、わたしはシーツの下で上下するヴィクトリアの胸を見ながら横たわっていた。あだ名で呼んだのが功を奏したのか、失意を味わわせるようなことはしないといったのが効いたのかはわからないが、彼女は抗《あらが》うことなくベッドへ誘われた。わたし自身の状態は最高からほど遠かった。しかし彼女はそれを補って余りある情熱と優しさで、怪我の痛みなどはるか遠くに置き忘れてしまうような高みへと連れていってくれた。服を脱いだ彼女は、続いてわたしの服を脱がせ、胸、まなざし、太腿《ふともも》、唇、両手、歯を使って二人を白熱の桃源郷へ導いた。わたしと彼女は互いを包みこみ、互いのなかに没入した。しばらくして、われわれは現実へ戻り、汗ばんで息をあえがせ、満ち足りつつもさらなる情熱の到来を予期した。心地よい沈黙のなか、彼女がわたしの胸に頭を預けている。われわれは言葉を交わさぬまま、強く抱きあった。彼女の手が動きだすとともにわたしはまどろみから覚め、自分の手を動かして応えた。沈黙したまま、われわれは互いを二度目の忘我の境地へ運んだ。その晩わたしは熟睡し、土曜日からこのかた、初めて悪夢を見なかった。

「ねえ、ひとつ教えて」彼女は枕に頭を載せ、微笑んでわたしを見つめていた。

「なんのことだい？」

「どうしてあなたにはそんな滑稽《こっけい》な名前がついたの？」

わたしは声をあげて笑った。「名前のおかげで、わたしはきみをベッドに連れこめたのか」

「そのはげ頭ともじゃもじゃの胸のおかげだと思っていた？　あなたが移民局に提出した申請書を見たときから、不思議な名前だと思っていたの」

「きみはプライバシーうんぬんといっていたな」

「話をそらさないで」彼女はふたつ折りにした枕に頭を載せ、待った。大きな緑の瞳に吸いこまれそうになる。

彼女の頬を撫《な》でると、手を払われた。「早く聞かせて」

「発端は、祖父のトゥルバ・ペトローヴィチだ。彼は創設期のチェキストだった。熱心なボルシェビキだったんだ。レーニン、スターリン、トロツキー、ブハーリンといった面々と交流があった。祖父はまた、チェーカーの創設者ジェルジンスキーの同僚でもあった」

「それじゃあ、おじいさんがグラーグの創設に手を貸したってことじゃないの！」

「そのとおりだ。祖父のトゥルバは収容所の建設を監督した将校の一人だった。それだけでなく、自分で設けた収容所の最初の囚人になった。スターリンによる粛清の餌食《えじき》になったんだ。一九三七年、内務人民委員部《NKVD》長官が、ヤゴダ同志からエジョフ同志に代わったときのことだよ。祖父はクリスマスの夜に連行された。もっとも当時のロシアでは〝クリスマス〟という名前は使われていなかったがね。ソロヴェツキーの収容所に連行された祖父は、四ヵ月後にそこで死んだ。しかし因果応報というのか、そのエジョフも一九三八年に逮捕され、一九四〇年に銃殺されて、ラブレンチー・ベリヤがNKVDを率いることになった。せめて祖父があの世で、自らの失脚を画策した人間も処刑されたと聞いていることを願うよ」

　彼女がわたしを見上げる。深い色のまなざしが好奇に見ひらかれた。わたしはその頬に手を伸ばしたが、またも払いのけられた。「だめよ。話を続けて」

「祖父のトゥルバがまだ出世街道を走っていたころ、祖母のスヴェトラーナとのあいだに一人息子をもうけた。一九二六年のことだ。当時、革命の熱気はスターリン崇拝熱へと変質していた。トゥルバの信じるところでは、スターリンは祖国に大変革をもたらし、文明国の仲間入りをさせた偉人だった。鉄道、工場、ダム、発電所の建設といった工業化はすばらしいことであり、スターリンはこれらを推し進めてロシアを生まれ変わらせたのだ、と。大勢の民衆が昂揚《こうよう》の波に身をまかせ、自分たちの熱狂を子どもたちの名前で表現した。幸運にあずかった子どもたちは、レーニンへの敬意を表してレンと名づけられ、この名前は当時の世情から好まれた。女の子にはレーニン（Ленин）のスペルを逆から読んでニネーリ（Нинел）という名前がよくつけられた。さらにエンゲルスに由来するエンゲリーナという名や、マルクス（Маркс）、エンゲルス（Энгельс）、レーニン、それに十月革命（Октябрьская революция）の頭文字をとってメロール（Мэлор）という名もあった。

「しかし祖父の発想は多少ちがっていた。前にもいったとおり、ロシア人は言葉遊びが好きだ。ファミリーネームはご存じのとおりブロストで、十三世紀からある名前だ。ブラストという十二世紀からある名前から分派した。〝力〟という意味だ。そして工業化賛美への情熱から、祖父には第一子を電気にちなんだエレクトリフィカディと名づけるのがふさわしく、望ましいように思えた。こうしてフルネームは、エレクトリフィカディ・トゥルバネーヴィチ・ブロストとなった。トゥルバネーヴィチとは〝トゥルバの息子〟という意味であり、名前全体としては〝電気タービンの力〟ということにもなる。どうやら祖父は相当な切り札を出したようだ」

「あなたの話はどんどん現実離れしていくわね」

「全部現実にあった話だ。マルクスとレーニンとロナルド・レーガンの墓に誓って」

「でもあなたはお父さんを知らないんでしょう？　力にちなんだ名前の？」

「そのとおりだ。思うに、母は父と二度と会えないのではないかと思い、わたしに父と同じ名前をつけることで、連綿と続いてきた歴史の記憶をとどめようとしたのだろう。ロシアの命名法どおりに考えると、わたしは本来エレクトリフィカディ・エレクトリフィカディーヴィチ――すなわちエレクトリフィカディ、エレクトリフィカディの息子、となるはずだ。英語とちがって〝ジュニア〟のような呼びかたはないのでね。それでも母は、父とまったく同じ名前をわたしに授けた。成人したわたしが、それを自らターボと縮めたわけだ」

「エレクトリフィカディ、わたしは気に入ったわ。そう呼んでもいい？」

「わたしたちの関係を続けたいんなら、やめたほうがいい」

「意地を張らないで。いい名前じゃない」

「ヴィッキーもいいあだ名だ」

ヴィクトリアは口をとがらせ、身体を起こした。シーツが下に落ちる。わたしは手を伸ばしたが、彼女に押し戻された。

「出勤しなくちゃ」

「わたしはいつも朝に走る習慣なんだ。いっしょに来ないか？」

「こんなに暑いのに？　あなた正気？　まあいいわ、答えはわかってるから。きょうはどんな違法行為をくわだててるの？」

「リスリャコフのデータベースを探しに行く」

「もし見つかったら？」

「たぶんブライトン・ビーチへ行き、ラーチコと会って、取引をするだろう」

彼女は眉をひそめた。「それが賢明かどうかは訊かないわ。答えは明白だもの。わたしが賛同すると思う？」

「できればそうしてもらいたい。その取引でいちばん利益を受けるのはきみだ」

「あなたの考えを話す気はある？」

「夕食でね。わたしたちの関係がまだこじれていなければ」

「前の奥さんに同情したくなってきたわ。あなたそんなに料理がうまいんだから、ランニングとやらに出かける前にわたしに朝ごはんを作ってくれないかしら。男の人が作ってくれるとうれしいのよね。スクランブルエッグにタバスコを少々お願い」

裸の背中が颯爽《さっそう》とバスルームへ向かう。わたしは二、三分待って起きあがり、彼女の注文どおりに食事を作り、長らく味わうことのなかった感覚を楽しんだ。ふたたびこの感覚を味わえるとは、夢にも思っていなかった。

ヴィクトリアは事務所へ出かける前、スクランブルエッグをおいしいと褒《ほ》め、わたしの健康状態についてはまだ回復が疑わしく、きょうの予定に至っては狂気の一歩手前だといった。今回は三つとも当たっている。わたしは〈バシリスク〉にログインし、リスリャコフとその分身、アレクサンドル・ゴンチャロフに関する情報を検索させた。その結果、三週間前に彼がビザカードでモスクワの葬儀屋に八百六十二ドル支払っていることがわかった。わたしは電話機に手を伸ばした。

故ラド・リスリャコフになりすましたわたしに、親切な葬儀屋の助手は十分ほどかけて有益な情報を教えてくれた。すなわち彼がモスクワを訪問した目的は、両親の遺骨を掘り出し、ニューヨークへ送ることだったのだ。この結果、きょう最初の目的地はチェルシーのアパートメントと決まった。

続いてわたしは《イバンスク・ドットコム》にログインした。ペトローヴィンはイワノフにまだ情報を流しているようだ。

〈ポリーナ・バルスコワはいずこへ？〉

そしていつ出発するのか？　ニューヨークでささやかれている噂によると、ラーチコ・バルスコフの元妻（現妻？）にして、収監間近といわれているアメリカの銀行家ローリー・マルホランドの現在の妻（重婚？）が、一九九九年にモスクワから出奔したときと同じく、行方をくらます準備をしているという。

マルホランドは前の（いまでも？）夫からの忠告を聞いておくべきかもしれない。一九九九年十月初旬、ポリーナは降りしきる雪のなかでなんらかの文書を発見し、ロスノバンクの火災をきっかけに、当時の愛人アナトリー・コソコフを置き去りにしたのみならず、バルスコフからも逃亡した。彼女はふたたび同じことをしようとしているのか？今回はどこへ逃げるつもりだろう？　当ブログ主のイワノフは、これまで明らかになった事実を《イバンスク》の読者と喜んで分かちあいたい。ひとつは、ポリーナ・バルスコワが毒蛇よろしく古い身元を脱ぎ捨て、周囲の環境にとけこむカメレオンさながらに新しい身元を手に入れていることだ。もうひとつは、夫も愛人も彼女をつなぎとめる錨《いかり》にはなれないことである。しかしイワノフが聞いた情報によると、包囲網は徐々に狭まっている。ロシアとアメリカの当局が、ポリーナを監視下に収めているのだ。さらに、ラーチコもいまなお健在である。誇り高きバジャー兄弟が、ふたたび彼女の逃亡を許すとは考えがたいところだ。

競走の火蓋《ひぶた》は切って落とされた。誰が勝者になるかはまったく予断を許さない。

そのとき携帯電話が鳴った。ジナだ。「彼女が動きだしたわ。すごい美人ね」

「パンドラも美人だったらしい。誰かに尾《つ》けられていないか？」

間があった。「まだわからないわ」

「きみが誰かに尾けられているか、あるいは尾けられているかもしれないと思ったら、すぐに追跡を中止して現場から抜け出すんだ。わかったな？」

「わかったわ。彼女はたったいま出てきたところ。このまま追跡を続けるわ。マディソン街の方向に向かっている。また連絡するわ」

ポリーナはけさの《イバンスク・ドットコム》を読んだだろうか？　ペトローヴィンはそのことを計算しているだろうか？


エヴァがどこに行ったのかは見当がつかないが、リスリャコフの生活圏にとどまっている可能性にわたしは賭けた。彼女は激しい恋に落ちていたのだ。あれほど唐突な幕切れを迎えたらなおのこと、彼を忘れ去るには時間がかかるだろう。わたしはタクシーで六番街と二一丁目の交差点に向かった。前回訪れたときより人通りは多かったものの、歩道の酷暑は相変わらずだ。

ひんやりとしたロビーには人けがなく、光沢のある淡色のカウンターにドアマンが控えているだけだ。ラーチコの手下どもに出くわすのではないかといささか心配だったが、彼には想像力が欠けていたようだ――あるいはわたしを利用するために邪魔だては控えているのかもしれないが。ともあれ、ロシア系のいかつい男たちの姿はなかった。

ドアマンは愛想よく顔を向けたが、わたしだと気づくと眉をひそめた。わたしはエヴァの写真をカウンターに置いた。

「この女が上階の部屋にいるだろう？　リスリャコフのアパートメントに」

ドアマンは一瞬口ごもり、顔をそむけた。

「いくらもらった？」

「なんですって？」

「ここにいることを黙っているように頼まれて、きみは彼女からいくらもらった？」

「何も受け取っていません！　このかたはそんなこと――」

「嘘をつくな。きみはすでにトラブルに巻きこまれているんだ」

「トラブル？」

「愛国者法でね、前にもいっただろう？　部屋の鍵を渡してもらおう」

彼はロビーを見まわした。助けてくれそうな人間は誰もいない。「そのかたはここにはいません。つまりその……先ほどまでいましたが、出ていきました」

「いつだ？」

「けさです。二時間ほど前です」

エヴァも《イバンスク》を読んだのかもしれない。「戻ってくるか？」

「何もいっていませんでした」

「ほかに彼女のことを訊いたやつはいるか？」

もう一度ロビーを見まわす。「先週ここにいた二人です。きのうも来ました」

「きみはそいつらを追い払ったのか？」

「はい。二人もあまり強気には出ませんでした」

「彼女にはそいつらのことを教えたのか？」

ドアマンは見るからに気まずそうな表情を浮かべた。「けさ、教えました」

「彼女は何かいっていたか？」

「いいえ。部屋にはいって十分もしないうちに出ていきました」

「彼女は戻ってこない」

「どうしてわかるんですか？」

「仕事だからだ。鍵を出してくれ」

「わかりました」

わたしはエレベーターで七階に上がり、鍵を挿《さ》しこんでベルを鳴らし、少し待ってからふたたびベルを鳴らした。それからノブをひねり、ドアを押し開けた。

何もかもが前回とまったく同じだった。ちがいといえば、女性用の衣服が何枚か椅子やテーブルに放り出されていることぐらいだ。リスリャコフが生きていたら顔をしかめただろう。二十分たらずで、めぼしい手がかりはなさそうだと見当がついた。ただひとつ、キッチンカウンターに厳重に粘着テープで梱包された箱が置かれている。差出人の住所はキリル文字で書かれたモスクワの葬儀屋だ。

死者を冒瀆《ぼうとく》するのは気が引けるが、リスリャコフの霊もその両親の霊もわたしにつきまとうことはあるまい。粘着テープを切って箱を開けるには数分を要し、はいっていたふたつの骨箱のなかを手探りするのにはさらに時間がかかった。灰にしてはいやに硬い。確かに葬儀屋は遺骨といっていた。だが母親の骨箱に腕を入れると、ごつごつしたものに手が触れたのだ。父親も同じだ。いずれの骨箱も、灰の下に埋もれていたのはポータブル・ハードディスク・ドライブで、ペーパーバックの本より小さく、プラスティック製の容器に密閉されていた。わたしはひとつを開けてみた――容量五百ギガバイト、データベースやリスリャコフのマネーローンダリング・システムの鍵となるプログラムを充分に収納できる。父親の骨箱にはいっているほうは、コソコフの銀行の取引記録だろうか？

わたしは粘着テープを探して箱を梱包《こんぽう》しなおした。万が一エヴァがここに戻ってきたとしても、きっと彼女はまったく気づかないだろう。ほかに気にする者はいない。わたしはその場に立ち、死者の魂に黙禱《もくとう》をささげた。もっとも、両親には聞こえなかっただろう。それどころか、自分たちの骨箱がこんな用途に使われていたとは、思いもよらないはずだ。出がけにわたしは、リスリャコフの蔵書から『叔母との旅』を拝借した。読んだのはずいぶん昔のことだ。それに彼にはもう必要ない。

37

「大当たりだ！」フーズがいった。

「何が？」

「リスリャコフのデータベースさ。四千二百万口座も作れるぞ――しかもマネーローンダリング・システムのプログラムつきだ。あしたからでもこいつで大儲《おおもう》けできる」

「ヴィクトリアは気にくわないだろうな。ラーチコも、だ。動いている金額はどれぐらいかわかるか？」

「一カ月あたり五千万ドル以上だが、口座数も金額も増えつづけている。五月の金額は四月より二十二パーセント増し、四月は三月より二十一パーセント増えている。典型的な右肩上がりだな。口座の名義人の数ともども、天井知らずの増えかただ」

「見せてくれ」

彼はスクリーンをこちらに向けた。左側に三列、右側に五列の配置は、先週の木曜日に頭痛を覚えたときと同じだった。しかしいまは、銀行名と支店名、口座名と番号、資金の出入りが整然と表示されている。海外預金と引き出しは現地通貨で示されていた。取引全体の膨大な量には目がくらみそうになるものの、基本となるプログラム自体は驚くほど単純だ。

「こいつを引き渡さなきゃならんとはなあ。すごいオペレーションだぜ」フーズはいった。「ラーチコがあれだけほしがっているのも無理はない」

「あんたはすでにマネーローンダリング・システムを動かすコンピュータをくれてやったんだぞ。今度はデータベースとプログラムもむざむざ渡すのか？」

「代価は払ってもらう。バルスコフ一家の富を少しばかり分けてもらうのさ」

フーズがふさふさした眉をあげた。「ヴィクトリアはなんというだろうな？」

「彼女の指図は受けない」

「きのうのあんたの様子とちがうな。それから、首に口紅の跡がついてるぞ」

わたしは、別れ際に彼女が寄り添ってきた場所に指をあててみた。紫がかった赤の口紅だ。

「彼女のためにもなることなんだ。リスリャコフのコンピュータにしたように、このデータベースにも監視ソフトを仕組むことはできるだろうか？」

「いうまでもないだろう。そんなくだらん質問をするようじゃ、あんたの精神状態も相当いかれてるな」

「わかった。もうひとつのハードディスク・ドライブはどうなっている？」

「あれはあんたの守備範囲だ」

「なぜだ？」

「ロシア語だからさ」

肋骨《ろっこつ》が痛みだしたが、タクシーで二番街と八丁目の交差点まで向かうあいだ、わたしは痛みを意識しないようにした。通りの様子は前と変わっていない。あらゆる人種と年齢層の人々がひしめきあっている。わたしは銀行に立ち寄り、五セント硬貨の円筒形の束を購入してから、通りを隔てた〈スラブハウス〉を十分ほど見ていた。誰も出入りしていない。きょうの目的には好都合だ。マットレスのセールスマンが店内から現われ、タバコを吸い、わたしに気づかないまま戻っていった。

通りを横断し、金属製のドアを開ける。前と同じ大柄な守衛が回転ドアの前で座っていた。

「なんの用だ？」彼はいった。

わたしは両手をポケットに入れ、守衛に近づいた。

「ずいぶん殴られたようだな」守衛が立ちあがる。「もう一度殴られたいのか？」五セント硬貨の束を握りしめた右手で、わたしは彼の顔を殴った。守衛が音をたてて椅子にぶつかる。ふたたび立ちあがりかけたところを、わたしはもう一発お見舞いした。守衛はその場に倒れた。

　わたしはマジックミラーがついた覗き窓の下の壁を背にして立ち、鉄扉が開くのを待った。扉の隙間から銃を持った手が突き出た。四五口径のコルトだ。わたしが肩で扉を突いて閉めると、全身に痛みが走った。だが相手の手首の比ではなかった。悲鳴とともに、相手の骨が砕ける。銃がけたたましい音をたてて床に落ちた。わたしは銃を遠くへ蹴とばし、ドアを引き開けた。ジナがいっていた小柄で脂《あぶら》ぎった髪の男が、骨折した手首を押さえている。片手はだらりとぶら下がり、表情は苦痛にゆがんでいた。わたしは彼のシャツをつかんで引き、硬貨の束を握りしめた手で二発、思い切り突きを入れた。歯が何本も床に落ちる。シャツを放すと、相手は床に伸び、動かなくなった。

　十分後、わたしはエヴァの手をとって日差しのなかに踏み出し、まぶしさに目をすがめた。〈スラブハウス〉には広い集会室がひとつ、狭い教室が三つ、会議室がふたつ、事務室がいくつかあった。わたしがそのうちのひと部屋でエヴァを発見したとき、彼女は簡易寝台に寝ていた。壁際に大きな金庫が三つ並び、どれも鍵がかかっていた。たぶん現金が保管されているのだろう。彼女を起こす前に室内にざっと目を走らせたが、ほかには何もなかった。いっしょに来るようエヴァにいったとき、彼女は驚いた様子もなく、抗《あらが》うそぶりも見せなかった。わたしが見るかぎり薬物を吸引した形跡もなく、ただ疲れきっているようだった。

「お願い」彼女はいった。「う……う……うちには行きたくない」

「わたしのオフィスに行こう」

「いいわ」

タクシーがドランシー・ストリートを過ぎたところで携帯電話が鳴った。

ラーチコの声だ。「よほど死にたいようだな。この変態野郎が。おまえはもう死人同然だ。仮に人間だったらの話だが。つまりおまえは、誰からも顧みられない死んだくずになるということだ。今夜じゅうには、な」

「データベースを持っている。それからプログラムも見つけた」

長い沈黙があった。顔面蒼白になり、癇癪《かんしゃく》を必死に抑えているラーチコの姿が目に見えるようだ。「そいつを持ってこい。おまえとゲイの息子の命は助けてやる」

「わたしも息子も生きつづける、ラーチコ。条件はわたしが決める。そこが交渉の出発点だ。わたしにはシステムの仕組みがわかった。五月にきみのシステムが動かした金額は五千二百万ドルだ。なかなかの数字じゃないか。六月に動いた金は六千万ドル以上。きみはこれだけの金をドブに捨てるつもりか？」

彼はふたたび沈黙した。「何が望みだ？」

「準備ができたら連絡する」

ラーチコが返事をする前に、わたしは携帯電話を閉じた。また電話が来て悪態を投げつけてくるだろうと思ったが、意外にも電話は鳴らなかった。エヴァがわたしに向かって青い目を見ひらいている。

「きみのお父さんはとても怒りっぽいんだ」わたしはいった。

彼女は目を閉じ、顔をゆがめてかぶりを振った。ふたたび目を大きく見ひらく。「あ……あの人は、わたしのお……お……お父さんじゃない」ささやき声だった。


わたしはその告白の説明をエヴァに求めたが、オフィスに着くまでの道中、こちらがいくらなだめすかしても彼女は口をひらかなかった。まっすぐ前を見据えたまま、誰にもはいれない彼女自身の世界に引きこもってしまったようだ。わたしが運転手に金を払い、彼女を連れてロビーを通り抜け、エレベーターに乗りこみ、サーバーの列を歩くあいだも、彼女のまなざしは変わらなかった。エヴァにかかった呪文を解いたのはピッグペンだった。

「よお、ロシア人。やあ、かわい子ちゃん。とてもセクシー！」

エヴァがぎょっとして振り向いた。「な……なんなの？」

「エヴァ、ピッグペンを紹介しよう。ピッグペン、こちらはエヴァだ。行儀よく話すんだぞ」

「かわい子ちゃん。とてもセクシー！」

エヴァはピッグペンを見、わたしのほうを振り向いて、またヨウムに視線を戻した。「し……しゃべるの？」

「よけいなことばかりしゃべるんだ」フーズがデートの相手を喜ばせるために〝かわい子ちゃん。とてもセクシー〟を覚えさせたのだが、驚いたことに、美人には必ずこう話しかける。

エヴァは彼のオフィスを囲う檻《おり》に近づいた。「こんにちは、ピ……ピ……ピッグペン」

「やあ、かわい子ちゃん。ピザ？」

彼女は怪訝《けげん》な表情でわたしを見た。

「いつもピザをせがむ。かまわなくていい。誰にでもいうんだ」

「ピザ、今度あげるわ」彼女はいった。

「とてもセクシー！　とてもセクシー！」

フーズがキーボードをたたいている。「誰だ？」

「マルホランドの娘さんだ」

フーズが巨体を揺すってドアの前に来た。エヴァはまだピッグペンの檻の前にいる。ヨウムは網にしがみつき、親しげに話しかけている。

「新しい友だちが気に入ったようだな」彼はいった。「彼女は当分ここにいるのか？」

「まだわからない。リスリャコフの潜伏場所にいられなくなり、家にも帰りたくないようだ」

そのとき電話が鳴り、フーズが応対した。一分ほど耳を澄まし、送話口を手でふさいでわたしに受話器を渡す。「ヴィクトリアだ。ご機嫌斜めのようだ」

「あなた、マルホランドから受けた仕事はわたしの事件と無関係だっていってたわね」

「そのとおりだ」

「だったら彼は、ブライトン・ビーチで何をしているのよ？」

「なんだって？」

「つい三分前、マルホランドはバルスコフの邸宅で車を降りたわ」

「どんな車だ？　彼の車か、それともバルスコフの車か？」

「ちょっと待って」

回線が切り替わり、沈黙に続いて、もう一度回線が切り替わった。

「リンカーン・タウンカーよ。マルホランドのほかに二人、たぶんバルスコフの手下ね」

「また連絡する」

「また連絡する？　いつ連絡するのよ？」

「わたしがブライトン・ビーチに着いてからだ」

〈ポチョムキン〉を駆ってオーシャン・アベニューを走りながら、わたしはジナに電話をかけた。できればこの車は使いたくなかった。ラーチコが自分のコレクションによこせといいだしかねない。だが〈ヴァルディーズ〉はまだアップタウンで配置についている。

「またもや銀行めぐりツアーよ」ジナはいった。

「ＡＴＭか？」

「いいえ、店舗。店にはいって受付係に何か話しているわ」

「メモをしておけ。支店名と時間を」

「あなたはなんのためにわたしを雇っていると思ってるの？」

「ほかに、きみか彼女を尾行している人間はいないか？」

「いいえ、わたしも周囲には気をつけているけど……」

「けど、どうした？」

「このツアーをしているのは、わたしだけじゃないような気がするの」

「銀行はいくつまわった？」

「四つよ」

「すぐにそこを離れろ。本気でいってるんだ。いますぐだぞ。銀行名はメールでいい」

「わかったわ、でも――」

「いますぐだ！」

「ねえ、警戒しすぎよ」

「ああ、警戒しているとも。わたしの顔を見ただろう。同じ目に遭いたくなければ、いますぐ離れるんだ」

38

ピンクの〝宮殿〟に着いたのは三時十分だった。車から降りるのと同時に、鉄製の門の向こうから守衛が銃をわたしに突きつけた。

「ラーチコに、ターボが来たと伝えてくれ」わたしはロシア語でいった。

守衛は銃身をわたしの胴に向けたまま、大声で誰かに叫んだ。数分後、誰かが叫び返し、門がひらいた。守衛は動かない。さらに二人の男が出てきて〈ポチョムキン〉の車内と下を改め、中庭にはいるようわたしに合図した。ジルのリムジンの隣に駐車する。旧ソ連製の車と古いアメリカ車が仲良く並ぶ光景は、さながら車の緊張緩和《デタント》だ。身体検査されたあと、網の目のような廊下を通って着いた場所は、屋敷の中心部にある野外スペースだった。敷地の片隅にはギリシャ復興様式の教会がある。ラーチコが信心深いとはとても思えないが、神頼みしたくなったときに備えているのかもしれない。真ん中には広いプールがあり、安楽椅子がずらりとまわりを囲んでいた。イミテーションの草ぶき屋根がついたバーカウンターが、プールを挟んで教会と向かいあっている。ワイキキとデルフォイの融合といったところか。向こう側の日陰に、車椅子に座ったラーチコがいた。鼻に酸素チューブを挿《さ》し、いつものパピローサをくゆらせている。かたわらに立っている屈強な男は、セルゲイの兄弟かもしれない。

まず第一にしなければならないのは、自分の身を守ることだ。「ラーチコ、最初にはっきりさせておこう」わたしはプールを隔てて呼びかけた。「そいつであれほかの誰であれ、わたしに手を出したらきみのマネーローンダリング・システムはおしまいだ」

「おまえは指図する立場じゃない、ターボ」

「そうか、せっかくここまで来てやったのにな」

わたしは踵《きびす》を返し、母屋《おもや》に向かった。

「待て。逃がさんぞ」

「まさにそこが肝心なところだ、ラーチコ。わたしは自由に出入りさせてもらう。きみがそのことを請けあうだけの価値はあるはずだ。請けあえないのなら、話は終わりだ」

「ちくしょう、ゼークの分際《ぶんざい》で」

「ゼーク呼ばわりするのもやめてもらおう。もう聞き飽きた」

ラーチコはタバコを地面に落とした。「それがおまえの素性だろうが、ターボ」

「わたしは取引をしにここに来た。なんの意味もない過去にこだわって侮辱したところで、得られるものはない」

「胸に手をあてて考えてみろ。誰もがおまえの意見に賛成するとは思えん」

「そんなことはないさ。マルホランドはどこにいる?」

彼は新しいタバコに火をつけた。四十フィート離れたわたしのところにまで、粗悪な紙巻きタバコのにおいが漂ってくる。「知らんな」

「しらばっくれるな、ラーチコ。きみは彼をここに連れてきた。なぜだ?」

「いったいなんの話だ?」

「きみにはよくわかっているはずだ」

「おれにわかっているのは、おまえが役立たずの——」

「マルホランドはいまどこにいる?」

「どうしておれにそんなことがわかる?」

そのとき、わたしの携帯電話が鳴った。ヴィクトリアだ。「十五分前に、マルホランドはあのけばけばしい屋敷を出たわ」

「どんな様子だった?」

「様子?」

「ふだんどおりだったか、それともわたしのようになっていたか?」

「暴力は振るわれていなかったと思うわ。安心した？」

「ああ。わたしもたったいま、同じ場所へ来たところなんでね」

「ターボ！　いますぐ出るのよ」

「出たらまた連絡する」

彼女は何かいいかけたが、わたしは途中で通話を切った。ラーチコはプールを隔ててわたしを見ている。どういうことなのかさっぱりわからない。何かの駆け引きとして、マルホランドをおとりに使ったのかもしれないが、そうした駆け引きはラーチコのやりかたではない。この男が何かを手に入れたいときには腕力に訴える。先週のように。

「どうやら無駄足だったようだ」わたしは携帯電話をポケットにしまいながらいった。「じゃあな」

「何を急いでいる？　おれたちがそんなに気に入らないか？」

「いい思い出があまりに多いからな」

わたしは母屋に向かった。十歩も歩かないうちに肩をつかまれ、反対側を向かされた。

「気をつけろ。ボスがお望みのものを手に入れられなくなるぞ」

大柄の男は肩から手を放し、母屋の前に立ちはだかった。

「こっちへ来い、ターボ。大声を出すのも疲れた」ラーチコがいった。

照りつける太陽のせいかもしれず、病のせいかもしれないが、近くから見るとラーチコはたった数日で十年も老けたようだった。わたしは彼を気の毒だとは思わなかった。

「エヴァのことを話してくれ」わたしはいった。

「なぜおれが、よりによってそんなことをいわなきゃならん？」

「取引の一部だ――プログラムとデータベースの引き換えに」

「なんの取引だ？」

「そのうちわかる。エヴァだ。彼女はきみの娘じゃないんだろう？」

ラーチコは吸っていたタバコをプールに投げ捨てた。「あれはコソコフの娘だ」

さぞつらい告白だろう。それでもわたしは気の毒だとは思わなかった。

「おれがポリーナにいい感情を持っていないのは事実だ」ラーチコは新しいタバコに火をつけた。「あの女はコソコフのやつとできていたが、おれはまだ引き離せると思っていた。ポリーナはおれに、真剣なつきあいじゃないといっていた。だがあのときおれはまだ、あいつがいかにたやすく嘘をつくか知らなかった。ポリーナはおれと結婚したが、思うに、あいつはまだおまえに仕返しをしたがっていたんだろう。あるいは守ってくれる男を取り替えたかったのか、さもなければ二人ともつなぎとめておきたかったのかもしれん。コソコフは金にまみれたくず野郎で、なんの考えもなかった。ろくでもない男だ」

ラーチコは怒っていた。もしかしたら挑発に乗るかもしれない。「それで彼を殺したのか？」

「なんだと？」

「いま聞いたとおりだ」

彼はタバコをもう一本プールに投げ捨て、変色した二本の指をかざした。「おまえは消える寸前だ。いまここに沈んだ吸殻《すいがら》のようにな」日差しを避け、車椅子を数フィート動かす。

「おれのことを鈍いやつだと思っているんだろう。まあ、この件に限ってはそうかもしれん。気づくまで時間がかかりすぎた。あの女がおまえの金玉を朝食にし、そいつを戻して昼食にもしたがっているほど憎んでいることに」

「ポリーナはきみについても同じことをいっていた」

「あの女がつきそうな嘘はだいたいわかる。おれはコソコフを殺していない。殺せたらどんなにうれしかったかと思うが、運命はおれにその機会を与えてくれなかった」

わたしは質問を続けた。「コソコフがきみの財産の一部をなくしたか、盗んだということはなかったか？」

ラーチコは大声で笑いだし、そのまましばらく笑いは止まらず、ついには空咳《からせき》が始まった。前かがみになり、車椅子から落ちそうになるぐらい身体をよじる。助けを呼ぼうかと思ったところで、喉の詰まりそうな咳が止まり、コップ一杯ほどの黄色い液体を青い石に吐き出して、身を起こした。

「ターボ、おまえはまちがいなく、ロシアの歴史でいちばんたわけたロシア人だ。ポリーナの嘘をそこまで真に受けていたとは思わなかった。よほどあの女にたぶらかされていたようだな。おれが不幸にもおまえのことを考えるはめになったときにはいつも思う。おまえのような抜け作がどうしてＫＧＢでやっていけたのか、と。前にも話したとおり、コソコフは大口ばかりたたく無能な男だった。やつは、おれたち共通の友人、ポーリャの道具にすぎなかったんだ。あの女がおれの財産にたかったのは認めよう。だがおれは、やつの銀行におれの金がはいった瞬間、一コペイカ残さずほかへ移したんだ。コソコフが最後に愚かな賭けをして大損したらしいことは聞いているが、それはやつとポリーナの金で、おれの金じゃなかった」

いかにもわたしの知っているラーチコらしい。ただし、わたしはポリーナにたぶらかされてなどいない。「では、誰がコソコフを殺したんだ？」

「知ったことか。考えるだけ時間の無駄だが、あえていえばポリーナのしわざだろう」

「リスリャコフはなぜ、きみの背後で動いていたんだ？」

「一体全体、なんの話だ？」

「きみは何カ月も彼の姿を見ていなかった。それで手下を送りこんで、リスリャコフの痕跡を探させた。しかし、グリーン・ストリートのロフトのことは知らなかった。彼はマネーローンダリングを続けるために必要なものをすべて持って潜伏した。きみの前から完全に姿を消したんだ」

「ターボ、おまえとおれがこの二十年間、地球上で共存できたのは、単におれたちの人生が交差しなかったからにすぎない。しかし交差してしまったいま、これからも共存できるかどうかは未知数だ。もし共存できないのであれば、おまえの魂は、一九五三年に這《は》い出てきたゼークまみれのどぶに戻って安らかに眠るだろう。おれはリスリャコフが十代だったころから、ほとんど親代わりになって育ててきた。やつを殺した犯人を見つけたら、必ず代償を払わせてやる。ひょっとしたら犯人はおまえかもしれん。そうだとしたら、願ったりかなったりだ。あそこの窓からリューリクが見張っている。かつてグラーグの看守だった男だ。あいつはおれよりもゼークを忌み嫌っている」

ラーチコはうなり声をあげ、ふたたび車椅子を動かした。さして苦もなく動かしているように見える。本当に重病なのだろうか。イワノフの情報がつねに正しいとはかぎらない。

「まだ返事を聞いていない」

「おまえはおれを軽蔑しているだろう、ターボ。おれもおまえを軽蔑している。ひとつには歴史ゆえ、ひとつにはねたみゆえ、ひとつには運命ゆえに。おまえはまだ健康だ。だがおれはこのとおり車椅子に座り、鼻にはくそいまいましいチューブを挿《さ》している」

彼はパピローサをくしゃくしゃになるまで吸いこんだ。もうすぐ夕方だというのに、真昼のような日差しが照りつけている。

「おまえはおれのキャリアを台なしにしてくれた。なんのためだ？　おれの親父から点数を稼ぎたかったのか？　おれを追い落として出世したかったのか？　おまえはいつだっておれを嫌っていた。おれが生まれながらのＫＧＢなのに比べて、おまえはただの薄汚いゼークだからな」

ラーチコが勢いよく胆汁を吐き出し、それは鈍い音をたててプールに落ちた。彼が新しいタバコを手探りするあいだ、わたしはプールの縁をまわった。太陽の光が宮殿の屋根を反射してタイルに照りつけ、タイルが刃のような熱を放出している。大きな窓越しにリューリクがわたしを睨《にら》みつけ、一挙一動を監視していた。わたしは教会の扉の前で立ち止まった。いまは祈ったところで役に立たない。わたしはバルスコフの世界を歩きつづけた。遠い昔に置き去りにしてきた——というより追い出された——のに、わたしはふたたびそこに飲みこまれてしまった。彼の古い世界はゆがんでいたが、まだ理解の及ぶ範囲ではあった。少なくともその仕組みはわかっていた。しかしいまのバルスコフの世界の仕組みを、わたしは充分に理解できているかどうかわからない。果たしてわたし自身が理解したがっているのかどうかも疑問だ。

わたしは車椅子のそばに着いた。ラーチコが、粗悪なタバコの煙にかすむプールを見つめている。

「きみはまだ質問に答えていない。リスリャコフはきみから逃げ出した。なぜだ？」

彼は車椅子のなかで身を乗り出し、両手を垂らし、タバコを地面すれすれにぶら下げた。

「知らん」

わたしは信じかけたが、これはすべて演技かもしれない。この男はポリーナに匹敵するほどやすやすと嘘をつく。あるいは、かつて彼が仕えていた政治局のボスたちと同じぐらいか。

「いったい何が望みなんだ、ターボ？」

「マルホランドをおとりに使った計略はなんのためだ？」

わたしを見上げたラーチコの目は、物乞いのスープ皿と同じぐらい空虚だった。「さっきいったとおり、なんの話だかかいもく見当がつかん」

どういうわけかわたしは、彼が本当のことをいっていると直感した。

「なぜ彼をここへ連れてきた？」

ラーチコは肩をすくめ、車椅子を方向転換させた。訊きたいことは訊いた。もっとも、わかったことは少ないが。わたしはいった。「よし、ビジネスの話をしよう。二十パーセントだ」

ラーチコは弾かれたように向き直った。「なんだと？」

「いま聞いたとおりだ。データベースとプログラムを差し出すのと引き換えに、利益の二十パーセントをもらう」

「おまえ、正気を失ったな」

「ビジネスだ、ラーチコ。ささやかな見返りがあってもいいだろう。きみが必要なものを、わたしが見つけてやったんだ。これが取引だ」

「金曜日の夜、どんな目に遭ったか忘れたのか？」

「忘れたように見えるか？　身を守るのに必要な策はすでに講じてある。わたしやヴィクトリアやアレクセイの身に何かあったら、きみは終わりだ」

「十だ」

「十五」

「くそいまいましいゼークめ」

「きみは金持ちKGBになれる。わたしは金持ちゼークだ。きみとわたしはこれからも憎みあうだろうが」

わたしは携帯用のハードディスク・ドライブを彼の膝に落とした。

ラーチコはいま一度プールに唾《つば》を吐いた。「二度と戻ってくるな」

〈ポチョムキン〉はさっきと同じ場所にあった。中庭を歩いているときに携帯電話がふたたび鳴った。

フーズがいった。「彼女が消えた」

「どうして？」

「わからん。おれたちはピッグペンといっしょに〈ロンバルディーズ〉に行き、帰ってきたら、彼女は疲れたので少し眠りたいといい、ソファに横になった。しばらくして携帯電話の鳴る音が聞こえたような気がした。様子を見に行ってみたら、彼女はもう消えていた」

「まずいな」

「きれいな娘だが、心を病んでいるようだ。リスリャコフにすっかり騙《だま》されたんだな。あの男が死んだのは、たぶん彼女にとってはよかったんだ。生きていてもいずれ彼女を悲しませただろう。いまの彼女の心はとてももろい。まだ彼のことが忘れられず、現実を直視できないんだ」

「きみにはずいぶんよくしゃべったんだな」

「おれはピザをおごって話を聞いただけだ。長いあいだ、彼女が考えていることに誰も興味を示さなかったのさ」

「母親については何かいっていたか？」

「いいや。ただ、彼女とリスリャコフで家族についてたくさん話したとはいっていた。彼の両親はもうこの世にいないんだ。それで彼女の両親のことをいつも訊いていたらしい」

　まったく意外ではない。

「誰が彼女に電話したか調べられるか？」

「いますぐ取りかかる」

わたしがアクセルを踏みこむと、〈ポチョムキン〉はタイヤをきしらせてラーチコの邸宅の門を出た。わたしがなぜ、ブライトン・ビーチにおびき寄せられたのかがわかった。わたしを欺いたペテン師の目的はエヴァだ。その理由はわからないが、誰なのかはおよその見当がついた。ペテン師の候補者リストは絞られてきている。

39

「使い捨ての携帯電話だ」フーズがいった。「彼女を呼び出したのは」

「こんちくしょう」

フーズは聞き流した。悪態は聞きなれている。「電話の発信者はここからすぐ近くにいる。ドーヴァー・ストリートだ」

わたしは勢いよく振り向いた。首から右半身に鋭い痛みが走り、わたしは悲鳴をあげた。

「大丈夫か？」フーズはいった。

「ああ。ドーヴァーのどのあたりだ？」

「ドーヴァーとフロント・ストリートの交差するあたりだ。橋の真下だな」

ドアへ向かって駆けだしたときには、痛みは消えていた。

スパイというのは偏執的な人種だ。そうなるだけの理由はある。たいてい、誰かがわれわれを殺そうと待ちかまえているのだ。だからといって、われわれがユーモアのかけらもないぎすぎすした人間だというわけではない。

わたしが外国の都市で直面したとりわけ厄介な仕事は、エージェントと待ちあわせる安全な場所を確保することだった。アメリカで最も人口稠密《ちょうみつ》な大都市ニューヨークは、人込みにまぎれるには格好の場所だ。誰もが周囲の人間を意図的に無視している。しかし、本当に周囲から隔絶され、詮索《せんさく》がましい目、耳、カメラ、マイク、双眼鏡から逃れられる場所を探すのは至難の業《わざ》だ。大都会ではもちろん、絶えずそうした詮索にさらされているのを前提にしなければならない。

ＫＧＢ時代、わたしはいくつか安全な場所を見つくろっていた――ヴィレッジ・ヴァンガードの酒場、メトロポリタン美術館内の人影まばらな展示室（中世美術の殿堂クロイスターズ美術館もいい）、ブルックリン植物園（ブロンクスにあるニューヨーク植物園より空《す》いている）。冬はとくに、川の両岸にある吹きさらしの埠頭《ふとう》は人けがなくなる。とっておきなのが、経験豊富で身元を完全に隠したゲイたちが男漁りに使うクイーンズの公園内の駐車場だ。こうした場所の皮肉な面白さを、わたしはほかのエージェントたちよりも楽しんだように思う。しかしそのいずれよりもわたしが気に入っていたのは、ブルックリン橋を支えている石造の橋脚のなかに設けられた、古い市民用防空シェルターだった。一九八〇年代半ばにわたしがそこを発見したのは、まったくの偶然によるものだ。錠は錆《さ》びついて壊れたか、あるいは誰かが壊してなかにはいり、鉄扉を開けっ放しにして出ていったらしい。みぞれが降る冬の夜、その扉は風に吹かれて音をたて、橋の下部構造の空間に反響していたのだ。わたしはイースト・リバーの埠頭でエージェントと落ちあったあと、地下鉄に向かって歩いていたところだった。通りには誰もいなかったので、わたしはなかにはいってみた。

そこにあったのは、冷戦時代に死の灰を避けるために造られ、忘れ去られたシェルターだった。広く、じめじめした汚い空間には、高タンパク質のクラッカーのケース（一九六二年製造のスタンプが押されていた）、ドラム缶にはいった水、救急箱、箱入りの毛布が天井高く積み上げられていた。室内にはほかに、木製の椅子とテーブル、折り畳み式の簡易寝台が二十台以上、灯油式のランタンと大量の燃料缶があった。鉄製のはしごがもうひとつの出口へつながり、橋に出られるようになっている。もし実際に核の冬が訪れていたら、果たしてこの石造のシェルターで避難民が守られたかどうかは怪しいものだが、キューバ危機（旧ソ連ではカリブ海危機と呼ばれていた）が起こった一九六〇年代初期のアメリカは、理性的な時代とはいえなかった。誰もが不安に駆られていたのも無理からぬところだ。

シェルターを発見した晩、わたしは扉をくさびで止めて閉め、翌日頑丈なダイヤル錠を持って戻ってきた。ダイヤル錠が古く見えるよう、道端で何度も蹴とばした。それから三ヵ月以上、定期的に訪れて点検した。わたしが見たかぎり、誰も近づいた形跡はなかった。それ以降の二年間で、わたしはこのシェルターを十回以上使わせてもらった。わたし以外にこの場所を知っている人間がいる痕跡はなかった。わたしのエージェントたちの反応はまっぷたつに分かれた。ひたすら感嘆したのが半分。もう半分は、不潔でじめじめしているのを嫌がった。わたし自身は、ここを訪れるたびにちょっとした優越感に浸ったものだった。

また夏の雷雨が襲ってきた。降りしきる雨のなか、わたしはドーヴァー・ストリートまでの七ブロックを駆け抜け、着いたときにはぐっしょり濡れた服が身体に張りついていた。まだ夕方の早い時間帯で、日没まではまだ数時間あるのに、街は真夜中のような暗闇に包まれている。ビルの明かりはまだついてない。通りに人影はまったくなかった。ちらほら灯《とも》りだした街灯の光が濡れたアスファルトに反射している。巨大な橋が頭上にのしかかっていた。この一帯はさながら大都会の孤島で、橋を行き交う車の音だけが響いている。

　稲妻が古いシェルターの扉を照らし出す。わたしが最後にここを訪れた一九八八年以来、ここに来た人間がいるのかどうかを知るすべはない。明かりのついていない近くの建物の入口にはいって雨をしのぎ、そこから様子をうかがう。動くものはなく、人はいないようだ。雨脚はいくらか弱まってきたものの、まだ大粒だ。わたしにはたいした考えはなかった。ダイヤル錠がまだ自分のものであってくれと願うぐらいで、あとは出たとこ勝負だったのだ。ここまで走ってきたせいで、全身が痛かった。銃は持ってきていない。やめるならいまのうちだ。

　夏の嵐が過ぎ去るまで、さらに数分待った。雨は降りつづいている。

息を切らせながら悪態をつき、わたしは通りを足早に横断した。古い鉄扉に近づくにつれ、歳月による腐食や錆《さび》が点々と稲光に浮かび上がる。ダイヤル錠がかかっていないと気づいたときにはすでに遅く、力強い腕に肩をつかまれ、引きずられた。わたしの脚が濡れたアスファルトを滑り、尻が舗道にぶつかって、全身の痣《あざ》が痛みに悲鳴をあげる。

　うかつだった。見張りの一人ぐらいはいるに決まっていたのだ。

ヴィクトリア、アレクセイ、エヴァを思い、自分の愚かさを呪いながら、脳天をぶち抜かれるのを覚悟して相手を見上げた。

目にはいってきたのは眼帯だった。続いて力強い手がわたしの手をつかんだ。「こっちだ。早く！」

ペトローヴィンがわたしを助け起こし、別の橋脚の陰に押しやる。暗がりでうずくまっていたのはエヴァ・マルホランドだった。髪はもつれ、濡れそぼったシャツが身体の線を浮き立たせている。

ペトローヴィンは白いスーツではなく、黒いジーンズと黒いシャツを着ていた。それでも、存在感はまったく変わっていなかった。

「ポリーナを尾行していたんだ」彼はいった。「あなたも誰かに彼女を見張らせていたようだが」

わたしはうなずいた。

「彼女についてきたらここへ来て、なかにはいった。四時ごろのことだ。エヴァが五時に来た。わたしは彼女を呼び止めた」

わたしはエヴァを見た。「どうしてオフィスから出てきたんだ？」

「お……お母さんに、よ……呼ばれたの」泣いているようでもあり、ささやいているようでもある。

「それで？」

「わ……わたしに、き……き……来てほしいって。は……早く来てって。そうしたら……」

「そうしたら？」ペトローヴィンは、わたしには真似できないような優しい口調で訊いた。

涙があふれてきた。「悲鳴が聞こえたの。お……お……恐ろしい声だった」

「この場所は知っているんだ」わたしはペトローヴィンにいった。「わたしが行こう」

「武器は？」

「持っていない。きみは？」

彼は首を振った。「しかし、その怪我で本当に……」

「大丈夫だ。ここは昔造られた核戦争用のシェルターで、広い空間だ。わたしが二分以内に戻ってこなかったら、エヴァをここから連れ出して警察を呼んでくれ」

わたしたちが話しているあいだ、近くには誰も来なかった。雨はやや強くなったかと思うと、また弱まった。ふたたび強く降りだしたときに、わたしは深呼吸して錆びついた扉にもう一度近づいた。

ダイヤル錠は切断されて舗道のわきに転がっていた。二十年前にわたしが買ったのと同じものに見えた。

ドアの横の壁際に背中をつけ、手を伸ばして、扉を数インチ押し開ける。多少の音は、頭上を行き交う車の騒音にかき消されてしまう。わたしは暗闇を覗きこんだ。何も見えない。ドアの右手に照明のスイッチがある。数十年前、まだ明かりがつくとわかったときには驚いた。誰が電気代を払っているのだろう？　請求書はどこへ送られるのか？　あのときと同様、いまも驚きを感じた。

スイッチを入れ、扉を強く押した。何かにぶつかった。ガラスが割れる。炎の筋が床を伝い、非常用水がはいったドラム缶の山を取り巻いた。火炎は音をたててまばゆい光を放ち、四周の壁に火の影が踊っている。炎は熱く、油臭かった。

ドラム缶の背後で渦を巻く炎は、灯油を染みこませた毛布を餌食《えじき》にして猛り狂い、火の手は六フィートから八フィートの高さに達している。その真ん中に、わたしはポリーナの姿を認めた。椅子に縛りつけられ、ぐったりしている。毛布の炎は彼女を葬るべく、椅子の下まで広がった。

時間がない。このままでは彼女は死んでしまい、シェルター全体が火炎地獄になってしまう。乾いた毛布を目の前に広げ——これほど弱い盾もないのだが——わたしは渦巻く炎へ向かって部屋の奥に進んだ。壁際まで火炎が押し寄せている。ここを処刑室に早変わりさせた人間は実によく計算したものだ。炎の熱がすべてを焦がしていた。火はあらゆるものを焼きつくし、どこにも逃げ場がない。ほんの数秒でわたしの衣服に燃え移るだろう。

わたしは毛布をかざし、火のなかに飛びこんだ。肌が焼かれ、わたしは悲鳴をあげた。肉の焦げるにおいが灯油のにおいと混じる。わたしはポリーナに毛布をかぶせ、燃える椅子ごと持ち上げて部屋を突っ切り、力のかぎり彼女を押し出すと同時に床に倒れこんで転がり、服と肌を焼く火を消そうとした。

「じっとして！」ペトローヴィンが叫んだ。転がるのをやめると、彼はわたしに毛布をかぶせた。火の勢いが弱まったが、においは残った。彼はさらに毛布をとってきてポリーナにかぶせた。わたしが立ちあがると、扉のそばでエヴァが全身をわななかせていた。彼女は嗚咽《おえつ》していた——いままでの人生で絶えることのなかった恐怖、苦痛、悲しみの泣き声が石の壁にこだまするとともに、エヴァは床にくずおれた。

「火を消すんだ」ペトローヴィンが叫ぶ。

「ドラム缶に水がある」わたしはいった。「毛布をそれで濡らせ」

ペトローヴィンはドラム缶を開けに行った。永遠とも思える時間が流れたが、おそらく実際には数秒だっただろう。われわれは灯油の染みこんだ毛布の火を消した。シェルター全体に黒煙が充満する。燃料、羊毛、肉の悪臭で喉が詰まりそうだ。

ポリーナの衣服は黒こげになり、肌は赤黒く焼けただれている。炎に焼かれただけならまだましだった。彼女は全身を切りつけられていたのだ。目をそむけたくなるような眺めだった。焼けた肌からは煙が立ち、切り傷からは血がにじみだしている。近づいて傷のにおいを嗅《か》いでみた。灯油のにおいがする。吐き気がこみあげてきた。

彼女の両手は椅子の背もたれに、両足は椅子の脚に、ダクトテープでぐるぐる巻きに縛りつけられている。口もテープでふさがれていた。いましめを解くために切るものを探した。カッターナイフが片隅に転がり、刃に血がついている。これを責め具にしたのだ。手足を縛っているテープを切ると、彼女の身体が椅子から離れた。口のテープをそっとはがす。ポリーナは意識がなく、ほとんど虫の息だ。わたしは携帯電話を取り出した。今度ばかりは自らの手を汚すしかない。

ヴィクトリアがすぐに出た。「大丈夫？」

「ああ、大丈夫だ」わたしは嘘をついた。「救急車を呼んでくれ。大至急だ。現場はフロントとドーヴァーの交差点。橋脚のなかだ。被害者はフェリックス・マルホランド。全身に火《やけ》傷《ど》と裂傷。出血多量。敗血症。すぐに手当てが必要だ。警察にも通報してくれ。わたしはここで待っている」

ヴィクトリアはほんの一瞬ためらった。訊きたいことは山ほどあっただろう。しかし彼女はひとつも訊かなかった。「折り返し電話するわ」

次にマルホランドを呼び出した。「奥さんが重傷だ」わたしは要点を繰り返した。「救急車がこちらに向かっている。行き先はニューヨーク大学病院でいいか？」

「もちろんだ。わたしは病院で待っている。ところで——」

「詳しい話はあとだ」

マルホランドも一刻を争う事態を理解した。「ありがとう」彼はいった。「いろいろと」

ペトローヴィンが床に座り、膝にポリーナの頭を載せている。彼は彼女の髪を撫《な》でていた。見えるほうの目に涙が光っているような気がしたが、煙のせいだったのかもしれない。わたしに目を向けると、彼は指をポリーナの首にあてた。

「脈拍がとても弱い」彼はいった。

「見こみはよくないな。犯人はあのカッターナイフで切りつけたあと、傷口に灯油を塗ったんだ」

「ひどい！　なんという……」

彼はしまいまでいわなかった。その必要もなかった。肩を震わせるとともに、ただならぬ表情がその顔に浮かんだ。爆発寸前の怒りを、からくも抑えているような表情だ。ペトローヴィンとエヴァは、これ以上ここにいないほうがいい。

「ニューヨーク市警が到着する前に、エヴァを安全な場所に避難させてほしい。いまの標的は彼女だ。これは何者かが、扉を導火線として火災を起こすように仕組んだんだ。そいつはエヴァが扉を開けるように仕向けた――母親が焼け死ぬところを彼女に見せるために。もしかしたら、彼女も殺そうとしたのかもしれない。警官にはわたしが対応する」

彼はわたしを見つめたまま立ちあがり、冷静な表情に戻った。「あなたの見かたには反対しないが、なぜあなたはそこまでするんだ？」

「きみこそ、なぜここまでする？」

ほのかな明かりではよく見えなかったが、彼は笑みを浮かべていたように思う。「きっとわたしたちは、結局のところ同じ側にいるんだろう」

「そのことを疑っていたのはきみだけだ。誰か一人でも、きみの滞在先を知っている人間はいるか？」

ペトローヴィンは躊躇《ちゅうちょ》した。

「きっといるんだな。そこには戻るな。誰か、チミルのことを知っている人間がいるんだろう？」

わたしはオフィスに電話をかけた。フーズがまだいた。「緊急事態だ。空き部屋のあるホテルを探している。大至急」

「五分くれ」

「この番号にかけてくれ」わたしはペトローヴィンの携帯電話の番号をいった。

エヴァはここを去るのを嫌がった。彼女は悲鳴をあげ、母親に取りすがろうとした。わたしは二人のあいだに割りこんだ。ポリーナは彼女に背を向けて横たわっている――エヴァにあのひどい傷を見せるわけにはいかない。ペトローヴィンが背後から、彼女の耳元に静かに話しかけている。言葉は聞こえなかったものの、不思議に彼女を落ち着かせる効果があるようだ。

「ポリーナはニューヨーク大学病院に搬送される」わたしはいった。「わたしの友人から連絡があったあとは、電話が鳴っても出るな。わたしが話したいときには、二度電話をかける。一度目は、三回鳴らして切る。二度目にかけたときに、二回鳴らしたところで出てくれ。それじゃあ、早く行くんだ」

　ペトローヴィンはうなずき、エヴァの手をとった。その手を引いて扉に向かう。扉の前で彼は振り返り、横たわるポリーナを見つめた。

「あなたにもわかっているだろうが、こんなことをする人間は一人しか――」

「わかっている」わたしはいった。

40

　警察に続き、救急車が現場に到着した。

　ペトローヴィンと別れてすぐ、わたしはバーニーに電話をかけた。「弁護士が必要になった。ブタ箱に入れられそうなんだ」といい、現在位置を教えた。

「ラングレーにいたころ、その場所のことは聞いていた。ただし、われわれはいっさい手を触れず、誰が戻ってくるのか待っていたんだ。で、どれぐらいまずい状況だ？」

皮肉を返している場合ではない。「非常にまずい」わたしは詳細を話した。「マルホランドには連絡した。救急車と警察はこちらに向かっているところだ。だが、あんたの元共同経営者はわたしを地獄に落とそうとするだろう」

「すでに彼女が落とされたと聞いたが」

「CIAの調査能力には改めて舌を巻くよ。それでも助けてくれないか」

「さしあたりワトキンズにがんばってもらって、そのあいだに支援体制を整えよう」

警察が到着する直前にヴィクトリアから電話が来た。「いわれたとおり手配したわよ。訊きたいことはいくらでもあるけど、まずはわたしの代理としてコイルをそっちに行かせるわ。昨夜のわたしたちの会話を思い出して、ありのままを話すのよ。彼はあなたにいわれたことを、一言一句そのままわたしに伝えるから」

警官が現われてわたしを外に連れ出し、身体検査して、おびただしい質問を投げかけてきたが、わたしは答えるのを拒んだ。

救急医療隊員たちは、迅速にポリーナを病院へ搬送した。

「ニューヨーク大学病院に行ってくれ」わたしはいった。「夫が待っている——」

「わかってます」

コイルとサウィッキを乗せたSUVとマルコム・ワトキンズ青年を乗せたタクシーが競いあうように近づき、同時にタイヤをきしらせて縁石で停まった。コイルがつかつかとわたしに近づく。サウィッキはワトキンズを阻もうとしたが、彼はサウィッキの腕をかいくぐってわたしのほうに駆けだした。

コイルはわたしを通りすぎ、一度シェルターのなかにはいった。ワトキンズはわたしのそばで急停止した。「何も認めないでください。わたしが話します」

「いいアドバイスだ」わたしはいった。

サウィッキが追いつき、二人のあいだに割りこんだ。「今晩は眠れんぞ」

わたしは笑みを浮かべようと努めた。ワトキンズは精一杯、威厳のある顔つきをしている。

われわれが立っているところへコイルが戻ってきた。

「手を触れたものは？」

「答えてはだめです」とワトキンズ。

「いいんだ」わたしはいった。「手を触れたものはほとんどすべてだ。扉を開けたら灯油のランタンにぶつかって落ちるよう仕組まれ、落ちたランタンの火が燃え広がって、なかにいた女、フェリックス・マルホランドが焼き殺されるところだった。彼女はすでに全身を切りつけられていた。わたしが彼女を火のなかから助け出した。火を消し止めたのもわたしなら、助けを呼んだのもわたしだ。それ以上のことは、わたしの弁護士と話してくれ」ワトキンズを見ると、うれしそうな顔はしていなかった。

「そもそもきみは、ここで何をしていたんだ？」コイルは訊いた。

わたしはワトキンズを見た。

「依頼人ご自身が、そのうちすべて答えてくれるでしょう」

「この依頼人がいっていることは嘘ばかりだ」

「ちょっと待ってくれ、コイル。わたしを見ろ。裏庭のバーベキュー並みに焼けているじゃないか。わたしはありのままを話しているんだ」

「きみがここへ何をしに来たのかを訊いている。雨のなか、ブルックリン橋の下をのこのこ散歩でもしていたのか？」

はったりをかけようかと思った。引き延ばすことはできるかもしれない。しかし、隠しだてをするなというヴィクトリアの言葉が脳裏をよぎった。この事件が解決するまでは、彼女やコイルの支援が必要だという事実も考えた。一方で、これが組織にかかわることであり、かつて身内同然だと思っていた人間が関与している事柄でもあるならば、ヴィクトリアやコイルの出る幕はないことになる。わたしは両者をはかりにかけた結果、事実を話すことにした。ある程度までは。

「彼女の娘、エヴァ・マルホランドが母親からの電話を受け、ここに来るようにいわれた。わたしは彼女を追跡した」

「だったらきみは、火をつけた人間を見たにちがいない」

「残念ながら、ひと足遅かったんだ。わたしはブライトン・ビーチに行っていた。そのことは裏をとれるだろう。それでわたしは、エヴァの携帯電話を呼び出した人間の場所を探知しなければならなかった。ここに着いたころには……」

「その娘はどこにいる？」

「ヴィクトリアといっしょに働いているロシア人を知っているだろう？　眼帯で巻き毛の男だ。少なくともわたしにはペトローヴィンと名乗っている」

コイルはうなずいた。

「彼はフェリックス・マルホランドを尾行していた。するとここに来たんだ。彼は何かの罠ではないかと警戒し、エヴァを連れ去った」

「嘘をつくな。だったら彼が犯人を見ていただろう」

「出口はもうひとつあって、はしごを登ればそこから橋に出られる」

「じゃあ、彼と娘はどこにいるんだ？」

「彼女はひどいショックを受けている。彼は娘を助けるために連れ出したんだ」

「何もかもでたらめだ」

「コイル、考えてみてくれ。ある男がここにフェリックス・マルホランドを連れてくる。そして彼女を痛めつけ、娘を呼び出させる。しかし娘は現われない。それで男は罠を仕掛け、ずらかる。ところが、引き金を引いたのはわたしだったということだ」

「そこまではわかった。で、犯人は誰なんだ？　マルホランドの妻や娘に危害を加えようとしたのはなんのためだ？　それにどうやってこの場所を知った？」

あらかじめ話すつもりだったのはここまでだ。わたしはワトキンズのほうを見た。「きみの番だ」

彼は一歩踏み出した。「依頼人は、これ以上の質問にはお答えしません」

ワトキンズは権威を演出しようとしていたが、滑稽《こっけい》にしか見えなかった。しかし彼が悪いわけではない。彼が本来受けてきた訓練は、証券取引委員会が設けた証券規制の細部にまつわる議論なのだ。違和感はコイルにも伝わり、彼は笑いをこらえていた。

「わかったよ、弁護士さん。きみときみの依頼人に、われわれの事務所までご同行願いたい。話の続きはそこでしよう」

話の続きは午前二時過ぎまで終わらなかった。ワトキンズは十一時にリーブという名前の刑事弁護士と交替した。リーブは質問をさえぎる程度の役にしか立たなかったが、答える必要はないとわたしにいうときだけは声に断固とした響きがあった。コイルはわたしに二回もペトローヴィンに電話をかけさせたが、打ちあわせどおり、彼は電話に出なかった。サウィッキは一晩中わたしを拘束したがったものの、コイルのおかげでわたしは放免された。ただしニューヨークから逃げ出さず、翌日にペトローヴィンとエヴァを証人として連れてくるよう約束させられ、さらにリーブはわたしの約束が信頼できるものであることを請けあわされた。

わたしとリーブはのろいエレベーターに乗って一階に降り、蒸し暑い夜の通りに出た。リーブはタクシーを呼び止め、途中まで乗っていくようわたしにいった。わたしは歩きたいと答えた。考える時間がほしかったのだ。

通りには誰もいなかった。帰宅すべきなのはわかっていた。疲弊し、全身が痛み、火傷まで負っている。しかし同時に、わたしは気が昂《たか》ぶって眠る気になれず、エヴァ・マルホランドの持ち時間がなくなりつつあることをひしひしと感じていた。ほかにも、時間切れの迫っている人間がいるかもしれない。ヴィクトリアに電話しようかと思ったが、彼女はきっといまごろコイルの報告を受けているだろう。わたしのオフィスはしんとしていたが、明かりをつけるとピッグペンが起きだした。

「よう、ロシア人。こんがりピザ」

「悪いな、ピッグペン。ピザじゃなくてわたしだ。こんがりロシア人だよ」わたしの身体から煙と灯油のにおいがする。ピッグペンが投げかけるまなざしは、わたしが論理的にありそうもないことをいったときに飼い主のフーズが注ぐ視線と同じだった。こんがりピザといわれて初めて、朝食以外に何も食べていなかったことに気づいた。キッチンにあったパンとチーズを、ウォッカで流しこんでいる最中に電話が鳴った。

「コイルの話では、あなたの話はでたらめでまったく信用できないそうよ。それに、あなたは火をつけた犯人を知っているだろうし、その理由もわかっているはずだといっていたわ」

やはり、報告を受けていたのだ。「それで？」

「あなたと彼のどちらを信用するかといえば、悪いけど彼を信用するわ」

「いままでいろいろと面倒をかけたね」

「あなた、本当に大丈夫？　コイルによると傷だらけらしいけど」

「お気遣い、痛み入るよ。彼にもそう伝えてくれ。自分で治療している」

「やれやれね。この前、あなたが〝ウォッカ療法〟でどんな目に遭ったか覚えてる？」痛いところを突かれた。「せいぜい気をつけるよ。いまどこにいる？」

「事務所よ。でも、助けが必要で事情を話してくれる気があるなら、十分でそっちに行くわ」

「その先は期待できないのか？」

「あなたは容疑者なのよ。それにわたしはへとへとなの。あなたもそうでしょうけど。もう午前三時よ」

彼女のいうとおりだ。それでも本来ならここにとどまり、リスリャコフのハードディスク・ドライブにあったロシア語のファイルを一刻も早く調べるべきだった。そもそもここに来た目的は彼のファイルだったのだ。

「正面玄関で待っている」

木曜日

41

寝過ごしてしまった。午前八時、すでにスーツに身を固めたヴィクトリアから揺り起こされなかったら、まだ寝ていただろう。ヴィクトリアとわたしはベッドにはいるや、手を握りあってすぐに眠りに落ちた。彼女はひと言だけ、「あなたは会うたびにひどくなっていくわね」といった。

わたしはシャワーを浴びて灯油と煙を洗い流し、ヴィクトリアは氷で火傷を冷やしてくれた。わたしは彼女が眠るまでおとなしくしていたが、そのあとで氷を流しに投げこみ、彼女のもとに戻って幸福な無意識に浸った。積み重なった傷と疲労で、わたしはすっかり寝入ってしまった。

彼女はいった。「またあなたを一人にしないといけないのね。おかげでわたしは生きた心地がしないわ。でもきっとあなたは、わたしのことなんかおかまいなしに危険なことに首を突っこむんでしょう」

返す言葉がなかった。

「お仲間のペトローヴィンとあの女の子を連れてきて、コイルと話をさせるほうがあなたのためだわ」

「お仲間だって？　彼はきみといっしょに仕事をしているものと思っていたよ」

「彼は独断で動いているわ。わたしにとっては、彼も得体のしれない元社会主義者よ」

「確かに、元社会主義者同士で仲良くさせてもらっているが」

「それもまた、おびただしい懸念材料のひとつなのよ。あなた、誰が火をつけたか知っているんでしょう？」

時間帯とこれまでに起きたことすべてを考えあわせると、ぜひともはぐらかしたい質問だった。これから起きるかもしれないと恐れている出来事すべてを考えても、なんとしても避けたい質問だ。

それでもわたしは逃げたくなかった。人生は、野原を行くように簡単にはいかない。わたしはバーニーにも同じことをいった。「目星はつけている」

彼女はベッドの端に座った。「あなたはそれをコイルにいうべきだったのに、そうしないで何かたくらんでいるのね？」

「いうべきかどうか、まだ考えているところだ」

「ねえ、あなたの頭の鈍さはお互いよくわかっているから、前と同じことをいわせてもらうわ。選ぶのはあなたよ。この事件をあなた一人で追いかけようと決めるんなら、どうぞご自由に。そのときには、わたしに別れのキスをすればいいわ。今後もう二度とキスすることはないでしょうけど。そうしたら、わたしはもうこの件に関与しないし——あなたともかかわらない。お互いにつらいけど、そうせざるをえないわ」

ヴィクトリアは立ちあがってスカートの皺《しわ》を直した。たったそれだけの手の動きが、久しくなかったほど強くわたしの心を捕らえた。

「どうするか決めたら知らせて」

答える暇もなく、彼女は立ち去った。もっとも、わたしには何もいえなかったが。

わたしはしばらく横になっていた。ずきずきする痛み、刺すような痛みが意識を覚醒《かくせい》させる。自問自答を始めたものの、結果はすでにわかっていた。それでも着替えるあいだ、内心の葛藤《かっとう》は続いた。かげろうが立ちのぼる通りに出ていつもの半分のペースで三マイル走り、クーラーの効いたジムに寄って身体じゅうが悲鳴をあげるまでウェイトトレーニングをした。帰宅し、シャワーを浴び、卵料理を作ってコーヒーを飲むあいだも葛藤は続いた。わたしはぽつねんとカウンターに向かって座り、近い将来――そして一生――一人でカウンターに向かって座ることになってもいいのかと自問した。肉体的にはしだいに耐久力を取り戻しつつある。だが精神的には、ブリザードの吹きすさぶシベリアに流刑にされたような気分だ。

オフィスは無人だった。フーズはいつものようにピッグペンを連れて出かけている。ヨウムも外出を楽しんでいるようだが、帰ってきてラジオの交通情報を聴くときがいちばんうれしそうだ。ともあれ、わたしとしては静かなのはうってつけだった。コンピュータを立ちあげ、リスリャコフのデータベースからファイルをひらく。

コソコフがたとえ何者だったにせよ――あえて答えるなら、傲慢《ごうまん》で打算的で愚かということになろうが――几帳面《きちょうめん》だったことはまちがいない。リスリャコフのハードディスク・ドライブには、確かにロスノバンクの取引記録がはいっており、ＦＳＢに関連する記録は経営者自身の手で詳細な注釈がつけられていた。そこには、一九九二年から一九九九年にかけてロスノバンクの融資によって行なわれたロシア保安庁《MB》、連邦防諜庁《FSK》、ＦＳＢに至る保安機関の全作戦が記録されていたのだ。国内外で遂行された暗殺計画（大半の名前には見覚えがあった）。旧ソ連時代、親ロシアの政党や活動家や武装グループに援助された資金。体制移行期の初期に保安機関の息のかかった企業が政府資産を買い入れるために融通された資金。数千件にのぼる取引の総計は数億ドル以上だろう。コソコフが記入していないのは合計だけだった。いずれの取引も当時の幹部による承認を経ており、幹部の名前はすべて記号で示されていた。彼らは時間の経過とともに、自分たちが強大な権力を手中にしていると思うようになっていったにちがいない。それにしても、これはきわめてＦＳＢらしくないやりかただ。責任の所在をあいまいにするのが彼らのお家芸なのだから。最も多く見られる承認者の記号は、ＣｈＫ２２だった。これが誰のことか、わたしは知っていた。

最後の記録の件名は、いかにもソ連的な恐怖をそそる。〝チェチェン自由安全事業〟、略してＣＦＳＵ（Chechen Freedom Security Undertaking）だ。取引記録には、ＦＳＢがいかにしてＲＤＸ爆薬を調達し、爆弾の保管用倉庫を借り上げ、実行犯に報酬を支払い、高層アパートの大家、管理人、守衛、警察、その他の関係者に賄賂《わいろ》をつかませたかが克明に記されていた。並行して、チェチェン共和国の首都グロズヌイの銀行を出所とする資金が網の目のようなルートを経由して支払われていた――明らかに、爆破が実行されたらチェチェンの分離独立主義者に罪をなすりつけるための工作だ。まちがいない。もはやいかなる見地からも、疑いをさしはさむ余地はなくなった。一九九九年九月、三百人の犠牲者を出し、血みどろの戦争を勃発させ、プーチンを大統領の座に押し上げた四棟の高層アパート連続爆破事件は、ＦＳＢが組織し、資金を調達し、実行したのだ。ゴルベンコ、チミル、ペトローヴィン――彼らの見かたは正しかった。そしていまのところ、その結果として三人のうち二人が殺されている。生き残ったペトローヴィンも狙われているそうだ。わたしも狙われるだろう。動かぬ証拠がすべて、このデータに収められているのだ。この事業の承認者記号はすべてＣｈＫ２２だった。セルゲイにどれほど殴られたときよりも、わたしは強い衝撃を覚えた。

ドアのブザーが鳴り、わたしは飛び上がった。フーズとピッグペンにちがいない。わたしは腰を下ろしたが、心臓は早鐘を打っていた。と、ふたたびブザーが鳴った。わたしはキッチンに走り、金庫からシグ・プロを取り出した。拳銃の安全装置をはずし、背中に隠し持って、相手に見とがめられないようサーバーの列を這《は》い進む。ブザーがさらに二度鳴った。受付から覗くと、宅配業者の制服を着た黒人の男が大きな箱を抱えているのが見える。わたしはいささかばつが悪くなり、銃を尻ポケットに突っこんでドアを開けた。箱の包みにはモスクワの差出人住所が書かれていた――オトラドナヤ通りだ。わたしは署名して受け取り、自室に運んだ。古くすすけた中身は、ロシアの田舎風の衣装を着た人形と、着せ替え用のドレスがはいったスーツケースの焼け残りだった。エヴァがかわいがっていたレナだ。

わたしはペトローヴィンの携帯電話を呼び出し、三度目でいったん切って、ふたたび呼び出した。

彼は二度目で出た。「いつ電話が来るかと思っていたよ」

「ＦＢＩに夜遅くまで捕まっていたんだ。連中は娘と話したいといっていた。そうすべきだと思う。わたしも苦境から切り抜けられる。それより、きみの送ってくれた荷物が届いた。彼女に中身を見せよう」

「彼女は母親のことばかり心配している。何かわかったか？」

「わからん」

「病院に行きたいといっているが」

「やめたほうがいい。わたしのＫＧＢ時代の顔なじみが見張っているにちがいない」

「同感だ。きみの自宅も見張られているだろう」

「そっちに行く。尾行は撒《ま》ける」

「ホリデイ・インだ。西五七丁目にある」

「ずいぶん張りこんだな」

「ここかピエールしか空いていなかったんだ。わたしはしがないロシアの検察官さ」

「一時間で行く」

バーニーに電話をかけて様子を訊いたところ、フェリックス・マルホランドはニューヨーク大学病院で依然として昏睡《こんすい》状態に陥っているということだった。医師の見立てでは予断を許さない。そのあと、ペトローヴィンが本当にホリデイ・インにいるのかどうか〈バシリスク〉で確認した結果、わたしが通話した携帯電話の位置は確かに一〇番街と一一番街のあいだにある西五七丁目だった。ここは二重三重の警戒が不可欠だ。

だからこそ、わたしはきょうまでなんとか生き延びてこられたのだ。

42

マルホランドの運転手をしている〝正方形の男《ファイブ・バイ・ファイブ》〟がロシア人だったら、つまり中途半端に有能だったら、わたしがオフィスの建物を出たところを背後から近づき、首根っこに銃を突きつけ、わたしがシグ・プロをベルトの後ろから抜き出すいとまを与えず引き金を引いて、わたしの魂を生みの親のところへ送り返しただろう。生みの親と会えるのが天国なのか地獄なのかはわからないが。

しかし実際には、彼は百ヤード向こうからわたしを轢《ひ》き殺そうとした。それから、建物に引き返したわたしを追いかけようとした。しかも車に乗ったままで。

ウォーター・ストリートを横断していたとき、エンジンの咆哮《ほうこう》が聞こえてきた。急加速する車の接近音だ。南方向から、緑のレンジローバーがわたしめがけてまっしぐらに走ってくる。そういえば、確かマルホランドが同型の車を持っていた。わたしは建物に駆け戻った。レンジローバーは疾走しながら横断歩道でタイヤをきしらせ、方向転換してこちらを向いた。エンジンがふたたび吠える。わたしが建物にはいった次の瞬間、車は縁石を飛び越えてファサードの鉄と石に突っこんだ。

レンジローバーの正面はアコーディオンのようにひしゃげている。フロントガラスは粉々《こなごな》だ。だが驚いたことに、それ以外の部分は無傷だった。正方形の男は運転席で呆然としているものの、意識はあり、しぼみかけたエアバッグに身体を覆《おお》われている。

わたしは運転席のドアをどうにか開けた。背後に人だかりができつつある。正方形の男はわきの下に手を伸ばしたが、あまりに緩慢《かんまん》な動きだった。わたしは彼のコルトを先に引き抜き、車の奥に放り投げた。

「おれは誰も殺してない」彼はいった。

「シートベルトに手が届くか？」

「おれは誰も殺してない。きさまは嘘をついたんだ」

「わかった。シートベルトをはずせ」

「おれは誰も殺してない。きさまは嘘つきだ」彼は叫んでいる。

「それでわたしを轢き殺そうとしたのか？」

「だから探偵は嫌いだといったんだ。嘘つきの探偵は大嫌いだ」

わたしはシートベルトの留め具に手を伸ばした。壊れている。押しても引いてもびくともしない。男の息はビール臭かった。相当飲んでいる。

「嘘はついていない」わたしはいった。

「おれは馘《くび》になったんだぞ。きさまのせいだ」

わたしはぎょっとした。「マルホランドがきみを馘にした？」

「おれは誰も殺していない」

「いつだ？　彼はいつきみを解雇した？」

「きのうだ。きさまから、おれがあの男を殺したと聞いたそうだ。おれはあの男を撃ち殺してなんかいない。最初から死んでいたんだ」

わたしはシートベルトをはずそうとする手を止めた。背後から群衆の一人が叫んでいる。

「九一一に電話した。救急車が向かっている。運転手は大丈夫か？」

「ああ、大丈夫だ」わたしは叫び返した。それから正方形の男に小声でいった。「急いで話してくれ。あのロフトで何があったんだ？」

「いまいましい探偵は嫌いだ」

「きみの解雇を取り消してやれる。マルホランドはわたしのいうことなら聞いてくれる」

彼は憎悪と絶望がないまぜになった、濁ったまなざしを向けてきた。酒と衝撃とエアバッグで、もともと鋭敏とはいえない彼の分析力はさらに鈍くなっている。警官が来る前にここを離れたかった。彼らは問答無用でわたしをサウィッキとコイルに突き出すだろう。

「ラクラン。わたしがまちがいを犯したのなら、償《つぐな》いをしたい。本当だ。先週の水曜日に起きたことを教えてほしい。きみのボスにそのことを話そう。わたしがまちがっていたと伝えよう」

彼はもう一度わたしを見据え、彼が見たグリーン・ストリートでの出来事を打ち明けた。そのおかげで、いくつかの疑問に答えが出た。

「わたしにまかせてくれ」彼が話し終えると、わたしはいった。「すぐに助けが来て、きみをここから出してくれる」

わたしは群衆に戻った。「彼は大丈夫だ」誰にともなく大声でいった。「ショックでぼうっとしているが、怪我はない」

「彼はなんていっていたんだ?」一人がいった。

「事故の状況を説明しようとしていた」わたしは答えながらも、現場の惨状をひと目見ようと押し寄せる群衆のなかに身を隠した。南に一ブロック歩き、(左右を確認して)ウォーター・ストリートを横断し、足早にウォール・ストリートを歩きだしたところでサイレンが聞こえてきた。地下鉄のプラットフォームに着くまで、わたしは立ち止まらなかった。

43

ホリデイ・インに向かう途中、わたしはフェリーを除くニューヨークのあらゆる交通機関を使って尾行を撒《ま》いた。ホテルの外観はマンハッタンにはやや場違いな感じだったが、チェーン展開しているホテルはだいたいそうだ。しかし白いレンガとバルコニーのついた実用一点張りの建築は、このホテルのブランドにふさわしい。ロビーのすり切れた絨毯《じゅうたん》や廊下に漂う消毒液のにおいは、さらにふさわしいかもしれない。ペトローヴィンは四階の隣りあったふた部屋を借り、部屋をつなぐドアは開いていた。彼は握手でわたしを迎え、エヴァはわたしの肩を抱き、涙を流した。「あ……あ……あなたが、わ……わ……わたしをた……助けようとしてくれたのはわかっているけど、ぜ……ぜ……全部、わ……わ……わたしのせいなの」

わたしはいった。「きみのお母さんはまだ昏睡状態だ。医者は予断を許さないといっている。昨夜お母さんはひどい怪我を負ったが、それは断じてきみのせいではない。誰かがお母さんを傷つけたんだ。きみに心当たりはないか？」

彼女は首を振った。清潔なジーンズとTシャツを身につけている。ペトローヴィンが新しい服を買ってやったのだ。

「きみを傷つけようとしている人間が誰かわかるまで、きみをお母さんのところへ連れていくわけにはいかないんだ。わかってくれるか？」

エヴァはゆっくりとうなずいた。

「きみは警察の人に、昨夜起きたことを話さないといけない。いいかな？」

彼女はもう一度うなずいた。

「きみのために持ってきたものがある。あっちの部屋で見せよう」

わたしは隣の部屋に行き、レナと小さなスーツケースをベッドの上に並べた。ペトローヴィンがわたしに続く。わたしは息を詰めて彼女を呼んだ。

彼女は人形を見ると、戸口にくずれ落ちた。ペトローヴィンとわたしは助け起こそうと駆け寄ったが、エヴァは自力で立ちあがり、ベッドに倒れこんでレナの焼け残りを握りしめた。

彼女は泣きだした。ペトローヴィンは静かにベッドに座り、ゆっくり彼女の肩を抱いた。

「あの日、きみとレナが納屋にいたことは知っている。それでもわれわれは、きみから話を聞かせてほしい。何が起こったか、教えてくれるかな？」

彼女はペトローヴィンを、続いてわたしを見上げた。

「彼のいうとおりだ、エヴァ。わたしも話を聞きたい」

彼女は涙でいっぱいになった目で、われわれ二人をかわるがわる見た。「わたし、や……や……やってみたの！　ほ……本当に……ひ……ひ……必死だった。でも、ロープが……火はとてもあ……熱かった。わ……わたし……」

彼女はふたたびくずおれ、とめどなく泣きだした。ペトローヴィンが彼女をなだめる。

「きみの父親、実の父親のことだね？」わたしは精一杯優しい口調で尋ねた。「きみはお父さんを解放しようとした。しかしお父さんは納屋のなかで焼け死んでしまった」

エヴァはほんの一瞬泣きやみ、うなずいた。それから彼女は記憶のグラーグへ戻り、泣きつづけた。

エヴァは泣きつかれて眠りに落ちた。ペトローヴィンとわたしは彼女を休ませることにした。われわれはルームサービスのサンドイッチを注文して隣の部屋で食べた。二人ともあまり話さず、それぞれ思いに耽《ふけ》っていた。わたしは、彼の考えが自分の考えとあまりちがわないのではないか、と思った。

一時間以上眠ってから、彼女は戸口に姿を現わした。

わたしはいった。「お腹が空《す》かないか？」

彼女はサンドイッチをひと切れつかみ、半分ほどをひと口で飲みこんだ。ふた切れ目に取りかかったところでペトローヴィンがいった。「話す気になったかな？」

彼女はゆっくりうなずき、ベッドの端に座った。最初こそ何度かいいよどんだものの、ペースをつかむと、あとは堰《せき》を切ったように言葉が出てきた。ひとたび話そうと決めた彼女は、一刻も早く話し終えてしまいたいようだった。サンドイッチは忘れ去られた。もはや彼女を妨げるのは吃音《きつおん》だけだった。

あの日納屋でどんなことが起こったのか、わたしはあらかじめ頭のなかで全体像を組み立てていた。おそらくペトローヴィンも同じだっただろう。したがって彼女の証言に思いがけないところはなかった。だが彼女の話が進むにつれ、ペトローヴィンは立ちあがり、部屋のなかを歩きまわった。最初わたしは、彼がいらだっているのかと思った。長いことこの部屋から一歩も出ていないからだ。しかし実際には、彼は怒っていた。昨夜と同様、ふだんの平静さを失っていた。あるいはもしかしたら、あらかじめ全体像を組み立てていなかったのかもしれない。

エヴァの話が終わりに近づくにつれ、ペトローヴィンがわたしに視線を投げかけ、行動を促しているのがわかった。わたしは行動計画を練っている最中だった。その行動には彼の助けが必要だ。しかし最終的には、彼を頼るわけにはいかない。

これはわたしが属していた組織にかかわることであり、身内にかかわることだ。したがって、わたし自身で片をつけなければならない。

エヴァの話が終わり、彼女はいままでそこにあったのを忘れていたかのように手のなかのサンドイッチを眺めた。ひと口かぶりついて嚙《か》み、もうひと口かぶりついて咀嚼《そしゃく》したが、たぶん味はわからないだろう。彼女はこの話を、半生にわたって自分のなかに封印してきたのだ。ポリーナでさえ、一部始終は知らないかもしれない。語り終えた彼女は、どこかを漂っているようだった。うつろな顔でぼんやり虚空を見据え、自分がどこにいるのかも把握していない様子だ。ペトローヴィンも同じことを感じたらしく、ベッドに座ってふたたび彼女の肩を抱いた。エヴァは最初、彼と自分自身に戸惑い、どうしていいかわからないように相手を見ていたが、やがて彼の胸に顔をうずめて泣きだした。ペトローヴィンは彼女が落ち着くまで待ち、それから腕を放した。数分で彼女は眠った。彼とわたしは隣室に移った。

「殺人鬼め」ペトローヴィンは怒りを隠そうとせずにいった。

　わたしには何もいえなかった。わたしは昨夜と同じく、喪失感のともなった痛みを感じ、それが傷の痛みと入り混じった。わたしもまた、友情と忠誠心に惑わされて現実を見ようとしなかった点で同罪だった。

「ひとつ疑問がある」わたしは努めて冷静な口調でいった。「昨夜の火災を仕掛けた人間は、あの納屋で起こった火事を再現しようとしていたにちがいない。エヴァは父親ばかりか、母親まで生きながら焼かれるのを目の当たりにするところだった。エヴァはたとえ生き延びたとしても、トラウマで正気を保てなかったかもしれない」

「エヴァは、あの日ダーチャにいた犯人を特定できる唯一の証人だ。そいつがコソコフを殺したことを、彼女は知っている」

「それにしても犯人はどうやって、エヴァが納屋にいたことを突き止めたんだ？　犯人はどうして火事を再現しようなどと思ったのか？」

「答えは簡単だ」ペトローヴィンはいった。「FSBはダーチャ全体を盗聴していた。家じゅうのいたるところから盗聴器が発見されている。納屋も盗聴していたに決まっているさ。犯行の時点で気づかなかったとしても、盗聴の録音テープを聴き返して気づいたんだろう」

その意見には説得力があった。やにわに、わたしは怒りがこみあげてくるのを覚えた。子どもまで殺そうとした計画性もさることながら、犯罪そのものもきわめて凶悪だ。

「ひとつ頼みたいことがある。きみの仲間のイワノフの力を借りたいんだ」

彼は眉を上げた。「わたしにはなんともいえない。確約はできかねる――」

「やるだけやってみてくれ。わたしのみならず、エヴァのためにも。イワノフに、ポリーナは死んだと伝えるんだ。さらにエヴァも死んだ、と。新聞各紙では、被害者一名が重傷と報じられている。しかしイワノフがブログに、被害者は二名であり――しかも二人とも死亡したと書けば、スクープとして受け取られるだろう。さらに、現場は核シェルターで、一九八〇年代のKGBの会合場所だったことも伝えてくれ」

ペトローヴィンはわたしをじっと見据えた。「まあ、やってみよう。しかし、何が狙いなんだ？」

「いうまでもないと思うがね――アナグマをねぐらから狩り出すのさ」

「それから？」

「そこから先はこれから考える」わたしは嘘をついた。「まずはエヴァをコイルのところへ連れていこう。遅かれ早かれ出頭しなければならないんだし、わたしの話を信用してもらい、FBIの連中がわたしにつきまとうのをやめさせるためにも彼女の証言が必要だ。きみとはダウンタウンで落ちあい、それから病院の母親に面会できるかどうか算段しよう。彼女がまだ生きていれば話だが」

ペトローヴィンはダウンタウンに来るだろう。だがわたしはまったくちがうことをやろうとしていた。

バーニーは、ＦＢＩ事務所に出頭したエヴァとわたしのもとに、もう一人の弁護士をよこしてくれた。コイルはわたしが約束を守ったことにいささか驚いた様子で、別人のように愛想がよくなったが、それもバーニーの弁護士が到着して依頼人の代わりに次々と要求を始めるまでのことだった。コイルはわたしを追い出した。だからといって彼を責めるつもりはない。

「ロシア人！　かわい子ちゃん、どうした？」わたしを見るなり、ピッグペンが啼きだした。

「彼女はいま忙しいんだ、ピッグペン。あとで来るかもしれない」

「とてもセクシー！」

ペトローヴィンは迅速に動いてくれたようで、イワノフはさらにすばやかった。《イバンスク・ドットコム》の新着記事はほんの数分前に投稿されたものにちがいない。わたしは食い入るように内容を読んだ。申し分ない記事だ。これを読んだ犯人は、少なからず解放感を覚えるだろう。しかし犯人は、わたしが関与していることを知らない。いや、そうとばかりはいいきれないが。

〈火炎地獄の殺人〉

ＦＳＢの魔の手は世界中に及んでいる。ブログ主のイワノフはそれをよく知っているが、疑う読者がいたらこの記事を読んでいただきたい。剣と盾の紋章（ＫＧＢならびにＦＳＢの紋章）を帯びた火の使い手が、昨夜、二人の命を奪った。惨劇の起きた現場は、かつてKGBがニューヨークで会合場所に使っていた施設である。

イワノフの取材網によれば、火炎地獄と化したのはニューヨークで最も有名な橋——ブルックリン区にちなんで名づけられた——に冷戦時代に設けられた核シェルターで、ここはかつてKGBの優秀なスパイたちによって密会場所に使われていた。犠牲になったのは、当ブログの熱心な読者にはすでにご存じのポリーナ・バルスコワだ。彼女は灯油で燃えさかる猛火に焼かれて死んだ。しかしそれだけではない。FSBの残酷さはとどまるところを知らないのだ。ポリーナの娘、エヴァは巧みにおびき寄せられ、図らずも火つけ役になってしまった。彼女がつけた火が、母親と彼女自身の若い命を奪い去ったのだ。母親はひと晩生きながらえたものの、けさ亡くなったという。ニューヨーク市当局はこの件に関して箝口令《かんこうれい》を敷いたが、当ブログの情報源の前には焼け石に水だ。

FSBの目的は何か？　このような危険を冒した理由は？　彼らがモスクワで犯す殺人はいわば組織的な権利——少なくとも彼らの側はそう思っている——かもしれないが、アメリカの当局は必ずしもそうはみなさないだろう。

それでもなお、大胆不敵さを取り戻した剣と盾の連中は自信に満ち、火を放った者は危険など意に介していないのかもしれない。


わたしはイワノフの巧みな書きかたに舌を巻いた。とりわけ〝彼らがモスクワで犯す殺人はいわば組織的な権利〟のくだりには溜飲《りゅういん》が下がるが、この言葉が当のFSBのお偉方に届くことはあるまい。イワノフは、何が真実か見えなくなっている権力者たちに真実をいい放つ。長年、殺人が組織的な権利でありつづけてきた社会において、《イバンスク・ドットコム》が国内外のロシア人の支持を広く集めてきたのは、ひとつにはこのためだ。

一方、この記事が伝えている事実は彼らの目に留まるだろう。少なくとも、わたしが《イバンスク》に求めていたのは動かぬ事実だ。核シェルター、灯油、火災、火をつけることになった扉――これこそ、わたしが犯人に送るメッセージなのだ。犯人はわたしが情報源であると考えるだろう。あとは、メッセージが届いたかどうか確かめるだけだ。

わたしは通りに出て数ブロック北へ向かい、公衆電話を見つけた。そしてブライトン・ビーチを呼び出し、折りたたんだペーパータオルを送話器に押しあてていった。

「《イバンスク》を読め」

44

人けのないジョン・F・ケネディ国際空港の建設現場は、十日前のセントラルパークとちがい、暑さをしのぐには不向きでお世辞にも快適とはいえない。だが、皮肉や運命とじっくり向きあうにはこのうえない場所だ。わたしは、雨の跡がついた進入路に〈ヴァルディーズ〉を停めた。上空を飛び交うジェット機の轟音によって、この一帯は外界から遮断されている。空港は夕方のラッシュアワーを控えて活気を帯びていたが、わたしがいる場所は人っ子一人おらず、なんの動きもなかった。だからこそ、わたしはこの場所を選んだのだ。これから起こるであろうことは、当事者以外の誰にも見られたくなかった。

カードを見せてくれ、とわたしはペトローヴィンにいった。あなたの手札の使いかたは相当変わるだろう、とペトローヴィンはいった。ヴィクトリアは、コイルにありのままを話すようにいった。駆け引きのやりかたによって、ストレートができることもあれば、フォア・カードができることもある。しかし、これからやろうとしていることはそんなにうまい話ではない。今晩どのような手を使おうと、その結果で得をする者は誰一人いない。うまくいって、せいぜい生き残れるかどうかという話だ。

イワノフはひとつの点で先見の明を示した——ポリーナが力尽きたのだ。彼女はとうとう意識を回復しないまま、黄泉《よみ》の国に滑り落ちていった。かえってそのほうが彼女のためにもよかっただろう。痛みは耐えがたいだろうし、ずたずたに切り刻まれた顔を鏡で見たら、彼女は正気を失ってしまったかもしれない。わたしは悲しみよりも怒りがこみあげてきた。確かに彼女はわたしの人生を破壊しようと試み、比類のない成果を挙げたが、だからといってこれほど苛酷な運命に甘んじていいことにはならず、神も宿命もこんな仕打ちを正当化することはできない。

わたしはペトローヴィンにこのことを知らせた。長い間を置いてから、彼は静かな声でエヴァに伝えてもいいかどうか訊いた。わたしは伝えてよいと答え、申し訳なく思いつつもまたあとでホリデイ・インで会おうと嘘をついた。

空港に着いたときにはまだ明るかった。環状道路を二周したところで、目的の場所が見つかった――夜間は立ち入りを禁じられた新ターミナル建設現場だ。わたしは資材や廃棄物が散乱した進入路に車を進めて片側に寄せ、万一に備えて、国土安全保障省の通行証をダッシュボードに置いた。FSBの友人が身分証のおまけに偽造してくれたものだ。必要な情報は〈バシリスク〉が教えてくれた。JFK空港を午後十一時に出発するエールフランスの九便に乗り、パリのシャルル・ド・ゴール空港でモスクワ行きアエロフロート二二四四便に乗り換える搭乗客がいる。それを知ったわたしは、クイーンズ方面に向かう夕方の車の群れにまぎれてここまで来た。

〈ヴァルディーズ〉のトランクにはいつもひととおりの工具を積んでおり、そのなかにはワイヤーカッターもある。日没が迫るころ、わたしは工事用トレーラーの陰になった金網のフェンスを切断して穴を開け、周囲をぶらついた。うだるような暑さだ。新ターミナルビルの鉄骨がオレンジとグレーにかすんだ空にシルエットを作っている。ビルは飛行機の翼の曲線をなぞったような形状で、たぶん奥は二階建て、手前は四階から五階建てのようだ。コンクリートの床は一階の半分ほどしか出来上がっていない。むき出しの土台が奈落のように見える。現場全体は泥と土にまみれ、雨に濡れ、トラックの轍《わだち》がついていた。

相手に見られることなく、待ちながら見張れる場所が必要だった。巨大なコンクリートの配管部がその目的にうってつけだ。コンクリート管の直径は優に八フィートあり、建物からそれほど離れていない。どの管にはいっても背が立ち、暗がりと夜闇にまぎれて姿をくらますことができ、フェンスの周辺がはっきり見える。運がよければ、管の反響で相手にはわたしの場所が特定できないかもしれない。まあ、そのうちわかる。いまはそう願おう。

腕時計は八時二分。相手が空港に着く前に、そろそろ電話をかけたほうがいい。わたしは相手の番号を呼び出した。三度目の呼び出し音で彼は出た。

「話をする必要がある」わたしはいった。

「なんの話だ？　もう国に帰るところだ。この街にはうんざりした」

「わかっている。こっちはいまJFKだ。時間はたっぷりあるだろう」

「いったいどうやって出発時間が……空港のどこにいる？」

「ターミナル七と八のあいだの建設現場だ。右側に狭い進入路がある。わたしの車は黒いフォード・クラウン・ヴィクトリアだ」

「一般の利用客と同じく、ターミナルビルで会うわけにはいかないのか？」

「昨夜の出来事のせいで、わたしも当局の人間に追われているんだ」もっともらしく、相手には確かめようがない嘘だ。

「そんなに人目を避けて、何を話しあうのだ？」

「探しているものは、わたしが持っている」


相手は死んだように沈黙した。たぶん消音ボタンを押したのだろう。背後のざわめきも聞こえず、三十秒かそれ以上、電波の雑音だけが響いた。相手がふたたび口をひらいたとき、語調は硬くなっていた。

「なぜそう思う？」

「ゴルベンコ、コソコフ、ポリーナ、エヴァ。みんな、このために死んだ」罠を仕掛けるのだ。「三百人のロシア人も死んだ。なんのためだ？　プーチンのためか？　戦争のためか？

FSBのためか？　ところが、犠牲者のなかにはリスリャコフの両親もいたんだ。グリャノワ通りの高層アパートに住んでいた。それを見落としたとは、ふさわしからぬ過ちだ」

彼は餌に食いついた。強く。「そこにいろ。三十分で行く」

「工事用トレーラーの陰になったフェンスに、穴を開けておいた。わたしはフェンスの内側にいる」

相手は通話を切った。わたしは〈ヴァルディーズ〉に戻り、トランクから金属バットを取り出して、トレーラーの陰にもたれながら待った。

三十二分後、一台の車が進入路から現われ、ヘッドライトを消した。車は〈ヴァルディーズ〉の後ろに停まり、運転手はエンジンを切った。行き交う飛行機や車の音は相変わらず続いている。車のドアは閉まったまま、誰一人動かず、そのまま五分が経った。それからラーチコの手下が二人降りてきた。運転手はわたしの潜んでいるほうへ近づき、もう一人は車の後ろにまわった。わたしは暗がりに移動した。

運転手はわたしの前を通りすぎ、フェンスをくぐり抜けた。仲間の男はトランクから、小さなごみ箱の蓋《ふた》ぐらいの大きさをした平べったい容器を取り出した。それを持って〈ヴァルディーズ〉に近づく。男は容器を地面に置き、ひざまずいた。わたしはその男との距離を五、六歩縮めた。六フィートまで近づいたところで、彼はわたしの足音を聞きつけて短く叫んだが、金属バットに横面を打たれた。男がぬかるんだ水たまりに倒れる。わたしは男が溺《おぼ》れないよう水たまりの端に寄せ、彼が〈ヴァルディーズ〉の下に取りつけようとしていた爆弾を調べた。彼らはそのつもりでここに来たのだ。わたしは男の服を調べ、小型の無線起爆装置を見つけた。それを自分のポケットに入れ、男からグロックのオートマティックも奪い、車の背後に隠れる。数分後、もう一人が戻ってきた。仲間の姿を認め、男が前に駆けだしたところで、わたしは立ちあがり、腹をめがけてバットを振った。男はくの字に身体を折り曲げ、崩れ落ちた。わたしはトランクからダクトテープを取り出し、男の手足に巻きつけた。意識を失っているもう一人も同じく縛り、彼らの車の後ろへ引きずる。トランクは開いていた。車内灯が、サイレンサーのついた二挺の醜悪な自動拳銃を照らし出す。わたしは弾倉をはずし、銃を放り投げると昏睡《こんすい》状態の男を抱えてトランクに入れた。運転手を見ると、呼吸しようと必死だ。男のポケットから、グロックがもう一挺と携帯電話が見つかった。わたしは自動車爆弾を持ち上げて男の胸に落とし、吸いこもうとしていた空気を押し出した。ダクトテープを何重にも巻きつけ、爆弾を男の胸に固定する。彼はようやく呼吸が元どおりになったが、今度は恐怖で身体を震わせた。

わたしは彼の携帯電話を掲げた。「これからやることを説明する」ロシア語でいった。「まず電話をかける。おまえのボスに。話すのはおまえだ。それから、おまえを車に乗せ、わたしもこれを持って待つ」いいながら、起爆装置をかざす。男の目が、それが本物であると雄弁に語っていた。「正しい合言葉をいって、ボスがここに来れば、おまえは生きられるかもしれん。まちがった言葉をいってボスが来なかったら、十分後にこのボタンを押す。いいか、十分だぞ。それがおまえの持ち時間だ」

男は勢いよくうなずいた。

「番号は？」

男はロシア語で十桁《けた》の数字をよどみなくいった。わたしは携帯電話の番号を押し、男の耳元にあてた。男は早口でいった。「映画館が開きました。映画はまもなく始まります」正しい合言葉であることをあてにするしかなかった。男は恐怖のあまり、嘘をつけないはずだ。テープで男の口をふさぎ、車の後ろに押しつける。狙いすましたバットの一撃で、彼はトランクに倒れこんだ。わたしは男の両脚を持ち上げ、トランクの蓋を閉めた。

わたしは男の電話を使ってブライトン・ビーチを呼び出した。確かめるにしくはない。ラーチコがすぐに出た。「今度はなんだ？」

「きみの手下はまんまとやられた。今度は役立たずのぽんこつじゃなくて、もっとましなやつをよこせ」わたしは収容所時代のスラングでいった。

「いったい何をほざいてる？　うちの人間をどこかに送った覚えはないぞ」

「確かめたまでだ」

わたしは通話を切り、〈ヴァルディーズ〉から防弾チョッキを取り出した。ジャケットの下に着ける。おかげで夜の蒸し暑さがさらに増したが、それは考えないことにした。周囲を一瞥《いちべつ》し、エヴァの話を思い出しながら、わたしは巨大な配管部の列に潜んで待った。

45

エヴァとその母親は、火事が起こる数カ月前にラーチコと同居していたアパートメントを引き払っていた。エヴァは残念だとは思わなかった。ポリーナとラーチコは半年以上喧嘩ばかりしていたのだ。母子はヴァルダイ丘陵のダーチャに引っ越したが、モスクワでの生活に比べてあまりにすることがないので、エヴァは好きになれなかった。学校にもうまくなじめなかった。彼女はクラスの子どもたちより勉強が一年進んでおり、友だちもほとんどできなかった。二人が多くの時間をともに過ごしたのは、彼女が〝トーリク叔父さん〟と記憶している男だ。エヴァはこの人物のことをどう捉えればいいのかわからなかった。トーリク叔父さんが放つ信号を、彼女は敏感に察知した。ほとんどの時間、彼はエヴァがそばにいるのを嫌がり、その日も客が来る前から信号を出していた。

エヴァはレナと呼んでいた人形を抱え、雪と寒さのなか外に出て納屋へ移った。この古い建物の内部には、まだ彼女が知らない場所もあった。なにしろこの納屋には馬屋、乾草置場、作業場、車庫のほか、迷宮のように入り組み、いやなにおいのする地下室まであったのだ。彼女が二階の乾草置場にいたとき、母、トーリク叔父さん、見たことのない男がはいってきた。最初にはいってきたのは見知らぬ男で、続いて散弾銃を持った母が来た。トーリク叔父さんは、いかにもいやいやながらといった風情であとからついてきた。彼女の母が男に命じ、落とし戸を開けさせた——エヴァが知らなかった場所だ。

銃声の大きさに、彼女は納屋全体が吹き飛んだのではないかと思った。乾草のなかに隠れていたので、撃ったところは見ていなかった。こわごわ覗いてみたときには、見知らぬ男の姿はすでになかった。母はまだ銃をかまえている。母が撃ったのか？　見知らぬ男はどこへ消えたのか？　母親とトーリク叔父さんがいい争っている。エヴァはショックと恐怖のあまり、詳細な点は覚えていなかった。自分の名前が聞こえる——二人は、彼女がどこにいるか知らないのだ。しかし、いま出ていくわけにはいかなかった。二人からひどく怒られるだろう。母は、ダーチャに引き返して身のまわりのものをとってくるといった。それからここに戻り、全員で出発するそうだ。行き先がどこなのか、またなぜここを離れなければならないのか、エヴァにはわからなかった。彼女は、母が戻ってくるまで乾草置場に隠れることにした。彼女はトーリク叔父さんのことを恐れており、ここにいたことが彼に知られたらどうなるか怖かったのだ。

乾草置場の窓からいつ母親が戻ってくるか見ていたとき、別の車がはいってくるのが見えた。大型のリムジンだ。出迎えた管理人を運転手が撃っているのが見えた。エヴァは心底から怯《おび》えた。次の瞬間、あの男が車から降りてきた。母から、この世でいちばん恐ろしいと聞かされつづけてきた男だ。「あの人はあなたを嫌っているわ、わたしを嫌っているのと同じぐらい」母はこの男の名を口にするたび、そういった。「あの人を信用してはだめよ。あの人の仲間は、みんな信用できない人たちなの。あの人は、あなたが生きたまま茹《ゆ》でられるところを見たいと思っているのよ」

エヴァはもっと見つかりにくそうな場所を探した。

一階の馬屋の近くにいたとき、扉がひらいて光が差しこんできた。男がトーリク叔父さんを連れてはいってきた。その手に握られた銃を見て、彼女は馬房のなかにすばやく身を隠した。見つかったのではないかと思ったが、彼は探しに来なかった。

彼は瓶を手にしており、トーリク叔父さんに中身を飲ませた。何度も何度も。彼は同じ質問を繰り返した――「ＣＤはどこにある？　おまえが作ったコピーはどこだ？」何度もそればかり。トーリク叔父さんは答えなかった。彼はかんかんに怒った。とうとうトーリク叔父さんは胃のなかのものを吐き出した。彼女はそのにおいを覚えていた。男は銃で叔父を殴り、床に転がして蹴とばした。そして彼女のほうへ近づいてきた。

エヴァは見つかったと思った。それで立てつけの悪い板をよじ登り、隣の馬房に移ろうとした。銃が火を噴く。銃声に続き、銃弾が木にめりこむ音がした――彼女のすぐそばだ。その男はエヴァの姿を見たにちがいない。いや、見られていなかった。彼は車庫のほうへ歩いていった。恐怖に駆られた彼女は走りだしたかったが、仮に捕まらずに納屋から出られたとして――九歳の少女の目には納屋は広く見えた――どこへ行けばいいのか？　彼女は古い飼い葉桶の陰になった暗がりにうずくまった。そのあとに何が起こったかは見えなかった。何かをしている音が聞こえ、石油のにおいがした。彼は車庫に引き返し――通りすぎる音が数回聞こえた――石油のにおいはさらに強くなった。

ようやく彼はふたたび口をひらいた。やはりＣＤのことを訊いていた。トーリク叔父さんの声は弱々しくほとんど聞き取れなかったものの、なぜか彼女には、叔父がＣＤの場所を話していないのがわかった。一分後、男はいった。「これからマッチをつける。持ち時間は五分だ。気が変わったら叫ぶんだ」

今度は彼女の耳に、トーリクが答えるのが聞こえた。

「とっとと失せろ。おまえだってＦＳＢの殺し屋じゃないか」

エヴァが隠れ場所から出てきたときには、火が納屋じゅうを取り巻いていた。彼女はその光景をよく覚えている——まるで列車のように、炎のエンジンが見えない線路を走りまわっていた。その背後で、古い木の壁を火が登っている。瞬《またた》く間に、彼女は火に囲まれてしまった。

エヴァはトーリク叔父さんのところに走った。彼は納屋の屋根を支えている木の柱に縛りつけられていた。

「エヴァ！　どうしてここにいる？　ここを出ろ！　早く！」

彼女は叔父の言葉に耳を貸さず、ロープをほどこうとした。だが小さな指には、結び目はきつくて手に余った。

「エヴァ！　ナイフかのこぎりを持ってこい。鋭いものだ！」

彼女は納屋を走りまわったが、使えそうなものは見つからなかった。猛火はすでに、作業場への行く手をふさいでしまっていた。

エヴァはコソコフのところに戻り、ふたたび手で結び目を引いた。

「エヴァ！　いいから、もう無理だ。走れ、まだ時間があるうちに。走れ！」

彼女は頑固だった。火は壁という壁を燃やしていた。火が屋根にまわりはじめたときの焼けるような熱さを彼女はまだ覚えていた。燃えさかる木材や屋根板がエヴァの立っていた場所に落ちてきたとき、コソコフは腰で彼女を突きとばしたにちがいない。床に落ちた木材は爆発し、彼女の膝に塊がぶつかった。一瞬のうちに、スカートに火が燃え移る。パニックに駆られた彼女は走りまわり、かえって火が燃え広がった。

「乾草だ！　乾草に飛びこめ！」コソコフが叫んだ。彼女はそのとおりにした。いまだかつて感じたことがないほどの痛みだ。転がるのをやめたとき、エヴァはもう燃えていなかったが、乾草は燃えていた。いまや燃えていないものはなかった。こんな熱さは経験したことがない。

「エヴァ！　わたしのために逃げてくれ。お願いだ。お母さんのためにも。防空壕だ。あそこに落とし戸がある。あそこまで走って戸を閉めろ。それだけがチャンスだ。さあ、行ってくれ！　頼む！」

降ってきた別の屋根板が、トーリク叔父さんの頭にまともに当たった。彼の頭が斜めにがっくり落ち、服が燃えだしてもロープは身体を離さなかった。燃える木材と屋根板の塊が彼女の隣にさらに落ちる。乾草の山はかがり火のようだ。

エヴァはトーリク叔父さんにいわれたとおりにした。落とし戸を閉めた次の瞬間、屋根が落ちる轟音が聞こえた。

防空壕のなかも暑かったが、納屋の比ではなかった。両脚はまだ火がついているように熱い。階段で足を滑らせ、見知らぬ男の身体の上に落ちた。死んだ男の目が彼女を見ている。エヴァは喉が嗄《か》れるほど叫んだ。聞いているのは男の死体だけだった。

どのぐらいそこにいたのかはわからなかった。覚えているのは、脚が焼けるように熱かったことだけだ。彼女は水を見つけて注いだが、少し熱さが治まっただけで、痛みは退かなかった。そのうちに意識を失ったらしい。次に彼女が覚えているのは、落とし戸が開けられてふたたび悲鳴をあげたことだ。エヴァは、あの男が自分を捜しに戻ってきたと思いこんでいた。

「エヴァ！　ああ、よかった！　エヴァ！」

母親だった。ポリーナは彼女を抱え、雪が降りしきる夜更けの、煙がくすぶる焼け跡に出た。エヴァの記憶では、夜空にたなびく黒雲の陰から覗く、濃い灰色の満月は敵意に満ちて見えた。

母は彼女を母屋《おもや》に連れていき、雪とクリームで治療しようとしたが、肌はすでに醜く変色しており、異臭がした。エヴァは嘔吐《おうと》した。

そのあとの記憶はぼやけている。母は彼女に飲み物を与え――気つけの酒がはいっていたのはまちがいない――それから何時間も車に乗った。彼女が病院で手当てを受けられたのは二日も経ってからで、大腿部がこうむった第二度熱傷、第三度熱傷の処置には、それ以来数回にわたる治療が必要だった。旅の途中のどこかで、ポリーナはエヴァに、ラーチコは実の父親ではなく、本当の父親は彼女が火炎地獄から救い出せなかった男だと教えた。わたしがポリーナの優しさを評価することはめったにないが、この件にかぎっては、娘によかれと思っていったにちがいない。しかしもちろんこのことは、すでに絶望的な良心の呵責《かしゃく》を覚えていた九歳の少女の心に、耐えがたい重荷をもたらした。その数カ月後、彼女は吃音を発症した。

46

彼は九時二十四分に着いた。車がわきに寄り、エンジン音が止まる。一枚のドアが開閉した。一分後、彼は前かがみになってフェンスの穴をくぐり抜けた。スーツ姿でネクタイを締めている。両手には何も持っていない。数フィート歩いたところで立ち止まり、建設現場を見まわしている。まだわたしほど暗闇に目が慣れていないようだ。わたしは一分ほど待ってから、コンクリート管の一本に隠れて呼びかけた。

「やあ、ヤーコフ」

彼は声がしたほうを向き、でこぼこした地面によろめきながら近づいてきた。彼にはわたしの姿が見えていない。二人の距離が二十フィートほどになったところでわたしはいった。

「その辺でいいだろう」

彼が立ち止まる。「どこにいる？　姿を見せろ」

「気が向いたらな」

「目的はなんだ？」

「まずは説明をしてもらいたい」

「説明だと？　なんのことだ？」

「高層アパート連続爆破事件、コソコフ、ポリーナ、エヴァ、リスリャコフ、昨夜の出来事。どこから始めるかはまかせる」

「たわごとをぬかすな。おまえは何か持っているといっただろう」

「いかにも。リスリャコフがポリーナのコンピュータから盗んだファイルを持っている。コソコフのロスノバンクのファイルだ」

二十フィート離れた暗闇でさえ、ヤーコフがこわばるのがわかった。

「ファイルの中身を調べたか？」彼はいった。

「調べた。わたしはゴルベンコのことも知っている。あの日ゴルベンコは盗聴器をつけていた。検察庁の盗聴器を。あなたはそれも見逃していた。不注意だったな」

彼は小声で悪態をついた。わたしは陰に隠れたまま、二本離れたコンクリート管に移った。思ったとおり、声がよく反響する。わたしの声はまわりじゅうに跳ね返った。

「何が望みだ、ターボ？　目的は？」

「いまいったとおり、説明をしてほしい。何が起こったのかを聞きたいんだ。あなたの口から。すべてを知っているのはあなただけだ」

「自白しろということか？——」

「自白はつねにＫＧＢの十八番《おはこ》だったじゃないか？　何をためらうことがある？　ご存じのとおり、訴追される可能性はまずない。ＦＳＢがそんなことを許すはずがない。あなたも決して許さないだろう」

「繰り返すが——目的はなんだ？」

「二十年前、わたしはあなたのために、ラーチコの密輸のことを証言しなかった。わたしにグラーグから抜け出すチャンスをくれたのはあなただからだ。わたしが証言しなかったのは、ＫＧＢのためでもあった。わたしはＫＧＢに忠誠の誓いを立てたからだ。わたしはコソコフのファイルをあなたに渡すつもりだ。そうすればあなたは、コソコフやゴルベンコといっしょにファイルも闇に葬ることができる。しかしその前に、何が起こったのかを聞きたい。それが代償だ」

「おまえのことがわからなくなるときがある、ターボ。たぶん、わたしには一生わからないだろう。ここへ出てきて、顔を見ながら話そうじゃないか」

「わたしはここにいる」

「危害は加えない。約束する」

「自動拳銃と自動車爆弾を仕掛けた二人のごろつき《ウルキ》はどう説明するんだ？」

「くそったれ！　あれはラーチコの手下だ。わたしはやめろと――」

「目隠しはもう取りはずされたんだ、ヤーコフ。昨夜あなた自身が、カッターナイフと灯油と火で取りはずしてくれた。さあ、話してくれ」わたしはふたたび、別のコンクリート管に移った。

　彼は地面を見つめ、かぶりを振った。

「あれはそもそもの始まりから、大失敗だった。作戦を立案したのは、当時長官だったパトルシェフだ――彼はプーチンのお墨付きを得ているといっていた。しかしわたしにいわせれば、そんな形跡はなかった。作戦にはわれわれの大半が反対だった――チェチェンとの戦争を引き起こすのが目的であれば、ほかに方法はいくらでもあった。プーチンを大統領に押し上げるのが目的であれば、そうなるのは既定路線だったから、そこまで無理をする必要はなかった。しかし一部の同僚には忍耐心がなく、パトルシェフもその一人だった。そして彼らは、自分たちのやりかたを押し通した。

実はパトルシェフは、チェチェン人からヒントを得ていた。彼らは七月、コーカサス地方のクラスノダルで爆弾を仕掛けていた。タイマーが故障して不発に終わったがね。われわれは実行犯を逮捕し、関係者の名前を自白させ、しかるべく処置した。敵の幹部を追いつめ、マスハドフ（チェチェン独立派の最高指導者だったが、二〇〇五年にFSB特殊部隊によって殺害された）本人を捕まえる寸前までいった。あのときパトルシェフは、もし爆破が成功していたら、世論は憤激し、復讐を要求する声が高まっていただろうと気づいた――それこそが、彼が長年追求してきた目標を実現させる方法だ、と。こうして彼は、チェチェン人が途中で放棄した計画を完遂することにした。パトルシェフがその作戦の責任者に指名したのはゴルベンコだった。われわれはすでに、あの男が悩みの種になりかねないことに気づいていたが、やつには専門知識があり、チェチェンとの仲介者として有名でもあった。作戦が終わりしだい、われわれはやつがチェチェンのエージェントであることを明かして、オオカミどもにくれてやるつもりだったんだ」

わたしはコンクリート管に潜んで話を聞きながら、顔を見られていなくてよかったと思った。驚きを隠すことはできただろうが、いかにささいな痙攣《けいれん》でもヤーコフは見逃さなかっただろう。彼が嘘をついて責任転嫁したことに衝撃を受けたのではない。そのことは予想していた。ショックだったのは、まるで他人事のようなその口調だ。遅まきながらわたしは、ヤーコフが最初からそのような人間だったのだと気づいた。わたしがもっと注意さえしていれば、とっくに気づいていたはずなのだ。

「そのあとはおまえもよく知っているだろう」彼はいった。「ショッピングモールでの爆破事件に続いて、ダゲスタン共和国のブイナクスク、モスクワのピチャトニキ、カシルスコエ街道の高層アパートが爆破された。だがそこでゴルベンコはおじけづいた。やつはカポートニャの仕事でへまをやった。その時点ではたいした問題ではなかった。世論の怒りはパトルシェフの望んでいたとおりだ。リャザンでの失敗と、パトルシェフのばかげた釈明でさえ、作戦の成功を脅かすものではなかった」

わたしは別のコンクリート管に移動しながら、不意にひらめいた。ヤーコフこそはFSBの黒幕であり、FSBへの非難をそらすためにパトルシェフを矢面に送りだしたのは彼なのだ。ヤーコフは不信と疑惑を招くことを百も承知で、パトルシェフに潔白を主張させた。

ヤーコフはまだ話している。「例によって組織での内紛はあったが、攻撃を受けたときにはわれわれは団結した。誰も、何も証明することはできなかった。ようやく窮地を脱したと思っていた矢先だった。コソコフの問題が起きたのは。

われわれは九二年からあのろくでもない男と組んで仕事をしてきた。あの男は愚かで強欲だった。だから操るのは造作もなかった。しかしわたしは、決してやつを信用していなかった。それで監視を続けた。事務所、アパートメント、ダーチャ、あらゆる場所を盗聴していた。そのときにポリーナの関与を知ったんだ。われわれは、コソコフが九八年の経済危機を切り抜けたものとばかり思っていたが、やつは損失を隠すのに長《た》けていただけだった。ほかの連中と同様、やつもまたたわけた賭けをしていたんだ。銀行の収支状況はひどいものだった。破綻《はたん》は時間の問題になっていた。そんなことになれば、財務省の査察は免《まぬが》れない。あのチュルニンの野郎に銀行をかきまわされていたらいったいどうなったと思う？」

「それが言い訳にすぎないことは、あなたがよく知っているはずだ」

「まあいいだろう。そうとも、ロスノバンクの本社ビルに火をつけたのはわれわれだ。バックアップ用のデータセンターも忘れなかった。コソコフが逃亡することを考え、国境で捕まえられるよう手を打った。裁判になればわれわれに有利になるからな。ゴルベンコのやつは自分を助けてもらえそうなところならどこへでも泣きつくだろうとは思っていたが、まさか検察庁を頼るとは予想もしなかった。あんな無能な連中はほかにいない――やつらの影響力など、考慮する価値もない」

それこそFSBの思い上がりだ。

「あの日、わたしはダーチャでゴルベンコの声を聞いた――盗聴テープで。やつとコソコフは記録がもうひとつあると話していた。それから、ポリーナがゴルベンコを殺しているところも聞いた。おまえは知らなかったかもしれないが、あの女は冷酷無情にやつを殺したんだ。コソコフには自分で手を下す度胸などなかったからな」

「放火したのはあなたか？」

「なんだと？」

「納屋の火だ。あの火にコソコフは焼き殺された。エヴァも危うく焼け死ぬところだった」

ヤーコフは一歩前に踏み出し、夜闇を透かしてわたしの方向を覗きこんだ。目が暗闇に慣れつつあるようだ。彼はわたしを捜すと同時に、返事を考えるための時間稼ぎもしていた。わたしは管のさらに奥へ移動した。

「わたしに何を自白させたいのか、そろそろはっきりさせてくれないか、ターボ？　飛行機の時間があるんでね」

自白の内容は尋問人が指示する。自白した人間は後頭部に銃弾を受ける。それが昔ながらの彼らのやりかただ。「納屋に火をつけ――あなたは、コソコフを生きながら焼いたのだ」

表情は見えなかったものの、不安、あるいはひょっとしたら恐れが初めてヤーコフの顔によぎったように思えた。

「火をつけたのは確かにわたしだ。あいつがコピーした銀行の取引記録のＣＤが必要だったんだ。組織のためだった。まさかあの男が死ぬまで口を割らないとは思わなかった。弱い人間だとばかり思っていたからな」

「じゃあエヴァは？」

「あそこにいるとは思いもしなかった」

「もし知っていたら？」

「ターボ！　いったい何をしたいんだ？　なんならここで、ＫＧＢやＦＳＢの全員が犯した罪をわたしのしわざだと自白しようか？　そうしたら満足か？」

「続けてくれ。そのあとどうなった？」

「わたしはポリーナを追ってあの女のダーチャまで行った。だがひと足遅かった。ひょっとしたら道ですれちがっていたのかもしれん。あのときはひどい雪だったからな。それでコソコフのダーチャまで戻ったが、視界が悪くて車を飛ばせなかった。そこでもポリーナはまんまと逃げおおせた。あの女はわれわれの指をすり抜けたんだ。

ポリーナはゴルベンコの死体といっしょに、コソコフの焼け残りも防空壕に隠していた。わたしはそのままにして立ち去った。よこしまな銀行家がどうなったのか謎のままにしておいたほうが、よこしまな銀行家が焼け死んだと知らせるより好都合だったからな。一度ポリーナを捕まえてしまえば、死体を世間にさらしてあの女に罪を着せられる。前にいったとおり、わたしはずっとあの女を捜していたが、うまく痕跡を隠されてしまった。わたしの心のなかではずっと未解決事件であり、時間が経つにつれ未解決のまま終わってしまうように思われた。あきらめかけていた矢先だった――あの女からだしぬけに電話が来たのは」

「電話が来た？　いつのことだ？」

「去年の十二月、クリスマスの直前だ」

なんということだ。不注意なのはわたしだった。すっかり見逃していたのだ。〈バシリスク〉は手がかりを示してくれたのに、わたしはそれを読み取れなかった。彼女はロンドンのハマースミスで一泊していた。あの旅行は明らかに、居場所を知られずにヤーコフに電話をするためのものだったのだ。彼女は自ら直接、めざす相手に脅しをかけた。それが暴露されたら、すべてを失う一人の男に。だからこそ彼女はあれほど怯《おび》えていたのだ。相手がラーチコなら、まだ彼女一人でなんとかできたかもしれない。しかしヤーコフの恐ろしさは、彼女もよくわかっていたはずだ。

彼はいった。「あの女はファイルを持っていた。コソコフが、エヴァの私物に隠していたんだ。ポリーナは一億ドルを要求してきた！　まったく恥知らずな女だ」

「では、彼女が六億ドルを盗んだというのも、あなたがついた嘘だったわけだ」

「ポリーナは決して満ち足りることがなかった。あれほど欲深い女はいなかった――」

「その話は前にも聞いた、ヤーコフ。わたしは彼女と八年間結婚していたんだ、お忘れかな？」

「そこまで知っているんなら、なぜわざわざ訊く？」

「話を続けてくれ」

「リスリャコフがポリーナへの支払いのシステムを作った。彼なら、あの女の新しい身元と居場所を突き止められるはずだった」

「ちょっと待ってくれ。あなたはどうやってリスリャコフのことを知ったんだ？　あなたとラーチコのあいだにやりとりはなかったと思っていたが」

「わたしを間抜けだとでも思っているのか？」

考えてみれば不思議なことではなかった。ラーチコの組織には、ヤーコフの息のかかった男が一人や二人はいるにちがいないのだ。

「リスリャコフの両親に関しては、おまえのいうとおりだ。わたしはそこまで調べておらず、彼が姿を消してからようやく気がついた。あの男もねじまがったやつだった——われわれを出し抜けると思っていたんだ。しかし遅かれ早かれ、そう思っている連中は思い知らされることになる——ＦＳＢを敵にまわすのは、体制そのものを敵にまわすのと同じだ、と。おまえもよく覚えておいたほうがいい」

「続けてくれ」

「やつは頭がよかった。おかげで所在を探りあてるのに二カ月もかかった。先月われわれは、やつがモスクワにいることを知った。その直後、やつはこっちへ戻ってきた。わたしは、やつが乗った次の便を予約し、グリーン・ストリートのロフトに行った。おまえがはいってきた場所だ」

わたしは防弾チョッキを確かめ、コンクリート管の外に出た。「あなたが彼を撃ったのではないのか？」わたしは近づきながらいった。「彼はあなたから金を脅し取ろうとしていた。あなたが彼を追ったのではない。彼があなたを呼んだのだ。あなたは彼のコンピュータにファイルがあるほうに賭け、仮になかったとしても、彼を亡き者にすれば誰もファイルを見つけられないと考えた。それであなたは、彼がドアを開けるや問答無用で殺した」

「仮にわたしがそうしたとして、銃はどこにある？　それに、わたしを撃ったのは誰だ？」

「ポリーナの夫の運転手だ。彼は非常に間の悪いときに来てしまった。あなたはリスリャコフの死体を奥の廊下へ引きずるところだった。ドアは開いたままだった。そのあとに運転手がはいり、わたしと同じように血を見た。彼が突然現われたことであなたは驚き、彼を狙って撃ったがはずれ、彼は応戦してあなたを撃った。彼があなたの銃を奪っているときに、エヴァがドア越しに発砲し、彼に当たった。エヴァと運転手はやみくもに撃ちあい、彼は動けるうちに部屋から退散した。あなたは意識を失い、そこにわたしが来たわけだ」

「なかなか面白い話だ」

わたしはヤーコフから数フィートのところまで来た。彼はいかにも年老いて見えた。疲れきっているように見えた。それでも、青い目が傲岸《ごうがん》な光をたたえていた。

「あなたがリスリャコフを射殺した、イエスかノーか？」

「それでおまえが満足するのなら、イエスだ。組織の名誉がかかっていたからな。だが、心から悲しむのはラーチコぐらいだろう。そのことを知ったら、おまえはうれしいだろうが」

ラーチコのみならず、エヴァも悲しんでいる。「昨夜のことに話を移そう」

「なんのことだ？」

「核シェルターでの出来事だ――なぜか？　あなたはポリーナを拷問し、命を奪い、さらには娘を罠にかけ、母子もろとも焼き殺そうとした。あなたがポリーナを忌み嫌っていたのはわかる。彼女がＦＳＢに盾突いていたことも。しかしなぜ、これほど骨を折ったのだ？」

「尋問はもうたくさんだ。わたしにはこれ以上何もいうことはない。飛行機の時間も迫っている。さあ、記録をもらおう。ところでおまえは、どうやってそれを見つけたんだ？」

「まだ終わっていない」わたしはシグ・プロを防弾チョッキのポケットから出した。「手をあげろ」

ヤーコフは声をあげて笑った。「ターボ、テレビドラマじゃないんだぞ。どうやらおまえもこの頽廃《たいはい》した国の影響を受けすぎているようだな。クリント・イーストウッド気取りはよせ」

「ドラマなんかじゃない、ヤーコフ。手をあげろ」

彼は笑みを浮かべたまま、ゆっくりと手をあげた。わたしは空いている手で彼のスーツを探った。ベルトに挿《さ》したベレッタを、わたしは放り投げた。胸ポケットに携帯電話がはいっていた。

「手を下げていいぞ」わたしはいいながら、オフィスを呼び出した。すぐにフーズが出た。

「昨夜エヴァを呼び出したのは、この電話か？」

「三十秒でわかる」二十五秒後に彼は答えた。「そのとおりだ」

「フロントとドーヴァーの交差点からか？」わたしはいいながら、ヤーコフに目を注いだ。笑みが消えつつある。

「そのとおりだ」フーズはいった。

「宣誓して、それを証明できるか？」

「必要であれば、いつでも証明できる。その電話は探知しやすい会社だからな」

「まさしく、それが必要なんだ」

わたしは携帯電話をポケットにしまった。「モスクワでは、確かに裁判はないだろう。しかしここではちがう。一件、いや二件の裁判が起こされるかもしれない。一件は、ラド・リスリャコフ殺害だ。あなたはすでに自白した。もう一件はポリーナ殺害だ」

笑みが戻ってきた。「エヴァを忘れてるぞ」

「エヴァは死んでいない。わたしはいっしょにいたんだ。扉を開け、罠に引っかかったのはわたしだった。わたしはポリーナを救出しようとしたが、すでに手遅れだった」

「もっとましな嘘をつくんだな、ターボ。おまえはブライトン・ビーチにいた」

「あなたのトリックにまんまと乗せられたよ。マルホランドを利用したとはな。だが、あれからすぐわたしは引き返し、助けも得られた。エヴァは危うく扉を開けるところだったんだ。それを止めた人間がいる」

「助け？　誰だ？」

ヤーコフはペトローヴィンのことを知らない。そのほうがペトローヴィンにとっては幸いだ。「友人だ。ロシア人の友人だ。イワノフに近い人間だ」

笑みは消えうせた。

「じゃあ、きょうの記事は……」

「トリックはあなたの専売特許じゃないんだ」

「こんな話は無意味だ、ターボ。政治局の会議みたいなもんだ。始まる前からお互いに結果はわかっていた。電話などなんの意味もない。さあ、記録をよこせ。飛行機に乗り遅れたくないんでね」

「あなたはこの街に来るべきではなかった、ヤーコフ。誰からも手出しをされない本国にとどまっていればよかったんだ。しかし、座視するにはあまりにも多くのものがかかっていた。そうだろう？」

「さっきいったとおり、組織の名誉がかかっていたんだ」

「ちがう。それは事実ではない。事実だったこともない。確かにあなたの組織にかかわることだったかもしれないが、どちらかといえばあなたの利害にかかわることだったんだ。高層アパート連続爆破事件はパトルシェフ長官の立案した作戦ではなかった――あなたが立案したんだ。ゴルベンコが指示を仰いでいたのは長官ではなく、あなただった。あなたはプーチンの了承など得ていなかった。あなたの狡猾《こうかつ》さを考えればそんなことをするはずがなく、プーチンの慎重さを考えればお墨付きなど与えるはずがない。すべては順調に進んでいたが、やがてゴルベンコは自分が謀殺されようとしているのを察知した。誰かが軽率な過ちを犯したのだろう。ひょっとしたら、それはあなただったかもしれない。いまとなってはどうでもいいことだが。ともあれリャザンでの失敗で、ほころびが明らかになった。あなたは事後処理に奔走した――保身のために。あなたは自身の関与を示す痕跡を消してまわった。その結果、大半の関係者を抹殺することに成功した――コソコフ、彼の銀行、ゴルベンコ。もしかしたら書類を改竄《かいざん》して、パトルシェフが悪いように見せかけたかもしれない。しかしあなたは、ふたつの点を見逃していた。ひとつは、コソコフが記録のコピーをとっていたことだ。もうひとつはエヴァだ。彼女はあのとき納屋にいた。彼女はあなたの姿を見ていた。彼女は、あなたが火をつけてコソコフを殺すのを目撃し、彼女自身も危うく死ぬところだった。そして彼女は、九歳のとき以来見なかったあなたに、あの晩グリーン・ストリートでふたたび遭遇したんだ。怯えていたのはなんら不思議ではない。薬で意識がぼやけていても、彼女はあなたがいずれ戻ってくることを知っていたんだ」

「証拠は何ひとつ――」

「だからあなたは、ポリーナにあんな仕打ちをした。あなたの標的は娘だった。あの電話をさせるために、ポリーナが必要だったというわけだ。わたしが見るところでは、彼女は耐えられる限界まで耐えた――いや、限界以上に。あなたがなんといおうと、彼女はエヴァを愛していた」

「それでも、証拠は何もない」

「あなたはひとつ忘れている。わたしはコソコフの記録を持っているんだ。改竄されていない完全なものを。彼が隠した記録をあなたは見つけられず、ポリーナはそれを持って逃げた。去年の十二月、金が必要になったときに、彼女はそれを使ってあなたを脅した。ポリーナは、わたしと同じものを見たにちがいない。コソコフは身を守る策を講じていた。彼は、顧客の承認がなければすべての取引ができないようにしたんだ。承認する顧客はあなただった、ヤーコフ。ＣｈＫ２２――ＦＳＢでのあなたの登録番号だ。彼女はそれを知っていた。わたしも知っている」

彼は一歩後ずさりした。暗闇のせいかもしれず、わたしの想像のせいかもしれないが、青い目の色が変わり、ラーチコの灰色に近くなったような気がした。「何が望みだ？　金か？　地位か？　復職か？」

わたしは首を振った。「わたしはもうあの組織の人間ではないんだ、ヤーコフ。自分の道を進もうとしているかつてのゼークにすぎない。最近、真実を知ることの大切さを説かれてね。わたしの望みは、今回の出来事をすべて白日の下にさらすことだ。だからこそ、裁判をひらきたい。ここニューヨークで。陪審はたぶん証拠不充分と判断するだろうが、世界はロシアも含めて、ありのままの事実を知ることになるだろう。一九九九年の高層アパート連続爆破事件、ロスノバンク放火、納屋で起きた惨事、グリーン・ストリートのロフトでの銃撃、そして昨夜のブルックリン橋の下で起きた火災。ロシア人は、彼らの国を動かしているのが誰なのか、いかにして権力者たちがいまの地位に就いたかを多少なりともわかるようになるだろう。わたしも世間知らずではないつもりだから、大きな変化は期待していない。しかしわれわれロシア人はあまりにも長いあいだ、秘密主義と欺瞞《ぎまん》のベールに目隠しされてきた。帝政主義者《ツァーリスト》、ボルシェビキ、スターリン主義者、ＫＧＢやＦＳＢ。名前のちがいなどささいなことだ。本質的には彼らはみな同じさ。わたしはこのベールをはぎとり、誰にでも真相がわかるようにしたいんだ。それがわたしの望みだ」

「**セルゲイ！**」

「ここにいます」背後から、新たな声がした。「銃を捨てろ、間抜け野郎。引き金を引くのはおれだけだ」

セルゲイは、数分前までわたしがいたのと同じ巨大な配管部から足を踏み出した。いかつい体格が背後の暗がりから姿を現わす。彼は腰の高さに、さっき車にあったようなサイレンサー付きの自動拳銃をかまえていた。わたしはシグを手から落とした。

「彼のそばから離れろ」セルゲイはいった。「あっちだ」

「いやだ」

「ターボ、ばかはよせ」ヤーコフがいった。「いまさら抵抗しても無駄だ。おまえは持ち札を使い果たした。おまえの負けだ。ゲームオーバーだよ」

ヤーコフは両手でわたしの衣服を探り、ハードディスク・ドライブ、防弾チョッキにしのばせた録音装置、起爆装置、彼とわたしの携帯電話を出した。それからわたしの拳銃を拾い、遠ざけた。

「クリント・イーストウッド気取りが」彼はいった。「高潔さを追求するのは愚か者だけだ。たとえ幸運に恵まれても、死んだ英雄になるのが関の山だ。たいがいはただの死人で終わる。頑固な人間はなおのことだ。

たいしたことではないが、ひとつはっきりさせておく。ラーチコはこのことをまったく知らない。セルゲイは長年、わたしのために働いてきた。ラーチコに仕えるよりずっと前からだ。わたしはこの男をＦＳＢに採用した。おまえを採用したのと同じようにな。病院でわたしはおまえを最優秀だといったが、あれはお世辞だった。最終的に問われるのは忠誠心だ、ターボ。おまえは一九八八年にそのことを学んだものと思っていたんだが」
わたしはまだ勝負を降りるつもりはない。まだ終わっていない。「わたしは愚か者ではない、ヤーコフ。わたしを訓練したのはあなただったことをお忘れだろうか。わたしはそのハードディスク・ドライブをコピーしておいたんだ。コピーは安全な場所に保管してある。何かあれば……」

「こけおどしだ。おまえを責めるつもりはない。それがおまえに残された最後の手だからだ。たとえこけおどしでなかったとしてもかまわん。わたしはこれから安全なモスクワに戻るからな。セルゲイはブライトン・ビーチに。あの娘には……まあ、そのうち予期せぬ事態が起きるだろうさ。しかし、いかに想像力豊かであれ、おまえがいっているような話をつなぎあわせられる人間は一人もいないだろう。せいぜい、われらが組織の誇りについたささいな傷といったところだろうな。われわれはもっとひどい時代を耐え忍んできたんだ」

もちろん、彼のいうとおりだ。モスクワでは決して裁判が行なわれることはない。マルホランドはエヴァを守ろうとするだろうが、彼にはいかに強大な敵を相手にしているか理解できないだろう。ポリーナがあれだけ怯《おび》えていたのも無理からぬところだ。一方、わたしはといえば、愚かだったばかりではなく、なお悪いことに思い上がっていた。自分一人で解決できると思っていたのだから。

「こんなことになってしまって残念だ、ターボ。おまえにはつねにこういうことをやりかねないところがあった。おまえがKGBの一員になったときから、わたしにはそれがわかっていた。わたしは、おまえが頭のいい人間だと思っていた。実際、おまえは世の中の仕組みを理解し、それに適応した。何より、あの苛酷な収容所の年月を生き残ったんだから、おまえはなにごとかを学んできたにちがいないと思ったのだ。だが、わたしはまちがっていた。おまえは何も学んでいなかった。八八年にその機会はあった。あのときおまえは正しい決断を下した。難しい決断だったことはわかる。しかしおまえは、誤った本能に打ち勝ち、おまえ自身のため、友人たちのため、組織のために最善の判断をした。いまになって、あれが本来のおまえではなかったことがよくわかった。あのとき、おまえはどういうわけかなすべきことをしたのだが、結局おまえはおまえという人間だったんだな」

やれやれ。どうやらわたしには、最後までロシア流の皮肉がつきまとうらしい。処刑場で――それも死刑執行人から赦《ゆる》しをたまわるとは名誉なことだ。幸福な死にかたではないにせよ、罪からは解放されて死ねるというわけだ。

「飛行機に乗らなければならないんでね」彼はいった。「お別れだな、ターボ。こんな別れかたはしたくなかった。心からそう思う」

彼はフェンスの穴に向かって歩きだした。

「まだ終わっていないぞ」新たな声がいった。

「**気をつけてください――管のなかです！**」わたしはヤーコフに飛びかかった。セルゲイの自動拳銃が閃光を放ち、正面から応射する者があった。銃声は聞こえず、銃口が火を噴くだけだ。ヤーコフはわたしの突進をかわし、わたしのシグを拾い上げて闖入者《ちんにゅうしゃ》のほうを向いた。セルゲイの銃火が弧を描いて上を向き、消えた。ヤーコフが暗闇に向かって銃をかまえる。

「やめろ！」わたしは両膝をついたままふたたび飛びかかったが、間にあわないことはわかっていた。

銃口が一閃した。銃弾をまともに受けたヤーコフの身体が、わたしのほうに吹き飛ばされる。わたしは彼の身体を受け止め、後ろ向きに倒れた。泥に落ちる前に、彼は死んでいた。

わたしは泥にまみれて座ったまま、ヤーコフの亡骸《なきがら》を抱えていた。右側に動くものが見え、走る足音が聞こえてきた。一分か二分が過ぎ、暗闇のなかからペトローヴィンが歩み出てきた。頭からつま先まで黒ずくめだ。わたしがヤーコフの手下から奪った自動拳銃を手にしている。「もっと早く来たかったんだが、こいつの弾倉を探すのに時間がかかってね。次回は弾倉をはずさないでくれ。死んでいるのか？」彼はいった。

「急所に命中したからな」

「大男も、だ」

わたしは思考をめぐらせた。「どうやってここがわかったんだ？」

「ヴィクトリアのおかげさ。彼女は心底からあなたの味方だ。彼女があなたの助手に、あなたの携帯電話を追跡させた。彼は、あなたがヤーコフに電話したことを知った。わたしは彼らにこの件を自分にまかせてくれるよう説得したが、きっともうすぐ警察が来るだろう。それにしても、ヴィクトリアの忍耐強さには感心するよ。ところで弾倉を探しながら、さっきのスピーチを聞かせてもらったよ。確かに、あなたには理想主義的な傾向がある。気をつけたほうがいい。早まって勝負をだめにするところだった」

彼は笑みを浮かべていた。返す言葉がなかった。わたしの心は依然として、膝に載せた死者にあった。あらゆる感情がせめぎあう——悲しみ、怒り、憤り、疑念。その大半は、わたし自身に向けられたものだった。

「彼はあなたを殺すところだった」ペトローヴィンはいった。

「わかっている。しかし、もしかしたら止められたかも——」

「いいや。あなたはすべきことをしたにすぎない。それに、あなたが何かを変えたわけでもない。少なくとも、この男に関するかぎり」

「話が見えないんだが」

「仮に今晩殺さなかったとしても、わたしはできるだけ早く、この男をモスクワで殺していただろう」

頭のなかで警報が鳴り響いた。わたしは何かを見落としているようだが、それがなんなのかよくわからない。

「きみらしくない言葉だな」わたしはいった。「なぜだ？」

「知らないのか？　ポリーナはわたしの母だったんだ」

47

やらなければならないことはあまりに多く、時間がない。

最優先すべきは、ペトローヴィンを飛行機に乗せることだ。この殺人現場に彼がいたことをＦＳＢが知ったら、ペトローヴィンはモスクワに降り立った瞬間に亡き者にされてしまうだろう。いや、もっと早いかもしれない。彼がここにいたことを、誰にも知られてはならない——決して。

わたしはヤーコフの航空券を彼のポケットから取り出した。奇跡的に、航空券は無傷だった。彼はまだアンドロポフの偽名を使っていた。パスポートも同じ名前だ。わたしは両方をペトローヴィンに差し出した。「その航空券で、ＦＳＢの人間になりすましてロシアに戻れ。パスポートはパリで処分しろ。あとはわたしがなんとかする」

彼は懐疑的なまなざしを注いだ。「どうやって処理するつもりだ？」

「わたしに考えがある。いま行かなければ、きみは当分ロシアに帰れないぞ。それがどういうことか、よくわかるはずだ。自動拳銃は置いていけ。その携帯電話も処分するんだ——パスポートといっしょにな。いまとなっては、持っていてもなんの意味もない。あそこにベレッタがある。ヤーコフのだ」

わたしがヤーコフの遺体を横たえているあいだに、彼はベレッタを見つけた。われわれはフェンスの外に出た。

わたしは起爆装置と拳銃をリンカーンの後部座席に投げ入れた。「トランクにラーチコの手下が二人と爆弾がはいっている」

「それは忙しかっただろう」

「しかし、われながら甘かった。おかげで助かったよ。礼をいう」

「最初の元ＫＧＢなんだから、ＫＧＢから足を洗って長生きしてほしい」

わたしはハードディスク・ドライブを彼に渡した。「これを受け取ってくれ。コソコフの銀行の取引記録だ。しかしわたしと同様、きみもよく知っているだろう。FSBが裁判を許すことはまずない。あっても形だけだ」

彼はうなずいた。「これまでにもやつらは、公式な捜査を阻《はば》んできた」

「お友だちのイワノフはもう少し自由に活動できるだろう」

ペトローヴィンは笑みを浮かべた。「その点は請けあえる」

わたしは〈ヴァルディーズ〉の後部座席からぼろきれを出した。「もう行くんだ。わたしは警察が来る前に、ちょっとやっておきたいことがある」

「いつか……いつかモスクワを訪れてくれるだろうか？」

「数週間前に訪問の予定を立てていたが、このとおりのごたごたでね」ずいぶん遠い昔のような気がする。

「今度来るときは、わたしを捜してみてほしい。連絡先は――」

「わかっている」わたしはいった。「必要なことはすべてわかっている。さあ、行くんだ。遠くからサイレンの音が聞こえる。警察が来る前にやってしまわなければならないんだ」

嘘だったが、まもなく本当になるだろう。彼は真実に気づいているにちがいない。だが彼もわたしも、その話を持ち出したくはなかった。いずれ話せる時間はたっぷりできるだろう――彼が飛行機に乗れて、わたしが刑務所行きを免《まぬが》れれば。

ペトローヴィンが手を差し出し、わたしはその手を握った。彼を抱き寄せたい衝動に駆られたが、わたしは強く手を握りしめたまま、目が合うのを避け、彼の肩越しに幹線道路へ視線を注いだ。

「行きなさい」

彼は立ち去った。わたしは、彼が足早に側道へ向かい、暗闇に消えるのを見送った。ぼろきれを持って走りだす。ペトローヴィンが使った銃から彼の指紋を拭き取り、その銃をヤーコフに握らせて指紋をつけ、泥をめがけて発砲させた。それからふたたび遺体を横たえた。

ほどなく、数台の車のサイレンが聞こえてきた。

月曜日

48

わたしは危ういところで刑務所行きを免れた。

わたしは、この裸の街が手を変え品を変え語りつづけてきた八通りの物語から、ひとつを拝借した――一人の女をめぐって二人の悪党が争う物語だ。わたしが焼き直した話では、セルゲイという男がポリーナという女に惚《ほ》れ、ヤーコフという男に復讐をくわだてた。ヤーコフはこのことを予期し、彼をＪＦＫ国際空港に呼び寄せてラーチコの手下二人を待ち伏せさせた。しかし罠を先読みしていたセルゲイは手下二人をやっつけ、彼とヤーコフはごろつき対ＦＳＢの死闘を演じた末に死んだ。折しも帰国直前のヤーコフに別れの電話をかけたわたしは、ＪＦＫに来るよう求められた。しかし着いたときにはすでに遅く、悲劇を止められなかった、というわけだ。

話の裏づけも用意した。警察が到着する直前、わたしはフーズに頼んで〈バシリスク〉を情報データ複合体、通称〈ビッグディック〉に侵入させ、ヤーコフを呼び出した自分の携帯電話の位置をうまく修正させた。チェーカーの創設者ジェルジンスキーもこの能力には度肝を抜かれるだろう。

嘘をつくときには、最初立てたシナリオに忠実であること――これもロシアのことわざだ。わたしはシナリオを作り、週末ずっとそれを押しとおした。当局者がわたしの話を信用したかどうかはわからないが、死んだロシア人二人にさして注意を払う者はいなかった。ラーチコのマネーローンダリングについて、わたしが彼らに、フーズいうところの〝最前列席のチケット〟をくれてやったのも有利に働いた。彼らは、リスリャコフが構築したマネーローンダリング・システムを移動する金を完全に把握することができた。そのうえ、わたしの話に異を唱える関係者は誰一人いなかった。

ただし、ヴィクトリアだけは例外だ。彼女はわたしの話を何ひとつ額面どおりに受け取らなかった。「ペトローヴィンはどこ？」コイルとサウィッキに放免されたわたしを、彼女は詰問した。「彼はＪＦＫに行くといっていたわ。彼はいまどこにいるの？　見なかったとはいわせないわよ。知らないなんていわないでね。わたしは信用しないから」

彼女とわたしは、わたしのアパートメントのカウンターを挟んで差し向かいに座っていた。わたしは四日ぶりのウォッカを味わっていた。彼女のグラスにはワインがはいっている。

コイルとサウィッキからはペトローヴィンのことをまったく訊かれなかった。つまりは二人が問題点として意識しなかったということであり、ヴィクトリアが二人にペトローヴィンのことを訊くよう指示しなかったということであり、結局彼女がわたしを刑務所に送るのをやめたということを意味する。たぶん。わたしは改めて、彼女に嘘をつくのは不可能であることを思い知らされた。しかしだからといって、ありのままを彼女に話すことはできなかった。

「話せないんだ」わたしはいった。「誰にも話すわけにはいかない。決して」

「なぜ？」

「だめなものはだめだ」

「守ろうとしているのはあなた自身？　彼？　それとも両方？」

「込み入った話でね。グラーグ時代までさかのぼることになる」

　グラスに口をつけようとしたところで、緑色の目が凍りついた。彼女はワインをカウンターに戻した。「ひょっとしてまさか、あなたの息子だってこと？　あなたが奥さんといっしょに置いてきた」

　わたしはうなずいた。

「確かペトローヴィンの本当の名前は――アレクセイだわ。アレクセイ・チロン。ちょっと待って……じゃあ、ポリーナは彼の母親だったんじゃない！」

　わたしは黙って座っていることしかできなかった。悲しみと痛みがこみあげる。

「なんてこと！　いつから知っていたの？」

「先週の木曜日からだ」

「彼は知っているの――あなたのことを？」

「わたしより以前から知っていたと思う」わたしは先週の彼の言葉を思い出した。まさしくこのカウンターで話していた言葉を。

　きっといい父親だと思わずにはいられなかった。

お互いにもっとよくわかりあえるほど長生きできたら、いずれその話をしよう。そうすればきっと納得していただけるはずだ。あなたの話もぜひお聞きしたい。そうすれば、もっとよく理解しあえるだろう。

「彼は空港に行ったんでしょう？」ヴィクトリアはいった。「JFKにいたんだわ」

「わたしに訊かないでくれ」

わたしの目の前で、ヴィクトリアはわたしの言葉を読み解いていた。彼女が知っている情報をつなぎあわせれば、真相にかなり近い線までたどり着けるだろう。彼女はどうするだろうと思いながら、わたしはウォッカをすすった。

「わたしはあなたに、二度警告したわ」

「ああ」

「わたしに失意を味わわせないと約束したのを覚えてる？」

「覚えている」

「いまはその寸前まで来ているわ」

彼女はふたたび沈思した。

わたしは心のなかで、彼女が出ていくほうに賭けた。

そして勝った。

「あした電話するわ。いえ、しない可能性のほうが高いわね」彼女はグラスを空け、身のまわりのものを集め、去っていった。彼女がいっていたとおり、別れのキスはなかった。わたしはあえて彼女を止めようとしなかった。

ドアが閉まり、エレベーターの到着を示すくぐもったチャイムが聞こえ、彼女を運び去っていく。わたしはじっと座ったまま、ぽつねんとカウンターに向かってウォッカを飲んだ。つい最近、一生ここに一人で座って飲みたくはないと思ったばかりだった。しかしもう一度自問することはせず、再考の余地もなく、ほかに選択肢もなかった。わたしにできることは何もないのだ。

わたしはもう一杯、指二本分を注ぎ、ボトルをわきに押しやった。

愛とは残酷なものだ。しかし運命のほうが、はるかにむごたらしい。

謝辞

グラーグの歴史に興味をお持ちのかたはぜひアン・アプルボームの、読者を惹《ひ》きこむ胸を引き裂かれるような記録 *Gulag: A History*（New York: Random House, 2003）（『グラーグ　ソ連集中収容所の歴史』川上洸訳　白水社）を読んでいただきたい。グラーグがロシア人の精神に及ぼした影響についてはオーランドー・ファイジズの *The Whisperers: Private Life in Stalin's Russia*（New York: Metropolitan Books, 2007）（『囁きと密告　スターリン時代の家族の歴史』染谷徹訳　白水社）で探究されており、読む者の心を揺さぶる。デイヴィッド・レムニックの *Lenin's Tomb: The Last Days of the Soviet Empire*（New York: Random House, 1993）（『レーニンの墓　ソ連帝国最期の日々』三浦元博訳　白水社）は、共産党およびソ連崩壊の過程を臨場感あふれる筆致でつづっている。ヴィクトル・チェルカーシンとグレゴリー・フェイファーによる *Spy Handler: Memoir of a KGB Officer*（Basic Books, 2005）は、アメリカ合衆国に配属されたＫＧＢの高級将校が日常どのような人間たちと接触し、活動し、思考したかを描いている。ロバート・オハローは *No Place to Hide*（New York: Free Press, 2005）（『プロファイリング・ビジネス　米国「諜報産業」の最強戦略』中谷和男訳　日経

ＢＰ社）で、現代のわれわれの生活すべてが見られ、記録され、操られていることを、ぞっとするほど抑制された文体で述べている。

わたしはトマス・ダン・ブックスでジョン・シェーンフェルダーとブレンダン・デニーン（順不同）という二人のたぐいまれな編集者に恵まれた。わたしは二人の着想、洞察力、支援、心温まる励ましに感謝している。あわせてトム・ダンにも謝意を表したい。

この本が仕上がるまでには、雑多な物語からなる何通りもの草稿を、多くの人々に読んでもらい、批評してもらった。以下のみなさんに時間を割《さ》いてもらい、さまざまな提案をいただいたことに感謝したい――リチャード・ブラッドリー、チャールズならびにサンディ・エリス、シーラ・ゲイガン、ビルならびにカーメン・ハーバーマン、シンディならびにスティーブ・ハイマン、ビル・ヒックス、ブルースならびにトゥーリ・マコンビー、マイラ・マニング、コリン・ネッテルベック、ダン・パラディーノ、ジョナサン・ラインハート、ジョン・サンチェス、エレナ・サンサロンならびにジャン・ヴァン・ミーター、デイヴィッド・スタック、カート・スウェンソン、ピーター・スタンディッシュ、アルバート・ズッカーマン。いくつもの誤りを防いでくれた、すばらしい原稿整理係のインディア・クーパーにも礼をいわなければならない。

サラ・ハーバーマンに特別な感謝を申し上げる。さらに深甚な感謝をポリー・パラディーノにささげる。いくら礼をしてもし足りないだろう。

最後になってしまったが、わたしの心のなかで最優先なのは、妻のマーセリン・トンプソンだ。彼女はわたしにこの物語を書くよう促し、執筆中はわたしのすべてを耐えしのんでくれた。

訳者あとがき

本書は、二〇一二年アメリカ探偵作家クラブ（ＭＷＡ）賞最優秀新人賞にノミネートされたデイヴィッド・ダフィ著 *Last to Fold* の全訳である。タイトルの *fold* とは、カードゲームなどで勝負を降りることを意味し、直訳すると〝最後に勝負を降りる者〟となる。そのいわんとするところは、主人公ターボ・ブロスト自身が的確に説明してくれている。「ずっと前にわたしは、大事なのは勝つことよりむしろ、闘えるうちは勝負を降りないことだと気づいた。ゲームにとどまることだよ。相手から先に勝負をあきらめさせるんだ」

さて、このような哲学をもつターボ・ブロストはきわめて複雑な過去をもつ人物である。現在はニューヨークで調査員（彼自身の言葉によれば「相手が探しているものを見つけて報酬をもらう」）をしているが、生まれたのは旧ソ連のグラーグ、すなわち強制労働収容所であり、語学力を買われてＫＧＢに採用されたが、ある事情で退職、妻子と別れてロシアを離れた。一人息子のアレクセイとは、二歳のころ以来会っていない。

ある日ターボは、銀行の会長ローリー・マルホランドから娘のエヴァが誘拐されたと聞かされ、犯人を捜し出してエヴァを連れ戻すよう依頼される。ところがそこへ突然ＦＢＩの捜査員たちが訪れ、依頼主を逮捕するが、驚いて出てきた依頼主の妻は、なんとターボと別れた元妻のポリーナだった。

このあと、ターボが訣別《けつべつ》したはずの過去の人物たちが次々と目の前に現われる。誘拐事件を調査する過程でターボは、ＫＧＢ時代の同僚ラーチコとあいまみえる。ラーチコはブルックリンでロシア・マフィアのボスをしており、ポリーナの前の夫でもあった。さらにターボは、彼をグラーグから救い出し、ＫＧＢに採用してくれた恩人のヤーコフに遭遇する。

ラーチコは誘拐事件にかかわっているのだろうか？　それになぜ、ニューヨークにいるはずのないヤーコフがこの街を訪れているのか？　ラーチコの脅しに屈することなく調査を進めるターボは、やがて想像もしなかった事件の真相にたどり着く。彼が知ってしまった恐るべき陰謀とは……？

その先を明かして読者の楽しみを奪ってしまうのは野暮というものだが、ひとつまちがいなくいえるのは、この小説のプロットが類を見ないほど緻密《ちみつ》に練り上げられているということである。恥ずかしながら訳者自身、校正用のゲラを読みながら、翻訳をしていたときには見落としていた点に気づき、改めてよくできた筋立てだと感嘆した。これほど濃密で巧みな構成の小説には、そうそうお目にかかれないはずだ。

この小説の舞台はニューヨークだが、主人公のターボをはじめ、主要な登場人物はロシア人だ。ターボの癇癪《かんしゃく》持ちの元妻ポリーナや、ロシア・マフィアのラーチコから繰り出される悪口雑言のオンパレードには圧倒されるが、ある意味小気味よくもあり、彼らがターボに抱く複雑な思いが見え隠れする。そうなるに至った経緯は、本書を読み進むにつれ明らかになるだろう。

彼らと対峙《たいじ》するターボには、力強い味方がいる。天才プログラマーのフーズとスーパーコンピュータの〈バシリスク〉が、誘拐事件の背後にひそむ複雑なからくりを暴き出すのに活躍するのだが、彼らが飼っているヨウムのピッグペンもまた、主人公との軽妙なかけあいで読者を楽しませてくれる。もう一人強烈な印象を残すのが、女性検事のヴィクトリアだ。貧しい家庭から苦学して検事にのしあがった彼女は、目の覚めるような美貌の持ち主にもかかわらず、仕事ひと筋で男を寄せつけない。南部訛《なま》りで舌鋒《ぜっぽう》鋭く相手を責めたてる彼女と、ターボとのからみあいも本書の読みどころだろう。

グラーグからKGBを経て、さまざまな辛酸《しんさん》をなめてきたターボは、皮肉なユーモアをたたえ、一見食えない男だ。大富豪の顧客には高い報酬をふっかけるが、なけなしの蓄えを夫に使いこまれてしまった依頼者からは、頑《がん》として報酬を受け取らない。コーヒーを飲むにしてもチェーン店を嫌い、昔ながらの喫茶店を選ぶ。ちょっとへそ曲がりだが、つきあってみると好人物だと思う。寝るのがどんなに夜遅くなっても必ず六時に目を覚ましてジョギングをするのは、夜型人間の訳者には真似のできないところだ。彼が経てきた信じがたい体験の数々と、六月の暑いニューヨークで繰り広げられる息も継がせぬ冒険を、どうかご堪能いただきたい。

ここで主人公が生まれたグラーグについて簡単に触れておきたい。旧ソ連では一九三〇年代以来、反革命分子とみなされたおびただしい人々が逮捕され、グラーグへ送りこまれ、処刑された。本書によれば「一九三七年と一九三八年だけで実に百五十七万五千二百五十九人が逮捕された。しかもそのうち六十八万千六百九十二人がＮＫＶＤによって銃殺された」という。ナチス・ドイツの強制収容所に比べて、旧ソ連で起こったこうした悲劇はあまり知られていないかもしれない。大規模なグラーグはスターリンの死後解体されたが、その一部は形を変え、政治犯や刑事犯とされた人間を収容する施設として維持された。西側にグラーグの存在を知らしめるうえで大きな役割を果たしたのが、ソルジェニーツィンの『イワン・デニーソヴィチの一日』や『収容所群島』である。

　グラーグの苛酷な環境で生まれ育ち、ＫＧＢに採用されたという数奇な半生を送ったことで、ターボは旧ソ連の「あらゆる立場を経験し、辛酸をなめつくしてきた」ことになる。もちろん彼の存在はフィクションだが、その生い立ちには、このような歴史的事実を忘れてはならないという著者のメッセージがこめられているように思う。

　著者のデイヴィッド・ダフィは三十年にわたって米国企業や多国籍企業のコンサルティング業務に従事し、顧客企業の広告宣伝、マーケティング活動、投資家向け広報活動に携わってきた。このときの経験が執筆活動に活かされているという。米国のテレビ番組『Antiques Roadshow』（日本の『開運！　なんでも鑑定団』のようなお宝鑑定番組）の企画実現や、ポーランドが市場経済に移行する過程での所得税導入にも尽力した。デビュー作となった本書に続き、二作目となる *In for a Ruble* を二〇一二年に出版している。こちらもターボ・ブロストを主人公にした小説で、どんな活躍を見せてくれるのか楽しみだ。

終わりに、本書のロシア語、コンピュータ、金融など多岐《たき》にわたる用語の訳出に際して、多くの方々のお力添えをいただいた。この場を借りて感謝の意を表したい。

二〇一三年四月

訳者略歴　1970年北海道生，東京外国語大学外国語学部卒，英米文学翻訳家　訳書『殺す女』バーカム，『森へ消えた男』ドイロン，『尋問請負人』スミス（以上早川書房刊）他多数

HM=Hayakawa Mystery
SF=Science Fiction
JA=Japanese Author
NV=Novel
NF=Nonfiction
FT=Fantasy

KGB《カーゲーベー》から来《き》た男《おとこ》

〈NV1282〉

二〇一三年五月十日　印刷
二〇一三年五月十五日　発行
（定価はカバーに表示してあります）

著　者　デイヴィッド・ダフィ
訳　者　山《やま》中《なか》朝《とも》晶《あき》
発行者　早川　浩
発行所　株式会社　早川書房
郵便番号　一〇一‐〇〇四六
東京都千代田区神田多町二ノ二
電話　〇三‐三二五二‐三一一一（大代表）
振替　〇〇一六〇‐三‐四七七九九
http://www.hayakawa-online.co.jp

乱丁・落丁本は小社制作部宛お送り下さい。
送料小社負担にてお取りかえいたします。

印刷・中央精版印刷株式会社　製本・株式会社明光社
Printed and bound in Japan
ISBN978-4-15-041282-1 C0197

本書は活字が大きく読みやすい〈トールサイズ〉です。